पुनर्नवा

[उपन्यास]

पुनर्नवा

हजारीप्रसाद द्विवेदी

राजकमल प्रकाशन

ISBN : 978-81-267-0133-9

मूल्य : ₹995

पहला संस्करण : 1973
पन्द्रहवाँ संस्करण : 2022

प्रकाशक : राजकमल प्रकाशन प्रा. लि.
1-बी, नेताजी सुभाष मार्ग, दरियागंज
नई दिल्ली-110 002

शाखाएँ : अशोक राजपथ, साइंस कॉलेज के सामने, पटना-800 006
पहली मंजिल, दरबारी बिल्डिंग, महात्मा गांधी मार्ग, प्रयागराज-211 001
वेबसाइट : www.rajkamalprakashan.com
ई-मेल : info@rajkamalprakashan.com

मुद्रक : बी.के. ऑफसेट
नवीन शाहदरा, दिल्ली-110 032

PUNARNAVA
Novel by Hazari Prasad Dwivedi

"अगर निरन्तर व्यवस्थाओं का संस्कार और परिमार्जन नहीं होता रहेगा तो एक दिन व्यवस्थाएँ तो टूटेंगी ही, अपने साथ धर्म को भी तोड़ देंगी।"

एक

देवरात साधु पुरुष थे। कोई नहीं जानता था कि वे कहाँ से आकर हलद्वीप में बस गए थे। लोगों में उनके विषय में अनेक प्रकार की किंवदंतियाँ थीं। कोई कहता था, वे कुलूत देश के राजकुमार थे और विमाता से अनेक प्रकार के दुर्व्यवहार प्राप्त करने के बाद संसार से विरक्त होकर इधर चले आए थे। कुछ लोग बताते थे कि बाल्यावस्था में ही उन्हें मंखलि नामक किसी सिद्ध पुरुष से परिचय हो गया और उनके उपदेशों से वे संसार त्यागकर रमता राम बन गए। उनके गौर शरीर, प्रशस्त ललाट, दीर्घ नेत्र, कपाट के समान वक्षःस्थल, आजानुविलम्बित बाहुओं को देखकर इसमें कोई सन्देह नहीं रह जाता था कि वे किसी बड़े कुल में उत्पन्न हुए हैं। उनके शरीर में पुरुषोचित तेज और शौर्य दमकता रहता था और मन में अद्‌भुत औदार्य और करुणा की भावना थी। वे संस्कृत और प्राकृत के अच्छे कवि भी थे और वीणा, वेणु, मुरज और मृदंग-जैसे विभिन्न श्रेणी के वाद्ययन्त्रों के कुशल वादक भी थे। चित्र-कर्म में भी वे कुशल माने जाते थे। यह प्रसिद्ध था कि क्षिप्तेश्वरनाथ महादेव के मन्दिर के भीतरी भाग में जो भित्तिचित्र बने थे, वे देवरात की ही चमत्कारी लेखनी के फल थे। शील, सौजन्य, औदार्य और मृदुता के वे यद्यपि आश्रय माने जाते थे, परन्तु फिर भी उन्होंने वैराग्य ग्रहण किया था। हलद्वीप के राज-परिवार में उनका बड़ा सम्मान था। जब कभी राजा के यहाँ कोई उत्सव होता था, वे ससम्मान बुलाए जाते थे। वे यज्ञ-भाग में उसी उत्साह के साथ सम्मिलित होते थे जिस उत्साह के साथ मल्ल-समाह्वय में। वे पंडितों की वाद-सभा में भी रस लेते थे और नृत्यगीत के आयोजनों में भी। लोगों का विश्वास था कि उन्हें संसार के किसी विषय से आसक्ति नहीं थी। उनका एकमात्र व्यसन था दीन-दुखियों की सेवा, बालकों को पढ़ाना और उन्हीं के साथ खेलना। यद्यपि वे अनेक शास्त्रों के ज्ञाता थे और भगवद्-भक्त भी माने जाते थे, परन्तु वे नियमों

और आचारों के बन्धनों में कभी नहीं पड़े। साधारण जनता में उनकी रहस्यमयी शक्तियों पर बड़ी आस्था थी, परन्तु किसी ने उन्हें कभी पूजा-पाठ करते भी नहीं देखा।

देवरात का आश्रम हलद्वीप से सटा हुआ, थोड़ा पश्चिम की ओर, महासरयू के तट पर अवस्थित था। च्यवनभूमि के चौधरी वृद्धगोप उन पर बड़ी श्रद्धा रखते थे। वृद्धगोप का इस क्षेत्र में बड़ा सम्मान था। उनके पूर्व-पुरुष मथुरा से शुंग राजाओं की सेना के साथ आकर यहीं बस गए थे। नन्दगोप के वंशधर होने के कारण उनका कुल जनता की श्रद्धा और विश्वास का पात्र था। वृद्धगोप के दो पुत्र थे जिनमें एक तो वस्तुतः ब्राह्मण-कुमार था जिसे उन्होंने यत्न और स्नेह से पाला था। कुछ साँवला होने के कारण उन्होंने इसका नाम दिया था श्यामरूप। दूसरा आर्यक उनका अपना लड़का था। श्यामरूप को उन्होंने देवरात के आश्रम में पढ़ने के लिए भेजने का निश्चय किया। उस समय उसकी अवस्था आठ या नौ वर्ष की थी। जब श्यामरूप आश्रम में जाने लगा तो चार-पाँच वर्ष की अवस्था का आर्यक भी पाठशाला जाने के लिए मचल उठा। वृद्धगोप आर्यक को अपनी वंश-परम्परा के अनुकूल मल्ल-विद्या की शिक्षा देना चाहते थे, परन्तु उसके हठ को देखते हुए उन्होंने उसे भी पाठशाला जाने की आज्ञा दे दी। देवरात इन दोनों शिष्यों को पाकर बहुत अधिक प्रसन्न हुए। उन्होंने वृद्धगोप से आग्रह किया कि दोनों बच्चों को उनके आश्रम में पढ़ने दिया जाए। उन्होंने गद्गद-भाव से वृद्धगोप से कहा था कि उन्हें ऐसा लग रहा है, जैसे स्वयं बलराम और कृष्ण ही इन दो बच्चों के रूप में उनके सामने आ गए हैं। भाव-गद्गद होकर दोनों बच्चों को गोद में लेकर वे देर तक बैठे रहे और फिर आकाश की ओर देखकर बोले, "प्रभो! यह कैसी अपूर्व लीला है! आज तुमने गौर रूप धारण किया है और बड़े भैया को श्यामरूप दे दिया है।" वृद्धगोप ने सुना तो उन्हें रोमांच हो आया। उन्हें लगा कि सचमुच ही जिस प्रकार नन्दगोप की गोदी में बलराम और कृष्ण आ गए थे, वैसे ही उनकी गोदी में श्यामरूप और आर्यक आ गए हैं। महात्मा देवरात के चरणों में साष्टांग दंडवत् करते हुए उन्होंने कहा, "आर्य, आज मेरा जन्म-जन्मान्तर कृतार्थ जान पड़ता है। आपने ही इन दोनों बच्चों में बलराम और कृष्ण का रूप देखा है और आप ही इन्हें बलराम और कृष्ण बना सकते हैं। मेरी हार्दिक अभिलाषा है कि श्यामरूप अपनी वंश-परम्परा के अनुसार पंडित बने और आर्यक अपनी वंश-परम्परा के अनुसार अजेय मल्ल बने, परन्तु आपके चरणों में इन्हें सौंपकर मैं निश्चिन्त हुआ हूँ। आप इन्हें यथोचित् शिक्षा दें।" देवरात देर तक दोनों बच्चों के शारीरिक लक्षणों की परीक्षा करते रहे और उल्लसित स्वर में बोले, "चिन्ता न करें भद्र, ये दोनों ही बच्चे पंडित भी बनेंगे और अजेय मल्ल भी।

आर्यक में चक्रवर्ती के सब लक्षण दिखाई दे रहे हैं। यदि सामुद्रिक-शास्त्र सत्य है तो आर्यक दिग्विजयी होकर रहेगा और श्यामरूप उसका महामात्य बनेगा।" फिर आर्यक की ओर ध्यान से देखते हुए बोले, "मेरा मन कहता है कि यह बालक वृद्धगोप के घर में गाय चराने के लिए पैदा नहीं हुआ है। यह बहुत बड़ा होगा, बहुत बड़ा!" वृद्धगोप सन्तुष्ट होकर घर लौट गए। दोनों बच्चे देवरात की देख-रेख में पढ़ने और बढ़ने लगे। देवरात ने त्रिलिंग देश के मल्ल राजुल को उन्हें व्यायाम और मल्ल-विद्या सिखाने के लिए नियुक्त किया।

देवरात दीन-दुखियों की सेवा में सदा तत्पर रहा करते थे। उन्हें किसी से कुछ लेना-देना नहीं था। परन्तु उनकी कला-मर्मज्ञता का राज-भवन में भी सम्मान था। हलद्वीप की जनता का विश्वास था कि देवरात जो हलद्वीप में टिक गए हैं, उसका मुख्य कारण राजा का आग्रह और सम्मान है। अन्तःपुर में भी उनका अबाध प्रवेश था। वस्तुतः वे राजा और प्रजा दोनों के ही सम्मानभाजन थे।

देवरात के शील, सौजन्य, कला-प्रेम और विद्वत्ता ने हलद्वीप की जनता का मन मोह लिया था। लोग कानाफूसी किया करते थे कि उनका विरोध सिर्फ एक ही व्यक्ति की ओर से है। वह थी हलद्वीप के छोटे नगर की नगरश्री मंजुला। सारे नगर में उसके रूप, शील, औदार्य और कला-पटुता की धूम थी। बड़े-बड़े श्रेष्ठिकुमार उसके कृपा-कटाक्ष के लिए लालायित रहा करते थे। उसके नृत्य में मादकता थी और कंठ में अमृत का रस। हलद्वीप में वह अत्यन्त अभिमानिनी गणिका के रूप में विख्यात थी और अपने विशाल सतखंड हर्म्य के बाहर बहुत कम जाती थी। केवल विशेष-विशेष अवसरों पर आयोजित राजकीय उत्सवों में ही वह अपना नृत्य-कौशल दिखाया करती थी। अन्य अवसरों पर नृत्य और गीत के प्रेमियों को उसके द्वारस्थ होकर ही अपना मनोरथ पूरा करना पड़ता था। उसके अभिमान और आत्म-गौरव के सम्बन्ध में लोगों में अनेक प्रकार की किंवदंतियाँ प्रचलित थीं। कहा तो यहाँ तक जाता था कि कला-चातुरी के बारे में राजा भी उसकी आलोचना करने में हिचकते थे।

हलद्वीप के पश्चिमी किनारे पर, जहाँ बोधसागर की सीमा समाप्त होती थी, एक ऊँचा-सा बड़ा टीला था। बरसात में जब बोधसागर में पानी भर जाता था और महासरयू में भी उफान आता था, तो यह टीला चारों ओर पानी से घिर जाता था। इसीलिए वह हलद्वीप में एक दूसरे द्वीप की तरह दिखाई देता था। उसका नाम 'द्वीपखंड' सर्वथा उचित ही था। इसी द्वीपखंड के दक्षिण-पूर्वी छोर पर हलद्वीप का 'सरस्वती-विहार' था। वसंतारम्भ के दिन इस सरस्वती-विहार में काव्य, नृत्य, संगीत आदि का बहुत बड़ा आयोजन हुआ करता था। उस दिन राजा स्वयं इन उत्सवों का नेतृत्व करते थे। कई दिन तक नृत्य-गीत के साथ-साथ अक्षर-च्युतक,

बिंदुमती, प्रहेलिका आदि की प्रतियोगिताएँ चलती थीं, न्याय और व्याकरण के शास्त्रार्थ हुआ करते थे, कवियों की समस्यापूर्ति की प्रतिद्वन्द्विता भी चला करती थी, और देश-विदेश से आए हुए प्रख्यात मल्लों की कुश्तियाँ भी।

राजा के सभापतित्व में ही एक बार मंजुला का नृत्य इसी सरस्वती-विहार में हुआ। देवरात भी सदा की भाँति आमन्त्रित थे। मंजुला ने उस दिन बड़ा ही मनोहर नृत्य किया था। स्वयं राजा ने उसे उस नृत्य के लिए साधुवाद दिया था। देवरात भाव-गद्गद होकर देर तक उस मादक नृत्य का आनन्द लेते रहे। मंजुला ने उस दिन पूरी तैयारी की थी। उस दिन उसकी सम्पूर्ण देहलता किसी निपुण कवि द्वारा निबद्ध छन्दोधारा की भाँति लहरा रही थी; द्रुत-मंथर गति अनायास विविध भावों को इस प्रकार अभिव्यक्त कर रही थी, मानो किसी कुशल चित्रकार द्वारा चित्रित कल्पवल्ली ही सजीव होकर थिरक उठी हो। उसकी बड़ी-बड़ी काली आँखें कटाक्ष-निक्षेप की घूर्णमान परम्पराओं का इस प्रकार निर्माण कर रही थीं जैसे नीलकमलों का चक्रवाल ही चंचल हो उठा हो, शरत्कालीन चन्द्रमा के समान उसका मुखमंडल चारियों के वेग से इस प्रकार घूम रहा था कि जान पड़ता था, शत-शत चन्द्रमंडल ही आरात्रिक प्रदीपों की अराल-माला में गुँथकर जगर-मगर दीप्ति उत्पन्न कर रहे हों। उसकी नृत्य-भंगिमा से नाना स्थिति की भाव-मुद्राएँ अनायास निखर उठी थीं। उसके कन्धे के नीचे मृणाल-कोमल भुज-युगल सुकुमार-संग्रथित द्विपदी-खंड के समान भाव-परम्परा में वलयित हो उठते थे। वस्तुतः पूर्वानिल के झोंकों से झूमती हुई शतावरी लता के समान उसकी सम्पूर्ण देह-वल्लरी ही भावोल्लास की तरंग से लीलायित हो उठी थी। ऐसा लगता था, वह छन्दों से ही बनी है, रागों से ही पल्लवित हुई है, तानों से सँवारी गई है और तालों से ही कसी गई है। सभा एकाग्र की भाँति, चित्रलिखित की भाँति, मन्त्र-मुग्ध की भाँति, साँस रोककर उस अपूर्व तालानुग उत्ताल नर्त्तन का आनन्द ले रही थी। नृत्य की समाप्ति के बाद भी एक प्रकार की मादक विह्वलता छाई हुई थी। महाराज के साथ सम्पूर्ण राजसभा ने उल्लसित स्वर में 'साधु-साधु' की हर्षध्वनि की। देवरात निर्वात-निष्कम्प दीपशिखा की भाँति, निस्तरंग जलाशय की भाँति, वृष्टिपूर्व घनघुम्मर मेघमाला की भाँति स्थिर बने रहे। मंजुला ने गर्वपूर्वक उनकी ओर देखा। वे शान्त बने रहे। ऐसा लगता था कि वे अब भी भाव-विह्वल अवस्था में थे। महाराज ने उन्हें सचेत किया, "आर्य देवरात, नृत्य कैसा लगा आपको?" ऐसा लगा कि देवरात आयासपूर्वक अपनी संज्ञा के खोए हुए तन्तुओं को समेटने लगे। बोले, "क्या कहना है महाराज, मंजुला देवी ने आज नृत्य-कला को धन्य कर दिया है। शास्त्रकारों ने जो नृत्य को देवताओं का चाक्षुष यज्ञ कहा है, वह बात आज प्रत्यक्ष देख सका हूँ।" फिर मंजुला को सम्बोधन करते हुए बोले, "धन्य हो देवि,

ताल तुम्हारे चरणों का दास है, भाव तुम्हारे मुखमंडल का मुँह जोहता रहता है...'' कहते-कहते वे बीच में ही रुक गए। स्पष्ट जान पड़ा कि वे कुछ और कहना चाहते थे पर कह नहीं सके हैं। महाराज ने जान-बूझकर छेड़ा, "कुछ त्रुटि भी रह गई है क्या, आर्य?" मंजुला मन-ही-मन जल उठी। उसे लगा कि देवरात कुछ दोषोद्‌गार करने के लिए ही यह मीठी भूमिका बाँध रहे हैं। इसके पहले भी कई बार मंजुला देवरात की आलोचना सुन चुकी थी। यद्यपि देवरात ने कभी भी ऐसी कोई बात नहीं कही जिसमें रंचमात्र भी अश्रद्धा प्रकट हुई हो, पर मंजुला ने सदा उनकी आलोचनाओं में द्वेष-भाव ही देखा था। आज भी उसे लगा कि देवरात कुछ ऐसा ही करने जा रहे हैं।

परन्तु देवरात कभी विद्वेष-बुद्धि से किसी को कुछ नहीं कहते थे। उन्हें सचमुच मंजुला का नृत्य अच्छा लगा था, यद्यपि वे उससे कुछ अधिक की आशा रखते थे। मंजुला को ही सम्बोधन करते हुए बोले, "बड़ा ही रमणीय साधन तुम्हें मिला है, देवि! अपने को खोकर ही अपने को पाया जा सकता है। तुम्हारा नृत्य इसी महासाधना की ओर अग्रसर हो रहा है। इस महाविद्या के बल पर ही एक दिन तुम स्वयं को दलित द्राक्षा की तरह निचोड़कर महा-अज्ञात के चरणों में दे सकोगी।" फिर यह सोचकर कि कहीं मंजुला के चित्त को ठेस न पहुँच जाए, वे फिर उसी को सम्बोधन करके बोले, "अज्ञ जन दया का पात्र होता है, देवि! अवश्य ही तुमने कुछ समझकर ही भावानुप्रवेश की उपेक्षा की होगी। मैं तो अज्ञ श्रद्धालु के रूप में ही यह सब कह रहा हूँ। इसे अन्यथा न समझना।" मंजुला का मुख क्षण-भर के लिए म्लान हो गया। वह कुछ उत्तर न दे सकी। राजा ने ही बीच में उसे सँभाला, "आर्य, किस प्रकार का भावानुप्रवेश आप चाहते हैं?" देवरात मंजुला का म्लान मुख देखकर अनुतप्त हुए। परन्तु बात उनके मुँह से निकल चुकी थी और राजा के प्रश्न का उत्तर देना आवश्यक था। बड़ी संयत वाणी में उन्होंने कहा, "देव, मंजुला का नृत्य निस्सन्देह बहुत उत्तम कोटि का है। जो बात मेरी समझ में नहीं आई, वह यह है कि 'छलित' नृत्य में नर्त्तक या नर्त्तकी को उन भावों का स्वयं अनुभव-सा करना चाहिए जो अभिनीत हो रहे हैं। इसी को भावानुप्रवेश कहते हैं। दूसरों के द्वारा प्रकट किए हुए भाव में स्वयं अपने को प्रवेश कराने का कौशल! निस्सन्देह मंजुला देवी इसमें निपुण हैं। परन्तु ऐसा जान पड़ता है कि वे आज अपने को भूल नहीं सकी हैं। नृत्य का उद्‌देश्य मानो कुछ और था—सहज आनन्द से भिन्न, कुछ और बात!" देवरात को संकोच अनुभव हो रहा था। बात कुछ अवांछित दिशा की ओर बढ़ती जा रही थी। उसे किसी दूसरी ओर मोड़ देने के उद्‌देश्य से उन्होंने कहा, "भावानुप्रवेश तो पहली सीढ़ी है, महाराज! अन्तिम लक्ष्य तो महाभाव की अनुभूति ही है।" मंजुला ने सुना तो

उसे बड़ी चोट लगी। नृत्य-कला में वह और किसी की विदग्धता स्वीकार नहीं करती थी। परन्तु आज सचमुच ही उसके मन में चोर था। वह देवरात को दिखा देना चाहती थी कि उसके समान नर्त्तकी संसार में और कोई नहीं। हलद्वीप में एकमात्र देवरात ही उसकी दृष्टि में ऐसे थे, जो उसके रूप और गुण से अभिभूत नहीं हुए थे। आज सचमुच ही उसके मन में देवरात पर विजय पाने की लालसा थी। फीकी हँसी हँसकर उसने कृत्रिम विनय के स्वर में कहा, "आप तो नृत्य के आचार्य जान पड़ते हैं।" परन्तु मतलब यह था कि तुम्हारे आचार्यत्व का अभिमान तुच्छ है।

सभा भंग होने के बाद मंजुला अपने घर लौट आई, लेकिन एक शब्द उसके कानों के पास बराबर मँडराता रहा—'भावानुप्रवेश'। क्रोधावेश में उसने सोचा, देवरात कहता है कि उसमें भावानुप्रवेश के कौशल की कमी है। यह देवरात दम्भी है, क्लीव है, कुत्सा-प्रिय है। उसने मंजुला का अपमान किया है। परन्तु जैसे-जैसे आवेश ठंडा पड़ता गया, वैसे-वैसे मंजुला के मन में और तरह के विचार आते गए। देवरात एकमात्र समझदार सहृदय है। उसने मंजुला के मन का चोर पकड़ा है। उसे उसकी सीमा में प्रवेश करके परास्त करना होगा। उसका गर्व चूर्ण करना होगा। उस रात मंजुला को नींद नहीं आई। देवरात का अक्षोभ्य मुख उसके मानस-पटल पर बार-बार आ जाता था। यह आदमी कभी उसके रूप से अभिभूत नहीं हुआ और कभी उसके प्रति इसने अश्रद्धा या लोलुप दृष्टि से नहीं देखा। कला का मर्मज्ञ है, बाह्य रूप का चाटुकार नहीं। मगर मंजुला यह नहीं समझ सकी कि वह उससे जलता क्यों रहता है! जब देखो, मीठी छुरी चला देता है। कहता है, भावानुप्रवेश की कमी है। भंड है, मायावी है, निन्दक है। मगर सारी दुनिया तो मंजुला पर मुग्ध है, एक देवरात नहीं मुग्ध होता तो उससे उसका क्या बिगड़ जाता है? मंजुला के पास इसका कोई उत्तर नहीं था। क्यों उसका मन बराबर देवरात पर विजय पाने को तरसता है? क्या वह नहीं जानती कि हजार विडंबक रसिकों की चाटुकारी, सच्चे सहृदय के एक बार सिर हिलाने की बराबरी नहीं कर सकती? नहीं, देवरात को वश में करने का उपाय कुछ और है। रूप की माया उसे नहीं आकृष्ट कर सकती, हेला और विव्वोक उसे नहीं अभिभूत कर सकते, उसे वश में करने का कुछ और ढंग होना चाहिए। मिट्टी के शरीर पर आकृष्ट होनेवाले रसिक जानते ही नहीं कि रस क्या चीज है। सहृदय भाव चाहता है, देवरात और भी आगे बढ़कर महाभाव चाहता है। महाभाव क्या होता होगा भला! मंजुला फिर उलझ गई। देवरात किस महाभाव में रहते हैं? सदा प्रसन्न, सदा श्रद्धा-परायण, सदा निर्लोभ। मंजुला सोचने लगी, उसने देवरात को क्या गलत समझा था? पूरी राजसभा में वही तो एक सहृदय है जो रस का मर्मज्ञ है,

बाकी तो भाँड हैं। ना, देवरात ही सच्चा पुरुष है। बाकी तो मांस के भुक्खड़ भेड़िए हैं। देवरात को परास्त करना होगा, मगर उसी के स्तर पर। उसे पसीना आ गया। अँगुलियों में भी स्वेद की आर्द्रता अनुभूत हुई। यह चिन्ता उसे कई दिनों तक व्याकुल किए रही।

कुछ दिन बाद एक दूसरे आयोजन के समय मंजुला को देवरात पर विजय पाने का अवसर मिला। उस दिन उसका चित्त निरन्तर मथित होने के बाद शान्त हो आया था। जैसे बिलोए हुए दधि में मक्खन उतर आता है, वैसे ही मंजुला में अब सात्त्विक भाव उमड़ आया था। उसने विशुद्ध कलाकार की ऊँचाई से सहृदय को वश में करने का निश्चय किया था। देवरात उस दिन प्राकृत में एक कविता सुना रहे थे। कविता शृंगार रस की जान पड़ती थी। बहुत-से लोग, जो देवरात को वैरागी समझते थे, इस कविता को सुनकर विस्मित हुए थे। कविता इस प्रकार थी :

अज्जं पिताव एक्कं मा मं वारेहि पियमहि रुअंतिं।
कल्लिं उण तम्मि गए जइ ण मुआ ता ण रोदिस्सम्॥
[रोवन दै सखि आजि तू, मति बरजै, रहि मौन।
ललन चलन लखि काल्हि जौ, प्राण बचै, रोऔ ना॥]

देवरात ने इसको बड़े व्याकुल स्वर में पढ़ा। उनका स्वर काँप रहा था। ऐसा जान पड़ता था कि नाभि-कुहर से निकले हुए शब्द हैं जो समस्त चक्रों को अनायास ही बेधकर निकल रहे हैं। देवरात का नाद-यन्त्र केवल निमित्त-मात्र जान पड़ता था। ऐसा लगता था कि कोई विश्वव्यापिनी मर्म-वेदना अनायास ही उनके नाद-यन्त्र के माध्यम से हिल्लोलित हो उठी हो। छिछले रस-मर्मज्ञों को इसमें सन्देह नहीं रहा कि इसका कवि स्वयं अनुभव करने के बाद ही ऐसी बात कह रहा है। लोगों ने तो यह भी कहना शुरू किया कि इस कविता का सम्बन्ध देवरात की किसी आप-बीती कहानी से अवश्य है। लेकिन मंजुला विचलित हो गई। वह मन-ही-मन देवरात के वैदग्ध्य से मुग्ध हो रही थी। उसे लगा कि व्यर्थ में उद्धत अभिमान के कारण वह अब तक इस एकमात्र सहृदय पुरुष की उपेक्षा करती रही है। उसका अन्तर इस प्रकार द्रवित हो उठा जैसे दीर्घकाल से जमा हुआ हिम एकाएक उष्ण वायु के स्पर्श से पिघल गया हो। हाय, किस गहराई में उस असामान्य पुरुष के अन्तर-देश में मर्मंतुद पीड़ा घर किए बैठी है! ऊपर से वह गम्भीर बनी रही। पर उसका अन्तर द्रवित हो चुका था। राजा ने उससे प्रश्न किया, "कहो मंजुला, आर्य देवरात की कविता कैसी लगी?" मंजुला ने कृत्रिम गर्व का भाव धारण किया। विव्वोक-चटुल मुद्रा में 'नासा मोरि नचाइ दृग' बोली, "बासी है!" और मन्द-मन्द

मुस्कराती हुई देवरात की ओर इस प्रकार देखने लगी, मानो कह रही हो कि मेरे शब्दों पर न जाना, कविता अच्छी है। देवरात ने उस दृष्टि का अर्थ समझा और बोले, "देवि! अनुग्रह हो तो कुछ प्रत्यग्र-मनोहर सुनने की इच्छा है।" लेकिन इस बीच मंजुला का यह उत्तर सुनकर राजा हँस पड़े थे और उनके पीछे बैठी हुई चाटुकारों, भाटों, विदूषकों और विटों की मंडली भी हँसी से इस प्रकार लहालोट हो गई थी, मानो अन्नदाता ने अभूतपूर्व परिहास किया हो। मंजुला के मन पर चोट लगी। वह नहीं चाहती थी कि देवरात उसे गलत समझें। अपनी बड़ी-बड़ी आँखों से उसने कातर अपांग से देवरात की ओर देखा, भाव था, 'इन भोंडे रसिकों की हँसी की उपेक्षा करें। मैं परवश हूँ।' फिर एक-दो बार आँखों-ही-आँखों में बातें हुईं। राजसभा में किसी ने इस दृष्टि-विनिमय को समझने का प्रयत्न नहीं किया। राजा ने मंजुला से कहा, "हाँ सुन्दरि, कुछ प्रत्यग्र-मनोहर सुनाओ।" प्रत्यग्र-मनोहर, अर्थात् जो अपनी ताजगी से ही मन हर लेता हो। मंजुला ने एक बार फिर देवरात की ओर ईषत् कटाक्ष-निक्षेप किया। भाव यह था कि 'शुरू करूँ, अनुमति है?' देवरात ने हँसते हुए कहा, "अवश्य सुनाओ देवि, मगर सौन्दर्य तो वही है जो बासी नहीं होता।" मंजुला ने जीभ काट ली—क्या देवरात को उसकी आलोचना बुरी लग गई है? राजा की ओर देखते हुए, किन्तु वस्तुतः देवरात को लक्ष्य करके उसने कहा, "मैं बासी को भी ताज़ा बना सकती हूँ, महाराज!" राजा एक बार फिर हँसे और साथ ही विटों और विदूषकों की मंडली लहालोट हो गई। देवरात ने कहा, "अवश्य कर सकती हो देवि, विलम्ब का क्या प्रयोजन है?" पीछे से किसी ने टिटकारी दी, "हाय-हाय, सूखी डाल में कोंपलें फूट रही हैं रे!" मंजुला को बुरा लगा। देवरात के चेहरे पर कोई भाव नहीं दिखाई दिया। मंजुला ने सोचा कि देर करने से इन विडम्ब-रसिकों से न जाने क्या-क्या सुनने को मिले। इसलिए हाथ जोड़कर उसने राजा से कहा, "महाराज, पहले प्रत्यग्र-मनोहर सुनाने की अनुमति दें और बाद में बासी को ताज़ा करने की।" महाराज ने उल्लासपूर्वक साधुवाद दिया और मंजुला रंगभूमि में उतरी। उस दिन वह सचमुच 'भावानुप्रवेश' की मुद्रा में थी। बड़ी ही करुण-मधुर वाणी में उसने अपनी रचना पढ़ी। लेकिन कविता का पाठ आरम्भ करने के साथ ही वह भाव-विह्वल मुद्रा में दिखाई पड़ी। कसा हुआ धम्मिल-पाश (जूड़ा) न जाने कब बिखरकर पीठ पर फैल गया। वह करुण रस की मूर्त्ति या शरीरधारिणी विरह-व्यथा की भाँति कूक उठी। क्या सोचकर उसने यह कविता लिखी थी, यह तो उसके अन्तर्यामी ही जानते होंगे, परन्तु उसके पढ़ने में अजीब मादकता थी। ऐसा जान पड़ता था कि उसने हृदय का समूचा रस उँडेलकर उसके एक-एक अक्षर को भिगोया था। प्रत्येक अक्षर स्फुट रूप से उच्चरित था, यथास्थान 'काकु' का उचित सन्निवेश था और छन्द की लहरी भाव

के साथ विचित्र भंगिमा में हिल्लोलित हो उठी थी। उस दिन वह वास्तविक 'भावानुप्रवेश' की अवस्था में थी। उसने संस्कृत का श्लोक नहीं पढ़ा, प्राकृत की आर्या नहीं सुनाई, सुनाया ग्राम्य भाषा में प्रयुक्त होनेवाला विरह-गीत (बिरहा) का अत्यन्त मनोहर दोहा छन्द। व्याकुल वाणी में उसने सुनाया :

दुल्लह जण अणुराउ गरु लज्ज परब्बसु प्राणु।
सहि मणु विसम सिणेह बसु मरणु सरणु णहु आणु॥
[दुर्लभ जन अनुराग बड़ि लज्जा परबस प्रान।
सखि मन विषम सनेह-बस, मरन सरन, नहिं आन॥]

उसने व्याकुल कम्पित स्वर में 'प्राणु' शब्द को खींचा। ऐसा जान पड़ा, आकाश रो उठा है, वायुमंडल काँप उठा है। अन्तिम चरण तक आते-आते उसका स्वर शिथिल होने लगा। वह अर्धमूर्च्छित-सी होकर रंगभूमि में शिथिल भाव से पड़ रही। सभासदों ने आशंकित होकर सोचा, यह क्या अभिनय है या सच्ची वेदना है? धीरे-धीरे मंजुला की संज्ञा लौट आई। उसे देवरात की पढ़ी हुई आर्या को भी पढ़ा। करुण-विकंपित स्वर से वायुमंडल विद्ध हो उठा। ऐसा जान पड़ा, वह आविष्ट है। जो मंजुला नित्य दिखाई देती है, उससे मानो यह भिन्न हो। काव्य, संगीत और अभिनय के उत्तम पक्षों का यह बहुत ही रमणीय सामंजस्य था। जब कविता-पाठ के बाद वह उठी, तब भी आविष्ट अवस्था में थी। चलने लगी तो चरणों के अलस संचार में भी विरह-व्यथा तरंगित हो रही थी, विलुलित केश-पाश से अनुभाव लहरा उठे थे और शिथिल नयनों से व्याकुल उच्छ्वास चंचल हो उठा था। स्वयं देवरात के सिवा सभी सभासदों ने यही समझा कि यह देवरात को परास्त करने का आयोजन है। वे यह भी सोच रहे थे कि देवरात अवश्य कुछ-न-कुछ दोषोद्गार करेंगे। परन्तु आश्चर्य के साथ देखा गया कि देवरात की आँखों से अविरल अश्रुधारा झर रही है। उनके होंठ सूख गए हैं और कपोल-प्रान्त मुरझाए हुए कमल के समान पांडुर हो उठे हैं। मंजुला ने यह कल्पना भी नहीं की थी कि देवरात की ऐसी दशा हो जाएगी। देवरात कुछ प्रकृतिस्थ होकर बोले, "धन्य हूँ देवि, जो वाग्देवता को प्रत्यक्ष देख रहा हूँ।" उनकी इस प्रशंसा को सुनकर मंजुला के सहज-प्रगल्भ मुख पर पहली बार लज्जा की लालिमा दिखाई पड़ी। निस्सन्देह उस दिन वह देवरात पर विजय प्राप्त करने की कामना से आई थी। उसे अभूतपूर्व सफलता भी मिली, पर विधाता के मन में कुछ और ही था। वह अपने को पा गई, अपने को ही खोकर। जिसे वह सदा अपना प्रतिद्वन्द्वी समझती रही, उसी देवरात को हराकर वह स्वयं हार गई। उसने पहली बार अनुभव किया कि हारकर भी मनुष्य चरितार्थ हो सकता है।

देवरात उस दिन अधीर और व्याकुल देखे गए। राजा ने समझा कि उन्होंने अपने को अपमानित अनुभव किया है। सुनने में आया कि राजा ने मंजुला पर अपना क्रोध भी प्रकट किया। यद्यपि उन्होंने उसके मुँह पर कुछ नहीं कहा, तथापि सारे नगर में उनके रोष की कहानी फैल गई। मंजुला ने सुना तो उसका हृदय व्यथा से तड़प उठा। क्या सचमुच देवरात को उस दिन उसने चोट पहुँचाई? अभिमानिनी गणिका को अपने औद्धत्य के लिए पहली बार पश्चात्ताप हुआ—हाय अभागी, तूने कैसा अनर्थ कर दिया। परन्तु उसके अन्तर्यामी कहते थे कि यह बात झूठ है। देवरात ऐसे छोटे नहीं है। उन्होंने मंजुला को गलत नहीं समझा है। राजसभा भोंडी रसिकता की शिकार है। विडम्ब-रसिक अपने मन से दूसरों के मन को मापा करते हैं। देवरात इनसे ऊपर हैं, बहुत ऊपर।

लेकिन देवरात अपने आश्रम में दीन-दुखियों की सेवा और बालकों को पढ़ाने-लिखाने का काम यथानियम करते रहे। उस दिन की क्षणिक अधीरता के बाद कभी भी उन्हें कातर या अभिभूत नहीं देखा गया। वे राजा की सभा में आयोजित नृत्य-गीतों में भी उसी उत्साह के साथ सम्मिलित होते रहे, जिस उत्साह के साथ मल्लशाला में आयोजित मल्ल-समाह्वयों में। वे पंडितों की वाद-सभा में भी उतना ही रस लेते थे। राजसभा के सभासदों ने सिर हिला-हिलाकर जो आशंका प्रकट की थी कि किसी-न-किसी दिन यह कला-प्रेमी वैरागी मंजुला के कटाक्ष-बाणों से घायल होगा, वह कभी सत्य नहीं हुई। देवरात यथापूर्व निर्विकार और निर्लिप्त बने रहे। केवल एक परिवर्त्तन हुआ जिसे देवरात के अन्तर्यामी के सिवा और कोई नहीं देख सका। जब कभी देवरात एकान्त में होते, वे उदास स्वर में गुनगुना उठते :

दुल्लह जण अणुराउ गरु लज्ज परब्बसु प्राणु।
सहि मणु विसम सिणेह बसु मरणु सरणु णहु आणु॥

दो

एक दिन देखा गया कि रूपगर्विता नगरश्री मंजुला अपने सारे अभिमान को ताक पर रखकर उदास-भाव से देवरात के आश्रम की ओर नंगे-पाँव चली जा रही है। हलद्वीप के लोगों के लिए इससे बड़ा आश्चर्य और कुछ नहीं था। आत्म-गौरव की प्रतिमा, अभिमान की मूर्त्ति, शोभा की अविजित रानी, नगर-रसिकों की

आकांक्षा-भूमि मंजुला अकेली चल पड़ी है। साथ में कोई दास-दासी नहीं है, रथ नहीं है, पालकी नहीं है, हाथी-घोड़े नहीं हैं, वह सब प्रकार से अकेली है।

हलद्वीप के नगरवासियों ने कभी इस प्रकार की बात की कल्पना भी नहीं की थी। मंजुला परम अभिमानिनी के रूप में ही परिचित थी। उसके बारे में सैकड़ों किंवदंतियाँ प्रचलित थीं। कहा तो यहाँ तक जाता था कि वह नित्य एक घड़े दूध से स्नान करती है। इधर सरस्वती-विहारवाली नोंक-झोंक ने नगर में अनेक प्रकार की किंवदंतियों को उकसावा दिया था। लोगों ने आश्चर्य के साथ सुना था कि मंजुला में अनेक परिवर्त्तन हुए हैं। वह अपना अधिकांश समय अब पूजा-पाठ में बिताती है, व्रत-उपवासों का विधिवत् उद्यापन करती है, उसकी वीणा से अब केवल विरह के स्वर झंकृत होते हैं। परन्तु इन बातों की सच्चाई में बहुत थोड़े लोगों को विश्वास था। बुद्धिमान व्यक्तियों ने सिर हिलाकर कहा था—"देखते रहो, जनम की विलासिनी, करम की मायाविनी गणिका अगर पूजा-पाठ करने लगे, तो मानना होगा कि बबूल में भी कमल के फूल खिलते हैं, पनाले में भी सुगन्धि फूटती है, सर्पिणी भी पुजारिनी बन सकती है!" लेकिन किंवदंतियाँ अमूलक नहीं थीं। मंजुला में सचमुच परिवर्त्तन हुआ था। वह नृत्य को महाभाव का साधन मानने लगी थी, अपने को खोकर अपने को पाने की ओर अग्रसर होने लगी थी। निस्सन्देह उसमें व्याकुलता थी। वह महाभाव का रहस्य समझना चाहती थी। किससे पूछे, कौन बताएगा कि महाभाव क्या है? एकमात्र देवरात ही बता सकते थे, पर वे मंजुला के लिए दुरभिगम्य थे। आजीवन जिन ब्रह्मास्त्रों का उसने वशीकरण का उपाय मानकर अभ्यास किया था, वे देवरात से टकराकर चूर्ण-विचूर्ण हो गए थे। उसने उपेक्षा की थी। गणिकाशास्त्र में इन अस्त्रों से घायल न होनेवाला नपुंसक माना जाता है। मंजुला ने भी बराबर देवरात को ऐसा ही माना था, पर अब उसे दूसरा ही अनुभव हुआ था। गणिकाशास्त्र से ऊपर भी कुछ है। घायल होने के रूप भी अलग-अलग होते हैं। देवरात नहीं, मंजुला घायल हुई है। कहाँ? किस गहराई में? और क्या सचमुच देवरात किसी अतल में घायल नहीं हुए हैं? मंजुला उत्तर पाना चाहती है, पा नहीं रही है।

इस बीच एक अनर्थ हो गया था। राजसभा में उसकी पुकार हुई थी। उसे सुधि ही नहीं रही। यथासमय वह अनुपस्थित पाई गई। राजकोप अयाचित, अप्रत्याशित रूप से उस पर आ गिरा। देवरात ही उसकी रक्षा कर सकते थे। वे ही राजा को प्रभावित करने में समर्थ थे। मंजुला को अच्छा बहाना मिल गया। दुख के आवेदन की देवरात कभी उपेक्षा नहीं करते। मंजुला आज निकल पड़ी है। अकेली।

नगर-भर में खलबली मच गई। लोगों के आश्चर्य और कौतूहल का ठिकाना

नहीं रहा। यह भी क्या सम्भव है कि अभिमानिनी नगरश्री इस प्रकार नगर की गलियों में अकेली चले? उसके पहिनावे में सिर्फ एक स्वच्छ साड़ी थी, आभूषण के नाम पर केवल एक हाथ में एक सोने की चूड़ी थी और गले में केवल एक सूत्र का हेमहार था। उसके पैरों में उपानह भी नहीं थे। ऐसा जान पड़ता था कि शोभा ने ही वैराग्य धारण किया है, कान्ति ने ही व्रतोद्यापन किया है, चन्द्रमा की स्निग्ध ज्योत्स्ना ही धरती पर उतर आई है, पद्मवन की चारुता ने ही धूल पर चलने का संकल्प किया है और रति ने ही उदास-भाव ग्रहण करके धरती को धन्य किया है। निःसन्देह वह इस वेश में भी मनोहर लग रही थी। शैवाल-जाल से अनुविद्ध होकर भी कमल-पुष्प की शोभा कमनीय होती है, मेघों से आवृत्त चन्द्रमंडल की शोभा भी रमणीय जान पड़ती है, मधुर आकृतियों के लिए सब-कुछ मंडन-द्रव्य ही बन जाता है। नगर के गवाक्ष खुल गए, पौर-वधुओं के चकित नयनों ने नगर की शोभा को धूल पर चलते देखा, बच्चों का दल पीछे-पीछे दौड़ पड़ा, ग्राम-वृद्धों ने एक-दूसरे की ओर कौतूहल-भरी दृष्टि से देखकर कहा, "बात क्या है?" लेकिन मंजुला ने किसी ओर दृष्टिपात नहीं किया। वह निरन्तर आगे बढ़ती गई। ऐसा जान पड़ता था कि इस अवस्था में भी उसका अभिमान उसे प्रच्छन्न भाव से अवगुंठित किए हुए है।

देवरात के आश्रम के बहिर्द्वार पर आकर वह ठिठक गई, जैसे स्रोतस्विनी के सामने अचानक शिलाखंड आ गया हो। उसने चकित मृग-शावक की भाँति भीत नयनों से चारों ओर देखा, ऐसा लगा जैसे वह किसी ऐसे स्थान पर आ गई हो जहाँ उसके प्रवेश का अधिकार न हो। क्या करे, क्या न करे? वह सोच नहीं पा रही थी। आश्रम उसे जलते अंगार-जैसा दिखाई दे रहा था, जिसको छूने से सम्पूर्ण रूप से जल जाने की आशंका थी। अभिमानिनी गणिका को पहली बार यहाँ अनुभव हुआ कि वह वह नहीं है जो अब तक अपने को समझती आई थी। एक बार थके निराश नेत्रों से उसने आश्रम के भीतर देखा। उसकी दृष्टि दो बड़े ही सुन्दर बालकों की ओर गई। ये बालक श्यामरूप और आर्यक थे। उसने इंगित से उन्हें अपनी ओर बुलाया। दोनों बालक दौड़ते हुए उसके पास आ गए और बड़े शिष्ट भाव से बोले, "आर्ये, आप क्या हमारे गुरुजी को खोज रही हैं? क्या आप भी पढ़ने आती हैं? हमारे गुरुजी आपको बहुत अच्छी तरह पढ़ाएँगे। आइए, आइए, स्वागत है।" मंजुला को सन्देह नहीं रहा कि इन बच्चों को गुरु ने ही ऐसी शिष्ट भाषा बोलना सिखाया होगा। उसके मन में वात्सल्य भाव उदित हुआ। उसने दोनों बच्चों के सिर पर हाथ फेरा और प्यार से कहा, "हाँ वत्स, मैं गुरुजी के दर्शन के लिए ही आई हूँ। उनसे निवेदन करो कि मंजुला दर्शन का प्रसाद पाना चाहती है।" दोनों बच्चे दौड़कर गुरु के पास गए और थोड़ी देर में उनके साथ लौट आए।

देवरात ने कभी कल्पना भी नहीं की थी कि मंजुला इस रूप में उनके द्वार पर उपस्थित होगी। उन्होंने अत्यन्त मधुर वाणी में मंजुला का स्वागत करते हुए कहा, "देवि, इस आश्रम को धन्य करने का कारण क्या हुआ? मैं किस सेवा के योग्य हूँ? शुभे, तुम्हारा चेहरा उदास देख रहा हूँ। कल्याण तो है?" मंजुला फूट-फूटकर रो पड़ी और अनायास उनके चरणों पर सिर रख दिया। उसने अपने विथुरे अलकों से ही उनका चरण पोंछ दिया और बताया कि अकारण ही उसे राजकोप का शिकार होना पड़ा है। एकमात्र वे ही हैं जो राजकोप का निवारण कर सकते हैं।

देवरात ने उसे आश्वासन दिया, "चिन्तित न हो देवि, मैं शक्ति-भर प्रयत्न करूँगा कि तुम्हें कोई कष्ट न हो और राजा का कोप शान्त हो।" मंजुला आश्वस्त हुई। फिर आँखें नीची किए कुछ असमंजस की मुद्रा में खड़ी रही जैसे कुछ कहना चाहती हो, कह न पा रही हो। देवरात ने उत्सुकतापूर्वक पूछा, "क्या कहना चाहती हो, देवि!" और मधुर-भाव से आश्वस्त करते हुए बोले, "कह जाओ, संकोच की क्या बात है?"

मंजुला ने धीमे स्वर में पूछा, "आर्य, उस दिन मेरे कविता-पाठ से आपको चोट लगी। अपराधिनी को क्षमा करना, मैं बहुत लज्जित हूँ।"

देवरात हँसे, "तुम्हारी उस कविता से मुझे चोट लगी? किसने कहा, "देवि?" फिर उत्तर की प्रतीक्षा किए बिना ही बोलते गए, "बासी घाव हरा हो गया था, देवि! उसके बारे में न पूछ बैठना, पर उस दिन तुम्हारे भीतर सुप्त देवता का संधान मुझे मिला था, सुप्त देवता, जो जाग उठा था।"

मंजुला की आँखों से अश्रुधारा फूट पड़ी। फफककर बोली, "हाय आर्य, मेरे भीतर देवता भी है, यह बात तो केवल तुमने ही देखी है। लोग तो इसमें मिट्टी का ढेला ही खोजते हैं। मैं अपने पाप-जीवन से ऊब गई हूँ, आर्य! हाय, इस नरक से मेरा कभी उद्धार भी होगा!" उसने दीर्घ निःश्वास लिया।

देवरात ने कहा, "मैं भुजा उठाकर कह सकता हूँ देवि, तुम्हारे भीतर देवता का निवास है। तुम जिस पाप-जीवन की बात कह रही हो वह मनुष्य की बनाई हुई विकृत सामाजिक व्यवस्था की देन है। चिन्ता न करो देवि, इससे उद्धार हो सकता है। तुम्हारा देवता तुम्हारे भीतर बैठा हुआ अवसर की प्रतीक्षा कर रहा है। कोई बाहरी शक्ति किसी का उद्धार नहीं करती। यह अन्तर्यामी देवता ही उद्धार कर सकता है। चिन्ता की क्या बात है, देवि!"

मंजुला आँखें फाड़कर देवरात की ओर देखती रह गई। उसे इन बातों का अर्थ स्पष्ट नहीं हो रहा था। पर बिना अर्थ समझे भी जैसे साम-गान चित्त को अभिभूत कर लेता है, कुछ उसी प्रकार का भाव उसे अनुभव हुआ।

देवरात ने उसे और भी उत्साहित किया, "देवता न बड़ा होता है, न छोटा;

न शक्तिशाली होता है, न अशक्त। वह उतना ही बड़ा होता है जितना बड़ा उसे उपासक बनाना चाहता है। तुम्हारा देवता भी तुम्हारे मन की विशालता और उज्ज्वलता के अनुपात में विशाल और उज्ज्वल होगा। लोग क्या कहते हैं इसकी चिन्ता छोड़ो। अपने अन्तर्यामी को प्रमाण मानो। वे सब ठीक कर देंगे, देवि!"

मंजुला को जैसे नया सुनने को मिला। नवीन बाल-मृगी जैसे बरसते मेघ के रिमझिम संगीत को आश्चर्य से सुनती है, उसी प्रकार वह सुनती रही—चकित, उल्लसित, उत्सुक!

देवरात ने उपसंहार किया, "अपने देवता की उपेक्षा न करना, देवि! जाओ, मंगल हो!"

मंजुला भहरा गई। वह इतनी जल्द उपसंहार के लिए प्रस्तुत नहीं थी। वह बहुत सुनना चाहती थी, उसे थोड़े में सन्तोष नहीं हो रहा था। हाय, उसके भीतर भी देवता है—चिर-उपेक्षित, चिर-पिपासित, चिर-अपूजित! उसकी बड़ी-बड़ी आँखें धरती की ओर जो झुकीं सो मानो चिपक ही गईं। वह दाहिने पैर के नाखून से धरती कुरेदती खड़ी रही। नाना भाव-तरंगों के आघात-प्रत्याघात से वह जड़ प्रतिमा की भाँति निश्चेष्ट हो गई। देवरात मुग्ध-भाव से उसकी मनोहारिणी शोभा को देखते रहे। वे भी चित्रलिखित-से खड़े-के-खड़े रह गए। श्यामरूप और आर्यक चकित होकर दोनों को देखते रहे। उनकी समझ में नहीं आ रहा था कि इन्हें हो क्या गया है! थोड़ी देर तक यही अवस्था रही। फिर देवरात का ही ध्यान भंग हुआ। बोले, "चारुशीले, मैंने जो कहा, उससे तुम्हारे चित्त को आश्वासन नहीं मिला क्या?" मंजुला ने आँखें ऊपर उठाईं, बोली, "अपराधिनी हूँ, आर्य! आपको सदा गलत समझा है। मैं बिलकुल नहीं जानती थी कि कोई मेरे भीतर देवता का भी संधान पा सकता है। मुझे अब लगता है कि केवल आज नहीं, पहले भी तुमने मेरे भीतर सुप्त देवता को देखा था। मैं आजीवन पाप-पंक में डूबी हुई, तुम्हारी भावनाओं को क्या जानूँ। मैं तो सिर्फ यह जानती रही कि लोग मेरे भीतर जाग्रत पशु को ही देखते हैं, उसी का सम्मान करते हैं। जो इस पशु को नहीं देख पाता, उसे दृष्टि ही नहीं है। हाय आर्य, मेरे अन्तरतर का देवता सुप्त रहकर भी तुम्हें जितना प्रभावित कर सका, उसका शतांश भी तुम्हारे जाग्रत देवता से यह पापिनी प्रभावित हो पाती!" देवरात ने बीच में ही टोका, "सुनो देवि, तुम इतनी व्यथित क्यों हो रही हो? अपने पर तुम्हारी यह अनास्था उचित नहीं है। तुम बार-बार अपने को पापिनी और अपराधिनी कहती हो, तो मेरा अन्तरतर काँप उठता है। यहाँ शुद्ध सुवर्ण कहीं नहीं है, सब जगह खाद मिला हुआ है। सब-कुछ शुद्ध सुवर्ण और खाद से बना हुआ हेमालंकार है। किसने यह आभूषण पहन रखा है? उसी को खोजो। पाप और पुण्य जब उसी को समर्पित हो जाते हैं तो समान रूप से

धन्य हो जाते हैं। मन में खोट न आने दो देवि, तुम नारायण की स्मित-रेखा के समान पवित्र हो, आह्लादक हो, आनन्ददायिनी हो। देवि, जिस दिन देवरात ने तुम्हें देखा था, उस दिन उसे लगा था कि वह कुछ अपूर्व देख रहा है, कुछ नवीन अनुभव कर रहा है। तुम विश्वास मानो देवि, तुम्हारे दर्शनमात्र से देवरात का सम्पूर्ण अस्तित्व उमड़ आता है। निस्सन्देह तुम्हारे भीतर कोई महा आकर्षक देवता बसता है। लोग उसको ठीक नहीं पहचानते। वे मन्दिर को ही आकर्षण का हेतु मान लेते हैं। बिचारे कृपण हैं, उनका देवता भी सुप्त है। जागेगा, मगर कब, कहना कठिन है।''

मंजुला का अंग-अंग द्रवित हो उठा। नस-नस में आनन्द की अननुभूत लहरी सिहरन पैदा कर गई। वह क्या सुन रही है? उसे देखकर देवरात का सम्पूर्ण अस्तित्व उमड़ आता है! उसे वे नारायण की स्मित-रेखा के समान पवित्र और आह्लादवर्धिनी समझते हैं, यह भी क्या चाटूक्ति है? हाय, कितनी बेधक चाटूक्ति है यह! मंजुला के अन्तरतर को वह वेध रही है। अब तक सुनी हुई चाटूक्तियाँ उसे ढक देती रही हैं। आज की उक्ति उसे उधेड़ रही है। नारायण की आह्लादिनी स्मित-रेखा! पहले उस स्मित-रेखा ने मोहिनीरूप में ही संसार को वशीभूत किया था। आज उसका पवित्र आह्लादक रूप प्रकट हो रहा है। मंजुला अपने को पा रही है।

देवरात ने पुनः कहा, ''देवि, तुम्हारे नृत्य में तुम्हारा देवता अभिव्यक्त होता है। देवरात उसे पहचानता है।''

मंजुला अपने को सँभाल नहीं सकी। उसने आवेशपूर्वक देवरात के चरणों पर सिर रख दिया। देवरात पीछे हट गए। मंजुला बोली, ''इतने से वंचित न रहने दो, आर्य! मैं फटी जा रही हूँ। ऐसा जान पड़ता है कि इस सारे आवरण को छिन्न करके एक नई मंजुला निकलना चाहती है। इस कलुषित मंजुला के भीतर से शुद्धसत्त्वा अकलुष मंजुला! वह अकलुष मंजुला ही तुम्हें समर्पित है, आर्य! उसे अपने पवित्र ममत्व से वंचित न करो। हाय आर्य, बड़ी देर हो गई!''

देवरात भाव-विह्वल, अचंचल!

क्षणभर में क्या-का-क्या हो गया। देवरात का सारा सत्त्व मथित होकर ढरक जाना चाहता है।

मंजुला प्रकृतिस्थ हो गई। बोली, ''इससे अधिक लोभ नहीं करूँगी, आर्य! इस नवीन मंजुला को मत भूलना। पुरानी को क्षमा कर देना!''

देवरात ठगे-से, खोए-से, हारे-से, स्तब्ध!

मंजुला ने उनके चरणों की धूल आँखों में लगाई और चलने को प्रस्तुत हुई। देवरात निश्चल, अकंप!

मंजुला अन्तिम प्रणाम निवेदन करके जाने को हुई। घूमकर पहला ही पग उठा पाई थी कि देवरात ने झपटकर उसका कन्धा पकड़ लिया, ''रुको देवि, थोड़ा और रुको!''

मंजुला ने घूमकर देवरात की ओर देखा। उनका चेहरा लाल था। आँखें न जाने कैसी-कैसी हो गई थीं। बोले, ''देवि, बासी को ताज़ा करने के लिए उस दिन का साधुवाद ग्रहण करो!''

मंजुला इसका ठीक-ठीक अर्थ नहीं समझ सकी। उसे उस दिन का राजसभा का परिहास तो याद था, पर इस अवसर पर उसका क्या तुक था? हाथ जोड़कर बोली, ''समझ नहीं सकी, आर्य!'' देवरात के चेहरे पर सहज दीप्ति आ गई। हँसकर बोले, ''सब प्रसाद समझकर ही नहीं लिए जाते। पर प्रसाद प्रसाद ही है।'' मंजुला देवरात के मुख पर एकटक दृष्टि लगाए ताकती रही। मन-ही-मन उसने कहा—यह सहज-प्रसन्न मुखमंडल अक्षोभ्य नहीं है। साहस बटोरकर उसने कहा, ''यदि अनुचित न समझें तो दासी किसी दिन अपने घर पर चरणों की धूलि पाने की मनोकामना रखती है।'' देवरात पुलकित होकर बोले, ''अवसर आने पर तुम्हारी यह मनोकामना भी पूर्ण होगी।'' गणिका को जैसे राज्य मिल गया हो। अत्यन्त कृतज्ञता-भरी दृष्टि से देवरात की ओर देखते हुए वह सन्तुष्ट चित्त से घर लौट आई।

पूरे हलद्वीप में यह बात आँधी की तरह फैल गई। बुद्धिमानों ने सिर हिलाकर कहा, ''इसमें कुछ रहस्य है। यह गणिका मायाविनी है। वह देवरात को फँसाना चाहती है।'' कुछ दूसरे लोग यह कहते सुने गए कि यह राजा का षड्यन्त्र है। वह देवरात की लोकप्रियता से चिन्तित है और उसे बदनाम करना चाहता है। तरुण नागरिकों में कुछ और ही तरह की कानाफूसी चलने लगी। उनके मन में गणिका के प्रेमासक्त होने की ही सम्भावना अधिक थी। जितने मुख, उतनी बातें सुनाई देने लगीं। बातें धीरे-धीरे वृद्धगोप तक भी पहुँचीं। उन्होंने देवरात को सावधान करने की बात भी सोची। परन्तु स्वयं देवरात के चित्त में कोई विकार नहीं देखा गया। उनका सदा-प्रसन्न चेहरा जैसा-का-तैसा बना रहा। कोई पूछता तो कहते, ''मंजुला देवी ने निमन्त्रण दिया है, अवसर आने पर उस निमन्त्रण का सम्मान तो करना ही होगा। अवसर आ भी सकता है, नहीं भी आ सकता है।'' और हँस देते। उस हँसी में एक प्रकार का विषाद-भाव भी मिला होता था। ऐसा जान पड़ता था कि उनकी हार्दिक कामना यही थी कि अवसर न आए। लेकिन नगर के विडम्ब-रसिकों ने उनकी हँसी की भी नाना प्रकार से व्याख्या की। नित्य-नई कहानियाँ गढ़ी जातीं और फैलाई जातीं। यहाँ तक भी सुना गया कि नगरश्री मंजुला स्वयं अभिसार-यात्रा की तैयारी कर रही है। परन्तु देवरात यथानियम

अपने काम में लगे रहते। उन्होंने इन बातों की ओर ध्यान देने की आवश्यकता नहीं समझी।

इस बीच देवरात राजा से कई बार मिल भी आए। यह भी सुना गया कि राजा ने उनकी बात मान ली है और गणिका को क्षमा प्रदान कर दी है। अटकलों के बवंडर उड़ते रहे। इतना अवश्य देखा गया कि गणिका ने राजकोप के शमन के बाद धूमधाम से क्षिप्तेश्वर महादेव की पूजा करवाई और सहस्रों नागरिकों को अपना नृत्य दिखाकर मुग्ध भी किया। नगर के लोग इस परिणति से सन्तुष्ट हो गए और कानाफूसी धीरे-धीरे दब गई। लोग धीरे-धीरे इस घटना को भूल गए।

कुछ दिनों बाद देवरात को सचमुच ही गणिका का आतिथ्य स्वीकार करना पड़ा। एकाएक नगर में भयंकर महामारी का प्रकोप हुआ। शीतला देवी को प्रसन्न करने के अनेक उपचार किए गए, परन्तु उनका कोप घटने के स्थान पर बढ़ता ही चला गया। नगर में हाहाकार मच गया। जिधर देखो, उधर ही कराहने की ध्वनि सुनाई देने लगी। लोगों में भगदड़ मच गई। राज-परिवार ने भी नगर से दूर बने हुए प्रासाद में आश्रय लिया। वृद्धगोप के दोनों बच्चों को उनके घर भेजकर देवरात सेवा-कार्य में जुट गए। कोई किसी को पूछनेवाला नहीं था। किसी-किसी मुहल्ले में प्रत्येक व्यक्ति महामारी का शिकार बना था ओर कोई-कोई मुहल्ला एकदम जनशून्य हो गया था। अपने सगे-सम्बन्धी भी दूर भागने लगे। लेकिन देवरात प्रत्यूष से लेकर आधी रात तक घूम-घूमकर लोगों की शुश्रूषा करते, दवा पहुँचाते, पथ्य की व्यवस्था करते। एक दिन उन्हें समाचार मिला कि मंजुला भी रोगग्रस्त हो गई है और उसके दास-दासी घर छोड़कर भाग गए हैं। कोई पानी देनेवाला भी नहीं रह गया है। देंवरात ने मंजुला के आतिथ्य-ग्रहण का अवसर आज देखा। वे मंजुला के विशाल प्रासाद की ओर बढ़े। चारों ओर भयंकर सुनसान था। घर का द्वार खुला हुआ था, परन्तु कहीं कोई दिखाई नहीं पड़ा। मंजुला के घोड़े, बैल और अन्य पशु या तो छोड़ दिए गए थे या फिर किसी और की सम्पत्ति बन चुके थे। पूरा प्रासाद खाँय-खाँय कर रहा था। घर में एक बत्ती तक नहीं जल रही थी। देवरात को लगा कि कदाचित् मंजुला भी कहीं अन्यत्र चली गई है। क्षण-भर के लिए वे ठिठके। मन में आया, कदाचित् उन्हें गलत खबर मिली है। वे सोचने लगे कि लौट जाना ही उचित है। उसी समय ऊपरी तल्ले से अत्यन्त क्षीण कंठ के कराहने की ध्वनि उनके कानों में पड़ी। उस शब्द का अनुसरण करते हुए वे सीढ़ियों पर चढ़ गए और गणिका के शयनकक्ष में उपस्थित हुए। अन्धकार में उन्हें कुछ भी दिखाई नहीं दिया। फिर उन्होंने निश्चित सूचना पाने के उद्देश्य से आवाज दी, "कोई है?" उत्तर में अत्यन्त क्षीण-कातर ध्वनि सुनाई पड़ी— "पानी!" देवरात की आँखें भर आईं। निस्सन्देह यह मंजुला का ही कंठ था। हाय,

समृद्धि की रानी, रूप की लक्ष्मी, शोभा की स्रोतस्विनी, अनुराग की तरंगिणी मंजुला की आज यह दशा है। उनका गला भर आया। भर्राई हुई वाणी में बोले, "मैं देवरात हूँ, देवि! तुम्हारा निमन्त्रण स्वीकार करके आ गया हूँ। चिन्ता न करो, अभी सब ठीक हुआ जाता है।" अँधेरे में उन्हें कहीं भी कोई बरतन नहीं दिखाई दिया। न मंजुला का वह मुख ही दिखाई दिया, जिसे पानी से तर करना था। आँगन में नक्षत्रों के हलके प्रकाश में एक मिट्टी का घड़ा दिखाई दिया। संयोग से उसमें थोड़ा पानी भी मिल गया। उन्होंने अपना उत्तरीय पानी में भिगोया। घर में आकर पुकारा, "किधर हो, देवि! देवरात आया है।" क्षीण कंठ से फिर कराहने की ध्वनि हुई। देवरात धीरे-धीरे पैर रखते हुए जिधर से आवाज आई थी, उधर गए। हाथ से स्पर्श करके उन्होंने मंजुला के मुख का पता लगाया और फिर उसके अधरों के पास एक हाथ रखकर दूसरे हाथ से उत्तरीय के पानी की कुछ बूँदें गिरा दीं। ऐसा जान पड़ा, मानो मंजुला की चेतना कुछ अधिक सजग हुई। कदाचित् उसकी आँखें भी खुलीं। क्षीण कंठ से पूछा, "कौन है?" उत्तर मिला, "देवरात हूँ, देवि!" मंजुला को जैसे विश्वास ही न हुआ हो, बोली, "कौन, आर्य देवरात?"

"हाँ देवि, आज मैंने तुम्हारा निमन्त्रण स्वीकार किया। साहस न छोड़ो। सब ठीक हुआ जाता है।" अँधेरे में कुछ दिखाई तो नहीं दिया, परन्तु देवरात को समझने में देर न लगी कि उसकी आँखों से अजस्र अश्रुधारा बह रही है। वह सुबक-सुबककर रो रही है। बड़े आयास से उसने कहा, "पापिनी से दूर रहो, देव! यदि इस अधमा के ऊपर दया है तो अपना हाथ हटा लो और उस बच्ची को देखो।" इतना कहकर मंजुला एकदम मौन हो गई, मानो यही अन्तिम बात कहने के लिए अब तक उसके प्राण बचे थे। देवरात ने आश्चर्य और कौतूहल के साथ पूछा, "कौन-सी बच्ची, देवि? कहाँ है वह?" क्षीण कंठ से उत्तर मिला, "मृणालमंजरी!" ज़रा रुककर उसने आयासपूर्वक कहा, "इस नरककुंड से उसे ले जाओ।" और फिर सब-कुछ शान्त हो गया। देवरात जानना चाहते थे कि मृणालमंजरी कौन है? कहाँ है? पर देर तक प्रतीक्षा करने के बाद भी कुछ उत्तर नहीं मिला। उन्होंने मंजुला का ललाट स्पर्श किया, बर्फ की तरह ठंडा मालूम पड़ा। अँधेरे में उन्हें कुछ नहीं दिखाई दिया, परन्तु मंजुला के वाक्य उनके कर्ण-पटल पर बार-बार आघात करते रहे, 'उस बच्ची को देखो!' कहाँ है वह बच्ची? यहीं कहीं होगी। इसी घर में। जीवित भी है या नहीं, कौन जाने! अन्धकार बड़ा भयावना लग रहा था। ऐसा जान पड़ता था कि यमराज का काला भैंसा आक्रमण के लिए तत्पर अवस्था में खड़ा है। कब रगेद देगा, कुछ ठिकाना नहीं। दीपक की कोई व्यवस्था करनी होगी। परन्तु दीपक कहाँ है? दूर तक कहीं आग या धुएँ का चिह्न नहीं दिखाई दे रहा था। उन्होंने टो-टोकर सारे घर को समझने का प्रयत्न किया। बड़ी भयंकर अवस्था

थी। कुछ भी समझ में नहीं आ रहा था कि सचमुच यहाँ कोई बच्ची है भी या नहीं। कई बार वे टकराकर गिरते-गिरते बचे। अन्त में मंजुला की शय्या के पास ही एक और शय्या का संधान मिला उन्हें। आशा हुई कि इस पर ही कोई छोटी बच्ची सो रही होगी। हौले-हौले उन्होंने पूरी शय्या की परीक्षा की। शय्या सूनी थी। निराश होकर उन्होंने मन-ही-मन निश्चय किया कि चाहे जितनी दूर भी जाना पड़े, वे आग लाकर कुछ प्रकाश की व्यवस्था करेंगे। जब वे घर के द्वार की ओर बढ़ने लगे तो एकाएक फिर टकराए। यह कोई पालना था। उन्होंने पालने के भीतर टोकर देखा। सचमुच ही एक छोटी-सी बच्ची बेहोश पड़ी थी। उसका ललाट जल रहा था। जान पड़ता था, उसे तीव्र ज्वर है। धीरे-धीरे बच्ची को उन्होंने उठाया और द्वार से निकालकर खुले आसमान के नीचे ले आए। उन्हें लगा कि बालिका के वस्त्रों में एक प्रतोलिका (छोटी-सी पेटी) जैसी कोई चीज बँधी हुई है। वह क्या है, यह समझने का समय नहीं था। प्रतोलिका समेत उस नन्ही बालिका को बाहर लाकर ताराओं के क्षीण प्रकाश में देखा। दो-तीन वर्ष की इस फूल-सी बालिका को देखकर उनका हृदय दुख से कराह उठा। हाय विधाता, इस भोली दुधमुँही बालिका की क्या दशा है! वह बेहोश थी, परिम्लान कमल-कलिका के समान मुरझाई हुई।

ऊपर आकाश और नीचे धरती। दूर तक जन-शून्य राजमार्ग अजगर की तरह लेटा हुआ दिखाई दे रहा है, परन्तु आग कहाँ मिले? प्रदीप कहाँ से जले? बच्ची को गोदी में लिए हुए देवरात तेजी से आगे बढ़ने लगे। बड़े-बड़े प्रासाद इस प्रकार निस्तब्ध खड़े थे, मानो महामारी से ग्रस्त होकर मूर्च्छित हो गए हों। वे चलते ही गए, पर आग का दर्शन कहीं नहीं हुआ। अन्त में उन्होंने यही निश्चय किया कि अपने आश्रम में ही बच्ची को सुलाकर, प्रदीप लेकर फिर इधर आएँगे। लम्बा रास्ता तय करके वे आश्रम में पहुँचे। वहाँ उन्होंने देखा कि वृद्धगोप और उनकी पत्नी देर से उनकी प्रतीक्षा कर रहे हैं। वृद्धगोप ने अनुयोग के स्वर में कहा, "प्रभो! इतनी देर तक महामारी-ग्रस्त पुरी में न रहा करें।" देवरात ने थके हुए स्वर में कहा, "भद्र, बड़ा दुख देखकर आया हूँ और साथ में एक रुग्ण शिशु को भी लेकर। यह देखो!" दीपक के प्रकाश में तीनों ने उस सुकुमार बालिका का मुँह देखा। ऐसा लगा, मानो पूनम के चाँद को राहु ने ग्रस लिया हो। "हे भगवान्! इस नन्ही बालिका की रक्षा करो।"

वृद्धगोप की पत्नी का मातृ-स्नेह उमड़ आया। उन्होंने बच्ची को गोद में लेकर उसका सिर सहलाया, फिर वृद्धगोप से बोलीं, "तनिक पानी तो ले आओ।" थोड़ा-सा पानी देने के बाद बच्ची की आँखें खुल गईं, परन्तु दृष्टि में एक विचित्र प्रकार की अवसन्नता थी। देवरात ने बच्ची की नाड़ी की परीक्षा की और आश्वस्त

होकर बोले, "भगवान् का अनुग्रह होगा तो यह बच जाएगी।"

वृद्धगोप-दम्पति पर बच्ची की शुश्रूषा का भार देकर, आग और प्रदीप लेकर वे फिर मंजुला के घर लौट आए। प्रदीप जलाकर जो देखा तो मंजुला का कहीं पता नहीं। कहाँ चली गई? उन्हें लगा कि वह तड़पती हुई बाहर निकली होगी और फिर सदा के लिए सो गई। दूर-दूर तक खोजा, पर मंजुला नहीं मिली। सौ-सौ निर्जीव शवों के भीतर उसे खोजना असम्भव ही लगा।

देवरात का हृदय टूट गया। नगर की शोभा, अनुराग की दीपशिखा, कला की प्रतिमा, छन्दों की रानी, तालों की नर्म-संगिनी, शृंगार की रंगस्थली, सम्मोहन की सूत्रधारिणी मंजुला चली गई। बासी को ताज़ा बनाने की कुशल कलावती सदा के लिए सो गई। कोई पानी देने भी नहीं आया। हा विधाता! देवरात ने दीर्घ निःश्वास लिया। कहीं कोई दिखाई भी नहीं दिया।

उन्हें सारा संसार कुलाल-चक्र की भाँति घूमता हुआ दिखाई दिया। मंजुला कहाँ चली गई? क्या वह अपने देवता को पहचान सकी थी? क्या वह महाभाव का अर्थ समझ सकी थी? हाय देवि, देवता ने तुम्हें पहचान लिया, तुम्हारे देवता को पहचानने का दम्भ करनेवाला पीछे छूट गया।

देवरात अभिभूत की भाँति देर तक खोजते रहे। दिन बीत गया, भगवान् भास्कर का जरठ रथचक्र पश्चिमी पयोनिधि में डूब गया। सन्ध्याकालीन शीतल वायु ने उनका ध्यान भंग किया। उनके अंग-अंग शिथिल हो गए थे। उठने को हुए तो लगा, बासी घाव उभर आया है। अनायास गुनगुना उठे :

दुल्लह जण अणुराउ गरु लज्ज परब्बसु प्राणु।
सहि मणु विसम सिणेह बसु मरणु सरणु णहु आणु॥

तीन

देवरात ने दूसरे दिन वृद्धगोप-दम्पति को अनेक साधुवाद देकर विदा किया। वृद्धगोप की पत्नी बालिका को अपने साथ ले जाना चाहती थीं, पर ऐसा नहीं हो सका। देवरात शोकावेग में भूल ही गए थे कि बालिका के वस्त्रों में एक छोटी-सी पेटी भी बँधी थी। प्रातःकाल वृद्धगोप ने उन्हें वह पेटी दिखाई। वह काठ की बनी हुई चौकोर-सी छोटी पेटी थी जो लाल चीनांशुक में लपेटकर रखी हुई थी। उसमें एक छोटा-सा भूर्जपत्र भी उलझा हुआ था। उस पर कुछ लिखा हुआ था। देवरात

ने उत्सुकतापूर्वक उसे पढ़ा। लिखा था, ''कन्या-धन। जिस किसी को यह प्रतोलिका मिले, उसे क्षिप्तेश्वर महादेव की शपथ है। इस प्रतोलिका और इस कन्या को आर्य देवरात के पास पहुँचा दे। इसमें इस कन्या के विवाह के समय दिए जाने योग्य उसकी माता का आशीर्वाद है। क्षिप्तेश्वर महादेव की शपथ, कुलदेवताओं की शपथ, पितरों की शपथ!'' देवरात ने पढ़ा तो उनकी आँखों से अश्रुधारा बहने लगी। उन्होंने करुणा-विगलित स्वर में वृद्धगोप-पत्नी को सम्बोधन करते हुए कहा, ''क्षमा करें आर्ये, यह बालिका देवरात के पास ही रहेगी। उसकी माता की अन्तिम इच्छा यही है। मेरे ऊपर दया करें। मैं इस शपथ की उपेक्षा नहीं कर सकता।'' फिर वृद्धगोप से बोले, ''भद्र, यदि अनुचित न मानें तो इस पेटिका को आप ही कहीं सुरक्षित रख दें। इस बालिका के विवाह के अवसर पर ही इसे खोला जाएगा। इसमें मुमूर्षु माता का आशीर्वाद है। इस न्यास को रखने योग्य सुरक्षित स्थान मेरे आश्रम में नहीं है। यथा-अवसर इसे मुझे लौटा दें।'' इतना कहकर देवरात मर्माहत-से स्तब्ध रह गए। वृद्धगोप ने उनकी बात मान ली। भरा हुआ हृदय और आहत मन लेकर वृद्धगोप-दम्पति अपने घर चले गए।

कुछ दिनों बाद नगर की अवस्था ठीक हो गई। महामारी के समाप्त होने के बाद लोग अपने घरों में लौट आए और फिर हलद्वीप जैसे-का-तैसा हो गया। परन्तु इस महामारी ने देवरात के ऊपर एक नन्ही-सी बालिका को पालने-पोसने का भार दे दिया। नियति का कुछ ऐसा ही विधान था कि जिस संसार को छोड़कर देवरात वैरागी बने थे, वह उनके ऊपर पूरी शक्ति के साथ आ जमा। देवरात वैरागी से गृहस्थ हो गए। उनकी सारी शक्ति मृणालमंजरी की देखभाल में लगने लगी। स्वच्छन्द जीवन परवशता में परिवर्तित हो गया। स्नेह का बन्धन भी कैसी विचित्र वस्तु है! वह बाँधता है, परन्तु अपने ऊपर पूरी आसक्ति पैदा करके। देवरात के लिए इस अनायास-लब्ध पितृत्व का बन्धन जितना कठोर हुआ, उतना ही मोहक भी। बालिका भी कैसी थी, शोभा और कान्ति की मूर्त्ति! जब हँसती थी तो ऐसा जान पड़ता था कि निखिल चराचर में जीवन का समुद्र लहरा उठा है। बहुत दिनों तक देवरात सब-कुछ भूलकर उस बालिका की सेवा में ही दिन बिताते रहे। श्यामरूप और आर्यक को भी इस बालिका के रूप में एक निधि-सी मिल गई। विशेष रूप से आर्यक और मृणालमंजरी दिन-रात खेलने में लगे रहते। श्यामरूप कुछ बड़ा था और अपने बड़प्पन का पूरा अधिकार भी मानता था। वह दोनों पर शासन करता था, दोनों के झगड़े का फैसला करता था और आवश्यकता पड़ने पर दंड देने की भी व्यवस्था करता था। बालिका कुछ बड़ी हुई तो उसने भी पढ़ने में साथ दिया। इन तीन शिष्यों को पढ़ाकर देवरात मानो धन्य होते। श्यामरूप और आर्यक जब अखाड़े में लड़ने जाते तो मृणालमंजरी एकटक उन्हें देखती रहती।

कभी-कभी अपने पिता से आग्रह करती कि उसे भी व्यायामशाला में जाने की अनुमति दी जाए। परन्तु देवरात हँसकर रह जाते, कहते, "बेटा, यह लड़ना और व्यायाम करना पुरुषों का काम है। तुझे मैं इसके बदले में चित्र-विद्या सिखाऊँगा और नृत्य-कला की शिक्षा दूँगा।" धीरे-धीरे मृणालमंजरी को अनुभव होने लगा कि वह श्यामरूप-आर्यक से कुछ भिन्न है। उसके आचरण और आदर्श, पुरुषों के आचरण और आदर्श से भिन्न हैं। देवरात ने उसे नारी-सुलभ कलाओं का ज्ञान करवाया, स्त्री-धर्म की शिक्षा दी, व्रत और उपवास में कुशल बनाया, वीणा और वंशी बजाना सिखाया और अन्य सुकुमार कलाओं से परिचय करवाया। लोगों को यह देखकर आश्चर्य हुआ कि देवरात सुकुमार नृत्य में भी कुशल हैं, और इस विषय में भी वह कुछ सिखा सकते हैं।

श्यामरूप जब अट्ठारह वर्ष का हुआ तो देवरात ने वृद्धगोप को बुलाकर कहा कि श्यामरूप धार्मिक ब्राह्मण की अपेक्षा मल्ल ही अधिक बनता जा रहा है। उन्होंने पहली बार बताया कि वे स्वयं क्षत्रिय-कुल में उत्पन्न होने के कारण वैदिक कर्मकांड से अपरिचित हैं। श्यामरूप को वैदिक कर्मकांड की शिक्षा के लिए क्षिप्तेश्वर की पाठशाला में भेज दिया जाए। वृद्धगोप ने उनकी सलाह मान ली और उसे क्षिप्तेश्वर महादेव के मन्दिर से सम्बद्ध वैदिक पाठशाला में भेज दिया। यह पाठशाला राजकीय सहायता से चलती थी। वहाँ वैदिक कर्मकांड के निष्णात विद्वान् अध्यापन-कार्य करते थे। हलद्वीप में उस पाठशाला की बड़ी ख्याति थी। जनता में वह 'लहुरा काशी' नाम से प्रसिद्ध थी। लोग कहा करते थे कि जो बातें काशी में सीखी जाती हैं, वे सब इस पाठशाला में सीखी जा सकती हैं। परन्तु श्यामरूप का मन इस पाठशाला में नहीं लगा। उसे वैदिक कर्मकांड की अपेक्षा मल्ल-विद्या से अधिक प्रेम था। वह बार-बार भागकर देवरात के आश्रम में आ जाता था, और वृद्धगोप उसे हर बार पकड़कर क्षिप्तेश्वर की पाठशाला में दे आते। एक दिन सुना गया कि श्यामरूप न जाने कहाँ लापता हो गया है। वृद्धगोप बहुत दिनों तक रोते रहे। ज्योतिषियों और तान्त्रिकों के पास उसका पता जानने के लिए दौड़-धूप करते रहे, परन्तु श्यामरूप का पता नहीं चला। आर्यक की अवस्था उस समय कोई चौदह साल की रही होगी। बड़े भाई को खोजने के लिए उसका चित्त व्याकुल हो उठा। एक दिन उसने मृणालमंजरी से कहा कि मैं अपने बड़े भाई को खोजने जाऊँगा। मृणालमंजरी व्याकुल हो गई। उसने कहा, "नहीं, तुम जाओगे तो मैं किसके साथ खेलूँगी?" परन्तु आर्यक दृढ़ रहा और गुपचुप भागने की तैयारी करने लगा। मृणालमंजरी ने उसे समझाने की बहुत कोशिश की लेकिन उस पर कोई प्रभाव नहीं पड़ा। अन्त में उसने अपना ब्रह्मास्त्र चलाया, बोली, "मैं अपने पिताजी से कह दूँगी कि तुम भागना चाहते हो।" आर्यक घबराया। मिन्नत

करता हुआ बोला, "नहीं मैना, गुरुजी से यह बात न कह। मैं अपने बड़े भाई के बिना जी नहीं सकता। तेरी सब मानूँगा, केवल इतनी-सी बात मुझे अपने मन की करने दे!" मैना अर्थात् मृणालमंजरी पसीज गई, "लौटकर आओगे न?" "अवश्य आऊँगा मैना, मैं भाई का पता लगाकर यहाँ फिर लौट आऊँगा।" मैना ने वादा किया कि वह अपने पिता से उसके भागने की बात नहीं कहेगी और एक दिन आर्यक भी चुपचाप खिसक गया। मृणाल उदास हो गई।

कुछ दिन बाद मृणालमंजरी को उसके पिता ने बताया कि आर्यक का पता चल गया है और वृद्धगोप उसे घर ले आए हैं। वे अब बहुत सावधान हो गए हैं। आर्यक पर कड़ी निगाह रखते हैं। आर्यक को वे अब आश्रम में नहीं आने देंगे। मृणालमंजरी (मैना) ने सुना तो उसकी उदासी और बढ़ गई। वह बार-बार पिता से आग्रह करती कि आर्यक को बुला लें, पर देवरात चुप हो जाते। मृणालमंजरी कुछ समझ नहीं सकी। उसके मन में बेचैनी रहने लगी। सोचती, पिताजी आर्यक को क्यों नहीं बुलाते? उसके न रहने से मेरा मन कैसे लगेगा? वह क्या अब अकेली ही रहेगी? परन्तु देवरात उसे कुछ भी नहीं बताते। जब वह पूछती तो कह देते कि आर्यक अपने पिता की आज्ञा के बिना यहाँ नहीं आ सकेगा। उसे और-और बातों में भुलाने का भी प्रयत्न करते। मृणालमंजरी उदास रहने लगी। फिर भी, मन-ही-मन वह आशा लगाए रही कि आर्यक फिर लौट आएगा। परन्तु ऐसा हुआ नहीं। उस समय तक मृणालमंजरी के बालक-मन में आर्यक खेल के साथी के रूप में ही विद्यमान था। परन्तु जैसे-जैसे दिन बीतते गए और आर्यक के लौटने की आशा समाप्त होती गई, वैसे-वैसे उसका चित्त अधिकाधिक सूना होता गया। शुरू-शुरू में तो वह अपने पिता से बराबर पूछती रही कि आर्यक कहाँ है? और क्या कर रहा है? परन्तु समय के लम्बे व्यवधान के बाद एक ऐसी अवस्था भी आई जब पिता से पूछने में उसे संकोच अनुभव होने लगा। मृणालमंजरी को पहली बार अनुभव हुआ कि आर्यक के बारे में पूछना ठीक नहीं। क्यों ऐसा हुआ, यह प्रश्न उसके मन में उठा ही नहीं। ऐसा लगता था जैसे कोई हृदय के अज्ञात गह्वर में बैठा कह रहा है कि सयानी लड़कियों का किसी लड़के के बारे में इतना पूछना उचित नहीं है। कालिदास ने जिसे 'अशिक्षित पटुत्व' कहा है, यह बहुत-कुछ उसी प्रकार का भाव था। देवरात ने मृणालमंजरी को बहुत-से काव्य-नाटकों का अभ्यास कराया था और उनमें ऐसे प्रसंग भी आते थे जिनमें युवावस्था में एक विशेष प्रकार के चित्तगत विस्फार या फैलाव की चर्चा हुआ करती थी। परन्तु मृणालमंजरी ने कभी प्रत्यक्ष अनुभव नहीं किया था कि चित्त का फैलाव होता क्या है। उसे पहली बार चित्तगत संकोच का अनुभव हुआ। यह भी क्या युवावस्था का लक्षण था? मृणालमंजरी के मन में यह

प्रश्न भी नहीं उठा। जो हुआ वह सिर्फ यही था कि उसके मन ने पहली बार अनुभव किया कि आर्यक उसके लिए बचपन के साथी से कुछ भिन्न प्रकार का साथी भी हो सकता है। बचपन के साथी के बारे में किसी से पूछने में संकोच नहीं होता। लेकिन उसकी समझ में यह बात भी नहीं आ रही थी कि बचपन के साथी के अतिरिक्त आर्यक और है क्या? उदास तो वह पहले भी रहती थी, लेकिन नए सिरे से जो उदासी शुरू हुई, वह निश्चित रूप से अन्य श्रेणी की थी। पहली उदासी किसी के सामने छिपाने की चीज नहीं थी, जबकि यह नई उदासी अपने-आपको छिपाने की बुद्धि के साथ आई। मृणालमंजरी स्वयं ही अपने को समझ नहीं पा रही थी। जितना ही वह आर्यक के बारे में उत्सुकता प्रकट न करने और उसके लिए चित्त में उत्पन्न व्याकुलता को छिपाने का प्रयास करने लगी, उतना ही उसका अंग-प्रत्यंग मानो चिल्लाकर कहने लगा कि वह उदास है, वह व्याकुल है। उसका हृदय उस कली के समान तड़पने लगा जो रंग-रूप-गन्ध के रूप में फूट पड़ने को विवश है, लेकिन इस विवशता को छिपाने का भरपूर प्रयत्न करती है।

देवरात के आश्रम में केवल दो ही व्यक्ति रहते थे—एक स्वयं वे और दूसरी उनकी पुत्री। दिन-भर तरह-तरह के लोग आते रहते थे और अपनी कठिनाइयों का उपचार उनसे पूछते रहते थे। मृणालमंजरी भी यथाशक्ति अपने पिता की सहायता करती रहती थी और समय बड़ी व्यस्तता में कट जाता था। उसके मन में किसी प्रकार का व्यक्तिगत प्रश्न उठता ही नहीं था। ऐसा लगता था कि उसका अपना कोई व्यक्तित्व नहीं है। अपने परोपकारी पिता का वह अंश-मात्र है—ऐसा अंश, जिसकी कोई स्वतन्त्र सत्ता नहीं होती, जिसकी नाड़ी में पूर्ण की ही धड़कन प्रतिध्वनित होती है। परन्तु इन सारी व्यस्तताओं की ठोस नीरंध्र दीवार को भेदकर न जाने कब उसके शरीर में युवावस्था बिना बुलाए ही आ पहुँची। जिस प्रकार तूलिका के सम्पर्क से चित्र उन्मीलित हो उठता है, और उसका उच्चावच भाव उभर आता है और जिस प्रकार सूर्य की किरणों के सम्पर्क से कमल की कली रूप, वर्ण, प्रभा और गन्ध से उद्भिन्न हो उठती है, उसी प्रकार नवीन तारुण्य के सम्पर्क से अनायास ही उसका शरीर चतुरस्र उद्भिन्न हो उठा और शरीर का यह उद्भेद अन्तस्तल तक भेद गया। जिस प्रकार उसके शरीर में उच्चावच भाव का उन्मीलन हुआ, उसी प्रकार उसके चित्त में भी संकोच और विस्फार तत्त्वों का उद्भेद हुआ। कहना तो यह चाहिए कि उसके शरीर का उन्मीलन तूलिका द्वारा स्पष्ट चित्र की भाँति और मन का उद्भेद सूर्य-किरणों द्वारा उन्मीलित कमलपुष्प की भाँति हुआ।

इस बीच हलद्वीप में कई नई घटनाएँ घटीं। राजा का स्वर्गवास हुआ। सारे नगर में शोक छा गया। फिर युवराज का राज्याभिषेक हुआ। नगर में उत्सवों का

ताँता बँध गया। देवरात पुराने राजा के शोक-कृत्यों में शामिल होते रहे, पर नए राजा के अभिषेक-समारोह में शामिल न हो सके। नगर की कष्ट-पीड़ित बहुएँ बराबर आश्रम में आया करतीं और नित्य होनेवाले समारोहों का समाचार मृणालमंजरी को भी देती रहतीं। इन्हीं दिनों किसी मुखरा पौर-वधू ने मृणालमंजरी को बताया कि नगर के लोग कहा करते हैं कि मंजुला के नृत्यगान जिन्होंने देखे हैं, वे अब इन नृत्य-गानों का क्या आदर करेंगे। मंजुला के साथ-ही-साथ नगर की शोभा और श्री चली गई। उसने ही प्रथम बार मृणाल को बताया कि वह मंजुला की ही बेटी है। उसने गाल पर हाथ रखकर बड़ी सहानुभूति का भाव दिखाते हुए कहा कि उसकी माता जीवित होती तो आज क्या वह यों ही दीन-मलीन होती। उसने और भी बहुत-सी बातें कहीं, पर मृणाल सबका अर्थ नहीं समझ सकी। उसे सुनकर कैसा-कैसा लगा। उसने पिता से इस बारे में कुछ पूछना चाहा, पर इस विषय में भी उसे संकोच का अनुभव हुआ। वह पौर-वधू फिर नहीं आई, पर उसने मृणाल के मन में एक विचित्र प्रकार का अवसाद उत्पन्न कर दिया। मृणाल अन्य स्त्रियों से नगर के नृत्य-गान-समारोहों का समाचार पाती रही और यह भी समझने लगी कि गणिकाओं के सम्बन्ध में जनता की धारणा बहुत हीनकोटि की है। उसके मन में रह-रहकर अपने जन्म के विषय में खेद और जुगुप्सा के भाव उठते रहे। पर वह पिता से अपनी मनःस्थिति छिपाए रही। कभी-कभी जब वह उद्विग्न होती तो आर्यक उसके मन में आ जाता। वह कातर-भाव से उसकी मानस-मूर्त्ति से अनुरोध करती कि वह उसे भयंकर मनोवेदना से बचा ले।

देवरात अब चिन्तित दिखाई देने लगे। बेटी सयानी हो गई, उसे सुयोग्य पात्र के हाथ सौंपकर ही वे निश्चिन्त हो सकते थे। पर सुयोग्य पात्र कहाँ मिले? उनकी दृष्टि आर्यक पर आकर रुक जाती थी। वही इस कन्या के योग्य वर है। पर वृद्धगोप क्या यह सम्बन्ध स्वीकार करेंगे? स्वयं आर्यक क्या इस सम्बन्ध से प्रसन्न होगा? उन्होंने मन-ही-मन इस सम्बन्ध की कल्पना कर ली। कन्या का मन क्या चाहता है, यह जानना भी जरूरी था। चतुर देवरात ने ध्यान देकर मृणालमंजरी के मन को परखना चाहा। आर्यक का किसी प्रसंग में नाम आ जाने पर वह कुछ उपेक्षा-भाव दिखाती है, पर प्रसंग बदल देने पर चाहती है कि किसी प्रकार फिर छिड़ जाए। उसमें आर्यक के प्रति अभिलाष-भाव है, यह बात उनसे छिपी नहीं रही। एक दिन उन्होंने आर्यक के मन का भाव जानने की इच्छा से वृद्धगोप के घर जाने का निश्चय किया। मृणाल को भी साथ चलने को कहा, पर उसने केवल सिर हिलाकर 'ना' कह दिया। उस समय उसकी आँखें झुक गई थीं। देवरात यदि अधिक आग्रह करते तो वह कदाचित् चलने को तैयार भी हो जाती, पर देवरात ने वैसा कुछ भी नहीं किया। वे अकेले ही च्यवनभूमि की ओर बढ़ गए। चलते

समय उन्होंने मुड़कर देखा, मृणालमंजरी उत्सुक नयनों से उनका रास्ता देख रही है। जब तक वे आँखों से ओझल नहीं हो गए, वह उसी प्रकार एकटक देखती रही। देवरात मन-ही-मन पुलकित हुए।

च्यवनभूमि के गोपाटक गाँव में वृद्धगोप का घर था। हलद्वीप से वह बहुत दूर नहीं था। देवरात जब उस गाँव में पहुँचे तो पहले-पहल आर्यक ही उन्हें मिल गया। वह कहीं बाहर से आ रहा था। देवरात ने इसे शुभ शकुन माना। आर्यक को देखकर उनकी आँखें जुड़ा गईं। तीन वर्ष के भीतर आर्यक अब सिंह किशोर की भाँति पराक्रमी दिख रहा था। उसकी चौड़ी छाती, विशाल बाहु और कसा हुआ शरीर बरबस आँखों को आकृष्ट करते थे। उसकी गति में अन्तर्मदावस्थ गजराज की भाँति मस्ती थी और आँखों में तरुण शार्दूल के समान अकुतोभय भाव लहरा रहे थे। उसके अंग-अंग में प्रच्छन्न तेज की दीप्ति दमक रही थी। उसने बड़ी भक्ति के साथ देवरात के चरणों को स्पर्श किया और हाथ जोड़कर खड़ा हो गया। देवरात को एक अद्‌भुत वात्सल्य भाव का अनुभव हुआ। ऐसा जान पड़ता था जैसे पूर्ण चन्द्रमा को देखकर चन्द्रकान्त मणि पसीज उठी हो। उसके स्पर्श से उन्हें एक विचित्र प्रकार की शीतलता का अनुभव हुआ, मानो चित्तभूमि में किसलयवती चन्दनलता ही उग आई हो, प्रवाहवती कर्पूर-धारा ही उमड़ उठी हो और चन्द्रमा की स्निग्ध सुधा ही उपप्लित हो गई हो। वृद्धगोप ने बहुत दिनों के बाद देवरात के दर्शन करके अपने-आपको कृतार्थ अनुभव किया। बोले, "आर्य, आपके आशीर्वाद से आपका यह शिष्य सब प्रकार से आपके शिक्षण और उपदेश के उपयुक्त सिद्ध हुआ है। वृद्धावस्था में मेरे मन में एक ही कचोट रह गई है कि मेरा श्यामरूप जाने कहाँ चला गया है। आज वह भी होता तो मैं निश्चिन्त होकर संसार-त्याग कर सकता। परन्तु मेरे भाग्य में यह सुख नहीं बदा है। आर्यक के मन में भी मेरी तरह श्यामरूप के बिछोह का दुख है। परन्तु परमात्मा की इच्छा कुछ और ही प्रकार की है। मेरा मन कहता है कि मेरा श्यामरूप अवश्य लौटकर आएगा, परन्तु कदाचित् मैं उसे देख नहीं सकूँगा।" वृद्ध की आँखों में आँसू भर आए। देवरात को भी कष्ट हुआ। उन्होंने वृद्धगोप को आश्वस्त करते हुए कहा, "चिन्ता न करो तात, श्यामरूप अवश्य आएगा। मेरी बात अन्यथा नहीं हो सकती। भगवान् पर विश्वास रखो। वे सब मंगल ही करेंगे।" देवरात देर तक आर्यक के साथ बातचीत करते रहे और वृद्धगोप को भी आश्वस्त करते रहे। जब वृद्धगोप थोड़ी देर के लिए किसी काम से अन्यत्र चले गए तो अवसर पाकर आर्यक ने धीरे से पूछा, "मृणालमंजरी कैसी है गुरुदेव?" देवरात ने इस बात पर विशेष रूप से ध्यान दिया कि आर्यक ने पिता के सामने यह प्रश्न नहीं पूछा। उन्होंने यह भी लक्ष्य किया कि प्रश्न करते समय आर्यक की आँखें नीचे झुक गई थीं। उन्होंने

प्यार से कहा, "बहुत अच्छी है, बेटा! तुम तो कभी आए ही नहीं। वह तो हमेशा याद करती रहती है।" आर्यक के गम्भीर मुखमंडल पर उद्विग्नता की हलकी लकीरें उभर आईं। उसकी आँखें और भी झुक गईं! अस्फुट स्वर में बोला, "आऊँगा।" परन्तु देवरात के पारखी चित्त को इसका अर्थ समझने में विशेष अड़चन नहीं हुई। उसका भाव था कि आर्यक के जाने में कहीं-न-कहीं कुछ बाधा है। उस दिन देवरात प्रसन्न-मन वहाँ से लौटे। उन्हें लगा कि मृणालमंजरी के योग्य वर खोजने में उन्हें विशेष कठिनाई नहीं होगी।

मृणालमंजरी ने पिता से आर्यक के बारे में पूछा अवश्य, परन्तु उसकी भाषा थोड़ी जड़िमाग्रस्त थी। वह पूछना कम और सुनना ज्यादा चाहती थी। देवरात ने उल्लासपूर्वक आर्यक के रूप, गुण, विनय और शील की बार-बार प्रशंसा की। मृणालमंजरी चुपचाप सुनती रही। परन्तु उसे अनुभव हो रहा था कि सुनने से उसकी तृप्ति नहीं हो रही है। यह प्रसंग कुछ और चलता रहे, उसमें कोई और नई शाखा-प्रशाखा निकल आए, यह उसकी हार्दिक मनोकामना जान पड़ती थी। देवरात भी देर तक आर्यक का ही बखान करते रहे।

परन्तु देवरात ने आर्यक और मृणालमंजरी के विवाह को जितना आसान समझा था, उतना वह सिद्ध नहीं हुआ। दूसरी बार वे फिर गोपाटक गए और वृद्धगोप से स्पष्ट रूप से विवाह का प्रस्ताव किया, तो वे एकदम चौंक पड़े। बोले, "ऐसा कैसे हो सकता है, आर्य? मृणालमंजरी बहुत अच्छी लड़की है। मैं उसे बहुत प्यार करता हूँ। परन्तु है तो वह गणिका-पुत्री ही! मैं अगर मान भी लूँ तो मेरे परिवार के लोग कैसे मानेंगे?" देवरात इस उत्तर से बहुत निराश हुए। उन्हें इस बात में कोई सन्देह नहीं रहा कि वृद्धगोप का कहना ठीक है। लोकाचार वृद्धगोप के पक्ष में है। परन्तु उनका हृदय कहता था कि विधाता ने यह जोड़ी समझ-बूझकर बनाई है। लोकाचार इसमें बाधक भी हो तो भी यह करणीय है। परन्तु वृद्धगोप को सन्तुष्ट करने योग्य कोई तर्क या युक्ति उनके पास नहीं थी। वे उदास हो गए। उनको विषादयुक्त देखकर वृद्धगोप के मन में उनके प्रति सहानुभूति जगी, परन्तु फिर भी लोकाचार से उनका चित्त ऐसा बँधा हुआ था कि वे देवरात को आश्वस्त करने योग्य कोई बात नहीं कह सके। उदास होकर भीगी वाणी से देवरात ने उपसंहार किया। बोले, "थोड़ा और सोचकर देखिए!" वृद्धगोप का मन सिकुड़ गया। क्या सोचना है इसमें!

देवरात लौटकर आए तो मृणालमंजरी उनके निकट देर तक मँडराती रही। वह कुछ सुनना चाहती थी। देवरात इधर-उधर की बातें करते रहे, पर एक बार भी उन्होंने आर्यक का नाम नहीं लिया। मृणाल को लगा कि पिता कुछ उदास और उद्विग्न हैं। क्या कष्ट है उन्हें! बालिका के अबोध चित्त में नवीन चेतना

अंकुरित हुई। उसी के कारण तो पिताजी चिन्तित नहीं हैं? किस उद्देश्य से वे आर्यक के गाँव गए थे, क्या परिणाम हुआ? उसके मन में अज्ञात आशंका का उदय हुआ। परन्तु पिता एकदम मौन। वह मन मसोसकर रह गई।

देवरात के आश्रम में एक छोटी-सी कुटिया थी, जिसमें एकमात्र देवरात ही जा सकते थे। वे उसे उपासना-गृह कहा करते थे। स्नान करने के बाद वे एक बार उसमें अवश्य जाया करते थे। मृणाल भी उस उपासना-गृह में नहीं जा सकती थी। उस दिन देर तक वे उपासना-गृह में बैठे रहे। निकले तो उनकी आँखें गीली थीं। मृणाल का हृदय फटने को आया। पिताजी क्यों इतने उदास हैं?

देवरात ने बेटी के मुरझाए मुख को देखा तो बड़े व्यथित हुए। उन्हें लगा कि सयानी लड़की के सामने उदासी का भाव दिखाकर उन्होंने गलती की है! उन्होंने हँसने का प्रयत्न किया। मृणाल को एक ओर ले जाकर उन्होंने प्यार से उसके माथे पर हाथ फेरा। बोले, "तू उदास क्यों हो गई है बेटी?"

मृणाल का हृदय उमड़ आया। उसकी आँखों से आँसू बहने लगे। बोली कुछ नहीं। देवरात समझ गए कि लड़की ने उनके हृदय के विषाद का अनुमान कर लिया है। ये आँसू अभिमान के हैं। पिता अपना दुख पुत्री को क्यों नहीं बताते? उन्होंने प्यार से उसे गोदी में खींच लिया। "रोती है पगली, तेरे कष्ट का कारण क्या है!" वे देर तक दुलार करते रहे। मृणाल का अनुमान और भी पुष्ट हुआ। वही पिता की चिन्ता का कारण है। देवरात के मौन ने उसे और भी उद्विग्न किया।

चार

हलद्वीप के राजा यज्ञसेन भारशिव नागवंश के थे। कान्तिपुर के राजाधिराज वीरसेन के सेनापति प्रवरसेन को जब काशी में नवम अश्वमेध-यज्ञ के आयोजन का भार दिया गया, तो अपने पिछले अनुभवों के आधार पर उन्होंने निश्चय किया कि साकेत से पाटलिपुत्र तक कुषाण नरपतियों का जो भी प्रभाव अवशिष्ट रह गया है उसे समाप्त कर दिया जाए। उनके पुत्र विजयसेन को अश्व-रक्षा का भार दिया गया। उसी समय से हलद्वीप में भारशिवों का आधिपत्य हुआ। ये लोग साधारण जनता में भरशिव या भर कहे जाते थे। यज्ञसेन विजयसेन के पुत्र थे और कान्तिपुरी की ओर से हलद्वीप का शासन करते थे। यज्ञसेन ने समझ लिया था

कि आभीरों की सहायता के बिना वे इस प्रदेश में अधिक दिन तक नहीं टिक सकेंगे। यद्यपि वे स्वयं शिव के उपासक थे और आभीरगण वासुदेव कृष्ण के उपासक थे, फिर भी उन्होंने किसी प्रकार संकीर्णता नहीं दिखाई। भृगु-आश्रम का विशाल विष्णु-मन्दिर उन्होंने ही बनवाया था। उस मन्दिर में चतुर्व्यूह विष्णुमूर्त्ति की प्रतिष्ठा उन्होंने धूमधाम से कराई थी। भरों और आभीरों की मैत्री सुदृढ़ करने के लिए वे सदा प्रयत्नशील रहते थे। पर उनके पुत्र रुद्रसेन ने इस मैत्री में दरार पैदा कर दी। वह लम्पट और दुर्वृत्त राजा सिद्ध हुआ। उसके औद्धत्य से हलद्वीप की प्रजा त्रस्त हो उठी। बहू-बेटियों का शील भी दुर्वृत्त राजा की जुगुप्सित लालसा की बलिवेदी पर घसीटा जाने लगा। देवरात ने नए राजा को नीति-मार्ग पर ले आने के अनेक प्रयत्न किए, पर राजा उससे और भी क्रुद्ध हो उठा। उसे देवरात की हर सलाह में स्पर्द्धा ही दिखी। प्रजा में असन्तोष बढ़ता गया। भर सैनिकों का औद्धत्य भी बढ़ता गया। बात-बात में निरीह प्रजा को कष्ट पहुँचाया जाता, खलिहान जला दिए जाते, घर गिरा दिए जाते, खड़ी फसलें काट ली जातीं। नए-नए करों से प्रजा त्राहि-त्राहि कर उठी। देवरात के पास सताए हुए निरपराध लोगों की भीड़ बढ़ने लगी। पहले तो उन्होंने राजा को समझाने-बुझाने का प्रयत्न किया, पर उन्हें इसमें सफलता नहीं मिली।

मृणाल अब सयानी हो गई थी। नागरिकों की पीड़ा को वह समझने लगी थी। पिता की विवशता से वह दुखी होती, पर वह समझ नहीं पा रही थी कि किस प्रकार वह पिता का भार हलका कर सकती है। नगर की प्रौढ़ा स्त्रियाँ उसे इस प्रकार की रोमांचकर कहानियाँ सुना जातीं कि वह व्याकुल हो उठती। उसके मन में बार-बार प्रश्न उठता कि स्त्रियाँ क्या सचमुच अबला हैं। क्या वे इस प्रकार के अत्याचारों का सामना नहीं कर सकतीं? कैसे कर सकती हैं? प्रौढ़ महिलाएँ उसे यही सिखातीं कि वह घर से बाहर न निकले। मृणाल इस प्रकार की सलाह से और भी व्याकुल हो उठती। क्या विधाता ने स्त्रियों को केवल भार-रूप में बनाया है? वे पर-रक्षा तो क्या आत्मरक्षा में भी समर्थ न रहें, यही क्या विधाता की इच्छा थी? वह केवल सोचती रहती, उसे कुछ रास्ता नहीं दिखाई देता। पिता की व्याकुलता को कम करने में वह अपने को असमर्थ पाती। उसे अब अपनी विवशता असह्य लगने लगी। हाय, वह अपने देवता-तुल्य पिता की चिन्ता को क्या कुछ भी हलका नहीं कर सकती! अत्याचार की कहानियाँ सुन-सुनकर वह विकल हो उठी थी।

राजा को अन्तिम बार समझाने-बुझाने के उद्‌देश्य से उस दिन जब देवरात चलने लगे, तो मृणाल ने उदास दृष्टि से उनकी ओर देखा। उस दृष्टि में एक विचित्र प्रकार के विवशताबोध का भाव था, मानो कह रही हो, 'मैं क्या किसी काम

नहीं आ सकती?' देवरात को वह भाव बड़ा करुण जान पड़ा। पास आकर उन्होंने बेटी के सिर पर हाथ फेरा। प्यार से कहा, "एक और प्रयत्न कर लेता हूँ। जानता हूँ, यह दुष्ट नाग समझाने-बुझाने से वश में नहीं आएगा। पर एक और प्रयत्न कर लेने में कोई हानि नहीं है। अन्त में तो कालिय-दमन ही रास्ता रह जाएगा।"

मृणाल को लगा कि पिता उसके मनोभाव बिलकुल नहीं समझ रहे हैं। उसके हृदय में जो द्वन्द्व चल रहा है, उसका आभास भी उन्होंने नहीं पाया है। व्यथित स्वर में उसने कहा, "पिताजी, मैं क्या इस समय आपके किसी काम नहीं आ सकती? दिन-दहाड़े प्रजा की सम्पत्ति लूटी जा रही है, बहू-बेटियों का शील नष्ट किया जा रहा है। आपकी यह अभागिन कन्या क्या इस समय कुछ भी नहीं कर सकती? आपका मुरझाया मुख मुझसे नहीं देखा जाता। मुझे भी कुछ करने की आज्ञा दें।"

देवरात ने चकित होकर कन्या की ओर देखा। उन्होंने कभी भी यह नहीं सोचा था कि उनकी नन्ही-सी मृणाल में इतना तेज है। वे भरसक यही प्रयत्न करते थे कि उसे इन अनाचारों की बात न सुनाएँ। वे हतबुद्धि-से होकर सोचने लगे, ऐसी लड़कियाँ इन बातों में क्या सहायता कर सकती हैं? उन्होंने प्यार से मृणाल का सिर सहलाया, "मेरी प्यारी बेटी, इस अनाचार को दूर करने का ही तो उपाय कर रहा हूँ। बेटियों की शील-रक्षा का भार पुरुषों पर है। तुझे मैं कौन-सा काम दे सकता हूँ? तू तो जो सम्भव है, सब कर ही रही है। दीन-दुखियों की सेवा करना, उनके भीतर आत्मबल संचारित करना, यही तो तेरा काम है। तू कर तो रही है। इससे अधिक जो कुछ करना होगा, वह हलद्वीप के नौजवान करेंगे। तुझे मैं वैसा काम कैसे दे सकता हूँ?"

मृणाल उदास हो गई। उसे पिता की विवशता से क्षोभ हुआ। स्त्रियों की शील-रक्षा का भार पुरुषों पर है! पिता ने अन्तिम बात कह दी है। पर राजा के गुंडे क्या पुरुष नहीं? उनके ऊपर तो शील नष्ट करने का भार आ पड़ा है। मृणाल का मन विद्रोह कर उठा। बोली नहीं, पर उसके नासा-पुट बार-बार फड़कने लगे, भृकुटियों में खिंचे हुए धनुदंड के समान तनाव आ गया। पिता ने उसके भावों को समझने का प्रयास किया। उन्हें कुछ नया अनुभव हुआ। कुछ सोचकर बोले, "सुना है बेटी, कि कान्तिपुरी के निकट विंध्याटवी में कोई सिद्ध पुरुष आए हैं। उन्हें देवी ने स्वप्न में आदेश दिया है कि 'मेरे सिंहवाहिनी, महिषमर्दिनी-रूप की पूजा का प्रचार करो। जो पुरुष शूर हैं, धर्म के अनुकूल हैं, पापी से डरना नहीं जानते, अन्यायी का रक्त-पान करते हैं, वे सिंह हैं। मैं उन्हीं को वाहन बनाकर धर्म-स्थापना करती हूँ, परन्तु जो तामसिक हैं, अविवेकी हैं, धर्म-द्वेषी हैं, निरीहों को भय दिखाते हैं, दूसरों का शस्य-क्षेत्र नष्ट करते हैं, मदमस्त होकर चलते हैं,

वे महिष हैं। मैं उनका संहार करके धर्म की स्थापना करती हूँ।' सुना है कि इस स्वप्न के बाद उन्होंने इस मूर्त्ति की उपासना चलाई है और महिषमर्दिनी की स्तुति के मनोरम काव्य लिखे हैं।''

मृणाल को रोमांच हो आया। महिषमर्दिनी दुर्गा! उल्लसित होकर बोली, ''पिताजी, मुझे महिषमर्दिनी की उपासिका बनने की अनुमति दें। मैं इन घृणित पापाचारियों को ध्वस्त करने की दीक्षा लेना चाहती हूँ। मुझसे यह सब नहीं सहा जाता। इन घिनौने पशुओं को अधिक छूट मिली तो ये धरती को धर्महीन कर देंगे।''

देवरात अवाक् होकर बेटी का मुँह देखने लगे।

थोड़ी देर तक वे मन्त्रमुग्ध की भाँति मृणाल के तेजोमंडित अदनार मुख की ओर देखते रहे। फिर बोले, ''नहीं बेटी, महिषमर्दिनी की उपासिका नहीं, तू सिंहवाहिनी की उपासिका बन। जो बात मेरी समझ में नहीं आ रही है उसे करने की सलाह मैं नहीं दे सकता। मुझे सिंहवाहिनी की उपासना तेरे-जैसी लड़कियों के लिए उचित जान पड़ती है। महिषमर्दिनी केवल भावलोक की साधना है। वह कविता में फबती है, व्यवहार में नहीं।''

मृणाल को पहेली-जैसा लगा। वह उत्सुकता के साथ पिता की ओर देखती रही, कुछ अधिक स्पष्ट समझने की आशा से, परन्तु पिता विचारों की दुनिया में खो गए, अपनी बात के सर्वांग सत्य होने के विश्वास से। मृणाल ने उनका ध्यान भंग किया, ''नहीं समझ में आया पिताजी! जो बात कविता में फबती है, वह व्यवहार में क्यों नहीं फबेगी?''

देवरात शान्त वाणी में बोले, ''कविता, भगवती महामाया की इच्छा-शक्ति है, व्यवहार-जगत् उनकी क्रिया-शक्ति का विलास है। इच्छा-शक्ति कल्प-लोक का निर्माण कर सकती है, क्रिया-शक्ति केवल सृष्ट पदार्थों तक सीमित है। मुझे ऐसा लगता है कि उपपन्न कवि चाहे तो कविता के कल्प-लोक में फूल-सी सुकुमार बालिका से वज्र-कठोर महिष का निर्दलन करवा सकता है, पर व्यवहार-जगत् में यह सम्भव नहीं दिखता।''

मृणाल मुरझा गई। बोली, ''तो कविता निरर्थक हुई पिताजी?''

देवरात ने हँसते हुए कहा, ''नहीं, अर्थभार से हीन, सत्त्वार्थमात्र! मगर यह कविता पर विचार करने का समय नहीं है, बेटी! मेरी बात को समझने का प्रयत्न कर। मैं जब तक लौटकर आता हूँ तब तक तू इस बात पर विचार कर कि तुझे सिंहवाहिनी की उपासिका बनना है। तू सिंहों को कर्त्तव्य-पालन की प्रेरणा देगी। देख बेटी, भगवती महामाया नारी के रूप में केवल प्रेरणा-शक्ति है, पुरुष के रूप में प्रेरणावाहिनी शक्ति!'' देवरात ने कन्या को नई पहेली में उलझाकर राजभवन

की ओर प्रस्थान किया। मृणालमंजरी पिता के वाक्यों का अर्थ समझने का प्रयत्न करती रही। नारी भगवती महामाया की प्रेरणा-शक्ति है, पुरुष उनकी प्रेरणा को वहन करनेवाली शक्ति है। उसे सिंहवाहिनी की उपासिका बनना है, महिषमर्दिनी की उपासना केवल कविता में फबती है। कविता महामाया की इच्छा-शक्ति का विलास है, अर्थभार-हीन सत्त्वार्थमात्र! सब मिलाकर क्या बना? मृणाल समझने का प्रयत्न कर रही है, समझ रही है।

एक बार उसे लगता था कि उसके पिता ठीक ही कह रहे हैं। महिषमर्दिनी देवी केवल भावों की दुनिया में रह सकती है। तथ्यों की दुनिया में सुकुमार बालिकाओं के लिए महिष-मर्दन सम्भव नहीं है। सिंहवाहिनी देवी ही उपास्य हो सकती हैं। जो सिंह के समान पराक्रमी हैं, अकुतोभय हैं, सत्त्ववान् हैं, उनके भीतर जो शक्ति काम करती है, वही सिंहवाहिनी है। सिंह, पुरुष-सिंह! पुरुष-सिंह कैसा होता है? मृणाल के चित्त में अनायास गोपाल आर्यक का तेजस्वी मुख उद्भासित हो आया। कपाट के समान चौड़ा वक्षःस्थल, सिंह के समान कटिदेश, शोभा और शौर्य के मिलित भाव पैदा करनेवाले केश-कलाप! गोपाल आर्यक पुरुष-सिंह है, निर्भय, सतेज, सत्त्वशील! निस्सन्देह ऐसे ही पुरुषों को वाहन बनाकर महादुर्गा क्रूर, दुर्वृत्त और घृणास्पद महिषासुरों का दलन करती हैं। पिता कहते हैं, यही सिंहवाहिनी देवी लड़कियों की उपास्या हैं। लेकिन फिर उसके मन में प्रश्न उठता, उपासना का क्या अर्थ है? केवल पुरुष-शक्ति की पूजा ही क्या स्त्रीधर्म है? सिंहवाहिनी की उपासना का मतलब क्या इतना ही है कि महिष-मर्दन का काम पुरुषों पर छोड़कर स्त्रियाँ उनकी आरती उतारा करें? स्त्रियों का धर्म क्या आगे बढ़कर अधर्माचार का विध्वंस करना नहीं है? स्त्री को पुरुष की सहधर्मिणी बनना पड़ता है। यह कैसा सहधर्म है कि पुरुष युद्ध करें और स्त्रियाँ उनकी आरती उतारती रहें? मृणाल का मन ऐसा नहीं मानना चाहता। सहधर्म में महिष-मर्दन भी शामिल होना चाहिए। देवी सिंहवाहिनी भी हैं और महिषमर्दिनी भी। पिताजी क्यों इस बात को मानने में कुंठा अनुभव करते हैं! कदाचित् उनके मन में दुर्वृत्त गुंडों के पशुबल पर अधिक विश्वास है, स्त्रियों के आत्मबल पर कम। मगर पिताजी तो सदा आत्मबल की ही सराहना करते हैं। कहीं कोई मोह तो उनके मन में नहीं आ गया है? गोपाल आर्यक-जैसे सिंह की सहधर्मिणी को उसके हर काम में सहायता पहुँचाने की आवश्यकता है, अधिकार है। एक क्षण के लिए मृणाल को रोमांच हो आया। गोपाल आर्यक की सहधर्मिणी! उसे एक प्रकार की गुदगुदी का अनुभव हुआ। वह क्या सोचने लगी। कहाँ गोपाल आर्यक और कहाँ मृणालमंजरी! यह भी क्या सम्भव है कि वह गोपाल आर्यक की सहधर्मिणी बने। सिंहवाहिनी की उपासना उसके लिए मनमोदक-मात्र है। सिंह तो एक ही है,

गोपाल आर्यक! वह देर तक गोपाल आर्यक के बारे में सोचती रही। सुना है, बड़ा गबरू जवान हो गया है, अपने से तिगुने मल्लों को पछाड़ चुका है। जिधर से गुजर जाता है उधर से मदमस्त वीरता ही चलती दिखाई देती है। नगर के गवाक्ष खुल जाते हैं, पुर-सुन्दरियों की आँखें बिछ जाती हैं। इधर आया क्यों नहीं? अप्रसन्न हो गया है क्या? हाय, मृणाल की आँखें प्यासी ही रह गई हैं। कभी आता ही नहीं, इधर का रास्ता ही भूल गया है...ऐसा तो नहीं था, क्या हो गया है उसे! लेकिन कोई कुछ भी कहे, गोपाल आर्यक सचमुच सिंह है, पुरुष-सिंह!

"लहुरा वीर की जय!" दूर से सहस्र कंठों की निकली हुई जय-ध्वनि ने मृणाल का ध्यान भंग किया। उसने कुटिया से बाहर निकलकर देखा, सैकड़ों युवक जय-जयकार करते हुए गंगा का तट पकड़े पश्चिम-दक्षिण की ओर बढ़े जा रहे हैं। कुछ समझ में नहीं आया।

इसी समय सुमेर काका की आवाज सुनाई पड़ी, "क्या कर रही हो बिटिया रानी? गुरु गया है राजा को मनाने और चेला निकला है लहुरा वीर को जगाने।"

मृणाल ने हँसते हुए प्रणाम किया। सुमेर काका देवरात के घनिष्ठ मित्र थे। आयु में काफी बड़े थे, पर देवरात के साथ उनकी समवयस्कों की-सी दोस्ती थी। सच तो यह था कि सुमेर काका नगर के बाल-युवक-वृद्ध सबके समवयस्क थे। जिस मंडली में बैठते, उसी के हो जाते। अश्वमेध के अश्व की रक्षा में वीरतापूर्वक काम करने के कारण उन्हें हलद्वीप के उत्तर की ओर भूमि मिली थी। पत्नी का बहुत पहले देहान्त हो चुका था, एकमात्र कन्या का विवाह धूमधाम से किया था, पर विदाई के दिन नाव डूब जाने से वह भी चल बसी। तब से सारे नगर के बच्चे उनके अपने हो गए। मृणाल पर तो उनका बहुत अधिक स्नेह था। दुर्भाग्य उन्हें परास्त नहीं कर सका था। जहाँ जाते, आनन्द और उल्लास उनके अनुचर की भाँति वहाँ पहुँच जाते। सुमेर काका को नगर के उच्चपदस्थ लोग भी सम्मान देते थे। राज्य के सर्वाधिक गम्भीर न्यायाधीश आचार्य पुरगोभिल भी, जिन्हें 'प्राड्विवाक' कहा जाता था, सुमेर काका के प्रशंसक थे। कहा तो यहाँ तक जाता था कि कई पेचीदे मामलों में वे काका की सहज-बुद्धि पर भरोसा रखकर विचार करते थे। काका जब मृणाल के पास आते तो कोई-न-कोई नया समाचार अवश्य दे जाते। उनके लिए प्रत्येक समाचार का एक ही मूल्य था—आनन्द वर्षा। कोई समाचार उनके लिए चिन्ताजनक नहीं होता। चींटियों की लड़ाई की बात करते, तो उतनी ही रसीली बनाकर जितनी बड़े-बड़े राजाओं के युद्ध की। उनके लिए मारपीट भी उतनी ही रस-निष्पत्ति का विषय थी, जितना ब्याह-बरेखी।

सुमेर काका को देखते ही मृणाल का चित्त उल्लास से भर गया। मृणाल का सदा का अनुभव था कि सुमेर काका का पहला वाक्य पहेली होता है। श्रोता को

इस पहेली को बूझने के लिए उन्हीं की सहायता लेनी पड़ती थी। सुमेर काका अपना पहला वाक्य बोल चुके थे, ''गुरु गया है राजा को मनाने और चेला निकला लहुरा वीर को जगाने।'' मृणाल ने सदा की भाँति हँसते हुए पूछा, ''आज की पहेली भी बुझा दो, काका! कहना क्या चाहते हो?''

सुमेर काका ने प्यार से कहा, ''बिटिया रानी, तेरा काका पहेली ही नहीं बुझाता, कभी-कभी ठीक समाचार भी देता है। गुरु है तेरा बाप देवरात और चेला है तेरा सखा गोपाल आर्यक! वह जो गंगा के किनारे-किनारे लौंडों का दल चिल्लाता हुआ जा रहा है न, वह लहुरा वीर की उपासना करनेवालों का दल है। उसका नेता है गोपाल आर्यक। सुना है, मथुरा के आभीरों ने नए देवता का संधान पाया है और वहाँ से अब यह नया देवता उत्तरापथ के हर घर में पहुँचता दिखाई दे रहा है। यहाँ यह गोपाल आर्यक है जो लहुरा वीर का सबसे बड़ा सेवक बना है। कहता फिरता है कि राजा अत्याचारी हो गया है, उसको ध्वस्त करने का आदेश लहुरा वीर ने दिया है। नगरवासी अपनी कष्ट-कथा आर्यक को ही सुनाते हैं। आर्यक ने सैकड़ों युवकों की एक छोटी-मोटी सेना ही तैयार कर ली है। आज उसका दल नगर की गली-गली में घूमा है और उसने लोगों को अभय का आश्वासन दिया है। राजा ने अभी तक तो छेड़छाड़ नहीं की है, लेकिन बादल घुमड़ रहे हैं, कब बरस पड़ें, कहा नहीं जा सकता।''

मृणाल ने सुना तो उसे गर्व का भाव अनुभव हुआ और थोड़ा भय भी लगा। उसके हृदय में जोर-जोर की धड़कन होने लगी। अपने को सँभालकर उसने पूछा, ''यह लहुरा वीर कौन है, काका?''

सुमेर काका ठठाकर हँस पड़े। बोले, ''सब तो मैं भी नहीं जानता बिटिया; लेकिन सुना है कि मथुरा के कुषाणों पर विजय पाने के बाद किसी आभीर राजा ने अनुभव किया कि कुषाण लोग जिस प्रकार पंचध्यानी बुद्धों की उपासना करते हैं उसी प्रकार की पंचमूर्त्ति आभीरों की भी उपास्य बननी चाहिए, क्योंकि मथुरा की जनता में पाँच की संख्या बहुत प्रिय है। भागवत धर्म में चतुर्व्यूह की उपासना प्रचलित है। ये चार देवता हैं—बलराम, श्रीकृष्ण, प्रद्युम्न और अनिरुद्ध। आभीर राजा ने इस मंडली में श्रीकृष्ण के छोटे पुत्र साम्ब को भी जोड़कर पाँच वृष्णिवीरों की उपासना प्रचलित की है। सुना है कि मथुरा में उन्होंने पाँच वृष्णि-वीरों का विशाल मन्दिर बनवाया है। यही साम्ब लहुरा वीर हैं। पुराने चार वीरों के बाद इनका नाम जुड़ा है, कदाचित् इसीलिए इन्हें लहुरा वीर कहा गया है। लहुरा वीर की इस नई उपासना में आभीरों ने नवीन उत्साह और आत्मबल का संचार किया है। समूचा उत्तरापथ में अब यह उपासना चल गई है। लहुरा वीर अत्याचार और अनाचार को ध्वंस करने के प्रतीक बन गए हैं। गोपाल आर्यक ने हलद्वीप के राजा

के विरुद्ध जो अभियान किया है वह भी आभीरों के नए उत्साह और आत्मबल का सूचक है।'' फिर ज़रा अवहेलना की हँसी हँसकर सुमेर काका ने कहा, ''अभी गधा-पचीसी में है न, बेटा! समझता है कि राजा की संघटित सैन्य-शक्ति से लोहा लेना बच्चों का खिलवाड़ है। भारशिवों की शक्ति का पता सुमेर काका को है। बिचारा गोपाल आर्यक कुछ जानता ही नहीं। लेकिन कर अच्छा रहा है। पिट तो अवश्य जाएगा, लेकिन राजा को भी छठी का दूध याद आ जाएगा। यह नरक का कीड़ा अब कुल-ललनाओं का शील नष्ट करने पर तुला हुआ है। इसका पाप ही इसे खा जाएगा। कौन जाने, आर्यक को ही निमित्त बनाकर भगवान् इसे दंड देना चाहते हों। पर चाहे कुछ भी हो बेटा, हलद्वीप में तो चहल-पहल अवश्य होगी, मारपीट होगी, धरपकड़ होगी, और जाने क्या-क्या होगा।'' मृणाल के चेहरे पर व्याकुलता की रेखाएँ उभर आई थीं, पर काका ने उधर ध्यान ही नहीं दिया। उसी प्रवाह के साथ बोलते रहे, ''तेरे बाप का दिमाग भी खराब हो गया है। समझता है राजा को समझा-बुझाकर मना लेगा। बम-भोलानाथ है। आज तक समझ ही नहीं पाया कि विधाता जिसे मारना चाहता है उसकी बुद्धि पर सम्पत्ति-मद का ताला लगा देता है। आज समझ जाएगा।''

सुमेर काका ने उठने की इच्छा प्रकट की। मृणाल ने उन्हें रोका, ''थोड़ा रुको काका, तुम तो सब पर एक-एक लकड़ी मारकर चलते बने। मुझे बताते जाओ कि इनमें तुम्हें ठीक मार्ग कौन-सा जान पड़ता है। या छोड़ो इस बात को। अगर ऐसा ही कुछ आ घटे कि तुम्हें किसी एक ओर शामिल होना जरूरी जान पड़े, तो किधर जाओगे?''

काका ठठाकर हँसे, ''तेरा काका तो सदा का अबोध है और वह बालकों का ही पक्ष लेता है। तेरा यह काका, गोपाल आर्यक की ओर से पिटते हुए देखा जाएगा। देवरात भी अबोध है, लेकिन उसकी अबोधता में गति नहीं है, हलचल नहीं है, क्षोभ नहीं है और तेरे सुमेर काका को यही सब पसन्द नहीं है। आर्यक अबोध है, लेकिन उसमें गति है, प्रचंड गति। जब से मैंने लड़कों की मंडली का जय-जयकार सुना है, तब से मेरा मन उसी दल में भर्ती होने के लिए व्याकुल है। उधर ही जा रहा हूँ।''

मृणाल को उल्लास का अनुभव हुआ। बोली, ''तुम थोड़ा रुक नहीं सकते, काका? एक बहुत आवश्यक प्रश्न तुमसे करना है।''

सुमेर काका ने पीछे फिरकर देखा। अबकी बार उन्हें लगा कि मृणाल के चेहरे पर कुछ चिन्ता की लकीरें उभरी हुई हैं। पहली बार उन्होंने उधर ध्यान नहीं दिया था। लाठी दीवार के सहारे टिकाकर बैठ गए, ''ले, यह बैठ गया। पूछ, क्या पूछना चाहती है?''

मृणाल ने धीरे-धीरे कहा, "लड़कियाँ इस अनाचार के उन्मूलन में कुछ हाथ नहीं बँटा सकतीं, काका? पिताजी बता रहे थे कि विंध्याटवी में कोई सिद्ध पुरुष हैं जो देवी के सिंहवाहिनी और महिषमर्दिनी रूप की उपासना का प्रचार कर रहे हैं। परन्तु पिताजी कहते हैं कि लड़कियाँ सिंहवाहिनी की ही उपासना कर सकती हैं, महिषमर्दिनी की नहीं। उनका कहना है कि लड़कियों का महिषमर्दिनी होना सम्भव नहीं है। केवल कविता में यह बात फबती है। ऐसा क्यों होगा, काका? जो बात कविता में फबेगी, वह व्यवहार में क्यों नहीं फबेगी?"

सुमेर काका ठठाकर हँसे, "यही आवश्यक प्रश्न है रे?" फिर थोड़े गम्भीर होकर बोले, "तेरे पिता देवरात पंडित हैं। जो कुछ कहते हैं, तर्क की तराजू पर तौलकर कहते हैं। पर तेरा काका अटट गँवार है। जवानी में उसने एक ही काम किया है—सीधे टूट पड़ना, फिर प्राण चाहे रहें, चाहे जाएँ। बुढ़ापे में भी उसकी यही आदत बनी हुई है। तू पूछना चाहती है कि भैंसा अगर चढ़ दौड़े तो तेरी-जैसी लड़की को क्या करना चाहिए? तेरे बाप का जवाब है कि शेर को बुलाने के लिए दौड़ पड़ना चाहिए। तेरे काका का जवाब है, जो कुछ आसपास मिल जाए, उसी से उस भैंसे को दमादम पीट देना चाहिए। नाक पर मार सको तो क्या कहना! आँख फोड़ सको तो और अच्छा! सिंह बाद में आएगा, पहली चोट तुम्हें करनी होगी। अगर डर है कि रगेद देगा, प्राण ले लेगा, तो ऐसा सवाल पूछना ही नहीं चाहिए। सुमेर काका एक ही बात जानता है : सज्जन है, चरण की धूल लो। दुर्जन है, नाक तोड़ दो। जो डरता है वह देवी की उपासना के बारे में पूछना ही छोड़ दे। देवी क्या है रे? तेरे भीतर जो 'अभय' है, वही देवी है। पिशाची क्या है, जानती है? तेरे भीतर जो 'भय' है, वही पिशाची है।" सुमेर काका ने यह देखने का प्रयत्न नहीं किया कि मृणाल पर उनकी बात का क्या असर पड़ रहा है। देखते तो उन्हें पता चलता कि मृणाल के मुखमंडल पर अद्भुत दीप्ति दमक उठी है। वे कहते ही गए, "देवरात पोथी के बल पर मुझे हरा देता है। जब कभी उसके विचारों के विरुद्ध कुछ कहना चाहता हूँ, तभी तर्कों का कोड़ा मार-मारकर उस द्वार की ओर धकेल देता है जहाँ से घुटने टेके बिना भागना भी कठिन है।"

सुमेर काका हँस-हँसकर दोहरे हो गए।

मृणाल भी हँसने लगी। बोली, "पिताजी तो कहते हैं कि तुम कभी हारते ही नहीं।"

सुमेर काका थोड़ा सुस्ताने लगे। ज़रा सँभलकर बोले, "हार जाता हूँ, बिटिया, बुरी तरह हार जाता हूँ। पर हार मानता नहीं।"

मृणाल ने कहा, "ज़रा समझाकर कहो काका, हारते हो मगर हार मानते नहीं!"

"देख रे, तेरा बाप शास्त्र का बड़ा भारी पंडित है। काव्य का, संगीत का, चित्र का, मूर्त्ति का सहृदय पारखी है। मगर मैं उसकी कमजोरी जान गया हूँ। वह इन बातों को तैयार माल की तरह देखता है। सुनार जैसे अँगूठी बनाकर ले आता है तो ग्राहक जैसे देखता है, उसी प्रकार। मगर ज्ञान या रस तैयार माल की तरह नहीं होते। वे इतिहास से पलते हैं, और इतिहास को बनाते हैं; मगर मेरे मन में जो कुछ है उसे मैं प्रकट नहीं कर पाता। तैयार माल का दाम आँकनेवाली बुद्धि मुझे मार गिराती है। अनपढ़ हूँ, क्या करूँ! मगर जानता हूँ कि ठीक मैं कहता हूँ। सो हार तो जाता हूँ, पर हार मानता नहीं। उसने तुझे कविता और व्यवहार का जो भेद बताया है न, वह उसी तैयार माल का दाम आँकनेवाली बुद्धि से। समझ गई, बिटिया रानी! ले, अब तेरा आवश्यक प्रश्न और भी उलझ गया होगा।" कहकर सुमेर काका उठ पड़े।

मृणालमंजरी को काका की बातें पूरी समझ में नहीं आईं, पर उसे आह्लाद का अनुभव हुआ। बोली, "सचमुच गोपाल आर्यक के पास जा रहे हो काका?"

सुमेर काका फिर हँसे, "एकदम जा रहा हूँ, बिटिया!"

मृणाल ने कहा, "काका, एक बात मेरी ओर से आर्यक से कह देना। कहना कि वह मृणाल को भी अपने दल में शामिल कर लें।"

सुमेर काका और जोर से हँसने लगे, "यह नहीं होगा। न तो तेरा बाप हीं इसे मानेगा और न उसका चेला। लेकिन तेरा नाम मैंने अपनी बही में लिख लिया है। तेरा सुमेर काका भी पगला है और तू भी पगली है। पागलों की अलग सेना बनेगी और उसमें दो सिपाही होंगे—सुमेर काका और मृणालमंजरी, बस!" काका ने पीछे फिरकर देखने की जरूरत नहीं समझी। हँसते-हँसते कहते गए, "सुमेर काका के भी समानधर्मा हैं। अगर ऐसे ही सौ-पचास आदमी मिल जाएँ, तो आनन्द आ जाए।"

पाँच

राजसभा में देवरात का अपमान हुआ। उन्हें बैठने को आसन भी नहीं दिया गया। राजा ने उनकी ओर देखा भी नहीं। वे बहुत मर्माहत हुए। देर तक इधर-उधर भटकते रहे। उनके लौटने में देरी हुई। जब लौटे तो देखा कि मृणाल की आँखें सूजी हुई हैं, मुख पीला पड़ गया है। निस्सन्देह वह बहुत रोई थी। देवरात ने पुत्री

का मुरझाया हुआ मुख देखा, तो उन्हें बड़ा ही क्लेश हुआ। परन्तु पूछने पर उसने कुछ कहा नहीं, और भी अधिक रोने लगी। देवरात एकदम व्याकुल हो उठे। उन्हें सन्देह हुआ कि मृणालमंजरी के साथ किसी ने छेड़छाड़ की है या कोई कुवाच्य कहा है। परन्तु बार-बार पूछने पर भी मृणालमंजरी ने कुछ बताया नहीं। केवल सिसक-सिसककर रोती रही। देवरात अपने को असहाय और निरुपाय अनुभव करने लगे। उनके मन में मातृहीना कन्या के लिए बड़ी दारुण वेदना हुई। उन्होंने प्यार से मृणालमंजरी को गोदी में लेकर उसका दुख जानने का प्रयत्न किया। परन्तु वे जितना ही पूछते थे, उतना ही वह अधिक रोने लगती थी। देवरात ने पूछना बन्द कर दिया। केवल गोदी में उसको दुलराते-सहलाते रहे। पिता का स्नेह-स्पर्श पाकर मृणालमंजरी उनकी गोदी में सो गई। देवरात उदास-चिन्तित भाव से उसे गोदी में लिए ही बैठे रहे। उनकी समझ में नहीं आया कि उनकी प्यारी बिटिया को हो क्या गया है। कुछ देर बाद उन्होंने मृणालमंजरी को खाट पर सुला दिया और उसके सिरहाने बैठकर स्नेह-वत्सल भाव से उसका सिर सहलाते रहे। कितनी देर वे इस प्रकार बैठे रहे, इसका पता उन्हें भी नहीं चला। मन में विचारों का एक तूफान चलता रहा। मृणालमंजरी की माता मंजुला उनके चित्त-पट पर न जाने कितनी बार आई और न जाने क्या-क्या कह गई। वे चिन्ता-कातर मुद्रा में मृणालमंजरी के सिरहाने बैठे रह गए। मृणालमंजरी भी जो सोई तो ऐसा लगा कि संज्ञाशून्य ही हो गई है।

वह रात यों ही बीत गई। मृणालमंजरी वात्सल्य रस से भीगी-सी निद्रित पड़ी रही और देवरात उसके सिरहाने बैठे ही रह गए। पूर्व दिशा में उषा की लालिमा दिखाई पड़ी। तरु-कोटरों से पक्षियों का कलरव सुनाई देने लगा। सूर्य की लाल-लाल किरणों-रूपी शलाकाओं से झाड़े गए आकाश के नक्षत्रगण इस प्रकार लुप्त हो गए मानो किसी ने लाल रंग की झाड़ू से सारा आसमान साफ कर दिया हो। पुत्री को उसी प्रकार निद्रित छोड़कर देवरात उठे और प्रातःकालीन कृत्य के लिए तैयार होने लगे। स्नानादि से निवृत्त होकर जब वे आश्रम के द्वार पर आए, तो देखा कि उनका अत्यन्त विश्वसनीय सेवक सुदिन्न कहीं से चला आ रहा है। सुदिन्न कभी बहुत बीमार पड़ा था और देवरात की परिचर्या से स्वस्थ हुआ था। वह पास ही के गाँव में रहता था और समय-समय पर उनकी सेवा के लिए आ जाया करता था। मृणालमंजरी को वह अपनी बेटी के समान ही प्यार करता था। जब कभी उसे पता चलता कि देवरात बाहर गए हुए हैं और मृणालमंजरी अकेली है, तभी सब काम-काज छोड़कर वह मृणालमंजरी के पास आ जाता। देवरात नहीं चाहते थे कि सुदिन्न घर का कामकाज छोड़कर उनकी सेवा के लिए आया करे। परन्तु सुदिन्न सदा यही सोचता रहता था कि वह किसी प्रकार उनके काम आ सके।

उस दिन देवरात जब बाहर गए तो संयोग से सुदिन्न को पता चल गया था और वह मृणालमंजरी के पास पहुँच गया था। मृणालमंजरी रो रही थी। सुदिन्न ने भी देवरात की तरह उसके दुख का कारण जानने का प्रयत्न किया था, परन्तु उसने उसे कुछ नहीं बताया था। उसके बहुत आग्रह करने पर मृणालमंजरी ने उसे भूर्जपत्र का एक टुकड़ा दिया था जिस पर कोई श्लोक लिखा हुआ था। मृणालमंजरी ने उस पत्र की पीठ पर स्वयं कुछ लिख दिया था और सुदिन्न से अनुनय करके कहा था कि इस पत्र को आर्यक तक पहुँचा दे। उसने यह भी कह दिया था कि वह पत्र आर्यक के सिवा और किसी के हाथ में न दे। सुदिन्न ने मृणालमंजरी को उस अवस्था में छोड़कर जाने से इनकार किया था और कहा था कि जब आर्य देवरात आ जाएँगे, तभी वह आर्यक के पास पत्र लेकर जाएगा। परन्तु मृणालमंजरी ने आग्रह किया था कि पिताजी शीघ्र ही आ जाएँगे, तुम आर्यक के पास चले जाओ। सो, सुदिन्न वह पत्र लेकर आर्यक के गाँव गया था और वहीं से लौट रहा था। देवरात ने सुदिन्न से पूछा कि वह पत्र क्या उसने आर्यक को दे दिया है? सुदिन्न ने सहज-भाव से कहा, ''मैं क्या करता आर्य, बिटिया ने शपथ दे दी थी।''

देवरात को कुछ आश्चर्य हुआ। उन्होंने पूछा, ''सुदिन्न, तू क्या पहली बार ऐसा पत्र लेकर आर्यक के पास गया था?''

''हाँ आर्य, पहली बार गया था।''

''पत्र पढ़ने के बाद आर्यक ने क्या कहा?''

सुदिन्न बोला, ''पत्र पढ़कर उसका मुख क्रोध से लाल हो गया। उसने कहा, 'सुदिन्न! तू जल्दी मृणालमंजरी के पास लौट जा और उससे जाकर कह कि आर्यक के रहते उसे चिन्तित और कातर होने की कोई आवश्यकता नहीं है। आर्यक मृणालमंजरी की रक्षा भी करेगा और उसके अपमान का बदला भी लेगा।' वह तमतमाया हुआ उठा और घर के भीतर से अपना विशाल कुंत लेकर बाहर निकल आया। मैं तो कुछ समझ ही नहीं सका। मैं पूछने ही जा रहा था कि इस चिट्ठी में क्या लिखा है कि उसने डाँटकर कहा, 'तू अभी तक यहीं खड़ा है! जल्दी जा और मृणालमंजरी से कह दे कि आर्यक शीघ्र ही आ रहा है।' और पता नहीं किधर चला गया। वह इतना क्रुद्ध था कि उसे अपने शरीर और वस्त्र की भी चिन्ता नहीं थी। वह पत्र भी उसके हाथ से गिरकर वहीं पड़ा रह गया था। मैंने उसे उठाकर फिर अपने पास रख लिया, क्योंकि बिटिया ने कहा था कि वह और किसी के हाथ न लगने पाए। मुझे बड़ा डर लग रहा था कि पता नहीं, आर्यक कहाँ क्या कर बैठे! पहर रात गए मैं यहाँ आ गया था, आकर देखा कि आप ध्यानमग्न बैठे थे। उस समय कुछ बोलना उचित न समझकर मैं यहाँ बाहर ही पड़ रहा।''

देवरात ने व्याकुल भाव से पूछा, "वह पत्र तेरे पास है सुदिन्न?"

सुदिन्न ने कहा, "है तो आर्य, पर वह तो केवल आर्यक के लिए है!"

देवरात बोले, "आर्यक को तो तूने दिखा ही दिया। अब एक बार मुझे देख लेने दे।"

सुदिन्न धर्म-संकट में पड़ गया। बोला, "पता नहीं उसमें क्या लिखा है, आर्य! मगर बिटिया ने मुझे बार-बार कहा था कि वह सिर्फ आर्यक को दिखाना होगा।"

देवरात ने सुदिन्न को स्नेह के साथ समझाया, "देख सुदिन्न, मेरी बिटिया बहुत व्याकुल है। तू भी तो उसे अपने प्राणों से अधिक प्यार करता है। मुझे लगता है कि उसके दुख का ठीक-ठीक कारण यदि हम नहीं जान सकेंगे तो वह जीवित नहीं रह सकेगी। इसलिए तू वह पत्र मुझे दिखा अवश्य दे। मृणालमंजरी क्या मुझसे छिपाकर कोई बात कर सकती है! तू चिन्ता न कर, मुझे वह पत्र दिखा दे।"

सुदिन्न ने मृणालमंजरी के प्राण-संकट की बात सुनी, तो एकदम डर गया। उसने पत्र देवरात के हाथों में देते हुए कहा, "ठीक कहते हैं आर्य, बिटिया के दुख का कारण जरूर समझना चाहिए। उधर आर्यक भी तो न जाने क्रोध में किधर चला गया है।"

देवरात ने भूर्जपत्र लेकर उसे उलट-पुलटकर देखा। उस समय काफी प्रकाश निकल आया था। उन्हें पढ़ने में कोई कठिनाई नहीं हुई। पत्र के एक ओर लिखा हुआ था :

'मृणालमंजरी के योग्य—
वाप्यां स्नाति विचक्षणो द्विजवरः मूर्खोऽपि वर्णाधमः
फुल्लां नाम्यति वायसोऽपि हि लतां या नम्यते बर्हिणा।
ब्रह्मक्षत्रविशस्तरंति च यथा नावा तथैवेतरे
त्वं वापीव लतेव नौरिव जनं वेश्यसि सर्वं भज॥'
[द्विज पंडित मूरख शूद्र गँवार नहाते हैं, वापी में भेद कहाँ,
वन फूली लता तन देती सभी को मयूर हो, काक हो, खेद कहाँ!
निज गोद में लेती बिठा तरनी सभी जाति कुलीन कुजारज जो,
तुम वापी-लता-तरनी-सम सेविका हो सबकी, सबको ही भजो॥]

और उसकी पीठ पर मृणालमंजरी ने अपने काँपते हाथों से लिखा था—'सिंह-पराक्रम आर्यचरित आर्यक को मृणालमंजरी की अभ्यर्थना स्वीकृत हो! आज पिताजी ने सिंहवाहिनी देवी की उपासना का मुझे आदेश दिया और सुमेर काका महिषमर्दिनी

रूप की उपासना का परामर्श दे गए। परीक्षा का समय तुरन्त ही आ गया। पागल भैंसे से भी घिनौना चन्दनक मुझे अकेली देखकर यह पत्र फेंककर कुवाच्य बोलने लगा। मैंने उसे ललकारा और पास में पड़े डंडे से उसे चोट पहुँचाई। भाग न गया होता तो यमलोक में होता। भागा, लेकिन धमकाकर गया है। अब मैं पिताजी के आदेश का पालन कर रही हूँ। तुम चाहो, तो मेरी रक्षा कर सकते हो। नहीं आओगे, तो भी मैंने अपना कर्त्तव्य समझ लिया है। इति—मृणालमंजरी।' फिर 'अपरंच' के बाद लिखा था—'पिताजी से यह बात कैसे कह सकती हूँ! तुम यदि मेरी रक्षा करना चाहो तो कर सकते हो।'

देवरात ने चन्दनक के लिखे हुए गन्दे श्लोक को देखकर क्रोध में दाँत पीस लिये। उनके मुँह से सिर्फ इतना ही निकला, 'इस अधम का इतना साहस!' उन्हें मृणालमंजरी के दुख का कारण अब समझ में आ गया। परन्तु एकाएक उन्हें ध्यान में आया कि आर्यक चन्दनक से बदला लेने के लिए कहीं कोई अनर्थ न कर बैठे। वह हलद्वीप के राजकुमार का नर्मसखा है और आर्यक के लिए संकट की स्थिति उत्पन्न कर सकता है। उन्होंने कहा, "सुदिन्न, तू तब तक यहीं रह, जब तक मैं आर्यक को देखकर लौटता हूँ।" और तेजी से चन्दनक के घर की ओर बढ़ गए। इधर आर्यक अपना विशाल कुंत लिये आश्रम में प्रविष्ट हुआ।

सुदिन्न द्वार पर ही मिल गया। बोला, "आओ भैया, आर्य देवरात तो यह सुनकर बड़े ही उद्विग्न हुए कि तुम अकेले चन्दनक के घर की ओर चले गए हो।"

आर्यक ने कहा, "चन्दनक के ग्रह आज प्रसन्न थे। वह घर छोड़कर कहीं भाग गया है। तुम दौड़कर गुरुदेव को बुला लाओ। उनसे कह देना कि कहीं कुछ नहीं हुआ है। वे निश्चिन्त लौट आएँ। कुछ अनर्थ हो जरूर सकता था, लेकिन हुआ नहीं।" फिर उसने पूछा, "मृणाल कहाँ है?"

सुदिन्न ने कहा, "रोते-रोते सो गई है।"

आर्यक फिर से उसे गुरुदेव को लौटा लाने का आदेश देता हुआ आगे बढ़ गया। सुदिन्न और आर्यक की बातचीत सुनकर मृणालमंजरी की नींद खुल गई। वह धड़फड़ाकर उठी। सामने देखा तो आर्यक विशाल कुंत लेकर खड़ा है। उसने आर्यक को देखा और चित्रलिखित-सी खड़ी रह गई। उसके मुँह से कोई बात ही नहीं निकली। लेकिन आँखों से आँसू की धारा बह चली। आर्यक ने आगे बढ़कर कहा, "मैं आ गया, मैना! मेरे रहते तेरी छाया भी कोई नहीं छू सकेगा।"

मैना स्थिर, निश्चेष्ट!

आर्यक ने देखा, मृणालमंजरी इन तीन वर्षों में काफी बढ़ गई है। उसके अंग-अंग से लावण्य की छटा छलक रही थी। आर्यक को देखकर उसके मुरझाए

हुए मुख पर आनन्द की आभा दमक आई थी। उसकी दुग्ध-मुग्ध मुखश्री में इस प्रकार का उफान आया था जैसे अचानक दुग्ध-भांड को अप्रत्याशित ताप मिल गया हो। परन्तु उसकी आँखों से आँसू झरते रहे। ये आँसू अभिमान के थे। उनमें उलाहना था, अभियोग था, अभिमान था। एक क्षण के लिए आर्यक मुग्ध की भाँति ठिठक गया और मृणालमंजरी की निश्चेष्ट मुद्रा और झरते हुए आँसुओं का अर्थ समझकर मन-ही-मन उल्लसित होता रहा। फिर वह मृणालमंजरी के पास पहुँच गया। उसने प्यार से उसकी ठुड्डी पकड़कर ऊपर उठाई और भीगे हुए स्वर में बोला, ''नाराज हो गई है, मैना! मेरे ऊपर विश्वास कर—अब मैं तुझे अकेली नहीं छोड़ूँगा।''

मैना और भी व्याकुल होकर रो पड़ी। एकाएक पता नहीं, आर्यक को कौन-सा आवेश आया, उसने मैना को कसकर अपनी भुजाओं में जकड़ लिया। बचपन में दोनों काफी निकट से एक-दूसरे को पहचान सके थे। सैकड़ों बार लड़ाई-झगड़े से लेकर पुनर्मैत्री तक का अभिनय कर चुके थे। परन्तु आज दोनों को कुछ नई अनुभूतियाँ हुईं। ऐसा जान पड़ा, अन्तस्तल का सारा सत्त्व उमड़ आया है। आर्यक को रोमांच हो आया और मृणालमंजरी पसीने से तर हो गई। कुछ देर तक दोनों संज्ञाशून्य की तरह एक-दूसरे को कसकर जकड़े रहे। वह एक विचित्र समाधि थी, जिसमें दोनों का पृथक् व्यक्तित्व एकदम विलुप्त हो गया था। फिर एकाएक मैना की ही संज्ञा लौटी। उसने झटककर अपने को आर्यक के आलिंगन से अलग कर लिया और झिड़कते हुए बोली, ''छोड़ो, क्या कर रहे हो!'' यह भी एक नई अनुभूति थी। दोनों में से किसी ने पहले अनुभव नहीं किया था कि ऐसा करने में कुछ औचित्य भी होता है। विधाता ही जानते हैं कि किस प्रकार 'छोड़ो' के माध्यम से अखंड मिलन की अभिव्यक्ति होती है।

आर्यक चुपचाप अलग हट गया। थोड़ी देर के लिए उसकी वाक्-शक्ति रुद्ध हो गई। थोड़ा सँभलकर उसने फिर कहा, ''क्षमा कर दो मैना, मैंने अनुचित किया। मुझे इतने दिनों तक तुझे अकेली नहीं रहने देना चाहिए था। बुरा मान गई, मैना?''

मैना की आँखें झुकी थीं, कपोलपालि अब भी आँसुओं से भीगी हुई थी, नासिका का अग्रभाग अब भी फड़क रहा था, निःश्वास अब भी बड़ी तेजी से भीतर से बाहर और बाहर से भीतर दौड़ रहे थे। उसने धीरे-से कहा, ''हाँ, अब मुझे मत छोड़ना!''

आर्यक को हँसी आ गई। बोला, ''अभी तो तूने कहा, मैना, छोड़ दो! अब कहती हो, मत छोड़ना।''

मैना को भी चुहल सूझ गई। उसने कहा, ''व्याकरण भी भूल गए। 'छोड़ दो'

वर्तमान काल है और 'मत छोड़ना' भविष्यकाल।''

आर्यक ने देखा, मृणालमंजरी में स्वाभाविक विदग्धता लौट आई है। बोला, ''कहाँ का व्याकरण और कहाँ का काव्य! कुश्ती लड़ता हूँ और दंड-बैठक किया करता हूँ। तेरे साथ रहूँगा तो शायद फिर से काव्य-व्याकरण लौट आएँ।''

इसके बाद दोनों ही सहज हो गए और तरह-तरह की नई-पुरानी बातों में उलझ गए। थोड़ी देर में देवरात को लेकर सुदिन्न भी लौट आया। गुरु को देखकर आर्यक ने विनम्र भाव से प्रणाम किया और दीर्घायु होने का आशीर्वाद प्राप्त किया। बिना किसी भूमिका के उसने कहा, 'गुरुदेव, मैं मैना को यहाँ अकेली नहीं रहने दूँगा। अनुमति दें तो इसे मैं अपने घर ले जाऊँ।''

देवरात की आँखें विस्मय से तन गईं, ''यह कैसे हो सकता है बेटा, तुम्हारे पिता की अनुमति लिए बिना इसे मैं तुम्हारे घर कैसे भेज सकता हूँ?''

आर्यक ने कहा, ''क्यों, इसमें दोष क्या है?''

देवरात ने आर्यक के भोलेपन का आनन्द लेते हुए कहा, ''दोष है। सयानी-कुँवारी कन्या को कोई पिता किसी के घर कैसे भेज सकता है! तुम बालक हो। तुम्हें यह बात समझ में नहीं आएगी।''

आर्यक ने रोषपूर्वक कहा, ''नहीं गुरुदेव, आप नहीं जानते। हलद्वीप गुंडों और लम्पटों से भर गया है। मैं मृणालमंजरी को यहाँ नहीं रहने दे सकता। इसमें न आप बाधा दे सकते हैं और न मेरे पिता बाधा दे सकते हैं। मैं इस भोली बालिका को दुर्वृत्त लोगों की दया पर नहीं छोड़ सकता। आप और पिताजी यदि मेरी बात नहीं मानते तो हम दोनों का गला घोंट दीजिए। हम यहीं समाप्त हो जाएँगे। मगर मैं मैना को यहाँ अकेली नहीं छोड़ सकता। मैंने मैना को रक्षा का वचन दिया है। आप नहीं जानते कि यहाँ कैसे पापी बसते हैं!''

देवरात आर्यक की बात समझ रहे थे, परन्तु वे यह नहीं जानने देना चाहते थे कि उन्होंने मैना का पत्र पढ़ लिया है। भोली मुद्रा बनाकर बोले, ''तुम जो कह रहे हो वह ठीक हो सकता है, बेटा। परन्तु मुझे मालूम है कि तुम्हारे पिता इसका विरोध करेंगे। उनकी अनुमति तो मुझे लेनी ही पड़ेगी। और दूसरी बात यह है कि मैं अपनी कन्या को तभी तुम्हारे साथ जाने दूँगा, जब तुम अग्नि को साक्षी करके इसकी रक्षा की प्रतिज्ञा करो। और इसका मतलब क्या है, जानते हो! इसका मतलब होगा कि तुम शास्त्र-विधि से मैना का पाणिग्रहण करो और देवताओं को साक्षी बनाकर यावज्जीवन इसके सम्मान की रक्षा की प्रतिज्ञा करो।''

आर्यक ने कभी सोचा भी नहीं था कि उसके गुरु एकाएक ऐसी बात कह देंगे। विवाह की कल्पना तो उसके मन में कहीं उठी ही नहीं थी। एकाएक लजा गया। उसकी गर्दन जो झुकी तो मानो टूट ही गई। मैना के साथ विवाह! यह

भी क्या कोई बात-की-बात हुई। आर्यक ने उसकी रक्षा की जो प्रतिज्ञा की है, वह क्या विवाह के बिना नहीं पूरी हो सकती। गुरुदेव कह क्या रहे हैं! परन्तु उसके मन के किसी अज्ञात कोने से एक प्रच्छन्न परितोष की भावना भी ऊपर उठने लगी। मैना वधू के रूप में मेरे घर जाएगी! यह तो विचित्र बात है।

देवरात ने आर्यक के अन्तर्द्वन्द्व को समझ लिया। बोले, "तुम शान्त भाव से सोच लो बेटा! चाहो तो मैना से भी पूछ लो। परन्तु तुम्हारे पिता की अनुमति तो मुझे लेनी ही पड़ेगी। मैं यह जानता हूँ कि उनसे स्वीकृति लेना कठिन कार्य है।"

आर्यक सिर झुकाए चुपचाप खड़ा रहा। उसके मुँह से कोई बात ही नहीं निकली। एक बात पर वह पूर्ण रूप से दृढ़ था, चाहे जो हो जाए, वह मैना को अकेली नहीं छोड़ेगा। वह वचन दे चुका है। अब पीछे नहीं हट सकता।

आर्यक जब चुपचाप भाला लेकर घर से निकल पड़ा था, तब वृद्धगोप को कुछ भी पता नहीं था कि वह कहाँ गया है। लेकिन शीघ्र ही गाँव के लड़कों से उन्हें पता चल गया कि आर्यक गुस्से के साथ भाला लेकर हलद्वीप की ओर गया है। उनके मन में कुछ आशंका हुई। खोज-पूछ करने पर उन्हें यह भी पता चल गया कि सुदिन्न आकर उसे कुछ संदेश दे गया है। आर्यक के लौटने में जब विलम्ब हुआ तो वे भी देवरात के आश्रम की ओर उसे ढूँढ़ने के लिए चल पड़े और आर्यक को उसी अवस्था में उन्होंने देखा। देवरात ने वृद्धगोप को देखकर प्रसन्नता प्रकट की और आर्यक को वहीं छोड़कर उन्हें अन्यत्र ले गए। देर तक दोनों में बातचीत होती रही। सारी स्थिति समझकर वृद्धगोप को अपने पुत्र के हठ के सामने झुकना पड़ा। वे जानते थे कि उनके कुल-परिवार के लोग इस विवाह का समर्थन नहीं करेंगे, परन्तु वृद्धावस्था में वे अपने पुत्र से भी हाथ धोना नहीं चाहते थे। अन्त में यही तय पाया कि आर्यक और मृणालमंजरी का विवाह तुरन्त कर दिया जाए और पुत्र और पुत्रवधू को लेकर ही वृद्धगोप घर लौटें। हुआ भी ऐसा ही।

छह

मृणालमंजरी के विवाह के एक दिन पूर्व वृद्धगोप ने उसकी माता की धरोहर देवरात को सौंप दी। लाल चीनांशुक की लिपटी हुई वह प्रतोलिका (पेटी) इतने दिनों तक

ज्यों-की-त्यों रखी थी। वह लगभग एक बित्ता लम्बी, चार अंगुल चौड़ी और इतनी ही गहरी थी। वृद्धगोप ने उसे न तो खोलकर देखा ही था, न उसे कभी झाड़-झूड़कर साफ ही किया था। इतने दिनों तक पड़े रहने के कारण उसके ऊपर धूल की परत-सी जम गई थी। देवरात ने उसे लिया और अपने उपासना-गृह में ले जाकर सावधानी से खोला। चीनांशुक के भीतर दुर्लभ कर्पूर-काष्ठ की एक चौकोर पेटी थी। ऊपर के पाटे पर मनोहर कल्पवल्ली अंकित थी। कदाचित् मंजुला ने स्वयं अपने हाथ से उसे आँका था। उसमें मनःशिला, हिंगुल, हरिताल और गोरोचन से बने रंगों का प्रयोग किया गया था। दक्षिणावर्त्त शंख के आधार पर गतिशील मृणालमंजरी में अर्धाकट कमल का अभिप्राय देकर उसका आरम्भ हुआ था और फिर कमलिनी-पत्रों की ऊर्ध्वगामिनी धारा-सी चित्रित की गई थी और बीच में सुर-सुन्दरियों की विभिन्न मुद्राएँ उन्हीं में से इस प्रकार निकल आई थीं, मानो सहज अंकुरित किसलय ही हों। कई सुर-सुन्दरियों के हाथों में चन्द्रकिरणों के समान धवल-कमनीय क्षौम वस्त्र और कौशेय उत्तरीय, और कई की सिक्थचर्चित नाखूनवाली अँगुलियों में सुकुमार भाव से गृहीत मांगल्यमालिका, कंकण-वलय, कल्याण अंगुलीक, लाक्षा-रस-रंजित शुभ्र वस्त्र, हेमाभरण, श्रोणीसूत्र, रसना-कलाप आदि अलंकार इस प्रकार चित्रित थे मानो वे किसी को स्नेहपूर्वक दिए जा रहे हों। कल्पवल्ली की योजना कुछ ऐसे कौशल से की गई थी कि स्थान-स्थान पर चक्रवाक-मिथुन, पारावत-युगल, विद्याधर-दम्पती और हंसवलाका की पंक्तियाँ अनायास निकलती चली गई थीं। छन्दोधारा की इस अद्भुत योजना में चित्रित सौम्यभाव उफन आया था। निश्चय ही मंजुला ने अपनी प्यारी पुत्री के विवाहोत्सव पर ऐसे ही मांगल्य उपहारों की कामना की थी। देवरात की आँखों में आँसू आ गए। हाय, मातृहीना कन्या के विवाह के अवसर पर वे इस मंगल-कामना का शतांश भी तो पूरा नहीं कर सकते। उन्हें लगा कि मंजुला आकर सामने खड़ी है, पूछ रही है, 'आर्य देवरात, मेरी बेटी के लिए तुमने क्या किया?' 'कुछ नहीं कर सका देवि, इस अकिंचन के पास रखा ही क्या है, जो तुम्हारी इस प्यारी कन्या को दे सकूँ! यह तुम्हारी कल्पवल्ली ही उसे प्राप्त हो, इस इच्छा के अतिरिक्त देने योग्य मेरे पास यहाँ कुछ नहीं है देवि, कुछ नहीं!' उनका चित्त व्याकुल हुआ। वे पेटी हाथ में लेकर देर तक ध्यान-मग्न बैठे रहे। कब मंजुला ने ऐसी कामना की होगी? क्या उसे अपनी मृत्यु का आभास पहले ही मिल गया था? इस कल्पवल्ली में उसने अपने प्राण ही उँड़ेल दिए हैं। कल्पवल्ली, जिसका अर्थ नहीं होता, भाव नहीं होता, मतलब नहीं होता, होता है केवल छन्द, केवल लय, केवल गति—विशुद्ध इच्छा! तपःपूत महात्मा के आशीर्वाद के समान वह मंगलेच्छा-मात्र है, अर्थ उसके पीछे दौड़ता है। जो नृत्य में तांडव है, वही चित्र में कल्पवल्ली और आचार में मांगल्य

आशीर्वाद है। मंजुला ने मातृ-हृदय को दलित द्राक्षा के समान निचोड़कर इसमें ढाल दिया है। 'हाय देवि, देवरात तुम्हारे किसी काम नहीं आया!' पर इस कल्पवल्ली के आधार रूप में मंजुला ने दक्षिणावर्त्त शंख को क्यों चुना? शंख मांगल्य है, दक्षिणावर्त्त और भी दुर्लभ मांगल्य, पर यहाँ क्यों? हाय, जीवन से निराश माता के मन में वह कौन-सी साध थी, जो इसके द्वारा संकेतित है? शंख अनन्त का प्रतीक है, वह विष्णु की स्थानव्यापिनी अनन्त महिमा का चिह्न है, वह अपार धनराशि का आशीर्वाद है। पर सारे अन्य मांगल्यों को छोड़कर मंजुला ने यहाँ इसे ही क्यों चुना? कल्पवल्ली का आधार दक्षिणावर्त्त शंख! देवरात को हैरानी हुई। कहीं तो ऐसा नहीं देखा, नहीं सुना!

पाटे के कोने में बँधी हुई छोटी-सी कुंचिका से उन्होंने उसे खोला। ऊपर समान आकार के कटे हुए पाँच भूर्जपत्रों पर लिखा हुआ एक पत्र था। एक महीन रजत-शलाका भी उस पर पड़ी हुई थी। सारा पत्र उस शलाका से लिखा जान पड़ता था। हाथ में लेकर देवरात ने उसे उलट-पुलटकर देखा, रोमांच हो आया। सारा शरीर उद्भिन्न-केसर कदम्ब-पुष्प की भाँति कंटकित हो उठा। यह तो मंजुला की मनोहर आँखों में काजल लगानेवाली शलाका है। सारा पत्र काजल को ही स्याही बनाकर लिखा गया था। देवरात का हृदय बुरी तरह धड़कने लगा। उनके मुँह से अनायास निकल पड़ा—'विच्छित्तिशेषैः सुरसुन्दरीणाम्'—सुर-सुन्दरियों के प्रसाधन के बाद बचे हुए सिंगारदान के रंग से! तो मंजुला ने अपने सिंगारदान की सबसे महार्घ और सबसे मोहन प्रसाधन-सामग्री से यह पत्र लिखा है। क्षण-भर में मंजुला की बड़ी-बड़ी काली आँखें उन्हें याद आ गईं, भरी सभा में उस दिन इसी काजल से रंजित आँखों की विव्वोक-चटुल मुद्रा में उसने लीलापूर्वक देखा था। देवरात ने उसका अर्थ समझा था, 'बुरा तो नहीं मान गए? बुरा नहीं माना करते!' हाय, अब वह कटाक्ष नहीं है, उसका सहायक काजल आज सामने है। देवरात क्षण-भर के लिए पुलकित भी हुए। उन्होंने अपने को सँभालने का प्रयत्न करते हुए पत्र पढ़ा। अक्षर मोतियों के समान स्पष्ट और गुंफित थे। लिखा था :

"स्वस्ति। आर्य देवरात योग्य। प्रणाम-पुरस्सर अधमा दासी मंजुला की विनम्र अभ्यर्थना। चरण-कमलों में सप्रश्रय विनिवेदन। अपराध क्षमा हो। प्रत्यग्र-मनोहर अंगीकार हो :

दुल्लह जण अणुराउ गरु लज्ज परब्बसु प्राणु।
सहि मणु विसम सिणेह बसु मरणु सरणु णहु आणु॥

आर्य, बड़ी साध थी कि इस अधमा दासी के घर को तुम्हारे पवित्र चरणों की धूलि का स्पर्श मिलता। परन्तु यह बालक की चाँद पकड़ने की लालसा के समान

दुर्ललित इच्छा-मात्र है, यह मैं जानती हूँ। बड़ी साध थी कि तुम्हारे चरणों को स्वयं इन हाथों से धोकर, इन केशों से पोंछकर अपना कलुष धो डालूँ। यह नहीं हो सका, नहीं होना उचित ही है। यहाँ मिट्टी के गाहक आते हैं। अपना सर्वस्व उलीचकर, पाप खरीदकर लौट जाते हैं। पुरुषत्व के वे कलंक हैं, स्त्रीत्व के अपमानकारी। वे रसिकम्मन्य होते हैं, रसिक नहीं। इन विटों, विदूषकों और बंधुलों के स्वर्ग में केवल नरक-यातना के अधिकारी ही आते हैं। यहाँ कामुकता को पुरुषार्थ, भोंडेपन को सरसता, मूर्खता को विदग्धता, स्त्रैण भाव को पौरुष माना जाता है। यहाँ तुम्हारा न आना ही उचित है। मेरी श्रद्धा में भी वासना का पंक था, भक्ति में भी अभिलाषा की कालिख लगी हुई थी। गणिका केवल पाना चाहती है। मंजुला ने देने का अभिनय किया था, पर इस दान में भी दारुण ग्रहण-लालसा की ज्वाला थी। तुम नहीं आए, अच्छा ही हुआ। जानती हूँ, तुम्हारी शुचिता अमोघ है। असुर-संसर्ग से लक्ष्मी दूषित नहीं होती। अन्धकार में दीपशिखा और भी अधिक चमकती है, मेघ-माला में बिजली और भी उज्ज्वल हो जाती है, इस अपवित्र गृह में तुम्हारी शुचिता और भी ज्वलन्त रूप में प्रकट होती। परन्तु मैंने मिट्टी के आकर्षण की महिमा देखी है। इसीलिए मैं डरी रहती हूँ। तुम नहीं आए, बहुत अच्छा हुआ। कम-से-कम मेरा दुर्बल चित्त आश्वस्त है। महाभाव का रहस्य मुझे नहीं मिल सका, पर महाभाव का आभास मुझे मिल गया है। क्षमा करना प्रभो, मैंने तुम्हारी भाव-मूर्त्ति में ही विश्राम पाया है। जिन दिनों इस भाव-मूर्त्ति की मैं पूजा करने लगी, आसन, शयन और स्वप्न में उसी दिव्य मनोहर मूर्त्ति का ध्यान करने लगी, उस समय भी मिट्टी के गाहक आते रहते थे, परन्तु आत्मा का, मन का, बुद्धि का गाहक यह भाव-मूर्त्ति थी। चोरी है, पर मैं परबस थी, आज भी हूँ।

"कैसे बताऊँ स्वामिन्, मंजुला का जीवन कितना तृषित है! तुमने कहा था कि तेरा देवता तेरे भीतर है। मानती हूँ, अवश्य होगा। पर तुम जो नहीं समझ सकोगे, वह यह है कि स्त्री का देवता माध्यम खोजता है, ठोस ग्रहणीय माध्यम! साध्वी रमणियाँ पति का माध्यम पा लेती हैं। वे धन्य हैं, स्पृहणीच हैं। पर हाय, गणिका का माध्यम नहीं होता। वह जुगुप्सित भोग के विकट दावानल में झुलसती रहती है। नारी का जीवन किसी एक को सम्पूर्ण रूप से समर्पित होकर ही चरितार्थ होता है। वह अपने देवता को इसी प्रकार पा जाती है। मैं कहाँ से यह साधना प्राप्त करती? सो मैंने चोरी की है। मैंने तुम्हारी भाव-मूर्त्ति को माध्यम बनाने की धृष्टता की है। प्रभो, इसे अन्यथा न मानना।

"परवशता ने मुझे अपने-आपको पाने का उल्लास दिया है। जिन दिनों यह उल्लास अपनी चरम सीमा पर था, उन्हीं दिनों मेरी कुक्षि में एक कन्या अयाचित, अवांछित, अनाहूत आ गई। मैं नहीं जानती कि इसकी मृण्मय देह का पिता कौन

है। पर इतना निश्चित है कि इसके चिन्मय रूप के पिता देवरात हैं, इसमें मुझे रंचमात्र संदेह नहीं है। मुझे सन्तोष है कि इस पापिनी का आवरण भेदकर निष्पाप मंजुला निकल आई है। यह पाप-वृत्ति की पुण्य परिणति है। इसमें कमल-पुष्प के भाववाही प्रच्छन्न मृणाल की शुचिता और स्निग्धता है, तुलसी-मंजरी का सौरभ और गौरव है। जानबूझकर मैंने इसका नाम मृणालमंजरी दिया है, अनमिल है, कल्पित है, उत्प्रेक्षित है, पर मेरी हार्दिक भावना का व्यंजक है। इसकी जो मृण्मयी काया है वह परवशा माता का दान है और इसकी जो चिन्मयी ज्योति होगी वह तुम्हारे जैसे मनस्वी पिता की देन होगी। सो आर्य, यह तुम्हारी ही कन्या है। तुम्हीं इसके पिता हो, माता हो, गुरु हो। तुम्हारा धन तुम्हें ही समर्पित है! हाय, कभी प्रत्यक्ष मिलकर अपनी निदारुण वेदना तुम्हें बता पाती!

"मुझे दुर्निमित्त दिखाई देने लगे हैं, मैं अधिक दिन नहीं बचूँगी। तुम्हें पाती तो इसे तुम्हारी गोद में देकर निश्चिन्त हो जाती। पर जानती हूँ, तुम इस अधमा की शुद्ध अभ्यर्थना को अस्वीकार नहीं करोगे।

"प्रभो, पापिनी ने तुम्हारे ऊपर जो भार डाल दिया, उसे मन में न लाना। मैंने जीवन में दो काम किए हैं—पाप और कला-साधना। दोनों से अर्थोपार्जन किया है। परन्तु आर्य, नृत्य और गीत को मैं पूजा मानकर ही चली हूँ। इसके लिए मैंने अहंकार का कवच धारण किया था। लोग मुझे महाभिमानिनी ही मानते हैं। इससे अनायास और अयाचित जो कुछ मिल गया है, उसे मैं बहुत पवित्र समझकर अलग रखती आई हूँ। उस धन से जो कुछ हो सका है, वही इस कन्या को दे सकती हूँ। पाप की कमाई से उपार्जित धन को तुम्हारी कन्या के लिए कैसे रख सकती हूँ? वह इस पत्र के साथ है। उचित समझना तो बेटी के ब्याह के अवसर पर उसकी माता के आशीर्वाद के रूप में पहना देना। इति।"

देवरात ने पत्र पढ़कर दीर्घ निःश्वास लिया। पत्र के नीचे लाक्षा-रंजित रुई के कोमल परत थे। पहले परत के नीचे एक मुक्तादाम था—मोतियों का एकलरा हार। उसके नीचे पद्मराग-मणि जड़ी हुई मुद्रिका थी, जो हाथीदाँत के कंकणों और शंख के बने हुए वलयों के बीच रखी हुई थी। उसके नीचे दो शिरीष-पुष्प की आकृति के कर्णावतंस थे, जो महीन हेम-गुणों के हार के बीच रखे हुए थे। एक हाथीदाँत की छोटी-सी डिबिया में पीला सिन्दूर भी रखा हुआ था। बस!

देवरात अभिभूत, निश्चेष्ट! थोड़ी देर वे वैसे ही बैठे रहे। ऐसा जान पड़ा जैसे उनके सारे इन्द्रिय-व्यापार बाहर से हटकर भीतर की ओर सिमट आए हों। धीरे-धीरे उनमें नई चेतना आई। उन्होंने सारे अलंकारों को फिर से यथा-स्थान रखा। सबके ऊपर पत्र रखने लगे तो देखा कि अन्तिम पन्ने की पीठ पर कुछ और भी लिखा है। उस पर उनका ध्यान नहीं गया था। यह लिखावट बाद की

रही होगी। इसमें न तो काजल की स्याही थी, न शलाका की लेखनी। इसे लाल रंग की चमकदार स्याही से लिखा गया था। लिखा था—"अन्यच्च! बड़ी साध यह भी थी आर्य कि कभी प्रत्यक्ष पूछती कि आपने जो कहा था कि आपका बासी घाव मेरी कविता से ताज़ा हो गया था, वह क्या था? क्या मंजुला उस घाव की पीड़ा को रंचमात्र भी कम करने योग्य है! पर बात मुँह से निकल ही नहीं पाई। हाय अधमे, इतनी लज्जा भी क्या?"

देवरात को हूक-सी उठी। वे कराहकर रह गए। ऐसा लगा जैसे किसी ने मर्मस्थल को ही छेद दिया है। आँखों से अविरल अश्रुधारा बह चली।

वे देर तक भ्रमित की भाँति, चकित की भाँति, खोए हुए की भाँति ध्यानमग्न बैठे रहे। मंजुला की एक-एक मुद्रा उनके सामने प्रत्यक्ष-सी उपस्थित होने लगी। प्रथम बार राजसभा में जब उसे देखा था, तो उनका चित्त ललक उठा था। अभिमानिनी मंजुला ने उनकी ओर इस प्रकार देखा था, मानो किसी घृणास्पद व्यक्ति को देख रही हो। उसने तिरस्कार-भरी दृष्टि डालकर तुरन्त हटा ली थी, जैसे किसी अपात्र के संसर्ग से उसमें दोष आ जाने की आशंका हो। देवरात के चेहरे पर उस दिन उल्लास और परिताप एक साथ दौड़ आए थे। वे उसकी ओर साभिलाष-सी दृष्टि से देखते रहे। गणिका ने उपेक्षा की थी, पर उसके अन्तर्यामी ही जानते थे कि वह छिपी दृष्टि से उनके साभिलाष म्लान मुख को देखकर क्रूर आनन्द पा रही थी। उसे यह समझने में रस मिला था कि वह साधुवेशी देवरात लम्पट है, भंड है। किसी दिन वह उसके तलवे चाटने का प्रयास करेगा, यह वह निश्चित मान बैठी थी! पर देवरात पर कुछ और ही बीत रही थी।

देवरात के वृद्धातिवृद्ध प्रपितामह अग्निमित्र के प्रमुख सेनानियों में थे। सिन्धु नदी के तट पर यवनों को शिकस्त देने में उनका विशेष योगदान था। वे प्रख्यात यौधेय क्षत्रिय वंश के थे। उन्हीं दिनों उन्हें कुलूत राज्य का सामन्त-पद दिया गया था। शुंगों के पतन के बाद भी यह राज्य बना रहा। देवरात के पिता यज्ञरात ने दीर्घकाल तक राज्य किया था। उनके शासनकाल में प्रजा में बहुत शान्ति और विश्वास था। देवरात जब अट्ठारह साल के हुए, तो उनकी विमाता की कुक्षि से एक और भाई उन्हें प्राप्त हुआ। उनकी विमाता देवरात से भयभीत रहती थीं। उन्हें भय था कि देवरात ज्येष्ठ पुत्र होने के कारण राजा होंगे और उनका पुत्र इससे वंचित रह जाएगा। वे नाना प्रकार से देवरात को अपदस्थ करने का उपाय करने लगीं। देवरात को राजा बनने का कोई लोभ नहीं था। उन्होंने विमाता को आश्वस्त करना चाहा कि वे छोटे भाई को ही राजा बनाएँगे, पर प्रजा इस समाचार से चिन्तित हुई। प्रजा देवरात को बहुत प्यार करती थी। प्रजा के इस व्यवहार से देवरात की माता ने और भी चंड-रूप धारण किया। देवरात जब उन्नीस वर्ष के

हुए, तो उनके पिता ने उनका विवाह औशीनर वंश की एक रूपवती कन्या शर्मिष्ठा से कर दिया। शर्मिष्ठा रूप, गुण और शील में सचमुच शर्मिष्ठा थी। देवरात ऐसी पत्नी पाकर कृतार्थ हो गए। दोनों का प्रेम बहुत गाढ़ था। प्रजा में देवरात और शर्मिष्ठा राम-जानकी की भाँति श्रद्धा, विश्वास और प्यार की दृष्टि से देखे जाने लगे। विमाता की प्रतिक्रिया और भी तीव्र होती गई। ऐसे ही समय 'हूणों का आक्रमण' पश्चिमी सीमान्त पर हुआ। उसका धक्का कुलूत के पार्वत्य प्रदेश को भी अनुभूत हुआ। देवरात को पिता ने इस विपत्ति से रक्षा करने का भार दिया। वे यौधेय सेना के सेनापति के रूप में गन्धार की ओर रवाना हुए। शर्मिष्ठा ने कोई कातरता नहीं दिखाई, पर भीतर-ही-भीतर वह मुरझा अवश्य गई। देवरात ने बड़ी बहादुरी से हूणवाहिनी को विध्वस्त किया। लेकिन उनकी विमाता ने झूठमूठ ही बहू को देवरात के मारे जाने का समाचार दे दिया। शर्मिष्ठा को बड़ा शोक हुआ। कहा जाता था कि उसके शरीर से स्वयं अग्नि की ज्वाला निकली और वह सती हो गई। पर अधिक जानकार लोगों का विश्वास था कि विमाता ने स्वयं चिता सजाकर उसे सती होने को उत्साहित किया था। विजयी देवरात लौटे तो उनका संसार नष्ट हो चुका था। उन्हें शोक और निराशा ने विक्षिप्त बना दिया। राजपाट छोड़कर वे रमता-राम बन गए और देश-विदेश घूमते रहे, पर कहीं शान्ति नहीं मिली। अन्त में हलद्वीप में उन्हें शान्ति मिली। हृदय का घाव ताज़ा हो गया, पर चित्त का विक्षोभ जाता रहा। देवरात के अन्तर्यामी ही इसका कारण जानते थे, और किसी को इसका रहस्य मालूम नहीं।

हुआ यह कि जब राजा का आमन्त्रण स्वीकार कर देवरात प्रथम बार राजसभा में गए तो मंजुला भी आई हुई थी। उसके नृत्य का उस दिन आयोजन था। देवरात ने मंजुला को देखा और आश्चर्य से ठक् हो गए। उन्हें ऐसा लगा कि शर्मिष्ठा ही स्वर्ग से उतरकर आ रही है। वही रूप, वही रंग, वही कान्ति, वही हँसी! मंजुला का कद जरूर जौ-भर छोटा था, पर उससे कोई विशेष अन्तर नहीं आता था। उनके हृदय में टीस अनुभूत हुई, पर साथ ही सन्तोष भी हुआ। जिस रूप को देखने के लिए उनका हृदय व्याकुल था, वह अब भी देखने को मिल सकता है। यह नहीं कि वे शर्मिष्ठा और मंजुला के अन्तर को नहीं समझ सके। भिन्न है, पर फिर भी उसका हलका आभास मिल रहा है। वे साभिलाष दृष्टि से एकटक मंजुला को देखते रह गए। मंजुला ने उपेक्षा और तिरस्कार की दृष्टि से देखा, देवरात को भंड तापस समझकर घृणा-भरी आँखों से चोट पहुँचानी चाही, पर देवरात को निधि-सी मिल गई। मंजुला के बोल भी वैसे ही मीठे थे। जब वह गाती, तो उनका अंग-अंग पुलक-कम्प से सिहर उठता। देवरात इस लोभ से हलद्वीप में रुक गए कि कभी-कभी यह रूप देखने को मिलेगा। आज मंजुला भी नहीं है, वह रूप भी

इस धरती से उठ गया है। रह-रहकर उनके हृदय में शर्मिष्ठा और मंजुला आती रहीं। देवरात निश्चेष्ट बैठे रहे। वे व्याकुल थे, व्यथित थे। हाँ देवि, बासी घाव ताज़ा हो गया था। इसके लिए प्राण देकर भी तुम्हारे ऋण से उद्धार नहीं होगा। हाय, बासी घाव अब ताज़ा नहीं होता। देवरात आज सचमुच अकिंचन हैं। कैसे बताऊँ देवि, तुम्हारे दर्शन-मात्र से क्यों सारा सत्त्व उमड़ आता था। तुम इस घाव का क्या उपचार कर सकती थीं, शुभे! घाव का बार-बार ताज़ा हो जाना क्या साधारण उपचार था? कृतज्ञ हूँ देवि, आज घाव पर घाव हो गया है, फिर भी, जो जी रहा हूँ सो तुम्हारे उपचार के सहारे ही। इस रोग की औषधि मृणालमंजरी है। तुम्हारा प्रसाद पाकर मैं धन्य हुआ हूँ। आश्वस्त हूँ देवि, मुझे शर्मिष्ठा और मंजुला का सम्मिलित रिक्थ मिल गया है। हाय देवि, कैसे बताऊँ कि तुमने इस शून्य हृदय में विश्वास का पारावार हिल्लोलित किया है, उल्लास की झंझा बहा दी है। आज जो हृदय शान्त है, जीवन लक्ष्यहीन नहीं जान पड़ता, पूजा निष्फल नहीं हो रही है, सेवा चरितार्थ बनती जा रही है, वह भी तुम्हारी ही कृपा है। तुममें मैंने शर्मिष्ठा को देखा था। मेरे हृदय-विहारी देवता ने तुम्हारे भीतर मृणालमंजरी को देकर मेरी शर्मिष्ठा को नया रूप दे दिया है। तुमने माध्यम की कल्पना की थी, मैंने रूपवती माध्यम-मूर्त्ति पाई थी। क्या करूँ देवि, जो तुम्हारी, शर्मिष्ठा की और मेरी स्नेहमूर्त्ति कन्या को सुखी बना सके! हाय देवि, कितनी बार तुम्हें देखकर लगा, शर्मिष्ठा ही मिल गई है। कितनी बार मुँह से परिचित सम्बोधन 'प्रिये' आ-आकर लौट गया है। कितनी बार हृदय ऐसी उछालें भरता रहा है मानो कूदकर तुम्हारे हृदय में प्रवेश कर जाएगा, कितनी बार भुजाएँ ऐसी फड़की हैं जैसे संयम के सारे बन्धन तोड़कर तुम्हें कस लेंगी, कितनी बार, कितनी बार! मेरे हृदय में बैठी शर्मिष्ठा ने हर बार सावधान किया है—धोखा है, छलना है, भ्रान्ति है! और हर बार मेरी उमड़ी हुई मानस-तरंगें तट-देश पर पछाड़ खाकर गिरी हैं। देवि, तुम्हें नहीं मालूम, पर मुझे मालूम है। हाय देवि, बासी को ताज़ा करने का रहस्य जानना चाहती थीं? जानतीं तो तुम्हें कैसा लगता? विधाता ने बाह्य रूप का इतना साम्य देकर न जाने क्या करना चाहा था। अब देखता हूँ, आन्तर रूप भी वही है, वैसा ही कोमल है, वैसा ही कमनीय, वैसा ही कल्पनाशील। जो जीते-जी नहीं कह सका, वह अब कहना चाहता हूँ पर अब क्या लाभ है, प्रिये!

देवरात के सामने शर्मिष्ठा की मनोहारिणी मूर्त्ति उदित हो आई। हाय रानी, तुमने अपने ऊपर विश्वास क्यों खो दिया! जिसे तुम्हारी-जैसी सती नारी के सतीत्व का कवच प्राप्त हो, वह कहीं मृत्यु का शिकार बन सकता है? तुमने बड़ी जल्दी की, प्रिये! हाय, तुम चली गईं, पर अभागा देवरात आज भी जीवित है। हाय रानी, मृत्यु के बाद भी तुम जिस निष्ठा के साथ देवरात की रक्षा कर रही हो,

उसका विश्वास जीवित अवस्था में तुमने कैसे खो दिया? तुमने प्रेम का उज्ज्वल रूप आचरण से स्पष्ट कर दिया। अभागा देवरात क्षण-क्षण मरकर भी, तिल-तिल जलकर भी, कहाँ उसे छू सका? आज नीचे से ऊपर तक जल रहा हूँ, रानी। कोई सहायता करनेवाला नहीं है। मृणाल तुम्हारी ही कन्या है, तुम्हारा ही रूप है, तुम जानती भी नहीं। जिस मंजुला को तुमने सदा मृग-मरीचिका बताया है, उसी के पेट से इसका जन्म हुआ है। मैं नहीं जानता, तुम नहीं जानतीं, पर है यह हमारी ही कन्या। आओ रानी, आज अपनी बेटी के मंगल-विवाह के अवसर पर आओ! दीन देवरात पर तरस खाओ! आओ!

हाय, दो माताएँ जिसकी हों, वह आज मातृहीना है! हाय रे भाग्य, देवरात आज अपूर्ण है, असहाय है, अनवलम्ब है!

बेटी मृणालमंजरी, क्या देकर तुझे विदा करूँगा? तेरे चले जाने के बाद तेरा यह भाग्यहीन पिता क्या जीवित रह सकेगा? हे स्वर्ग के पितृ-पितामहगण, तुम्हारे भरोसे इस कन्या को छोड़ रहा हूँ। हा विधाता!

देवरात का हृदय फट जाना चाहता है। शर्मिष्ठा छोड़कर चली गई, मंजुला बिना आए ही चली गई और दोनों की नयनतारा मृणाल कसकर बाँधकर जाना चाहती है। हाय बेटी, तू भी चली जाएगी?

पिता के लौटने में देर हो रही थी। उधर मृणाल भावी वियोग की आशंका से उदास बैठी थी। कब पिताजी आएँ, कब उनकी गोद में मुँह छिपाकर वह रोकर मन हलका करे। परन्तु कहाँ, पिताजी तो अपने उपासना-गृह में गए तो वहीं के हो रहे। लौटते क्यों नहीं? इतनी देर तो कभी नहीं हुई। मृणाल व्याकुल-भाव से उनकी बाट जोहती रही। अब वह शंकित होने लगी। कुछ हो तो नहीं गया? बाहर क्यों नहीं आ रहे हैं? वह धीरे-धीरे पैर दबाकर चलती हुई उपासना-गृह की ओर गई। द्वार का कपाट बन्द था। वह कान लगाकर आहट लेने लगी। देवरात उस समय बेसुध थे। उनकी आँखों से अश्रुधारा बह रही थी। वे फफक-फफककर रो रहे थे—'हाय बेटी, अकिंचन पिता को क्षमा कर देना। तुझे कुछ भी नहीं दे सका। दो माताएँ जिसकी हों, वह मातृहीना, अनाथ! हा विधाता!'

मृणाल ने सुना तो फूट पड़ी। पिताजी मेरे लिए व्याकुल हैं। वह जोर-जोर से चिल्ला उठी, "पिताजी, हाय पिताजी!" और पछाड़ खाकर गिर पड़ी। जैसे किसी ने रस्सी से बाँधकर जोर से खींच लिया हो, इस प्रकार देवरात का ध्यान एकाएक कन्या की आवाज से खिंच गया। वे धड़फड़ाकर उठे और मृणाल को गोद में लेकर प्यार करने लगे। स्वप्न टूट गया। वे फूट-फूटकर रो पड़े।

देर तक मृणाल को गोदी में लिए हुए देवरात रोते रहे। देर तक पिता की गोदी में अलसशिथिला मृणाल सुबकती रही। किसी ने कुछ नहीं कहा। दोनों

समझते रहे कि दोनों के मन पर क्या बीत रही है। अन्त में देवरात ने ही साहस बटोरा। बेटी का मुँह अपनी ओर किया। माथा सूँघा, ललाट चूम लिया। बोले, "बेटी, तू दो माताओं की प्यारी बेटी है। पर आज दोनों ही नहीं हैं। रह गया है यह अभागा अकिंचन पिता देवरात! विवाह के अवसर पर पिता अपूर्ण होता है, देवरात तो और भी अपंग है। मुझे ही तेरी माता का काम करना है। हाय बेटी, विश्वास हिल रहा है, आस्था टूट रही है। क्या करूँ! प्राण व्याकुल हैं। तू शर्मिष्ठा का सतीत्व और मंजुला की कला-चातुरी लेकर उतरी है। तेरी एक माता नारायण की करुणा का अवतार थी, दूसरी उनकी स्मित-रेखा का प्रत्यक्ष विग्रह थी। बेटी, तू नारी-धर्म का प्रतिमान बनेगी, तू पवित्रता की मर्यादा सिद्ध होगी, तू सतीत्व का निदर्शन होगी। तुझे देखता हूँ तो लगता है कि तू गोपवेशधारी विष्णु की वेणुमाधुरी का रूप है। तेरा अकिंचन पिता तुझे कुछ दे नहीं सकता, पर मेरी प्यारी बेटी, स्वर्ग से तेरी माताएँ ही वह सब देंगी, जो बेटी को दिया जा सकता है।"

मृणाल ने दो माताओं की बात पहली बार सुनी। उसे आश्रम में शुश्रूषा और सहायता प्राप्त करने के उद्देश्य से आई हुई पौर-वधुओं से यह पता चल गया था कि वह हलद्वीप की नगरश्री मंजुला की औरस पुत्री है। उसे यह भी पता था कि वह देवरात की पालिता कन्या है। पर दो माताओं की बात उसकी समझ में नहीं आई। वह देवरात की ओर आँखें फाड़कर देखती रही। उसने उन्हें ही अपना सब-कुछ जाना था। वह इतना समझती थी कि जन्म देना ही एकमात्र जनकत्व और जननीत्व नहीं है। देवरात उसके पिता, माता, गुरु सब-कुछ थे। बाकी बातें उसके लिए गौण थीं। देवरात ने उसे कभी यह नहीं बताया था कि उसकी जननी कौन है, यद्यपि वे जान गए थे कि मुखरा पौर-वधुएँ उसे सब-कुछ बता चुकी हैं। परन्तु आज जिस प्रकार यह बात कह रहे हैं उससे लगता है कि किसी अतल गाम्भीर्य की वेदना से सिक्त होकर ये शब्द उनके मुँह से निकल रहे हैं। वे कुछ कहना चाहते हैं, कह नहीं पा रहे हैं। उनका चित्त व्याकुल है, उत्क्षिप्त है, निर्मथित है। मृणाल ने अपने कोमल बाहुओं से उनका गला इस प्रकार जकड़ लिया जैसे वह नन्ही-सी बालिका हो। भरे स्वर में बोली, "मेरे एक ही पिता हैं, वही माता हैं, वही सब-कुछ हैं। पिताजी, मुझे और कुछ न बताओ। मैं इससे अधिक कुछ नहीं जानना चाहती।" देवरात इन शब्दों की सच्चाई के जानकार थे, पर कहे बिना उनसे रहा नहीं जा रहा था। केवल कहने का ढंग क्या हो, यही प्रश्न उनके सामने था। कहना वे अवश्य चाहते थे। आज नहीं कह सके तो फिर कभी नहीं कह सकेंगे। बोले, "बेटी, यह जो अपने पिता को देख रही है न, उसमें तीन प्राणियों का निवास है। एक तेरी प्रथम माता है—शर्मिष्ठा। औशीनरों की बेटी, यौधेयों की बहू, देवरात की सब-कुछ—उसका प्राण, उसका मन, उसकी सम्पूर्ण सत्ता। दूसरी

है तेरी जननी मंजुला—छन्दों की रानी, लय की नर्मसंगिनी, माधुर्य की उत्सभूमि। वह थी देवरात की आशा, प्रेरणा, जीवनदात्री, मनःसंयमिनी, प्राण-रक्षिणी! तीसरा यह अकिंचन, अधूरा, निरवलम्ब, असहाय, तेरा पिता देवरात। तू एक-तिहाई से भी कम देख रही है बेटी! तेरी प्रथमा माता स्वर्ग से अजस्र आशीर्वाद बरसा रही है। देवरात जो मनुष्य की कुछ सेवा कर पाता है, तुझे कुछ प्यार दे पाता है, वह सब उसी की कृपा से सम्भव हुआ है। वह मेरे जीते-जी सती हो गई, बेटी! संसार ने कभी ऐसा सुना है? उसे एक क्षण के लिए भी मेरा वियोग असह्य था। वह चली गई, देवरात जी रहा है। मैं तुझे गोद में लेकर सो जाता था तो वह तुझे प्यार करती थी, तेरी देखभाल करती थी। तुझे यदि कुछ भी कष्ट होता था तो वह स्वर्गीय ज्योति के रूप में उतरती थी। मैंने प्रत्यक्ष देखा है बेटी, वह क्षण-भर के लिए भी तुझे नहीं भूलती। वही तेरी रक्षा करेगी। वह दिव्य लोक में है। वह निखिल चराचर की जननी भुवनमोहिनी है, वह अखंड सौभाग्य की रानी है, वह सतीत्व की अधिदेवता है, वह कुलवधुओं की मानरक्षिका है। वह तुझे कभी कष्ट में नहीं पड़ने देगी। जब कभी तुझे कोई ग्लानि हो, उसे अवश्य स्मरण कर लिया कर। देखेगी बेटी, कैसी दिव्य मूर्त्ति है तेरी माता शर्मिष्ठा! यह देख!'' देवरात ने बड़े यत्नपूर्वक छिपाकर रखे हुए चित्र-प्रावरण को हटाया। यह उनके अपने हाथों बनाया हुआ शर्मिष्ठा का चित्र था। मृणालमंजरी ने देखा तो उसकी आँखें कानों तक फैल गईं। चित्र के किनारों पर कहीं-कहीं धब्बे पड़े हुए थे। उन्हें वह पोंछने लगी। देवरात ने कहा, ''वह कुछ नहीं, मेरी अँगुलियों का पसीना लग गया है।'' मृणाल की आँखों में पानी भर आया। कैसी दिव्य मूर्त्ति है, कैसा प्रसन्न मुख, कैसी करुणावर्षिणी आँखें! तो यह उसकी प्रथमा माता है! उसे अधिक सोचने का अवसर न देकर देवरात ने कहा, ''देख बेटी, यह तेरी जननी है, छन्दों की रानी, मंजुला! दोनों को देख बेटी, एक ही जैसी नहीं दिख रही हैं? मंजुला के दर्शन न हुए होते तो मैं विक्षिप्त हो गया होता, मर गया होता।'' मृणाल ने दोनों माताओं को देखा। बयसु-बरनु-तनु एक! हाय-हाय, यह भी क्या सम्भव है? क्या विधाता के पास भी साँचे होते हैं? दोनों एक ही साँचे में तो ढली हैं! उसे उन दो माताओं की पुत्री होने का गर्व अनुभव हुआ। देवरात अधीर थे। बोले, ''बेटी, दुनिया जानती है कि मंजुला गणिका थी, मैं जानता हूँ कि वह नारायण की स्मित-रेखा के समान पवित्र और मनोहर थी। भाव-विह्वला, भक्तिमती लीलारूपा। तुझे जन्म देकर उसने अपने को चरितार्थ माना था। मृत्यु के पूर्व वह तेरे लिए यह अलंकार छोड़ गई है। ले, बेटी, देख इन्हें। ये उसके हृदय के समान ही सुन्दर हैं, उतने ही मूल्यवान। देवरात तो कुछ नहीं दे सकेगा, बेटी! तेरी माताओं के अभाव में वह पंगु है, असहाय है।''

मृणाल ने पिता को कभी इतना बोलते नहीं देखा था। आज उनका रोम-रोम वाचाल हो उठा है। मृणालमंजरी की आँखों से अश्रुधारा बह चली। देवरात स्तब्ध!

एकाएक वे चंचल हो उठे। जैसे कुछ नया दिख गया हो, एकदम नया! बोले, "दे सकता हूँ बेटी, दे सकता हूँ। अपना सर्वस्व उलीचकर दे सकता हूँ। ये दोनों चित्र—चित्र नहीं, प्राण—तुझे देता हूँ। ले बेटी, सँभालके रख!"

सात

श्यामरूप देर तक मथुरा की गलियों में घूमता रहा। चतुष्पथों पर स्थापित विशाल यक्ष-मूर्त्तियों को वह आश्चर्य और भय के साथ देखता। उनका ऊँचा कद, भारी-भरकम डील-डौल, चामरधारी दक्षिण हस्त, कटिविन्यस्त मुद्रा में चिपके-से बाएँ हाथ, बड़े-बड़े कुंडल, मोटे कड़े, महीन उत्तरीय और पंचकक्षी धौतवस्त्र उसे विचित्र प्रकार से आकर्षित करते थे। उसने ऐसी मूर्त्तियाँ इतनी प्रचुर संख्या में पहले नहीं देखी थीं। लोग इन मूर्त्तियों को प्रणाम करते और प्रदक्षिणा करके चल देते। एक विशाल मूर्त्ति अश्वत्थ वृक्ष के नीचे खड़ी की गई थी। उसके पास तिकोनी लाल पताकाएँ लहरा रही थीं। श्यामरूप उसे देखकर ठिठक गया। इस मूर्त्ति का दाहिना हाथ अभय मुद्रा में था। गले में एक तिखूँटा हार चिपका हुआ था। मुखाकृति भद्दी और भयजनक थी। पूछने पर उसे मालूम हुआ कि यह मणिभद्र यक्ष की मूर्त्ति है। समुद्र के रक्षक देवता हैं। नगर के सेठ लोग व्यापार के लिए जब बाहर जाते हैं और धन कमाकर जब बाहर से लौटते हैं तो मणिभद्र यक्ष की पूजा बड़ी धूमधाम से करते हैं। ये मथुरा के जाग्रत देवता हैं। इस चतुष्पथ से बाईं ओर एक भव्य मन्दिर दूर से ही दिखाई दे जाता था। श्यामरूप उधर ही बढ़ गया। निस्सन्देह वह मन्दिर नया था, पर वहाँ किसी प्रकार की भीड़ नहीं थी। इतने सुन्दर मन्दिर की यह अवस्था देखकर उसे कुछ आश्चर्य हुआ। निकट जाकर उसने देखा तो तोरण-द्वार पर ही लिखा पाया—'पंचवृष्णिवीराः'। उसे कुछ कुतूहल हुआ। हलद्वीप के आभीरों में चतुर्व्यूह की पूजा प्रचलित थी। यहाँ पाँच वृष्णिवीरों को देखकर उसे आश्चर्य हुआ। चार वृष्णिवीर—संकर्षण (बलराम), श्रीकृष्ण, प्रद्युम्न और अनिरुद्ध—तो विश्वविख्यात हैं। यह पाँचवाँ कौन है? मन्दिर भीतर से बन्द था। बाहर बहिर्द्वार पर दोनों ओर मकरवाहिनी गंगा की अभिराम मूर्त्तियाँ उत्कीर्ण थीं और चौखटों पर शंख, चक्र, हल, मुशल, गदा और पद्म का अभिप्राय देकर

कल्पवल्ली उरेही गई थी। ऊपर चौखट के मध्य स्थान पर एक अपूर्व तेजस्वी मूर्त्ति भी उत्कीर्ण थी, जिसके मुख के चारों ओर सूर्य के समान प्रभामंडल उद्‌भासित हो रहा था। श्यामरूप उस तेजोमयी मूर्त्ति को कुतूहल के साथ देखने लगा। उसकी मांसपेशियों का सुगठित तनाव उसे बहुत आकर्षक लगा। अंग-अंग से तेज और लावण्य साथ-साथ प्रवाहित हो रहे थे। जिस समय श्यामरूप भावमग्न होकर इस शिल्पचातुरी का अवलोकन कर रहा था, उसी समय भीतर से मन्दिर का फाटक खुला और एक वृद्ध ब्राह्मण कुछ सशंक भाव से चारों ओर देखते हुए बाहर निकले। श्यामरूप को संदिग्ध दृष्टि से देखकर वे चुपचाप आगे बढ़ गए और तेजी से राजमार्ग पर आ गए। श्यामरूप भी उनके पीछे-पीछे राजमार्ग पर आ गया। ब्राह्मण ने ज़रा संदिग्ध भाव दिखाते हुए कहा, ''कौन हो भद्र, यहाँ क्या कर रहे हो?''

श्यामरूप ने हाथ जोड़कर प्रणाम किया। विनीत स्वर में बोला, ''परदेशी हूँ, आर्य! यह सुन्दर मन्दिर देखकर रुक गया। भीतर तो नहीं देख सका, पर बाहर-बाहर जो कुछ देखा, उसी से चकित हो गया हूँ। अच्छा आर्य, ये 'पंचवृष्णिवीराः' कौन हैं?''

वृद्ध ने श्यामरूप की ओर कुतूहलपूर्वक देखा और हँसते हुए बोले, ''सचमुच परदेशी जान पड़ते हो, भद्र! यह मथुरा तीन लोक से न्यारी है। इसमें नई-नई बातें रोज ही देखने को मिलती रहती हैं। कुषाण राजाओं ने यहाँ पंचध्यानी बुद्धों की उपासना चलाई। उन्हें धकेलकर भारशिव नाग राजा बन गए, तो उन्होंने पंचमुखी शिव की उपासना चला दी। इनको आभीर राजा भद्रसेन ने धकेला और चतुर्व्यूह में एक और वृष्णिवीर जोड़कर पाँच वृष्णिवीरों की पूजा चला दी। पाँव अवश्य होने चाहिए, चाहे बुद्ध हों, शिव हों या विष्णु हों!'' वृद्ध ने हँसकर बताना चाहा कि यह बात कुछ विनोदजनक ही है। परन्तु श्यामरूप का कुतूहल बढ़ गया। आग्रहपूर्वक उसने पूछा, ''ये पाँचवें वीर कौन हैं?'' वृद्ध ब्राह्मण ने कुछ गम्भीर होकर कहा, ''आयुष्मान्, चतुर्व्यूह तो जानते हो न? संकर्षण (बलराम), वासुदेव (श्रीकृष्ण), प्रद्युम्न और अनिरुद्ध—ये ही चार प्रसिद्ध वृष्णिकुल के वीर हैं। इधर जब पद्‌मावती के आभीर सामन्त भद्रसेन ने मथुरा पर आक्रमण किया तो इन चार के अतिरिक्त एक अन्य लहुरा वीर भी इन चारों के साथ जोड़ दिए गए। लहुरा वीर सांब हैं। कहते हैं, शव लोग इन्हीं के प्रताप से विजयी हुए थे। तुम चौखट के मध्य भाग में जिस तेजस्वी मूर्त्ति को देख रहे हो, वह सांब की ही मूर्त्ति है। इन्हें ही लहुरा वीर कहा जाता है। बलराम को बुल्ला वीर कहा जाता है। बुल्ला अर्थात् विपुल, बड़ा और लहुरा का अर्थ है छोटा। सबसे बड़े वृष्णिवीर बलराम हैं और सबसे छोटे सांब। लहुरा वीर जाग्रत देवता हैं। भद्रसेन के सैनिकों ने लहुरा

वीर का जयजयकार करते हुए कुषाणराज दिमित को इस प्रकार ध्वस्त कर दिया जैसे प्रचंड आँधी पेड़ों को उखाड़कर फेंक देती है। उन्होंने ही इस मन्दिर की स्थापना कराई। परन्तु भगवान् की कुछ विचित्र लीला है। पता नहीं, क्या चूक हुई कि लहुरा वीर अप्रसन्न हो गए और दिमित के पुत्र धर्मघोष ने भद्रसेन को दस वर्षों के भीतर ही भगा दिया। अब तो वह कुषाण साम्राज्य के नए सपने देख रहा है। आज इस मन्दिर में आने में भी लोग डरते हैं। मैं राजभय की उपेक्षा करके सेवा-कार्य चलाए जा रहा हूँ, पर मन में अनेक प्रकार की आशंकाएँ उठती रहती हैं। कल ही मैंने स्वप्न में लहुरा वीर के दर्शन किए हैं। वे मुझे अभय दे रहे थे और कह रहे थे कि पूर्व से कोई परमवीर आ रहा है, जिसे वे अपना तेज देकर भेज रहे हैं। वही फिर से इस मन्दिर की प्रतिष्ठा बढ़ाएगा। पर स्वप्न का क्या विश्वास! कभी मनुष्य वही बातें स्वप्न में देखता है, जिनकी उसे कामना होती है। अभीप्सित-दर्शन भी माया ही है!" वृद्ध चुप हुए और कुछ उद्विग्न भी लगे।

श्यामरूप ने उन्हें आश्वस्त करते हुए कहा, "हो सकता है आर्य कि आपका स्वप्न फलित हो। परन्तु यदि धृष्टता मार्जित हो तो मैं इस नगर के बारे में कुछ और जानने का प्रसाद पाना चाहता हूँ।"

इस बार वृद्ध ने श्यामरूप को ध्यान से देखा। वृद्ध को उसके गठे हुए शरीर और चौड़ी छाती को देखकर आश्चर्य हुआ। बोले, "क्या जानना चाहते हो, भद्र! तुम तो अच्छे मल्ल जान पड़ते हो! तुम क्या यहाँ किसी मल्ल समाह्वय में बुलाए गए हो?"

श्यामरूप ने हाथ जोड़कर कहा, "मुझे बिलकुल पता नहीं है कि यहाँ कोई मल्लयुद्ध की प्रतियोगिता भी हो रही है। मैं तो बिलकुल ही नया आदमी हूँ, परन्तु इस समय तो मैं थककर चूर हो गया हूँ। पिछले कई दिनों से मुझे खाने को भी कुछ नहीं मिला है। जो व्यक्ति प्रायः एक मास से बुभुक्षित हो, वह मल्ल-प्रतियोगिता में जाकर क्या कर लेगा। मैं तो जानना चाहता हूँ कि इस नगरी में मल्ल-विद्या का सम्मान करनेवाले कोई श्रीमन्त हों तो उनका आश्रय मैं कैसे पा सकता हूँ? मैं कुछ दिन इस नगरी में रहना चाहता हूँ। किन्तु मुझे इस नगरी के बारे में कुछ भी मालूम नहीं।"

वृद्ध ने श्यामरूप के मुरझाए हुए चेहरे को ध्यान से देखा। बोले, "भद्र, मल्ल-विद्या के सम्मानदाता तो यहाँ अवश्य हैं, परन्तु अभी तो तुम सचमुच बहुत क्लान्त जान पड़ते हो। इस नगरी में कई श्रीमन्तों से मेरा परिचय है, जो मल्ल-विद्या के बड़े प्रेमी हैं, परन्तु पहला काम तो यह जान पड़ता है कि तुम्हारे लिए थोड़े विश्राम की व्यवस्था की जाए। अगर तुम अन्यथा न मानो तो अभी मेरी कुटिया पर चलकर विश्राम करो, स्नान करो, भोजन करो और फिर कुछ अन्य

बात सोचो। निर्धन ब्राह्मण हूँ, किन्तु फिर भी सेवा तो कर ही सकता हूँ। आओ!" वृद्ध ने बड़े स्नेह के साथ श्यामरूप की पीठ थपथपाई और उसको कुछ बोलने का अवसर दिए बिना, हाथ पकड़कर अपने साथ ले लिया।

उपाध्यायपल्ली में एक छोटे-से किन्तु साफ-सुथरे घर में वृद्ध रहा करते थे। वे सचमुच निर्धन थे, लेकिन श्यामरूप को उनके स्नेह में बहुत-कुछ मिल गया। वृद्ध ने उसे स्नान करने को कहा और स्वयं उसके भोजन आदि की व्यवस्था में जुट गए। जब श्यामरूप नहा-धोकर लौटा, तो उन्होंने उसे कुशासन पर बैठाया और स्नेहार्द्र वाणी में पूछा, "तुम किस कुल में उत्पन्न हुए हो, बेटा?"

श्यामरूप को बड़ी लज्जा मालूम हुई। उसकी वाणी रुद्ध हो गई। पिछले कई वर्षों का जीवन आँखों के सामने नाच गया। वह वृद्ध के सामने झूठ भी नहीं बोल सका और सच कहने का साहस भी खो बैठा। अपना यज्ञोपवीत दिखाता हुआ केवल यही कह सका, "संस्कारभ्रष्ट हूँ, आर्य!"

वृद्ध ने स्नेह के साथ कहा, "ब्राह्मण-कुमार हो? मैंने क्षत्रिय समझा था। कोई बात नहीं, परमात्मा ने तुम्हें उत्तम शरीर-सम्पत्ति दी है। तुम श्रेष्ठ विद्या के जानकार हो। इसमें म्लान होने की क्या बात है? आओ, भोजन करो।" यह कहकर वृद्ध ने जो कुछ भी बन पड़ा था, वह लाकर श्यामरूप के सामने रख दिया। श्यामरूप की आँखों में आँसू आ गए। बोला कुछ नहीं, चुपचाप खाने लगा। वृद्ध ने स्नेहपूर्वक पूछा, "नाम क्या है, बेटा?"

श्यामरूप और भी संकोच में पड़ गया। क्या नाम बताए! अनायास मुँह से निकल गया, "छबीला पंडित!"

वृद्ध की आँखें आश्चर्य से टँगी रह गईं। बोले, "क्या कहा बेटा, छबीला पंडित! तुम क्या वही मल्ल हो जिसने श्रावस्ती में मद्रदेश के अज्जुक मल्ल को पछाड़ा था?"

श्यामरूप ने संकोचपूर्वक कहा, "हाँ आर्य, श्रावस्ती में मैंने ही अज्जुक मल्ल को पछाड़ा था। वह सचमुच महाबलशाली था। अखाड़े में जब उतरता था तो विकटाकार दैत्य के समान दिखाई देता था। यह तो गुरु की कृपा ही कहो आर्य, कि मैं उसे पराजित करने में समर्थ हुआ। नहीं तो वह बल और आकार में मुझसे तिगुना था।"

वृद्ध ने उल्लसित होकर कहा, "साधु वत्स, तुम्हें देखकर आँखें जुड़ा गई हैं। मथुरा में जब तुम्हारी विजय का समाचार पहुँचा था तो लोगों को विश्वास ही नहीं हुआ। अज्जुक ने यहाँ के सारे मल्लों को मात दी थी। परन्तु श्रावस्ती से जब यह समाचार आया कि अज्जुक परास्त हुआ है, तो लोगों ने तरह-तरह की बातें फैलाईं। किसी ने कहा—कोई दूसरा अज्जुक होगा; किसी और ने कहा—यह निरी

गप्प है। अज्जुक को कोई नहीं पछाड़ सकता। परन्तु जो लोग साधुशील हैं, गुणियों का सम्मान करना जानते हैं, उन्होंने अविश्वास नहीं किया। वे चाहते थे कि छबीला पंडित को मथुरा की मल्लशाला का मल्ल स्वीकार किया जाए। परन्तु ऐसा हो नहीं सका; क्योंकि यहाँ बहुत दुर्मुख रहते हैं, जो अकारण दूसरों की निन्दा करते हैं। लेकिन जाने भी दो। मुझे आज का दिन बड़ा शुभ जान पड़ता है कि तुम बिना बुलाए इस नगरी में आए हो। तुम निश्चय ही यहाँ सम्मान पाओगे। लेकिन अभी अपना नाम तुम किसी को न बताना। मथुरा विटों, विदूषकों और बन्धुलों से भर गई है। इसमें गुण का सम्मान बाद में होता है, गुणी का अपमान पहले। म्लेच्छ राजा की धर्महीन राजसभा परनिन्दकों और चुगलखोरों से भारग्रस्त हो गई है। मैं तुम्हारे नाम को संस्कृत बना देता हूँ। कोई पूछे तो अपना नाम 'शार्विलक' बताना, छबीला नहीं।'' वृद्ध की आँखें स्नेह से आर्द्र हो आईं। पुलकित होकर उन्होंने प्यार से श्यामरूप के सिर पर हाथ फेरा और गद्‌गद-भाव से बोले, ''मथुराधिपति वासुदेव तुम्हारा कल्याण करेंगे बेटा! यहाँ की जनता तुम्हें 'मल्ल-मौलिमणि' के विरुद से सम्मानित करेगी। शरत्‌कालीन चन्द्रिका की भाँति तुम्हारा उज्ज्वल यश संसार में फैलेगा। मैं तुम्हें कल किसी गुणज्ञ श्रीमन्त के निकट पहुँचाऊँगा। मेरी शक्ति का विभव बहुत थोड़ा है, परन्तु इतना तो मैं कर ही सकता हूँ।'' श्यामरूप वृद्ध के स्नेह से बिलकुल ही भीग गया। उसने अपने हाथों को पीठ की ओर करके अर्द्धभुक्त अवस्था में ही अपना ललाट वृद्ध के चरणों में रख दिया। वृद्ध ने और भी स्नेहजड़ित वाणी में कहा, ''उठो बेटा, भोजन समाप्त कर लो। मेरा आशीर्वाद अवश्य सफल होगा।''

श्यामरूप ने यह सोचा भी नहीं था कि मथुरा में उसका नाम पहले ही पहुँच चुका है। वह मन-ही-मन गर्व अनुभव कर रहा था और सोचने लगा था कि परमात्मा ने उसकी मल्ल बनने की अभिलाषा पूरी कर दी है। क्षण-भर में श्यामरूप के सामने अपना विगत जीवन खेल गया। न जाने किस पुण्य से उसे वृद्धगोप का स्नेह मिला। उसने सुन रखा था कि उसके माता-पिता स्नान करते समय बोध-सागर में डूबकर मर गए थे। वृद्धगोप ने उसे पिता का सम्पूर्ण वात्सल्य देकर पाला था। वह साहसी प्रकृति का युवक था। वृद्धगोप उसे धर्म-शास्त्र का पंडित बनाना चाहते थे। उनकी दृष्टि में ब्राह्मण-कुमार का यही एकमात्र रूप हो सकता था। परन्तु उसके मन में साहसिक कार्यों के प्रति प्रबल आकर्षण था। विधाता की ओर से उसे प्रचुर शरीर-सम्पत्ति प्राप्त हुई थी। धर्म और दर्शन के सूक्ष्म विवेचन में उसे बिलकुल रस नहीं मिलता था। अट्ठारह वर्ष की कच्ची उमर में ही वह बड़े-बड़े पहलवानों को पछाड़ दिया करता था। परन्तु वृद्धगोप को यह सब पसन्द नहीं था। वे श्यामरूप को ब्राह्मण पंडित के रूप में देखना चाहते थे और

आर्यक को कुशल मल्ल बनाना चाहते थे। आभीर-पल्ली का वातावरण मल्ल-विद्या के अनुकूल था और धर्मशास्त्रीय विवेचन के लिए बिलकुल प्रतिकूल। देवरात के आश्रम में उसने कुछ पढ़ा-लिखा अवश्य था, किन्तु मन उसका साहसिक कार्यों के ओर ही लगा था। वृद्धगोप ने उसे पल्ली से हटा दिया, परन्तु क्षिप्तेश्वर महादेव के मन्दिर की पाठशाला में उसे एकदम प्रतिकूल वातावरण में रहना पड़ा। वहीं उसने नटों की एक यायावर मंडली से परिचय प्राप्त किया और उसी के साथ एक दिन चुपचाप खिसक गया।

नटों का चौधरी जंभल स्वयं बड़ा कुशल मल्ल था। उसने श्यामरूप को उपयुक्त चेला पाया। उसने मल्ल-विद्या के साथ नट-विद्या की भी शिक्षा उसे दी। रस्से पर चलना, ऊँचे बाँस पर सिर पर घड़ा लिए हुए चढ़ जाना, लम्बे बाँस के सहारे ऊँचे-ऊँचे पेड़ों को लाँघ जाना उसे धर्मशास्त्र और दर्शन के विवेचन की अपेक्षा अधिक प्रीतिकर जान पड़े। नटों का यायावर जीवन भी उसे बड़ा आकर्षक लगा। आज यहाँ, कल वहाँ घूमता हुआ वह अनेक देशों में नट-मंडली के साथ कलाबाजी भी दिखाता रहा और मल्ल-विद्या भी सीखता रहा। अनेक जनपदों और नगरियों को देखना उसे बड़ा ही कौतूहलजनक जान पड़ता था। दो-तीन वर्षों में वह अच्छा-खासा पहलवान और फुर्तीला नट बन गया। उसके ब्राह्मण-संस्कार प्रायः लुप्त हो गए। लेकिन यज्ञोपवीत उसने नहीं छोड़ा। उसे वह कभी गले में लटका लेता था, कभी कमर में बाँध लेता था, लेकिन फेंक नहीं सका।

चौधरी ने स्नेह और आदर के साथ उसे 'छबीला पंडित' कहना शुरू किया और नट-मंडली में यही उसका नाम पड़ गया। जंभल चौधरी के मन से यह बात कभी दूर नहीं हुई कि छबीला पंडित ब्राह्मण है। मल्ल के रूप में छबीला पंडित का नाम और यश फैलने लगा था। पर श्रावस्ती में उसने जब मद्रदेश के अज्जुक मल्ल को पछाड़ा तो उसकी कीर्त्ति बड़ी तेजी से दूर-दूर तक फैल गई। जंभल चौधरी को अज्जुक के बल-पौरुष का पता पहले ही था। एक बार वह उससे पिट भी चुका था, परन्तु उसी समय उसे उसकी कमजोरी का भी पता चल गया था। वह उससे बदला लेना चाहता था। छबीला के बल-पौरुष और कौशल को बहुत निकट से देखकर उसे विश्वास हो गया था कि अज्जुक को यही मात दे सकता है। श्रावस्ती के मल्ल-समाह्वय में वह जानबूझकर गया था। अज्जुक के दैत्याकार रूप को देखकर बड़े-बड़े नामी पहलवान आतंकित हो गए थे। परन्तु जंभल ने छबीले को उत्साहित करते हुए कहा था, "पंडित, उसके भयंकर रूप की चिन्ता न करो। तुम्हीं को परमात्मा ने इसका गर्व चूर्ण करने के लिए पैदा किया है। बहुत कम पहलवान मैंने ऐसे देखे हैं जिनके दोनों धड़ चलते हैं। अज्जुक तो बिलकुल एकधड़ा है। मैं भी एकधड़ा हूँ। परमात्मा ने तुम्हें ही दोनों धड़ (बायाँ और दाहिना)

का कौशल दिया है। साहस न खोना। अखाड़े में उतरते ही बिजली की तरह टूट पड़ना। एकदम बाईं ओर झपका देना और दाँव मार देना। खड़े घिस्से से भी काम चल जाएगा। मेरी हार का कारण यह था कि मेरे दोनों धड़ नहीं चलते। अज्जुक की भी यही कमजोरी है। रंचमात्र भी चिन्ता न करो। बस, इतना याद रखो कि पहला काम बाईं ओर झपका मारना है। दाहिनी ओर कोई भी दाँव मार सकते हो। अज्जुक मद्रदेशी यवन है। वह फाबड़ी और ढोका का उस्ताद है। सिर्फ इससे बचने का प्रयत्न करना। देसी मल्ल उधस्ता में यवनों से बीस होता है। खड़े घिस्से में उसकी कोई बराबरी नहीं कर सकता।'' फिर बड़े प्यार से उसकी पीठ थपथपाते हुए चौधरी ने कहा था, ''बेटा, गुरु के अपमान का बदला भी लेना है।'' छबीले ने भी वैसा ही किया जैसा जंभल ने सिखाया था। पलक गिरते-न-गिरते उसने बाईं ओर झपका मारा कि अज्जुक भहरा गया। जब तक वह अपने को सँभाले, तब तक छबीला घिस्मा मार बैठा और दूसरे ही क्षण उसकी छाती पर सवार दिखाई दिया। सहस्रों कंठों से निकली छबीला पंडित की जय-ध्वनि आकाश फाड़ने लगी थी। जंभल की मंडली के लिए वह बड़ा आनन्ददायक दिन था।

पर उस दिन एक घटना और भी घटी थी, जिसने श्यामरूप के जीवन में नया मोड़ ला दिया। उस रात को नट-मंडली ने जमकर मदिरापान किया। पुरुष तो पीकर धुत्त हो ही गए, स्त्रियाँ भी मत्त हो उठीं। नट-मंडली में युवतियाँ श्यामरूप से देवर का नाता रखती थीं। वे सदा उसके साथ कुछ-न-कुछ ठिठोली करती रहती थीं, श्यामरूप केवल हँस दिया करता था। न कभी कोई उत्तर देता, न किसी की ओर आँख उठाकर देखता। उस रात को इन भाभियों में असंयत उल्लास दिखाई दिया। उन्होंने उसे घेर लिया और नाना भाव से उसका मनोरंजन करना शुरू किया। एक प्रौढ़ा भाभी ने कहा, ''देवर, आज आनन्द मनाने का दिन है। तुम्हारी भाभियों का निश्चय है कि तुम हममें से किसी एक को चुन लो। जिसे चुनोगे, वही तुम्हारी सदा के लिए चेरी हो जाएगी।'' श्यामरूप हँसकर रह गया। इस प्रकार का परिहास वह कई बार सुन चुका था। एक ने आगे बढ़कर कहा, ''मेरे रहते यह किसी दूसरी को क्यों चुनेगा?'' वह श्यामरूप के पास आ गई। उसे धक्का मारकर एक दूसरी प्रौढ़ा बोली, ''नहीं देवर, तुम भोलेपन में आकर गलती न कर बैठना। मुझे चुनोगे तो बिना मिहनत के चार बच्चे भी मिल जाएँगे। हाँ!'' एक और युवती ने उसे डाँटा, ''चल हट, चार ही क्यों, तेरा वह तुझे छोड़ेगा? बेचारे देवर के सिर पर तेरे चार पिल्लों के साथ-साथ एक सवट्टा (सौत पुरुष) भी सवार हो जाएगा। ना देवर, ऐसा कभी न करना। मुझे चुनो, मैं अपने मरकहे दूल्हे को बिलकुल छोड़ दूँगी।'' वह सचमुच श्यामरूप की बगल में आ बैठी। श्यामरूप इस प्रकार के परिहास से घबरा गया। वह पीछे हटा तो प्रौढ़ा भाभी ने उस स्त्री को

वहाँ से हटाते हुए कहा, "चल हट, हमारा देवर अनसूँघा फूल सूँघता है।" और भीड़ में से एक पन्द्रह-सोलह वर्ष की लजीली लड़की को घसीटकर ले आई। बोली, "पसन्द है न, देवर!" श्यामरूप ने देखा कि वह लड़की लज्जा से सिकुड़ी हुई अपने को छुड़ाने के लिए छटपटा रही है। प्रौढ़ा हँसती हुई बोली, "अनसूँघा फूल है। तुम्हारी ही तरह वैष्णव है। सबने पिया है, यह नाक-भौं सिकोड़ती रही।" फिर उसे छोड़ती हुई और भोंडी हँसी हँसती हुई बोली, "पिया के हाथ नहीं पिया तो क्या पिया!" उसने बुरी तरह आँखें नचाईं। श्यामरूप को अब भागने के सिवा और कोई रास्ता नहीं था। वह भाग खड़ा हुआ, पर वह लजीली लड़की उसके मन में एक विचित्र करुणा उद्रिक्त कर गई। कौन है यह? कभी तो नहीं देखा था। श्यामरूप को वह बालिका बड़ी करुणाजनक लगी थी। वह उसका परिचय पाने के लिए व्याकुल हो गया। कुछ दिनों तक वह मंडली में दिखाई नहीं दी तो श्यामरूप के पूछने पर एक दिन उसी प्रौढ़ा मुखरा भाभी ने बताया कि उसका नाम माँदी था। श्रावस्ती के ही निकट के किसी गाँव की अवमानिता कन्या थी। बेचारी सब समय रोती रहती थी। परेशान होकर चौधरानी ने उसे अच्छे दाम पर मथुरा की किसी गणिका के दलाल के हाथ बेच दिया। वह रोती हुई गई थी।

श्यामरूप इस संवाद से घबरा उठा था। मन-ही-मन उसका दुख दूर करने का उसने निश्चय कर लिया और नट-मंडली को छोड़कर उस लड़की को खोजने के उद्देश्य से ही मथुरा आ पहुँचा था। यहाँ आकर वह दिङ्मूढ़ हो गया था। कैसे खोजे, कहाँ खोजे!

जब-जब उसे उस करुणा-कातर बालिका का ध्यान आता, तब-तब एक विचित्र प्रकार की हूक उसके मन में उठती। कहाँ होगी बेचारी! कितनी डरी हुई होगी! कितनी रो रही होगी! हाय, न जाने उसे किस प्रकार रखा गया होगा। उसका मस्तिष्क चिन्ताओं से इस बुरी तरह जकड़ गया था कि वह और सोचने का अवसर ही नहीं पाता था। ऐसा जान पड़ता था कि मस्तिष्क की शिराएँ फटी जा रही हैं। उसके अन्तरतर से यह ध्वनि बराबर निकलती थी कि वह बालिका यहीं कहीं है। परन्तु कहाँ है? वह इधर-उधर भटकता रहा। ऐसे ही समय इस वृद्ध ब्राह्मण से भेंट हो गई। यह उसे शुभ शकुन-सा लग रहा था। वह वृद्ध का अयाचित स्नेह पाकर धन्य हो गया था। बड़े विनय और आदर के साथ हाथ जोड़कर बोला, "आर्य, मेरे भाग्य-देवता प्रसन्न हैं जो आपका वात्सल्य पाने का मुझे अवसर मिल गया है। मैं सोच नहीं पा रहा हूँ कि आपसे किस प्रकार उऋण हो सकता हूँ।"

वृद्ध ने उसे आश्वस्त करते हुए कहा, "नहीं बेटा, ऐसा नहीं कहते। तुम्हारे जैसे गुणी का सम्मान करके मैं ही धन्य हुआ हूँ। ऐसे दरिद्र-गृह में किसी तेजवान

का आगमन पूर्वजन्म के पुण्यों से ही होता है। मैं ही धन्य हुआ, बेटा! पर मेरी साध तब पूरी होगी जब मैं तुम्हें मथुरा के 'मल्ल-मौलिमणि' के रूप में देख सकूँगा। हाँ, यह पूछना तो मैं भूल ही गया था कि तुम किस देश से आए हो? कहाँ के निवासी हो?''

श्यामरूप ने उत्तर दिया, ''हलद्वीप का निवासी हूँ, आर्य!''

वृद्ध को एक बार फिर धक्का लगा, ''हलद्वीप! क्या वही हलद्वीप, जहाँ का निवासी गोपाल आर्यक है?''

अब श्यामरूप को धक्का लगा। पिछले सात वर्षों से न जाने कितनी बार गोपाल आर्यक की स्मृति उसे व्याकुल बनाकर उद्वेग-चंचल कर चुकी थी। न जाने कितनी बार गोपाल आर्यक का भोला मुँह याद करके उसकी छाती फटने को आई थी। परन्तु प्रयत्नपूर्वक वह उसे भुला देना चाहता था। सोचता कि आर्यक सुनेगा कि उसका भाई नटों की मंडली में भर्ती हो गया है, तो न जाने कैसी घृणा उसके मन में उत्पन्न होगी! वह अपने पुराने इतिहास को भुला देना चाहता था और मन-ही-मन संकल्प करता था कि वह अपने को अकेला समझेगा। ऐसा अकेला, जिसके न कोई पीछे था, न आगे है। इस विचार ने उसके नन में एक निरंकुश भाव उत्पन्न कर दिया था। आज पूरे सात वर्षों के बाद सुदूर मथुरा में अनजाने वृद्ध के मुँह से गोपाल आर्यक का नाम सुनकर उसे बड़ा ही आश्चर्य हुआ। बोला, ''हाँ आर्य, हलद्वीप तो वही है, किन्तु आप गोपाल आर्यक को कैसे जानते हैं?''

वृद्ध की आँखों में कौतूहल दौड़ आया, ''तुम्हें हलद्वीप छोड़े हुए कितने दिन हो गए, वत्स?''

''सात वर्ष से भी कुछ ऊपर हो गए होंगे, आर्य!''

''अच्छा, तभी तुम्हें गोपाल आर्यक का कोई समाचार मालूम नहीं। तुमने गोपाल आर्यक को बहुत छोटा देखा होगा। है न यही बात!''

''हाँ आर्य, बहुत छोटा। बिलकुल दुधमुँहा!''

''सुना है बेटा, वह बहुत ही प्रतापी सेनापति बना है। कहते हैं कि हलद्वीप से पूर्व की ओर वह कहीं भागा जा रहा था एक अत्यन्त सुन्दर युवती को साथ लेकर। जहाँ गंगा और सरयू का संगम है, उसी स्थान पर किसी लिच्छवि राजकुमार से टक्कर हो गई। झगड़े का कारण वह सुन्दरी स्त्री ही बताई जाती है। यद्यपि लिच्छवियों का पुराना गौरव अब नहीं रहा, परन्तु फिर भी उनका यश अभी तक बना हुआ है। लिच्छवियों का लोहा सारी दुनिया मानती है। सुना है कि हर लिच्छवि राजकुमार ही होता है। शक्ति और श्रद्धा दोनों के वे धनी हैं। कोई पचास लिच्छवि युवक एक ओर थे और आर्यक अकेला था। जिन दुर्दांत लिच्छवियों ने किसी का लोहा नहीं माना, वे आर्यक के बाहुबल का लोहा मान गए। सुना जाता

है कि वह अकेला ही शस्त्र-सज्जित लिच्छवि-व्यूह में इस प्रकार घिर गया जैसे मदमत्त हाथियों के झुंड में कोई किशोर सिंह-शावक घिर गया हो। पहर-भर तक वह अकेला ही जूझता रहा, लेकिन अन्त में लिच्छवियों ने उसे बन्दी बना लिया। जब उसे बन्दी बनाकर तीरभुक्ति ले जाया गया तो उस वीर पुरुष के दर्शन के लिए हजारों की संख्या में जनता उमड़ आई। लिच्छवियों के 'गणमुख्य' ने जो सुना तो उसे बन्धनमुक्त कर दिया और लिच्छवि-युवकों को डाँटते हुए कहा, 'तुमने लिच्छवियों का नाम कलंकित किया है। लिच्छवि-गण वीरों का सम्मान करता है। तुमने उस गण की मर्यादा को कलंकित किया है।' उसने गोपाल आर्यक का राजकीय सम्मान किया। उसकी पत्नी को लौटा दिया और उसे समस्त लिच्छवि-गणराज्य में स्वतन्त्रतापूर्वक विचरण करने की आज्ञा दे दी।'' वृद्ध ने थोड़ा रुककर ऊपर की ओर देखा और कहा, ''जब वासुदेव भगवान् प्रसन्न होते हैं तो विपत्ति में भी सम्पत्ति देते हैं।''

ब्राह्मण देवता थोड़े म्लान हुए। उन्होंने उदासी-भरे स्वर में कहा, ''मथुरा से तो अब धर्म-कर्म उठ ही गया है। यहाँ कुछ भी अनर्थ क्यों न हो जाए, कोई पूछनेवाला नहीं है। सुना है, तीरभुक्ति में एक बड़ा अधिकारी होता है, जिसे 'विनय-स्थिति-स्थापक' कहते हैं। उसी ने वहाँ के राजकुमारों को दंड दिया है। कहा जाता है कि वे चंपारण्य में निर्वासित किए गए हैं। इधर मथुरा में यह हाल है कि म्लेच्छ राजा स्वयं प्रजा का शील नष्ट करने पर तुला है। भगवान् वासुदेव की लीला-भूमि न जाने कब तक इस प्रकार के अनाचार का अखाड़ा बनी रहेगी! ऐसा लगता है कि गोपाल आर्यक के रूप में वे फिर इस पवित्र लीला-भूमि की सुधि लेने आ रहे हैं। परन्तु धर्म-स्थापना के कार्य में कुछ विघ्न पड़ने के समाचार भी सुनाई दे रहे हैं।''

श्यामरूप साँस रोककर गोपाल आर्यक की कहानी सुन रहा था। उसके शरीर में रोमांच हो आया था, बाँहें फड़क रही थीं, ललाट पर पसीने की बूँदें उभर आई थीं। अधीरतापूर्वक उसने पूछा, ''फिर क्या हुआ, आर्य?''

वृद्ध ने कुछ धीमी आवाज में कहा, ''सुनी-सुनाई बातें कह रहा हूँ, वत्स! सुना है कि लिच्छवियों की कन्या पाटलिपुत्र के राजा चन्द्रगुप्त से ब्याही है। लिच्छवियों से विवाह-सम्बन्ध होने के बाद चन्द्रगुप्त बहुत शक्तिशाली हो उठा है। पहले तो वह एक बहुत सामान्य राजा था। सुना है, प्रयाग और साकेत के बीच कोई छोटा-सा राज्य था, वह वहीं का साधारण राजा था, लेकिन अब तो मगध साम्राज्य के खोए हुए यश को फिर से लौटा लाने के लिए उसका संकल्प दृढ़ हो गया है। उसकी सेनाएँ गंगा और यमुना के संगम तक बढ़ आई हैं। अब तो मथुरा के दुर्बल शासकों का हृदय भी कम्पित हो उठा है। एक ओर तो वे शक-यवनों

से आतंकित हैं और दूसरी तरफ गुप्तों की सेना बढ़ती आ रही है। पता नहीं, मथुरा के भाग्य में क्या बदा है?" वृद्ध ने दीर्घ निःश्वास लिया।

लेकिन श्यामरूप तो गोपाल आर्यक की कहानी सुनने को उत्सुक था। मथुरा के भाग्य का लेखा-जोखा उसके लिए विशेष महत्त्व की बात नहीं थी। उसने अधीर भाव से पूछा, "आर्य, मैं गोपाल आर्यक के बारे में जानना चाहता हूँ। उसके बारे में आपने क्या सुना है?"

वृद्ध हँसने लगे। बोले, "अपना गाँव बड़ा प्रिय होता है बेटा! तुम्हें अपने गाँव के लड़के की चिन्ता है, मुझे सारी मथुरा की। जो मैंने सुना है वह तुम्हें बताता हूँ। सुना है कि उन दिनों चन्द्रगुप्त का बेटा समुद्रगुप्त अपने ननसाल आया हुआ था। समुद्रगुप्त गोपाल आर्यक की वीरता से प्रभावित हुआ और दोनों में गाढ़ी मित्रता हो गई। वह गोपाल आर्यक को अपने साथ पाटलिपुत्र ले गया और गोपाल आर्यक को एक छोटी-सी सेना देकर हलद्वीप पर आक्रमण करने के लिए भेजा। लोग बताते हैं कि हलद्वीप के राजा से गोपाल आर्यक की अनबन हो गई थी। आर्यक ने उस राजा को पराजित किया और हलद्वीप के राज्य पर अधिकार कर लिया। समुद्रगुप्त ने आर्यक को हलद्वीप का राजा घोषित करवा दिया। इधर समाचार आए हैं कि समुद्रगुप्त अब पाटलिपुत्र के सिंहासन पर विराजमान है और गोपाल आर्यक को उसने 'महाबलाधिकृत' के पद पर अभिषिक्त किया है। यह राजधानी है बेटा! यहाँ जितनी किंवदंतियाँ फैलती हैं वे सब विश्वास-योग्य नहीं होतीं। इधर एक और प्रवाद फैला है कि समुद्रगुप्त को जब यह पता चला कि गोपाल आर्यक के साथ जो युवती लिच्छवि गणराज्य में बन्दी बनी थी, वह उसकी ब्याहता बहू नहीं है, बल्कि किसी और की पत्नी है, तो वह बहुत अप्रसन्न हुआ। सुनने में आया है कि गोपाल आर्यक की ब्याहता बहू कोई मृणालमंजरी है, जिसे उसने हलद्वीप में छोड़ दिया था और स्वयं किसी परस्त्री को लेकर भाग गया था। लोग कहते हैं कि गोपाल आर्यक की वास्तविक पत्नी मृणालमंजरी बहुत ही सती-साध्वी और पतिव्रता स्त्री है। ऐसी बहू का अकारण परित्याग करना निःसन्देह महापाप है और गोपाल आर्यक ने यही पाप किया है। समुद्रगुप्त के रोष से बचने के लिए गोपाल आर्यक फिर कहीं लोप हो गया है। मथुरा में यह समाचार बहुत आश्वस्तकारी सिद्ध हुआ है। यहाँ गोपाल आर्यक का नाम भय और आतंक पैदा किया करता था। यह महिमाशालिनी नगरी थोड़ी देर के लिए आश्वस्त हुई है। सुना गया है कि समुद्रगुप्त की सेनाएँ साहस खो बैठी हैं और अहिच्छत्रा से आगे बढ़ने को प्रस्तुत नहीं हैं।"

श्यामरूप ने कहानी का जो उपसंहार सुना, वह उसके लिए बड़ा ही पीड़ादायक सिद्ध हुआ। उसका मुखमंडल विवर्ण हो गया तथा होंठ सूखने लगे। आर्यक की

वीरता की कहानी सुनकर वह जितना ही उल्लसित हुआ था, उतना ही मर्माहत हुआ उसकी चरित्रहीनता का समाचार पाकर। उसे यह जानकर बड़ी प्रसन्नता हुई थी कि गोपाल आर्यक का विवाह मृणालमंजरी से हो गया। परन्तु जब उसने यह सुना कि गोपाल आर्यक ने उसे ऐसे ही त्याग दिया है, तो उसका मन क्रोध और घृणा से भर गया। आर्यक क्या इतना हीन चरित्र का युवक सिद्ध हुआ? उसे विश्वास ही नहीं हो रहा था। परन्तु वह दूसरी युवती कौन थी जिसके साथ आर्यक भाग गया था? वृद्ध ने उसे चिन्ताकातर देखकर आश्वस्त करते हुए कहा, "राजनीति में यह सब हुआ करता है, बेटा! सुना गया है कि समुद्रगुप्त अब पछता रहा है और वह आर्यक-जैसे सेनापति को कभी हाथ से न जाने देगा। फिर, ये सब सुनी-सुनाई बातें हैं। इनमें कितना सच है और कितना झूठ, यह कौन बता सकता है? मथुरा में रहोगे तो रोज ही नए-नए समाचार सुनोगे। सब बातों को सत्य मान लेना बुद्धिमानी नहीं है। राजधानी में बहुत-सी बातें जानबूझकर तोड़ी-मरोड़ी जाती हैं। तुम चिन्ता न करो बेटा, आर्यक निश्चित रूप से फिर समुद्रगुप्त का सेनापति बनेगा। मथुरा की हालत तो आजकल बहुत बुरी है। कौन जाने, किसी दिन तुम्हें यहीं पर गोपाल आर्यक से मिलने का अवसर मिल जाए!"

आठ

श्यामरूप को वृद्ध ब्राह्मण के प्रयत्नों से अच्छा आश्रय मिल गया। राजा के पितृव्य चंडसेन स्वयं मल्ल-विद्या के निष्णात थे और उनके आश्रय में अनेक मल्ल रहा करते थे। श्यामरूप को देखते ही उनकी गुणज्ञ आँखों ने पहचान लिया कि यह युवक यशस्वी मल्ल होगा। उनका आश्रय पाकर श्यामरूप भी प्रसन्न हुआ। मथुरा के मल्ल-समाह्वय में उसने बड़ा यश प्राप्त किया। देखते-देखते वह मल्ल-मंडली में सम्मानित स्थान प्राप्त करने में सफल हुआ। वृद्ध ब्राह्मण ने छबीला नाम को संस्कृत बना दिया था। उसका नाम शार्विलक ही प्रसिद्ध हुआ। शार्विलक अर्थात् छबीला! यद्यपि उन दिनों मथुरा के राजवंश में भय और आतंक बना हुआ था, तथापि मथुरा की साधारण जनता अपने ढंग से चलती जा रही थी। नृत्य-गीत का आयोजन यथानियम होता रहता था। मल्लशालाएँ नित्य नवीन मल्लों के आगमन से बराबर आकर्षण का केन्द्र बनी हुई थीं। सरस्वती-विहारों में काव्य-गोष्ठियों का काम निर्विघ्न चलता रहता था और लाव-तित्तिर, मेष, कुक्कुट आदि की लड़ाइयों

की प्रतिस्पर्द्धा में जनता खुलकर भाग लेती थी। इसीलिए श्यामरूप को मथुरा में यश प्राप्त करने में कोई कठिनाई नहीं हुई।

एक दिन चंडसेन के आमन्त्रण पर विशाल मल्ल-प्रतियोगिता का आयोजन हुआ। उस दिन राजा के साले भानुदत्त के प्रसिद्ध मल्ल मागू और शार्विलक की भिड़ंत थी। मागू मद्रदेश का बहुत ही नामी पहलवान था। लोगों में उसके बारे में अतिरंजित कहानियाँ प्रचलित थीं। कहा जाता था कि भोजन करने के बाद जब वह अपनी मूँछें धोता था तो उससे सेर-भर घी नित्य निकलता था। उसके आहार में प्रतिदिन प्रचुर मांस की व्यवस्था हुआ करती थी। कहा जाता था कि वह प्रातःकाल नित्य एक बड़े बकरे के ताजे खून से जलपान करता था। प्रसिद्ध था कि एक बार राजा के मद-मत्त हाथी को उसने थप्पड़ मारकर ही गिरा दिया था। उसके बाहुबल के बारे में प्रचलित कहानियों की सच्चाई के बारे में तो कुछ कहना कठिन है, लेकिन जनता में तो वह भीम का अवतार ही माना जाता था। राज-श्यालक भानुदत्त अपने मल्ल की विजय के बारे में बिलकुल आश्वस्त थे। परन्तु चंडसेन भी शार्विलक के बाहुबल से कुछ कम आश्वस्त नहीं थे। मथुरा की जनता इस प्रतियोगिता को देखने के लिए समुद्र की भाँति उमड़ पड़ी। चंडसेन ने बहुत बड़ी मल्ल-रंगभूमि का आयोजन किया था। शाल के सौ खम्भों पर विशाल पटवास का आयोजन था। अखाड़ा नीचे केन्द्र की ओर बनाया गया था और उसके चारों ओर लम्बी सोपान-दीर्घाएँ बनाई गई थीं, जो ऊपर क्रमशः चौड़ी होती गई थीं। इस मल्लशाला में पन्द्रह सहस्र नागरिकों के बैठने की व्यवस्था थी। राज्य की ओर से सशस्त्र दंडधरों की व्यवस्था की गई थी, ताकि उत्तेजित जनसमूह कुछ उत्पात न कर बैठे। तीक्ष्ण कुंतवाही सौ अश्वारोही सैनिक पटवास के चारों ओर शान्ति-रक्षा के लिए तैनात थे। हर कोने में प्रत्येक स्थान पर सशस्त्र दंडधर खड़े किए गए थे। जनता में अधिकांश मागू की शक्ति के प्रति विश्वास रखनेवाले थे। ऐसे लोग बहुत कम थे जिन्हें शार्विलक के बाहुबल पर भरोसा था। प्रत्येक दर्शक ने मन-ही-मन अपना पहलवान तय कर लिया था। निस्सन्देह मागू मल्ल के प्रति अधिकांश लोगों का झुकाव था। राज-श्यालक भानुदत्त अपनी मंडली के साथ अखाड़े की दाहिनी ओर बैठे थे और चंडसेन उसी प्रकार मल्ल-मंडली से समावृत्त होकर बाईं ओर विराजमान थे।

दोनों पहलवान अखाड़े में उतरे। भूमि-वन्दना करके उन्होंने अपने-अपने अन्नदाताओं को प्रणाम किया और गुँथ गए। दर्शक-मंडली में अपार उत्तेजना का संचार हुआ। साँस रोककर लोग मल्ल-कौशल का अवलोकन करने लगे। मागू शार्विलक से दुगुना था। ऐसा जान पड़ता था कि पहाड़ के समान किसी हाथी के साथ सिंह-किशोर गुँथ गया हो। जिन लोगों को यह आशा थी कि हार-जीत

का फैसला कुछ ही क्षणों में हो जाएगा, उन्हें निराश होना पड़ा। कुश्ती देर तक चली। जिन लोगों ने समझा था कि शार्विलक चींटी की तरह मसल दिया जाएगा, उन्हें यह देखकर आश्चर्य हुआ कि मागू उसको कसकर पकड़ भी नहीं पा रहा है। उसकी फुर्ती देखने लायक थी। दोनों ही मल्ल पसीने से तर हो गए थे। कोई एक घड़ी की विकट भिड़ंत के बाद लोगों ने आश्चर्य के साथ देखा कि मागू चित्त हो गया है और शार्विलक उसकी छाती पर सवार है। तुमुल जय-निनाद और साधुवाद से मागू ऐसा निस्तेज हुआ मानो उसकी सारी शक्ति शार्विलक में संक्रमित हो गई हो। चंडसेन ने उल्लसित होकर शार्विलक को छाती से लगा लिया। देखते-देखते जन-समुद्र शार्विलक के जयघोष से तरंगित हो उठा। उस दिन मथुरा की जनता ने निःसंदिग्ध रूप से शार्विलक को मल्लों का मौलमणि मान लिया। आयोजन समाप्त हुआ। शार्विलक के लिए एक ओर जहाँ इस यश ने बहुत दिनों की अभिलाषा की पूर्ति का वरदान दिया, वहीं दूसरी ओर वह सदा के लिए क्रूर राज-श्यालक भानुदत्त का द्वेष-भाजन भी बन गया। भानुदत्त प्रजा में बड़े ही क्रूर और घृणास्पद व्यक्ति के रूप में प्रसिद्ध था। लोगों ने उसे मथुरा का क्रूर ग्रह मान रखा था। आज के अपमान-बोध से उसके चित्त में भयंकर प्रतिक्रिया होगी, इस विषय में किसी को भी सन्देह नहीं था। लेकिन चंडसेन भी कम शक्तिशाली नहीं थे। जनता का विश्वास था कि भानुदत्त मथुरा के लिए धूमकेतु की तरह अनिष्टकर होकर आया है। उनका यह भी विश्वास था कि इस भयंकर क्रूरकर्मा राज-श्यालक से मथुरा की मान-रक्षा यदि कोई कर सकता है तो वह चंडसेन ही है। इस मल्ल-प्रतियोगिता के परिणाम से प्रजा के हृदय में एक प्रकार का प्रच्छन्न सन्तोष भी दिखाई दिया। लोगों ने ऐसा समझा कि अब चंडसेन और भानुदत्त में खुलकर विरोध हो जाएगा।

शार्विलक जब अपने आवास-स्थल पर पहुँचा तो वहाँ एक सशस्त्र राजकीय दंडधर उसकी प्रतीक्षा करता हुआ दिखाई दिया। शार्विलक ने उस दंडधर की ओर ध्यान नहीं दिया। उस दिन नगरी में इस प्रकार के सशस्त्र दंडधर हर नुक्कड़ पर तैनात थे। परन्तु जब शार्विलक उस दंडधर के पास पहुँचा तो उसे यह देखकर आश्चर्य हुआ कि वह व्यक्ति 'साँवरू भैया' कहकर उसके चरणों पर लोट गया। उसे बड़ा आश्चर्य हुआ कि यह कौन व्यक्ति है जो उसे इस नाम से जानता है। क्षण-भर ठिठककर वह पहचानने का प्रयत्न करने लगा। उसे उठाया, फिर ध्यान से उसके चेहरे की ओर देखा और स्तब्ध रह गया। वह तो हलद्वीप का वीरक है! यहाँ कैसे आ गया? उसे याद आया, आर्यक के साथ खेलनेवाला झम्मन दुसाध का लड़का वीरक। वह अचरज के साथ बोल उठा, "वीरक, तू यहाँ कैसे!" वीरक बोला, "भाग्य का मारा यहाँ आ गया हूँ, भैया! मगर मैंने तुम्हें कैसे पहचान लिया!

जब तुम अखाड़े में उतरे, तभी मैंने मन-ही-मन कहा कि यह जरूर साँवरू भैया हैं, मगर पूरा विश्वास नहीं हुआ। पर जब तुम्हें नजदीक से देखा तो पूरा विश्वास हो गया। मैं कहीं साँवरू भैया को पहचानने में गलती कर सकता हूँ!" शार्विलक ने प्यार से उसकी पीठ थपथपाई। बोला, "देख रे वीरक, मैं साँवरू भैया नहीं, शार्विलक हूँ। मुझे शार्विलक भैया कहकर ही पुकार। आ मेरे साथ, तुझसे बहुत-सी बातें करनी हैं।" वीरक चुपचाप उसके पीछे हो लिया।

वीरक ने शार्विलक को हलद्वीप की बहुत-सी बातें बताईं। जब उसने बताया कि वृद्धगोप उसके चले जाने के बाद कितने दुखी हुए, कितने ज्योतिषियों और तान्त्रिकों से उसका अता-पता बताने का अनुरोध किया, महीनों तक किस प्रकार खाना-पीना भी भूल गए, तो शार्विलक की आँखों में आँसू आ गए। उसने रोकर कहा, "वीरक, मैंने बड़ा पाप किया है जो ऐसे देवतातुल्य पिता को दुखी बनाया।" वीरक ने गोपाल आर्यक के बारे में भी नए समाचार दिए। उसने बताया कि गोपाल आर्यक तुम्हें खोजने के लिए आश्रम से भाग खड़ा हुआ। परन्तु भृगु-आश्रम के विष्णु-मन्दिर के अर्चक ने उसे पकड़कर वृद्धगोप के पास पहुँचा दिया। उसने एकाध बार और भी भागने की कोशिश की, लेकिन हर बार पकड़ लिया गया। साल-भर बाद वृद्धगोप ने देवरात की सलाह से उसे बाँधने का प्रयत्न किया और उसका विवाह मृणालमंजरी से कर दिया गया। वीरक ने मृणालमंजरी की प्रशंसा करते हुए कहा, "वह साक्षात् लक्ष्मी है, भैया! जब से घर में आई, सारा घर जगमग हो उठा है। खेतों में फसल दुगुनी होने लगी है, गायों के दूध बढ़ गए हैं और सारा गाँव खुशहाल हो उठा है। आर्यक भैया का मन भी घर में लग गया है। रह-रहकर वह तुम्हें याद करते अवश्य हैं, परन्तु अब भागने का प्रयत्न नहीं करते। कैसा गबरू जवान हुआ है, कहते नहीं बनता! मैं तो उसे बीस वर्ष का जवान देखकर ही आया था, लेकिन लगता था जैसे कोई मदमत्त हाथी हो। राजुल दादा भी मान गए हैं कि उनका यह शिष्य एक दिन अपने पौरुष से संसार को चकित कर देगा। उसके पुट्ठे देखने लायक हैं। छाती ऐसी चौड़ी हो उठी है जैसे वज्र का कपाट हो। शरीर ऐसा गठा हुआ और चिकना है कि देखनेवाले की आँखें फिसल जाती हैं। उसके साथ जब भाभी बैठती हैं तो ऐसा लगता है कि राम-जानकी का ही जोड़ा है। लोग उसे अवतार मानते हैं, भैया! गाँव की स्त्रियाँ मृणालमंजरी को मैना-माँजर-देई कहती हैं, और कहती ही नहीं, सचमुच मानती हैं कि वह देवी हैं। शुरू-शुरू में जाति में इस विवाह का विरोध भी हुआ था। लोग कहते थे कि वृद्धगोप वेश्या की लड़की को घर में ला रहे हैं। लेकिन अपने शील, सौजन्य और दयालुता से उसने सबका हृदय जीत लिया है। तुंदिल गोप, जो पहले खूँटा तुड़वाने को तैयार थे, अब इतने प्रसन्न हैं कि जब उनकी नई बहू आई,

तो पहले भाभी के चरण छू लेने पर ही वह घर में लाई गई।''

शार्विलक अर्थात् श्यामरूप यह सब सुनकर गद्गद हो गया। वह आर्यक के बारे में बहुत सुनना चाहता था, लेकिन वृद्ध ब्राह्मण से उसने जो कुछ सुना था, वह उसके चित्त को कुरेद रहा था। वह जानना चाहता था कि आर्यक के बारे में उस तरह की कहानी क्यों फैल गई। उसने आतुरतापूर्वक पूछा, ''आगे क्या हुआ वीरक?'' वीरक थोड़ा हिचका। ऐसा जान पड़ा कि उसके मन में दुविधा है कि आगेवाली बात कहे या नहीं। शार्विलक ने आतुरता के साथ कहा, ''वीरक, सब कह जा! कुछ छिपा मत। मेरा मन सुनने को व्याकुल है।'' वीरक ने हकलाते हुए कहा, ''कह ही तो रहा हूँ भैया!'' और फिर रुआँसे स्वर में बोला, ''विवाह के दो वर्ष बाद वृद्धगोप ने संसार ही छोड़ दिया। गोपाल आर्यक अनाथ हो गया। तुम इधर चले आए और पिता स्वर्ग सिधार गए। तुम ही बताओ, उस गरीब की क्या हालत हुई होगी! लेकिन उसकी सहनशक्ति और धीरता अद्भुत है। उसने इस दुख को बहादुरी के साथ झेला है। गाँव के वृद्धों ने उसकी देख-रेख में कोई कमी नहीं आने दी है। सभी कहते हैं कि आर्यक हलद्वीप का यश सारे संसार में फैलाएगा। इसे कोई कष्ट नहीं होना चाहिए। मेरे पिता ने मुझसे कहा कि वीरक, तू आर्यक की सेवा कर। उसे कोई तकलीफ हुई तो तेरी चमड़ी उधेड़ दूँगा। सो मैं भैया की सेवा में लग गया। बड़ा सुखी था मैं। भाभी ने तो मुझे कभी यह समझने ही नहीं दिया कि मैं दूसरी जाति का हूँ और दूसरे घर का हूँ। बड़ा सुखी रहा मैं। लेकिन विधाता से यह सहा नहीं गया। मुझे हलद्वीप छोड़कर भागना पड़ा। भाग्य खोटा हो तो कोई क्या कर सकता है भैया!''

वीरक अपने भाग्य का दुखड़ा और भी रोना चाहता था, परन्तु शार्विलक का चित्त बुरी तरह से उत्क्षिप्त हो गया। ''क्या कहा वीरक! पिता भी नहीं रहे! भोला आर्यक अनाथ हो गया और मैं शूलचक्रांकित साँड की तरह अनर्गल घूम रहा हूँ! हाय वीरक, जिसने मुझ अनाथ को इतने प्रेम से पाल-पोसकर बड़ा किया, उस देव-तुल्य पिता के भी मैं किसी काम नहीं आ सका!'' शार्विलक फूट-फूटकर रो पड़ा, ''बता वीरक, उस भोले बालक की क्या दशा हुई होगी। बेचारा ऊपर से बोला कुछ नहीं होगा। भीतर से उसका चित्त इस अभागे श्यामरूप को याद जरूर करता होगा। उस मक्खन की पुतली-सी मृणालमंजरी की क्या दशा हुई होगी?'' शार्विलक ने अपना सिर पीट लिया। वीरक ने उसे सँभालते हुए कहा, ''भैया, धीरज रखो।'' शार्विलक ने फफककर कहा, ''कैसे धीरज रखूँ वीरक, तू भी तो छोड़कर चला आया! क्यों चला आया, क्यों चला आया! क्यों चला आया तू! अरे भाग्यहीन, कुछ दिन तो सहारा देता।'' अब वीरक के रोने की बारी थी, ''ठीक कहते हो भैया, मैं सचमुच भाग्यहीन हूँ। मैं छोड़कर आया नहीं, मुझे आना पड़ा,

भागना पड़ा।" शार्विलक के मन में शंका हुई, "भागना पड़ा? क्यों भागना पड़ा?" "बताता हूँ, भैया! तुम थोड़े शान्त हो जाओ।" वीरक ने कहा।

वीरक बोला, "मृणालमंजरी का विवाह करके आचार्य देवरात जो आश्रम से निकले तो निकले। कुछ भी पता नहीं चला कि कहाँ चले गए। उनके जाने के बाद और वृद्धगोप की मृत्यु के बाद हलद्वीप का राजा निरंकुश हो गया। आए-दिन प्रजा को लूटा जाता है, बहू-बेटियों का शील नष्ट किया जाता है, खेतों की पकी फसल काट ली जाती है। आर्यक के अतिरिक्त और किसी में साहस नहीं था कि इन अत्याचारों का विरोध करता। हलद्वीप के नगर-सेठ वसुभूति का घर दिनदहाड़े लूट लिया गया। राज-दरबार में कोई सुनवाई नहीं हुई, उलटे उसे अपमानित होकर लौटना पड़ा। बेचारा किसी और का सहारा न पाकर आर्यक के पास आया। बोला, "बेटा, तुम्हारे पिता जीवित थे तो किसी का साहस नहीं था कि वह इस प्रकार अकारण भले आदमियों का अपमान करे। अभी तुम बालक हो, तुमसे मैं क्या कहूँ! लेकिन और जाऊँ भी कहाँ? मैं तो अपने परिवार को लेकर किसी और राज्य में चला जाऊँगा, परन्तु जाने के पहले तुम्हें अपनी विपदा सुना जाता हूँ, इस आशा से कि जब समर्थ होगे तो इस दुखिया की बात याद रखोगे।" आर्यक की भौंहें तन गईं, बोला, "तात, बालक हूँ, लेकिन हलद्वीप में अनर्थ हो, यह मुझे सह्य नहीं है। आप हलद्वीप छोड़ने की बात न सोचें। इस बालक की नसों में भी वृद्धगोप का रक्त बह रहा है। आप निश्चिन्त होकर घर जाएँ। आज से निरीह प्रजा की रक्षा का भार आर्यक के कन्धों पर आ गया। आप आश्वस्त होकर जाएँ।" वसुभूति ने दुलार के साथ आर्यक की ठोड़ी पकड़ ली, "नहीं मेरे प्यारे, ऐसा साहस न करो। राजा इन दिनों चाटुकारों के हाथ में है। वह तुम्हारा भी अनिष्ट कर सकता है।" आर्यक कुछ बोला नहीं, केवल अनुनय के साथ इतना ही कह सका, "तात, देश-त्याग न करें।" वसुभूति आशीर्वाद देकर घर लौट गया और दूसरे दिन सुना गया कि वह रातोंरात कहीं अन्यत्र चला गया है।

"आर्यक ने जब यह सुना तो अत्यन्त व्याकुल हो उठा। मुझे बुलाकर कहा, 'वीरक, धिक्कार है इस जवानी को। धिक्कार है इस बाहुबल को। जो पुत्र पिता के यश की रक्षा नहीं कर सका, उसका जन्म अकारथ है। तुम गाँव के नौजवानों से मेरी ओर से कहो कि जो प्राण देने को प्रस्तुत हों, वे हमारे साथ आ जाएँ। राजा का गर्व चूर्ण करने के लिए आर्यक अकेला ही पर्याप्त है, परन्तु उसके साथ और भी कुछ समानधर्मा लोग हों तो क्या कहना!' बिजली की भाँति यह बात सारे गाँव में फैल गई और सौ नौजवान आर्यक को घेरकर खड़े हो गए। हलद्वीप के राजा ने सुना तो उसने भी आर्यक को चींटी की तरह मसल डालने की प्रतिज्ञा की। लेकिन अत्याचारों का ताँता रुक गया और विरोध राजा और आर्यक में आकर

केन्द्रित हो गया। प्रजा पूर्ण रूप से आर्यक के पक्ष में हो गई। वृद्धों ने आशीर्वाद दिया, माताओं ने बलैया लीं, बहू-बेटियों का मस्तक गर्व से ऊँचा हो गया। आर्यक बिना अभिषेक का राजा सिद्ध हुआ। जहाँ कहीं भी पत्ता खड़कता था, हमारे नौजवान पहुँच जाते थे। दो-चार बार सैनिकों से हमारी मुठभेड़ भी हुई, लेकिन बात बहुत आगे नहीं बढ़ी। राजा डर गया। चाटुकार चुप्पी मार गए। कुछ दिन ऐसे ही बीते। मैं छाया की तरह भैया के साथ रहने लगा। भाभी ने मुझसे कहा था, 'वीरक, तू एक क्षण के लिए भी भैया का साथ न छोड़ना। बहू-बेटियों की शील-रक्षा के लिए, दुखियों की मान-रक्षा के लिए प्राण भी देना पड़े तो न झिझकना। उन्हें सदा उत्साहित करता रह। मेरा सतीत्व उनकी रक्षा करेगा, तू चिन्ता न कर। आवश्यकता पड़ने पर तू अपनी भाभी को भी सिंहनी की भाँति दहाड़ती पाएगा। मैं इस समय उनका साथ नहीं दे सकती, इसलिए तुझसे प्रार्थना कर रही हूँ कि उन्हें अकेला न रहने दे।' ''

शार्विलक को रोमांच हो आया। उसकी छाती दुगुनी हो गई। एकाएक बोल उठा, ''साधु आर्यक! साधु मृणालमंजरी! तुम लोगों से ऐसी ही आशा थी।'' वीरक थोड़े उत्तेजित स्वर में बोला, ''राजा के दुष्ट सभासद उसकी मति मारते हैं। उसकी आड़ में भले घर की बहू-बेटियों का शिकार करते हैं। यदि आर्यक भैया न होते तो हलद्वीप आज श्मशान बन गया होता।'' फिर ज़रा प्रसन्नता से खिलता हुआ धीरे-से बोला, ''भाभी हम लोगों के साथ जाना चाहती थीं भैया, लेकिन मैंने उन्हें रोक दिया। उन दिनों उनके पैर भारी थे। अब तो कोई बच्चा भी हुआ होगा।''

शार्विलक उछल पड़ा, ''सच वीरक, तू सच कहता है! तू तो मेरे कानों में अमृत उँड़ेल रहा है!''

''सच कहता हूँ भैया, तुमसे मैं झूठ बोलूँगा! मेरी माँ ने खुद बताया था। वह दिन-रात भाभी के पास रहती है। मुझे डाँटती थी कि भाभी से इधर-उधर की बातें न किया कर। उसका शरीर भारी है। पहले तो मैं कुछ समझ नहीं पाया भैया, लेकिन बाद में माँ ने समझाकर बताया कि बच्चा होनेवाला है। तब से मैं लड़ाई-झगड़े की बात उनसे नहीं बताता था और आर्यक भैया के पेट से तो कोई बात निकलती ही नहीं थी। एक दिन ऐसा हुआ कि मैं आर्यक भैया के साथ हलद्वीप के बाजार से लौट रहा था। घुप्प अँधेरा था। हम दोनों के हाथ में लाठी के सिवा दूसरा कोई शस्त्र नहीं था। ऊपर-ऊपर से सारा हलद्वीप शान्त जान पड़ता था। लेकिन ऐसा प्रतीत होता था कि राजा के भेड़ियों के मुँह लहू का स्वाद लग गया था। वे लुक-छिपकर अब भी अपनी हरकतों से बाज नहीं आ रहे थे। हम दोनों जब नगर की सीमा से बाहर निकले तो एक आम्र-वाटिका में रोने का स्वर सुनाई पड़ा। स्पष्ट ही कोई ऐसी बात थी, जो असाधारण जान पड़ती थी। हमारे

कान खड़े हुए। हमने धीरे-धीरे उस स्थान की ओर बढ़कर रहस्य जानने का प्रयत्न किया। अँधेरे में कुछ दिखाई नहीं दे रहा था, केवल एक करुण क्रन्दन सुनाई पड़ रहा था। वाटिका के बाहर तो ताराओं की झिलमिलाहट से थोड़ा प्रकाश भी आ रहा था, किन्तु भीतर तो एकदम सूची-भेद्य अन्धकार था। वाटिका में स्पष्ट ही जान पड़ता था कि कुछ दुर्वृत्त लोगों ने किसी बालिका को पकड़ रखा है। आवाज केवल उसी गरीब की आ रही थी। अँधेरे में पेड़ तक तो दिखाई नहीं दे रहे थे, आदमी का तो कहना ही क्या! फिर कितने आदमी थे और उनके हाथ में क्या-क्या शस्त्र थे, यह जानना तो असम्भव ही था। आर्यक भैया ने बुद्धिमानी की। भीतर न घुसकर बाहर से ही उन्होंने सिंह की भाँति दहाड़ा और धरती पर लाठी पटककर कहा, 'मैं आर्यक आ गया हूँ। दुष्टों को अपने किए का फल भोगना होगा। सावधान!' मैंने भी उनके स्वर-में-स्वर मिलाकर दहाड़ा। न तो किसी के बोलने की आवाज आई और न किसी के भागने का ही लक्षण दिखाई दिया। सिर्फ रोनेवाली स्त्री ही 'बचाओ-बचाओ' कहती हुई आर्यक भैया की ओर दौड़ी। उसकी आवाज से हम समझ गए कि वह हमारी ही ओर आ रही है। फिर सिंह-गर्जन के साथ आर्यक भैया ने कहा, 'कोई भय की बात नहीं है। आर्यक के रहते कुल-ललनाओं का शील कोई नष्ट नहीं कर सकता। अभी इन नरक के कीड़ों को उचित स्थान पर पहुँचाता हूँ।' मगर कहाँ, उस स्त्री के सिवा न तो कोई आगे आया, न भागा। किसी ओर पत्ता खड़कने की आवाज न आई और वह स्त्री दौड़ती हुई आकर आर्यक भैया से एकदम लिपट गई। उसके बाल अस्त-व्यस्त थे, वस्त्र इधर-उधर हो गए थे और वह 'बचाओ-बचाओ' का कातर चीत्कार करती जा रही थी। मैं तो बुरी तरह डर गया।

''मुझे ऐसा जान पड़ा कि यह भूतों का खेल है। मेरी आँखों से लुत्ती निकलने लगी और जब वह स्त्री आर्यक भैया का गला पकड़कर एकदम चिपट गई तो मारे डर के मैं बेहोश हो गया। मुझे कोई सन्देह नहीं रहा कि हम लोग भूतों के चक्कर में पड़ गए हैं। फिर क्या हुआ, यह तो मुझे नहीं मालूम, लेकिन थोड़ी देर बाद भैया ने ही मेरा सिर सहलाया और जोर-जोर से आश्वस्त करते हुए बोले, 'डर नहीं वीरक, डरने की इसमें क्या बात है!' मेरी आँखें खुलीं तो मैंने देखा कि वह स्त्री आर्यक भैया की बगल में बैठी है। उसके मुख पर किसी प्रकार का भय का भाव नहीं था, उलटे वह थोड़ा-थोड़ा हँस भी रही थी। लेकिन भैया, तुम मानो या न मानो, ऐसा सुन्दर रूप मैंने नहीं देखा था। लोग स्त्रियों के मुख को पूर्णिमा के चाँद-जैसा कहते हैं। मगर मैंने पहली बार सचमुच पूर्णिमा के चाँद-जैसा मुख देखा। आर्यक भैया ने कहा, 'वीरक, यह पड़ोस के गाँव के श्रीचन्द्र की बहू चन्द्रा है। विपत्ति में फँस गई थी, इसलिए डर गई है। चलो, इसको इसके घर पहुँचा

आएँ। इसमें घबराने की कोई बात नहीं।' मेरा तो कलेजा धक्-से रह गया। इस चन्द्रा ने कई बार आर्यक भैया पर डोरे डालने की कोशिश की थी। चिट्ठियाँ भी भेजी थीं, पर आर्यक भैया को वह अपनी ओर आकृष्ट नहीं कर सकी। उसकी चिट्ठियाँ उन्होंने भाभी को दे दी थीं। भाभी ने एक बार परिहास में मुझसे इन चिट्ठियों की बात बता दी थी। मेरे मन में कोई सन्देह नहीं रहा कि इस वराकी ने यह नया जाल रचा है। मेरे मुँह से तो निकल ही रहा था कि यह तो छैंछी (असती) है, परन्तु आर्यक भैया ने मेरे मन का भाव ताड़कर मुझे कुछ बोलने से रोक दिया। बाद में तो मुझे पक्का विश्वास हो गया कि वह छैंछी है।''

शार्विलक ने टोका, ''देख रे वीरक, कुलवधुओं के बारे में ऐसी हलकी बातें नहीं किया करते।'' अब वीरक रुआँसा हो गया। बोला, ''मेरी बात तो सुन लो। तुम्हें विश्वास हो जाएगा कि मैं जो कह रहा हूँ, वह सब ठीक है।'' शार्विलक ने कहा, ''सुन तो रहा हूँ। लेकिन तुझे यह बात गाँठ बाँध लेनी चाहिए कि कुलवधुओं के बारे में कभी ऐसी हलकी भाषा का प्रयोग नहीं करना चाहिए।'' वीरक ने कुछ विवशता का भाव दिखाते हुए कहा, ''लो भैया, बाँध लिया। मगर मेरा तो देश ही छूट गया।'' ''सो कैसे?'' शार्विलक ने पूछा।

''बता रहा हूँ। पहले तो वह स्त्री इसी बात का हठ पकड़े रही कि वह आर्यक भैया के साथ उनके घर जाएगी। पर वे बराबर उसको यही सिखाते रहे कि उसे अपने घर जाना चाहिए। जब मैंने देखा कि वह बुरी तरह आर्यक भैया के गले पड़ना चाहती है, तो मुझे बड़ा क्रोध आया। मैंने कहा, 'तुम सीधे अपने घर चलो। मैं तुम्हें ले जाऊँगा। आर्यक भैया को अभी बहुत काम करने हैं।' और बिना किसी उत्तर की प्रतीक्षा के मैंने हाथ में लाठी उठाई और कहा, 'चलो!' ज़रा रोष के साथ मैंने आर्यक भैया से कहा, 'तुम घर जाओ।' मेरे क्रोध का प्रभाव पड़ा। वह स्त्री मेरे पीछे-पीछे चल पड़ी। रास्ते में उसने ऐसी-ऐसी बातें कहीं कि जिन्हें अब भी स्मरण करता हूँ तो मेरा मुँह लज्जा से लाल हो उठता है। मैंने बिना कुछ उत्तर दिए चुपचाप उसे उसके घर तक पहुँचा दिया। संयोग से उसका पति द्वार पर ही मिल गया। उसने मुझे और चन्द्रा को सौ-सौ गालियाँ दीं। उसने कहा, 'निकल जा भाग्यहीना, जिसके साथ अभिसार करने गई थी, उसी के यहाँ जा।' और मुझे तो उसने जार, लम्पट आदि सब-कुछ कह दिया। मैंने तो इसकी कल्पना भी नहीं की थी, लेकिन चन्द्रा क्रुद्ध सर्पिणी की तरह फुफकारती रही। पति की एक-एक गाली के जवाब में उसने तीन-तीन गालियाँ दीं। पास-पड़ोस के बहुत-से लोग इकट्ठा हो गए। श्रीचन्द्र मेरे ऊपर झपटा और गाँव के लोगों को भी मेरी कुटम्मस के लिए ललकारा। सबने मुझे दुर्वृत्त और लम्पट मान लिया। मैं बुरी तरह घिर गया। अब तक मैं जड़ की तरह वहाँ खड़ा था। निरुपाय होकर मैंने लाठी सँभाली

और व्यूह-भेदन करके भाग खड़ा हुआ। गाँव के बाहर अँधेरे में आकर मैं देखने लगा कि आगे क्या होता है। थोड़ी देर तक हल्ला-गुल्ला चलता रहा। फिर ऐसा लगा कि चन्द्रा को भी पीटा जा रहा है। वह गालियाँ बकती हुई गाँव के बाहर चली गई। अपने पति को वह कापुरुष, नपुंसक, न जाने क्या-क्या कहती रही और अकेले ही गाँव के बाहर निकल पड़ी। मुझे बड़ी लज्जा मालूम हो रही थी, परन्तु उसे अकेली जाते देखकर थोड़ी चिन्ता भी हुई। पता नहीं, वह कहाँ जा रही है? अकेली पर संकट आ जाए तो बेचारी का क्या होगा? आर्यक भैया को क्या मुँह दिखाऊँगा? इसलिए मैं भी उसके पीछे हो लिया। उसने मुझे देखकर कोई अचरज का भाव नहीं दिखाया। मानो वह जानती थी कि मैं यहीं कहीं खड़ा मिलूँगा। मुझे देखते ही उसने कहा, 'देख लिया वीरक, जिसे मेरा पति कहा जाता है वह कितना निकम्मा पुरुष है! वह मुझे अपने घर में घुसने नहीं देगा। मगर उसके घर में घुसना ही कौन चाहती है! मैं तो आर्यक का मन रखने के लिए यहाँ तक चली आई थी।' मैंने पूछा, 'अब कहाँ चलने का विचार है?' उसने हँसते हुए कहा, 'क्यों, आर्यक के रहते हुए मैं और कहाँ जा सकती हूँ! उसी ने तो मेरी रक्षा करने का भार लिया है।' मेरे हृदय में धक्का लगा। मैंने कहा, 'चन्द्रा, इससे आर्यक की बदनामी होगी। मेरी तो हो ही चुकी।' चन्द्रा ने हँसते हुए कहा, 'क्या बदनामी हुई तेरी? यही न कि तू चन्द्रा के साथ अनुचित सम्बन्ध रखता है। इसमें पुरुष की क्या बदनामी है? तेरे-जैसा जवान पुरुष मैं होती तो न जाने कितनी लड़कियों से प्रेम करती। तू तो कायरों की तरह बात कर रहा है।' " वीरक ने दीर्घ निःश्वास लेकर कहा, "भैया, मेरे पैरों के नीचे से तो धरती खिसक गई। मैं कैसी स्त्री से बात कर रहा हूँ! यह अगर आर्यक भैया के पास पहुँच गई तो उनकी कितनी बदनामी होगी! मेरी पार्वती-जैसी भाभी पर क्या बीतेगी! मैंने हाथ जोड़कर कहा, 'चन्द्रा, ऐसा अनुचित काम नहीं करना चाहिए। चलो, तुम्हें मैं अपनी माँ के पास पहुँचा देता हूँ। कल सवेरे इसका कुछ फैसला होगा।' चन्द्रा ने रोष के साथ कहा, 'तू कापुरुष है। तू मुझे अपने घर में बैठाना चाहता है। जा यहाँ से तू। मेरा रास्ता छोड़ दे।' "

वीरक ने फिर दीर्घ निःश्वास लिया, "क्या बताऊँ भैया, मुझे तो कुछ सूझ ही नहीं पड़ा। बदनामी हुई सो अलग। अब मैं आर्यक भैया को क्या मुँह दिखाऊँगा। कल सारे हलद्वीप में वीरक के नाम पर न जाने क्या-क्या कहानियाँ चलने लगेंगी। मैं मुँह दिखाने योग्य नहीं रहूँगा। यह सोचकर मैं भाग आया। चन्द्रा हमारे गाँव की ओर चल पड़ी। उसके बाद क्या हुआ यह तो मैं नहीं कह सकता, लेकिन जो खबरें उड़ी हैं उनसे लगता है कि आर्यक भैया को भी देश छोड़कर भाग जाना पड़ा और वह छैंछी उनके गले पड़ गई।"

शार्विलक गाढ़ी चिन्ता में डूब गया। उसके मुँह से केवल एक ही शब्द निकला—"हूँ।" थोड़ी देर तक दोनों ही स्तब्ध रहे। ऐसा जान पड़ता था कि आगे कौन-सी बात उठाई जाए, यह दोनों में से किसी की भी समझ में नहीं आ रहा था। फिर एकाएक शार्विलक को बात सूझी, "क्यों रे वीरक, मृणालमंजरी का बच्चा तो चलने लगा होगा?" वीरक ने मन-ही-मन हिसाब करके कहा, "हाँ भैया, अब तो उसके मुँह में दो दाँत भी चमकने लगे होंगे। बड़ा सुन्दर होगा!" शार्विलक मन-ही-मन बच्चे की कल्पना करके स्नेह-रस में पगने लगा। बोला, "क्यों रे वीरक, मैं जाऊँ तो मुझे पहचानेगा?" वीरक ने कहा, "लो, वह तो मुझे भी नहीं पहचानेगा। तुम्हें कैसे पहचान लेगा!" फिर वीरक ने हँसते हुए कहा, "कहीं तुम्हें पहचान लिया तो बुरी गत कर देगा। तुम्हारी मूँछें पकड़कर लटक जाएगा। सारी पहलवानी भुला देगा।"

शार्विलक काल्पनिक बालक के स्नेह में डूब गया। उसे ऐसा लगा कि सचमुच ही एक छोटा बच्चा उसकी मूँछ पकड़कर खींच रहा है। थोड़ी देर तक वह कल्पना-रस से अभिभूत रहा, फिर एकाएक बोला, "वीरक, मुझे लगता है कि मृणालमंजरी अकेली उदास हो रही होगी। चल, हम दोनों घर लौट चलें।" वीरक ने कहा, "भैया, मैंने सुना है कि आर्यक भैया मथुरा पर चढ़ाई करनेवाले हैं समुद्रगुप्त की ओर से। ज़रा ठीक से पता लगा लेने दो तो फिर सलाह करेंगे।" शार्विलक को अब ध्यान आया कि वीरक राजा का दंडधर है। उसने कहा, "देख वीरक, आर्यक यहाँ आए न आए, हमें हलद्वीप लौट चलना चाहिए। पर मुझे एक और काम करना है। तू राजा का दंडधर है। शायद इसमें तू मेरी मदद कर सके।" वीरक ने उत्साह के साथ कहा, "क्या काम है भैया, कहो!" शार्विलक ने मथुरा आने का अपना उद्देश्य उसे बताया और जिस बालिका को खोजने वह आया था, उसका हुलिया भी बता दिया। वीरक ने उत्साह के साथ उसका पता लगाने का आश्वासन दिया।

नौ

मथुरा में फिर एक बार खरभर मच गई। सुना गया कि आर्यक के स्थान पर पाटलिपुत्र के सम्राट् ने किसी और दुर्धर्ष सेनापति को नियुक्त किया है और कड़ा आदेश दिया है कि दस दिन के भीतर मथुरा पर अधिकार कर लिया जाए। यह

भी सुना गया कि नया सेनापति सम्राट् का अत्यन्त विश्वासपात्र कोई भटार्क है, जो सम्राट् के परिवार का भी सदस्य है। इस समाचार ने मथुरा के जीवन में खलबली पैदा कर दी। बड़े-बड़े सेठ और सामन्त भागने लगे। राजा भागे तो नहीं, पर आवश्यकता पड़ने पर तुरन्त भाग निकलने की पूरी तैयारी कर लेने के बाद ही युद्ध की तैयारी में लगे। राज-पितृव्य चंडसेन ने सच्चे शूर की भाँति मथुरा में रहकर ही शत्रु से लोहा लेने का निश्चय किया, पर इतनी सावधानी उन्होंने भी बरती कि अपने परिवार को चुपचाप उज्जयिनी भेजने की व्यवस्था कर ली। श्यामरूप के बल, पौरुष और शील पर उन्हें पूरा विश्वास हो गया था। उन्होंने श्यामरूप को परिवार के साथ जाने का आदेश दिया। श्यामरूप कुछ चिन्तित हुआ, पर स्वामी की आज्ञा का पालन करने के सिवा उसके पास कोई रास्ता नहीं रह गया था। माँदी की चिन्ता उसे बराबर बनी रही। उसके मथुरा आने का उद्देश्य ही माँदी का पता लगाना था। पता लग नहीं रहा है, लगेगा, ऐसी आशा भी नहीं है। वीरक आता है, नित्य आकर कह जाता है कि माँदी का पता वह अवश्य लगाएगा। पर कहाँ लगा पा रहा है!

वह उदास हो गया। उसे उज्जयिनी जाना पड़ेगा। माँदी का पता अब कभी नहीं लगेगा। वह गई सो गई। एक क्षण के लिए बिजली की जो रेखा कौंधी थी, वह उसके मस्तिष्क और हृदय को आर-पार चीर गई थी। क्यों ऐसा हुआ? यह क्या एक क्षण की घटना है? श्यामरूप का मन कहता है कि यह एक दिन की बात नहीं है, यह जन्म-जन्मान्तर की कहानी है। नहीं तो माँदी से उसका क्या सम्बन्ध है, कौन होती है वह उसकी? क्यों वह इतना व्याकुल है? ऐसा तो होता ही रहता है। क्या रखा है इस अकारण उधेड़बुन में?

परन्तु श्यामरूप जितना ही भूल जाना चाहता है उतना ही वह उलझता जाता है। शंख की चूड़ी बनानेवालों की एक कराती होती है—छोटी-सी आरी। वह नीचे से ऊपर जाती बार भी काटती है, ऊपर से नीचे आते समय भी काटती है। श्यामरूप की व्यथा उसी कराती के समान है। याद करने के प्रयत्न में भी काटती है, भुला देने के प्रयास में भी काटती है। श्यामरूप बेचैन है। उसे माँदी की बातें याद आईं। मुखरा भाभियों का भोंडा परिहास याद आया, माँदी का विवश चेहरा याद आया, अपनी शिराओं की झनझनाहट याद आई और फिर रात-भर उठती रहनेवाली हूक याद आई। क्या हो गया उस दिन, सारा दिङ्मंडल ही घूम गया था, ब्रह्मांड ही केन्द्र-स्खलित-सा हो गया था, दिगंत ही गतिशील हो उठा था!

उज्जयिनी जाना पड़ेगा, माँदी की खोज का कार्य रुक जाएगा। श्यामरूप फिर भी जीवित रहेगा। उसका मन बीती हुई घटनाओं में उलझ गया। उसे याद आई भोंडे परिहास के दूसरे दिन की सन्ध्या। वह नटों के आवास से थोड़ी दूर हटकर

एक आम के पेड़ के नीचे उदास बैठा था। हाय, उसी सन्ध्या को तो उसका हृदय चिर गया था।

बड़ी ही मर्मंतुद थी वह सन्ध्या। उसे सारी बातें साफ दिख रही थीं—एकदम साफ। उस दिन श्यामरूप के मन में विचारों का बवंडर उठ रहा था। ऐसे ही समय उसके पीछे किसी ने आवाज दी थी, 'किस अलबेली का ध्यान कर रहे हो देवर?' श्यामरूप ने मुड़कर देखा था, वही प्रौढ़ा मुखरा भाभी खिलखिलाकर हँस रही है। श्यामरूप भी यथानियम हँस दिया था। मन-ही-मन बोला था—मोह-बुद्धि का। भाभी निकट आ गई थी। बेचारी हृदय से श्यामरूप को वात्सल्य-रंजित प्यार की दृष्टि से देखती थी। उसके असंस्कृत शब्द केवल ऊपरी आवरण-मात्र थे, उसके अन्तर में शुद्ध प्रेम था जो सहज वात्सल्य से और भी उज्ज्वल हो उठा था। अपनी टोकरी से कुछ ताज़ा शहद निकालकर बोली थी, 'देखो, तुम्हारे लिए कैसी मीठी वस्तु ले आई हूँ!' श्यामरूप ने हँसते हुए कहा था, 'भाभी, तू सब समय मेरे लिए मीठी चीजें ले आती है!' प्रौढ़ा ने गद्‌गद होकर कहा था, 'भोलेराम, उस दिन इससे भी मीठी चीज ले आई थी। मगर तुम तो भाग ही गए!' और खिलखिलाकर हँस पड़ी थी। श्यामरूप को कैसा-कैसा लगा था! बोला था, 'भाभी, तू बड़ा बुरा परिहास कर गई उस दिन। पता नहीं, वह बेचारी कौन लड़की थी। तू उसे घसीट लाई। बेचारी लाज से लाल हो गई थी।' अब तो भाभी और ठहाका मारकर हँस पड़ी थी। बोली थी, 'माँदी की बात करते हो? लजा तो गई थी, मगर दस बार उसने मुझसे कहा था कि छबीला पंडित के पास जाना तो मुझे भी साथ ले लेना। मैं क्या जानूँ कि देखने को आँखें भी तरसती हैं और दिखाने पर गाल भी लाल हो जाते हैं!' श्यामरूप ने भाभी के निश्छल भोलेपन को आश्चर्य से देखा था। भाभी हँस-हँसकर लोट-पोट हो रही थी।

अवसर देखकर श्यामरूप ने पूछा था, 'अच्छा भाभी, यह माँदी कौन है? कब से हमारे साथ है?' भाभी ने बताया था कि माँदी थोड़े ही दिनों से आई है। श्रावस्ती के पास की ही किसी बस्ती की है। माँ-बाप उसके नहीं हैं। कहते हैं किसी गरीब ब्राह्मण की बेटी है। पता नहीं, क्या बात हुई थी, घरवालों ने निकाल दिया था। फिर किसी नटिनी के साथ हमारे दल में आ गई थी। बहुत रोती थी। क्या करे बेचारी? चौधरानी ने उसे अपने पास ही रख लिया था। यहाँ तो उसे निकलने नहीं दिया जा सकता। सो छिपकर ही रहती थी। हम लोग कुछ और आगे बढ़ जाएँगे, तो उसे भी काम पर भेज दिया जाएगा। अभी तो नई है। फिर चौधरानी का कहना है कि उसे किसी अच्छी जगह दिया जा सकता है। इस दल के साथ रहने योग्य तो है नहीं। सुन्दर है। नगर में किसी गणिका के यहाँ बेच देने पर अच्छा पैसा मिल सकता है!'

श्यामरूप सन्न रह गया था। भाभी इस प्रकार कह रही थी, मानो यह कोई बहुत मामूली बात हो, किसी प्रकार का अधर्म या पाप इसमें है ही नहीं। श्यामरूप ने कहा था, 'यह तो उचित नहीं है भाभी! हमारे दल को ऐसा काम तो नहीं करना चाहिए।' भाभी फिर हँसी थी, 'यह तो होता ही है देवर! तुम्हारी कई भाभियाँ ऐसे ही दल में आई हैं। बहुएँ विपदा की मारी आ जाती हैं तो उन्हें दुत्कारा तो नहीं जा सकता और इस दल में कितनी खप सकती हैं? कहीं-न-कहीं तो उनको ठिकाने लगाना ही पड़ता है। जो ज़रा सुन्दर होती हैं उनकी माँग होती है, नहीं होतीं, वे हमारी तरह काम-धन्धा कर पेट पालती हैं। पिछले साल ही तो एक ऐसी सुन्दर लड़की आई थी। दो दिन में ही ग्राहक मिल गए। इसके भी मिल जाएँगे। चौधरानी कहती है कि मथुरा या उज्जयिनी में किसी गणिका के यहाँ इसकी अच्छी कदर होगी।'

श्यामरूप का हृदय धक्-धक् करने लगा था। चौधरी जंभल, उसका मल्ल-विद्या-गुरु, यह काम करता है। उसका हृदय उस दुःखिनी बाला के लिए रो उठा था। सोचने लगा था, कैसे लोगों के बीच रह रहा है! पर फिर उसने भाभी के सहज निर्विकार चेहरे को भी देखा था। कहती है, 'यह तो होता ही रहता है। विपदा की मारी वधुओं को कहीं-न-कहीं ठिकाने तो लगाना ही पड़ता है।' मानो विपदा की मारी वधुएँ कहीं भी बेच दी जाएँ, कोई दोष नहीं होता। यह सब क्या है? मगर इस बालिका के पास अपने कुल-परिवार में लौट जाने का उपाय भी तो नहीं है। श्यामरूप व्याकुल भाव से सोचने लगा था, चौधरी पाप कर रहा है या पुण्य?

उसका मन बुरी तरह मथित हो उठा था। उस बालिका का भोला, निरीह, सलज्ज मुखमंडल उसे याद आया था। हाय-हाय, यह क्या अनर्थ होने जा रहा है! यह लड़की बेच दी जाएगी! सो भी किसी गणिका के हाथ! श्यामरूप का क्या कोई कर्त्तव्य नहीं है इस मामले में!

देवर को जल्दी पड़ाव पर पहुँचने का आदेश देकर, भाभी चली गई थी और श्यामरूप के हृदय में विचित्र हाहाकार की झंझा पैदा कर गई थी।

परन्तु श्यामरूप ने निश्चय कर लिया था कि वह ऐसा नहीं होने देगा। वह सावधानी से चौधरानी के पास सुरक्षित बालिका पर दृष्टि रखने लगा था। नट-मंडली आगे बढ़ती गई। अहिच्छत्रा का रास्ता छोड़कर वह मथुरा की ओर जाने की तैयारी कर रही है, यह बात श्यामरूप से छिपी नहीं रही। बड़ी सावधानी से वह अपने मनोभावों को छिपाए रहा। सोचता रहा, कोई अनुकूल अवसर मिलने पर वह इस लड़की को अपने साथ लेकर दल छोड़ देगा। पर उस लड़की से वह मिल नहीं सका। कभी-कभी वह दिख अवश्य जाती थी। उसे देखकर श्यामरूप की आँखें

झुक जाती थीं और उस बालिका की भी। उसका उदास मुख बड़ा ही मनोहर होता था। पर श्यामरूप को उससे पूछने का साहस नहीं हुआ था। जब कभी दिखती, उसे मुख की वेदना पहले से भी अधिक गहरी दिखाई देती। श्यामरूप की छाती फटने को आती। अपने पौरुष पर उसे क्रोध भी आता। क्यों नहीं वह उस दुःखिनी की मर्म-व्यथा को जानने का प्रयत्न करता? एक दिन उसने दृढ़ संकल्प किया था कि उस लड़की से वह किसी-न-किसी प्रकार मिलेगा अवश्य। उस दिन साहस बटोरकर वह चौधरानी के पास गया था। चौधरानी ने बड़े स्नेह से उसका स्वागत किया था। श्यामरूप ने साहस बटोरकर पूछा था कि माँदी क्या कर रही है। चौधरानी ने सन्देह से उसकी ओर देखा था और जानना चाहा था कि माँदी से उसे क्या काम है। श्यामरूप कोई उत्तर नहीं दे सका था। चौधरानी ने उपदेश देने के स्वर में उससे कहा था, 'लड़कियों के बारे में निरर्थक प्रश्न नहीं किया करते।' श्यामरूप लज्जित होकर लौट आया था। उसके मन में अपने प्रति धिक्कार का भाव भी आया था और उसी दिन दल छोड़कर भाग जाने की इच्छा भी हुई थी। पर उस बेचारी लड़की का क्या होगा, यह सोचकर अनमना-सा रह गया था।

समय बीतता गया। मथुरा के निकट वे लोग पहुँच गए। श्यामरूप बहुत ही खिन्न रहने लगा।

प्रौढ़ा भाभी एक दिन एकान्त में फिर मिल गई। श्यामरूप को उदास देखकर उसे व्यथा हुई। बोली, 'देवर, आजकल तुम बहुत उदास रहने लगे हो, क्या बात है?' श्यामरूप कुछ उत्तर नहीं दे सका। भाभी ने ही बात बढ़ाई थी–'सुना है देवर, चौधरी तुम्हारे ब्याह की बात सोच रहे हैं। जब से उन्होंने सुना है कि तुम माँदी के बारे में पूछताछ करने गए थे, तब से उन्हें यही चिन्ता सता रही है। मैंने चौधरानी से साफ-साफ कह दिया है कि मेरे देवर को चाँद-सी बहू मिलनी चाहिए, हाँ! इसमें मैं उनके मन की नहीं होने दूँगी। सोचते क्या हैं वे लोग! हमारे देवर को लच्छिमी बहू नहीं मिलेगी तो ब्याह-वाह नहीं होगा। कोई भैंस-सी नटिनी गले मढ़ देंगे तो मैं नहीं सह सकूँगी। हाँ, बताए देती हूँ।'

श्यामरूप को सुनकर आश्चर्य हुआ था कि माँदी के बारे में पूछने का यही परिणाम निकला। वह भाभी की ओर चकित दृष्टि से देखता रह गया था। भाभी ने व्याख्यान जारी रखा, 'मैं तो कहती थी, माँदी के साथ ही देवर का ब्याह कर दिया जाए। वह बेचारी बड़ी सुखी होती। एक दिन मैंने उसके मन की बात जान ली थी। वह तैयार थी। मैं सोच रही थी कि तुमसे पूछूँ, पर इस चंट चौधरानी को आभास मिल गया। चटपट उसे मथुरा के दलालों के हाथ बेच दिया। पैसे के लिए वह सब कर सकती है। बेचारे चौधरी की तो कुछ चलती ही नहीं। वे तो माँदी के साथ तुम्हारे ब्याह की बात सोच ही रहे थे। कल दोनों में खूब लड़ाई

हुई। मगर बेचारे करें भी तो क्या करें! माँदी तो चली गई!'

भाभी की बात से श्यामरूप को आश्चर्य हुआ था। वह सोच रहा था कि क्या ही अच्छा होता यदि भाभी ने यह न बताया होता कि उसने माँदी का मन जान लिया था। निश्चय ही जिस दिन भाभी से उसकी बात हुई थी, वह वही दिन था जिस दिन अचानक माँदी के उदास चेहरे पर उसे देखकर एक मंदस्मित की रेखा उभर आई थी और वह अपराधी की भाँति जल्दी-जल्दी भाग गई थी। वह मन्द-मधुर हँसी श्यामरूप के कलेजे को बेध गई थी। उस हिम्मत में मानो साभिप्राय आश्वासन था, मानो उसमें एक संदेशा था—'उस दिन की बात का बुरा न मानना, मैं प्रसन्न हूँ।' क्यों नहीं समझा तूने मूर्ख! तुझे समझना चाहिए था। माँदी क्या ढोल बजाकर अपनी स्वीकृति की सूचना देती! मुग्धाओं की यही तो रीति है। धिक् मूर्ख श्यामरूप!

माँदी उस दिन हलकी-सी सफेद साड़ी पहने थी। उसके प्रफुल्ल चंपक के समान मुख पर झीना घूँघट था। श्यामरूप को देखकर उसकी आँखें चंचल हो उठी थीं—मानहुँ सुरसरिता बिमल जल उछरत जुग मीन!

और फिर वह हँसी भी क्या थी, जैसे क्षण-भर के लिए कुहरे के घने आवरण को भेदकर ऊषा की किरणें दिख गई हों, जैसे बादलों की परत फोड़कर चन्द्र-मरीचियाँ चमक उठी हों। श्यामरूप उस मंदस्मित को नहीं भूल सकता। वह उसे निरन्तर मथ रहा है। कब तक मथता रहेगा? हाय, विद्रुम पात्र में रखे मोती उस लाल-लाल अधरों में थिरक गई मुस्कान के सामने फीके हैं, प्रवालमणि के पुष्पाधान में हँसते हुए मल्लिका-कुसुम भी उसके सामने निष्प्रभ हैं। एक क्षण में श्यामरूप ने क्या पाया, क्या खोया!

श्यामरूप को स्मरण है कि भाभी की बात सुनकर वह उस दिन एकाएक व्याकुल होकर खड़ा हो गया था—'कब चली गई, भाभी? मथुरा गई? कहाँ गई, कब गई, रोते-रोते गई? हाय भाभी, तूने पहले क्यों नहीं बताया?'

भाभी ने सोचा भी नहीं था कि वह ऐसा व्याकुल हो उठेगा। उसने सहज भाव से ये बातें कह दी थीं। जो होना था, सो हो गया। श्यामरूप अब शार्विलक बनकर मथुरा आ गया है और अब स्वामी के कार्य से उज्जयिनी जा रहा है। विधाता ही वाम हैं!

वीरक भी दो-तीन दिनों से नहीं आया। पता नहीं, क्या बात हो गई है। आता है तो श्यामरूप का मन थोड़ा बहल जाता है।

अचानक वीरक की उल्लास-मुखर वाणी सुनाई पड़ी। श्यामरूप को उसकी वाणी में आशा की झलक मिली। उसने उल्लसित स्वर में कहा, "सँवरू भैया, माँदी के बारे में कुछ पता लगा है!" श्यामरूप एकदम उतावला हो उठा, "कहाँ है वह?

तुमने देखा है? बता वीरक, मैं बहुत व्याकुल हूँ।''

वीरक ने हँसते हुए कहा, ''यहाँ तो नहीं है। उज्जयिनी की ओर गई है। कहाँ गई है, यह भी नहीं मालूम। पर वह मथुरा से उज्जयिनी की ओर गई है, इतना निश्चित है। यह भी पता चला है कि जिस गिरोह के यहाँ वह बंदी है, उसके मुखिया का नाम कपोतक है। बस भैया, आज इतना ही पता चला।'' श्यामरूप ने जब खोद-खोदकर पूछना शुरू किया तो वीरक ने वह कहानी बता दी। बताने के पहले भूमिका रूप में यह भी कह दिया कि कहानी ज्यों-की-त्यों सुना रहा हूँ ताकि तुम स्वयं इसकी प्रामाणिकता का निर्णय कर सको। फिर थोड़ा हँसते हुए बोला, ''मुझे थोड़ा सन्देह है कि इस कहानी के कथा-नायक के मस्तिष्क की सभी कड़ियाँ दुरुस्त हैं या नहीं। कुछ आश्चर्य नहीं, यदि कुछ कड़ियाँ एकदम हों ही नहीं। अच्छा, तो सुनो।''

श्यामरूप के मन में थोड़ी हलचल हुई, पता नहीं, क्या सुनने को मिले। पर वह सावधान होकर बैठ गया और पूरा सुनने का आग्रह प्रकट किया। वीरक ने कहा, ''बात यों हुई सँवरू भैया कि कल मैं राजकीय कार्य से यथानियम रात-भर राजमार्ग पर पहरा देता रहा। प्रातःकाल घर लौट रहा था कि रास्ते में एक अधमरा-सा आदमी सड़क पर कराहता दिख गया। ऐसा लगता था कि उसे किसी ने बुरी तरह पीटा है। उसके मुँह से मद्य की गन्ध भी आ रही थी। मैंने डाँटकर पूछा, 'कौन है?' उसने कराहते हुए कहा, 'त्रेता ने मार डाला, पावर ने चूस लिया, हाय!' मेरी समझ में नहीं आया कि कह क्या रहा है। डपटकर पूछा, 'अरे, क्या बक रहा है?' उसी प्रकार आधी जड़ता, आधी चेतना में लड़खड़ाता हुआ वह कहने लगा, 'नर्दित ने चूस लिया, कट्टा ने मूस लिया, हाय!' अब मेरी समझ में आया, निश्चय ही जुआड़ी है। त्रेता (तीया), पावर (दुआ), नर्दित (नक्का) और कट्टा (पूरा)—इन दाँवों का नाम ले रहा है।'* समझ में आ गया कि जुए में हारा है और कदाचित् पैसा न दे सकने में असमर्थ होने के कारण पिट गया है। मैंने आसपास दृष्टि फिराई तो एक गन्दी पानशाला भी दिख गई। यह भाग्यहीन यहीं जुआ खेलने आ गया होगा। उसे पैर से ठोकर मारते हुए मैंने डाँटा, 'जुआ खेलता है पाषंड, चल, अभी तुझे इसका मजा चखाता हूँ।' जुआड़ी ने आँखें खोलीं। देखा, सामने राजा का दंडधर खड़ा है। भय से धड़फड़ाकर वह उठ खड़ा हुआ। कातर-भाव से हाथ जोड़कर बोला, 'माथुर और दर्दुरक ने बुरी तरह पीटा है, बाबूजी। केवल दस सुवर्ण के लिए इतना मारा है। उन्हें पकड़िए। मैं तो परदेशी हूँ।' मुझे कुतूहल हुआ। परदेशी होने से अपराध कम हो जाता है? ज़रा और डाँटकर कहा, 'परदेशी

* त्रेता हृत सर्वस्वः पावर-पतनाच्च शोषित-शरीरः।
नर्दित दर्शितमार्गः कटेन विनिपातितो याभि॥—'मृच्छकटिक'

है तो जुआ क्यों खेलने आया रे?' जुआड़ी ने डरते-डरते कहा, 'मेरे साथियों ने मुझे गाड़ी में से धकेलकर बाहर कर दिया। जुआ न खेलता तो क्या करता? यह विद्या बड़ी उत्तम विद्या है। जुआ तो युधिष्ठिर भी खेलते थे। मैं तो उन्हें अपना गुरु मानता हूँ। देखो न, धन भी पाया जुए से, घर और घरनी जुए से, खाया-पीया जुए से, सब-कुछ खोया जुए से।* मगर बड़ा मारा है मालिक, बड़ा मारा है। यहाँ के लोग बड़े लंठ हैं। श्रावस्ती में हारनेवाले को कोई मारता नहीं। उनको अवश्य दंड मिलना चाहिए। एक का नाम माथुर है, एक का दर्दुरक! पूरे पिशाच हैं दोनों।'

"उसकी बहकी-बहकी बातों से मुझे हँसी आ गई। बोला, 'तो तू श्रावस्ती से यहाँ जुआ खेलने आया है। तुझे तेरे साथियों ने गाड़ी से क्यों धकेल दिया रे युधिष्ठिर के चेले?' जुआड़ी बोला, 'नाराज क्यों होते हो बाबू, जुए में जोखिम तो उठाना ही पड़ता है। श्रावस्ती में जुआ खेलकर बहुत जीता था, बहुत हारा भी था, युधिष्ठिर का चेला तो हूँ ही। उन्होंने द्रौपदी को दाँव पर रख दिया तो मैंने भी रदनिका को दाँव पर रख दिया। हार गया। युधिष्ठिर भी हार गए थे। किसी तरह दस सुवर्ण इकट्ठा किया कि फिर से नया घर बसाऊँ। देखा, तीन गाड़ियाँ लादे कपोतक अपनी कमाई पर निकला है। उसका काम ही स्त्रियों का क्रय-विक्रय है। मैंने एक लड़की को खरीदना चाहा। नाम उसका माँदी था, बेहद सुन्दर थी। बड़ा घाघ है वह। सौ सुवर्ण माँगता था, मैं पाँच से ऊपर नहीं जा सका। सोचा, थोड़ा मोलभाव करने से दस तक राजी हो जाएगा। बात करते-करते गाड़ी पर बैठ गया। लोभी तो है, मगर गप्पी भी है। बैठा लिया और गप्प हाँकता रहा। मथुरा तक आते-आते मैं दस सुवर्ण तक उठ गया था, पर वह भाग्यहीन टस-से-मस नहीं हुआ। कहता रहा, मथुरा में सौ सुवर्ण तो बातों-बातों में मिल जाएँगे। पर मथुरा में इन दिनों आतंक छाया है। लोग घबराए हुए हैं, गणिकाएँ भाग रही हैं। कपोतक का टिप्पस नहीं बैठा। वह उज्जयिनी की ओर बढ़ा। उसे किसी ने बता दिया था कि उज्जयिनी में सौ-सौ सुवर्ण तो मामूली लड़कियों के मिल जाते हैं। मैंने सोचा कि यही मौका है। कह दिया कि माँदी को दस सुवर्ण में दे दो, नहीं तो राजा के पास व्यवहार (मुकदमा) करूँगा। उसने कुछ कहा तो नहीं, पर भाव दिखाया कि राजी हो गया है। बोला, नगर के बाहर चलो तो सब हो जाएगा। मैं बातों में आ गया। कुछ दूर जाने पर उसने अपने आदमियों को इशारा किया। वे झपटकर मेरी ओर बढ़े और हाथ-पैर बाँधकर किनारे फेंक दिया। स्वयं उज्जयिनी की ओर बढ़ गए। रातभर उसी तरह पड़ा रहा। ऊपर से झमाझम पानी बरसता रहा। रात यों ही बीत गई। सवेरे कुछ लोग उधर से निकले और मुझे बंधन-मुक्त

---

* द्रव्यंलब्धं द्यूतेनैव, दारा मित्रं द्यूतेनैव।
दत्तं भुक्तं द्यूतेनैव, सर्वं नष्टं द्यूतेनैव॥ –'मृच्छकटिक'

किया। किसी तरह फिर मथुरा आया, जुआ खेला, कमाया, फिर खेला और फिर हार गया। आज बुरी तरह पीटा भाग्यहीनों ने। भाग्य ही बेकार हो गया है मेरा। नहीं तो इन्हीं हाथों से सैकड़ों सुवर्ण जीते-हारे हैं।' मुझे सचमुच क्रोध आ गया। डाँटकर बोला, 'भाग्यहीन, युधिष्ठिर की बराबरी करना चाहता है!' जुआड़ी ने अनुनय के साथ उत्तर दिया, 'क्रोध क्यों करते हो बाबू, क्रोध बुरी चीज है। युधिष्ठिर कभी क्रोध नहीं करते थे। लोगों ने उनका कितना-कितना अपमान किया, पर क्रोध उन्होंने नहीं किया। जुआड़ी के शास्त्र में क्रोध वर्जित है। माथुर और दर्दुरक पापी हैं, वे क्रोध करते हैं।' मुझे उसकी बातें रोचक लगीं। हँसते हुए पूछा, 'तुम तो ज्ञानी जान पड़ते हो! कहाँ सीखा इतना ज्ञान?' जुआड़ी ने तुरन्त उत्तर दिया, 'जुए से।' उसकी आँखों में चकित कर देनेवाली सरलता थी। अपने ज्ञान और ज्ञान-प्राप्ति के साधन के बारे में उसे रंचमात्र दुविधा नहीं थी। बोला, 'सौ बार सोचा कि अब नहीं खेलूँगा, पर कौड़ी की खनखनाहट सुनते ही सब भूल जाता है, जैसे ब्रह्म-समाधि के समय समस्त जगत्प्रपंच भूल जाता है। मथुरा में मेरा कौन है? किसी को तो नहीं जानता। पर कल रात को इस रास्ते से जा रहा था। सोचा, पानशाला में कुछ चषक पान कर लूँ। पीकर उठ भी नहीं पाया था कि पीछे से आवाज आई—मम पाठे (मेरा दाँव है)। सुनते ही उधर दौड़ गया। कत्ता का शब्द, मम पाठे की ध्वनि, आहा! ब्रह्मानन्द और होता क्या है?' मैंने फिर डाँटा, 'क्या बक-बक कर रहा है। ब्रह्मज्ञानी बनता है!' प्रफुल्ल होकर बोला, 'ब्रह्मज्ञान ही है बाबू, संसार की नश्वरता, जगत्प्रपंच की असारता, अनिकेत-भावना, एकाग्र बुद्धि, सब मिल जाते हैं इससे। माँदी नहीं मिली, तो भी जैसा हूँ, वैसा ही हूँ। मिल भी जाती तो क्या फर्क पड़ता? और मिल ही जाती तो कै दिन मेरे साथ टिकती? कपोतक कहता था कि वह तो किसी छबीला पंडित पर रीझी हुई है। कुछ दिनों में वह उसे ठीक कर लेगा, पर कौन जाने!'

"सुना तो मुझे प्रसन्नता ही हुई। माँदी का कुछ पता तो चला। जुआड़ी को डाँटते हुए बोला, 'दर्दुरक और माथुर के बारे में व्यवहार करेगा न? चल मेरे साथ।' जुआड़ी अब पूरी तरह होश में आ गया था। इधर-उधर देखकर बोला, 'व्यवहार?' व्यवहार तो जुआड़ियों के शास्त्र में निषिद्ध है। यह तो धर्म का मार्ग है, इसमें व्यवहार क्या!' कहकर वह तेजी से भागा। मैं उसे दूर तक भागते देखता रहा। पागल है क्या!"

श्यामरूप का चेहरा खिल गया, जैसे सूखते धान को पानी मिल गया हो। परमात्मा ने दया करके ही उसे उज्जयिनी जाने का अवसर दिया है। अब सन्देह कहाँ रहा! हर्ष के साथ बोला, "वीरक, मैं तेरा बहुत कृतज्ञ हूँ। मैं उज्जयिनी जा रहा हूँ। तू भी चलेगा वीरक? कुछ दिन साथ-साथ रहेंगे। स्वामी की गोपनीय आज्ञा

है। यदि चलना चाहे तो तुझे भी साथ ले जाने की व्यवस्था करा लूँगा।''

वीरक ने उछलकर कहा, ''अवश्य चलूँगा भैया, मथुरा से जी भर गया है।'' श्यामरूप ने उसे साथ ले लेने की व्यवस्था करने का वचन दिया।

दस

विदिशा से उज्जयिनी जाने का मार्ग यद्यपि ऊँचे-नीचे पहाड़ों के भीतर से ही जाता था, तथापि वह काफी प्रशस्त था। उस पर दो रथ आसानी से चल सकते थे। दो व्यक्ति बात करते हुए उसी मार्ग पर चले जा रहे थे। इनमें से एक ठिगने कद का गोल-मटोल शरीरवाला था। उसके शरीर पर यज्ञोपवीत इस प्रकार दिखाई दे रहा था, जैसे किसी बबूल के पेड़ पर मालती की माला आड़ी करके डाल दी गई हो। उसके दाहिने कन्धे पर एक पीला उत्तरीय था और कमर में पंचकक्ष अधोवस्त्र बँधा हुआ था। एक हाथ में एक छोटी-सी पोटली थी जिसमें पता नहीं क्या-क्या बँधा था। लेकिन गाँठों के बन्धन की उपेक्षा करके एक लाल रंग का कनटोप दूर से ही दिखाई दे जाता था। उसके हाथ में बाँस की एक लाठी थी, जो ऊबड़खाबड़ और टेढ़ी थी। जान पड़ता था कि रास्ता चलने में सहारा देना उसका मुख्य उद्‌देश्य नहीं था। उसके ललाट पर त्रिपुंड्र की धवल रेखाएँ पसीने से बुरी तरह क्षत-विक्षत हो गई थीं। ऐसा जान पड़ता था कि अकाल-वृष्टि के कारण कोई मरुभूमि अचानक छोटे-छोटे नालों से सिक्त हो गई है। उसके होंठ मोटे-मोटे और नाक चपटी थी। छोटी-छोटी आँखें बिल्व-फल में चिपकाई हुई कौड़ियों की तरह आकर्षक दीख रही थीं। सिर घुटा हुआ था, किन्तु पीछे की ओर एक मोटी-सी चोटी भी लटक रही थी। जब चलता था तो उसके पैर नाचने-से लगते थे। उसके साथ चलनेवाला व्यक्ति बहुत ही सौम्य प्रकृति का जान पड़ता था। उसका कद लम्बा था, शरीर गौरवर्ण था और पहनावे में कौशेय उत्तरीय और कौशेय अधोवस्त्र भी थे। इस आदमी को फूलों का शौक जान पड़ता था। शिखा में, गले में और बाहुमूल में उसने मालती की माला धारण कर रखी थी। उसके हाथ में एक वेत्रयष्टि थी, जो किसी समय निश्चित ही सुरुचिपूर्ण रही होगी, परन्तु अब धूलि-धूसर हो गई थी। उत्तरीय को उसने बड़ी रुचि के साथ चुन्नट देकर सजाया था। उसके पास कोई गठरी नहीं, परन्तु कन्धे पर एक ऐसा झोला लटक रहा था, जो बड़ा ही सुरुचिपूर्ण और दोनों ओर से बन्द था। निश्चय ही उसने

उसमें यात्रा के संबल रूप कुछ पाथेय रखे होंगे। उसका ललाट प्रशस्त था, आँखें हरिण की आँखों की तरह मनोहर थीं, कान लम्बे और नाक किंचित् शुक-तुंड की तरह से आगे की ओर झुकी हुई थी। यद्यपि मार्ग की क्लान्ति के कारण उसके होंठ सूख गए थे, तथापि उनकी लाल-लाल कान्ति स्पष्ट हो उद्भासित हो रही थी। सारा मुखमंडल आतप-ग्लान कमल-पुष्प के समान, आह्लाद और व्यथा, दोनों ही प्रकट कर रहा था। इन दोनों साथियों में बड़ा अन्तर था। एक को देखकर लगता था कि किशोर सौन्दर्य मूर्त्तिमान् होकर चल रहा है और दूसरे को देखकर लगता था कि प्रौढ़ कुरूपता रूप धारण कर निकल पड़ी है। लेकिन आश्चर्य यह था कि प्रौढ़ कुरूपता उल्लसित होकर चल रही थी और किशोर सौन्दर्य उदास होकर चला जा रहा था। पहले व्यक्ति का नाम था माढ़व्य और दूसरे का चन्द्रमौलि। माढ़व्य विदिशा के पास ही के किसी गाँव के ब्राह्मण-कुल में उत्पन्न हुआ था, परन्तु चन्द्रमौलि किसी दूर देश का निवासी जान पड़ता था। दोनों का संयोग आकस्मिक ही था, चलते-चलते साथ हो गया था। यद्यपि दोनों की अवस्था में बड़ा अन्तर था, परन्तु माढ़व्य ने अपनी सहज मस्ती के कारण चन्द्रमौलि को शीघ्र ही अपना बना लिया था। बड़ी सहानुभूति के साथ उसने चन्द्रमौलि की अन्तर्निहित वेदना समझने का प्रयास किया था। चन्द्रमौलि कुछ लजीला और संकोची प्रकृति का था, परन्तु माढ़व्य के प्रेम और सहानुभूति से धीरे-धीरे खुलने लगा था।

माढ़व्य स्नेहपूर्वक पूछ रहा था, "मित्र चन्द्रमौलि, तुम क्या अकेले इस गहन विंध्याटवी को पार करते आ रहे हो?"

चन्द्रमौलि ने दीर्घ निःश्वास लेकर कहा, "अकेला ही आ रहा हूँ आर्य! मार्ग में मैंने अनेक पर्वतों और नदियों को देखा है, वनचरों से मित्रता स्थापित की है, वन्य-जन्तुओं के भय से बचने के लिए मार्ग बदला है, ग्राम-वधुओं का अतिथि-सत्कार ग्रहण किया है और अनेक साधु पुरुषों का सत्संग भी प्राप्त किया है। विंध्याचल की ऊबड़खाबड़ चट्टानों पर रेवा नदी को अनेक धाराओं में फैलकर बहते देखा है। देखकर ऐसा लगता है आर्य, जैसे किसी ने बड़े हाथी को भभूत से प्रयत्नपूर्वक चीत दिया है। जंगली हाथियों के दल-के-दल वहाँ के जंगलों में विचरते देखे हैं और उनकी मद-धारा से सिक्त रेवा नदी में स्नान करने का अवसर पाया है। बड़ा ही मनोहर दृश्य है वह आर्य, जब ऊपर बादल छा जाते हैं और नीचे हरे कदम्ब के फूलों पर भौंरे मँडराते हैं और कच्छ-भूमि में कदली-पुष्प इस प्रकार प्रफुल्लित हो उठते हैं जैसे प्राण-धारा ही पाषाण-पिंड को भेदकर ऊपर उठ आई हो। दूर तक केवल पुष्पों की सुगन्ध, वल्लरियों का उल्लास-नर्तन, वृक्षों की स्तब्ध समाधि पाषाण-परम्परा में जीवन के संगीत का स्वर भरती रही है। मैंने सीधा रास्ता छोड़कर

पर्वत-शिखरों पर आरोहण किया है, उन्मद मयूरों का नृत्य देखा है, जंगली जामुनों के पके फलों का आस्वादन करते हुए भालुओं की तृप्त मुद्रा देखी है, क्षुद्र जलाशयों में मोथा के अंकुर कुतरते हुए वन्य वराहों की विश्रब्ध आनन्ददायिनी मुद्रा का रसास्वादन किया है, रास्ते में श्रान्त होकर रोमंथन करते हुए स्वर्णमृगों के झुंड-के-झुंड देखे हैं। परन्तु आर्य माढ़व्य, मेरा हृदय इस सारे तृप्ति और आनन्द के दृश्यों के भीतर भी भयंकर मरुभूमि की भाँति झाँय-झाँय करता रहा है। रस के उद्वेलित समुद्र में वह पिपासाकुल बना रहा है। आर्य, कहीं कुछ खो गया है जिससे मेरा अन्तर्जगत् बाह्य-जगत् की शोभा के साथ ताल मिलाकर नहीं चल रहा है।''

माढ़व्य ने चन्द्रमौलि के चेहरे की ओर देखा। उसे बड़ा करुण जान पड़ा। चन्द्रमौलि की पीठ थपथपाते हुए उसने सहानुभूति-पगे स्वर में कहा, ''मित्र, तुम तो कवि जान पड़ते हो मगर एक बात सुनो! तुम मुझे आर्य न कहा करो। सारा गाँव मुझे दादा कहता है। तुम भी दादा कहो। मैं तुम्हारा दादा हूँ और तुम मेरे मित्र। देखा, मेरे माँ-बाप ने बड़े प्रेम से नाम रखा था माधव शर्मा। गाँववालों ने बना दिया मधौआ। यही नाम राज-दरबार में पहुँच गया। तुम्हीं बताओ, यह मैं कैसे सहन कर सकता था! मैंने उसे फिर से संस्कृत बनाया। राजा से कहा—मधौआ नहीं, माढ़व्य। महाराज ने हँसकर अपनी सहमति प्रकट की। तब से उज्जयिनी में मैं महापंडित माढ़व्य के नाम से ही विख्यात हूँ। राज-सम्मान मिला। गाँववालों का भी रुख बदला, दादा कहने लगे। अब मैं बेटे का भी दादा हूँ, बाप का भी दादा हूँ। बहू का भी दादा हूँ, ससुर का भी दादा हूँ। जिधर निकलता हूँ बच्चे उधर 'दादा-दादा' का शोर करते हुए निकलते हैं। ससुराल गया तो सालियाँ भी दादा कहती पाई गईं। अब तो मित्र, यदि कोई मुझे दादा नहीं कहता तो मैं समझता हूँ कि कोई ऊत है ऊत इसलिए कहता हूँ मित्र, कि तुम मुझे दादा कहा करो, नहीं तो तुम भी ऊत समझे जाओगे यद्यपि लगते तुम कवि हो।''

चन्द्रमौलि ने कहा, ''अवश्य कहूँगा। आप जब गाँव-भर के दादा हैं तो मेरे भी दादा हैं।''

माढ़व्य प्रसन्न हुआ, ''समझदार जान पड़ते हो। कभी-कभी कवि लोग भी समझदारी की बात करते हैं। मैं तुमसे प्रसन्न हूँ। परन्तु तुम्हें ठीक पहचाना है न मैंने! तुम समझदार भी हो और कवि भी।''

चन्द्रमौलि ने विषाद की हँसी हँसकर कहा, ''हो सकता है दादा, कि मेरे अन्तर्जगत में कवि निवास कर रहा हो। परन्तु मैं उसे पूर्ण रूप से उपलब्ध नहीं कर पा रहा हूँ। मेरे दिल में निश्चय ही कोई व्याकुल वेदना है जो मुझे मथित करती है, आन्दोलित करती है, विह्वल बनाती है। श्लोक मैंने बहुत लिखे हैं, दादा! मैंने नागरिक जीवन की विलासी ललनाओं के शृंगार-प्रसाधनों और भोग-लिप्सा

का चित्रण करने के उद्देश्य से ही श्लोक लिखना शुरू किया था। उस समय मैं समझता था कि विभ्रम और विलास का मादक रूप ही कविता है। यह समझकर मन-ही-मन मैं उत्फुल्ल होता था कि मैं श्रृंगार-रस उद्गाता कवि हूँ। परन्तु उन दिनों मुझे नहीं मालूम था कि प्रकृति के कण-कण में अद्भुत वेदना विलसित हो रही है। मैं जब निर्झर को वेगपूर्वक नीचे की ओर दौड़ता देखता हूँ तो मन रो उठता है। क्यों इतनी व्याकुलता है इसमें? किससे मिलने के लिए यह दुखी अभिसार-यात्रा शुरू हुई है? प्रथम मेघ-वर्षण के समय जब धरती के आँचल में छिपे बीज अंकुर के रूप में फूट पड़ते हैं तो मेरा हृदय हाय-हाय कर उठता है। किस अपने प्रियतम के लिए यह कसमसाहट है? कौन है वह, जिसे पाने के लिए अग-जग में वह प्राण-शक्ति व्याकुल हो उठी है? मैं व्याकुल हो उठता हूँ दादा, जब देखता हूँ कि इन पर फैली हुई विशाल वनराजि रूप से, रंग से, गन्ध से न जाने किस अज्ञात प्रियतम के लिए आँख बिछाए बैठी है! क्या यह सारा आयोजन केवल बात-की-बात है? क्या इसका कोई प्रयोजन नहीं है? और, दूर की बात छोड़ो, मेरे ही मुँह से जो अजस्र श्लोक-धारा उमड़ती है, उसी का क्या उद्देश्य है? यदि वनस्थली के पुष्प-पल्लवों का संभार निरर्थक नहीं है तो श्लोक-धारा का भी कोई उद्देश्य होना चाहिए। कौन है जो इस उफनती हुई वाग्धारा का लक्ष्य है! अब तक मैंने जो कुछ किया है वह मुझे निरुद्देश्य, निरर्थक, बंध्य और लक्ष्यहीन जान पड़ता है। मैं सचमुच व्याकुल हूँ, दादा!''

माढ़व्य ने आश्चर्य के साथ किशोर कवि की ओर देखा। बोला, ''मित्र, मैं तुम्हारी पूरी बात नहीं समझ पा रहा। या तो तुम मूर्ख हो या पागल। मैंने ऐसी बातें कभी नहीं सुनीं कि श्लोक लिखने का भी कोई ऐसा लक्ष्य होता है। मैं तो श्लोक लिखने का एक ही लक्ष्य जानता हूँ—'धन कमाओ, यश कमाओ, सुख से रहो। घर में कोई अच्छी गृहिणी ले आओ, सद्गृहस्थ बनो! राजा का सम्मान पाओ, प्रजा का मनोरंजन करो और बस!'—देखो बन्धु! मैं राजसभा में रह चुका हूँ। बहुत-से कवियों को देख चुका हूँ। खुद भी कभी-कभी श्लोक बनाने का प्रयत्न कर चुका हूँ, परन्तु तुम्हारे-जैसा लक्ष्य पाने के लिए व्याकुल कवि मैंने आज तक नहीं देखा। मेरी ब्राह्मणी एक बार ऐसी उलटी-पुलटी बातें कर रही थी। कह रही थी, 'मन बड़ा व्याकुल हो रहा है! रुलाई आ रही है। जी नहीं लगता।' मैंने पूछा, 'क्यों?' बोली, 'पता नहीं।' मैं समझ गया कि इसके मस्तिष्क में कुछ विकार आ गया है। मैंने कहा, 'देवीजी, सीधे मैके चली जाओ।' वह इस पर भी राजी नहीं हुई। फिर इस सोटे को देखते हो न, इसी का सहारा लिया। चुपके से चली गई। दो महीने बाद अपने आप लौट आई। मैंने पूछा, 'मन व्याकुल तो नहीं है?' बोली, 'ठीक है।' '' फिर माढ़व्य ठठाकर हँसा, ''मगर तुम्हें कहाँ भेजूँ मित्र? गृहिणी की

दवा तो मैके में है। तुम्हारी कहाँ है?"

चन्द्रमौलि बुरी तरह आहत हुआ। दीर्घ निःश्वास लेकर बोला, "तुम तो परिहास करने लगे दादा, मगर मेरी भी दवा कहीं-न-कहीं तो होगी ही। कुछ दिन अगर तुम्हारा साथ रहा तो मैं भी ठीक होकर ही रहूँगा।" चन्द्रमौलि ने दीर्घ निःश्वास लिया।

अबकी बार माढ़व्य की आँखें भर आईं। बोला, "सखे, बुरा मान गए? मैंने तो तुम्हारा मन फेरने के लिए ही ऐसी बात कही थी। सभी जानते हैं कि माढ़व्य मूर्ख है। तुम भी जान लो। उसे समय-असमय का ज्ञान नहीं रहता। शायद मुझसे चूक हो गई हो। बुरा न मानो मित्र, मुझे अपना सच्चा हितू समझो। मूर्खता करूँ तो हँस देना। मगर एक बात जानने की इच्छा हो रही है। कहो तो पूछूँ?"

चन्द्रमौलि इस बार सचमुच हँसा। बोला, "मुझे दादा, तुम्हारी बातें बड़ी प्यारी लगती हैं। क्या जानना चाहते हो?"

माढ़व्य ने कहा, "जानना यह चाहता हूँ मित्र कि तुम क्या माढ़व्य से भी बड़े मूर्ख हो? सारी दुनिया जानती है कि माढ़व्य से बड़ा मूर्ख और कोई नहीं। परन्तु माढ़व्य जानता है कि वह कितना चतुर है। जानते हो मित्र, सारी दुनिया अपनी कुशलता का मूल्य वसूल करती है, लेकिन माढ़व्य अपनी मूर्खता का दाम वसूल करता है। राजसभा में मूर्खता भी बिकती है मित्र, और माढ़व्य ही उसे बेचता है। वह विदूषक बनकर अपनी मूर्खता का दाम राजा से कसकर वसूलता है। अब तो तुम मानोगे न कि सबसे बड़ा मूर्ख होकर भी माढ़व्य चतुर है?"

चन्द्रमौलि ने विकसित नेत्रों से माढ़व्य को देखा और कहा, "अवश्य, तुम चतुर हो दादा!"

माढ़व्य ने आँखें नचाकर कहा, "माढ़व्य से बड़ा मूर्ख कौन होगा, जानते हो? पहला वह जो अपनी चतुरता का दाम न वसूल कर सके। दूसरा वह जो अपने को बिना दाम बेच आए। ठीक है न सखे?"

चन्द्रमौलि ने हँसते हुए कहा, "इसमें क्या सन्देह है!"

माढ़व्य आकाश की ओर देखता हुआ बोला, "मुझे सन्देह हो रहा है मित्र कि तुम दूसरी श्रेणी के मूर्ख हो। कहीं बिना मोल के बिक आए हो। है न ठीक?"

चन्द्रमौलि हँसने लगा। माढ़व्य ने हाथ में यज्ञोपवीत लेकर सूर्य की ओर देखा और बोला, "सूर्य देवता को साक्षी रखकर कह रहा हूँ मित्र, माढ़व्य ही इस मूर्खता से तुम्हारा उद्धार करेगा।"

चन्द्रमौलि इस बार जोर से हँस पड़ा। थोड़ी कृतज्ञता का भाव भी उसकी आँखों में दिखाई दिया। बोला, "तुम्हारे-जैसा दादा पाकर मैं धन्य हुआ हूँ, मगर तुमने अपने ऊपर बहुत बड़ा उत्तरदायित्व ले लिया है; क्योंकि मैं कहाँ बिना मोल

ही बिक आया हूँ, इसका पता भी तुम्हें ही लगाना पड़ेगा।''

माढ़व्य हँसने लगा। बोला, ''देखने में ही अपरिपक्व जान पड़ते हो मित्र, तुम्हें पकड़ में ले आना ज़रा मुश्किल मालूम पड़ता है। इस समय तो मैं तुम्हें जैसा-जैसा बताऊँ, वैसा-वैसा करते जाओ। पहला काम करना होगा उज्जयिनी में चलकर राजा की स्तुति करना, बढ़िया श्लोक बनाकर। बाकी मैं देख लूँगा। और देखो, वह जो व्याकुल वेदनावाली बात है न, उसे मेरे-जैसे मूर्खों को मत बताना। उज्जयिनी में उनकी संख्या कम नहीं है।'' फिर ज़रा रहस्यभरी मुद्रा में आँख चमकाते हुए माढ़व्य ने कहा, ''वहाँ जुगाली करनेवाले ही भरे पड़े हैं। माढ़व्य अगर मूर्ख है तो राजसभावाले बैल हैं। ये सब बातें उसी से कहना जो तुम्हारा समानधर्मा हो। सबसे कहते फिरोगे तो पागल करार दिए जाओगे। मेरा प्रस्ताव स्वीकार है न मित्र?''

चन्द्रमौलि ने अनुतप्त स्वर में उत्तर दिया, ''राज-स्तुति!''

माढ़व्य ने हँसते हुए कहा, ''हाँ, राज-स्तुति।''

चन्द्रमौलि बोला, ''यही नहीं होता दादा, और सब कर लेता हूँ।''

माढ़व्य ने चन्द्रमौलि की पीठ को फिर थपथपाया, ''राज-स्तुति का मतलब तुम नहीं जानते। वह केवल शब्द होता है, अर्थ नहीं। अर्थ मन में होता है और शब्द जबान पर। लेकिन राज-स्तुति एक ऐसा विषय है जिसका अर्थ कहीं नहीं रहता। वह मूर्खों द्वारा, मूर्खों का किया हुआ, मूर्खतापूर्ण कथन-मात्र है। लेकिन तुम उसकी भी चिन्ता छोड़ो। देवता की स्तुति तो कर सकते हो?''

चन्द्रमौलि असमंजस में पड़ गया। बोला, ''देवता की स्तुति राजा की स्तुति कैसे हो जाएगी?''

''हो जाएगी, किसी देवता का यश वर्णन करके अन्त में कह दो, 'पातुवः' (तुम्हारी रक्षा करें)। नहीं समझे? अच्छा, तुम श्लोक बना देना, मैं ठीक कर दूँगा। जानते हो मित्र, माढ़व्य में सब गुण हैं, सिर्फ श्लोक बनाने नहीं आते। बड़े-बड़े नुस्खे रटे, लेकिन श्लोक नहीं बना। मगर छोड़ो भी इस बात को, यह बताओ कि कहाँ के रहनेवाले हो?''

चन्द्रमौलि जैसे धूल से भरे आँगन से निकलकर बाहर आ गया हो। अब माढ़व्य उससे बेढंगे प्रश्न नहीं करेगा, इस आशा से उसे आश्वस्ति हुई। बोला, ''मैं हिमालय की मध्यवर्तिनी यक्ष-भूमि का निवासी हूँ।''

माढ़व्य को आश्चर्य हुआ, ''रहनेवाले हिमालय के हो और आ रहे हो विंध्याचल पार करके!''

चन्द्रमौलि ने दीर्घ निःश्वास लिया, ''हाँ दादा, पैर में सनीचर बँधा हुआ है। देश-देश की खाक छानता आ रहा हूँ।''

माढ़व्य ने एक बार फिर चन्द्रमौलि को सिर से पैर तक देखा और दोनों चुपचाप आगे बढ़ने लगे।

माढ़व्य ने एकाएक पीछे मुड़कर देखा कि चन्द्रमौलि कुछ चिन्तित मुद्रा में धीरे-धीरे चल रहा है। उसने निकट आकर प्रेमपूर्वक उसकी पीठ थपथपाई—"थक गए हो क्या बन्धु?"

चन्द्रमौलि ने धीरे-से उत्तर दिया, "नहीं तो!"

माढ़व्य के मन में न जाने क्यों, उस तरुण यात्री के प्रति विचित्र-सा वात्सल्य-भाव उमड़ आया। बोला, "तुम नहीं, मैं थका हूँ। आओ, थोड़ा इस पेड़ की छाया के नीचे विश्राम कर लें।" और उसे खींचता हुआ पेड़ की छाया के नीचे ले गया और बिना किसी भूमिका के धप्प-से बैठ या। चन्द्रमौलि को समझने में देर नहीं लगी कि माढ़व्य उसी के विश्राम के लिए स्वयं थकने का बहाना कर रहा है। उसके मन में इस व्यक्ति के प्रति श्रद्धा उत्पन्न हुई। कैसा दयार्द्र हृदय है!

किंचित् विश्राम करने के बाद माढ़व्य ने उससे प्रश्न किया, "मैंने सुना है मित्र, कि हिमालय में अप्सराओं का निवास है। तुमने तो देखा होगा? तुम्हारे साथ मेरी मित्रता हुई है तो किसी दिन मैं भी चलकर अप्सराओं को देखना चाहता हूँ।"

चन्द्रमौलि का चेहरा प्रफुल्ल हो उठा। बोला, "हिमालय सचमुच ही अप्सराओं का निवास है, दादा! आपने जिन अप्सराओं की चर्चा सुनी है, उनकी तो मैं नहीं जानता, लेकिन मेरे मन में नारी-सौन्दर्य का जो उत्तम रूप है, वह मैं हिमालय में सर्वत्र देखता हूँ।"

माढ़व्य बोला, "यह तो तुम अपने मन की बात बता रहे हो। उतना तो मैं भी जानता हूँ। यही मेरी ब्राह्मणी से कुछ उन्नीस-बीस होती होंगी। मेरा तो ऐसा विश्वास है कि तुम्हारे-जैसा कवि मेरी ब्राह्मणी को देखकर तिलोत्तमा ही समझेगा। मैं तो देवयोनि की अप्सराओं की बात पूछ रहा हूँ। मेरे घर के पास एक बड़ी-सी झाड़ी है। बचपन से ही सुनता आ रहा था कि उसमें कोई चुड़ैल रहती है। जानते हो, मेरे किशोर मित्र, एक दिन चाँदनी रात में मैंने सचमुच उसे देख लिया। अहा, क्या रूप था उसका! तुम देखते तो जरूर कोई श्लोक बनाते। मगर मैं सोचने लगा था कि लोग उसे चुड़ैल क्यों कहते हैं। अप्सरा क्यों नहीं कहते? अप्सराएँ भी तो अपना रूप आप बना लेती हैं और जब चाहती हैं तो गुम हो जाती हैं! अब बताओ, तुमने कैसी अप्सरा देखी?"

चन्द्रमौलि हँसा। बोला, "दादा, तुमने जैसी अप्सरा की बात सुनी है वैसी अप्सरा तो मैंने नहीं देखी, लेकिन हिमालय की भूमि सचमुच ऐसी है कि वह देव-वधुओं की क्रीड़ा-स्थली कही जा सके। सुन्दरियों के श्रृंगार में काम आनेवाली

गैरिक रंग की चट्टानें दूर-दूर तक फैली हुई हैं। जब कभी उनके ऊपर बादलों का संचार होता है तो ऐसा जान पड़ता है कि असमय में ही सन्ध्याकाल आ उपस्थित हुआ। क्योंकि बादलों के कोर पर उन धातुमयी शिलाओं की रंगीनी छा जाती है और सारा पर्वत अकाल-सन्ध्या की शोभा से जगमगा जाता है। सुन्दरियाँ जिन रंगों से अनेक प्रकार का प्रसाधन करती हैं और प्रेम-प्लुत अवस्था में जिनकी स्याही बनाकर प्रणय-गीत लिखा करती हैं, वे धातु-रस वहाँ प्रचुर मात्रा में प्राप्त होते हैं और प्रेम-पत्र लिखने के लिए तो वहाँ भोज-पत्रों के घने जंगल भरे पड़े हैं। मेरे गाँव से कुछ और ऊँचाई पर किन्नर देश है, जहाँ की सुन्दरियों का वंशी-वादन लोक-विश्रुत है। ये वंशियाँ एक विशेष प्रकार के कीचक नामक बाँस से बनती हैं। इनका घना जंगल दूर-दूर तक फैला हुआ है। देवदारु और शाल वृक्षों की कतारें सचमुच मनमोहक होती हैं। मदमत्त गजराज अपनी खुजली मिटाने के लिए जब शाल वृक्षों पर घिस्सा देते हैं तो वनस्थली आमोद-मग्न हो जाती है। हिमालय सब प्रकार से अभिराम है दादा! तुम्हारे मन में जिस प्रकार की अप्सराओं की कल्पना है, उसे मैं ठीक-ठीक पकड़ नहीं पा रहा हूँ। परन्तु हिमालय के गाँव-गाँव में ऐसी सुन्दरियाँ तुम्हें मिलेंगी, जिनका भोलापन और सौन्दर्य कंचन में जड़ी हुई मणि की तरह तुम्हें अभिभूत कर देगा। मणियों की जन्म-भूमि, गज-मुक्ताओं का आश्रय-स्थान, वर्ण-गन्ध-सम्पन्न पुष्पों की मादक शोभा, निर्झरों का अनवरत संगीत, विविध भाँति के पक्षियों का कल-कूजन, बाल-व्यजन धारण करनेवाली चमरी गायों की नयनाभिराम शोभा, कृष्णसार मृगों की उन्मद मंडलियाँ, सब हिमालय को देवभूमि बना देती हैं।" चन्द्रमौलि अभिभूत की भाँति बोल रहा था।

माढ़व्य ने बीच में ही टोका, "सुना है मित्र कि हिमालय में हिम बहुत होता है। बड़ी सर्दी पड़ती है। जब मैं सुनता हूँ कि महीनों वहाँ बर्फ पड़ी रहती है तो मेरी ठठरी काँप उठती है।"

चन्द्रमौलि ज़रा उदास होकर कहने लगा, "सो तो है दादा! लेकिन एक बार यदि तुम योजनों तक फैले हुए रुई के फाहों की तरह सजे हुए हिमाच्छादित शिखरों को देखो, तो सर्दी की बात भूल जाओगे। ऐसा जान पड़ेगा कि तांडव-मत्त धूर्जटि का अट्टहास ही जमकर हिम बन गया है। शत-शत योजनों तक इस पुंजीभूत अट्टहास के समान हिम-परम्परा बढ़ती गई है। हिमालय पृथ्वी का मानदंड है, दादा। ऐसा जान पड़ता है कि विधाता ने निखिल ब्रह्मांड को तौलने के लिए ही एक विशाल तराजू बनाया है, जिसमें विशाल हिमालय मानदंड है और पूर्व और पश्चिम के महान् समुद्र उस तराजू के पलड़े हैं। एक बार तुम मेरे साथ मेरा गाँव देखने अवश्य चलो, दादा!"

माढ़व्य बोला, "खतरा है मित्र, एक तो यदि मैं अप्सराओं का देश देखने का

संकल्प करूँ तो मेरी ब्राह्मणी अखंड उपवास का व्रत लेगी और अगर इसकी उपेक्षा करके वहाँ पहुँच भी जाऊँ तो फिर इधर लौटने की कोई आशा नहीं। शिव के पार्षद अवश्य मुझे अपने गणों में भरती कर लेंगे। मेरा मानदंड मेरी ब्राह्मणी है। अप्सराओं की कल्पना करता हूँ तो उससे जौ-भर इधर-उधर की बात सोचता हूँ, और शिव के गणों की बात सोचता हूँ तो अपने-आपसे जौ-भर इधर-उधर समझता हूँ। ना बाबा, मेरा हिमालय और कैलास तो घर में ही पड़ा है। अब चलो, तुम्हें उज्जयिनी दिखाऊँ। यहाँ भी तुम्हें अप्सराएँ मिलेंगी और वे सारी बातें किसी-न-किसी रूप में मिल जाएँगी, जिनके कारण तुम इतने उच्छ्वसित हो रहे हो। मेरा मन कहता है कि एक बार अगर तुम उज्जयिनी देखोगे तो यक्षपुरी को भूल जाओगे।''

चन्द्रमौलि के चेहरे पर प्रसन्नता की रेखा दिखाई पड़ी, ''दादा, तुम जहाँ रहोगे वहाँ स्वर्ग अपने-आप आ जाएगा। मैं तुम्हारे साथ अवश्य उज्जयिनी चलूँगा।'' फिर दोनों उठ खड़े हुए और उज्जयिनी की ओर चलने लगे।

चन्द्रमौलि ने दीर्घ निःश्वास लेकर कहा, ''उज्जयिनी! जानते हो दादा, उज्जयिनी देखने के उद्देश्य से ही निकला हूँ। इस नाम में ही एक जादू है। उज्जयिनी अर्थात् ऊपर की ओर जीतने की अभिलाषा रखनेवाली। मेरे हृदय में जब अकारण भयंकर ज्वाला धधकने लगती है तो मैं अनुभव करता हूँ कि इस विराट् विश्व में व्याप्त शिव और शक्ति की जो अनादि लीला चल रही है, वह उससे अलग नहीं होनी चाहिए। वही विराट् लीला तो, दादा, कण-कण में, रूप-रूप में स्फुरित हो रही है। उज्जयिनी ऊर्ध्वगामिनी अभिसार-यात्रा का प्रतीक है। पुराण-मुनियों ने बताया है कि शिव भी देवी का हृदय जय करने के लिए उतने ही उत्सुक और चंचल हैं जितना देवी शिव का। जिस प्रकार नीचे से ऊपर की ओर अभिसार-यात्रा की चेष्टा चल रही है, उसी प्रकार ऊपर से नीचे की ओर भी अवतरण हो रहा है। शिव ने किसी समय पार्वती के प्रेम का प्रत्याख्यान किया था। उस समय देवी ने तपस्या की आयोजना की थी। उनकी आँखों के सामने रूप का आकर्षण व्यर्थ और असफल हो गया था। योगी के नेत्र से निकली हुई आग ने मन में उत्पन्न होनेवाले चंचल विकारों के देवता को जलाकर भस्म कर दिया था। भग्नमनोरथा पार्वती ने तपस्या के द्वारा शिव का हृदय जीता था। हिमालय का कण-कण हिमालय-पुत्री के प्रत्याख्यानजन्य दुख से आर्द्र है और तपस्याजन्य विजय से उल्लसित है। किन्तु उज्जयिनी की कहानी कुछ और है। पुराकाल में ब्रह्मा से वरदान प्राप्त करके त्रिपुर नामक महाअसुर ऐसा दुर्दान्त हो गया था कि समस्त यज्ञ-याग बन्द हो गए थे और देवता लोग त्राहि-त्राहि कर उठे थे। केवल पार्वती में ऐसा तपोबल था जो इस महाविनाशकारी शक्ति का ध्वंस कर सकता था। देवता और शास्त्रों की रक्षा के लिए महाकाल वन में स्वयं महादेव को इस बार

तपस्या करनी पड़ी। उद्‌देश्य था देवी को प्रसन्न करना। शिव ने विकट तपस्या की, तब जाकर देवी कहीं प्रसन्न हो सकीं। उन्हीं की कृपा का फल था कि शिव को पाशुपत-अस्त्र प्राप्त हुआ। इस अस्त्र को पाकर ही शिव त्रिपुर को तीन खंडों में विध्वस्त करने में समर्थ हुए। इस विजय के कारण ही इस पुरी का नाम उज्जयिनी पड़ा। पुराण-मुनियों की बताई हुई इस कथा में बड़ा भारी रहस्य छिपा हुआ है, दादा! जब देवी की तपस्या से शिव प्रसन्न हुए थे, तो मनोजन्मा देवता को भस्म करने में समर्थ हुए थे। परन्तु जब शिव की तपस्या से देवी प्रसन्न हुईं, तो शिव को वह शक्ति प्राप्त हुई, जिससे उन्होंने तीन लोक के कंटक महाअसुर का नाश कर दिया। शिव की प्रसन्नता से जो मनोजन्मा देवता नष्ट हुआ वह शरीरहीन होकर आज भी अग-जग में व्याप्त है। परन्तु देवी की प्रसन्नता से जो असुर नष्ट हुआ, सो सदा के लिए नष्ट हो गया। इसीलिए उज्जयिनी ऊपर की ओर जीतनेवाली पुरी है। मैं जब सोचता हूँ दादा, कि पिंडरूप में द्विधा विभाजित शिव और शक्ति, पुरुष और नारी के रूप में विद्यमान हैं और जब देखता हूँ कि नारी को प्रसन्न करने के लिए पुरुष की तपस्या कहीं दिखाई ही नहीं देती, तो मेरा मन व्याकुल हो जाता है। देवता और शास्त्रों को नष्ट करनेवाले विचार कैसे नष्ट होंगे, यदि पुरुष ने तपस्या द्वारा नारी को प्रसन्न करने का यत्न नहीं किया? पुरुष उद्धत पौरुषबल पर भरोसा करता है और मोहन-आनन्दायिनी शोभा और चारुता का तिरस्कार करता है। वह उसे भोग की सामग्री समझता है, मनोरंजन का साधन मानता है, अपना आश्रित समझकर उसके साथ अवांछनीय व्यवहार करता है। नतीजा जो होना चाहिए वह हो रहा है। धरती मदमत्त पौरुष से कसमसा उठी है, उद्धत सैन्य-शक्ति के पदचाप से शेषनाग का फण-मंडल व्याकुल हो उठा है। सर्वत्र केवल मार-काट, लूटपाट, नोच-खसोट का बवंडर आसमान को रजोलिप्त बना रहा है। प्रकाश की कहीं क्षीण रेखा भी नहीं दिखाई दे रही है। सारा आर्यावर्त विध्वंस की ओर बढ़ा जा रहा है। मैं उज्जयिनी में महाकाल के दरबार में आवेदन करने जा रहा हूँ कि 'देवता, बहुत हो चुका। यह उद्‌दाम तांडव क्षण-भर के लिए रोको। एक बार फिर ऐसा प्रयत्न करो कि शोभा और शालीनता की महिमा लोगों में प्रतिष्ठित हो।' देवी का स्मयमान दक्षिण मुख संसार की रक्षा करे। बड़ी वेदना लेकर उज्जयिनी जा रहा हूँ, दादा!"

माढ़व्य ने आँखें फाड़कर चन्द्रमौलि की ओर देखा, बोला, "पंडित जान पड़ते हो मित्र। देखने में दुधमुँहे लग रहे हो, लेकिन बातें पते की कर रहे हो। संसार-भर की अशान्ति का तो मुझे पता नहीं, लेकिन इतना निश्चित जानता हूँ कि मेरी ब्राह्मणी जब तक अप्रसन्न हो, तब तक घर में अशान्ति बनी रहती है। मगर मेरे नौजवान मित्र, तुम कुछ बहकी-बहकी बातें कर रहे हो। मुझे तो इतना ही

मालूम है कि विदिशा नगरी के तीक्ष्ण-धार करवाल अगर न होते तो यवन नर-पतियों ने धरती को श्मशान बना दिया होता। दुर्दान्त यवनवाहिनी को अगर रोका जा सका है, तो विदिशा में बननेवाले शस्त्रों के बल पर ही। तुम समझते हो कि यवनराज आंतलिकित ने अपने राजदूत हेलियोडोरस को गरुड़ध्वज के साथ प्रचुर उपहार भेजकर राजाधिराज भागभद्र के दरबार में भेजा था, वह क्या यों ही मित्रता की बात थी? विदिशा का यह गरुड़ध्वज प्रचंड पौरुष का निदर्शक है। इस विदिशा के लोहे का ही प्रताप था कि शुंग-सेनाओं की विराट् जय-ध्वनि ने सिन्धु-तट के उस पार की म्लेच्छवाहिनी को चकित-कम्पित कर डाला था। आज विदिशा की यह जो दुर्दशा देख रहे हो वह उस पौरुष के अभाव के कारण ही है। मेरी समझ में नहीं आता कि तुम महाकाल देवता के दरबार में जाकर पौरुषबल को क्षीण करने की प्रार्थना क्यों करोगे? तुम्हारी बात मेरी समझ में ठीक-ठीक नहीं आ रही। क्या तुम नारी-सेना का संगठन करना चाहते हो?''

चन्द्रमौलि हँसने लगा, ''नहीं दादा, तुमने मेरी बात पूरी तरह समझी नहीं। शायद मैं समझा भी नहीं सकूँगा। मैं इस देश या उस देश की बात नहीं कर रहा हूँ। मैं सम्पूर्ण संसार की बात कर रहा हूँ। मैं हूणों के या यवनों के उद्धत पौरुष-दर्प से ही चिन्तित हूँ। मैं उनको मनुष्य की कोटि में गिनने को भी प्रस्तुत नहीं हूँ। भुक्खड़ भेड़ियों की तरह निरीह प्रजा पर टूट पड़नेवाले मनुष्य बन ही नहीं पाए हैं। मेरा हृदय इसलिए व्याकुल है कि मैं एकांगी पौरुष-दर्प को परास्त करने का उपाय उसी प्रकार के एकांगी पौरुष-दर्प को नहीं मान पाता। शोभा और शालीनता की उपेक्षा करनेवाले मनुष्य नहीं, असुर हैं। शोभा और शालीनता का जो आदर करते हैं और उसकी रक्षा करने में जो असमर्थ हैं, वे कापुरुष हैं। मैं आदर का भाव भी चाहता हूँ और रक्षा करने की सामर्थ्य भी। महाकाल से मेरी प्रार्थना यह होगी कि देवता, जो शोभा और शालीनता का सम्मान करना नहीं जानते उन्हें सम्मान करने की बुद्धि हो, और जो सम्मान करना जानते हैं उन्हें उसकी रक्षा करने की शक्ति दो। मैं न बर्बरता को बर्दाश्त कर पाता हूँ, न कापुरुषता को। यही तो व्याकुलता है, दादा! उज्जयिनी की कहानी में यही तो बताया गया है कि देवी की प्रसन्नता से शिव को असुर-विध्वंस करने में समर्थ शस्त्र प्राप्त हुआ। शोभा और शालीनता के प्रसाद रूप में प्राप्त अस्त्र ही अजेय होता है, दादा!''

चन्द्रमौलि का सहज-कोमल स्वर आवेश में कुछ उत्तेजित हो गया था। उसके मुखमंडल पर भी लाल कान्ति झलक उठी थी। माढ़व्य फिर कुछ परिहास की बात करने जा रहा था। इसी समय दूर से भागते हुए उसी तरफ बढ़नेवाले किसी व्यक्ति की पदचाप सुनाई पड़ी। थोड़ी ही देर में वह व्यक्ति भागता हुआ माढ़व्य और चन्द्रमौलि के निकट आ पहुँचा। निस्सन्देह वह बहुत परेशान नजर आ रहा

था। शायद देर तक वह भागता चला आ रहा था। चन्द्रमौलि और माढ़व्य को देखकर वह ठिठक गया। माढ़व्य ने कुछ आगे बढ़कर उससे पूछा, ''क्या बात है?''

उस आदमी ने भयत्रस्त दृष्टि से पीछे की ओर देखा और बोला, ''अगर तुम लोग उज्जयिनी जा रहे हो तो लौटो। वहाँ बड़ी विध्वंस-लीला चल रही है। मुझे पकड़ने के लिए सशस्त्र दंडधर इधर भी बढ़े आ रहे हैं। वे देवताओं के विध्वंसक हैं, ब्राह्मणों के शत्रु हैं, प्रजा के उत्पीड़क हैं। जल्दी किसी छिपने लायक स्थान की ओर भागो, नहीं तो वे तुम्हें खंड-खंड करके कुत्तों और सियारों को खिला देंगे।''

भय के मारे माढ़व्य चीख उठा। चन्द्रमौलि के ललाट पर भी चिन्ता की रेखाएँ उभरीं, परन्तु वह विचलित नहीं हुआ। उस मनुष्य ने कहा, ''सब बताता हूँ। पहले छिपने की जगह खोजो। एक बार मेरे हाथ में कोई शस्त्र आ जाने दो और फिर मैं अकेले पूरी सेना को देख लूँगा। इन म्लेच्छों ने मुझे किसी प्रकार का शस्त्र लेने का अवसर ही नहीं दिया। मैं प्रतिशोध लूँगा। मैं जीवित रहना चाहता हूँ। इस समय भागो। कहीं छिपकर मेरे और अपने प्राणों की रक्षा करो।'' उस मनुष्य की विशाल भुजाएँ, कपाट के समान वक्षस्थल, कसी हुई पेशियों और लम्बे गठे हुए शरीर को देखकर विश्वास होता था कि वह जो कुछ कह रहा था, वह दर्पोक्ति-मात्र नहीं था। चन्द्रमौलि और माढ़व्य उसके साथ पार्वत्य मार्ग की ओर भागने लगे।

ग्यारह

आर्यक विजयी सेनापति के रूप में विख्यात हो चुका था। पर जिस समय उसकी कीर्त्ति बहुत ऊँचे शिखर पर पहुँच रही थी, उसी समय उसका दुष्ट ग्रह भी उच्च स्थान पर आ गया था। वह विरक्त होकर सेनापति का काम छोड़कर भाग खड़ा हुआ। बहुत दिनों तक वह गहन विंध्याटवी में निरुद्देश्य भटकता रहा। उसे अपने ऊपर ही क्रोध था। क्यों वह ऐसा शिथिल चरित्र का व्यक्ति है? क्यों वह कहीं जम नहीं पा रहा है? कीर्त्ति की भूख उसकी मिटी नहीं है, पर वह ठीक समझ नहीं रहा है कि कीर्त्ति क्या चीज है? उसने सुना है कि मनुष्य-जीवन का लक्ष्य यह होना चाहिए कि लोग अनन्तकाल तक यश गाते रहें। यह शरीर नाशवान है, यह रुग्ण होता है, वृद्ध होता है, मर जाता है। पर एक यश का शरीर

है—यशःकाय। उसमें न रोग होता है, न ज़रा आती है, न मृत्यु का आक्रमण होता है। यह 'यशःकाय' मनुष्य के पुरुषार्थ से प्राप्त होता है। आर्यक उसी यशःकाय को प्राप्त करने को व्याकुल है। परन्तु पा नहीं रहा है। विंध्याटवी उसे सोचने की प्रेरणा देती है। पत्थरों की छाती भेदकर निकले हुए विराट वृक्ष उसे जीवनी-शक्ति की महिमा बताते हैं। कहते हैं, पुरुष वह है जो पाषाण को छेदकर, आँधी की उत्पाटिनी शक्ति की उपेक्षा कर, पाताल से अपना भाग्य खींच लाता है। आर्यक पाषाण-भेद के लिए व्याकुल है, आँधी की उपेक्षा करने को कृत-संकल्प है। पर कहीं कोई बाधा है जो उसे पथभ्रष्ट कर देती है। क्या है वह?

एक शिलाखंड पर बैठा हुआ वह सोच रहा है। सोचता जा रहा है, पर कोई परिणाम नहीं निकल रहा है। वह थककर चूर हो गया है पर शारीरिक क्लान्ति ने मानसिक उत्तेजना की वृद्धि ही की है। कहीं एक बड़ी कमजोरी उसके चरित्र में है जो उसे भागने को बाध्य करती है। उत्साह उसमें कम नहीं है, दीन-दुखियों की सहायता के लिए प्राणदान का उसका संकल्प ज्यों-का-त्यों बना हुआ है, सम्मुख युद्ध में अकेले ही सहस्रों को ललकारने की उसकी क्षमता में रंचमात्र कमी नहीं आई है, अनुगतों के लिए सर्वस्व उलीचकर दे देने की उसकी उदारता आंशिक रूप से भी शिथिल नहीं हुई है, स्वामी के लिए सब-कुछ निछावर कर देने की उसकी प्रतिज्ञा में कहीं भी त्रुटि नहीं आई है, फिर भी उसे भागना पड़ा है। उसका चित्त अनुतप्त है। उसमें कहीं भयंकर अपराध का भाव है। क्यों? क्यों ऐसा हुआ? उसका शील कहीं-न-कहीं म्लान हो गया है। वह जानता है, पर जानकर भी अनजान बना फिरता है। वह सब जानता है, लेकिन ठीक समझ नहीं पा रहा है। जानना वस्तुस्थिति के प्रत्यक्षीकरण का नाम है, समझना वस्तुस्थिति की कारण-परम्परा की अवगति का नाम है। आर्यक जानता है, समझ नहीं रहा है।

हलद्वीप के भर राजा रुद्रसेन के विरुद्ध उसी ने सम्राट् को उकसाया था। पाटलिपुत्र के सिंहासन पर आसीन होते ही उन्होंने आर्यक का आह्वान किया। बोले, 'आर्यक, तुम मेरे केलि-सखा हो। हलद्वीप के रुद्रसेन का मान-मर्दन करने का काम मैं तुम्हें ही सौंपना चाहता हूँ।' आर्यक ने उस आज्ञा को उल्लास के साथ स्वीकार किया था। परन्तु चलते समय उसका मन बैठ गया था। वहाँ मृणालमंजरी से भेंट होगी। क्या मुँह लेकर उसके सामने वह उपस्थित होगा? मृणाल को उसने क्यों छोड़ दिया? उसका क्या अपराध था? पर आर्यक का भी क्या अपराध था? चन्द्रा उसके गले पड़ गई। उससे पिंड छुड़ाने के लिए वह भागा। पर चन्द्रा उसका पीछा करती गंगा-पार भी आ पहुँची। उसने घृणा से मुँह फेर लिया। लेकिन चन्द्रा है कि हटने का नाम ही नहीं लेती। आर्यक को भय था कि लोग क्या सोचेंगे। वह और भी पूरब की ओर भागा। चन्द्रा ने पीछा नहीं छोड़ा। उसे कायर पुरुष

कहती, सेवा में जुट जाती और आर्यक पानी-पानी हो जाता। चन्द्रा उद्वेल प्रेम है—प्रेम, जो सीमा नहीं जानता, उचित-अनुचित का विवेक नहीं रखता, जो सदा उफनता ही रहता है। चन्द्रा का प्रेम एक भयंकर बुभुक्षा है, एक सतत अतृप्त पिपासा। उसे समझ में नहीं आता कि इसमें दोष क्या है, क्यों आर्यक भागा-भागा फिर रहा है। क्या वह मृणाल और आर्यक दोनों को समान रूप से प्रेम नहीं कर सकती? आर्यक को वह कायर और डरपोक कहती है। परन्तु आर्यक उसका कृतज्ञ भी है। उसी के कारण वह सम्राट् समुद्रगुप्त के निकट पहुँच सका। हलद्वीप-विजय का अवसर भी उसी के इशारे पर प्राप्त हुआ। पता नहीं क्यों, सम्राट् चन्द्रा के किसी इंगित की उपेक्षा नहीं कर सकते।

आर्यक ने हलद्वीप पर गुप्त-सम्राट् की ध्वजा फहराई। महाराज समुद्रगुप्त 'उत्खात-प्रतिरोपण' की नीति में विश्वास करते थे। जिसे उखाड़ा, उसी को फिर से रोप दिया। समुद्रगुप्त की यह नीति ही भावी गुप्त-साम्राज्य की सफलता की नींव थी। जिस राजा का राज्य जीता, उसे ही अपना अधीनस्थ राजा बना दिया। यही 'उत्खात-प्रतिरोपण' कहा जाता था। परन्तु हलद्वीप में उन्होंने ऐसा नहीं किया। उखाड़ा रुद्रसेन को, सिंहासन पर आरोपित किया गोपाल आर्यक को। आर्यक हलद्वीप का अधिपति बन गया। आर्यक को कैसा-कैसा लगा! उत्सव हुए, यज्ञ-याग हुए, पर अभिमानिनी मृणालमंजरी नहीं आई। आर्यक को ही जाना पड़ा। कैसा देखा उसने अपनी प्राणप्रिया मृणालमंजरी को! मुँह पीला पड़ गया था, केश लटियाकर एक वेणी बन गए थे, हिरण की आँखों से प्रतिद्वन्द्विता करनेवाली आँखें भीतर धँस गई थीं। वह एक मलिन श्वेत साड़ी पहने हुए थी। पास में दो-ढाई वर्ष का बड़ा ही कमनीय-कान्ति बालक था। हलद्वीप के अधिपति आर्यक ने जाते ही मृणाल के चरणों पर सिर रख दिया, 'देवि, प्रिये, क्षमा करो इस भंड को!' मृणाल घबराकर खड़ी हो गई। आँखों से अविरल अश्रुधारा बह चली। वाणी रुद्ध हो गई। वह ताकती रही, जड़ की भाँति, स्तब्ध की भाँति। बच्चा भय और कुतूहल से आर्यक की ओर देखता रहा। उसने अपनी माँ से तुतलाकर पूछा, 'माँ, यह कौन है?' मृणाल की संज्ञा लौट आई। बोली, 'अपने भाग्य से पूछ बेटा!' आर्यक रो पड़ा। मृणाल ने आर्यक को उठाया। आज आर्यक के मन में मृणाल की वही स्नेहार्द्र मूर्त्ति बार-बार उठ रही है। हाय-हाय, मैंने कैसी देवी को कष्ट दिया? और क्यों? कुछ बात भी तो हो! लोग क्या सोचेंगे? यह एक चिन्ता ही उसे बुरी तरह ध्वस्त कर देती है। लोग क्या सोचेंगे, लोग क्यों सोचेंगे!

शिलापट्ट को कसकर पकड़ लिया आर्यक ने, मानो गिरकर लुढ़क जाने का भय हो। वह व्यथित भाव से कराह उठा, क्या उसका सारा जीवन इस एक ही प्रश्न की चट्टान पर टूट-टूटकर बिखर जाएगा? हलद्वीप से फिर दूसरे युद्ध-क्षेत्र

पर जाने में थोड़ा कष्ट हुआ। मृणाल को वह इतनी जल्दी छोड़कर नहीं जाना चाहता था। क्षमा मिलने पर वह थोड़ा प्रगल्भ भी हुआ था। लेकिन मृणाल ने उसे रुकने नहीं दिया। उसके कारण आर्यक के यश में रंचमात्र भी मलिनता आए, यह उसे बिलकुल स्वीकार नहीं था। वह चाहती थी कि चन्द्रा भी वहीं आकर उसके साथ रहे। पर आर्यक चन्द्रा को भूल जाना चाहता था। महाराजाधिराज के बलाधिकृत के रूप में उसने विद्रोही और विरोधी राजाओं का दमन किया। उसे मथुरा तक विजय करने की आज्ञा थी। प्रत्येक युद्ध में वह सिंह की भाँति लड़ा। समुद्रगुप्त की विजय-पताका का अभियान कहीं नहीं रुका। इसी बीच एकाएक उसे सम्राट् का रोष-भरा पत्र मिला। सम्राट् को पता चल गया था कि चन्द्रा उसकी विवाहिता वधू नहीं है। पता देनेवाली स्वयं चन्द्रा थी। सम्राट् ने लिखा था कि उनके बलाधिकृत को इस प्रकार के पाप-कार्य में लिप्त जानने पर प्रजा में असन्तोष होगा और राजशक्ति को धक्का पहुँचेगा। सम्राट् ने आर्यक की वीरता से सन्तोष प्रकट किया था, पर उसके असदाचरण से रोष प्रकट किया था। वही प्रश्न सम्राट् के सामने था, 'लोग क्या सोचेंगे?' आर्यक की आँखों से लुत्ती निकलने लगी। सेना के लोग भी आज नहीं तो कल इस बात को अवश्य जान लेंगे। वे क्या सोचेंगे? जो लोग श्रद्धा से आज जय-जयकार करते हैं वे कल घृणा से मुँह फेर लेंगे। वे क्या सोचेंगे? कौन उसकी बात सुनेगा, कौन उस पर विश्वास करेगा? कल हर सैनिक के मन में घृणा की लहर उठेगी। उनका सेनानायक परस्त्री-लम्पट है, वह अश्रद्धेय है, अपावन है, कुल-धर्म से पतित है। रात-भर उसे नींद नहीं आई। नहीं, अब उसका पत्ता कट गया, अब उसका यश म्लान हो गया। अब वह सेना का संचालन नहीं कर सकेगा। उसे भाग जाना चाहिए। लोग क्या सोचेंगे? वह सचमुच भाग खड़ा हुआ। अपने सबसे विश्वस्त सहयोगी भटार्क को बुलाकर उसने कहा, 'तात, मुझे आवश्यक कार्य से कुछ दिन बाहर रहना होगा। तब तक तुम सेना का संचालन करते रहो।' और चुपचाप वहाँ से खिसक गया था। अपनी परमप्रिय तलवार के सिवा उसने कुछ भी साथ नहीं लिया। पूरब की ओर जाने में भय था, इसलिए वह पश्चिम की ओर बढ़ता गया। उसे स्वयं नहीं मालूम कि वह कहाँ जा रहा है। केवल चलता ही चला है, दिङ्मूढ़ की भाँति। नदियाँ मिली हैं, पार कर गया है; पर्वत मिले हैं, लाँघ गया है; जंगल आए हैं, रौंद गया है। कहाँ, क्यों? लोग क्या सोचेंगे? यह एक प्रश्न उसके सारे किए-किराए को ध्वस्त कर देता है। उसकी सारी वीरता यहीं टकराकर चूर-चूर हो जाती है। उसके लिए लोकापवाद दुर्भेद्य चट्टान बन जाता है।

शिलापट्ट पर आर्यक बैठा था, फिर लेट गया। दूर तक गिरि-शृंखला की ऊबड़खाबड़ अधित्यका, वनपनसों के झाड़, खदिर की वनस्थली, महुओं की उच्चशीर्ष

वृक्षावली। दूर तक कोई मनुष्य नहीं दिखाई देता। निश्चय ही इसमें हिंस्र जन्तु भी हैं। दिखाई नहीं दे रहे हैं, पर कभी भी दिखाई दे जा सकते हैं। आर्यक का मन व्याकुल है। रह-रहकर उसका चित्त अपने असफल जीवन को कोसता है। कोई सहारा नहीं। पिता स्वर्ग सिधार गए। गुरु देवरात जो घर से निकले तो लुप्त ही हो गए। भाई श्यामरूप का कहीं अता-पता नहीं। पर मृणालमंजरी है : सेवा और सतीत्व की मर्यादा, तपस्या की स्रोतस्विनी, साहस की उत्सभूमि, पर मृणाल को उसने कितना कष्ट दिया! क्या कारण था? यही कि लोग क्या सोचेंगे। उसके चित्त में मृणालमंजरी की दीप्त किन्तु शुष्क कान्ति उभर आई। 'अपराधी हूँ देवि, तुम क्षमा कर सकती हो, मैं कैसे क्षमा करूँ अपने इस दुर्बल चरित्र को? लोग क्या सोचेंगे!'

आर्यक क्लान्त था, शरीर और मन दोनों से अवसन्न। कहाँ आ गया है वह! वह बुरी तरह उद्विग्न था। बिजली की तरह उसके मन में एक बात चमक उठी। यही क्यों सोचा जाए कि लोग क्या सोचेंगे! यह भी तो मन में प्रश्न उठना चाहिए कि मृणाल क्या सोचेगी? मृणाल ने जब भरे नयनों से उसे युद्ध के अभियान के लिए विदा किया था तो क्या उसने सोचा था कि उसका पति भाग खड़ा होगा? जब वह सुनेगी कि यह भाग्यहीन आर्यक भाग गया है तो वह क्या सोचेगी? उत्तर की कल्पना करके वह चीख उठा। हाय, दुनिया-भर की बात सोचनेवाला आर्यक कभी अपनी सती-साध्वी पत्नी की बात सोचता ही नहीं! धिक्!

ऐसा जान पड़ा कि आर्यक की छाती पर आरा चल रहा है। क्या अज्ञ अभाजन लोगों की बात का ही मूल्य है? मृणाल-जैसी शीलवती साध्वी की बात कभी उसने मन में क्यों नहीं उठी? क्या मृणाल के प्रति उसका प्रेम झूठा है? हाय, आर्यक का यह सहारा भी क्या मृग-मरीचिका है? वह फिर एक बार मृणाल की मानसी मूर्त्ति के चरणों पर गिर पड़ा। उसे शान्ति मिली। ऐसा लगा कि मृणाल उसके सिर पर हाथ फेर रही है। कह रही है, घबराते क्यों हो, मैं जो हूँ। वह शिलापट्ट पर लुढ़क गया और सो गया। स्वप्न में उसने देखा कि मृणाल उसका सिर अपनी गोद में लेकर बैठी है। कह रही है, 'लोक का भय मिथ्या है। कर्त्तव्य का निर्णय बाहर देखकर नहीं किया जाता। तुम्हारा निर्णायक तुम्हारे भीतर है। जो भी तुम्हारे पास है, उसी से उसकी पूजा करो। कमजोरियाँ जब उसे समर्पित कर दी जाती हैं, तो शक्ति बन जाती हैं। सदा बाहर ही न देखो, कुछ भीतर भी देखो। लोक-भय झूठी प्रवंचना है, आत्म-भय दुर्भेद्य कवच है। मेरे प्यारे, अपने को देखो। मेरे लहुरावीर, तुम्हें अन्याय से लोहा लेना है। कौन क्या कहता है, कहने दो। तुम्हारा अन्तर्यामी क्या कहता है, वही मुख्य वस्तु है। घबराने की क्या बात है! मैं मृणाल हूँ, सिंहवाहिनी की उपासिका, महिषमर्दिनी की अभिलाषिणी! भूल

गए मेरे प्यारे, मेरे लहुरावीर, मेरे मानससिंह! अभी महिष-मर्दन का काम बाकी है।' आर्यक गाढ़ी निद्रा में स्वप्न देख रहा है। वह अमृत-रस की वर्षा में भीग रहा है।

अचानक उसे लगा कि कोई जगा रहा है। कह रहा है, "उठ जा रे बटोही! छिप जा कहीं। वे मेरा पीछा करते आ रहे हैं, तुझे भी मार डालेंगे। वे जंगली भैंसों के समान निर्घृण हैं। उठ, छिप जा कहीं। मैं अकेला हूँ। निःशस्त्र हूँ। भाग रहा हूँ। प्राण-भय से नहीं, प्रतिशोध की इच्छा से। लौटूँगा, एक-एक को यमराज के द्वार पहुँचाऊँगा। एक-एक को रगड़ूँगा। आज अकेला हूँ, निःशस्त्र हूँ। उठ, छिप जा कहीं।"

आर्यक को होश आया। यह कौन है जो जंगली भैंसों की बात कर रहा है? भैंसा—महिष! अन्तिम बात कहते-कहते वह आदमी दूर निकल गया था। आर्यक ने देखा, एक महा बलवान मनुष्य तेजी से भागता जा रहा है। जब तक वह उससे कुछ पूछे, तब तक वह और दूर निकल गया। आर्यक को लगा कि स्वर कुछ पहचाना हुआ है। थोड़ी देर तक वह सोचता रहा कि यह परिचित स्वर किसका हो सकता है। अचानक याद आ गया। यह तो श्यामरूप का स्वर था। एकदम श्यामरूप का। निस्सन्देह यह श्यामरूप की आवाज थी। वह चिल्ला पड़ा, "भैया, मैं आर्यक हूँ! तुम अकेले नहीं हो! भैया, भैया, रुको!" स्वर आकाश में दूर तक फैलकर रह गया। जहाँ पहुँचना चाहिए था, वहाँ नहीं पहुँचा। आर्यक दौड़ा—"भैया, भैया!" पर वह आदमी अदृश्य ही हो गया।

आर्यक पीछे-पीछे दौड़ता गया, चिल्लाता गया, पर कुछ लाभ नहीं हुआ। जो मिलता है वही दूर निकल जाता है। पता नहीं, वह किधर चला गया। हाय, आर्यक का भाग्य ही ऐसा है। वह हताश होकर बैठ गया। उसका मन कहता है, निश्चय ही यह और कोई नहीं, श्यामरूप था। कौन लोग उसके पीछे पड़े हैं? निस्सन्देह वे लोग भयंकर रक्त-पिपासु होंगे। आ ही रहे होंगे। कहीं छिपने का प्रयत्न करना चाहिए। उन्हें देखकर ही उनके बल-पौरुष का अनुमान लगाया जा सकता है। श्यामरूप कह गया है, वह लौटेगा। शस्त्र उसके पास नहीं है। आर्यक के पास है। उसने अपनी तलवार की ओर देखा। फिर आश्वस्त होकर छिपने का स्थान ढूँढ़ने लगा। पगडंडी पकड़कर कुछ दूर चला। छिपने-लायक स्थान नहीं दिखा। फिर लौटकर पुरानी जगह पर पहुँचने का प्रयास किया। पर कदाचित् वह दूसरी ओर था। वह और पीछे की ओर मुड़ा। एक सघन झाड़ी की ओर बढ़ा। कदाचित् वहाँ छिपने का स्थान मिल जाए। वहाँ से चारों ओर देखा जा सकता है और शत्रु के बलाबल का अंदाजा भी लगाया जा सकता है। वह झाड़ी के पास पहुँचा। उसे देखकर आश्चर्य हुआ कि एक मोटा-सा ठिगना आदमी गाढ़ी नींद में सो रहा है। निश्चय ही यह भी भागता-भागता आया है। छिपने का स्थान पाकर

एकदम सो ही गया है। हाथ की टेढ़ी लकड़ी हाथ में ही है। एक लाल-सा कनटोप सिर पर ही पड़ा हुआ है, जिसके अन्दर से उसकी मोटी चुटिया निकल आई है। कन्धे पर की पोटली कन्धे से ही जुड़ी हुई है, पर तकिए का काम दे रही है। अब भी उसकी मोटी तोंद लुहार की भाथी की भाँति ऊपर-नीचे हो रही है। ब्राह्मण जान पड़ता है।

आर्यक का अनुमान सही था। यह हमारे परिचित माढ़व्य शर्मा थे।

आर्यक को लगा कि इस आदमी से कुछ अधिक जानकारी अवश्य प्राप्त हो सकती है। पर इसे उठाना नहीं चाहिए। बेचारा न जाने कितना दौड़ा है। डरा भी है। वह चुपचाप वहीं बैठ गया। उसे सन्तोष हुआ कि वह केवल छिपने के लिए ही आया था, पर अब उसे एक भय-त्रस्त ब्राह्मण की रक्षा का पवित्र कर्त्तव्य भी मिल गया है। उसने अपनी तलवार की मूठ पर कसकर हाथ रखा और सावधान होकर चुपचाप बैठ गया।

झाड़ी की ओट से बड़े ही मधुर स्वर में कोई गुनगुनाता हुआ आ रहा था। जान पड़ता था, इधर ही आ रहा है। उसका चेहरा तो नहीं दिखाई दे रहा था, पर गान के अक्षर स्पष्ट सुनाई दे रहे थे। जान पड़ता था, झाड़ी के निकट से ही कोई रास्ता था और यह आदमी उसी मार्ग पर गाता हुआ इधर ही आना चाहता था। आर्यक सावधान हुआ, पर उस अदृश्य गायक का स्वर इतना मधुर था कि वह निश्चित रूप से समझ गया कि यह आदमी क्रूरकर्मी आततायी नहीं हो सकता। कदाचित् इस सोए हुए ब्राह्मण-देवता का साथी हो। वह ध्यान से मधुर गान को सुनने लगा। अन्तिम पंक्तियाँ ही उसे स्पष्ट सुनाई पड़ीं—'हंतैकत्र क्वचिदपि न ते चंडि सादृश्यमस्ति!' (हाय कोपने, एक जगह कहीं भी तुम्हारा सादृश्य नहीं दिखता!) आर्यक ने अनुमान से समझा कि पहले की पंक्तियों में बताया गया होगा कि अलग-अलग उस देवी के सादृश्य अवश्य मिलते हैं।

इतने में दोनों हाथों में पानी से भरा पात्र लिए चन्द्रमौलि आ गया। उसने आर्यक को नंगी तलवार लिए बैठा देखा तो उसने मन में भय का संचार हुआ। क्या यह उन्हीं लोगों में से कोई है, जिनकी सूचना उस भागते हुए मल्ल ने दी थी? यहाँ इस प्रकार क्यों बैठा है? उसके माथे पर पसीने की बूँदें निकल आईं। क्या हम आततायियों के हाथ में पड़ गए?

आर्यक ने चन्द्रमौलि को देखा। उसके सौम्य कमनीय मुख में एक विचित्र प्रकार का आकर्षण था। आर्यक को समझने में देर नहीं लगी कि यह मनोहर युवा उसे देखकर डर गया है। मीठी वाणी में बोला, "आओ मित्र, डरने की कोई बात नहीं है। मैं भी भटका हुआ बटोही हूँ। शस्त्रपाणि सैनिक हूँ। पंडितों और साधुओं की सेवा की महिमा जानता हूँ, दीनों और असहायों की रक्षा के लिए प्राण देना

भी जानता हूँ। मुझसे भीत होने की कोई बात नहीं है। आओ मित्र, तुम्हें आश्वस्त होना चाहिए कि एक विश्वासभाजन सेवक मिल गया है।'' इस सुधा-स्निग्ध वाणी से चन्द्रमौलि का चित्त आश्वस्त हुआ। वह निकट आया, पानी रखकर बोला, ''बन्धु, मैं अपने अकारण हितू के बारे में कुछ अधिक जानने का प्रसाद पा सकता हूँ?'' आर्यक ने मंदस्मित के साथ कहा, ''कुछ विशेष बात नहीं है बन्धु, सैनिक हूँ, भटकता हुआ आ गया हूँ। पूर्व का निवासी हूँ। अभी एक व्यक्ति भागा जा रहा था। उससे मालूम हुआ कि कुछ दुर्वृत्त लोग इधर उत्पात करते हुए बढ़े आ रहे हैं। मुझे कहीं छिप जाने की सलाह देकर वह भाग खड़ा हुआ। मैं इधर छिपने का स्थान ढूँढ़ते-ढूँढ़ते आ पहुँचा हूँ। यहाँ इन महानुभाव को सोया देखकर रुक गया। अब मैं आप लोगों के बारे में जानकर सुखी हूँगा।'' चन्द्रमौलि ने प्रसन्नता प्रकट की। बोला, ''बन्धु, हम दोनों भी भय से ही इधर आ छिपे हैं। ये सोए हुए सज्जन पंडित माढ़व्य शर्मा हैं, सहृदय, गुणज्ञ, अकारण बन्धु। मैं चन्द्रमौलि हिमालय की यक्ष-भूमि के निकट का निवासी हूँ। दक्षिणापथ की यात्रा करके लौट रहा हूँ। हम दोनों रास्ते में मिल गए हैं। हमें भी उस भागते हुए मनुष्य ने सावधान किया और हम लोग इधर आ गए हैं। हमारा अहोभाग्य है कि हमें अनायास एक वीर पुरुष की मैत्री प्राप्त हो गई है।''

दोनों में शीघ्र ही मित्रता हो गई। चन्द्रमौलि कुछ क्षणों तक इस नए मित्र की ओर ध्यान से देखता रहा। उसे गोपाल आर्यक के मुख में एक अपूर्व तेज दिखाई दिया। विनीत भाव से उसने पूछा, ''बन्धु, तुमने अपना ठीक परिचय नहीं दिया। मुझे लग रहा है कि मैं एक महान सिंह-पुरुष के निकट बैठा हूँ। यदि अनुचित न समझो तो कुछ अधिक बताने की कृपा करो।'' आर्यक ने और भी नम्रता दिखाई, ''नहीं मित्र, मैं साधारण किसान-सन्तान हूँ। सैनिक हूँ। परन्तु मन मेरा क्षुब्ध है। मैं कुछ खिन्न हूँ कि अपने को अपने से ही छिपाना चाहता हूँ। तुम मुझे गोपाल समझो। यही मेरा कुल, यही मेरा परिचय।''

चन्द्रमौलि यह तो समझ गया कि गोपाल अपने को छिपाना चाहता है; पर उसे अधिक जानने का प्रयोजन भी क्या है, यह सोचकर बोला, ''बन्धु गोपाल, तुम्हारी इच्छा के विरुद्ध कुछ भी जानने का आग्रह नहीं करूँगा, पर मेरी इच्छा इतनी अवश्य है कि यह बता दूँ कि मैं तुम्हें निस्सन्देह नर-केसरी मान चुका हूँ। तुम जो भी हो, मेरी श्रद्धा और सद्भावना के विषय हो। मन मेरा भी क्षुब्ध है। मैं भी समाधान खोजने का प्रयासी हूँ। परन्तु इतना ही जान पाया हूँ कि अपने अन्तर्यामी ही एकमात्र समाधानकर्ता हैं। मेरे निजी मानस की विक्षुब्धता केवल मेरे ही मानस में अँटती है। संसार में सर्वत्र उसके किसी-न-किसी अंश का साम्य मिलता है। हर पेड़-पौधा कुछ-न-कुछ उसका आभास दे जाता है; पर बन्धु, एकत्र

वे साम्य अगर कहीं ठीक-ठीक विद्यमान हैं तो केवल मेरे मन में ही हैं। उसे बाहर की रूप सामग्री के माध्यम से किसी प्रकार पूर्ण रूप से अभिव्यक्त नहीं किया जा सकता। शब्द उसे क्या प्रकट करेंगे। मैं समझता हूँ मित्र, तुम्हारी व्यथा भी केवल तुम्हारी ही है। तुम मेरे आग्रह पर कुछ बता भी दो तो पूरा समझ नहीं सकूँगा। अच्छा है, इसे अपने तक सीमित रखना ही अच्छा है।" गोपाल आर्यक को सुनकर विस्मय हुआ। तो क्या दूसरे लोग उसकी बात कभी ठीक-ठीक नहीं समझ सकते? वह मुग्ध भाव से चन्द्रमौलि की ओर देखता रहा। उसे लगा कि वह असाधारण व्यक्ति से बात कर रहा है। बोला, "लगता है मित्र, कि तुम ठीक कह रहे हो, पर मैं पूरी तरह तुम्हारी बात समझ नहीं पा रहा हूँ।"

आर्यक को याद आया कि वह आदमी मृदु-मन्द स्वर में जो श्लोक गा रहा था, उसमें कदाचित् इसी प्रकार का कोई भाव था। उसे इस व्यक्ति के प्रति एक सहानुभूति-भरी संवेदना भी अनुभव हुई। बोला, "बन्धु, तुम अभी कुछ गाते आ रहे थे। अन्तिम पंक्ति बड़ी करुण थी। क्या उस श्लोक में ऐसी ही कोई बात थी जो तुम अभी समझा रहे थे? अगर कुछ अन्यथा न समझो तो मैं पूरी सुनने का अभिलाषी हूँ।" फिर कुछ व्याकुल विनय के स्वर में बोला, "सुना दो न मित्र, मुझे बहुत अच्छी लगी थी वह पंक्ति!" चन्द्रमौलि ने हँसते हुए कहा, "काव्य-रसिक जान पड़ते हो मित्र! वह एक श्लोक था। मैंने एक दिन यों ही बना लिया था। सुनना चाहते हो तो सुनाए देता हूँ।" चन्द्रमौलि सहज भाव से बिना किसी भूमिका के धीरे-धीरे सुनाने लगा, इस बात का पूरा ध्यान रखकर कि निद्रित माढ़व्य जाग न जाएँ। बड़ा ही करुण-मधुर स्वर था। श्लोक इस प्रकार था :

श्यामास्वंगं चकितहरिणीप्रेक्षणे दृष्टिपातं
वक्त्रच्छायां शशिनि शिखिनां बर्हभारेषु केशान्।
उत्पश्यामि प्रतनुषु नदीवीचिषु भ्रू विलासान्
हंतैकत्र क्वचिदपि न ते चंडि सादृश्यमस्ति॥

[हाय प्रिये, श्यामा लताओं में तुम्हारे अंगों का सादृश्य मिल जाता है, चकित हरिणियों की दृष्टि में तुम्हारा दृष्टिपात दिख जाता है, मोरों के बर्हभार में तुम्हारे केशों की शोभा देखने को मिल जाती है, पहाड़ी नदियों की पतली धार की लहरों में तुम्हारे भ्रू-विलास की चारुता देखने को मिल जाती है, पर हाय कोपन-स्वभावे, तुम्हारे सम्पूर्ण शरीर की शोभा का सादृश्य एक जगह तो कहीं भी नहीं मिलता!]

वाणी इतनी आर्द्र थी कि आर्यक की आँखें छलक आईं। चन्द्रमौलि ने ठीक ही समझाना चाहा था कि तुम्हारी वेदना के किसी-न-किसी अंश का सादृश्य मिल जाता है, पर पूरा कहीं नहीं मिलेगा। कैसी गाढ़ वेदना होगी यह! कितनी विचित्र!

आर्यक को लगा कि यह तो उसके अपने ही हृदय की मर्म-व्यथा है। थोड़ी देर वह चुप बैठा रहा। फिर उल्लसित स्वर में बोला, "समझ रहा हूँ मित्र, पर पूरा नहीं समझ पा रहा हूँ।" चन्द्रमौलि के चेहरे पर स्निग्ध प्रसन्नता दिखाई पड़ी, "पूरी तरह कौन समझ सकता है मित्र, यही तो रोना है!" और वह खिलखिलाकर हँस पड़ा। आर्यक अवाक्!

आर्यक एकटक चन्द्रमौलि की ओर देखता रहा। उसे बहुत दिन पहले की बात याद आ गई। गुरु देवरात उसे समझा रहे थे कि वक्ता की इच्छा से ही शब्द का अर्थ निश्चित नहीं होता। कुछ मीमांसक दार्शनिक ऐसा कह गए हैं कि शब्द की एक ही शक्ति होती है, वक्ता का तात्पर्य। शब्द का अन्तिम और निश्चित अर्थ वही होता है जो कहनेवाले के मन में होता है। और किसी शक्ति को मानना आवश्यक नहीं है। पर आचार्य देवरात ने समझाना चाहा था कि ऐसी बात नहीं है। शब्द का अर्थ केवल वक्ता की इच्छा का विषय नहीं है, श्रोता और सन्दर्भ भी उसमें कुछ-न-कुछ जोड़ते-घटाते रहते हैं। आर्यक की समझ में वह बात नहीं आई थी। आज चन्द्रमौलि भी कुछ उसी प्रकार की बात कह रहा है। क्या जो कुछ वह सुनता है वह कहनेवाले के तात्पर्य से कुछ भिन्न हुआ करता है? चन्द्रमौलि ने ही पुनः अपनी बात स्पष्ट करते हुए कहा, "मित्र गोपाल, मैं यह अनुभव करता हूँ कि मैं जब कभी अपनी व्याकुलता छन्दों की भाषा में अभिव्यक्त करना चाहता हूँ, तो सुननेवाले उसका ठीक अर्थ नहीं समझते। कुछ-न-कुछ वह बदलकर ही उन तक पहुँचती है। मेरे हृदय के साथ जिसका हृदय एकतान हो गया रहेगा, वही मेरी बात पूरी तरह समझ पाएगा। ऐसे समान हृदयवाले कम ही होते हैं, बहुत कम। मैं ऐसे लोगों को ही 'सहृदय' कहता हूँ। हृदय के अतल गाम्भीर्य की वेदना कदाचित् ऐसे सहृदय ही समझ सकते हैं। अधिकतर लोग कुछ-का-कुछ समझ लेते हैं। इसीलिए कुछ कहने और करने के विषय में और लोग क्या सोचते हैं, इसकी परवाह मैं कभी नहीं करता। लोकापवाद झूठ पर आधारित झूठा प्रपंच है। लोक-स्तुति उससे बड़ा धोखा है।"

आर्यक को धक्का लगा। वह अभी तक लोगों के सोचने को ही महत्त्व देता आया है और यह सुकुमार युवा कहता है कि वह लोगों के सोचने की परवाह नहीं करता। सहृदय जो समझे वही समझना ठीक है, बाकी क्या समझते हैं, वह उपेक्ष्य है। आर्यक के मन में अनायास मृणालमंजरी आ उपस्थित हुई। मृणाल ही एकमात्र सहृदय है। उसने दीर्घ निःश्वास लिया, "ठीक कहते हो बन्धु, कोई विरला ही हृदय की वेदना समझ पाता है। सब लोग सहृदय नहीं होते।"

अब तक माढ़व्य शर्मा की नींद कदाचित् टूट चुकी थी। कदाचित् वे अन्तिम वाक्यों को सुन चुके थे। उठकर एकाएक बैठ गए। बोल उठे, "सखे चन्द्रमौलि,

ये कौन हैं?" चन्द्रमौलि ने प्रसन्न-भाव से कहा, "हमारे मित्र गोपाल हैं, दादा! महावीर हैं, पुरुष-सिंह!" माढ़व्य ने प्रसन्न-दृष्टि से आर्यक को देखा। बहुत उल्लसित स्वर में बोले, "स्वागत है वीरवर, क्या पूछ रहे हो इस कवि किशोर से? यह पता नहीं, तुम्हें क्या उलटा-सीधा समझा दे। सुनो, माढ़व्य भी मानता है कि पूरी बात कोई नहीं समझता। सहृदय भी थोड़े ही होते हैं। जो होते हैं वे भी थोड़ी देर के लिए ही। सहृदयता एक बीमारी का नाम है। एक बार मुझे भी इस बीमारी का शिकार बनना पड़ा था। पर उस दिन से अपना हृदय इस चुटिया में रख दिया है। अब निश्चिन्त हूँ। जान पड़ता है इस किशोर कवि की तरह तुम्हें भी सहृदयता का रोग है। मैं दोनों को ठीक कर दूँगा। चिन्ता की बात नहीं है। अच्छे चिकित्सक के पास आ गए हो।"

आर्यक के चेहरे पर प्रसन्नता झलक उठी। चन्द्रमौलि भी हँस पड़ा। बोला, "दादा, तुम्हें यह बीमारी कैसे लग गई थी?" माढ़व्य गम्भीर मुद्रा में थोड़ी देर चुपचाप दिगंत की ओर देखते रहे, फिर परम ज्ञानी की भाँति बोले, "सुनो, एक बार मेरी ब्राह्मणी मान करके अपने मैके चली गई। मुझे सहृदयता का दौरा आया। तुम ठीक कहते हो कि जो सहृदय होता है वही किसी बात का या काम का अर्थ पूरी तरह समझ पाता है। मैं पूरी तरह समझ गया कि वह क्या चाहती है। दौड़ा-दौड़ा ससुराल पहुँचा। उद्‌देश्य था, उसकी इच्छा के अनुसार उसकी खुशामद करूँ। यही वह चाहती थी। थका-माँदा श्वसुर-गृह में प्रवेश किया ही था कि छोटी साली मिल गई। हर नाटक के पहले कुछ पूर्वाभ्यास की आवश्यकता होती है। मैं जिस नाटक के अभिनय के लिए आया था, उसके लिए भी थोड़ा पूर्वाभ्यास आवश्यक था। सहृदयता का दौरा पूरे चढ़ाव पर था ही। सो मैंने उसी की स्तुति शुरू कर दी, 'हे पूर्णचन्द्रनिभानने, अयि दुग्धमुग्ध-मधुरच्छविशालिनी, अहो शरच्चन्द्रमरीचिकोमले' इत्यादि। वह खिलखिलाकर हँस पड़ी। चलते-चलते सिर पर एक चपत भी लगाती गई, ठीक इसी शिखा-मूल में। मैंने कहा, 'अयि आताम्रबालतरुपल्लवकोमालांगुले, बड़ी चोट लगी।' साली देवी ने और भी खिलखिलाकर हँसते हुए कहा, 'कहाँ?' मैंने कहा, 'हृदय में!' वह अपनी सखियों को बुलाकर कहने लगी, 'देखो, देखो, जीजाजी का हृदय उनकी चुटिया में है।' अब तुम लोग ही बताओ कि मैंने जो कहा वह कहाँ समझा गया! मैंने तो मित्रो, उसी दिन से अपना हृदय चुटिया से बाँध लिया है। मैं मानता हूँ कि जो कहा जाता है, वह पूरी तरह से समझा नहीं जाता।"

आर्यक और चन्द्रमौलि हँसते-हँसते दोहरे हो गए। एकसाथ ही बोल पड़े, "ठीक कहते हो दादा!"

बारह

मृणालमंजरी अकेली पड़ गई। आर्यक के अचानक भाग जाने के समाचार से हलद्वीप और आसपास के क्षेत्रों में किंवदंतियों की बाढ़ आ गई। जिसने सुना उसी ने कुछ जोड़-घटाकर अपने मन के अनुकूल बनाकर उसका प्रचार किया। मृणालमंजरी सुनती और सिर धुनती। उसे आर्यक की वीरता और साहस पर अखंड विश्वास था, पर कुछ समझ नहीं पा रही थी कि आर्यक ने सेना छोड़ी तो क्यों छोड़ी! उसे लग रहा था कि अगर वह साथ होती तो आर्यक को बल मिलता। वह ऐसा कुछ न करता। लेकिन वह अब क्या करे! निराश होकर वह गोवर्धनधारी बालकृष्ण की मूर्त्ति की ओर देखती और कातर-भाव से प्रार्थना करती, 'प्रभो, आर्यक को किसी प्रकार मिला दो ताकि मैं उसके अभाव को भर सकूँ।' वह अन्य कार्यों से मन हटाकर गोवर्धनधारी की सेवा में लग गई। छोटा शिशु शोभन कुछ भी नहीं समझ पा रहा था। वह भी माँ के साथ-साथ गोवर्धनधारी की सेवा के आयोजन में लगा रहता। गाँव में भी उदासी छाई हुई थी। मृणाल के प्रति गहरी सहानुभूति सारे गाँव में थी। ग्राम-तरुणियाँ मृणाल के मनोरंजन के जो भी उपाय करतीं, उनका प्रभाव उलटा ही पड़ता। बेचारी समझ ही नहीं पा रही थीं कि कैसे मृणाल को सांत्वना दी जाए। मृणाल ने कई बार उनसे कहा था कि मुझे क्यों प्रसन्न करना चाहती हो। प्रसन्न करो इन गोवर्धनधारी को, जिनकी प्रसन्नता मुझे भी प्रसन्नता दे सकती है और तुम लोगों को भी।

कार्तिकी पूर्णिमा को ग्राम-तरुणियों ने गोवर्धन-धारण की लीला करने का निश्चय किया। वह लीला बड़ी ही मनोहर थी। गोवर्धनधारी कृष्ण एक हाथ में वंशी लिए हुए और दूसरे हाथ की उँगली ऊपर किए खड़े थे। तरुणियाँ उनके चारों ओर उल्लसित होकर नाच रही थीं। प्रायः सारा नृत्य अशिक्षित चरण-न्यास से बोझिल हो उठा था। वर्षा-नृत्य में नूपुरों की झीनी ध्वनि उत्पन्न करने का उनका प्रयास बहुत सफल नहीं सिद्ध हो रहा था। मृणाल पहले तो हँसती रही, पर एकाएक उसमें भावावेश आया और उन्मत्त-भाव से थिरक उठी। तरुणियों का उत्साह सौ गुना बढ़ गया, पर वे मृणाल के इशारे पर रुक गईं। फिर तो मृणाल की मेखला, नूपुर और कंकण-वलय के युगपत् क्वणन का ऐसा समा बँधा कि मूसलाधार वर्षा का पूरा ध्वनि-चित्र उपस्थित हो गया। मृणाल देर तक भाव-मदिर नर्तन से अभिभूत रही। फिर वह गोवर्धनधारी के पास आकर ठिठक गई। उसके इशारे पर तरुणियाँ फिर नाचने लगीं। मृणाल श्रान्त होकर गोवर्धनधारी के पास त्रिभंगी मुद्रा में खड़ी हो गई। अशिक्षित चरणों का असंयत नृत्य पूरे वेग पर था।

मृणाल की एक सखी गा उठी :

जइ पावउँ केरीसु पिउ कुडुआ इक्कु करीसु।
पाणिहिं णवइ सरावि जिउँ अंगंगेहिं पवसीसु॥
[कौनहु विधि पिय पाउँ जो, कौतुक एक करेउँ।
नव कलसी के नीर ज्यों, अंग-अंग पइसेउँ॥}

भाव-गद्‌गद होकर गाते-गाते उसने मृणाल को कसकर आलिंगन-पाश में बाँध लिया। गोवर्धनधारी के जय-जयकार के साथ यह उत्सव समाप्त हुआ। तरुणियों को लगा कि आज वे अपनी प्रिय सखी का मनोविनोद कर सकी हैं। यह ठीक भी था। पर अन्तिम गान मृणाल को एक विचित्र प्रकार की व्याकुलता दे गया। रात को वह और भी उदास हो गई। रह-रहकर उसके मन पर वह गान आ जाता—'जइ पावउँ'। हाय, क्या ऐसा भी होगा?

दूसरे दिन सुमेर काका आ गए। उनकी फक्कड़ाना मस्ती में उतार आ गया था। उन्हें किसी प्रकार ऐसा लगा था कि मृणाल बहुत उदास है। वे स्वयं भी उदास हो गए थे। कहना कठिन है कि काका के आ जाने से मृणाल का मन अधिक आश्वस्त हुआ या काका का। काका ने मन-ही-मन मृणाल की जिस परिताप-वेदना की कल्पना की थी वह आंशिक रूप से ही सत्य सिद्ध हुई। उन्होंने सोचा था कि मृणाल वृंतच्छेदित पुष्प की भाँति मुरझा गई होगी, उसके मनोहर कपोल शरत्कालीन धूप से व्याकुल केतकी-पुष्प के भीतरी दलों की भाँति पांडुर हो गए होंगे, उसके शरीर की सुवर्ण-कान्ति मुरझाकर प्रभात-काल में गिरे हुए शेफालिका-कुसुम के कोमल पत्रों की भाँति झुलस गई होगी। पर मृणाल को उन्होंने केवल ऐसा ही नहीं देखा। निःसन्देह उसकी परिपांडु-दुर्बल देह-वल्लरी हेमन्त की दुर्वह वायु से परिम्लान पत्रहीन लता के समान करुण हो गई थी, पर आँखों में एक प्रकार की विशिष्ट ज्योति भी आ गई थी, जैसे शाण-घर्षित मणि हो, शरत्कालीन कमलिनी के उत्फुल्ल पद्म हों। काका ने आश्वस्त भाव से देखा कि देवरात की कन्या क्षीण होकर भी दीपवर्त्तिका-सी जल रही है, निराभरण होकर भी तारकहीन आकाश में परिपूर्ण शुभ्र-चन्द्र कला की भाँति प्रदीप्त हो रही है। उसका सारा समय गोवर्धनधारी वासुदेव की पूजा-अर्चा में व्यतीत हो रहा है। उसका छोटा बच्चा प्रातःकाल से ही माँ की पूजा के लिए फूल चुनने में व्यस्त रहता है। उसके मन में रंचमात्र भी अकेलेपन का भाव नहीं था! काका वहीं रुक गए। मृणाल को छोड़कर जाना उन्हें सम्भव नहीं लगा।

मृणाल उदास अवश्य थी, परन्तु वह कातर नहीं थी। गोवर्धनधारी वासुदेव की छोटी-सी मूर्त्ति, जो उसकी आराध्य थी, बड़ी ही सुन्दर थी। वासुदेव गोप-वेशी

बालक के रूप में एक लाल शिलापट्ट पर उत्कीर्ण थे। वे त्रिभंगी मुद्रा में खड़े थे, केवल लीलापूर्वक कनीनिका पर ही विशाल पर्वत धारण किए हँस रहे थे। उस हँसी में बेपरवाही का भाव था और आँखों में शरारत-भरी चपलता खेल रही थी। कंठ से लेकर गुल्फों तक विशाल वैजयन्ती माला कुछ आड़ी-तिरछी झूल रही थी। काका जब मृणाल को उस मूर्त्ति के सामने जानुपातपूर्वक ध्यानावस्थित देखते, तो उन्हें लगता कि वे विग्रहवती भक्ति को ही देख रहे हैं, तपोनिरता पार्वती का ही आभास पा रहे हैं।

सब था, लेकिन काका का चित्त उत्क्षिप्त ही बना रहता था। वे इस आराधना को मन बहलाने का साधन ही समझते रहे। वे आश्वस्त होकर भी उदास थे। क्या-का-क्या हो गया है! कई दिन तक वे खोए-खोए-से रहे। उनका मन उद्वेग-व्यथित बना रहा! दोनों, दोनों के मन की बात समझने का भान कर रहे थे। आर्यक के बारे में किसी ने कुछ कहा नहीं।

एक दिन मृणालमंजरी से नहीं रहा गया। बोली, "काका, तुम उदास क्यों रहते हो?" काका ने दीर्घ निःश्वास लिया। बात बदलना चाहते थे, पर प्रश्न इतना सीधा था कि बदल सकना सम्भव नहीं था। कुछ सोचकर बोले, "तू भी तो उदास रहती है। तेरा बाप होता तो तेरी उदासी देखकर रो पड़ता। मैं तो पत्थर का बना हूँ। थोड़ा उदास हो जाता हूँ, यही क्या कम है?" मृणाल के मन में वृद्ध के प्रति श्रद्धा का भाव उमड़ आया। बोली, "मुझे देखकर उदास हो काका? मेरी उदासी तो तुम एक क्षण में दूर कर सकते हो। मैं तो इसलिए उदास हूँ कि मैं सोच नहीं पा रही हूँ कि उनकी किस प्रकार सहायता करूँ। अच्छा काका, तुम भी क्या यही समझते हो कि उनके जैसा महावीर शत्रु-भय से भाग गया है?" वृद्ध का चेहरा गम्भीर हो गया। मौन द्वारा ही उन्होंने स्वीकृति दी। मृणाल व्यथित हुई। वह ऐसा मानना आर्यक का अपमान समझती थी। ज़रा उत्तेजित भाव से बोली, "नहीं काका, यह झूठ है। मैं ऐसा नहीं मान सकती। मेरा हृदय साक्षी है कि यह बात झूठ है। मैं यह तो नहीं जानती कि उन पर क्या बीती है, वे इस समय किस स्थान पर हैं और क्या कर रहे हैं, परन्तु इतना मैं जानती हूँ कि वे शत्रुओं के भय से नहीं भागे हैं। मैंने आज स्वप्न में देखा है कि वे बहुत व्याकुल हैं। मैंने देखा है कि वे किसी अन्धकार-भरी गुफा में रास्ता खो जाने के कारण व्याकुल-भाव से इधर-उधर घूम रहे हैं और मेरा नाम ले-लेकर चिल्ला रहे हैं, 'मैना, किधर हो? दीपक ले आओ, मुझे रास्ता नहीं दिखाई दे रहा है!' अच्छा, काका, सपना क्या सच होता है?"

सुमेर काका ने तड़ाक से जवाब दिया, "बिलकुल नहीं। तेरे बाप ने मुझे एक दिन बहुत-सी बातें समझानी चाही थीं। वह मुझे बताना चाहते थे कि स्वप्न से

कुछ-न-कुछ जाना जा सकता है। उनका तो विश्वास यह था कि स्वप्न में मनुष्य जो कुछ देखता है, वह किसी-न-किसी वास्तविक परिस्थिति का ही रूप होता है। परन्तु उनकी बात मेरी समझ में कभी नहीं आई। बहुत-से लोग जागते में भी सपना देखते हैं। वे काल्पनिक जगत् का निर्माण करके अपने-आपको भुलावा देते रहते हैं। यह भी एक प्रकार का सपना ही है। मैं भी किसी समय आर्यक के बारे में बड़े-बड़े सपने देखा करता था, परन्तु सब झूठ है बिटिया। जागे का सपना सोए के सपने से भी कहीं अधिक झूठ है।" सुमेर काका के सदा-प्रसन्न चेहरे पर विषाद की काली रेखा उभर आई। मृणाल ने टोका, "तुम्हारे सपने कभी झूठ नहीं हो सकते, काका! तुम्हारा चित्त सात्विक है, निष्कलुष है, मन-हृदय पवित्र है। तुम्हारे मन में उनके सम्बन्ध में जो सपने थे, वे सब केवल आशीर्वाद ही नहीं, वरदान थे। वे सत्य होकर रहेंगे, पवित्र मन की कल्पना अवश्य साकार होती है। मेरी बात गाँठ बाँध लो काका! तुमने जो कुछ भी सोचा था, सब ठीक होगा। मुझे केवल यही लगता है कि मैंने जो सपने में देखा है, वह सत्य है। वे अन्धकार में रास्ता खो बैठे हैं। मृणाल से वे दीपक के प्रकाश की आशा रखते हैं। कुछ ऐसा उपाय बताओ काका, कि मैं उनके पास उज्ज्वल दीपशिखा ले जा सकूँ।"

सुमेर काका के सामने सचमुच ही प्रकाश की ज्योति उद्भासित हो उठी। उनकी फक्कड़ाना मस्ती में ज्वार आया, बोले, "मेरे पास तो पहुँच गई रे! तूने तो, बेटी, अपूर्व दीपशिखा प्रज्वलित कर दी। तू नहीं जानती, तेरा सुमेर काका हार गया था। देवरात से कभी नहीं हारा, लेकिन आर्यक से हार गया था।"

मृणाल को अच्छा लगा। थोड़ा उत्फुल्ल होकर बोली, "काका, मैं अकेली पड़ी-पड़ी ऊब गई हूँ। मेरा निश्चित विश्वास है कि वे कहीं भटक गए हैं। मैं क्या उनकी कुछ भी सहायता करने योग्य नहीं हूँ? पिताजी ने एक बार मुझसे कहा था कि 'देख मैना, जैसे हर व्यक्ति का एक मन होता है वैसे ही एक समष्टि-चित्त भी है। व्यक्तियों का मन, समष्टि-चित्त का एक अंग ही होता है। अगर ऐसा न होता तो प्रत्येक मनुष्य लाल रंग को लाल ही रंग नहीं देखता; किसी को कष्ट में देखकर उद्विग्न न होता, किसी को प्रसन्न देखकर आह्लादित नहीं होता। पूरे समष्टि-मानव का एक चित्त है। उसका अंग होने के कारण व्यक्ति-चित्त दूसरों के समान ही सुख-दुख का अनुभव करता है। बहुत दूर से भी कोई व्यक्ति यदि किसी अन्य व्यक्ति को गाढ़ अनुभूति के साथ स्मरण करे, लगन के साथ पुकारे या अपने दुख को संवेदित करना चाहे तो समष्टि-चित्त के माध्यम से वह उस व्यक्ति-विशेष के चित्त में उसी प्रकार की प्रतिक्रिया उत्पन्न कर सकता है।' उस समय मैं उनकी बात समझ नहीं सकी थी। लेकिन अब मेरी प्रत्येक शिरा उस बात के स्मरण-मात्र से झनझना उठती है। मुझे लगता है कि वे कहीं निविड़ व्यथा

से व्याकुल होकर मुझे पुकार रहे हैं। कह रहे हैं, 'मैना, मैं व्याकुल हूँ। मैं रास्ता नहीं पा रहा हूँ। मैं भटक गया हूँ। जल्दी आओ और मुझे प्रकाश की ज्योति दो।' मैं सुन रही हूँ काका, उनके क्लान्त-श्रान्त मुख को प्रत्यक्ष-सा देख रही हूँ। वे मुझे पुकार रहे हैं। हाय काका, वे कितने व्याकुल हैं! परन्तु मैं यह नहीं सोच पा रही हूँ कि उन तक कैसे पहुँच जाऊँ?''

सुमेर काका की आँखें आश्चर्य से कानों तक फैल गईं। बोले, ''बेटी, मैं तो अटट गँवार हूँ। मुझे इन बातों का न तो कोई ज्ञान है, न अनुभव। लेकिन एक दिन मैंने भी एक विचित्र सपना देखा। तेरे यहाँ आने से पहले मैं बहुत उदास हो गया था। मुझे एक बार तेरी याद आती थी, एक बार देवरात की और एक बार आर्यक की; तेरे ऊपर दया आती थी, देवरात पर तरस आता था और आर्यक पर क्रोध आता था। मुझे बार-बार देवरात का सौम्य-शान्त मुखमंडल याद आता था। मैं सोचता था—देवरात ने इस लड़के से कैसी-कैसी आशाएँ लगा रखी होंगी और यह इतना निकम्मा निकला! फिर मैं सोचता था—बेचारे देवरात को अगर पता चले कि उनकी प्यारी बेटी कितनी असहाय हो गई है, तो उनकी क्या दशा होगी? मैं जाग्रत अवस्था में ही यह अनुभव कर रहा था कि देवरात कह रहे हैं, 'सुमेर भाई, जल्दी करो, जाओ बिटिया के पास। वह अकेली पड़ी है।' सोचते-सोचते मुझे नींद आ गई। उस समय मैंने सपना देखा। सपना क्या था बेटी, लगता था जैसे प्रत्यक्ष देख रहा हूँ। ऐसा लगता था कि आसमान में हलके-हलके बादल छाए हुए हैं। उन पर से कोई मीठे स्वर में पुकार रहा है—'आर्य देवरात, तुम मुझे भी भूल गए? मेरी बिटिया को भी भूल गए?' चारों ओर देखता हूँ, कहीं कोई नहीं है। केवल यह करुण-कातर स्वर रह-रहकर सुनाई दे रहा है। मैं इधर-उधर देखने लगा। देवरात हैं किधर? फिर क्षण-भर में दृश्य बदल गया। ऐसा लगा कि दूर दिगंत के कोने से देवरात की ही कंठ-ध्वनि सुनाई पड़ी। कोई दिखाई नहीं दे रहा था, पर यह वाणी देवरात की ही थी। ठीक जैसी वह बोलते थे, वैसी ही। मुझे उस मोहक गम्भीर वाणी को पहचानने में एक क्षण का भी विलम्ब नहीं हुआ। साफ सुनाई दिया, 'भूलना चाहता हूँ। देवि, पर भूल नहीं पा रहा हूँ। स्वयं को भूलना चाहता हूँ, तुम्हें भूल जाना चाहता हूँ, मृणाल को भूल जाना चाहता हूँ, पर भूल नहीं पा रहा हूँ। भूल सकता तो मुक्त हो जाता।' बादलों से आवाज आई, 'भूलो मत आर्य, मुझे शान्ति नहीं मिलेगी। मुझे शान्ति मिले, तभी तुम्हें शान्ति मिलेगी। अपनी शान्ति की मृगमरीचिका में मेरी शान्ति की बलि न दो। जब तक मुझे शान्ति नहीं मिलेगी, तुम्हें कभी भी शान्ति नहीं मिल सकती। मैं संसार के इस पार से देख रही हूँ। अपनी शान्ति के लिए तपस्या करना सबसे बड़ा स्वार्थ है। वह सबसे बड़ी छलना भी है। औरों की शान्ति के लिए अशान्त होना ही

सच्ची साधना है। आर्य देवरात, मैं साधनहीन हूँ। मनुष्य को जो ज्ञानेन्द्रिय और कर्मेन्द्रिय मिली हैं, जिनके द्वारा वह दूसरों की शान्ति का प्रयत्न कर सकता है, वह मेरे पास नहीं हैं। मैं केवल भाव-मात्र हूँ। तुम्हारे पास ये साधन अब भी विद्यमान हैं। छोड़ दो अपनी इस छलनामयी झूठी तपस्या को; तुम जो साधना पहले करते थे, वही सच्ची साधना है। मनुष्य के दुख से दुखी होना ही सच्चा सुख है।' देवरात की आवाज काँपने लगी। मुझे स्पष्ट सुनाई दिया, 'तुम्हारा कहना सत्य हो सकता है देवि, देवरात व्याकुल है। वह तुम्हारी इस बात को समझने का प्रयत्न करेगा।' फिर एकाएक वह आवाज मेरे बहुत नजदीक आ गई, 'सुमेर भाई, मृणाल के पास जाओ। वह असहाय है। अकेली है। उसे सांत्वना दो।' मेरी नींद एकाएक खुल गई। कहीं तो कुछ भी नहीं था। मैंने अपने मन को समझा लिया कि थोड़ी देर पहले जो सोचता था, वही सपने में देख रहा हूँ। पर तू जो कह रही है बेटी, यदि वह सच है तो मानना होगा कि देवरात भी कहीं मेरी और तेरी बात सोच रहे हैं।''

मृणाल की आँखों में आँसू आ गए। उसे ऐसा लगा कि उसकी प्रत्येक शिरा झनझना उठी है—''निस्सन्देह काका, पिताजी मुझे और तुम्हें याद कर रहे हैं। परन्तु ठीक से स्मरण करो, उन्होंने मेरे लिए कोई रास्ता नहीं बताया? कुछ-न-कुछ बताया होगा काका, याद करके कहो।'' सुमेर काका ने स्मरण-शक्ति पर बल देने का प्रयास किया, बोले, ''और तो कुछ याद नहीं आ रहा है, बेटा! मैंने तो इस सपने को कोई विशेष महत्त्व नहीं दिया था। मुझे तो यही लगा था कि जो बात जागते में सोच रहा था, वही मैंने सपने में देखी है। मैं जो तेरे यहाँ चला आया, वह सपने के कारण नहीं, जाग्रत अवस्था में सोच-समझकर।''

थोड़ी देर दोनों मौन रहे। मृणाल बोली, ''काका, तुम एक बार बता रहे थे कि विंध्याचल में कोई नए सिद्ध आए हैं, जो महिषमर्दिनी की पूजा का प्रचार कर रहे हैं। सुना है वे भूत-भविष्य सब बता सकते हैं। एक बार मुझे उनके पास ले चलो न! मैं उनसे पिताजी के बारे में और आर्यक के बारे में कुछ प्रश्न पूछूँगी। सिद्ध लोग मनुष्य का पता-ठिकाना भी बता दिया करते हैं। ले चलोगे काका?''

सुमेर काका को मृणाल के भोलेपन पर हँसी आ गई। ''देख बिटिया, तू जहाँ कहेगी, वहीं तेरा काका तुझे ले जाएगा। पर मुझे इन सिद्धों पर रंच-मात्र भी विश्वास नहीं है। तेरा काका तो उतना ही मानता है जितना कि मानने योग्य होता है। भूतकाल कोई बता दे, यह तो मेरी समझ में आ रहा है, पर भविष्य कैसे बताएगा? जो दावा करता है कि भविष्य बता देगा, वह ढोंगी है।'' मृणाल का चेहरा म्लान हो गया। उसे काका की बात से दुख हुआ। काका ने उसके मन की बात ताड़ ली। बोले, ''बुरा मान गई बेटी! तेरा काका गँवार है। उसकी बातों

का बुरा न माना कर। चल, तेरे साथ मैं चलूँगा। उसका ढोंग तो मैं चलने नहीं दूँगा। यदि काम की बात कुछ करेगा तो सुन लूँगा। भूत-भविष्य तो वह क्या बताएगा, लेकिन तेरे मन को सन्तोष हो जाएगा।'' मृणाल ने गिड़गिड़ाते हुए कहा, ''अवश्य ले चलो काका, पर मेरी एक बात मान लो। तुम यह सब सिद्ध के सामने मत कहना। मैं पूछूँगी और तुम चुपचाप सुनोगे।''

सुमेर काका को मृणाल का यह प्रस्ताव अच्छा नहीं लगा। उन्हें यह समझ में नहीं आ रहा था कि सिद्ध अगर उलटा-सीधा कुछ कहता रहेगा, तो उन्हें चुप क्यों रहना चाहिए। किन्तु हाथ घुमाकर उन्होंने स्वीकृति-सूचक मौन धारण किया। मानो अभी से चुप रहने का अभ्यास कर रहे हों।

लेकिन सिद्ध के पास जाने का कार्यक्रम रुक अवश्य गया। हुआ यह कि जब सुमेर काका बाहर आए, तो लड़कों का एक दल कूदता-फाँदता-चिल्लाता आकर कह गया कि चन्द्रा आ रही है। सुमेर काका को चन्द्रा के नाम से ही चिढ़ थी। उन्होंने मृणाल से बातचीत करते समय पूरी सावधानी बरती थी कि चन्द्रा का नाम या प्रसंग न आने पावे। कभी-कभी वे यह भी सोचते थे कि चन्द्रा अगर मिल जाए तो डंडों से उसकी खबर लेंगे। अब सचमुच चन्द्रा दिख जानेवाली है और उनका डंडा भी उनके हाथ में ही है। मारे क्रोध के उनका चेहरा लाल हो गया। उनकी निश्चित धारणा थी कि आर्यक के पतन के मूल में यही दुश्चरित्रा स्त्री है। यह हतभाग्या इस गाँव में आने का साहस कैसे कर सकती है? क्या लज्जा-जैसी कोई वस्तु विधाता ने इसे दी ही नहीं? उनके मन में क्रोध से भी अधिक घृणा का भाव आया। ना, इसका मुँह देखना भी पाप है। पर वह आ क्यों रही है? क्या मृणाल को चिढ़ाने आ रही है? अगर ऐसा हुआ तो काका उसका झोंटा पकड़कर घसीटेंगे और यमराज के घर का रास्ता दिखा देंगे। इस घर में तो उसे पैर नहीं रखने देंगे। जनम की अभागिन, करम की छैंछो, चरित्रहीना, कुलटा! सुमेर काका के मन में और भी अपशब्द आ रहे थे, परन्तु चन्द्रा सचमुच ही आ गई। आते ही उसने अत्यन्त मधुर वाणी में कहा, ''कौन, सुमेर काका हैं? प्रणाम करती हूँ काका, मैं चन्द्रा हूँ।'' सुमेर काका ने घृणा से मुँह फेर लिया। लेकिन चन्द्रा ने तो नत-जानु होकर काका के पैरों पर सिर ही रख दिया।

अजब ढीठ है यह वराकी! बे-मन से काका ने आशीर्वाद दिया, ''सुखी रह, सच्चरित्र बन, परमात्मा तेरा मुँह काला न होने दें।'' फिर बोले, ''जा यहाँ से, यह कुल-वधू का घर है। तू यहाँ कैसे आई? जा, अपने घर जा। भाग जा, जल्दी भाग जा! तूने अपना भी मुँह काला किया और हलद्वीप का भी काला किया। जा, जा यहाँ से, हट!''

चन्द्रा ने अविचलित-अस्खलित मृदु वाणी में कहा, ''कुलवधू नहीं तो क्या

हूँ तात! अपने घर ही तो आई हूँ। मैं चली जाऊँगी तो मेरी बहन मृणाल की कौन देख-रेख करेगा? श्यामरूप भाग गया, आर्यक भाग गया, देवरात भाग गया। मैंने सुना तो दौड़ी चली आई। छोटा बच्चा भी तो है काका। मेरे रहते वह क्यों कष्ट पाएगा? मैं उसे कैसे छोड़ सकती हूँ?" काका को धक्का लगा। चन्द्रा की वाणी में स्नेह था, वेदना थी, आत्मीयता थी। उन्होंने अब उसकी ओर दृष्टि फिराई। चन्द्रा है! उन्हें आश्चर्य हुआ। चन्द्रा एक बहुत साधारण हलकी नीली साड़ी पहने थी। उसका सुन्दर मुख सूखा-सूखा दिखाई दे रहा था। अधरोष्ठ काले पड़ गए थे। अलंकार के नाम पर एक सोने का कंगन हाथों में इस प्रकार झूल रहा था, मानो अब गिरा, अब गिरा! गोल गोरे मुख के ऊपर केश लटिया गए थे, पर सिन्दूर की मोटी रेखा सावधानी से अंकित दिखाई दे रही थी। चन्द्रा ही तो है! नील परिधान की छाया से उसका चन्द्रमा के समान मुख नीलाभ ज्योति से झिलमिला रहा था। काका ने आश्चर्य के साथ उसकी शामक आभा देखी। हाँ, चन्द्रा ही तो है—मनहु कलानिधि झलमलत कालिन्दी के नीर! पर सुमेर काका ने उसका जो रूप सोचा था, उससे कितनी भिन्न है! अवश्य कोई निदारुण अन्तर्वेदना की ज्वाला उसके भीतर दीर्घकाल से सुलग रही है। काका का मन पसीज गया। बोले, "कुलवधू तो तू थी ही, पर यह सब क्या किया भाग्यहीने!" चन्द्रा की बड़ी-बड़ी आँखें डबडबा गईं। रुआँसी होकर बोली, "पाप नहीं किया काका!"

पाप नहीं किया? कैसी निर्विकार मुद्रा है चन्द्रा की! काका का सरल चित्त चकित हो उठा। वे एक बात ही जानते आए हैं। पापी आँखें चुराता है। उसके मन का विकार उसके वाक्यों से प्रतिफलित होता रहता है। चन्द्रा की वाणी सहज है, आँखें साफ हैं, मन में कहीं कोई अपराध-भावना नहीं है। काका हैरान हैं। बोले, "क्यों री चन्द्रा, यहाँ जो सब बातें फैली हैं वे सब झूठ हैं? तू अपने पति को छोड़कर आर्यक के साथ भाग नहीं गई थी? बोल चन्द्रा, ये सब बातें झूठ हैं?"

चन्द्रा ने अस्खलित वाणी में कहा, "मैं क्या जानूँ काका, कि यहाँ क्या-क्या बातें फैली हैं और उनमें कौन बात झूठ है और कौन सच! तुम एक-एक करके पूछोगे तो सब बताऊँगी। फिर तुम स्वयं सच-झूठ का निर्णय कर लेना। अच्छा काका, स्त्री का विवाह पुरुष से ही होता है न?"

"और किससे होगा री?"

"और स्त्री का विवाह पुरुष से न होकर किसी ऐसे से हो जाए जो पुरुष न हो? क्या ऐसा विवाह किसी भी दृष्टि से मान्य होगा?"

काका ने तड़ाक्-से उत्तर दिया, "नहीं।"

चन्द्रा ने फिर एक बार सुमेर काका के चरणों का स्पर्श किया। इस बार उसका आँचल भी हाथ में था। बोली, "अब तुम्हें जो पूछना हो, पूछो। सबका उत्तर दूँगी।"

काका को कुछ विचित्र-सा लगा। उनके मन में यह बात कभी आई ही नहीं कि स्त्री का विवाह किसी ऐसे से हो सकता है जो पुरुष न हो। वे कुछ सोचने लगे। चन्द्रा ने उन्हें विशेष सोचने का समय नहीं दिया। बोली, "मेरा विवाह मेरी इच्छा के विरुद्ध मेरे पिता ने एक ऐसे मनुष्य-रूपधारी पशु से कर दिया जो पुरुष है ही नहीं। मैं उसे पति नहीं मान सकती। हलद्वीप के मुँह में कालिख लगती है तो सौ बार लगा करे! जो समाज इस प्रकार के विवाह की स्वीकृति देता है वह अपने मुँह में कालिख पहले ही पोत लेता है। मैंने आर्यक को ही अपना पति माना था। वह मेरा था, और रहेगा। मैं उसके साथ भागकर कहीं नहीं गई। वह भागा जा रहा था, मैं साथ हो ली थी। फिर कहीं भागा है, उसकी खोज में हूँ। मैं आर्यक की पत्नी हूँ और बनी रहूँगी। मैं अपने घर आई हूँ, मैं अगर कुलवधू नहीं हूँ तो संसार में कोई कुलवधू आज तक पैदा ही नहीं हुई।"

काका हैरान। इसी समय मृणालमंजरी का छोटा शिशु बाहर आया। चन्द्रा ने झपटकर उसे गोद में उठा लिया और बार-बार उसे चूमने लगी। एकाध बार शिशु ने भागने की चेष्टा की, लेकिन चन्द्रा ने उसे भागने नहीं दिया। काका अभी तक अपने को सँभाल नहीं पाए थे। शिशु 'माँ-माँ' कहकर चिल्ला उठा। चन्द्रा ने उसे और कसकर छाती से चिपका लिया। बोली, "मैं ही तो तेरी माँ हूँ रे!" आवाज सुनकर मृणाल बाहर निकली। वह चकित होकर देखने लगी, यह कौन स्त्री है! शिशु ने कातर-भाव से कहा, "देख माँ, मुझे छोड़ नहीं रही है।" चन्द्रा ने और कसकर उसे छाती से लगा लिया। हँसते हुए कहा, "तेरे बाप को तो छोड़ा नहीं, तुझे कैसे छोड़ सकती हूँ!" मृणाल कुछ समझ नहीं पा रही थी। काका ने ही बताया—चन्द्रा है! एक बिजली की धारा सट-से मृणाल के पैरों से उठी और सिर तक बह गई। चन्द्रा ने मृणाल को देखा तो बच्चे को छोड़कर उसी से लिपट गई, "मेरी मैना, मेरी प्यारी बहिन मैना! देखती क्या है रे, मैं तेरी दीदी चन्द्रा हूँ। हाय, तुझे बड़ा कष्ट हुआ। आर्यक महापापिष्ठ है जो तुझे ऐसी अवस्था में छोड़कर चला गया! कायर! गँवार!" फिर उसने मृणाल को इस प्रकार उठा लिया, जैसे वह कोई गुड़िया हो। वह उसे सिर से पैर तक चूमती रही। लगातार। मृणाल लज्जा से विजड़ित हो उठी। बोली, "दीदी, भीतर चलो!" पर कहने की आवश्यकता नहीं थी। चन्द्रा ही उसे और बच्चे को लेकर भीतर चली गई। ऐसा लगा, वह चिर-परिचित घर में चिर-परिचित स्वजनों के साथ सहज भाव से जा रही हो। काका काठ की मूर्त्ति की तरह जैसे थे, वैसे ही बने रहे। न हिले, न बोले, न आगे बढ़े—न ययौ न तस्थौ।

गाँव की स्त्रियाँ धीरे-धीरे इकट्ठा होने लगीं, काका जहाँ-के-तहाँ देर तक उसी तरह खड़े रहे। दूर से स्त्रियों के कलकंठ से गाने की मधुर ध्वनि उनके कानों से

टकरा-टकराकर लौट गई, उनकी चेतना उसी प्रकार जड़ीभूत बनी रही। अन्त में वे हारे हुए जुआरी की तरह वहाँ से लड़खड़ाते हुए चल पड़े। भीतर कोई स्त्री गा रही थी :

अह सम्भाविअमग्गो सुहय तुए ज्जेव णवरि णिव्वुट्ठो।
एणिहं हिअए अण्णं, अण्णं बाआइ लो अस्स॥
[सजन निबाह्यो एक तुम, आरज-पथ, पथ मैन।
आजि काल्हि के लोग तो, कछु हियरे कछु बैन॥]

एकाएक उनका ध्यान अतीत की ओर मुड़ गया। वह तो मंजुला की गाई गाथा है। मंजुला के घर के सामने से वे एक बार जा रहे थे, उसी समय वह बड़े व्यथापूर्ण स्वर में यह गाथा गा रही थी। आज कौन वही गान गा रही है!

तेरह

उज्जयिनी में महाकाल देवता का निवास है। महाकाल केवल गति-मात्र हैं, निरन्तर धावमान गति, एक क्षण के लिए भी न रुकनेवाला प्रचंड वेग। देवरात महाकाल के दरबार में पहुँचकर भी शान्ति नहीं पा सके। वे स्थिति की खोज में हैं। महाकाल के धावमान वेग से वे केवल खिंचे जा रहे हैं और फिर भी उनके भीतर चलते रहनेवाले तूफान की गति में कोई कमी नहीं आ रही है। शान्ति चाहिए, पर महाकाल देवता प्रचंड नर्त्तन में व्याप्त हैं। उनके एक-एक पद-संचार से महाशून्य प्रकंपित हो रहा है और उस प्रचंड गति से समुत्थित कम्पन से सृष्टि मृत्यु-धारा में स्नान कर नित्य नवीन जीवन की ओर अग्रसर हो रही है। जो कुछ पुराना है, जीर्ण है, गला-सड़ा है, वह ध्वस्त होता जा रहा है, नवीन के निर्माण में प्रत्येक पग पर मृत्यु का तांडव दिखाई दे रहा है। काल की यह प्रचंड धारा रुक नहीं सकती, मृत्यु और जीवन की यह परस्पर सापेक्षता दूर नहीं हो सकती। परन्तु रुको महाकाल, एक क्षण के लिए रुको! देवरात रुकना चाहते हैं। कोई प्रार्थना कारगर नहीं हो रही है। वे केवल कातर-भाव से पुकार सके, "रुद्र, यत्ते दक्षिणं मुखं तेन मां पाहि नित्यम्!" हे रुद्र, तुम्हारा जो प्रसन्न मुख है उसी के अनुग्रह द्वारा मेरी रक्षा करो! परन्तु क्षिप्रा की तरंगों में उस प्रसन्न मुख का दर्शन नहीं हो सका। देवरात दिग्भ्रान्त हो गए थे। उन्हें लगता था, जैसे वे लोहे के टुकड़े हों

और कोई अदृश्य चुम्बकीय शक्ति उन्हें खींच रही हो।

देवरात शान्ति नहीं पा सके। वे नैमिषारण्य के जंगलों में भटके, काशी की शीतल गंगा-धारा में अवगाहन करते हुए आगे बढ़े, त्रिवेणी-तट पर कल्पवास में विरमे, यमुना की निर्मल धारा में स्नान करते-करते मथुरा पहुँचे और अन्त में उज्जयिनी में महाकाल के दरबार में उपस्थित हुए। साधु-संग, शास्त्र-चर्चा, देव-दर्शन, व्रतोपवास—सब किया, पर शान्ति कहीं नहीं मिली। न वे औशीनरों की प्राण-दुहिता को भूल सके और न हलद्वीप की नगरश्री की माया काट सके। वे सब-कुछ करते गए, यन्त्रचालित की भाँति। उन्हें अनुभव हुआ कि महाकाल का अकुंठ नर्त्तन रुकनेवाला नहीं है। समस्त सुख-दुख को रौंदता हुआ वह चल रहा है—निर्मम, निर्मोह!

देवरात इस निर्मम-निर्बाध तांडव को समझ नहीं सके। महाकाल की मूर्त्ति में उन्हें केवल दुर्निवार वेग की विभीषिका का ही दर्शन हो सका। उन्हें यह प्रचंड गति केवल क्रूर परिहास-सी दिखाई पड़ी। जो-कुछ है वह होने को बाध्य है, मानो कोई विराम-विहीन घूर्णा-चक्र उबा देनेवाले एकघृष्ट स्वर में घूम रहा है और उस अबाध वेग में नक्षत्र-मंडल से लेकर अणु-परमाणु तक उद्भूत और विनष्ट होने को बाध्य हैं। सम्पूर्ण चराचर-सृष्टि केवल उद्भव और विनाश के लिए विवश है, उसी प्रकार जैसे शाण-चक्र पर रखे लौहखंड से छिटकी सहस्रों चिनगारियाँ छिटकने, भटकने और बुझने को बाध्य हैं। ऐसा निरुद्देश्य-निर्लक्ष्य वेग भी किस काम का? मनुष्य केवल जन्म-मरण के दुरन्त वात्याचक्र में पच-पचकर मरने के लिए ही बना है? अनन्त वेग के लिए छोटे-मोटे सहस्रों आदि और अन्त निरर्थक परिहास-मात्र हैं? काल-चक्र के सिंहासन पर आसीन महादेव, क्यों बनाया था तुमने माया-ममता के द्वारा जकड़े हुए सुकुमार मानव-हृदय को? इस हृदय में जो दारुण झंझा बह रही है, वह क्या तुम्हारे प्रचंड वेग के इंगित पर ही बह रही है? इसका भी कोई अन्त नहीं है, इसमें भी कहीं ममता का स्पर्श नहीं है, यह भी अपनी सत्ता के लिए आप ही प्रमाण है? महाकाल देवता, बड़ी दुर्निवार है तुम्हारी माया! देवरात क्षिप्रा की वारि-धारा में भी एक अतृप्त अधीर वेग को ही देख सके। शान्ति कहाँ है? महाकाल का प्रसन्न मुख उन्हें कहीं नहीं दिखाई दिया। देख सके केवल निर्बाध वेग की निर्मम प्रचंड ज्वाला।

वे खोए-खोए से खड़े रहे। भक्तगण आते-जाते रहे, उन्हें लगा जैसे सब-के-सब किसी प्रचंड जीवनधारा के फेन-बुद्बद हों।

मन्दिर-द्वार से दूर कोई बड़ी ही मधुर वाणी में धीरे-धीरे गा रहा था। देवरात उस छन्दोबद्ध संगीत के अन्तिम चरण को सुनकर एकाएक चौंक पड़े। गानेवाला गा रहा था—'न संति याथार्थ्यविदः पिनाकिनः' (पिनाक धारण करनेवाले देवता

[शिव] के यथार्थ स्वरूप को जानने-समझनेवाले नहीं हैं!) वह और भी गाता रहा। एक बार उसने कुछ ऐसा कहा जिसे सुनकर देवरात स्तब्ध रह गए। कवि ने जो कुछ कहा, उसमें शिव के भयंकर और मोहन रूपों की चर्चा थी। उपसंहार में कहा था—शिव विश्वमूर्त्ति हैं, उनके रूप की अवधारणा नहीं करनी चाहिए।

देवरात का मन इस प्रकार उसकी ओर खिंच गया, जैसे किसी ने पाश फेंककर बलात् खींच लिया हो। वे सचमुच ही क्या विश्वमूर्त्ति शिव की अवधारणा नहीं कर रहे हैं? क्या फर्क पड़ता है यदि शिव मनोहर वेश में दिख जाते हैं या यदि वे भयंकर रूप में दिखाई दे जाते हैं? विश्वमूर्त्ति शिव विभूषणों से जगमगाते मनोहर वेश में हों तो और भयंकर सर्पों की डरावनी माला धारण किए हों तो, वे सब प्रकार से वन्दनीय हैं, मनोरम या भयंकर तो मनुष्य के सीमित चित्त का विकल्पमात्र है। जो सर्वरूप है, सर्वमय है, उसके लिए दुकूल और हाथी के रक्तरंजित चर्म का परिधान तो बहुत नगण्य विकल्प है। उसके हाथ में कपाल कर्पर है या माथे पर चन्द्रमा जगमगा रहा हैं, यह भी कोई बात-की-बात हुई! विश्वमूर्त्ति, बस विश्वमूर्त्ति हैं। रूप-रूप में उन्हीं की लीला मुखरित है। एकांगी दृष्टि से क्यों देख रहे हो? समग्र दृष्टि से देखो!

देवरात को विचित्र लगा। कौन है यह किशोर गायक? कितनी मधुर वाणी में गा रहा है, कितनी तन्मयता के साथ! 'न विश्वमूर्त्तेरवधार्यते वपुः।' वाह, क्या अमृत-सी वाणी है—'न विश्वमूर्त्तेरवधार्यते वपुः।' विश्वमूर्त्ति के रूप की अवधारणा ही तो वे कर रहे थे।

देवरात को लगा कि वे सचमुच अवधारणा के शिकार हो गए हैं। सहस्रों विषय इन्द्रियों से टकराते हैं। मन उन्हीं का संचय करता है जो अच्छे लगते हैं। इसी का नाम धारणा है। जो संचय-योग्य होते तो हैं, पर मन उन पर रम नहीं पाता, उनकी धारणा का नाम ही अवधारणा है। संचय भी करते हो, रमते भी नहीं, यह कैसी माया है? किशोर गायक ठीक कह रहा है, सर्वव्यापक के एक अंशमात्र को हृदय में संचित करके भी उसकी अवधारणा करना 'वदतो व्याघात' है, अपनी ही बात का अपने से ही प्रतिवाद करना है। धारणा केवल इसलिए विकृत होती है कि मनुष्य धारणीय के स्वरूप को ठीक समझ नहीं पाता। देवरात ने महाकाल को विश्वमूर्त्ति के रूप में नहीं समझा। वे केवल पिनद्धभोगि (साँप-लपेटा) रूप से कातर हो उठे हैं। पर यह तरुण गायक है कौन? देवरात को लगा कि इन छन्दों का रचयिता वह स्वयं है। तो यह केवल गायक नहीं, कवि भी है!

विचित्र है यह कवि। एकाग्रभाव से क्षिप्रा की चटुल तरंगों को देख रहा है। निःसन्देह उसे केवल विनाशकारी प्रचंड वेग से कुछ भिन्न वस्तु का साक्षात्कार हो रहा है। वह गा रहा है, बड़ी सावधानी से, धीरे-धीरे। समाधिस्थ भी नहीं है, असंयत

भी नहीं है। शोभा देखकर वह मुग्ध अवश्य हो रहा है, पर उत्क्षिप्त नहीं है। बहुत सावधान तो है, पर रागोत्क्षिप्त एकदम नहीं। कितनी कमनीय हैं उसकी बड़ी-बड़ी पद्म-पलाश-सी आँखें। देवरात भी मुग्ध होकर उसे देखने लगे। मुग्धता भी संक्रामक होती है, नहीं तो इस तरुण गायक की मुग्धता से वे कैसे मुग्ध हो गए!

देवरात ने सोचा, इससे कुछ बात करनी चाहिए। बड़ा ही मधुर लगता है इसका शील। वे उसके निकट जाकर खड़े हो गए। तरुण गायक ने उन्हें नहीं देखा। वह अपने में ही मस्त बना धीरे-धीरे गाता रहा। ऐसा लगता था, उसके मन में रह-रहकर विभिन्न भावों की तरंगें उठ रही हैं, और वह बिना प्रयास छन्दों में उन्हें मूर्त्त करता जा रहा है। कहीं-न-कहीं उसके मन में भी कोई व्यथा होगी। देवरात उस चारुदर्शन युवक से बात करने के लिए व्याकुलता अनुभव करने लगे। क्या बात करें, कैसे उसे सम्बोधित करें, यह निश्चय नहीं कर सके। देर तक वे उत्सुक की भाँति खड़े रहे।

तरुण गायक चुप हो गया। वह अंजलि बाँधकर किसी अज्ञात देवता को प्रणाम करने की मुद्रा में दिखाई दिया। फिर चलने को प्रस्तुत हुआ। उठा तो ऐसा लगा जैसे किसी अनुभाव-राशि को चीरकर निकल रहा हो। वह चल पड़ा। देवरात ने चुपचाप अनुसरण किया।

कुछ दूर तक धीरे-धीरे चलने के बाद वह एकाएक तेज चलने लगा। देवरात को लगा कि उसमें अचानक कोई नया भाव आ गया है। वे भी तेज चलने लगे। युवक अपने-आपमें ही रमा जान पड़ता था। उसने फिरकर देखा ही नहीं। अब देवरात ने अधीर भाव से टोका, "सुनो आयुष्मान्, मैं कुछ जानना चाहता हूँ।" युवक ने पीछे फिरकर देखा। देवरात को देखकर उसे कुछ आश्चर्य हुआ, पर उसके चेहरे पर आह्लाद का भाव भी आया। बोला, "अवहित हूँ आर्य, क्या पूछना चाहते हैं?" देवरात ने कहा, "आयुष्मान्, मैं देवरात हूँ, तीर्थों में भटकता फिर रहा हूँ, शान्ति पाने के लिए। पर मेरी व्याकुलता दूर नहीं हुई है। तुम्हारे मधुर कंठ से अभी मैंने जो कुछ सुना है उससे मुझे विश्वास हुआ है कि तुमसे मुझे प्रकाश मिल सकता है। भद्र, तुम्हें देखकर मुझे ऐसा लगा है कि मेरे जन्म-जन्मान्तर का पुंजीभूत पुण्य ही प्रत्यक्ष विग्रह धारण कर उपस्थित हो गया है। बोलो, आयुष्मान्, तुम कौन हो? कौन-सा कुल तुम्हें पाकर पवित्र हुआ है, कौन भाग्यशालिनी माता तुम्हें जन्म देकर कृतार्थ हुई है?" युवक के प्रफुल्ल चेहरे पर प्रसन्नता की लहरें खेल गईं। कुछ विनय-मिश्रित व्रीड़ा के साथ बोला, "आर्य, मेरा प्रणाम स्वीकार करें, पर आप तो मुझे लज्जित कर रहे हैं। आप मुझे अनुचित गौरव दे रहे हैं। केवल आशीर्वाद का अधिकारी हूँ। मेरा नाम चन्द्रमौलि है। हिमालय की गोद में खेला हूँ। अब पूरे भारतवर्ष को देखने की लालसा से घर से निकल पड़ा हूँ।"

देवरात को और भी कुतूहल हुआ। उल्लसित भाव से बोले, "साधु आयुष्मान्, मैंने तुम्हें देखकर ही तुम्हारे शील और विनय का अनुमान कर लिया था। भगवान् ने तुम्हें जैसा रूप, वैसा ही शील, वैसी ही वाणी दी है। बहुत प्रीत हूँ वत्स, तुम जो कविता अभी गा रहे थे, वह बड़ी ही मधुर और नई-नई-सी लग रही थी।" चन्द्रमौलि के मुख पर संकोच-मनोहर मंदस्मित दिखाई दिया। बोला, "आपका बालक हूँ, आर्य! अनपहचानी वेदनाएँ मुझे व्याकुल बना देती हैं। कभी-कभी सोचता हूँ आर्य, कि किसी देवता के आशीर्वाद से मुझे छन्दों की वाणी का वरदान मिल जाता, तो सारी वेदनाएँ उँड़ेल देता। कहाँ मिला आर्य, मैं व्याकुल हूँ! नदियों का प्रवाह मुझे प्रलुब्ध करता है, अरण्यों की शोभा मुझे आकर्षित करती है, शस्य-श्यामल मैदान मुझे खींचते हैं, जनपद-जनों के सहज व्यवहार मुझे मोहित करते हैं, नगरों की विलास-लीला मुझे उल्लसित करती है। क्या परिचय दूँ अपना, मैं सबकी ममता में बँधा हूँ, पर मेरा अपना कोई नहीं दिखाई देता। मैं सर्वत्र किसी व्याकुल अभ्यर्थना से खिंच जाता हूँ। पाने की लालसा से नहीं, लुटाने के लोभ से। मेरा क्या परिचय हो सकता है, आर्य? जो पाना नहीं चाहता, वह क्यों व्याकुल हो जाता है, यह रहस्य मेरी समझ में नहीं आता। पर व्याकुलता मुझमें है। शान्ति क्या होती है, यह मुझे नहीं मालूम, आर्य! पर मुझे ऐसा लगता अवश्य है कि सच्चा सुख अपने-आपको दलित द्राक्षा की भाँति निचोड़कर उपलब्ध माधुर्य रस को लुटा देने में है। भटक मैं भी रहा हूँ, आर्य! लुटा सकना इतना आसान नहीं है!"

देवरात चकित होकर सुनते रहे। युवक अपने मन की बात कह रहा है, पर कितने सुन्दर ढंग से। हाय देवरात, तुमने पाने की लालसा से कहाँ छुटकारा पाया? युवक के अधरों पर मन्द-मन्द मुस्कान थी, पर आँखें सजल थीं। शायद वह जो कह रहा था उसका ठीक-ठीक अर्थ देवरात की पकड़ में नहीं आ रहा था। पर वे और भी उत्सुकता के साथ बोले, "आयुष्मान्, तुम सच्चे कवि जान पड़ते हो, पर अपने-आपको छिपा भी रहे हो। मैं अधिक जान सकता तो कृतार्थ होता, पर जितने का अधिकारी हूँ उससे अधिक का लोभ नहीं करूँगा। मैंने तुम्हारे मुख से मनोहारिणी और प्राणतोषिणी कविता सुनी है। इतना पर्याप्त होना चाहिए कि तुम कवि हो। मुझमें अकारण उत्सुकता जाग उठी, क्योंकि मैं कवि को उसके सारे वातावरण में प्रतिष्ठित देखना चाहता था।" युवक अत्यन्त विनीत भाव से बोला, "आर्य, क्षमा करें। मैंने भी कई बार रम्य वस्तुओं को देखकर, मधुर शब्दों को सुनकर अकारण उत्सुकता अनुभव की है। जाने क्यों, हृदय मसोस उठता है, जैसे कोई पुराना सम्बन्ध हो, पर याद न आ रहा हो! अच्छा आर्य, क्या यह नहीं हो सकता कि पूर्व जन्मों में कोई सम्बन्ध इन वस्तुओं से रहा हो और अब याद नहीं

आ रहा हो, केवल चित्त-भूमि पर एक हलकी-सी अस्पष्ट रेखा-भर रह गई हो?" देवरात को यह बात बहुत अद्‌भुत लगी। अनुभव तो उन्होंने भी किया है, पर ऐसी बात तो उनके मन में नहीं उठी। क्या इस अकारण स्नेहोद्रेक के उत्पादक युवक के साथ भी उनका जन्मान्तर का कोई सम्बन्ध है? अवश्य होगा। कह रहा है, हिमालय की गोद में खेला है। इतना सम्बन्ध तो है ही। वे भी हिमालय की गोद में पले हैं। पर यह तरुण कवि कुछ अधिक बताना नहीं चाहता। मगर इतना ही बहुत है। देवरात का मन स्नेह-सिक्त था।

थोड़ी दूर साथ-साथ दोनों चलते रहे। एक स्थान पर वह रुक गया। बोला, "आर्य के सत्संग से बहुत आनन्दित हुआ। पर यहाँ मेरे एक मित्र आएँगे। मुझे प्रतीक्षा करनी होगी। मैं तो यहाँ नया आया हूँ। आर्य को क्या कुछ देर यहाँ विश्राम करने में कोई बाधा है? यदि बाधा न हो तो यहाँ आप भी थोड़ा विश्राम कर लें, मेरे मित्र बड़े विनोदी हैं। उनसे मिलकर आपको भी प्रसन्नता होगी।"

देवरात को अच्छा लग रहा था। उन्हें इस युवक कवि में शील, सौजन्य और प्रतिभा का मिलित रूप मिल रहा था। वे युवक के साथ ही एक टीले पर बैठ गए। युवक विनीत भाव से बोला, "आर्य देवरात, मेरा मन कहता है कि मैं किसी असामान्य महानुभाव को देख रहा हूँ। आप कह रहे हैं कि आप भटके हुए हैं, प्रकाश खोज रहे हैं, शान्ति पाना चाहते हैं, किन्तु अविनय क्षमा करें, मुझे ऐसा कहने की अनुमति दें कि आपकी यह भव्य आकृति, आजानुलम्बित बाहुएँ, प्रशस्त ललाट और घन-कुंचित केश-राशि आपको सामान्य मनुष्यों से अलग कर रही है। आर्य, आप कैसे भटक सकते हैं? विधाता ने आपको प्रकाश देने के लिए इस धरित्री पर भेजा है। मैं कुछ अलीक तो नहीं कह रहा हूँ, आर्य!"

देवरात को लगा, जैसे कोई वेदना हृदय में चिपके हुए शल्य को उखाड़ने के लिए हिला रही हो। यह वेदना बड़ी ही दारुण सिद्ध हुई। पर वे आह भी नहीं भर सके। चन्द्रमौलि की ओर इस प्रकार ताकने लगे, जैसे कोई अपराध कर बैठे हों।

चन्द्रमौलि का मन उनकी उस मुद्रा से थोड़ा विचलित हुआ। हाथ जोड़कर बोला, "कुछ अनुचित कह गया होऊँ तो क्षमा करें, आर्य! मैंने आपको दुखी बनाने का अपराध किया है!" देवरात ने स्नेह-सिक्त वाणी में कहा, "नहीं वत्स, तुम ठीक ही कह रहे होगे। मुझे भटकना नहीं चाहिए था, पर भटक गया हूँ; मोह-कातर नहीं होना चाहिए था, पर हो गया हूँ। कदाचित् मैं विधाता के दरबार में अपराधी सिद्ध हूँगा। कदाचित् वे मुझसे जो कराना चाहते थे, वह मैं नहीं कर सका। योगी नहीं बन सका, भोगी नहीं बन सका; कर्मी नहीं बन सका, त्यागी भी नहीं बन सका। प्रकाश देने योग्य 'स्नेह' नहीं था, जलने योग्य 'दशा' भी नहीं थी। प्रकाश

कैसे दे सकूँगा वत्स, जलता हूँ तो नीरस काठ की तरह धधक उठता हूँ; केवल ताप दे पाता हूँ, आलोक नहीं दे पाता। विधाता ने कराना कुछ और चाहा होगा, अपनी क्षुद्रता के कारण कर कुछ और रहा हूँ। तुम बता सकते हो आयुष्मान्, कि जो स्नेह पाता रहा, वह अपने-आपको मिटाकर प्रकाश क्यों नहीं दे सका? मगर तुम अभी बालक हो, अपनी मर्मव्यथा से तुम्हें दुखी नहीं करूँगा। मैं अपना प्रतिवाद आप हूँ, वत्स!"

चन्द्रमौलि को ऐसी आशा नहीं थी कि बात इस प्रकार व्यथावाली दिशा में मुड़ जाएगी। वह सोच नहीं सका कि क्या कहने से सहज स्थिति लौट आएगी। थोड़ी देर वह गुमसुम बैठा ताकता रहा। फिर बात को दूसरी ओर मोड़ने के उद्देश्य से बोला, "बड़ी दूर से नाना देशों का भ्रमण करता हुआ यहाँ पहुँचा हूँ। रास्ते में विचित्र मनुष्यों के दर्शन हुए हैं। अपूर्व सुन्दरियों का साक्षात्कार हुआ है। हर जगह मैंने अनुभव किया है कि विधाता ने जिस उद्देश्य से ऐसे मनोहर रूपों की सृष्टि की होगी, वह पूरा नहीं हो रहा है। कहीं कोई बाधा पड़ रही है। मनुष्य के बनाए हुए विधान विधाता के बनाए विधानों से टकराते हैं, उन्हें मोड़ते हैं, विरूप कर देते हैं। आपके साथ भी कुछ ऐसा ही हुआ जान पड़ता है, आर्य! विधाता अपनी सृष्टि-परम्परा को आगे बढ़ाने के लिए प्रकृति को निर्देश दे चुके हैं—'उतना ही, जितने से काम चल जाए।' वह अनेक रूप, रंग, वर्ण, प्रभा के द्वारा उसी निर्देश का पालन करती जा रही है। मनुष्य के चित्त ने इस निर्देश का औचित्य अस्वीकार कर दिया है। वह कहता है, 'उतना, जितना मुझे अच्छा लगता है।' और इन दोनों का द्वन्द्व विषम परिस्थितियों की सृष्टि कर रहा है। सारे कष्टों और दुखों के पीछे यही द्वन्द्व है। 'जितने से काम चल जाए' और 'जितना मुझे अच्छा लगता है' का संघर्ष ही दुख है। पर मैं इसका न तो कोई समाधान ही ढूँढ़ पाता हूँ और न इस द्वन्द्व की आवश्यकता का ही रहस्य समझ पाता हूँ।"

देवरात चुपचाप ताकते रहे। उनके चित्त के अतल गह्वर से आवाज आई—'नया नहीं सुन रहा हूँ। यही शाश्वत वाणी बराबर सुनता रहा हूँ। पर इस बार वह बहुत स्पष्ट और बेधक होकर सुनाई दे रही है।'

चन्द्रमौलि ने देवरात की प्रतिक्रिया जानने के लिए थोड़ी देर मौन भाव से प्रतीक्षा करना उचित समझा, पर देवरात मौन ही रहे।

चन्द्रमौलि को आशंका हुई कि बात कहीं फिर अनुचित स्थान पर न टकरा जाए। वह और सतर्क भाव से बोला, "बाल-बुद्धि से विचार करता हूँ, इसलिए भूल-चूक तो होगी ही आर्य, पर कितने ही महानुभावों को देखकर इस नतीजे पर पहुँचना पड़ता है कि विधाता की इच्छा पर कहीं-न-कहीं आघात अवश्य पहुँच रहा है। अभी हम लोग जब उज्जयिनी की ओर आ रहे थे, तो एक ऐसे ही सुलक्षण

महावीर युवक से हमारा परिचय हो गया। संयोग ही कुछ ऐसा था कि वे मिल गए। देखकर मुझे लगा कि किसी अत्यन्त भाग्यशाली का सान्निध्य पा रहा हूँ, पर दुखी वे भी लगते थे। दुखी भाग्यशाली अपने-आपको छिपाया करता है। वह इतना संवेदनशील होता है कि हमेशा डरता रहता है, उसके व्यक्तिगत दुख से किसी और को कोई कष्ट न पहुँचने पाए। मेरे ये नए मित्र गोपाल भी ऐसे ही थे। उन्होंने अपने को छिपाया। कहते थे, 'गोपाल ही मेरा नाम समझो, यही जाति समझो और यही विरुद मान लो।' मान लिया, पर मेरे दूसरे मित्र माढ़व्य शर्मा बड़े विनोदी हैं। खोद-खोदकर उन्होंने अन्त तक उन्हें पहचान ही लिया। वे गुप्त सम्राटों के प्रसिद्ध सेनापति गोपाल आर्यक थे। पत्नी-वियोग से म्लान थे और लोकापवाद-भय से कुंठित। मैंने थोड़ी सहानुभूति दिखाई तो रो पड़े। बड़ा महानुभाव व्यक्तित्व है उनका, पर सब होने पर भी बड़ी दुर्वह व्यथा ढोते फिर रहे हैं। नाम तो आपने भी सुना होगा, आर्य?''

देवरात का हृदय धक्-धक् करने लगा। बोले, ''गोपाल आर्यक? नाम तो अवश्य सुना हुआ है बेटा, पर वे गुप्त सम्राटों के सेनापति हैं, यह तो मैं नहीं जानता। क्या ये वही गोपाल आर्यक हैं जो हलद्वीप के निवासी हैं? तुमने उनको कैसे देखा, कहाँ देखा?''

चन्द्रमौलि उत्फुल्ल हो गया। ''कहाँ के निवासी हैं, यह तो मैं नहीं कह सकता, पर वे सम्राट् के सेनापति अवश्य थे। उनके अनुपम शौर्य की कहानी से सभी जनपद गूँज रहे हैं। पर वे हैं कि लोकापवाद-भय से छिपते फिर रहे हैं। मैं उनके विशाल कन्धों और प्रशस्त ललाट को देखकर ही समझ गया था कि वे कोई महावीर हैं, विधाता ने उन्हें अपार सामर्थ्य देकर दुखियों का दुख दूर करने के लिए इस धरती पर भेजा है। पर वे भी आपकी ही भाँति कह रहे थे वे भटक गए हैं। मेरे साथ उनकी बड़ी गाढ़ी मित्रता हो गई थी।'' देवरात उत्सुकता के साथ सुनते रहे। हो न हो, यह महावीर और कोई नहीं, उनका प्यारा शिष्य गोपाल आर्यक ही है। पर सेनापति कब हुआ? यह कवि किसी और की बात तो नहीं कर रहा है? मिलते-जुलते नाम तो होते ही हैं। और अधिक जानने के उद्देश्य से उन्होंने पूछा, ''अच्छा कवि, तुमने गोपाल के व्यक्तिगत जीवन के बारे में और कुछ सुना?'' चन्द्रमौलि ने सहज भाव से कहा, ''हाँ आर्य, एक दिन मैंने उनके दुख की बात जानने का प्रयत्न किया। वे समुद्र के समान गम्भीर जान पड़े। अपना दुख छिपाए ही रहे। एक दिन बड़े कातर दिख रहे थे तो मुझे बड़ा कष्ट हुआ। मैंने कुछ रोष के साथ कहा कि मित्र गोपाल, तुम मुझ पर विश्वास नहीं करते, अपने दुख का रंचमात्र भी आभास नहीं देते, मैं तुम्हारे कष्ट का सहभागी होने का सुयोग भी नहीं पा रहा हूँ। वे मेरी बात से विचलित हुए और एक क्षण की दुर्बलता में कह गए,

'मित्र, सदा यही सोचता रहा हूँ कि लोग क्या कहेंगे; एक बार भी यह नहीं सोचा कि मृणालमंजरी क्या सोचेगी। यह विषम शल्य हृदय में जो धँसा सो निकला ही नहीं।' उनके इस कथन से मैं अनुमान कर सका कि कोई मृणालमंजरी उनकी प्रिया होगी। इससे अधिक उनके बारे में मैं कुछ भी नहीं जान पाया, पर उनके महाशौर्य के बारे में कोई भी बिना बताए ही सब-कुछ समझ सकता है। अन्तर्मदावस्थ गजराज को पहचानने में कोई कठिनाई होती है, आर्य?''

अब सन्देह का अवसर ही नहीं रहा। गोपाल आर्यक मृणालमंजरी की बात कह रहा था। परन्तु वे ठीक समझ नहीं सके कि गोपाल के हृदय में दुख किस बात का है? कौन-सा लोकापवाद उसे मथित कर रहा है? समुद्रगुप्त का सेनापति कब बना? वे उन्मथित-से ताकते रहे, फिर कातर-भाव से बोले, ''तुम्हारे ये मित्र इस समय कहाँ हैं, आयुष्मान्? मैं उनसे मिलना चाहता हूँ।'' चन्द्रमौलि ने कुछ उदास स्वर में कहा, ''यही तो कठिनाई है कि वे अपने को छिपाते हैं, अपनी यश-कीर्त्ति को छिपाते हैं और दुख-ग्लानि को भी छिपाते हैं। हुआ यह कि मेरे विनोदी मित्र माढ़व्य शर्मा ने उन्हें पहचान लिया। उन्होंने कुछ विनोद के साथ ही कह दिया कि 'मित्र गोपाल, मुझे कोई सन्देह नहीं कि जिस प्रबल पराक्रमी गोपाल आर्यक के नाम-श्रवण-मात्र से सम्पूर्ण उत्तरापथ काँप रहा है वह माढ़व्य से भी बड़ा मूर्ख है। माढ़व्य शर्मा लोकापवाद को पूँजी बनाकर अपना कारोबार करता है और गोपाल आर्यक अपनी कीर्त्ति बेचकर लोकापवाद की पूजा करता है।' बस, इसी बात पर वे चुपके से खिसक गए। पता नहीं, कहाँ चले गए। बहुत सुकुमार हृदय उन्हें विधाता ने दिया है। ज़रा-सा विनोद भी उनको क्षत-विक्षत कर देता है। मेरे मित्र माढ़व्य शर्मा बहुत दुखी हुए थे। उनका उद्देश्य उनका दिल दुखाना नहीं था। वे उन्हें फिर से उनकी सहज अवस्था में ले आना चाहते थे, पर परिणाम बड़ा दुखद हुआ। माढ़व्य शर्मा का विश्वास है कि वे कहीं उज्जयिनी में ही होंगे। बेचारे कल से ही खोज रहे हैं। आते ही होंगे।''

चन्द्रमौलि उच्छ्वसित भाव से अपने मित्र गोपाल आर्यक के विषय में बोलता गया। उसे देवरात के चेहरे पर खेलनेवाले भावों को देखने की सुधि ही नहीं रही। बोला, ''हम लोग बहुत डरे हुए थे, आर्य! एक भागते हुए बलिष्ठ पुरुष ने हमें छिप जाने को कहते हुए बताया था कि कुछ हीन-चरित्र के दुर्वृत्त उसे मारने के लिए पीछा कर रहे हैं। गोपाल आर्यक-जैसे महावीर को इससे क्या भय होता? वे उन दुर्वृत्तों को दंड देने के लिए उतावले हो गए। माढ़व्य पंडित ने उन्हें ऊँच-नीच समझाकर रोक लेना चाहा, पर उन महावीर का निश्चय नहीं बदला। जब वे चल ही पड़े तो अगत्या हम भी साथ हो लिए। सच कहता हूँ आर्य, उनके साथ चलने से भय एकदम दूर हो गया, सूर्य के साथ चलनेवाले के पास कहीं अन्धकार फटक

सकता है? हम लोग निर्विघ्न यहाँ पहुँच गए। गोपाल दुर्वृत्तों को खोजते रहे, कहीं पा नहीं सके।''

देवरात कुछ बोले नहीं, दीर्घ निःश्वास लेकर रह गए।

चन्द्रमौलि समझ नहीं सका कि देवरात के हृदय में कौन-सा तूफान चल रहा है। थोड़ी देर दोनों ही चुपचाप दिगंत की ओर देखते रहे। चन्द्रमौलि ने ही मौन भंग किया। बोला, ''आर्य, अन्यथा न समझें तो एक बात पूछूँ?'' देवरात ने चुपचाप इंगित से बताया कि पूछ सकते हो। चन्द्रमौलि ने कहा, ''आप शास्त्रमर्मज्ञ हैं, साधु-संग किया है, धर्माचरण से मन और वाणी को पवित्र बनाया है, इसीलिए आपसे पूछ रहा हूँ। यह क्या सत्य है जो पुराण-ऋषियों ने बताया है कि मनुष्य अपने पूर्वजन्मों के पापों का ही फल भोग रहा है?'' देवरात ने सहज भाव से कहा, ''ऐसी ही लोगों की धारणा है।'' फिर ज़रा सजग होकर चन्द्रमौलि बोले, ''मैंने अनुभव से जो कुछ जाना है उसे निवेदन करना चाहता हूँ। मेरे मन में आशंका है कि मैं या तो पुराण-ऋषियों की विरुद्ध दिशा में चला गया हूँ या लोगों की ऐसी धारणा ही भ्रान्त है।'' देवरात ने कुतूहल के साथ पूछा, ''तुम्हारा अनुभव क्या कहता है बेटा?'' चन्द्रमौलि को थोड़ा संकोच हुआ। फिर कुछ रुक-रुककर कहने लगा, ''दो तरह की रचनाएँ होती हैं। एक प्रकार की रचनाएँ विधाता की सृष्टि हैं, दूसरी तरह की रचनाएँ मनुष्य की सृष्टि हैं। स्वयं मनुष्य पहली श्रेणी में आता है। मनुष्य और प्राकृतिक वस्तुओं, जीव-जन्तुओं, लता-पादपों की रचना एक ही कर्त्ता के द्वारा हुई है। इसीलिए हम इन प्राकृतिक वस्तुओं की निर्माण-विधि की आलोचना नहीं करते। वह जैसी बनी हैं, वैसी बनेंगी। हम उनसे सुख पा सकते हैं, दुख पा सकते हैं—पर वे हैं; हम यह कहने के अधिकारी नहीं हैं कि वे क्यों वैसी बनी हैं। हम स्वयं भी उसी की सृष्टि हैं पर जो व्यवस्था मनुष्य ने बनाई है उसकी बात और है। उसमें दोष हो तो उसे बदला जा सकता है।'' देवरात ने कुछ सोचकर कहा, ''ज़रा समझाकर कहो, बेटा!'' चन्द्रमौलि बोला, ''मुझे ऐसा लगता है आर्य, कि मेरे मित्र गोपाल की व्यथा मनुष्य की बनाई सामाजिक व्यवस्था की देन है। इस व्यवस्था की आलोचना करने और बदलने का अधिकार मनुष्य को मिलना चाहिए। विधाता ने उन्हें बहुत महत्त्वपूर्ण कार्य करने को इस धरित्री पर भेजा है, परन्तु मनुष्य की बनाई सामाजिक व्यवस्था ने विधि-व्यवस्था में हस्तक्षेप किया है। क्षमा करें आर्य, आप जो अपने को भटका हुआ अनुभव कर रहे हैं, वह भी किसी-न-किसी रूप में विधि-विधान में मानवीय समाज-व्यवस्था का ही हस्तक्षेप होना चाहिए। मेरी बातों में दोष हो तो उसे क्षमा कर दें, यह बाल-बुद्धि का ही अनुभव है।''

देवरात आश्चर्य से चकित होकर सुनते रहे। उनके संस्कार इस तरह के

विचार के विरुद्ध जा रहे थे, पर उनका अन्तर्मन इस कथन का मर्म समझने को व्याकुल हो उठा। बोले, "तुम्हारी बात मान लूँ तो उस मूल भित्ति के भहरा जाने की आशंका है जिसे आज तक समस्त सामाजिक व्यवस्था को सामंजस्य देने का आधार समझता रहा हूँ। तुम्हारे कथन का अर्थ तो यह होता है कि शास्त्रों में जो समाज-सन्तुलन की व्यवस्था है वह मनुष्य की बनाई है, विधाता के इंगित पर नहीं बनी है। सारा अपौरुषेय समझा जानेवाला ज्ञान, विधि-विधान का अंग नहीं है। मनुष्य के बनाए घर-द्वार और ईंट-पत्थर के समान वह भी आलोच्य और परिवर्तितव्य हैं। ठीक कह रहा हूँ, आयुष्मान्?"

चन्द्रमौलि ने सहज भाव से सिर हिलाया। देवरात सोच में पड़ गए—'यह तरुण कवि साहसी जान पड़ता है। इतनी बड़ी बात इतने सहज ढंग से कह गया! उनके मन में अपनी जीवन-गाथा आलोच्य बनकर उपस्थित हो गई। वे सोचने लगे कि क्या सचमुच ही मनुष्य-रचित व्यवस्था का हस्तक्षेप उनके जीवन को बार-बार मोड़कर कुछ-का-कुछ बनाने में उत्तरदायी नहीं है? शायद है! मगर यह धर्म-कर्म, संयम-नियम क्या व्यर्थ के ढकोसले हैं? क्या विधाता की बनाई सृष्टि से ये भिन्न हैं? क्या गोपाल आर्यक किसी कृत्रिम सामाजिक विधान से आहत हुआ है? क्या, कैसे?' कुछ देर मौन रहकर चन्द्रमौलि की ओर शून्य दृष्टि से ताककर उन्होंने निःश्वास लिया—"हूँ!" चन्द्रमौलि ने अनुनय के साथ कहा, "बुरा मान गए आर्य? मैं अपौरुषेय माने जानेवाले वाक्यों की अवमानना करने के उद्देश्य से ऐसा नहीं कह रहा हूँ। मुझे ऐसा लगता है कि वाक्य-मात्र सीमा में बँधे हैं; उनका आदि भी होता है और अन्त भी होता है। पर सीमा को मैं मामूली गौरव नहीं देता। सीमा मनुष्य को विधाता का दिया हुआ अनुपम साधन है। मैं अगर एक फूल बनाऊँ, चाहे वह चित्र हो, लकड़ी का बना हो, पत्थर का हो, सीमा के चौखटे में बँधा हुआ होगा। पर उसकी शोभा इसीलिए दीर्घजीवी हो जाएगी। विधाता के बनाए फूल क्षण-क्षण परिवर्तित होंगे, मुरझाएँगे, झड़ेंगे, फिर नए फल बनने में निमित्त बनेंगे, पर मेरा बनाया फूल अपेक्षाकृत स्थायी होगा। होगा न आर्य? वह सीमा की महिमा है। अपौरुषेयत्व अधिक-से-अधिक एक उत्तम कल्पना है। मनुष्य उससे सीमा के भीतर असीम का इंगित पाता है।" देवरात ठक् रह गए। हाय, विधाता की बनाई शर्मिष्ठा तो कब की समाप्त हो गई, पर उन्होंने अपने हृदय में जो कमनीय मूर्त्ति गढ़ी है, वह तो अब भी ज्यों-की-त्यों है। देवरात ने सीमा के इस माहात्म्य को अभी तक नहीं समझा था। युवा कवि बरबस उन्हें समझने को प्रेरित कर रहा है। सीमा की भी अपनी महिमा है।

इसी समय माढ़व्य शर्मा हाँफते-हाँफते उपस्थित हुए। उन्होंने चन्द्रमौलि का अन्तिम वाक्य सुन लिया था। एकदम आकर धप्प-से बैठ गए, उनका कनटोप

छिटक गया और मोटी चुटिया अस्तव्यस्त-सी उनके सारे मुंड पर बिखर गई। हाँफते-हाँफते ही बोले, "सीमा टूट रही है मित्र, भटार्क ने मथुरा जीत ली है। उज्जयिनी-नरेश पालक घबरा गया है। मगर धन्य है भटार्क, राज्य-पर-राज्य जीतता आ रहा है, पर गोपाल आर्यक के नाम से ही लड़ता आ रहा है। सुना गया है कि उसने मगध के सम्राट् को कड़ा पत्र लिखा है। कहता है, सेनापति तो हमारे गोपाल आर्यक ही हैं। सम्राट् ने पूज्य-पूजा का व्यतिक्रम करके गोपाल आर्यक को अनुचित पत्र लिखा है। सुना है, सम्राट् भी पछता रहा है। उज्जयिनी में तो भीषण आतंक छा गया है। प्रजा पहले से ही असन्तुष्ट है। राजा पालक के साथियों ने सबको चिढ़ा दिया है। सीमा टूट रही है। इस समय यह भाग्यहीन गोपाल न जाने कहाँ जा छिपा है। मैं कहता हूँ, सखे, पालक जाएँगे, गोपाल आर्यक का राज्य होगा। कहीं मिल गया तो प्रजा उसे कन्धे पर उठा लेगी। माढ़व्य शर्मा मन्त्री बनेगा मित्र, तुम बनोगे राजकवि! सुना? हाँ!"

माढ़व्य उल्लास से उत्क्षिप्त थे। उन्होंने देखा ही नहीं कि चन्द्रमौलि के पास कोई और भी बैठा है। चन्द्रमौलि ने हँसते हुए कहा, "दादा, आर्य देवरात को देखिए। महान् शास्त्रज्ञ और तपोनिष्ठ महात्मा हैं।" दादा उल्लास से आत्म-विस्मृत-स हो गए थे। अब सामने ज्वलन्त अग्नि-शिखा के समान तपस्वी की ओर देखकर विनीत भाव से बोले, "अपराध हो गया आर्य, इस भोलेराम से आपकी मित्रता कब हो गई? इसकी कविता सुन रहे थे क्या? अच्छे-भले को पागल बना देता है। अपने दादा को तो बिलकुल वश में कर लिया है। सर्वत्र सुन्दर ही देखता है। मेरा प्रणाम स्वीकार करें आर्य, मैं भूल गया था। कहाँ के रहनेवाले हैं?"

देवरात हँसने लगे। उन्हें भी माढ़व्य शर्मा को दादा कहने की इच्छा हुई, "तीर्थों में घूमता रहा हूँ दादा, आपके ये तरुण मित्र सचमुच मोहते हैं। मुझे इनकी बातों से बड़ी प्रेरणा मिल रही है।"

माढ़व्य ने मुँह बिचकाया, "प्रेरणा? इसी से तो मैं घबराता हूँ आर्य, इसने न जाने गोपाल आर्यक को क्या प्रेरणा दी कि वह चुपचाप खिसक गया। मैं क्या जानूँ कि वह प्रेरणा के चक्कर में है। उस दिन उसने मुझसे इतना ही कहा था कि 'दादा, मेरा मोह टूट गया है, मैं असाध्य-साधन करने जा रहा हूँ।' चला गया। भाग्यहीन, यहीं कहीं छिपा होगा। मिलेगा तो उसे बता दूँगा कि सबसे बड़ा असाध्य-साधन यही है कि माढ़व्य को मन्त्री बना लो। लोग ठीक बात ठीक ढंग से समझते ही नहीं। सत्य कहता हूँ आर्य, जब समझने लगेंगे तो माढ़व्य-जैसे सभी मूर्ख मन्त्री हो जाएँगे। इससे बड़ा असाध्य-साधन और क्या हो सकता है भला!"

देवरात हँसने लगे। माढ़व्य शर्मा ने बनावटी रोष दिखाते हुए कहा, "आप तो हँस रहे हैं, पर कवि मौन है। जानते हैं, क्यों? कविजी मुझे समझा चुके हैं।

कहेंगे, मूर्ख विधाता की सृष्टि हैं, उनकी न आलोचना की जा सकती है, न उनमें परिवर्त्तन की बात सोची जा सकती है; पर मन्त्री मनुष्य की बनाई समाज-व्यवस्था की सृष्टि है, उसमें विधाता के बनाए मूर्ख की नियुक्ति ही विधि-विधान में हस्तक्षेप होगा! है न यही बात, मेरे प्यारे मित्र! ले भाई, गुस्सा न कर, तेरा दादा मन्त्री नहीं बनेगा। गोपाल आर्यक आकर गिड़गिड़ाकर कहेगा—दादा, मेरे मन्त्री बन जाइए! और मैं कहूँगा—कदापि नहीं, तुम मुझसे विधि-विधान में हस्तक्षेप करने का पाप कराना चाहते हो? जाओ, अपना रास्ता नापो! ले भई, अब तो खुश हो जा।'' अब चन्द्रमौलि भी हँस पड़ा। बोला, ''दादा, तुम कभी मन्त्री मत बनना। तुम जैसे हो, वैसे ही बने रहो। मगर गोपाल आर्यक के बारे में तुमने कुछ बताया ही नहीं।'' माढ़व्य शर्मा ने आर्य देवरात की ओर देखकर कहा, ''देखा न आर्य, मेरा मन्त्री होना अब खटाई में पड़ गया। अभी गोपाल का ही क्या ठिकाना है। इतना ही पता लगा कि नगर के पूर्वी छोर पर कोई एक जीर्ण उद्यान है, वहाँ कोई मनुष्य दिखाई दिया है जो उससे मिलती-जुलती आकृति का है। सुना है, राजा पालक के आदमी उसकी तलाश में हैं। कानाफूसी चल रही है कि उसे बन्दी बनाने का प्रयत्न किया जा रहा है, लेकिन पता नहीं, क्या ठीक है और क्या नहीं।''

देवरात ने सुना तो एकदम विचलित हो उठे। वे उठ पड़े और हाथ जोड़कर बोले, ''मित्रो, विदा लेता हूँ। आप लोगों की कृपापूर्ण मैत्री कभी भूलेगी नहीं। फिर कभी मिलना होगा कि नहीं, कौन जाने।''

चन्द्रमौलि ने विस्मय के साथ उन्हें देखा, ''कहाँ जाएँगे आर्य, मैं भी तो आपकी ही भाँति यात्री हूँ। साथ हो लूँ।''

देवरात बोले, ''अभी तो अकेला ही जाऊँगा, आयुष्मान्! कल अगर आप दोनों कहीं मिल सकें तो एक बार और सत्संग का लाभ उठा सकूँगा।''

कल उसी स्थान पर मिलने का निश्चय करके देवरात चल पड़े। उनके मन में दुश्चिन्ता थी।

चौदह

देवरात गोपाल आर्यक को खोजने निकल पड़े। उन्हें यह जानकर बड़ी चिन्ता हुई कि उज्जयिनी का राजा पालक उसे बन्दी बनाना चाहता है। पिछले कई वर्षों से

वे तीर्थों और अरण्यों में भटक रहे हैं। उन्हें बिलकुल पता नहीं कि बीच में इतिहास ने कैसा पलटा खाया है। माढ़व्य शर्मा की बात से उन्हें ऐसा आभास मिला कि समुद्रगुप्त का विजय-अभियान पूरे वेग से चल पड़ा है। किसी प्रकार गोपाल आर्यक सम्राट् का विजेता सेनापति बन गया है। कदाचित् वह मृणालमंजरी को छोड़ आया है और किसी लोकापवाद से भीत होकर समुद्रगुप्त की सेना का नेतृत्व छोड़कर भाग खड़ा हुआ है। उन्होंने अनुमान से यह भी समझा कि कोई दूसरा सेनापति भटार्क इस समय उस विजयिनी सेना का नेतृत्व कर रहा है और गोपाल आर्यक का अत्यन्त विश्वसनीय अनुगत होने के कारण अब भी उसी के नेतृत्व को स्वीकार करता है। देवरात को कुछ बातें तो बिलकुल विश्वसनीय लगीं। गोपाल आर्यक निस्सन्देह महावीर है और उसका शील भी ऐसा ही है कि जो भी उसके सम्पर्क में आएगा, वह उसके आचरण से प्रभावित हुए बिना नहीं रह सकता। सम्राट् समुद्रगुप्त से यदि उसका कभी सम्पर्क हुआ हो तो निश्चय ही वह उससे प्रभावित हुआ होगा। और एक बार अवसर मिलने पर गोपाल निस्सन्देह अपने शौर्य और पराक्रम से उसे आसमुद्र-धरित्री का विजेता बना देगा। गोपाल में महाशूर होने के लक्षण निश्चित रूप से विद्यमान हैं। पर लोकापवाद क्या है, यह वे नहीं समझ सके। मृणालमंजरी पर क्या बीत रही होगी, यह सोचकर वे बहुत ही विचलित हुए। पता नहीं, वह इस समय किस अवस्था में होगी। वे गोपाल आर्यक को खोजेंगे। मिला तो उसके हृदय की व्यथा दूर करेंगे। नहीं मिला तो एक बार फिर हलद्वीप को लौट जाएँगे। परन्तु उज्जयिनी उनका कोई परिचित स्थान तो है नहीं। गोपाल आर्यक को कहाँ खोजें, किससे पूछें, क्या पूछें? राजा यदि विरुद्ध है तो खुलकर किसी से पूछना ठीक नहीं जान पड़ता। माढ़व्य शर्मा कह रहे थे कि नगर के पूर्वी छोर पर कोई जीर्ण उद्यान है, वहाँ किसी ने उसके समान किसी पुरुष को देखा है। वे नगर के पूर्वी किनारे की ओर ही बढ़ते गए।

वे आगे बढ़ते जा रहे थे, पर उनके मन में विचारों का तूफान उट रहा था—'कवि ने ठीक ही कहा है कि सीमा की अपनी महिमा है। यह सीमा ही है कि शर्मिष्ठा उनके मानस में ज्यों-की-त्यों विराजमान है, नवविकसित प्रफुल्ल स्वर्णकमल के समान वे उसे देख रहे हैं, पा रहे हैं, सदा पाते रहेंगे। दुनिया बदल रही है, देवरात बदल रहे हैं पर शर्मिष्ठा स्थिर है, शाश्वत है, मोहन है। मंजुला ने कहा था, मैं बासी को ताज़ा कर सकती हूँ। देवरात ने भी मान लिया था कि बासी ताज़ा हो रहा है। शायद यह उनके मन का विकार था। कवि ने आज बता दिया है कि मनुष्य द्वारा सीमा में रचित रचना बासी होती ही नहीं। देवरात को कुछ नया मिल रहा है। कवि ने उन्हें झकझोर दिया है। हाय प्रिये, देवरात मोह-ग्रस्त हो गया था। तुम्हें बासी समझना आत्म-वंचना थी, विशुद्ध आत्म-वंचना! तुम

नित्य-प्रफुल्ल, नित्य-मनोहर, नित्य-नवीन होकर सदा इस मानस-मन में विद्यमान हो। तुम मेरे अन्तर्यामी की सृष्टि हो, शुद्ध चैतन्य के उपकरणों से बनी हो, कहीं भी उसमें जड़ तत्त्वों का स्पर्श नहीं है—विशुद्ध चैतन्यमूर्त्ति! मैं व्यर्थ ही भटक गया था। सीमा में बँधी देवि, तुम चिर सत्य हो!...'

यह कवि कह रहा है कि अपने-आपको दलित द्राक्षा की भाँति निचोड़कर उपलब्ध रस को लुटा देना ही सुख है। कैसे मिलेगा यह सुख? दीर्घकाल से ऐसा ही मानता आया हूँ, पर सुख कहाँ मिला? इस प्रकार की चिन्ताओं में उलझे हुए वे आगे बढ़ते जा रहे थे। रास्ते पर कुछ लोग बात करते जा रहे थे। बातचीत के दो-चार शब्द उनके कानों में पड़े। बातचीत गोपाल आर्यक के बारे में थी। वे ध्यान से सुनने लगे, पर थोड़ा दूर रहकर ही। एक दुबला-सा नौजवान कुछ उत्तेजित स्वर में कह रहा था, "देख लेना, ऐसा अत्याचार भगवान् भी नहीं सह सकेंगे। सबकी मर्यादा होती है। किसी के घर में घुसकर बहू-बेटियों पर कुदृष्टि डालने का परिणाम भयंकर होगा। राजा का साला है तो क्या जो चाहे सो कर सकता है? इसी पाप से इस राजा का सत्यानाश हो जाएगा।" दूसरा व्यक्ति धीरे-धीरे बोलने को कह रहा था, "जानते नहीं, राजा के चर चारों ओर घूम रहे हैं। किसी ने जाकर कुछ कह दिया तो चमड़ी उधेड़ ली जाएगी।" एक ठिगने-से ब्राह्मण देवता कह रहे थे, "सत्यानाश हो जाएगा। रावण और कंस नहीं टिके तो यह म्लेच्छ राजा कै दिन टिकेगा! गोपाल आर्यक की सेना बढ़ती आ रही है।" पहले व्यक्ति ने ज़रा आश्वस्त मुद्रा में पूछा, "यह ग्वालारिक कौन है महाराज?" ठिगने ब्राह्मण ने डाँटा, "तू मूर्ख ही रह गया रे भीमा, गोपाल आर्यक भी नहीं बोल सकता?" उसने विनीत भाव से कहा, "हम लोग तुम्हारे समान सासतर थोड़े ही पढ़े हैं पंडितजी, ठीक-ठीक बोल पाते तो हम भी तुम्हारी तरह पुजवाते न फिरते? तुमने जो नाम बताया वह क्या कहा—गोवाल आरिक, बड़ा कठिन नाम है। ग्वालारिक-जैसा ही तो सुनाई पड़ता है देवता!" एक और व्यक्ति ने बीच में पड़कर कहा, "इस बेचारे को क्यों डाँटते हो देवता, वह तो बहुत दूर तक ठीक-ठीक ही उच्चारण कर रहा है, उधर मथुरा में तो लोगों ने और भी संक्षेप कर लिया है। वे अपने गीतों में ग्वालारिक भी नहीं कहते। कह देते हैं, 'ल्वारिक' या 'लोरिक'। सुना नहीं वह प्राकृत दोधक, जिसमें गोपाल आर्यक को महावराह की भाँति धरती का उद्धार करनेवाला कहा गया है? अब तो विदिशा के गाँवों में भी ल्वारिक को अवतार कहकर उसकी कीर्त्ति-कथा गाई जाने लगी है। जो पूछ रहा है वह बताओ। हम लोग सुनने को व्याकुल हैं।"

ठिगने ब्राह्मण देवता को अच्छा नहीं लगा कि महावीर गोपाल आर्यक का नाम बिगाड़कर ल्वारिक कर दिया जाए, पर गँवार लोगों की मूर्खता से खिन्न होकर

बोले, "मूर्खो, नाम बिगाड़कर जो भी बना दो, उससे उस महावीर का क्या बिगड़ता है जिसने म्लेच्छ-भार से अकुलाई धरती का उद्धार किया है। भगवान् श्रीकृष्णचन्द्र को 'कान्हा' या 'कन्हैया' कह देते हो तो उनकी महिमा कुछ कम थोड़े ही हो जाती है। पर वह दोधक क्या है भाई रेभिल, सुना दो न!" रेभिल ने गुनगुनाना शुरू किया। वह कानों के पास हाथ ले जाकर आलाप करने जा ही रहा था कि भीमा ने उसका हाथ झटक दिया। बोला, "धीरे-धीरे सुनाओ, चिल्लाकर गाने से तो सभी पकड़े जाएँगे।" रेभिल ने कहा, "यह भी ठीक ही कह रहे हो। धीरे-धीरे ही सुना रहा हूँ!" फिर उसने धीरे-धीरे सुनाया :

"बुड्डमाण धरई विअल, को उद्धरिहइ णाहु।
दन्तरूव करवालहरु ल्वारिकु विअडु वराहु॥
जाव ण ल्वारिक करि पड़इ सीह चवेडु चडक्कु।
ताव सु णरवइ मयगयहँ पइ पइ बज्जइ ढक्कु॥"
[बूड़ि रही धरती विकल, को उद्धारिहि नाह।
दन्त रूप करवाल धर, लोरिक विकट वराह॥
जु पै न लोरिक कर पड़इ, सिंह चपेट चटाक।
तौ लौं नृप मदमत्त गज, पग-पग बाजत ढाक॥]

ब्राह्मण देवता उत्फुल्ल हो उठे—"वाह, गँवई-गाँव के लोग भी अद्भुत काव्य लिख देते हैं! गोपाल आर्यक वस्तुतः महावराह के अवतार हैं। उन्होंने धरित्री को एक दाँत पर उठा लिया था और गोपाल आर्यक ने तलवार की नोक पर उठा लिया है। मैं कहता हूँ, जिस दिन उनकी तलवार उज्जयिनी में चमकेगी, उस दिन म्लेच्छ राजा बिना युद्ध किए ही भाग जाएगा। पापी ने अपने साले शकार को नगर में इस प्रकार छोड़ रखा है, जैसे व्याध अपने कुत्ते को ललकार देता है। चारुदत्त जैसे साधु सेठ को छेड़ने से तो अब उसके पाप का घड़ा पूरा ही भर गया है।" रेभिल ने कहा, "क्या कहना है आर्य चारुदत्त का! ऐसा रूप, ऐसा शील, ऐसा विनय, ऐसा औदार्य—संसार में दुर्लभ है! सुना है आर्य कि नगर की श्री आर्या वसन्तसेना उनके गुणों पर मुग्ध है। गणिका होने से क्या हुआ, उसके समान पतिव्रता मिलना भी दुर्लभ ही है। लोग कहते हैं, यह दुष्ट शकार उसके पीछे पड़ा है। उसने ऐसा दुत्कारा है कि बच्चू भाग खड़े हुए। निर्लज्ज पामर है। सुना जाता है कि वसन्तसेना को मरवा देना चाहता है। और यह नपुंसक राजा सब-कुछ जानकर भी चुप है।" भीमा अवसर पाकर बोल उठा, "महाराज, दो ही तो इस नगरी के तिलक के समान पूजनीय हैं—धर्मनिधि आर्य चारुदत्त और शोभा की रानी आर्या वसन्तसेना। कल ही किसी को गाते हुए सुना था :

दोज्जेव पूअणीआ इह णअरीए तिलअ भूदा अ।
अज्जा वसन्तसेणा धम्मणिही चारुदत्तो अ।''
[पूजनीय दुइ ही यहाँ, नगरी-तिलक ललाम।
वह वसन्तसेना सती, चारुदत्त गुनधाम॥]

ठिगने ब्राह्मण ने उचककर कहा, ''मरवा देगा? क्या धर्म रसातल को चला जाएगा, कला का गला घोंट दिया जाएगा, शील का नाश हो जाएगा! हे भगवान्, यह पापलीला कब तक चलती रहेगी!'' रेभिल बोला, ''अब अधिक नहीं चलेगी देवता! बड़ा हल्ला है कि गोपाल आर्यक छिपकर आ गया है। राजा उसे पकड़ने की सोच रहा है। दो-एक दिनों में देखोगे, कुछ होके रहेगा।''

ठिगने पंडितजी बोले, ''अनर्थ न हो जाए रेभिल, वसन्तसेना कलानिधि है। मैंने उसका नृत्य महाकाल के मन्दिर में देखा है। उसके एक-एक पद-निक्षेभ में शोभा बरसती है। विधाता ने उसे अद्भुत कंठ दिया है। आलाप लेती है तो वायुमंडल काँप उठता है, अन्तरतर से निकले हुए शब्दों से पत्थर पिघल जाते हैं, भक्ति तो मानो उसका रूप ही है। हाय, यह पापी उसे मरवा देगा?'' रेभिल ने कहा, ''कह तो रहा हूँ देवता, कि गोपाल आर्यक आ गया है, यहाँ के पाप के अन्धकार को कोई चीर सकता है तो गोपाल आर्यक की तलवार ही। घबराओ नहीं, महाकाल के दरबार में देर होती है, अंधेर नहीं!''

ब्राह्मण देवता अनमने बने रहे। उन्होंने रेभिल की बात जैसे सुनी ही नहीं। कुछ भाव-गद्गद अवस्था में बोल उठे, ''रेभिल, गान-वाद्य की रुचि तो तुम्हें प्राप्त है, पर तुमने शायद वसन्तसेना के भक्ति-भरे नृत्य को नहीं देखा। वह भावानुप्रवेश की अधिष्ठात्री देवी है। आज से कई वर्ष पहले की बात है। उस समय वह सुकुमार बालिका ही थी, उसने 'कलादिगुरु' नृत्य किया था, कलादिगुरु नृत्य! समझे?'' रेभिल कुछ असमंजस के साथ बोला, ''नहीं देवता, यह नृत्य क्या होता है? मैं नहीं जानता।'' ब्राह्मण देवता ने कहा, ''कैसे जानोगे? म्लेच्छ राजा के राज्य से तो यह सब उठ ही गया है। कलादिगुरु नृत्य कभी मथुरा की विशेषता माना जाता था। भगवान् श्रीकृष्ण ने कालिय नाग के सहस्र फणों पर विकट नृत्य किया था। उसकी विशेषता यह थी कि नाचनेवाला बालक जानता ही नहीं था कि वह भयंकर मृत्यु के फूत्कारों से घिरा हुआ है; वह खेल रहा था, सहज भाव से। और मृत्यु का भीषण विग्रह कालिय नाग अपने विकराल फण-मंडल के साथ चूर-चूर होता जा रहा था। वह पूर्ण रूप से जीवन के उगते अंकुर को विदारण करने पर तुला हुआ था और जीवन था कि किलकारी मारकर थिरक रहा था। वसन्तसेना ने भगवान् कृष्ण बनकर उस विकट-मनोहर नृत्य को उजागर किया था। मैं तो अपने गुरुजी के साथ देखने चला गया था। आहा, बड़े दुर्लभ योग से ऐसा नृत्य

देखने का अवसर मिलता है। वसन्तसेना तो कृष्णमय हो गई थी। उसका भावानुप्रवेश बस देखने ही योग्य था। मेरे गुरुजी तो ऐसे अभिभूत हुए मानो उन्हें साक्षात् भगवान् के ही दर्शन हो रहे थे। वह एक-एक थिरकन, एक-एक चारी, एक-एक किलकार, एक-एक पदाघात अपूर्व था। गुरुजी भाव-विह्वल होकर गा उठे थे :

" 'एवं परिभ्रमहतौजसमुन्नतांसम्।
आनम्य तत् पृथुशिरः स्वधिरूढ आद्यः॥
तन्मूर्धरत्ननिकरस्पर्शातिताम्र—
पादाम्बुजोऽखिलकलादिगुरुर्ननर्त।' "

रेभिल ने कहा, "जरा गुरुजीवाले श्लोक का मतलब भी समझा दो देवता।"

"अब मतलब तुम्हें क्या समझाऊँ? चपल बालिका वसन्तसेना ने जब यह श्लोक सुना, तो एक बार फिर थिरक उठी। पसीने से तर थी, पर गुरुजी के भाव-विह्वल स्वर से ऐसी प्रभावित हुई कि फिर उठ पड़ी। मतलब तो उसी ने समझा दिया। गुरुजी ने जो श्लोक पढ़ा था, वह महर्षि द्वैपायन व्यास की रचना थी। उसका अर्थ समझना क्या कोई हँसी-खेल है! पर धन्य है वसन्तसेना! उसने एक-एक भाव को पकड़कर नाचना शुरू किया और छन्द और ताल की भाषा में उसे साकार कर दिया। लोकभाषा में ताल दे-देकर वह गाती जाती थी। आशुकवित्व का वह वैभव बस देखने की ही बात थी। उसने गाया था :

'तत्तत्थेई थेई नाचत शिशु हरि
निखिल कलादिगुरु
तत्थत्थिरकत चण्ड नागसिर,
चारु चारिका
भ्रमत निरन्तर।
धद्धद्धसकत उन्नत फण शत-
ओज तेज-हत
नमत भजंगम,
झज्झज्झरत विषाक्त दर्प-मद
दद्दद्मकत मूर्धरत्न शत-
किरण समुज्ज्वल
चरणाम्बुज द्रुत।
धद्धद्धरकत नाग-वधू-उर
किलकत पुलकत
विहँसत सुमधुर

ठट्ठट्ठमकत एक-एक सिर,

नाचत छम-छम

फेरि फेरि फिरि

तत्तत्थेइ थेइ, तत्तत्थेइ थेइ

निखिल कलादिगुरु!' "

सबने एक स्वर से कहा, "धन्य है, धन्य है!"

सुनकर देवरात के हृदय में प्रकाश की रेखा कौंध गई। कलादिगुरु—जीवन के आदिदेवता समस्त विध्वंसक जड़ शक्ति को अभिभूत करके नाच रहे हैं! आहा!

"जानते हो रेभिल, वसन्तसेना इस नगर की लक्ष्मी है। सत्यानाश हो जाएगा, यदि किसी ने उस पर उँगली उठाई।" इसी समय भीमा ने पीछे की ओर धीरे-धीरे चलते देवरात को देख लिया। कुछ फिसफिसाकर बोला और एक ओर खिसक गया। रेभिल भी डरा और पंडित को अकेला छोड़कर दूसरी ओर खिसक गया। ठिगने ब्राह्मण अकेले रह गए। जब तक भागे, तब तक देवरात निकट आ गए। ब्राह्मण देवता सकपकाकर उनकी ओर देखने लगे और अंदाजा लगाने लगे कि इस भलेमानस ने कुछ सुन तो नहीं लिया है। देवरात ने ऐसा चेहरा बना लिया कि जैसे कुछ सुना ही न हो। विनीत भाव से पास आकर बोले, "आर्य, परदेशी तीर्थयात्री हूँ। अनुमति हो तो कुछ पूछना चाहता हूँ।" ब्राह्मण देवता डर गए थे। देवरात को घूरने लगे।

देवरात समझ गए कि ब्राह्मण देवता को उन पर सन्देह हो रहा है। अत्यन्त विनीतभाव से बोले, "कुछ अनुचित हो गया हो तो क्षमा करें आर्य, परदेशी हूँ, इसलिए टोकने का साहस किया। मैं किसी और से पूछ लूँगा। कुछ अन्यथा न मानें।" अब ब्राह्मण देवता कुछ पसीजे। बोले, "भद्र, इन दिनों उज्जयिनी में तीर्थयात्री कम आते हैं, गुप्तचर अधिक। पूछिए, आपको क्या पूछना है। जो जानता हूँ, उसे छिपाऊँगा नहीं।" ब्राह्मण के स्वर में अब भी सन्देह विद्यमान था। देवरात ने कुछ न पूछना ही उचित समझा। बोले, "आप ठीक कह रहे हैं आर्य, परदेशी पर सन्देह तो होता ही है। अच्छा, प्रणाम स्वीकार करें।" अब ब्राह्मण कुछ आश्वस्त जान पड़े। बोले, "नहीं भद्र, हर परदेशी पर सन्देह करना उचित नहीं है। इन दिनों उज्जयिनी कुछ असाधारण परिस्थिति में है, इसलिए सन्देह होता है। हम स्वभाव से ऐसे नहीं हैं, परिस्थितियों से लाचार हैं।" देवरात ने विनीत भाव से कहा, "ठीक कहते हैं आर्य, परिस्थितियाँ मनुष्य के व्यवहार में अन्तर तो ला ही देती हैं। मैं स्वयं उद्विग्न हूँ, इसलिए आपके उद्वेग को समझ सकता हूँ।"

ब्राह्मण पंडित ने कुतूहल के साथ देवरात को देखा। फिर बोले, "भद्र, चित्त में जमे हुए संस्कारों को जब ठेस लगती है तो उद्वेग होता है। हमारा राजा प्रजा

के बद्धमूल संस्कारों पर चोट कर रहा है। कदाचित् म्लेच्छ देश में इन संस्कारों का ऐसा ही रूप नहीं है। इसीलिए म्लेच्छ राजा को हमारे संस्कारों को ठेस पहुँचाने में कोई दुविधा नहीं होती। सारी उज्जयिनी आज इसलिए उद्विग्न है कि हमारे संस्कारों की अवमानना हो रही है। नहीं तो प्रजा को राजा से द्वेष करने का कोई कारण नहीं है। परन्तु तुम क्यों उद्विग्न हो भद्र, तुम्हारे संस्कारों को कहाँ से ठेस पहुँची है?" देवरात को उद्वेग की ऐसी परिभाषा से थोड़ा आश्चर्य ही हुआ। वे उद्वेग को ऐसा-कुछ नहीं समझते थे। उनकी धारणा थी कि मन में कोई भी चिन्ता उद्वेग का कारण हो सकती है। बोले, "आर्य, आप जैसा बता रहे हैं वैसा कारण तो मैं नहीं जानता, मैं तो अपने व्यक्तिगत पारिवारिक कष्टों से अभिभूत हूँ। शान्ति की खोज में भटक रहा हूँ, मिल नहीं रही है। इसी को मैं मानसिक उद्वेग कह रहा था।" ब्राह्मण पंडित ने एक बार फिर उन्हें नीचे से ऊपर तक देखा। ऐसा जान पड़ा कि वे आश्वस्त हो गए थे। बोले, "भद्र, तुममें सुपुरुष के लक्षण दिखाई दे रहे हैं। अभी तक मैं तुम्हें अविश्वास के साथ देख रहा था। मेरा नाम श्रुतिधर है। नाम ही नाम है, गुण वैसा नहीं है। नगरी के पूर्वी छोर पर मेरी छोटी-सी पाठशाला है। लोग उसे उपाध्यायकुल कहते हैं, प्राकृत में 'ओझाउल'। अगर कोई और करणीय न हो तो वहीं चलकर थोड़ा विश्राम कर लो। मुझे लगता है कि मैं तुम्हारी कुछ सेवा या सहायता कर सकूँगा। कुछ अन्यथा न मानो तो कहना चाहूँगा कि तुम्हारी आकृति असाधारण जान पड़ती है। तुम अपने को छिपा रहे हो। अच्छा भद्र, मैं तुम्हारा कुछ परिचय पा सकता हूँ?"

देवरात कुछ असमंजस में पड़ गए। फिर अत्यन्त विनीत स्वर में बोले, "आर्य, आपके इस अकारण स्नेह से अनुगृहीत हुआ। मैं क्या अपना परिचय दूँ? मेरा नाम देवरात है। कुछ भटक ही गया हूँ।"

श्रुतिधर एकाएक चौंक उठे। बोले, "क्या कहा भद्र, देवरात?" उनके प्रश्न से ऐसा लगा जैसे यह नाम और इस नाम का मनुष्य चिरकाल से उनके परिचित हों। उत्तर की प्रतीक्षा किए बिना ही उन्होंने नया प्रश्न किया। उनकी वाणी में आदर का भाव था, "अविनय क्षमा करना भद्र, क्या मैं हलद्वीप के तपोनिरत महात्मा आर्य देवरात से बात कर रहा हूँ!"

देवरात को आश्चर्य हुआ। यहाँ उनका नाम कैसे पहुँच गया! कुछ चकित-से बोले, "हाँ आर्य, मैं हलद्वीप का देवरात ही हूँ। पर आपको इस अभाजन का नाम कैसे ज्ञात हुआ?" श्रुतिधर के मुख पर आदर-मिश्रित प्रसन्नता का भाव दिखाई दिया। बोले, "महामल्ल शार्विलक के गुरु महाभाग आर्य देवरात का यथोचित सम्मान न कर सकने के कारण मैं अपने को अपराधी समझ रहा हूँ। परन्तु महापुरुष के लक्षणों के पहचानने में मुझसे कोई भूल नहीं हुई है। आज मेरा

अहोभाग्य है कि मैं महान् पुरुष-रत्न का दर्शन पा रहा हूँ। आर्य, चलकर थोड़ी देर के लिए मेरी कुटिया को अवश्य पवित्र करें!"

देवरात को कुछ विचित्र लगा। उन्हें स्पष्ट लगा कि ब्राह्मण देवता किसी और के भ्रम में उनका सम्मान कर रहे हैं। महामल्ल शार्विलक का तो उन्होंने नाम भी नहीं सुना, गुरु होने की तो कोई बात ही नहीं है। अत्यन्त विनीत-भाव से बोले, "अनुगृहीत हूँ आर्य, परन्तु ऐसा लगता है कि आपको कुछ भ्रम हो रहा है। शार्विलक नाम के किसी शिष्य को मैं नहीं जानता। किसी अन्य देवरात को आप मेरे साथ मिला रहे हैं। मिलते-जुलते नाम तो होते ही हैं।"

श्रुतिधर कुछ दुविधा में पड़ गए। उनका चेहरा कुछ म्लान हो गया। उन्हें लग रहा था कि वे ठीक ही पहचान रहे हैं, पर कहीं कुछ भ्रम का अवकाश रह अवश्य गया है। बोले, "अच्छा आर्य, हलद्वीप में क्या आप किसी अन्य देवरात को भी जानते हैं? ऐसे कोई आर्य देवरात, जिन्होंने महामल्ल शार्विलक और उसके अनुज महावीर गोपाल आर्यक को पढ़ाया हो?" देवरात ने असमंजस-भाव अनुभव किया, "आर्य, हलद्वीप में तो किसी और देवरात के होने का ज्ञान मुझे नहीं है। यह भी सत्य है कि गोपाल आर्यक मेरे परम शिष्य रहे हैं। पर उनके भाई का नाम तो श्यामरूप था। आप कुछ और बता रहे हैं।"

श्रुतिधर का चेहरा खिल गया। "हाँ आर्य, श्यामरूप ने बाद में शार्विलक के नाम से ख्याति पाई है। मैंने श्रद्धेय को श्रद्धा-निवेदन करने में कोई प्रमाद नहीं किया है। श्यामरूप ही शार्विलक का पूर्व नाम था। आपने जब से हलद्वीप छोड़ा है तब से बहुत-सी नई बातें हुई होंगी, आपको पता नहीं है।"

देवरात विस्मय-विमूढ़ होकर सुन रहे थे। यह कौन आदमी है जो मेरे बारे में इतना-कुछ जानता है? कोई हलद्वीप का निवासी ही है क्या? पर हलद्वीप का निवासी होता तो पहचानने में इतनी देर क्यों करता? विचित्र रहस्य है!

श्रुतिधर ने फिर कहा, 'आपको आश्चर्य हो रहा होगा आर्य, कि मैं आपके बारे में इतना-कुछ कैसे जानता हूँ। संयोग की बात है कि मैं महामल्ल शार्विलक, जो आपके प्रिय शिष्य श्यामरूप ही हैं, का बन्धुत्व प्राप्त कर सका। आपको पता नहीं है कि आपका यह शिष्य आपका कितना बड़ा भक्त है। विधाता की कुछ विचित्र लीला है कि आपका आश्रय छोड़ना उसके लिए वरदान सिद्ध हुआ। श्रावस्ती से लेकर उज्जयिनी तक उसकी कीर्त्ति-कथा फैली हुई है। एक-से-एक बलशाली मल्लों का मान-मर्दन करके भी वह आज भी आपका दुलारा श्यामरूप ही है। निश्छल, निरभिराम! शक्ति और सौजन्य का तो वह मिलित रूप ही है।"

देवरात का हृदय आनन्द-गद्गद हो उठा। श्यामरूप ने यशस्वी मल्ल के रूप में ख्याति पाई है, यह बात उन्हें बिलकुल मालूम नहीं थी। उनके हलद्वीप छोड़ने

के पहले ही श्यामरूप कहीं भाग गया था। वृद्धगोप ने बहुत प्रयत्न किया, पर उसका कुछ पता नहीं चला। इतने दिन बाद आज उसका नाम सुनाई पड़ा। देवरात तो ऐसा ही मान चुके थे कि अब वह इस संसार में ही नहीं है। उन्हें इस बात में तो रंचमात्र सन्देह करने की आवश्यकता नहीं कि अवसर मिलने पर श्यामरूप महान् मल्ल के रूप में कीर्त्ति पाने के योग्य था। आज यह सुनकर कि उसकी कीर्त्ति सर्वत्र फैली हुई है, उनका मन आनन्द-विह्वल हो उठा। वे बार-बार आग्रह के साथ पूछने लगे, "आर्य, आपने श्यामरूप को कहाँ देखा है? कहाँ है वह? कैसे आपसे मित्रता हुई? आपने उसे प्रसन्न देखा है? कहीं निकट ही रहता है क्या? बताओ आर्य, आज मेरे ग्रह प्रसन्न जान पड़ते हैं!"

श्रुतिधर को प्रसन्नता हुई। बोले, "सब बताऊँगा आर्य, परन्तु यहाँ नहीं। आप मेरी कुटिया तक चलने की कृपा करें। बहुत दूर नहीं।" देवरात ने उतावली के साथ कहा, "ठीक है। चल रहा हूँ।" कुछ दूर तक दोनों चुपचाप चलते रहे। फिर देवरात ने ही मौन भंग किया। इतना सावधान अवश्य थे कि विषय बदला जान पड़े। पूछा, "आर्य, आप किस विषय का अध्यापन करते हैं? श्रुतिधर ने कुछ प्रतिवाद-सा करते हुए कहा, "बड़े अविनय का आचरण कर चुका हूँ, आर्य! आप मुझे इस प्रकार गौरव देकर सम्बोधित न करें। आपके शिष्य का मित्र हूँ, मुझे भी शिष्य ही समझें। शार्विलक से अवस्था में थोड़ा बड़ा अवश्य हूँ, पर हूँ आपका शिष्य-कल्प ही। यहाँ के ओझाउल में व्याकरण का अध्यापन करता हूँ और काव्य और संगीत से मनोविनोद करता हूँ। यथासम्भव भीड़-भाड़ से बचकर रहता हूँ। मेरे विद्यार्थियों की संख्या बहुत है। जीवन-यात्रा के निर्वाह के लिए किसी के द्वार नहीं जाना पड़ता।" देवरात को अच्छा लगा। वे श्रुतिधर के विनय और शील से आह्लादित हुए। प्रसन्न-भाव से बोले, "देखो आर्य, भूल न जाना। मेरा यह शरीर क्षत्रिय का है। आपके प्रति मेरा वात्सल्य तो बराबर उसी प्रकार बना रहेगा जैसा श्यामरूप के प्रति है, पर गौरव तो मुझे देना ही चाहिए। ब्राह्मण—तत्रपि विद्वान् ब्राह्मण—को सम्मान देना तो मेरा कुल-धर्म है।" श्रुतिधर ने विमर्शपूर्वक कहा, "जानता हूँ आर्य, जानता हूँ। परन्तु जो बात आप नहीं जानते वह भी जानता हूँ।" आश्चर्य के साथ देवरात ने पूछा, "वह कौन-सी बात है?" श्रुतिधर ने कुछ इतस्ततः करते हुए कहा, "यही कि श्यामरूप बेचारा इसी कारण से मारा गया। यदि आपने उसे ब्राह्मण-आचार में दीक्षित करने के उद्‌देश्य से क्षिप्तेश्वर महादेव की पाठशाला में न भिजवा दिया होता, तो वह नटों की मंडली के साथ न भागता और कदाचित् इतना कष्ट न भोगता। उसके मन में बड़ी कचोट है आर्य!"

देवरात के हृदय में विचित्र प्रकार की धड़कन होने लगी। हाँ, श्यामरूप के भटक जाने का कारण क्या उनके यही रूढ़ विचार हैं? उन्होंने ही वृद्धगोप को

सलाह दी थी कि श्यामरूप ब्राह्मण-कुमार है, उसे अपने कुल-धर्म के अनुरूप वैदिक कर्मकांड की शिक्षा देनी चाहिए। क्या कुल-धर्म और व्यक्तिगत रुचि में विरोध भी होता है? उन्हें अपने संस्कारों की सच्चाई में कभी सन्देह नहीं हुआ था। आज पहली बार उनके ऊपर कड़ी चोट पड़ी है। श्रुतिधर ने उनके मन के क्षोभ को पहचाना, उन्हें देवरात का हृदय दुखाने का कष्ट भी हुआ। बात दूसरी ओर मोड़ने के उद्देश्य से बोले, "विधाता जब कुछ करना चाहते हैं तो विचित्र संयोग दे देते हैं, आर्य! श्यामरूप का भटक जाना अच्छा ही हुआ। अगर नट-मंडली के साथ न भाग गया होता तो आज उसे भुवन-विश्रुत मल्ल होने की कीर्त्ति न मिली होती। अच्छा ही हुआ आर्य, मैंने आपको व्यर्थ ही व्यथा पहुँचाई। मेरे कहने का उद्देश्य केवल इतना ही था कि आप मुझे अपना स्नेह-भाजन शिष्य ही समझें। मुझे अनावश्यक सम्मान देकर लज्जित न करें। मुझे मेरा नाम लेकर ही पुकारें। यदि मेरी प्रार्थना आप नहीं स्वीकार करते तो सच मानिए आर्य, आपके कुल-धर्म के संस्कारों पर और भी चोट पहुँच सकती है, मैं पैर पकड़ लूँगा।" श्रुतिधर ने देवरात के हृदय को ठीक ढंग से सहलाया। वे प्रसन्न मुद्रा में कहने लगे, "साधु आयुष्मान्, तुम्हारे इस शील-गुण से मैं पराजित हो गया हूँ। चलो, अपनी कुटिया में। मैं विस्तार से सुनना चाहता हूँ। मैं तुम्हारी बातों से अपने को ही पा रहा हूँ। चलो, देर करने से क्या लाभ।"

पन्द्रह

उज्जयिनी में एक बहुत पुराना बगीचा था, जिसे चंडसेन के पूर्व-पुरुषों ने निर्माण कराया था। उसमें एक छोटा-सा प्रासाद और एक तालाब भी था। दीर्घकाल से उपेक्षित होने के कारण प्रासाद अत्यन्त जीर्ण हो गया था और इसे 'जीर्णोद्यान' कहा जाता था। किसी समय यह उद्यान और भवन निश्चय ही बहुत सुन्दर रहे होंगे, परन्तु अब यह भुतहा समझा जाने लगा था। उज्जयिनी में इसके बारे में अनेक भयजनक कहानियाँ प्रचलित हो गई थीं। बहुत-से प्रत्यक्षदर्शियों ने इसमें विकराल आकृति के भूत देखने का दावा भी किया था। रात को उधर जाने का साहस बहुत कम लोगों को होता था। उज्जयिनी में उस समय पालक नामक शक राजा का राज्य था। मथुरा में इन्हीं के सौतेले भाई उप्यवदात राज्य करते थे। दोनों भाइयों में परस्पर विश्वास और प्रेम बताया जाता था, परन्तु साधारण प्रजा दोनों को म्लेच्छ

समझती थी और दोनों से असन्तुष्ट थी। मुख्य कारण राजा और प्रजा के धार्मिक और सामाजिक आदर्शों का विरोध था। दोनों ही राज्यों के सैनिक प्रजा के धार्मिक विश्वासों का तिरस्कार करते थे और आए-दिन सैनिकों के अत्याचारों की झूठी-सच्ची खबरें उड़ती रहती थीं। केवल चंडसेन के प्रति जनता में श्रद्धा रह गई थी, क्योंकि वे प्रजा की भावनाओं का आदर करते थे। मथुरा और उज्जयिनी एक ही वंश द्वारा शासित राज्य थे। चंडसेन पालक और उप्यवदात दोनों के पितृव्य होने के कारण दोनों के ही सम्मान के पात्र थे, पर नगर में कुछ इस प्रकार की कानाफूसी चल रही थी कि वे पालक से किसी बात पर अप्रसन्न थे, इसलिए मथुरा चले गए थे। शार्विलक ने चंडसेन के परिवार को चुपचाप इसी उद्यान-भवन में ला रखा था। चंडसेन की आज्ञा से किसी प्रकार की कोई सफाई नहीं की गई। भवन के भीतरी हिस्से को स्वयं शार्विलक और वीरक ने झाड़-पोंछकर साफ किया था। बाहर ज्यों-का-त्यों रहने दिया था। बाहर से देखनेवालों को बिलकुल पता नहीं चलता था कि इसके भीतर कोई रह रहा है। शार्विलक भी अपने को छिपाकर ही इसकी देख-रेख करता था। इस कार्य में उसे अनायास ही बहुत अच्छी सहायता मिल गई थी।

जीर्णोद्यान के टूटे हुए सरोवर की दूसरी ओर एक पाठशाला थी। साधारण जनता में यह 'ओझाउल' (उपाध्याय-कुल) के नाम से प्रसिद्ध थी। इसका खर्च स्वयं चंडसेन चलाते थे। परन्तु वह खर्च नाममात्र का ही था। पाठशाला के आचार्य श्रुतिधर उज्जियनी में सम्मान की दृष्टि से देखे जाते थे। नगर के अनेक प्रतिष्ठित परिवारों के बालक उनसे शिक्षा प्राप्त करते थे। अपनी वृत्ति के लिए उन्हें किसी के द्वार नहीं जाना पड़ता था। इन्हीं श्रुतिधर से शार्विलक की मैत्री हो गई। स्वयं चंडसेन ने ही यह मैत्री करा दी थी। चंडसेन का श्रुतिधर पर अगाध विश्वास था। उज्जयिनी में केवल ये ही एक मनुष्य थे जिन्हें यह जानकारी थी कि चंडसेन का परिवार जीर्णोद्यान के भग्न प्रासाद में निवास कर रहा है। श्रुतिधर की प्रेरणा पाकर उनके विद्यार्थियों ने जीर्णोद्यान के भूतों की कहानियाँ नगर में और भी अधिक फैला दी थीं। अनेक रूपों में ये कहानियाँ फैली थीं, पर साथ-ही-साथ श्रुतिधर के अनजाने ही उनकी दैवी शक्तियों का भी प्रचार होता रहता था। विद्यार्थियों ने ऐसी बातें भी गढ़ ली थीं कि उनके गुरु ही जीर्णोद्यान के भूतों को वश में रख सकते हैं। गुरु के प्रति अत्यधिक श्रद्धा के कारण उन्होंने उनकी अलौकिक शक्तियों का प्रचार बहुत बढ़ा-चढ़ाकर किया था, स्वयं श्रुतिधर का उसमें कोई हाथ नहीं था, परन्तु नगर में वे सिद्ध पुरुष के रूप में ख्याति तो पाने ही लगे थे।

श्रुतिधर का उपाध्याय-कुल (ओझाउल) इसी पुराने उद्यान में था। किसी जमाने में यह उद्यान बहुत मनोरम रहा होगा, लेकिन इस समय उसकी हालत

बहुत अच्छी नहीं थी। ऐसा लगता था जैसे दीर्घकाल से उसको सुशिक्षित हाथों का यत्न नहीं मिला था। जिन स्थानों पर कभी चम्पक, सिंदुवार, कर्णिकार, कदम्ब आदि मनोहर पुष्पोंवाले वृक्ष रहे होंगे, वहाँ अब अयत्नवर्द्धित करवीर और भांडीरक गुल्मों का आविर्भाव हो आया था। कुएँ से वृक्षों तक जानेवाली नालियों में घास निकल आई थी और केदारों में दूब, कुश और सरकंडों का प्रादुर्भाव हो आया था। उद्यान को घेरनेवाली दीवारों में पीपल और बरगद के पेड़ निकल आए थे और गर्वपूर्वक अपनी जीवनी-शक्ति की घोषणा कर रहे थे। उद्यान किसी बड़ी योजना और सम्पत्ति से बना होगा। उसमें एक बड़ा-सा महल भी था और उसके मालिक के मनोविनोद के लिए बने हुए रंग-गृह और आस्थानमंडप भी थे, पर दीर्घकाल से उनकी कोई देख-रेख न होने से वे बहुत जीर्ण लगने लगे थे यद्यपि उतने पुराने से वास्तव में थे नहीं। इस महल से थोड़ी दूरी पर बनी हुई श्रुतिधर की कुटिया सचमुच ही कुटिया थी। उसके बाहर एक विशाल बकुल वृक्ष था। उसकी छाया में श्रुतिधर का अध्ययन-अध्यापन, पूजा-पाठ सब-कुछ चलता था। कुटिया का उपयोग केवल बरसात के समय ही कुछ हो जाता था। बकुल वृक्ष के नीचे भूमि अवश्य साफ कर ली गई थी और मिट्टी-पत्थर से कुछ वेदियाँ भी बना ली गई थीं।

चंडसेन का परिवार बहुत छोटा था। उनकी पत्नी साध्वी महिला थीं। उनके पिता अलकदात पुरुषपुर के शक सरदार थे और बौद्धधर्मी थे। पुत्री को उन्होंने बौद्ध उपासना-पद्धति में दीक्षित किया था। वे दिन-रात पाठ-पूजा में लगी रहती थीं। अष्ट-सहस्री प्रज्ञा-पारमिता का वे नित्य पाठ किया करती थीं और बुद्ध-प्रतिमा के सामने ध्यानावस्थित होकर महायान शाखा के मन्त्रों का जप किया करती थीं। उज्जयिनी के जीर्णोद्यान में उन्हें और कोई कष्ट तो नहीं था, लेकिन एक दुख उन्हें अवश्य था। वे अपने नित्य नियमों के अनुसार श्रमण साधुओं को यथेष्ट दान नहीं दे पाती थीं, क्योंकि बाहर जाना सम्भव नहीं था और वहाँ श्रमणों को बुला लाने पर नगर में उनके प्रच्छन्न आवास का पता लग जाने की आशंका थी। उनके दो छोटे-छोटे पुत्र थे। आचार्य श्रुतिधर ने उन्हें अपनी पाठशाला में ले लिया था और स्पष्ट निर्देश दे दिया था कि वे अपना सही परिचय किसी बालक को न दें। रात को उन्हें प्रच्छन्न रूप से माता के पास पहुँचा दिया जाता था। शार्विलक भी रात को ही स्वामिनी से मिलता था और आवश्यक आदेश प्राप्त करता था। वह पाठशाला में एक ऐसे स्थान पर बैठकर जीर्ण प्रासाद पर कड़ी नजर रखता था, जहाँ से प्रासाद-द्वार स्पष्ट दिखाई देता था। वीरक भी प्रासाद के एक अंश में रहता था और स्वामिनी की सेवा के लिए जो कुछ आवश्यक होता था, उसे जुटा दिया करता था। सबकुछ ठीक-ठाक चल रहा था। आचार्य श्रुतिधर शार्विलक को छोटे

भाई की तरह स्नेह देते थे। धीरे-धीरे उन्होंने शार्विलक के पूर्वजीवन की सारी बातों का पता लगा लिया। दोनों का दोनों पर पूर्ण प्रेम और विश्वास हो गया था।

एक दिन चंडसेन की पत्नी ने शार्विलक को बुलाकर कहा कि उन्होंने भिक्षुओं के निमित्त कुछ दान सामग्री रखी है। उन्होंने आदेश दिया कि शार्विलक चुपचाप उसे बौद्ध विहार में पहुँचा दे।

उज्जयिनी में अनेक बौद्ध विहार थे। सबसे प्रसिद्ध विहार श्रेष्ठिचत्वर के निकट था। नगर के बड़े-बड़े महाजन इस विहार के अनुयायी थे। यहाँ सौ भिक्षुओं का निवास था। विहार के वरिष्ठ भिक्षु महानन्द स्थविर थे। उनकी विद्धत्ता और तपस्या की बड़ी ख्याति थी। यद्यपि श्रुतिधर बौद्ध मत के विरोधी थे, परन्तु वे भी महानन्द स्थविर के शास्त्र-ज्ञान के प्रशंसक थे। उनसे परामर्श करके शार्विलक ने इसी विहार में दान सामग्री पहुँचाने का निश्चय किया।

विहार तक पहुँचने का रास्ता श्रेष्ठिचत्वर के बीच से होकर जाता था। नगर से पूरी तरह परिचित न होने के कारण शार्विलक को कई लोगों से पूछकर रास्ता पहचानना पड़ा। वह सूर्यास्त के बाद ही निकला था। विहार से लौटते समय अन्धकार घना हो गया था। श्रेष्ठिचत्वर के सामने के रास्ते पर बड़े-बड़े मकानों के गवाक्षों से छन-छनकर हलका प्रकाश पड़ रहा था, जिससे मार्ग साफ-साफ दिखाई देता था। शार्विलक इस हलके प्रकाश से रास्ते का अंदाजा लगाते हुए जीर्णोद्यान की ओर बढ़ा जा रहा था। अचानक उसे किसी गली से चिल्लाने की आवाज सुनाई पड़ी। वह उधर ही मुड़ा और देखकर आश्चर्य से स्तब्ध रह गया। एक प्रौढ़ व्यक्ति, जो वेशभूषा में ब्राह्मण जान पड़ता था, दो-तीन दंडधरों से उलझा हुआ था। दंडधर उसे बुरी तरह पीट रहे थे। वह चिल्ला-चिल्लाकर कह रहा था—"देखो लोगो, आर्य चारुदत्त दरिद्र हो गए हैं तो ये पापी उनके घर में घुसकर महिलाओं का अपमान कर रहे हैं।" दरवाजे के भीतर से कोई स्त्री जोर-जोर से चिल्ला रही थी। उसके हाथ का दीया एकाएक गिर गया। वह और जोर से चीखने लगी। ऐसा जान पड़ता था कि उस स्त्री को पकड़ने के लिए दंडधरों में से कोई भीतर घुस गया था और उसे उठा लेने की कोशिश कर रहा था। ब्राह्मण बुरी तरह चिल्ला रहा था। एक क्षण में उस स्त्री को भी घसीटकर बाहर ले आया गया। शार्विलक को समझने में देर नहीं लगी। उसे यह देखकर आश्चर्य हुआ कि यह सारा अत्याचार बीच नगर में हो रहा है, परन्तु कोई इस ब्राह्मण और इस स्त्री की सहायता करने के लिए बाहर नहीं आ रहा है। बाहर आना तो दूर रहा, कहीं कोई विरोध में एक शब्द भी नहीं कह रहा है। विचित्र आतंक था!

शार्विलक क्रोध से तमतमा गया। ऐसा अनर्थ उसने कभी देखा नहीं था। उसे एक क्षण के लिए लगा कि वह भंडों और कापुरुषों की बस्ती में आ पहुँचा है।

सिंह की भाँति वह दहाड़ उठा, "कौन है जो स्त्रियों पर अत्याचार कर रहा है! मैं हूँ शार्विलक, मेरे सामने यह सब नहीं चल सकता, मैं एक-एक को मसल दूँगा।" आवेश में वह भूल ही गया कि उसे अपना परिचय नहीं देना चाहिए था, वह तो छिपकर उज्जयिनी में रह रहा था। वह तेजी से दंडधरों पर टूट पड़ा, परन्तु उसे बहुत उलझना नहीं पड़ा। उसके नाम ने जादू का-सा काम किया। दंडधर आपस में फुसफुसाए—यह शार्विलक कहाँ से आ गया! और तेजी से भाग गए। ब्राह्मण देवता संज्ञा-शून्य होकर गिर पड़े थे। भागते समय दंडधरों ने उस स्त्री को धकेलकर उनके ऊपर गिरा दिया था। अँधेरे में शार्विलक ने टटोलकर ब्राह्मण देवता को उठाया और उनके ऊपर बेहोश गिरी स्त्री को भी अलग किया। दंडधरों के भाग जाने के बाद कुछ गृहस्थों में भी साहस का संचार हुआ। वे दीपक लेकर घटनास्थल पर पहुँच गए। पानी मँगाया गया और दोनों को होश में लाया गया। होश में आते ही ब्राह्मण फिर तनकर खड़ा हो गया और आविष्ट के समान बोलता गया, "आर्य चारुदत्त के घर में यह अत्याचार मेरे रहते नहीं हो सकता। यदि किसी ने इस दासी पर हाथ लगाया तो उसका सिर तोड़ दूँगा।" शार्विलक ने ब्राह्मण देवता को आश्वासन दिया, "घबराने की कोई बात नहीं है, गुंडे भाग गए हैं। मैं शार्विलक हूँ। मुझसे भी यह अत्याचार नहीं देखा जाएगा। मेरी ओर देखो, मैं गुंडों का काल हूँ।" वहाँ जितने लोग थे, शार्विलक को देखकर चकित रह गए। ब्राह्मण ने कहा, "भद्र, तुम हमारे रक्षक होकर यहाँ आ गए, नहीं तो इन अत्याचारियों ने इस घर की मान-मर्यादा नष्ट ही कर दी थी।" फिर एकाएक पीछे मुड़कर चिल्ला पड़े, "मदनिका! हाय-हाय! यह दूसरे घर की दासी यहाँ आकर अपमानित हो गई। अब चारुदत्त पर किसी की आस्था रहेगी!" इसी समय मदनिका की संज्ञा भी लौट आई। उसने अर्ध-चेतनावस्था में शार्विलक का नाम सुन लिया था। फटी-फटी आँखों से शार्विलक की ओर देखती हुई फफककर रो पड़ी, "हाय, आर्य शार्विलक, तुम यहाँ कैसे पहुँचे! मैं माँदी हूँ।" शार्विलक एक क्षण के लिए सन्न हर गया। वह क्या सुन रहा है, यह माँदी है! पास खड़े मनुष्य के हाथ से दीपक लेकर उसने माँदी को अच्छी तरह देखा। माँदी ही तो है! जी में आया कि एकदम उसे उठाकर छाती से लगा ले, परन्तु इतने लोगों के बीच वह ऐसा न कर सका। केवल आश्वासन देने के स्वर में इतना ही कह सका, "माँदी, मदनिका, मैं शार्विलक ही हूँ।" थोड़ी देर तक विचित्र सन्नाटा रहा। फिर ब्राह्मण देवता ने ही मौन भंग किया, "आर्य शार्विलक, आपके नाम और यश से परिचित हूँ, परन्तु ऐसी विषम स्थिति में आपके दर्शन होंगे, यह मैं कल्पना भी नहीं कर सकता था। मैं हूँ आर्य चारुदत्त का मित्र मैत्रेय। यह चारुदत्त का निवास-स्थान है। यह मदनिका है। यह आर्या वसन्तसेना की नई दासी है। आर्या

वसन्तसेना ने इसके हाथों कुछ सन्देश आर्य चारुदत्त को भिजवाया था, परन्तु वे घर पर नहीं हैं। मैं इसे आर्या वसन्तसेना के निवास-स्थान तक पहुँचाने के लिए जा रहा था कि अत्याचारी म्लेच्छ राजा का साला अपने दंडधरों के साथ यहाँ पहुँच गया और बलपूर्वक इसका अपहरण करना चाहा। अगर तुम न आ गए होते तो आज इस नगरी के ललाम-भूत दो सहृदयों का अपमान हो गया होता। एक आर्य चारुदत्त का और दूसरा उनकी प्रिय सखी आर्या वसन्तसेना का। अपमान तो अब अब भी हो गया है, लेकिन अनर्थ नहीं हो पाया। मैं तो बुरी तरह से आहत हो गया हूँ। पता नहीं, इस बेचारी मदनिका को कितनी चोट आई है! हाय-हाय, इस उज्जयिनी में ऐसा अनर्थ भी होने लगा! तुमने अपनी आँखों देखा कि इस असहाय ब्राह्मण को किस बुरी तरह ताड़ित और अपमानित किया गया। भय के मारे मेरी छाती धड़क रही है। काश, इसे किसी प्रकार से सुरक्षित आर्या वसन्तसेना के स्थान पर पहुँचा सकता! क्या तुम मेरी थोड़ी और सहायता कर सकते हो?'' शार्विलक ने ब्राह्मण को आश्वस्त करते हुए कहा, ''आर्य, आप चिन्ता न करें। आप घर के भीतर जाकर विश्राम करें, आपको बहुत चोट आ गई है। मदनिका मेरी पूर्व-परिचित है। मैं इसे आर्या वसन्तसेना के निवास स्थान पर पहुँचा दूँगा।'' फिर मदनिका की ओर घूमकर पूछा, ''भद्रे, मेरे साथ अपने निवास पर जाने में तुम्हें कोई आपत्ति तो नहीं है?'' मदनिका का चेहरा प्रफुल्ल हो गया। उसमें लज्जा की थोड़ी अरुणिमा भी आ गई, बोली, ''आर्य, आप पर विश्वास न करूँ, ऐसी अधमा नहीं हूँ। मैं पूर्णरूप से आश्वस्त हूँ कि आप मुझे केवल इसी समय निरापद स्थान में नहीं पहुँचा देंगे, अपितु भविष्य में भी सदा-सर्वदा मेरी रक्षा करते रहेंगे।'' शार्विलक के हृदय में इस गूढ़ अभिप्रायवाले वाक्य से गुदगुदी पैदा हो गई। मैत्रेय से घर के भीतर जाने का अनुरोध करते हुए मदनिका से उसने कहा, ''चलो देवि, मैं तुम्हें आर्या वसन्तसेना के घर पहुँचा दूँ, परन्तु रास्ता तुम्हें ही बताना होगा। मैं इस नगरी में अपरिचित हूँ।''

मदनिका अर्थात् माँदी, शार्विलक के साथ वसन्तसेना के घर की ओर चल पड़ी। थोड़ा एकान्त पाकर वह फफक-फफककर रो पड़ी, ''हाय आर्य, मेरा उद्धार कैसे होगा! मुझे उन दुष्टों ने पाँच सौ सुवर्ण पर बेच दिया है। परन्तु मेरी मालकिन आर्या वसन्तसेना सचमुच देवी हैं। उनकी शरण में आकर मुझे सुख-ही-सुख मिला है, कोई कष्ट नहीं पहुँचा। परन्तु आर्य, मेरे हृदय में निरन्तर एक आँधी चलती रहती है। मेरे भाग्य में क्या यही बदा था? तुम फिर मिल गए हो, अब मुझे छोड़ो मत, मेरा उद्धार करो! अब मैं तुम्हारी हूँ!'' रास्ते में एकाएक माँदी शार्विलक के चरण पकड़कर रो पड़ी। शार्विलक ने कहा, ''उठो माँदी, यह उपयुक्त स्थान नहीं है। तुम्हारे लिए ही पागलों की तरह मैं भटकता रहा हूँ। मथुरा से

उज्जयिनी तक इसी आशा से आया हूँ कि तुम कहीं मिल जाओगी। सौभाग्य की बात है कि तुम मुझे मिल गईं। मुझे इस बात की प्रसन्नता है कि तुम आर्या वसन्तसेना की शरण में हो। पाँच सौ सुवर्ण कोई ऐसी चीज नहीं है। मैं कहीं-न-कहीं से इतना धन इकट्ठा करूँगा और धर्मतः तुम्हें मुक्त करके अपने साथ रखूँगा। तुमने बहुत दुख भोगा है, उसके लिए अपराधी मैं ही हूँ। मेरी ही कुंठा के कारण तुम्हें इतना भोगना पड़ा। अब तुम निश्चिन्त रहो। मैं शीघ्र ही तुम्हें मुक्त कराऊँगा और स्वयं तुम्हारे प्रेमपाश में बँध जाऊँगा। शार्विलक अब तक उत्साहहीन होकर निर्जीव की भाँति पड़ा हुआ था। तुमने उसमें आशा और उत्साह भरा है। अब वह असाध्य-साधन करने को कृत-संकल्प है। चिन्ता न करो। एक सप्ताह के भीतर ही मैं तुम्हें अवश्य मुक्त करा लूँगा।"

माँदी के चेहरे पर उज्ज्वल प्रकाश प्रदीप्त हो उठा, बोली, "सच कहते हो मेरे प्यारे, सिर्फ एक सप्ताह में मुझे छुड़ा लोगे?" शार्विलक ने उसी प्रकार हँसते हुए कहा, "सच कहता हूँ प्रिये, सिर्फ एक सप्ताह का समय मुझे चाहिए।"

वसन्तसेना के आवास तक माँदी को पहुँचाकर शार्विलक बाहर से ही लौट पड़ा। माँदी ने बहुत आग्रह किया कि वह भीतर आर्या वसन्तसेना से मिल ले, परन्तु शार्विलक ने यह उचित नहीं समझा और बाहर से ही लौट पड़ा। थोड़ी दूर आकर उसने देखा कि माँदी अत्यन्त सतृष्ण नेत्रों से उसका लौटना देख रही है, वह भीतर नहीं जा रही है। वह फिर लौट आया, बोला, "प्रिये, क्या तुम्हें विश्वास नहीं होता कि मैं एक सप्ताह के बाद लौट आऊँगा?" माँदी की आँखों से आँसू गिरने लगे, कुछ बोल नहीं सकी, केवल करुण नेत्रों ने बताया कि उसका विश्वास हिल रहा है। शार्विलक ने कहा, "विश्वास रखो और भीतर जाओ।" इस स्वर में अनुनय नहीं था, आदेश था। मदनिका भीतर जाने लगी। अब शार्विलक के ठिठकने की बारी थी। उसने देखा, माँदी भीतर जा रही थी, लेकिन उसकी आँखें बाहर आने को बाध्य कर रही थीं। उसने फिर कहा, "भीतर जाओ!" और बिना रुके चला गया।

वह इधर-उधर भटकता जीर्णोद्यान की ओर अग्रसर होने लगा। इसी बीच एक दंडधर ने उसे पहचान लिया। उसने अपनी एक साथी से कहा, "यही दुष्ट है, पकड़ो!" फिर दोनों ने अन्य दंडधरों को चिल्ला-चिल्लाकर पुकारा। चारों ओर से आवाजें आने लगीं—"पकड़ो, पकड़ो, वह भागा जा रहा है...पकड़ लो।" कई सशस्त्र दंडधर उसकी ओर लपके। शार्विलक के हाथ में कोई शस्त्र नहीं था। उसके जी में आया कि किसी दंडधर का कोई शस्त्र छीन ले। यह सोचकर वह उनकी ओर लपका ही था कि दूसरी ओर से दस-पन्द्रह शस्त्रधारी दंडधर उस पर झपट पड़े। एक क्षण में उसने अपना कर्त्तव्य निश्चित कर लिया। उस अवस्था में वह

लड़ नहीं सकता। अगर वह घायल हो गया तो एक सप्ताह में माँदी के पास आने की प्रतिज्ञा नहीं पूरी कर सकेगा। फुर्ती से सामनेवाले दंडधर को धकेलकर आगे निकल गया और बड़ी तेजी से राजमार्ग पर दौड़ने लगा। उसने देखा कि दंडधरों की एक विशाल वाहिनी उसके पीछे दौड़ रही है। वह बड़ी फुर्ती से भागता गया। उसे स्वयं पता नहीं कि वह कितना दौड़ा। मन में माँदी का करुण मुख था। उसे माँदी को छुड़ाना है। पाँच सौ सुवर्ण चाहिए, शस्त्र चाहिए, कहाँ मिलेगा यह सब! उसकी बाहरी चेतना सिमटकर इन्हीं तीन बातों में उलझ गई थी—माँदी, सुवर्ण, शस्त्र! वह सोचता जाता था, दौड़ता जाता था—कहाँ? कुछ पता नहीं।

उन दिनों दूर तक संवाद भेजने के लिए क्रोश पद्धति प्रचलित थी! 'क्रोश' चिल्लाकर आवाज देने को कहते थे; जितनी दूर तक आवाज स्पष्ट रूप से पहुँच जाती थी उतनी दूरी को भी 'क्रोश' ही कहा जाता था। प्राकृत-जन में यह शब्द घिस-घिसकर 'कोस' बन गया था। उज्जयिनी में प्रत्येक 'क्रोश' (कोस) पर एक दंडधर-वाहिनी का अड्डा था। किसी कठिन स्थिति में एक क्रोश-स्थान पर दंडधर चिल्लाकर आनेवाले क्रोश-स्थान के दंडधरों को सूचना दे देता था। क्रोश-स्थान पर 'प्रहरी' नियुक्त रहते थे, जो साधारणतः नागरिकों को समय बताने के लिए एक घंटा बजाया करते थे। घंटे पर प्रहार करने के कारण ही ये लोग 'प्रहरी' कहे जाते थे। पर सार्वजनिक विपत्ति के समय ये लोग निरन्तर घंटे पर प्रहार करने लगते थे। शार्विलक को इस व्यवस्था के कारण बड़ी विपत्ति में पड़ना पड़ा। दंडधरों ने क्रोश-स्थानों को चिल्लाकर सूचना दी, "चोर भागा जा रहा है।" शीघ्र ही नगर-भर के घंटे टनटना उठे। सर्वत्र नागरिक सावधान हो गए; वह जिधर ही भागकर जाता था उधर ही लोग 'चोर-चोर' चिल्लाकर उसे पकड़ने का प्रयास करने लगे। एक ओर से भागता तो दूसरी ओर उसी विपत्ति में पड़ जाता। कई जगह उसे व्यूहबद्ध लोगों का सामना करना पड़ा। अन्धकार उसका सहायक भी था, बाधक भी। वह फुर्ती से भागकर किसी अँधेरी गली में मुड़ जाता। वहाँ बाधा मिलने पर दूसरी ओर मुड़ता। उसे समझ में नहीं आ रहा था कि क्या करे। वह भाग रहा था, केवल भाग रहा था। सर्वत्र उसे एक ही ध्वनि सुनाई पड़ती थी—'चोर, चोर! पकड़ो, पकड़ो!' बिना सोचे-समझे वह भागता रहा। इस भाग-दौड़ में रात प्रायः बीत गई। अब उसे अपने बच निकलने की आशा नहीं रही। यों भी वह थक गया था। थकान से चूर, हताश शार्विलक की आँखों के सामने अँधेरा छा गया। वह नाक की सीध में भागा। रास्ता सीधा था। आगे कोई आवाज नहीं थी। अँधेरे में लुढ़ककर नीचे गिर गया। छपाक्-सा शब्द हुआ। शार्विलक ने अपने को नदी की गोद में पाया, वह अवश भाव से पड़ा रहा। तैरने की कोशिश नहीं की, निढाल होकर अपने को धारा में बहने दिया। अब भी नगर में खरभर थी। घंटे टनटना

रहे थे। उसने बहते रहने में विश्राम पाया। सूर्य निकल आया था। वह दम साधकर बहता रहा। परिखा और नदी के संगम पर उसे आवर्त्त में उलझना पड़ा। रही-सही शक्ति समेटकर वह आगे बढ़ गया। परिखा पीछे छूट गई, नगर से वह बाहर आ गया। थोड़ी देर तक वह नदी की पुलिन भूमि पर निढाल पड़ा रहा। भीगे हुए वस्त्र ज्वलन्त आतप से शरीर पर ही सूख गए। मध्याह्न तक वैसे ही पड़ा रहा, मूर्च्छित, निःसंज्ञ। तीसरे पहर आँख खुली। कहाँ है वह! कुछ पता नहीं। एकाएक कानों में वही ध्वनि गूँज उठी—'चोर, चोर! पकड़ो, पकड़ो!' वह भड़भड़ाकर उठा और भागा। आवाज उसके भय-भ्रान्ता चित्त का विकल्प ही थी। कहीं कोई आवाज नहीं थी। केवल कानों में एक प्रकार की भ्रान्ति समा गई थी। रास्ते से वह अलग हट गया। जो कोई दिख गया उसे ही सावधान किया, पर रुका नहीं। वह पहाड़ी, जंगली ऊबड़खाबड़ मार्ग से भागता ही चला गया।

वह थककर चूर हो गया। अनेक विकट अरण्य मार्गों और ऊबड़खाबड़ गिरि पथों को लाँघ गया था, अब चला नहीं जाता था। एक पहाड़ी कन्दरा में वह पर-कटे बाज की तरह गिर गया। स्थान निरापद था, सन्ध्या उतर आई थी। शार्विलक का अंग-अंग शिथिल हो गया था, पर मन में जो आँधी चल रही थी वह ज्यों-की-त्यों थी—माँदी, सुवर्ण, शस्त्र! उसे तीनों को प्राप्त करना होगा। क्रम अवश्य उलटा होगा। पहले शस्त्र, फिर सुवर्ण, फिर माँदी! मगर कैसे मिलेंगे। पहले शस्त्र चाहिए। वह बहुत कठिन नहीं होगा, पर पाँच सौ सुवर्ण मुद्राएँ कहाँ मिलेंगी? तीन ही रास्ते हैं—भिक्षा, ऋण और चोरी। भिक्षा वह नहीं माँगेगा। माँगे भी तो पाँच सौ सुवर्ण मुद्रा उसे कौन दे देगा? और ऋण भी उसे कौन देगा? क्या देखकर उसे कोई ऋण देगा? वह सब प्रकार से निःस्व है। अपनी कही जाने योग्य कुछ भी सम्पत्ति उसके पास नहीं है। और चोरी? शार्विलक का अन्तरतर काँप उठा। नट-मंडली के साथ रहता था, उस मंडली के अनेक पुरुष चोरी में प्रवीण थे। पर नटों के चौधरी जंभल ने उससे कभी चोरी करने को नहीं कहा। यही नहीं, भरसक वह इस बात का प्रयत्न करता था कि उसका होनहार शिष्य छबीला पंडित जान भी न पावे कि नट लोग ऐसा पाप-कर्म भी करते हैं। उसे छबीला पंडित को पवित्र और निष्पाप बनाए रखने में गर्व अनुभव होता था। आज छबीला पंडित 'शार्विलक' बना घूम रहा है। क्या अब वह ऐसे पाप-कर्म में लिप्त होगा। देवरात का दुलारा, जंभल का लाड़ला, चंडसेन का विश्वासभाजन शार्विलक अब चोरी करेगा? फट जाओ धरित्री, इस पाप-चिन्तक को निगल जाओ, धिक्!

शार्विलक सोच भी नहीं पा रहा है कि ऐसी पाप-चिन्ता उसके मन में क्यों आ रही है। माँदी के कारण? उसने आज तक किसी स्त्री की ओर कुदृष्टि नहीं डाली। माँदी की ओर वह आकृष्ट हो गया। क्यों हो गया, वह ठीक-ठीक नहीं

जानता। आरम्भ उसके प्रति करुणा से हुआ। क्या यह पाप था? उसके अन्तर्यामी जानते हैं कि उसमें कलुष का स्पर्श भी नहीं था। पर जिस दिन मुखरा भाभी ने कहा था कि माँदी का छबीला के प्रति अभिलाषभाव है उस दिन उसकी शिराएँ झनझना उठी थीं। वह बुरी तरह आहत हुआ था। तब से जिस प्रकार लोहा चुम्बक के पीछे भागता है, उसी प्रकार वह भी माँदी के पीछे भाग रहा है। उसके अन्तर्यामी जानते हैं, इसमें उसका कोई दोष नहीं है। क्यों ऐसा हुआ? शार्विलक कारण नहीं जानता। कहीं कोई झकझोर रहा है, मसल रहा है, चिथड़ रहा है। वह क्यों खिंचा, यन्त्र की भाँति, विवेकहीन की भाँति! सारा संसार चक्र की भाँति घूम रहा है। शार्विलक कर्त्तव्यमूढ़ हो गया है। माँदी फिर मिल गई, पर क्या यह अच्छा हुआ? उसका पहला पतन हुआ प्राण बचाने के लिए भागने के रूप में। उसे कभी प्राणों का ऐसा मोह नहीं हुआ। वह भागता रहा है, केवल एक मोह के कारण—प्राण बचाना है, माँदी को पाना है। यह मोह पाप है। दूसरा पतन हुआ है इस पाप-चिन्ता के रूप में। उसके मन में चोरी की बात उठी है। शास्त्रकारों ने बताया है कि जो एक बार विवेकभ्रष्ट होता है उसका शतमुख विनिपात होता है। दोमुख विनिपात तो हो ही गया। और भी होगा। शार्विलक, सावधान! तुम्हारा और भी विनिपात होनेवाला है।

शार्विलक सोच नहीं पा रहा है कि किस जगह वह विवेक से भ्रष्ट हुआ है। हुआ अवश्य है।

परन्तु माँदी को छुड़ाए बिना वह रह कैसे सकता है! उसे भूल जाना अगर विवेक है तो विवेक निश्चित रूप से घटिया चीज है। माँदी को वह भूल नहीं सकता। उसे छुड़ाने के लिए वह जो भी करेगा, सब पुण्य-कार्य होगा। पाप इसमें नहीं है। पाप किसी और जगह है। माँदी को छुड़ाने का संकल्प पाप नहीं है। उसके लिए उपाय सोचना भी पाप-चिन्ता नहीं है। उसके अन्तर्यामी कहते हैं, यह पाप नहीं है। सारा सत्त्व गलकर माँदी के निकट ढरक जाना चाहता है। महामाया का त्रिभुवन-मोहिनी रूप प्राणों को जलाकर आलोकित हो रहा है। सोचना नहीं है, उसे करना है। बिना करनी के सोचते रहना ही कदाचित् असली पाप है! शार्विलक बेचैन है। कहीं कुछ फट रहा है, कुछ मथ रहा है। दारुण उद्वेग से हृदय फटा जा रहा है, फिर भी वह खंड-खंड होकर बिखर नहीं रहा है; शरीर विकल है, परन्तु चेतना नहीं छूटी है, संज्ञा भाव भी बना हुआ है; भीतर-ही-भीतर ज्वाला भभक रही है, लेकिन जला नहीं पा रही है। वह जल भी नहीं रहा है, केवल धुँधुआ रहा है, कोई क्रूरता से मर्मच्छेदन कर रहा है, पर प्राण नहीं निकल रहा है। शार्विलक व्याकुल है।

अन्धकार घना हो गया और उसके साथ ही शार्विलक की चिन्ता भी घनी

होती गई। धीरे-धीरे वह सो गया। गाढ़ निद्रा ने सारी चिन्ताओं को आच्छादित कर लिया। भगवती महामाया का निद्रा-रूप बड़ा शामक होता है। वह शरीर और मन की थकान पर सुधालेप करता है। वह जीवनी-शक्ति को सहलावा देता है और प्राणों को नए सिरे से ताजगी देता है। शार्विलक को निद्रा आ गई। देर तक वह सोता रहा, दीर्घकाल तक संजीवनी-धारा से उसके प्राण प्रक्षालित होते रहे। जब होश में आया तो दिन निकल आया था। उसे अब भूख और प्यास दोनों की अनुभूति हुई। बाहर आकर उसने चारों ओर देखा कि कहीं अन्न और पानी की सम्भावना है या नहीं। दूर-दूर तक खदिर और वन-पनसों की झाड़ियाँ फैली हुई थीं, पथरीली चट्टानों का सपाट विस्तार दिखाई दे रहा था, दूर-दूर तक मनुष्य के निवास का कहीं कोई चिह्न नहीं था। वह निराश हुआ। शरीर बिलकुल चूर हो गया था। पैर आगे बढ़ने को एकदम तैयार नहीं थे। बड़ी कठिनाई से वह एक छोटी पहाड़ी पर चढ़ सका। उद्देश्य था--ऊँचाई पर से कुछ और दूर तक देखने का प्रयत्न करना। उसका श्रम सफल हुआ। पहाड़ी की दूसरी ओर एक छोटा-सा मन्दिर दिखाई दिया। मन्दिर है, तो मनुष्य के होने की सम्भावना भी है। वह शिथिल गति से मन्दिर की ओर बढ़ा।

मन्दिर के पास पहुँचते ही उसे संकट का सामना करना पड़ा। एक वृद्ध उसकी ओर झपटे, ''आ गया यमराज का दूत! आगे बढ़ा तो हड्डी-पसली चूर कर दूँगा। ले जाना हो तो मुझे ले जा। खबरदार जो उधर बढ़ा!'' वृद्ध ने सचमुच ही उस पर डंडा चला दिया। शार्विलक इस संकट के लिए तैयार नहीं था, पर जब डंडा सिर पर आ ही गया तो फुर्ती से उछलकर अपने को बचा लिया। वृद्ध के केश बिखरे हुए थे, आँखें लाल हो रही थीं और नासिका का अग्रभाग बुरी तरह काँप रहा था। शार्विलक को लगा, वृद्ध विक्षिप्त हैं। शरीर-सम्पत्ति के नाम पर उनके पास मुट्ठी-भर ठठरी ही थी, पर क्रोध से वे काँप रहे थे और अनर्गल गालियाँ बकते जा रहे थे। श्यामरूप हतबुद्धि!

इसी समय मन्दिर के भीतर से कोमल कंठ की आवाज आई है, ''हैं-हैं! क्या कर रहे हो?'' एक वृद्धा तपस्विनी मन्दिर से बाहर आईं। शार्विलक ने देखा तो आश्चर्य से ठक् हो गया। इस वृद्धावस्था में भी उनके मुख-मंडल से दीप्ति-सी झड़ रही थी। ललाट दर्पण के समान चमक रहा था। सम्पूर्ण शरीर से शालीनता बिखर रही थी। क्या पार्वती भी वृद्ध होती हैं! साक्षात् पार्वती ही तो हैं। क्या शोभा ने वैराग्य धारण किया है, क्या तपस्या भी तप करती है, क्या कान्ति भी शरीर धारण करती है, दीप्ति को भी वार्द्धक्य का बाना धारण करना पड़ता है? वह क्या देख रहा है? उस वृद्धा ने आते ही वृद्ध को पकड़कर एक ओर किया। अत्यन्त मृदु कंठ से उन्हें डाँटा, ''तुम मनुष्य भी नहीं पहचान सकते? यह यमदूत है कि

ब्राह्मण-बालक है? तुम्हारा बेटा ही तो है! क्यों क्रोध करते हो? शिव आज प्रसन्न हैं। उन्होंने हमारा पुत्र लौटा दिया है। ध्यान से देखो!" वृद्ध ने ध्यान देने का प्रयत्न किया। पथराई आँखों से वृद्धा की ओर देखकर भीगे स्वर में बोले, "श्यामरूप है?" फिर एकदम झपटकर शार्विलक को छाती से लगा लिया, "हाय, बेटा, तुझे मार दिया, अब नहीं मारूँगा, नहीं मारूँगा! तू अब बूढ़े बाप पर विश्वास कर, हाय बेटा!" वे सारी ताकत लगाकर शार्विलक को छाती से चिपकाते जा रहे थे। वह कुछ भी नहीं समझ पा रहा था, पर वृद्ध के गाढ़ आलिंगन से उसे अपूर्व शान्ति भी मिल रही थी। वह वृद्धा की ओर चकित भाव से देख रहा था। श्यामरूप तो उसी का नाम है। यह वृद्धा उसे कैसे जान गईं। निश्चय ही यह साक्षात् भगवती हैं। वृद्ध की छाती से चिपका हुआ वह करुण नेत्रों से भगवती को देखता जा रहा था। उसका सिर वृद्ध की अश्रुधारा से सिक्त हो रहा था। यह कैसा विचित्र संयोग है!

वृद्धा ने बड़े प्यार से वृद्ध को समझाया, "अभी इसे छोड़ दो। थका हुआ आया है। इसे मुझे ले जाने दो। तुम शान्त होकर शिवजी का ध्यान करो।" वृद्ध ने शार्विलक का सिर सूँघा। कुछ कातर वाणी में बोले, "तू अब जाएगा तो नहीं बेटा!" शार्विलक के उत्तर देने से पहले ही वृद्धा बोल उठीं, "जाएगा क्यों नहीं! सयाना हो गया है। कामकाज भी तो है। आता-जाता रहेगा। बूढ़े बाप और माँ को कैसे छोड़ सकता है?" फिर शार्विलक की ओर देखकर बोलीं, "आता-जाता रहेगा न बेटा?" उत्तर की उन्हें अपेक्षा नहीं थी। वृद्ध से बोलीं, "हाँ, आता-जाता रहेगा! तुम क्रोध मत करना।"

शार्विलक को विचित्र नाटक-सा दिखाई दे रहा था। वृद्ध ने डबडबाई आँखों से उसकी ओर देखा, बोले, "मैंने यमदूत समझा था बेटा! अब गुस्सा नहीं करूँगा।" वृद्धा माता ने काटकर कहा, "यमदूत पर भी क्यों करते हो? वह अपने श्यामरूप को कहाँ ले गया है? यही तो सामने है, देखो!" वृद्ध ने आश्वस्त होकर कहा, "ठीक कहती हो! यमदूत का कोई अपराध नहीं है। मेरी ही मति मारी गई है। नहीं, अब किसी पर क्रोध नहीं करूँगा, किसी पर नहीं!"

शार्विलक इस सारे नाटकीय संवाद का मूक साक्षी बना रहा। उसे कुछ बोलने का अवसर ही नहीं दिया गया, यद्यपि मुख्य पात्र वही था। वृद्धा ने उसका हाथ पकड़कर बड़े ही प्यार से कहा, "आ बेटा, तू थका-थका लग रहा है।" वृद्ध चीत्कार के साथ बोल उठे, "कभी क्रोध नहीं करूँगा, कभी नहीं।" वे एकटक देखते रहे। फिर थके हुए-से, हारे हुए-से शिव मन्दिर की ओर चले गए।

वृद्धा माता शार्विलक का हाथ पकड़कर अपनी कुटिया में ले गईं। शार्विलक मन्त्र-मुग्ध-सा खिंचता गया। उसे कुछ भी समझ में नहीं आ रहा था।

वृद्धा ने स्नेह-सिक्त स्वर में उसे हाथ-मुँह धोने और जलपान करने को कहा। वह यन्त्र-चालित के समान आदेश-पालन करता गया। किसी माया के वश में हो गया है क्या?

जलपान के लिए कुछ फल-फूल के सिवा कुछ और नहीं था, परन्तु उसमें मातृत्व की गरिमा थी। श्यामरूप (शार्विलक) इस स्नेह-सिक्त जलपान से जहाँ अननुभूत तृप्ति पा रहा था, वहीं रहस्य न समझ पाने के कारण संकुचित भी था। वह कुछ जानना चाहता था, परन्तु मुँह से कोई शब्द नहीं निकल पा रहा था। थोड़ी देर में वृद्धा ने ही रहस्योद्घाटन किया, बोलीं, "बेटा, बड़े भाग्य से तुम यहाँ आ गए। इनको तो तुम देख रहे हो न? एकदम पागल हो गए हैं। क्रोधी तो ये शुरू से ही थे, परन्तु अब मस्तिष्क का साम्य एकदम नष्ट हो गया है। अच्छे विद्वान् थे, लोगों में सम्मान प्राप्त था, दूर-दूर से विद्यार्थी इनके पास शास्त्र का अध्ययन करने के लिए आते थे, पर अब कैसी अवस्था हो गई है! हमारे भाग्य में विधाता ने केवल कष्ट ही लिखा था। बहुत पूजा-पाठ और व्रत-उपवास करने के बाद एक पुत्र प्राप्त हुआ था। सुन्दर ऐसा कि रास्ता चलते लोग देखकर ठिठक जाते थे। बहुत-कुछ तुम्हारे-जैसा ही था। बुद्धि भी उसकी बहुत अच्छी थी। पिता उस पर जान देते थे और मैं अपनी बात क्या बताऊँ! उसे पाकर मैंने अपने जीवन को कृतार्थ समझा था, लेकिन ये उसे जल्दी-जल्दी पंडित बना देना चाहते थे। कभी-कभी क्रोध में पीट भी दिया करते थे। जब सोलह वर्ष का हुआ तो वह सचमुच शास्त्रज्ञ के रूप में आदर-सम्मान पाने लगा। इनकी बड़ी इच्छा थी कि वह वाद-सभा में सदा विजयी बनता रहे। एक बार उज्जयिनी की वाद-सभा में उसे बहुत सिखा-पढ़ाकर भेजा। इन्हें बड़ी आशा थी कि इनका लड़का दिग्विजयी पंडित घोषित होगा। मैं इन्हें बार-बार कहती थी कि उतावले क्यों होते हो, अभी उसकी अवस्था ही कितनी है। कुछ और पढ़े-लिखेगा तो तुम्हारी आशा अवश्य पूरी होगी, परन्तु विधाता ने इन्हें धैर्य-जैसी चीज दी ही नहीं। थोड़ी-सी बात पर चिढ़ जाते थे और क्रोध से जल-भुन जाते थे। उज्जयिनी की वाद-सभा में बड़े-बड़े धुरंधर विद्वान् आए हुए थे। वहाँ इस बच्चे की क्या सामर्थ्य थी? इनकी आशा पूरी नहीं हुई। लड़का कुछ लज्जित-सा होकर घर लौटा। मैंने उसे प्यार किया, ढाढ़स बँधाया, कहा कि कोई बात नहीं है, अभी तुम बच्चे हो, अगली बार तुम अवश्य विजयी होगे। खूब मन लगाकर पढ़ो। शिवजी तुम्हें शास्त्र-मर्मज्ञ बनाएँगे। जानते हो बेटा, शास्त्रार्थ-सभा में विजयी होना मेरी दृष्टि में पांडित्य की कसौटी नहीं है। जिसे सचमुच शास्त्र-ज्ञान हो जाएगा, वह भला जीत-हार के लिए क्यों भटकता फिरेगा! परन्तु इन्हें मेरी बात नहीं सोहाती थी। ज्यों ही इन्होंने सुना कि लड़का शास्त्रार्थ में हार गया है, क्रोध से तमतमाए हुए आए और आते ही उसे पीटने

लगे। अगर मैं बीच में न पड़ गई होती तो शायद मार ही डालते। इनकी सारी मार का अधिकांश मैंने ही झेला। सोलह वर्ष का सयाना लड़का क्या कभी इस तरह पीटा जाता है? परन्तु उस दिन इनका पारा बहुत चढ़ा हुआ था। मैंने अपने पड़ौसी को बुलाकर किसी तरह लड़के को इनसे अलग कर दिया। ये घर की चीजें तोड़ते-फोड़ते रहे। दूसरे दिन कुछ शान्त हुए।...

"उधर लड़का घर से भाग गया। भागा तो फिर लौटा ही नहीं। कई दिन बाद पता लगा कि वह कुएँ में डूबकर मर गया। मैंने सुना तो सिर पीट लिया। पिता की उतावली ने कैसा अनर्थ कर दिया! यह तो पागल ही हो गए। जिस किसी अपरिचित को देखते हैं उसे ही यमराज का दूत समझकर मारने दौड़ते हैं। इनके मन में कुछ भय समा गया है कि यमराज का दूत लड़के को तो ले ही गया, पत्नी को भी ले जाएगा। मेरी अवस्था तुम समझ सकते हो। यमराज के दूत अगर उठा ले जाते तो अच्छा ही होता, परन्तु इनके कारण मैं यमराज के दूत को बुला भी नहीं सकती। भगवान् ने जो सबसे सुन्दर प्रसाद दिया था उसे तो उठा ही ले गए, मुझे यह चिन्ता सताने लगी कि कहीं इन्हें भी न खो दूँ। गाँव में न जाने कितने लोगों से झगड़ा हो गया। जिसे मारने दौड़ते, वह भी दो-चार हाथ इन्हें लगा ही देता। गाँव में रहना मुश्किल हो गया। फिर मैं इन्हें लेकर इस निर्जन स्थान में आ गई। यहाँ कोई मनुष्य आता ही नहीं। इसलिए ये कुछ शान्त रहने लगे। कोई बारह साल से मैं इस मन्दिर में शिव की आराधना कर रही हूँ। नित्य प्रार्थना करती हूँ कि प्रभो! जिसे ले लिया उसे तो ले ही लिया, जिसे रहने दिया है उसे सुबुद्धि दो। इनका मानसिक सन्तुलन ठीक कर दो और जीवन के अन्तिम क्षणों में इनको सेवा करने की सुबुद्धि दो। मेरा गाँव यहाँ से थोड़ी ही दूर पर है। बीच-बीच में इन्हें छोड़कर चली जाती हूँ और जो कुछ भी इनके शिष्यों से मिल जाता है उसे ले आती हूँ और किसी प्रकार शिव की आराधना करती हुई मृत्यु के दिन गिन रही हूँ।...

"बेटा, मैंने जो नाटक आज रचा है, वह इन्हीं परिस्थितियों में। मेरे बेटे का नाम श्यामरूप था, इसीलिए मैंने तुम्हें श्यामरूप कहा। ऐसा लगता है कि इन्हें विश्वास हो गया है कि तुम वही श्यामरूप हो। कौन जाने, आज से इनकी दशा सुधरने लगे! बेटा, तुमसे यहाँ रहने को तो नहीं कहूँगी, परन्तु अगर इनकी दशा सुधरने लगे तो यह आशा अवश्य करूँगी कि तुम कभी-कभी आ जाया करो। मेरा विश्वास है कि शिवजी ने ही इनके मानसिक उपचार के लिए तुम्हें भेजा है। बुरा न मानना बेटा, मैंने तुम्हारे बारे में कुछ पूछा ही नहीं, केवल अपना ही दुखड़ा रोती रही। यदि ये कभी तुमसे तुम्हारा नाम पूछें तो श्यामरूप ही बताना।"

वृद्धा थोड़ा रुकीं और फिर दुलार से सिर पर हाथ फेरती हुई बोलीं, "तुम

मेरे श्यामरूप ही तो हो। हाय बेटा, तुम क्या इस वृद्धा माँ को नहीं समझ सकते?"

वृद्धा की आँखों से आँसू झरने लगे। श्यामरूप भी डबडबा गया। बोला, "माँ, मैं सचमुच श्यामरूप ही हूँ। कैसा विचित्र संयोग है! मैं अनाथ बालक हलद्वीप के वृद्धगोप दम्पती का पाला हुआ हूँ। मेरा नाम श्यामरूप ही है। मैंने सुना है कि मेरे पिता-माता किसी मेले में मुझे लेकर आए और किसी दुर्घटना में डूबकर मर गए। मैं अभागा बच गया। यह तो विचित्र बात है। माता, तुम कहती हो कि तुम्हारा श्यामरूप डूबकर मर गया। और यह श्यामरूप भी जानता है कि उसके माँ-बाप डूबकर मर गए। तुम अपने डूबे श्यामरूप को मुझमें देख रही हो और मैं अपने डूबे हुए माता-पिता को तुम लोगों में देख रहा हूँ। यह विचित्र संयोग नहीं है, माँ?"

वृद्धा माता चकित भाव से उसे देखने लगीं, बोलीं, "सचमुच विचित्र है बेटा! मैंने अपने डूबे हुए लाल को पाया, तुमने अपने डूबे हुए माँ-बाप को पाया। अच्छा बेटा, आए कहाँ से हो?"

श्यामरूप ने दीर्घ निःश्वास लिया, बोला, "आ तो उज्जयिनी से रहा हूँ, माँ! मथुरा में तुम्हारे इस पुत्र को 'मल्ल-मौलिमणि' का सम्मान मिला था, लेकिन इसका नाम बदल गया था। अब मैं 'शार्विलक' के नाम से जाना जाता हूँ, लेकिन मेरा मूल नाम श्यामरूप ही है। उज्जयिनी में एक विचित्र संकट में पड़कर भाग खड़ा हुआ। भागता-भागता यहाँ आकर छिपा। मुझे बिलकुल पता नहीं कि मैं उज्जयिनी से कितनी दूर और किस ओर आ गया हूँ। माँ, तुम्हारा यह लड़का कायर नहीं है, परन्तु कुछ ऐसा ही संयोग बना कि प्राण बचाना आवश्यक हो गया। हाथ में कोई हथियार नहीं था। कहीं से शस्त्र-संग्रह करके फिर मैं उज्जयिनी जाना चाहता हूँ। कुछ ऐसी बात है कि मुझे लौटना ही पड़ेगा। परन्तु माँ, अब तो मैं अपने माँ-बाप को पा गया हूँ। उज्जयिनी से फिर लौटकर दर्शन करूँगा। तुम अवश्य मेरी माँ हो। मैं इस बात को कभी भी भूलूँगा नहीं!"

वृद्धा ने शिव-मन्दिर की ओर उत्सुकता-भरी दृष्टि से देखा और मानो अपने से ही बोलीं, "यह कैसी लीला है, प्रभो!" फिर उन्होंने बड़े प्यार से शार्विलक का सिर सहलाया, अस्त-व्यस्त बालों को ठीक किया और देर तक एकटक उसकी ओर देखती रहीं। फिर वहाँ से दृष्टि हटाकर मन्दिर की ओर देखने लगीं। थोड़ी देर तक वे अवश-भाव से एकटक उसी ओर देखती रहीं। वह दृष्टि विचित्र थी। उसमें कृतज्ञता भी थी, कातरता भी थी और उल्लास भी था। बीच-बीच में किसी अदृश्य श्रोता को लक्ष्य करके कुछ बोलती-सी जाती थीं। शब्द स्पष्ट होते थे, वाक्य अधूरे। अदृश्य श्रोता उसका अर्थ समझता था, शायद कुछ प्रत्युत्तर भी देता था, परन्तु

शार्विलक उन प्रत्युत्तरों को नहीं सुन पाता था। देर तक एकटक देखते रहने के बाद वृद्धा के मुँह से शब्द निकले थे, "प्रभो! ममता में बाँधते हो, यह कैसी मुक्ति देते हो?" अदृश्य श्रोता ने क्या उत्तर दिया, वह शार्विलक ने नहीं सुना। पर वृद्धा माता के कपोल दर-विगलित अश्रुधारा से भीग गए। आँखें खुली रहीं। कुछ देर चुप रहने के बाद वह बोलीं, "ठगते हो, ठगी को बढ़ावा देते हो!" फिर मौन, फिर अश्रुपात! "ममता में ही मुक्ति देते हो तो यह प्रपंच-लीला क्यों?" फिर बिना रुके अर्द्धस्फुट स्वर में बोलीं, "सब तो लिया तुमने, यह ममता भी क्यों नहीं ले लेते? क्यों नाटक रच-रचके भरमाते हो! तुम्हारी दया भी छलना है!" पता नहीं, अदृश्य श्रोता ने क्या उत्तर दिया। वृद्धा माता उसी प्रकार अभिभूत मुद्रा में ताकती रहीं। आँखों से अश्रुधारा उसी प्रकार झरती रही। फिर हारी हुई की भाँति अपने-आपसे बोल उठीं, "भाग्यहीना, सब छलना है, सब धोखा है, सब अभिनय है। क्यों व्यथा पाती है! व्यथा भी छलना है!"

शार्विलक कुछ समझ नहीं पाया कि माताजी के मन में क्या द्वन्द्व चल रहा है। कहीं मर्म पर चोट पहुँची है। उनका सारा अस्तित्व ही झनझना उठा है। वे मौन हो गई हैं, पर कहीं अन्तरतर की अत्यन्त गहराई में कुछ झनझना उठा है। उनका सारा शरीर उद्भिन्न-केसर कदम्ब-पुष्प के समान रोमांच-कंटकित हो उठा है। वे निर्वात-निष्कंप दीपशिखा की भाँति ऊर्ध्वमुख जल रही हैं। धरती का जड़ आकर्षण उन्हें नीचे नहीं खींच सकता। वे उत्फुल्ल हैं, रोमांचित हैं, निःस्पन्द हैं।

धीरे-धीरे वे सहज अवस्था में आने लगीं। आँखों की स्निग्धता लौट आई, अधरों की लालिमा अपनी जगह आ गई। नासा-पुट का स्पन्दन बन्द हो गया। उन्होंने स्निग्ध दृष्टि से श्यामरूप (शार्विलक) की ओर देखा। फिर श्यामरूप की ओर मुड़कर उन्होंने पूछा, "कौन शस्त्र तुम्हें चाहिए, बेटा? तुम क्या क्षत्रिय-कुमार हो?" श्यामरूप (शार्विलक) ने कुछ लज्जित होकर कहा, "माता, हूँ तो ब्राह्मण कुमार ही, लेकिन संस्कार-भ्रष्ट हूँ।" वृद्धा ने गद्गद होकर कहा, "कोई बात नहीं, बेटा! परमात्मा ने तुम्हारे भीतर जो शक्ति दी है उसी का विकास करो, उसी को दीन-दुखियों के कष्ट दूर करने में उपयोग करो, उसी को अखिलात्मा पुरुष की सेवा में लगा दो। मैंने तो केवल इसलिए पूछा कि साधारणतः क्षत्रिय-कुमार ही शस्त्र ग्रहण करते हैं। हम तो अकिंचन हैं। हमारे पास कोई शस्त्र नहीं है। केवल एक शस्त्र है जो इस मन्दिर में मुझे मिला था। उसे देख लो, अगर तुम्हारे काम का हो तो ले जा सकते हो। वह शिव का ही वरदान है, इसलिए उससे कोई अनुचित कर्म नहीं करना।" शार्विलक एकदम उत्फुल्ल हो उठा, "कहाँ है माता, मैं उसे देखूँगा। विश्वास करो माँ, अनावश्यक रूप से इस शस्त्र का उपयोग नहीं करूँगा। केवल दीन-दुखियों की रक्षा के लिए आवश्यक हुआ तो भगवान् शिव की

अनुज्ञा से ही उसका उपयोग करूँगा, परन्तु वह है कहाँ? मैं देखना चाहता हूँ।'' वृद्धा ने श्यामरूप को आश्वस्त किया और कहा, ''पहले तुम स्नान कर लो, कुछ विश्राम कर लो, फिर सन्ध्या समय मैं तुम्हें दिखा दूँगी।'' इसी बीच वृद्ध सज्जन आ गए। उन्होंने आते ही शार्विलक के सिर पर हाथ फेरा। और बोले, ''बेटा श्यामरूप, तुम कहाँ-कहाँ भटक रहे हो? अब इस बूढ़े को न छोड़ना, बेटा!'' श्यामरूप ने उनके चरणों पर सिर रख दिया और बोला, ''पिताजी, दो-चार दिन के लिए मुझे बाहर जाना होगा और फिर लौटकर आपके चरणों के पास आ जाऊँगा।'' वृद्ध ने फटी-फटी आँखों से देखते हुए कहा, ''अब क्रोध नहीं करूँगा बेटा, कभी भी नहीं करूँगा।'' वृद्ध के कातर स्वर से शार्विलक को कष्ट हुआ। उसकी आँखों में आँसू आ गए। उसने फिर चरणों में सिर रखकर कहा, ''पिताजी, आप कभी क्रोध न करिएगा।'' वृद्ध ने उसे फिर छाती से चिपका लिया, ''कभी नहीं, कभी नहीं! अब मैं तुझे शास्त्रार्थ-सभा में नहीं भेजूँगा। तुझसे शास्त्र-चर्चा भी नहीं करूँगा। तू जैसा है वैसा ही मुझे स्वीकार है।'' कहकर वे चले गए।

सायंकाल वृद्धा माता शार्विलक को मन्दिर में ले गईं। वहाँ एक पत्थर से दबी हुई तलवार निकाली। बोलीं, ''देख बेटा, इससे तेरा काम होगा?'' श्यामरूम ने उस तलवार को उठाकर हाथ में लिया। भारी मालूम हुई। कोष में से निकालकर देखा तो ऐसा लगता था, जैसे सूर्य ही चन्द्रमंडलाकार होकर चमक रहा है। किसकी तलवार हो सकती है यह! गद्‌गद होकर बोला, ''माँ, यह तो बहुत अच्छी चीज है!'' फिर माता के चरणों में सिर रखकर बोला, ''इसे दीन-दुखियों की रक्षा के अलावा कहीं भी प्रयोग नहीं करूँगा। यह शिव का वरदान है, तुम्हारा आशीर्वाद है। मेरा विश्वास है कि मुझे इसे चलाने की आवश्यकता नहीं पड़ेगी। इसे देखकर शत्रु स्वयं निस्तेज हो जाएँगे। माँ, मैं तुम्हारा बहुत ऋणी हूँ।'' माता ने बहुत प्यार से कहा, ''ले जा, यह तेरी रक्षा करेगी और तुझे दीन-दुखियों की रक्षा करने का साहस देगी। यह तलवार कैसे यहाँ आ गई, यह मैं भी नहीं जानती। मैं यह भी नहीं जानती कि मेरे आने के पहले की पड़ी है या बाद में किसी ने छोड़ दी है। एक दिन मन्दिर में झाड़ू देते समय एक पत्थर हटाने पर मुझे यह अनायास मिल गई। मैंने इसे छुआ तक नहीं। क्या करती इसे लेकर? यदि तुम्हारा काम हो जाए तो इसे शिवजी की सम्पत्ति समझकर पीछे यहीं रख सकते हो। जान पड़ता है कि यह किसी महावीर की तलवार है।'' शार्विलक ने सिर झुकाकर माता का प्रसाद ग्रहण किया।

सोलह

हलद्वीप शान्त था। आर्यक के राजपद पर अभिषिक्त होने से विरोधी दब गए थे। कुछ लोग तो राज्य छोड़कर अन्यत्र चले गए थे। आर्यक जब साम्राज्यवाहिनी का महाबलाधिकृत होकर चला गया, तब भी वहाँ शान्ति बनी रही। सम्राट् के दूर के सम्बन्ध के मामा के पुत्र लगनेवाले लिच्छवि राजकुमार पुरन्दर अमात्य-पद पर अभिषिक्त थे। वही राज-काज देखते रहे। उन्होंने कई बार मृणालमंजरी से अनुरोध किया कि वह आकर प्रजा-पालन करे, परन्तु मृणालमंजरी अपना गाँव छोड़ने पर राजी नहीं हुई। फिर भी पुरन्दर उसका सम्मान रानी के रूप में ही करते रहे। कठिन समस्याओं के बारे में वे मृणालमंजरी की अनुमति अवश्य लेते रहे। यद्यपि मृणालमंजरी ने सदा यही कहा कि आर्य को जो उचित जान पड़े, वही करें। परन्तु इतनी-सी बात को भी वे आदेश ही मानते थे। मृणालमंजरी ने कभी अपने को रानी नहीं समझा। वह यथानियम व्रत-उपवास का तपोमय जीवन बिताती रही। प्रजा में पुरन्दर के व्यवहार से सन्तोष था। वह अपनी तपस्विनी रानी को पाकर प्रसन्न थी। राजकार्य पुरन्दर ही सँभाल रहे थे, पर कभी भी उन्होंने अपने को एक थाती के व्यवस्थापक से अधिक नहीं समझा। वे मृणालमंजरी के तपोमय जीवन में किसी प्रकार की बाधा नहीं उपस्थित करते थे, पर प्रजा में यह धारणा अवश्य दृढ़ करते रहते थे कि महीयसी रानी की अनुमति के बिना कोई पत्ता नहीं हिल सकता। प्रजा सन्तुष्ट थी। सारा कामकाज सहज गति से चल रहा था। कहीं कोई कठिनाई नहीं दिखाई देती थी।

परन्तु चन्द्रा के आने और मृणालमंजरी के साथ रहने लगने से नगर में थोड़ी अशान्ति दिखाई पड़ी। हलद्वीप के प्रायः सभी लोग चन्द्रा को चरित्रहीन नारी समझते थे। वह किसी और की ब्याहता बहू है, अपने पति को छोड़कर वह आर्यक के पीछे लग गई। यह धर्म-कर्म के विपरीत आचरण था। उसके इस स्वैराचार से सबसे अधिक कष्ट स्वयं रानी मृणालमंजरी को हुआ और फिर भी यह उसी के साथ रहने लगी है। और कोई स्त्री होती तो उसकी खाल खिंचवा लेती; पर मृणालमंजरी है कि उसे बड़ी बहिन का सम्मान देती है। इससे प्रजा में जहाँ मृणालमंजरी का मान और भी बढ़ गया, वहीं चन्द्रा के प्रति रोष और घृणा भी बढ़ गई। चन्द्रा के पति श्रीचन्द्र ने अवसर देखकर अमात्य पुरन्दर के दरबार में व्यवहार (मुकद्मा) खड़ा कर दिया। उसकी इच्छा केवल यही थी कि चन्द्रा को दंड मिले और आर्यक की कुत्सा हो। पुरन्दर बड़े असमंजस में पड़े। उनके मन में भी चन्द्रा के प्रति रोष था, पर इस व्यवहार में स्वयं राजा आर्यक के घसीटे जाने की

आशंका थी।

असमंजस के और भी कई कारण थे। पुरन्दर को प्रामाणिक रूप से तो कुछ पता नहीं था, पर सारे हलद्वीप में लोग जान गए थे कि स्वयं सम्राट् ने आर्यक और चन्द्रा के सम्बन्ध को अनुचित ठहराया है और इस कार्य के लिए अपने प्रिय वयस्य और सेनापति आर्यक की भर्त्सना की है। इस प्रकार सम्राट् ने स्वयं निर्णय कर दिया है कि यह सम्बन्ध अनुचित है। व्यवहार में किसी-न-किसी बहाने सम्राट् का निर्णय भी घसीटा जाएगा। उन्होंने मृणालमंजरी से भी इस विषय में परामर्श लिया। मृणालमंजरी ने लज्जा और संकोच के कारण इस विषय में विशेष कुछ नहीं कहा, लेकिन दृढ़ता के साथ इतना अवश्य कहा, "धर्मतः यह मामला मेरे, चन्द्रा के और आर्यक के बीच का है, कोई चौथा इसमें हस्तक्षेप नहीं कर सकता—राज्य भी नहीं।" पुरन्दर सुनकर कुछ आश्चर्य के साथ बोले, "क्या कहती हो देवि, इस सम्बन्ध में चन्द्रा के पति श्रीचन्द्र को कुछ भी कहने का अधिकार नहीं है?" मृणालमंजरी ने दृढ़ता के साथ कहा, "हाँ आर्य, धर्मतः श्रीचन्द्र चन्द्रा का पति नहीं है।" पुरन्दर इस दृढ़तापूर्वक कहे गए वाक्य से स्तब्ध रह गए। उन्हें मृणालमंजरी से ऐसा सुनने की कल्पना भी नहीं थी। उनकी चिन्ता और भी बढ़ गई।

ऐसे व्यवहारों में मध्यदेश में प्राड्विवाक की राय ली जाती थी। शक-प्रभावित क्षेत्रों—मथुरा, उज्जयिनी आदि—में परामर्शदाता को 'प्राश्निक' कहा जाता था। दोनों का काम एक ही था। वे लोग वादी-प्रतिवादी और साक्षियों से प्रश्न करके सच्चाई का पता लगाते थे। अन्तर यह था कि प्राड्विवाक स्थायी धर्माधिकारी होता था, जबकि प्राश्निक मामले की प्रकृति के अनुसार अस्थायी रूप से नियुक्त किया जाता था। मथुरा को अधिकार में लेने के बाद भारशिव नागों ने दोनों प्रथाओं को मान्यता दी थी। प्राड्विवाक चाहे तो अस्थायी प्राश्निक नियुक्त कर सकता था। मथुरा के हाथ से निकल जाने के बाद भी यह प्रथा चलती रही। हलद्वीप में तो अब भी यह प्रथा प्रचलित थी। यहाँ के प्राड्विवाक कान्तिपुरी से आए महान् धर्मशास्त्रज्ञ आचार्य पुरगोभिल थे, जो अपनी निष्पक्षता और धर्म-प्रेम के कारण जनता में सम्मानित थे। राज्य के उलट-फेर के बाद भी वे अपने पद पर बने रहे। उनकी विद्वत्ता और धर्म-बुद्धि का सम्मान सभी वर्गों के लोग करते थे।

पुरन्दर ने प्राड्विवाक पुरगोभिल को परामर्श के लिए बुलाया। उन्हें आशा थी कि वे मामले की गुत्थियाँ सुलझा देंगे।

धर्म-मर्मज्ञ आचार्य पुरगोभिल पूजा-पाठ से निवृत्त होकर राजभवन के लिए निकले तो द्वार पर ही सुमेर काका मिल गए। आचार्यपाद सुमेर काका को भली-भाँति जानते थे। वे उनकी खरी बातों और फक्कड़ाना स्वभाव का आदर करते

थे। सुमेर काका ने दंडवत् प्रणाम किया। कुशल-प्रश्न के बाद आचार्यपाद ने काका के आगमन का कारण पूछा। काका ने हाथ जोड़कर कहा, ''अविनय क्षमा हो आर्य, यह जानते हुए भी कि आप राज-प्रतिनिधि अमात्य से श्रीचन्द्र के व्यवहार के विषय में वार्त्ता करने जा रहे हैं, मैंने आपको थोड़ी देर के लिए रोक देने की धृष्टता की है। मुझे केवल इतना निवेदन करना है कि यदि यह व्यवहार चलाने की अनुमति दी गई तो मेरा भी एक अभियोग विचारार्थ स्वीकृत होना चाहिए। अपने अभियोग के लिए प्रमाण देने को प्रस्तुत हूँ।'' सुमेर काका की बात सुनकर आचार्यपाद रुक गए। बोले, ''तात सुमेर, मैं जानता हूँ कि तुम ऐसे प्रपंचों में नहीं पड़ते, निश्चय ही कोई गम्भीर बात होगी, जिससे तुम इस व्यवहार में अपने को उलझाना चाहते हो। मैं तुम्हारा अभियोग सुनना चाहता हूँ। बोलो, मैं पूर्ण रूप से अवहित हूँ।''

सुमेर काका ने बिना किसी भूमिका के अपनी बात कह दी, ''आर्य, हलद्वीप के सभी स्त्री-पुरुषों की तरह मैं भी चन्द्रा के आचरण का विरोधी था। मुझे भी उससे घृणा थी, परन्तु कुछ नई जानकारी मुझे मिली है। मेरा अभियोग यह है कि श्रीचन्द्र में पुरुषत्व है ही नहीं, और चन्द्रा के साथ उसका विवाह धर्म-सम्मत नहीं हुआ। यह विवाह चन्द्रा के पिता ने कन्या की इच्छा के विरुद्ध कराया है, जो मेरी दृष्टि में सामाजिक बलात्कार है। आपके सामने जो व्यवहार आनेवाला है उसकी मूल भित्ति ही यह है कि श्रीचन्द्र दावा करता है कि चन्द्रा उसकी पत्नी है। मेरी समझ में यह दावा गलत है। आर्य, मैं धर्म-शास्त्रों का ज्ञाता नहीं हूँ। सीधी बात सीधे समझने का अभ्यासी हूँ। श्रीचन्द्र को मैं मिथ्याचारी समझता हूँ। उसने समाज को धोखा दिया है। आप मुझे शूल-विद्ध भी कर दें तो मैं भी मैं इस मिथ्याचार का प्रतिवाद करूँगा। पुराण-ऋषियों ने क्या कहा है, मुझे नहीं मालूम, परन्तु सत्य सत्य है, बलात्कार बलात्कार! मुझे इतना ही कहना है। आगे आप और राज-प्रतिनिधि पुरन्दर जैसा चाहें निर्णय दें, परन्तु यदि आपने इस भित्ति को स्वीकार करके व्यवहार चलाया तो सुमेर उसका विरोध करेगा।''

आचार्यपाद सुनकर एकदम ठिठक गए। बोले, ''तात सुमेर, तुम बड़ी गम्भीर बात कह रहे हो, इसे प्रमाणित कर सकोगे?''

सुमेर काका ने अकुंठ-अस्खलित वाणी में उत्तर दिया, ''हाँ!'' और प्रणाम करके आचार्यपाद के उत्तर की अपेक्षा किए बिना चलते बने।

आचार्यपाद के मन में सैकड़ों शास्त्र-वाक्य घूमने लगे। वे विचार-मग्न होकर धीरे-धीरे चलते हुए पुरन्दर के आवास पर उपस्थित हुए।

उचित स्वागत-सत्कार के बाद पुरन्दर और पुरगोभिल एकान्त में विचार करने के लिए बैठे। पुरन्दर ने संक्षेप में उनसे व्यवहार की बात की और अपने मन की

उलझन बताई और साथ ही मृणालमंजरी की बातें भी उन्होंने खोलकर आचार्यपाद के सामने रख दीं।

आचार्यपाद आदि से अन्त तक चुप सुनते रहे। उनके चेहरे पर कोई विकार नहीं आया। सब सुन लेने के बाद उन्होंने राज-प्रतिनिधि अमात्य पुरन्दर की ओर वेधक दृष्टि से देखते हुए कहा, ''धर्मावतार, आप राजा के प्रतिनिधि हैं। आपके मन में यह उलझन है कि इस व्यवहार में हलद्वीप के वास्तविक राजा गोपाल आर्यक घसीटे जा सकते हैं। धर्म की दृष्टि में अनुचित कार्य करनेवाला दंडनीय है, चाहे वह राजा हो या सामान्य जन। इसलिए इस उलझन की न तो कोई आवश्यकता है और न इसका कोई महत्त्व। धर्म की दृष्टि में गोपाल आर्यक हो या चन्द्रा, कोई भी अनुचित आचरण करता है तो उसे दंड भोगना ही पड़ेगा। आपकी दूसरी उलझन यह है कि आपकी धारणा है कि सम्राट् ने स्वयं इस विषय को निर्णीत कर दिया है। यह धारणा भी निरर्थक है। धर्मतः राजा या महाराजाधिराज अकेले में बैठकर कोई निर्णय नहीं ले सकते। धर्मावतार, पितामह और शुक्राचार्य-जैसे धर्मज्ञों ने यह कठोर निर्देश दिया है कि राजा या न्यायाधीश या मन्त्री—किसी को भी अकेले में न तो विवाद सुनना चाहिए और न ही निर्णय लेना चाहिए। निर्णायक को पाँच दोषों से बचना चाहिए—राग, लोभ, भय, द्वेष और एकान्त में वादियों की बातें सुनना। इससे पक्षपात की आशंका बनी रहती है। यदि सम्राट् ने प्राड्विवाक, मन्त्री, पुरोहित और धर्म-शास्त्रियों से परामर्श किए बिना कोई निर्णय लिया है तो उसका कोई मूल्य नहीं है, वह निरर्थक है। फिर आपके पास कोई ऐसा प्रमाण भी नहीं है कि सम्राट् ने सचमुच ही कोई निर्णय किया है। किया भी हो तो वह धर्म-सम्मत नहीं है। तीसरी बात यह है कि मुझे ऐसे व्यक्ति से एक सूचना मिली है जिसे राग-द्वेष से विचलित होते नहीं देखा गया है। सूचना यह है कि श्रीचन्द्र का यह दावा गलत है कि वह चन्द्रा का धर्म-सम्मत पति है। मुझे बताया गया है कि उसमें पुरुषत्व नहीं है और धर्मतः वह किसी स्त्री से विवाह नहीं कर सकता। मुझे यह बताया गया है कि चन्द्रा की इच्छा के विरुद्ध उसके पिता ने किसी लोभवश यह विवाह कराया था। इन बातों के लिए प्रमाण की आवश्यकता है। परन्तु यह बात यदि प्रमाणित हो भी जाए तो उसके बाद भी समस्या उलझी ही रहेगी। इस विचित्र में क्या करना चाहिए, अस्पष्ट ही है। धर्मशास्त्र में ऐसा कोई वचन नहीं दिखता जो इस प्रकार के जटिल व्यवहार का निर्णय करने में सहायक हो। अन्ततोगत्वा राजा ही इस विषय पर निर्णय दे सकता है। राजा की अनुपस्थिति में सबसे पहला अधिकार रानी का होना चाहिए। उनका निर्णय आपने सुन ही लिया। फिर भी, उनका निर्णय भी एकान्त का निर्णय है, इसलिए अमान्य है।''

आचार्यपाद की इस स्पष्ट उक्ति से पुरन्दर और भी परेशान हुए। उन्हें यह देखकर प्रसन्नता हुई कि आचार्यपाद धर्म-सम्मत बातें निर्भीकता के साथ कर रहे हैं, परन्तु उनकी परेशानी यह थी कि इससे कोई मामला सुलझ नहीं रहा था। उन्होंने विनीत भाव से कहा, "आचार्यपाद के स्पष्ट धर्म-सम्मत कथन से मुझे बड़ी प्रसन्नता हुई है। आपने सम्राट्, राजा, राज-प्रतिनिधि और रानी किसी को भी 'धर्म द्वारा अननुमोदित और असमर्थित मार्ग' की ओर जाने का प्रतिवाद किया है। यह आप-जैसे धर्माधिकारी के उपयुक्त वचन हैं। परन्तु इस विवाद को सुलझाने का कोई रास्ता नहीं दिखाई दे रहा है। कैसे सुलझाया जाए, इस सम्बन्ध में आचार्यपाद का क्या विचार है?"

आचार्य पुरगोभिल ने कहा, "धर्मावतार, मेरे कथन का उद्देश्य सम्राट्, राजा या रानी की अवमानना बिलकुल नहीं है। मैं केवल धर्मसंगत निर्णय की ओर ही आपका ध्यान आकृष्ट कर रहा था। जो-कुछ भी होना चाहिए, धर्म द्वारा अनुमोदित और समर्थित होना चाहिए। धर्म के आगे सभी समान हैं। किन्तु महाराज, मैं वृद्ध हो गया हूँ, मेरे पिता कान्तिपुरी के प्रसिद्ध धर्माधिकारी थे। मेरे पितामह मथुरा में नाग राजाओं के धर्माधिकारी थे। मैंने केवल धर्मशास्त्रों का अध्ययन नहीं किया, बल्कि अपने पिता और पितामह से नवीन परिस्थितियों में नवीन धर्मसंहिताओं के निर्माण की कहानी भी सुनी है। मैंने सुना है कि शक और कुषाण नरपतियों ने अनेक विद्वत्-सभाओं का आयोजन किया था, जिनमें धर्मज्ञ, अलूक्ष और सम्मर्शी धर्मवेत्ता उपस्थित हुए थे। विदेशी जातियों के आने के कारण समाज में नई-नई परिस्थितियों का प्रादुर्भाव हुआ है। उनके बारे में निर्णय देने में पुराने धर्म-सूत्रों और स्मृतियों के वचन प्राप्त नहीं होते थे। इन अलूक्ष और सम्मर्शी विद्वानों ने नई धर्मसंहिताओं का निर्माण किया है, ऐसा मैंने अपने पिता के मुख से सुना है। मुझे ऐसा लगता है कि धर्म तो स्थिर और शाश्वत है, लेकिन इस व्यवहार की मूल भित्ति पर ही सन्देह किया गया है। इसका निर्णय मथुरा और उज्जयिनी की विद्वत्-सभाओं में दिए गए निर्णयों के अनुसार ही किया जाएगा। इसलिए मेरे दो सुझाव हैं। पहला तो यह कि अपने राज्य के प्रचलित नियमों के अनुसार हमें सुयोग्य प्राश्निक नियुक्त करने चाहिए जो सम्बद्ध व्यक्तियों से पूछताछ करके इस बात का पता लगाएँ कि श्रीचन्द्र और चन्द्रा का विवाह जिन परिस्थितियों में हुआ था, वे धर्म-सम्मत अथवा वैध हैं या नहीं। मुझे आज्ञा दी जाए कि मैं इस बात के लिए अधिकारी प्राश्निक नियुक्त करूँ जो बता सकें कि श्रीचन्द्र में वास्तव में पुरुषत्व है या नहीं। इस बात की जानकारी मिलने में कुछ समय लगेगा। इस बीच किसी विश्वसनीय व्यक्ति को मथुरा और उज्जयिनी भेजकर विद्वत सभाओं के नए निर्णयों को प्राप्त कर लिया जाए। इस नवीन धर्मसंहिता को हम श्रुति

और स्मृति की कोटि में तो नहीं रखेंगे, परन्तु श्रुति और स्मृति के मूल उद्देश्यों को समझने में सहायक के रूप में उनका उपयोग करेंगे। वस्तुतः जो व्यवहार इस समय हमारे सम्मुख है उसका निदर्शन अधिकतर शकों और यवनों द्वारा प्रभावित आर्यजनों के समाज में ही मिल सकता है। सारी बातों का विवेचन करके विद्वान्, अलूक्ष और सम्मर्शी ब्राह्मणों ने जो निश्चय किया होगा, वह अवश्य हमारे काम आएगा।''

राज-प्रतिनिधि अमात्य पुरन्दर ने शान्ति और धैर्य के साथ आचार्यपाद की बातें सुनीं। किन्तु ऐसा लगा कि वे आचार्य की बातों को गौरव के साथ सुन तो रहे हैं, पर उनका अनुमोदन नहीं कर पा रहे हैं। जिज्ञासु भाव से वे बोले, ''आर्य, अज्ञजन का अपराध क्षमा हो, बात स्पष्ट नहीं हो रही है। ये नई परिस्थितियाँ क्या हैं? ये प्रच्छन्न प्रभाव कैसे हैं?'' आचार्यपाद ने उसी गम्भीरता से कहा, ''आपके प्रश्न उचित हैं। मैं इसी प्रसंग से कुछ उदाहरण देकर स्पष्ट करने का प्रयत्न करूँ। आपने देखा होगा धर्मावतार, कि आजकल लोक में एकान्तिक प्रेम-गाथाएँ बहुत प्रचलित हो गई हैं। पहले इतनी नहीं थीं। इस देश के कवियों ने गृहस्थी के अनेक उत्तरदायित्वों के पालन के साथ चलनेवाले पति और पत्नी के प्रेम को ही उत्कृष्ट माना है। इधर ऐसी गाथाएँ प्रायः सुनने को मिलने लगी हैं जब प्रेमिका या प्रेमी विवाह के पूर्व गाढ़-प्रेम से आकर्षित होते हैं और परिवार और समाज द्वारा खड़ी की गई सारी बाधाओं का तिरस्कार करके मिलन का प्रयास करते हैं। लोकचित्त में धीरे-धीरे ऐसी अविवाहित कुमारियों की प्रेम-प्रतिष्ठा के प्रति आकर्षण बढ़ रहा है। जो अपने प्रेम के मार्ग में खड़े किए गए सारे पारिवारिक और सामाजिक अवरोधों को निरस्त करके अभीप्सित प्रेमी से मिलने का प्रयास करती हैं। है न ऐसा ही धर्मावतार, या मैं अतिरंजना कर रहा हूँ?''

आचार्य पुरगोभिल जब गम्भीर शास्त्र-चर्चा कर रहे थे, उसी समय स्त्रियों का कोई उत्सव भी राजभवन के भीतर चल रहा था। थोड़ी देर तक तो वह धीरे-धीरे ही चल रहा था, पर अब उसने उद्दाम रूप ग्रहण किया। ऐसा जान पड़ता था कि अन्तःपुर में कुछ गाने-बजानेवाली स्त्रियाँ गा-बजाकर राज-बालाओं का मनोरंजन कर रही थीं। वाद्यों का स्वर तीव्र हो गया और ऐसा लगा कि साथ-ही-साथ कांस्य, ताल और नूपुरों की झनकार में भी तेजी आ गई। आचार्य और अमात्य अपनी गम्भीर वार्त्ता में खोए हुए थे। उन्होंने इसकी ओर ध्यान ही नहीं दिया। कुछ ऐसा संयोग हुआ कि आचार्यपाद ने ज्यों ही अपनी बात समाप्त की, त्यों ही झम्म से नृत्य-गान बन्द हो गया। उत्ताल वाद्यों के एकाएक शान्त हो जाने से वातावरण एकदम शान्त हो गया। कोलाहल इन दो गम्भीर विचारकों का ध्यान भंग नहीं कर सका था, पर उसके अचानक बन्द होने से जो शान्ति आई, वह अधिक मुखर

सिद्ध हुई। दोनों का ध्यान उधर आकृष्ट हुआ। बिना पूछे ही अमात्य पुरन्दर ने बताया कि कोई आभीर महिलाओं की मंडली जान पड़ती है। ऐसे उद्दाम-मनोहर नृत्य उन्हीं की मंडली किया करती है। परन्तु यह क्षण-भर की शान्ति अचानक टूट गई। एक युवती कोमल कंठ से अकेली ही कुछ सुनाने लगी। कंठ मनोहर था, स्वर स्पष्ट था और जान पड़ता था कि वह जानबूझकर प्रत्येक पद का स्पष्ट उच्चारण करती जा रही थी। आचार्य पुरगोभिल के कान उसी ओर लग गए—बिना किसी चेष्टा व इच्छा के। तरुणी ने एक-एक पद पर बल देते हुए गाया :

सत्थर-लोय-निवारिय पिय-उक्किंखिरिय,
मुअइ धुअइ पुणु सुक्खइ संगम वावरिय।
सुविणंतरि बि न लहइ सुहय पिय तण-फरसु।
को पुणु रहसालिंगणु मोहणु मिलण-रसु॥
सो जलउ सुवित्थिरु सत्थरु पुरजन-वज्जणउ।
जो पिय जण मिलणु णिवारइ मारइ सज्जणउ॥

[शास्त्र और लोक से निवारित प्रिय के लिए उत्कंठित तरुणी संगम के लिए व्याकुल होकर मर रही है, काँप रही है, सूख रही है। वह सपने में भी सुभग प्रिय के शरीर का स्पर्श नहीं पा रही है, फिर प्रत्यक्ष गाढ़ आलिंगन के सुख और मिलन के मोहन-रस की तो बात ही कहाँ उठती है! वह शास्त्र और पुरजनों का बरजना जल जाए, जो प्रिय-मिलन का निवारण करता है और साजन को मार डालता है।]

इस कोमल कंठ से पठित छन्द के तुरन्त बाद कांस्य-करताल झनझना उठे, मर्दल और संयवक गमगमा उठे और एक ही साथ अनेक नूपुरों का कल्लोल मुखर हो उठा। श्रोतृ-मंडली में जोर का ठहाका हुआ, कदाचित् गानेवाली ने किसी अश्लील मुद्रा में अपनी बात प्रकट कर दी थी।

आचार्य पुरगोभिल ने अमात्य की तरफ देखा और मुस्कराते हुए कहा, "सुन लिया धर्मावतार, हर गाँव में, हर हाट में, हर गली में ये गाने सुनाई देंगे। आज आप इसे केवल भाव-लोक का विद्रोह कहकर टाल सकते हैं। पर लोक-मानस में शुष्क धर्माचार और रूढ़ मान्यताओं के प्रति यह भाव-लोक का विद्रोह किसी दिन वस्तु-जगत के विद्रोह का रूप ले सकता है! जानते हैं धर्मावतार, आदि-मनु ने धर्म के लिए हृदय-पक्ष को ध्यान में रखने पर भी बल दिया था—'हृदयेनाभ्यनुज्ञातः' कहा था। पुराण-ऋषि जानते थे कि शुष्क आचार-मात्र धर्म नहीं है।"

अमात्य चिन्ता में पड़ गए। उन्हें लगा कि आचार्यपाद के कथन में सच्चाई है। पर इसकी संगति धर्म के साथ कैसे बैठ सकती है?

आचार्यपाद ने कहा, "धर्म के साथ इसकी संगति बैठ सकती है। लोक-चित्त

के समष्टि-रूप के अन्तर्यामी जिस सत्य को ग्रहण करते हैं वह अपना भाव अवश्य विस्तार करता है। थोड़ा सोचकर देखिए, अमात्यवर!"

अमात्य इस धर्मपरायण के मुख से ऐसा सुनने की आशा नहीं रखते थे। परन्तु इस कथन के शब्द-शब्द से उनकी शिराएँ स्पन्दित होती गईं। यह जो प्रेमिक युगल के चित्त में अनुराग का विकट आकर्षण है, जो शास्त्र को नहीं मानना चाहता, लोक को नहीं सुनना चाहता, पुरजन-परिजन की उपेक्षा करता है, आजन्म-लालित समस्त सम्बन्धों को क्षण-भर में तोड़ देता है–यह भी क्या किसी अन्तर्यामी का इंगित है? यह क्या व्यक्तिगत स्तर से उठ-उठकर समष्टि-चित्त को प्रभावित करता रहता है? धर्म के साथ इसका क्या सम्बन्ध है? कैसा सम्बन्ध है? क्या दोनों में कोई सामंजस्य या संगति खोजी जा सकती है? आचार्य कहते हैं, ऐसा हो सकता है, किया भी जाता है।

थोड़ा सोचकर पुरन्दर बोले, "ठीक ही कह रहे हैं, आर्य!"

आचार्यपाद ने कहा, "मैं बिलकुल अतिरंजना नहीं कर रहा हूँ। अब सोचिए कि लोकचित्त में प्रच्छन्न भाव से सामाजिक विधि-व्यवस्थाओं की अवमानना की प्रवृत्ति बढ़ रही है या नहीं। निश्चय ही बढ़ रही है। पर यह केवल काल्पनिक रस-भोग-मात्र है। अगर सचमुच किसी की पुत्री सामाजिक विधि-निषेध का उल्लंघन करके प्रेम निभाना चाहे तो लोग पसन्द नहीं करेंगे। परन्तु लोग चाहें या न चाहें, सुकुमार मति की कर्मठ बालिकाओं के वैचारिक सम्मान को कार्यरूप में परिणत करने की इच्छा कभी-न-कभी प्रबल रूप धारण कर सकती है। विचारों और कल्पना की दुनिया में जो बात आज मान्य होती है उसे व्यवहार की दुनिया में स्थान पाने में देर लगती है, पर वह पाती अवश्य है।"

पुरन्दर की आँखें फैल गईं। बोले, "तो?"

"इसी तरह विधि-व्यवस्था-सम्बन्धी परिस्थितियाँ बदलती रहती हैं। जिसे आज अधर्म समझा जा रहा है वह किसी दिन लोक-मानस की कल्पना से उठकर व्यवहार की दुनिया में आ जाएगा। अगर निरन्तर व्यवस्थाओं का संस्कार और परिमार्जन नहीं होता रहेगा, तो एक दिन व्यवस्थाएँ तो टूटेंगी ही, अपने साथ धर्म को भी तोड़ देंगी।"

पुरन्दर की प्रतिक्रियाओं को जानने के लिए थोड़ा रुककर आचार्यपाद ने कहा, "देखिए, धर्मावतार, इस व्यवहार को ही लीजिए। चन्द्रा ने मन-ही-मन आर्यक को अपना वर चुना और समस्त सामाजिक विधि-विधान को मसलकर उसे पाने का प्रयास किया। लोक-गाथाओं में किसी कवि ने ऐसी कहानी गढ़ी होती तो चन्द्रा उत्तम प्रेमवती नायिका मानी जाती। वास्तविक जीवन में तो यह व्यवहार (मुकद्दमा) है।"

पुरन्दर ने केवल 'हूँ' कहकर दीर्घ निःश्वास लिया।

आचार्यपाद ने कहा, "नई-नई जातियाँ आई हैं, नए-नए आदर्श आए हैं। कल्पना-जगत् में जो आ रहा है वह व्यवहार में आएगा। भविष्य में लोग पूछेंगे कि चन्द्रा ने अपने अन्तर्यामी के निर्देश से जो प्रेम किया, क्या वह पाप था? धर्मशास्त्र के पास इसका क्या उत्तर है? फिर, अगर धर्म लोकमानस का नियन्त्रण न कर सके, तो उसकी सार्थकता ही क्या है? इसीलिए कहता हूँ धर्मावतार, कि लोक-मानस में प्रच्छन्न भाव से जो बात सत्य रूप में प्रतिष्ठित हो रही है, उसकी उपेक्षा नहीं होनी चाहिए। यहाँ हो रही है। शक और कुषाण नरपति इनकी उपेक्षा नहीं करते। धर्म के अन्तर्निहित तत्त्व भी इनकी उपेक्षा नहीं करते। बार-बार देखने की आवश्यकता है।"

ऐसा जान पड़ा, पुरन्दर के मन में उथल-पुथल हो रही है। फिर थोड़ी देर सोचने के बाद वे बोले, "आचार्यपाद के दोनों प्रस्ताव मुझे उचित जँचते हैं। पहला काम तो यह है कि आप प्राश्निक नियुक्त करके चन्द्रा के विवाह के विषय में सभी प्रश्नों का प्रामाणिक विवरण प्राप्त कर लें। दूसरे प्रस्ताव के लिए आप ही किसी व्यक्ति का नाम सुझा दें जो मथुरा या उज्जयिनी जाकर नई परिस्थितियोंवाली शास्त्र-व्यवस्था को ले आ सके।"

आचार्यपाद ने थोड़ी देर सोचने के बाद निर्णय देने के स्वर में कहा, "धर्मावतार, नई व्यवस्थाओं के ले आने के लिए सुमेर काका को नियुक्त करता हूँ। वे सत्यवादी हैं, लोभ-मोह से विचलित होनेवाले नहीं हैं और बहुत अधिक पढ़े-लिखे न होने के कारण उनसे यह आशंका भी नहीं है कि वे अपनी ओर से उन व्यवस्थाओं में कोई फेरबदल कर देंगे। आज ही उनके नाम से राजाज्ञा निकल जानी चाहिए। मैं कल प्रातःकाल नए प्राश्निकों की नियुक्ति कर दूँगा।"

पुरन्दर ने आश्वस्त होकर कहा, "ठीक है आचार्य, आप जो करेंगे वह निश्चय ही शास्त्रसम्मत होगा।"

सुमेर काका को राजाज्ञा भिजवाई गई। उनकी समझ में नहीं आया कि क्यों उनको उज्जयिनी भेजा जा रहा है। प्रातःकाल उन्होंने राज्य के प्राड्विवाक आचार्य पुरगोभिल से जो बातें की थीं, उनके इसका कोई सम्बन्ध है या नहीं? वे तो इस व्यवहार का विरोध करने के लिए ही कह आए थे, फिर यह राजाज्ञा क्यों मिली? राजाज्ञा में स्पष्ट लिखा हुआ था कि वे आचार्यपाद से मिलकर यथोचित आदेश और पत्र आदि ले लें। यह आचार्यपाद ही बता सकते हैं कि कहाँ जाने पर यह व्यवस्था उन्हें प्राप्त होगी। वे कुछ उदास-से आचार्यपाद के पास पहुँचे। उनकी फक्कड़ाना मस्ती में उतार आ गया था। वे आवश्यकता होने पर इस राजाज्ञा का विरोध भी करना चाहते थे। आचार्यपाद के निवास-स्थान पर पहुँचते-पहुँचते उनका

उत्साह ठंडा पड़ गया था। आचार्यपाद ने उन्हें इस अवस्था में देखा तो उनकी मानसिक अवस्था का अनुमान करके मुस्कराने लगे। यथाविधि प्रणाम-निवेदन करके उन्होंने राजाज्ञा आचार्यपाद के हाथों में रख दी। बोले, "आर्य, यह राजाज्ञा मिली है। आपने ही इसे भिजवाया होगा। मैं क्या यह जानने की धृष्टता कर सकता हूँ कि इतने लोगों के रहते मुझे क्यों इस कार्य के लिए चुना गया?" आचार्यपाद ने हँसते हुए कहा, "इसलिए चुना गया कि हलद्वीप-भर में केवल सुमेर काका ही ऐसे व्यक्ति हैं जो द्विधाहीन होकर मानते हैं कि सत्य सत्य है और बलात्कार बलात्कार।" सुमेर काका ने कहा, "देखो आर्य, पहेली मत बुझाओ। सुमेर काका अटट गँवार है। उसने कुछ अनुचित कहा हो तो क्षमा कर देना। परन्तु धर्मशास्त्रीय व्यवस्था ले आने का कठिन कार्य इस गँवार से नहीं होगा।" आचार्यपाद ने हँसते हुए कहा, "तात सुमेर, तुमने बड़ी विकट समस्या खड़ी कर दी है। जैसी परिस्थिति तुमने चन्द्रा के विवाह के समय की बताई है, वह यदि सत्य है तो मेरे लिए एक विकट समस्या है। अब तक पुराण-ऋषियों द्वारा लिखे गए सूत्रों और स्मृतियों में इस प्रकार की परिस्थिति में क्या करना चाहिए, यह स्पष्ट रूप से नहीं बताया गया है। तुम्हारा आरोप सत्य है या नहीं, इसकी परीक्षा तो तुरन्त कर लूँगा। परन्तु यदि वह सत्य सिद्ध हुआ तो मुझे इस युग के निर्भ्रांत मनीषियों की राय जाननी पड़ेगी और वह उज्जयिनी और मथुरा की विद्वत्-सभाओं के निर्णय से ही ज्ञात हो सकती है, क्योंकि वे ही क्षेत्र ऐसे हैं जहाँ इस प्रकार की समस्याएँ उठती रहती हैं। हमारे इस क्षेत्र के आर्य-जन समाज में ऐसी समस्या का निदर्शन या समाधान पाना कठिन है। पुराण-ऋषियों के सामने भी कदाचित् ऐसी समस्या नहीं आई। देखो तात, धर्म का तत्त्व सब समय उभरकर सामने नहीं आता। सामाजिक व्यवस्थाएँ ऐसी ब्रह्मरेख नहीं हैं जो मिट ही नहीं सकतीं। इसीलिए गुहाहित, गह्वरेष्ठ धर्म की रक्षा के लिए निरन्तर विचार करते रहने की आवश्यकता होती है। इस देश के पश्चिमी क्षेत्रों में निरन्तर नई-नई जातियों के साथ नई-नई प्रथाएँ आती रहती हैं। उनका प्रभाव वहाँ तत्काल पड़ता है। इसीलिए वहाँ के विचारशील लोग निरन्तर धर्म-व्यवस्था को वर्त्तमान स्थिति के उपयुक्त बनाने का प्रयत्न करते रहते हैं। मध्यदेश के धर्मज्ञ ब्राह्मण अधिक संरक्षणशील हैं, वे सामाजिक व्यवस्था को गतिशील नहीं मानते। परन्तु दीर्घकाल के अनुभवों से मैंने जाना है कि ये व्यवस्थाएँ भी स्थिर और अनुल्लंघ्य नहीं हैं। समाज में निरन्तर बाहरी प्रभाव प्रच्छन्न रूप से आते रहते हैं और भीतर से भी नई-नई समस्याएँ सिर उठाती रहती हैं। ऊपर-ऊपर से लगता है कि समाज पुराने कायदे-कानून के अनुसार ही चल रहा है, परन्तु यदि निरन्तर शास्त्रसम्मत व्यवस्थाओं का परीक्षण न किया जाए तो एक दिन ऐसा आ सकता है कि सारा

समाज गतिहीन होकर अपनी बनाई व्यवस्थाओं की बेड़ी में आप ही कस जाएगा। कान्तिपुरी के नाग सम्राटों ने भी इस तथ्य को समझा था और मथुरा में उन्होंने विशाल विद्वत्-सभा का आयोजन किया था। शक राजाओं ने भी उज्जयिनी में इस प्रकार की विद्वत्-सभाओं का आयोजन किया, क्योंकि वे दिखाना चाहते थे कि उनका शासन वेद-शास्त्र की विधियों के विरुद्ध नहीं है। इन विद्वत्-सभाओं के निर्णय यहाँ तो उपलब्ध नहीं हैं, इसलिए वहाँ से ही मँगाकर इनका उपयोग किया जा सकता है। मैंने यह दो पत्र लिख रखे हैं। मैं ठीक नहीं जानता कि इस समय उज्जयिनी में राजा कौन है। उड़ती-उड़ती जो खबरें आ रही हैं, उनसे लगता है कि वहाँ की स्थिति डाँवाडोल ही है। इसलिए एक पत्र मैंने राजा के नाम से और दूसरा राज-पुरोहित के नाम से लिखा है। दोनों ही पत्र राजमुद्रांकित हैं। जो भी राजा हो और जो भी राज-पुरोहित हो, उसे देकर अभीष्ट-सिद्धि हो सकती है। तुम इस धर्म-कार्य में विलम्ब मत करो। जिसे चाहे साथ ले लो, परन्तु जाओ अवश्य।'' सुमेर काका ने न 'हाँ' किया और न 'ना' किया। वे आचार्यपाद की ओर इस प्रकार विस्मय-विमुग्ध दृष्टि से देखते रहे, मानो वे कुछ ऐसा सुन रहे हैं जो उनकी कल्पना से परे है। आचार्यपाद ने उनके विस्मित चेहरे को देख ज़रा विनोद करते हुए कहा, ''एक बात और भी तो है तात!'' सुमेर काका ने पूछा, ''वह क्या है आर्य?'' आचार्यपाद ने विनोद-चटुल मुद्रा में कहा, ''उज्जयिनी में आजकल हालत बहुत डाँवाडोल है। वहाँ जाने के लिए सुमेर काका की तलवार से अधिक शक्तिशाली साधन हलद्वीप में क्या है?'' सुमेर काका प्रसन्न हुए। बोले, ''आर्य, तुम भी इस गँवार से ठिठोली करने का लोभ नहीं रोक सकते। लो, सुमेर काका भी चला और साथ में उसकी तलवार भी जाएगी।'' पत्र सावधानी से लेकर यथाविधि प्रणाम करके सुमेर काका लौट आए।

सत्रह

मृणाल उदास बैठी थी। लगता था, समस्त अन्तःकरण के व्यापार अन्तर्निगूढ़ होकर उसे निश्चेष्ट बनाए दे रहे थे। ऐसे ही समय चन्द्रा चुपचाप आकर खड़ी हो गई। मृणाल ने उसे देखा ही नहीं, वह अपने-आपमें खोई बैठी रही। उसका वह रूप बहुत मोहक था। चन्द्रा देर तक उसे मुग्ध-भाव से देखती रही। फिर उसमें एकाएक आवेश-आ गया। वह मृणाल से चिपट गई। उसने उसके कपोलों को

चूमा, माथे को बार-बार सूँघा और फिर उन्मत्त भाव से उसे कसकर दोनों भुजाओं से बाँध लिया। मृणाल घबरा गई, बोली, "छोड़ो दीदी, क्या पागल हो गई हो!" चन्द्रा ने और कसते हुए कहा, "एकदम पागल, तेरी दीदी उन्मादिनी है, विकट उन्मादिनी! पर बता, तू इतनी उदास क्यों हो जाती है? जब तू उदास होती है तो इस उन्मादिनी की छाती फटने लगती है। पापी आर्यक न तुझे सुख से रहने देगा, न स्वयं सुख से रहेगा। हाय, हाय, क्या दशा कर दी है मेरी फूल-सी बहिन की। कायर, डरपोक, भगोड़ा!"

मृणाल जानती थी कि चन्द्रा जब ऐसा कुछ कहती है तो वास्तव में प्यार ही जताती है, पर थोड़ा विव्वोक-वक्रिम मुद्रा में मुँह बनाकर बोली, "ना दीदी, तुम उन्हें ऐसा न कहा करो।" दोनों के अन्तर्यामी ही केवल जानते थे कि इस प्रकार बातचीत इसीलिए प्रतिदिन शुरू होती थी कि आर्यक के बारे में अधिक चर्चा हो सके।

चन्द्रा ने मृणाल का चिबुक उठा लिया और बोली, "बुरा मान गई, मैना! तू जानती नहीं कि उसने मुझे कितना सताया है! हिया फट गया है मैना, मेरा हिया फट गया है! सारी दुनिया कहती है कि चन्द्रा पापिनी है, कुलटा है, आर्यक को पथभ्रष्ट करनेवाली है। पर चन्द्रा जानती है कि वह पापिनी नहीं है। आर्यक मेरा जनम-जनम का साथी है। अगर ऐसा न होता तो क्यों पागल की तरह उसके पीछे-पीछे भागती फिरती। चुम्बक के पीछे भागनेवाला लोहा क्या पापी है रे? वह विवश है, लाचार है, उसमें इच्छा-शक्ति कहाँ होती है? पर वही लोहा कहीं और लगा दो तो वज्र बन जाता है। चन्द्रा की भी वही दशा है। आर्यक के पीछे भागने को विवश है, अन्यत्र वह वज्र-जैसी दुर्भेद्य है। मेरी प्यारी बहिन, चन्द्रा ने किसी को कष्ट दिया है तो तुझे, अपने प्राणों की टुकड़ी को। जिस दिन से जाना है कि तू उसे क्षमा कर सकती है, उसको स्नेह दे सकती है, उस दिन से उसकी यह हलकी-सी पाप-भावना भी समाप्त हो गई है। मैना, अब यह चन्द्रा बिलकुल शुद्ध है, उसकी कुंठा समाप्त हो गई है। वह तेरे आर्यक को जहाँ कहीं से पकड़कर तुझे सौंप देने का संकल्प कर चुकी है। चन्द्रा के संकल्प को वह अन्यथा नहीं कर सकता। वह सिर्फ इतना चाहती है कि आर्यक को जी भरकर देखने की उसकी लालसा को तू बुरा न समझे। चन्द्रा को लोग काम-विप्लुता कहते हैं। मैं आर्यक के लिए सब-कुछ सहने को तैयार हूँ, केवल तेरे मन में कोई अन्यथा-भाव नहीं आना चाहिए। मैं उस पर अधिकार नहीं चाहती। वह तेरा है और तेरा ही बना रहेगा। पर मैं अपने जनम-जनम के संगी को चाहूँ भी तो कैसे छोड़ सकती हूँ। बोल बहिन, इतनी-सी मेरी साध तो तू पूजने देगी न? तेरे मन में अगर रंचमात्र भी कष्ट होगा तो तेरे लिए, सिर्फ तेरे लिए, इस साध को भी मिटा दूँगी।

आर्यक के लिए इतना बड़ा त्याग नहीं कर सकती, पर तेरे लिए हृदय फाड़कर रख सकती हूँ। आर्यक के पीछे भागती हूँ, वह मेरी विवशता है; पर तुझे मैं इच्छापूर्वक प्यार करती हूँ। आर्यक को सर्वात्मना चाहती हूँ, तुझे उससे भी अधिक सर्वात्मना प्यार कर सकती हूँ। बता बहिन, मंजूर है?"

आज पहली बार मृणाल ने चन्द्रा की आँखों में आँसू देखे। वह उसे केवल आनन्दमयी ही मानती है। अनुकूल हो या प्रतिकूल, चन्द्रा सब जगह से आनन्द-रस खींच लेती है। पर आज उसे क्या हो गया है। आँसुओं की धारा बाँध तोड़कर फट पड़ी है। लगता है, जनम-भर का दबा हुआ विषाद आज बाँध तोड़कर बह जाएगा। इतने आँसू! हे भगवान्! मृणाल का कलेजा फटने को आया–"नहीं बहिन, तुमको जब तक नहीं जाना था, तब तक जो भी समझा हो, अब जानती हूँ। हाय, मेरे परम प्रियतम को कोई इतना निश्छल प्यार भी दे सकता है! नहीं बहिन, मृणाल तुम्हारी दासी है। तुम सेवा की मूर्त्ति हो, प्रेम का विग्रह हो। आसक्ति! आसक्ति तो बहिन, स्त्री के भाग्य में विधाता ने लिख ही दी है। ये सब बातें आज क्यों कह रही हो? क्या मेरे व्यवहार में तुम्हें कोई कलुष दिखाई दिया है? ना दीदी, रोओ मत!" वह स्वयं फफककर रो पड़ी। दोनों देर तक एक-दूसरी को सँभालने का प्रयत्न करती हुई रोती रहीं।

चन्द्रा ने मृणाल को इस प्रकार गोदी में उठा लिया, जिस प्रकार माता नन्हे शिशु को उठा लेती है। उसका मुँह बार-बार चूमकर वह बोली, "देख मैना, जब तक तुझे नहीं देखा था, तब तक मेरे मन में रंचमात्र भी अपराध-भावना नहीं थी। तुझे देखकर ऐसा लगा कि मैंने बड़ा पाप किया है। जिस आचरण से तुझे कष्ट है, वह पाप नहीं तो और क्या है! सो मेरा मन भारी हो गया था। लेकिन आज हलका हो गया है। तुझे नहीं मालूम कि ऐसा कैसे हुआ। बताती हूँ...

"कल मैंने अपने कान से सुना है कि तूने मेरे बारे में अमात्य से क्या कहा। पहले मैं समझती थी कि तू केवल अत्यधिक शिष्टतावश मेरा आदर कर रही है, मन-ही-मन अपराधिनी समझ रही है। पर कल तूने जिस प्रकार दृढ़ता के साथ मेरे निरपराध होने की बात कही, उससे मेरा मन हलका हो गया। अब मैं अपराध-भावना से मुक्त हो गई हूँ। तू नीचे से ऊपर तक केवल भली-ही-भली है मैना! ऐसा तो मैंने कहीं नहीं देखा। शिष्ट तो आर्यक भी है, पर इतना साफ नहीं है। मैना, तू आर्यक से बहुत बड़ी है, बहुत-बहुत!" कहकर चन्द्रा ने प्यार के आवेश में मैना का मुँह छाती से चिपका लिया। उसकी आँखें डबडबा आईं।

मृणालमंजरी ने परम परितृप्ति के साथ चन्द्रा का प्यार स्वीकार किया। बोली, "दीदी, आज तुम बहुत भावुक हो गई हो।"

"भावुक नहीं हूँगी तो और क्या हूँगी बहना! जिसे सबने कुलटा समझा और

घृणा के साथ देखा, उसे तूने केवल अपने मन से ही आदर नहीं दिया, राज-दरबार में भी इतना मान दिया वह निगोड़ी भावुक भी नहीं बनेगी? यहाँ जिन स्त्रियों को लोग भली मानते हैं, उनमें से कुछ को मैं अच्छी तरह जानती हूँ। वे केवल निर्जीव रूढ़ियों का पालन करती हैं। उनका भीतर और बाहर सदा साफ नहीं होता। वे छिपाने की कला अवश्य जानती हैं। चन्द्रा को वह कला नहीं आती, इसीलिए वह कुलटा कहलाती है।''

मृणाल ने प्यार से प्रतिवाद किया, ''दीदी, सबकी बुराई क्यों करती हो! रूढ़ियाँ इसीलिए तो बनी हैं कि वे लोग भी सही रास्ते पर चल सकें, जिनको बहुत सोचने की शक्ति विधाता ने नहीं दी है।''

चन्द्रा कुछ अचम्भे में आ गई। मृणाल कभी प्रतिवाद नहीं करती। शायद प्रतिवाद न करने में किसी प्रकार के दुराव की गन्ध आती है। मृणाल का प्रतिवाद बताता है कि पहले उसके मन में शायद दुराव का भाव था, अब नहीं है। चन्द्रा मौन। वह कुछ कहना चाहती है। कह नहीं पा रही है। मृणाल एकटक उसे देखती रही। उसने क्या कुछ ऐसा कह दिया जो नहीं कहना चाहिए था! उसने छोटी बालिका की तरह मचलकर कहा, ''दीदी, तुम बुरा मान गईं?'' चन्द्रा खोई-सी बैठी रही। फिर सँभलकर बोली, ''तेरे साथ रहकर भी चन्द्रा का आचरण नहीं सुधरा। तू ठीक कहती है। मेरा मन जला-जला रहता है, सो अवसर-कुअवसर दूसरों की बुराई कर बैठती हूँ। करनी नहीं चाहिए। सचमुच मैं बड़ी बुरी बात कहने जा रही थी। नहीं, अब नहीं कहूँगी। अपना ही दोष देखना चाहिए। सारी दुनिया बुरी साबित भी हो जाए, तो अपना क्या बन जाता है?''

मृणाल सोच नहीं पाई कि क्या कहे! लेकिन उसके मन को कचोट गया कि उसने चन्द्रा का दिल दुखा दिया। चन्द्रा ने मृणाल की मानसिक अवस्था का अनुमान कर लिया। हँसते हुए कहा, ''अच्छा मैना, चन्द्रा किसी की बुराई न करे तो फिर तुझसे बातें क्या करे? सब बुरी बातें ही तो उसके पास कहने को हैं। मैं तो सोच नहीं पाती कि तुझसे क्या कहूँ। लोग स्त्रियों के बारे में कहा करते हैं कि वे आपस में जब बात करती हैं तो किसी-न-किसी की निन्दा ही करती हैं। बेचारी पुरुषों की तरह मुक्त तो होती नहीं, अपनी छोटी दुनिया में ऐसी बँधी रहती हैं कि उन्हें सब समय यही लगता रहता है कि कोई-न-कोई उन्हें नष्ट करने पर तुला हुआ है।'' मृणाल ने फिर प्रतिवाद किया, ''जो लोग ऐसा कहते हैं वे भोले हैं। वे स्त्रियों को समझ नहीं पाते। यहाँ जो बुढ़िया काकी आती हैं, वही झम्मन राम की बहू, वे कहती हैं कि स्त्री का जीवन दूध-भरा कटोरा है। इधर-उधर से थोड़ी भी छींट कहीं से पड़ जाए तो दूध फट जाता है। इसलिए उसे सावधानी से चलना चाहिए। इससे अपने को बचाने के प्रयत्न में स्त्रियों में अपने इर्द-गिर्द

के सभी के प्रति एक प्रकार की प्रच्छन्न शंका का भाव होता है और वे उनके काल्पनिक दोषों का चिट्ठा खोले रहती हैं। इसी को लोग बुराई कहते हैं।''

चन्द्रा हँसने लगी, ''वाह वा, वाह वा! तू तो आजी-दीदी की-सी बातें करने लगी। तेरे इसी भोलेपन पर तो प्राण वारती हूँ। वाह वा, क्या बात कही है! तुझे तो सभी स्त्रियों को मिलकर अपना वकील बना लेना चाहिए। अरी भोली, तू कुछ नहीं जानती, चन्द्रा जानती है। तेरा न जानना ही अच्छा है। चन्द्रा तो जानने के कारण मारी गई।'' मृणाल सकुचा गई। उसे लगा कि अपने को समझदार दिखाने के लिए उसने जो बात कही, वह सचमुच बचकानी है।

चन्द्रा ने हँसना जारी रखा, ''अच्छा मेरी भोला मैना, अगर कोई ऐसी बात बताऊँ जो सोलहों आने आपबीती हो और दूसरों के बारे में उतना ही कहूँ जितना अपनी आँखें से प्रत्यक्ष देखा है, तो इसे तू निन्दा कहेगी या सच्चाई? बिलकुल आँखों देखी बात!'' मृणाल ताकती रही। वह समझ नहीं सकी कि चन्द्रा क्या कहना चाहती है। चन्द्रा ही बोली, ''जाने दे, नहीं कहूँगी।'' मृणाल हँसने लगी, ''मैं जानती हूँ दीदी, अब तुम उनके बारे में कुछ गड़बड़ बोलना चाहती हो। बोलो ना, रोज ही तो कुछ-न-कुछ कहती रहती हो। अपनों के बारे में कहने में क्या बुराई है?'' चन्द्रा हँसने लगी, ''आर्यक के बारे में गड़बड़ भी बोलती हूँ तो तुझे अच्छा लगता है, यही न? बात आर्यक की होनी चाहिए, चाहे वह उस बेचारे की निन्दा ही क्यों न हो। यही चाहती है न? मगर मैं आर्यक के बारे में कुछ नहीं कहने जा रही थी, मैं तो अपने बारे में कहने जा रही थी।''

''तो तुम कौन अपनी नहीं हो! कहो ना!''

''नहीं रे, पहले समझती थी कि अपने बारे में जो भी कह लो, कोई दोष नहीं होता। अब समझती हूँ, अपने बारे में भी सबकुछ नहीं कहना चाहिए। वही आत्मकथा ठीक होती है, जिससे औरों को बल मिले। हमारे-जैसों की आत्मकथा तो अपनी और दूसरे की कुत्सा ही होगी। उसे कहने से क्या लाभ? अगर मैंने उस सम्राट् कहे जानेवाले समुद्रगुप्त से अपनी सब बातें साफ-साफ न कह दी होतीं तो बेचारे आर्यक को भाग-भागकर अपने को छिपाते फिरने की नौबत ही नहीं आती। अपने बारे में सच्ची बातें कहकर मैंने आर्यक को भी दुख दिया और तुझे भी कष्ट दे रही हूँ। हाँ, अब अपने बारे में भी कुछ नहीं कहूँगी। जानती है मैना, इस अभागी चन्द्रा को बात बनाना नहीं आता। आता तो क्या यही दशा होती!''

चन्द्रा ने दीर्घ निःश्वास लिया, जैसे प्राणों की जमी हुई व्यथा को ऊपर हवा में उड़ा देने का प्रयास कर रही हो। दीर्घ निःश्वास! मृणाल को कष्ट हुआ—''नहीं दीदी, मेरी बचकानी बातों का बुरा न मानना। तुम जैसी हो, वैसी ही मुझे प्यारी

लगती हो। तुम्हारा प्रेम सती का प्रेम है। तुम अपने बारे में आजकल बहुत बेकार बातें सोचने लगी हो।''

चन्द्रा को हँसी आई—''बचकानी बातों के कारण ही तो तुझे इतना प्यार करती हूँ रे! तू बहुत भोली है और तेरा 'वह' तो तुझसे भी अधिक भोला है—बम भोलानाथ! तू सती है, तो वह 'सता' है। अपने 'सतेपन' के भंग होने के भय से काँपता रहता है। और यह चन्द्रा है कि उसके 'सतेपन' को नित्य भंग करने का प्रयास करती रही है। पैर भी धो देती थी तो जैसे बिजली मार जाती थी उसे। जानती है, मैं उसे 'कायर' क्यों कहती थी? अब तो नहीं कहूँगी। तुझे व्यथा होती है। और जब तुझे व्यथा होती है तो मुझे बिजली मार जाती है! अरी भोली, मैं उसके भोलेपन पर ही तो मरती हूँ। बच्चा है, बिलकुल नादान बच्चा! वह मन का ठंडा है। मैं तन की गरम हूँ। पुरुष को मन का गरम होना चाहिए। जिसका मन गरम होता है वह बहुत से गरम तनों को ठंडा कर सकता है। जिसका मन गरम नहीं होता, वह कितनी भी तलवार भाँज ले, स्त्री के लिए कायर ही है। स्त्री का प्रसादन कोई हँसी-खेल है रे? विकट युद्ध है। तेरा 'वह' बराबर डरता है। लगातार भागता है। कहता है, लोग क्या कहेंगे, मृणाल क्या सोचेगी! कायर न कहूँ तो क्या कहूँ रे! लेकिन है भोलानाथ!''

चन्द्रा ने ऐसा कहकर मृणाल को कोंचा, ''क्यों रे, यह निन्दा कैसी लग रही है?'' उसने कुछ ऐसी हेला के साथ आँखें नचाईं कि मृणाल का चेहरा लाल हो गया। वह मुस्कराती हुई चन्द्रा की ओर ताकती रही। उसकी उत्सुकता बढ़ी जान पड़ी। कानों तक फैली आँखें कह रही थीं कि आगे कहो। आरक्त मुखमंडल बता रहा था—यह भी कोई कहने योग्य बात है? चन्द्रा उसके लज्जित मुख को प्रसन्नता से देखती रही। बोली, ''मैं अब तेरे साथ नहीं रहना चाहती। आर्यक को खोजने जाऊँगी। तेरा धन तुझे सौंपकर छुट्टी ले लूँगी! इसीलिए जो-कुछ कहना है, आज ही कह दूँगी। कौन जाने, फिर मौका मिले या नहीं।'' मृणाल ने कुछ उत्तेजित स्वर में कहा, ''मैं नहीं जाने दूँगी। तुम मुझे छोड़ सकती हो, मैं तुम्हें नहीं छोड़ सकती। तुम उनके पीछे भागोगी, मैं तुम्हारे पीछे। जाने-वाने की बात मत कहो। बाकी जो कहना चाहती हो, अवश्य कहो।'' फिर चन्द्रा के गले में हाथ डालकर मचलते हुए बोली, ''दीदी, मुझे छोड़कर तो नहीं जाओगी न!''

''छोड़कर नहीं जाऊँगी तो ढूँढूँगी कैसे? वह चुम्बक है। खींचता है, पर मैं तो चुम्बक नहीं हूँ जो उसे खींच लाऊँ! मैं जानती हूँ कि मैं जिधर जाऊँगी, उधर ही वह अवश्य मिलेगा। खींच रहा है बहिन, बुरी तरह खींच रहा है। मेरे प्राण व्याकुल हैं, छाती फटी जा रही है। हाय कैसे होगा, क्या खाता होगा! भोलेराम को किसी से माँगने का भी तो शऊर नहीं है। पड़े होंगे तो पड़े होंगे। 'हाय मैना',

'हाय मैना' कर रहे होंगे! चन्द्रा का तो नाम भी नहीं लेता होगा, 'सत' नहीं बिगड़ जाएगा? गँवार!"

मृणाल फूट-फूटकर रो पड़ी, "दीदी, मेरे हृदय पर आरी चल रही है, क्या करूँ! हाय राम, भूखे-प्यासे कहाँ पड़े होंगे!"

"तू मत रो मेरी प्यारी बहिन, वह जहाँ होगा, वहाँ चन्द्रा जरूर खिंच जाएगी और तू देखेगी कि तेरी दीदी उसकी नकेल पकड़कर ले आएगी।...

"जानती है मैना, तू तो समझती होगी कि चन्द्रा उसे अपने भुज-पाश में कसकर सोती होगी। कैसा भुज-पाश था, सुनेगी? बताती हूँ। भोलेराम भागे जा रहे थे, मैं पीछा करती जा रही थी। दो दिन से न अन्न खाया था, न पानी पिया था। सायंकाल थककर चूर होकर पेड़ के नीचे पड़े थे। चन्द्रा छोड़नेवाली नहीं है। पकड़ ही तो लिया। पेड़ के नीचे धरती पर ऐसे पड़े थे, जैसे कहीं कोई चेतना ही न हो। मैंने भी कहाँ खाया-पिया था! पर मैं बेहोश नहीं हुई। मैंने धीरे-धीरे पैर दबाया, सिर दबाया, तलवे सहलाए। तब जाकर थोड़ी चेतना लौटी। धर्ममूर्त्तिजी ने शून्य-दृष्टि से मेरी ओर देखा, फिर मुँह फिरा लिया। मैंने भी कुछ नहीं कहा। चुपचाप उठ पड़ी और एक ओर जाने लगी। अब दयानिधान चौंककर उठे, 'रात को अकेली कहाँ जा रही हो?' मैंने तड़ाक्-से उत्तर दिया, 'तुमसे मतलब? मैं तुम्हारी कौन होती हूँ?' आगे बढ़ी तो देखा, लाठी लिए पीछे-पीछे आ रहे हैं, गुमसुम! मुझे हँसी आ गई। चुपचाप एक बनिए की दुकान पर गई। उधर बिना ताके ही कहा, 'चुपचाप यहीं खड़े रहो।' हुकुम मान गए। मैंने अनेक हाव-भाव दिखाकर बनिए से कहा, 'मेरा कँगना रख लो, आज के लिए कुछ चावल-दाल आदि दे दो।' बनिया रीझ गया। रसिक था। उसकी दृष्टि से सुन्दरी की वाणी पैसे से अधिक मूल्यवान थी। सब दे दिया, कँगना भी नहीं लिया। फिर उसी के यहाँ से बरतन लिया, पानी लिया, खाना बनाया। परसकर दिया तो ब्रह्मचारीजी ने नखरा शुरू किया, 'मैं नहीं खाऊँगा।' मैंने कहा, 'बहुत ठीक। ज़रा इधर मुँह करो, खिला दूँ', और कौर उठाकर मुँह में देने लगी। अच्छे-भले बच्चे की तरह खा गए। फिर दूसरा कौर उठाया तो थाली खींचकर खाने लगे। मैंने आँचल से हवा की, प्यार से अँचवाया तो थोड़ा मान भंग हुआ। रात-भर शरीर दबाती रही। अपना आधा आँचल बिछा दिया था। मजे से उस पर सो गए। बड़ा अभिमान मन में पाले थे, पर सेवा का सुख भोगने में भी सजग थे। यही भोलापन तो मुझे उन्मादिनी बना देता है। प्रातःकाल फिर पूरब की ओर बढ़े। मैंने कहा, 'घर लौट चलो।' बोले, 'क्या मुँह दिखाऊँगा!' हाय-हाय, इतनी लाज! मैंने तो तेरे 'उनकी' सेवा की है प्राण ढालकर मैना! मगर पाप तो मेरा ही था। मैं कृतकृत्य हो गई रे!"

मृणाल की छाती फटने को आई—"हाय दीदी, इस समय उनकी सेवा कौन

करता होगा? कहाँ पड़े होंगे? दीदी, तुम धन्य हो, तुम्हारा ही उन पर सच्चा अधिकार है। अधिकार तो सेवा से ही मिलता है। मैं हतभाग्या तो उनके कष्ट के समय तब भी आराम से घर में पड़ी थी, अब भी पड़ी हूँ। हाय दीदी, मैं उनके किसी काम न आई। फिर क्या हुआ दीदी?''

''फिर क्या हुआ? दिन-भर चलते रहे। उसी तरह गुमसुम। मैं लौंडी की तरह पीछे-पीछे। ताकेंगे नहीं, साक्षात् धर्म का बाना धारे! ऐसा बानैत भी नहीं देखा मैना! अच्छा बता, ऐसी परिस्थिति में तू क्या करती? रोती रहती न! मगर मैं हँसती रही। मैंने कँगना बेच दिया। कुछ दिन के लिए सम्बल हो गया। एक दिन मैंने धर्म के इस देवता का तप भंग करने की ठानी। सायंकाल एक जगह रुककर खिला-पिला दिया। थोड़ा अँधेरा हो जाने दिया। निर्जन स्थान था। खूब नाटक किया। दर्द से चीखने लगी। भोलेराम के चेहरे पर हवाइयाँ उड़ने लगीं। कभी पैर दबाते हैं, कभी सिर दबाते हैं, कभी हवा करते हैं, कभी तलवे सहलाते हैं। मैंने देखा, बेचारा मरा जा रहा है। आदेश दे-देकर एक-एक अंग दबवाया। फिर दोनों भुजाओं से कसकर सो गई। सवेरे उठकर देखती हूँ, पहले से ही जागे बैठे हैं और धीरे-धीरे सिर दबा रहे हैं। क्यों मैना, अपने अल्हड़ प्यारे से कसरत कराने के लिए तू इस दीदी को क्षमा कर देगी?''

''तुम्हें तो दीदी, सब समय परिहास ही सूझता है। पर तुमने उनको सचमुच कष्ट दिया। वे किसी का थोड़ा भी कष्ट नहीं देख पाते।''

''मुझे कष्ट कहाँ था रे! भोलेराम अगर इतने नासमझ हैं, तो मैं क्या करूँ? फिर तो दयानिधान कई दिनों तक बीमार की सेवा मन लगाकर करते रहे और बीमार ने जो भी माँगा, देते रहे। कुछ भी नहीं उठा रखा। जो कुछ तेरे लिए छिपाकर रखा था, उसे भी उलीचकर दे दिया—अवढरदानी बनकर!''

''मेरे लिए छिपा रखने का क्या प्रयोजन है? तुम्हारे लिए ही छिपाकर रखा होगा।'' कहकर मृणाल हँस पड़ी। चन्द्रा ने इसका प्रतिवाद नहीं किया। कुछ सोचकर बोली, ''कहीं तेरी बात सच होती तो चन्द्रा अपना जीवन धन्य मानती!'' उसने फिर दीर्घ निःश्वास लिया। उसने पहली बार ऐसा मुँह बनाया जिससे लगा कि वह हार गई है। कुछ उलझे सूत्रों को सुलझाने-जैसी चेष्टा करती हुई वह कहने लगी, ''मैना, मैं तुमसे आठ महीने बड़ी हूँ। सुमेर काका ने ही यह हिसाब मुझे बताया है। तू महामारी के समय पैदा हुई, मैं महामारी से आठ महीने पहले। मगर भाग्य दोनों का कुछ एक ही तरह शुरू हुआ। तेरी माँ भी महामारी में मर गई, मेरी माँ भी उसी में समाप्त हो गई। हम दोनों महामारी की घोर विध्वंसक शक्ति पर विजय पाकर जीवित रह गए। मगर बाद में यह मातृहीना चन्द्रा अधिक अभागिनी सिद्ध हुई। इसे किसी महान् पिता की छाया नहीं मिली। विमाता स्वयं

उन्मार्गगामिनी निकली। बचपन से मैं उद्दाम काम-वासना के वातावरण में पली। मेरे शरीर में विधाता ने जाने कैसी आग जला दी थी! केवल वासना, केवल उन्मादना, केवल अन्ध पुंश्चल विकार! पर सुना है कि हर दोष में भगवान् कोई ऐसा गुण दे देता है जो सहारा बन जाता है। मुझे याद नहीं कि मेरे भीतर ऐसा कोई गुण कभी था या नहीं। मुझे किसी ने संयम और विवेक की शिक्षा नहीं दी। इर्द-गिर्द के आचरण से जो शिक्षा मिली वह संयम और विवेक की उलटी दिशा में ही ले जाती रही। अब सोचती हूँ कि मेरे उन्मद आचरणों में विधाता ने जो आर्यक के प्रति प्रेम दिया, वही वह गुण है जो समस्त दोषों को छिपाकर उज्ज्वल दीपशिखा के समान जलता रहा है। इस अभागिनी की समस्त अन्धतिमिराच्छन्न वासनाओं को यह दीपशिखा सदा निरस्त करती रही। तू नहीं जानती मैना कि आर्यक को पाने के लिए मैंने कैसे-कैसे पापाचरण की सहायता ली है। मेरे पास और कोई साधन थे भी नहीं। आज भी नहीं हैं। मगर इस शिखा ने बहुत जलाया भी है। भीतर से बाहर तक जलाकर राख कर दिया है। तेरे साथ आर्यक का विवाह होने के पहले ही मैं उसे प्रेम करने लगी थी और बाद में भी प्रेम करती रही, पर उपाय मेरे वासना-भरे थे। कितनी चिट्ठियाँ मैंने उसे लिखीं, मगर उत्तर एक का भी नहीं पाया। फिर भी लिखती रही। उद्दाम वासना की बालोचित भाषा में लिखे गए थे ये सारे पत्र; तू कल्पना भी नहीं कर सकती कि इनमें कितनी अन्धवासना का जोर था!''

''कर सकती हूँ दीदी! मैंने तुम्हारे पत्रों को पढ़ा है।''

''क्या कहा, पढ़ा है? कैसे पढ़ लिया तूने? कहाँ मिले तुझे?''

''उन्होंने ही दिए थे।''

चन्द्रा उत्तेजना के आवेश में फट पड़ी, ''और तूने फिर भी इस हतभागिनी को घर में घुसने दिया? झोंटा पकड़कर निकाल नहीं दिया? लात-घूँसे से इसका भुर्त्ता नहीं बना दिया? मैना, तू स्त्री नहीं है! ऐसी बातों से जिसके हृदय में ईर्ष्या नहीं उत्पन्न होती, मन में क्रोध नहीं उत्पन्न होता, हाथों में झोंटा पकड़कर घसीटने की कसमसाहट नहीं होती, उसे स्त्री कैसे कहूँ रे! हाँ, तू नारी नहीं है। शायद देवी है। दे, ज़रा चरणों की धूल दे दे। इन चरणों की धूल ही उन्मार्ग-गामनियों को रास्ता दिखा सकती है। मैना, तू सचमुच सती है!'' चन्द्रा ने आवेश के साथ मैना का पैर खींच लिया और अपने झुके हुए माथे पर रगड़ने लगी। मृणालमंजरी ने झटके से पैर खींचा। बोली, ''दीदी, तुम पागल हो गई हो क्या?''

''पागल तो हूँ ही मैना, धुत्त पागल! पर मैना, मेरे पत्र पढ़कर तूने क्या सोचा था? बोल मैना, आज मेरा सारा अस्तित्व फटकर निकल जाना चाहता है। अरे, वे पत्र किसी के पढ़ने लायक थे? छिः!''

"दीदी, तुम ज़रा शान्त हो जाओ। सब बताती हूँ।"

"बता, बता, सब बता दे। कुछ भी छिपाने की आवश्यकता नहीं है।"

"बात कुछ भी नहीं है, दीदी! वे तुम्हारे पत्र ले आकर मुझे दे देते थे, कहते कुछ भी नहीं थे। उनकी आँखें झुकी होती थीं और चेहरा उदास। मुझे ऐसा लगता था कि वे कहीं पर अपनी दुर्बलता या गलती अनुभव करते थे। पर अपने को निरुपाय पा रहे थे। उन्हें उन पत्रों से खीज कम होती थी, अनुताप अधिक। मैंने एक बार उनसे कहा कि यह लड़की तुम्हें हृदय से प्यार करती है, पर प्यार प्रकट करने के लिए संस्कारवती वाणी नहीं जानती। उनकी आँखें भर आती थीं। कुछ भी कह नहीं पाते थे। मैंने उनसे कहा कि उसे भी साथ रखने में क्या हानि है, तो तुनक गए। बोले, 'ऐसी बात फिर न कहना। मैं मानता हूँ कि यह लड़की मुझे हृदय से प्यार करती है। मगर बेचारी सोच ही नहीं पाती कि यह असम्भव है।' मगर दीदी, यह कहने में उनकी वाणी लड़खड़ा जाती थी, कंठ में थोड़ा गद्‌गद-भाव आ जाता था। मुझे अनुभव होने लगता था कि मैं इस उद्‌दाम प्रेम की बाधिका हूँ। सच कहती हूँ दीदी, अगर मैं बीच में बाधा न बन गई होती तो वे तुम्हें हृदय उँडेलकर प्यार करते। इसीलिए तो कहती हूँ कि तुम्हारे ही लिए कुछ छिपाकर रखा होगा।"

चन्द्रा ऐसे स्तब्ध हो रही, जैसे काठ की प्रतिमा हो। ऐसा लगा कि उसके अन्तर्यामी ही निश्चेष्ट हो गए हैं और उन्होंने उसके मन और इन्द्रिय के समस्त व्यापारों को किसी अज्ञात इशारे से रोक दिया है। मदन-शर से बेधे गए शिव के गणों को जैसे एक ही इशारे में नन्दी ने चांचल्य से विरत होने का निर्देश दे दिया था—'मा चापलायेति गणान् व्यनैषीत्।' उसकी उस निश्चेष्ट मुद्रा से मृणालमंजरी चिन्तित हो उठी, "दीदी, दीदी, क्या हो गया तुम्हें! बोलो दीदी!"

चन्द्रा ने आँखें खोलीं। अभिभूत की भाँति मृणाल को छाती से चिपका लिया, "सच कहती है मेरी प्यारी मैना? सचमुच आर्यक का कंठ गद्‌गद हो गया था? सचमुच चन्द्रा का नाम लेते समय उसकी वाणी स्खलित हो गई थी? मुझे भरमाना मत मैना, तू मुझसे सच्ची बात ही कह! सचमुच तुझे लगा था कि आर्यक के हृदय में मेरे लिए थोड़ा स्थान था?"

मृणाल ने भाराक्रान्त वाणी में कहा, "सच कहती हूँ दीदी, तुमसे क्या झूठी बात कह सकती हूँ?"

चन्द्रा की आँखों से दर-विगलित अश्रुधारा बह चली। आज चन्द्रा का जीवन कृतार्थ है। यही वह आज तक नहीं समझ पाई थी कि आर्यक के हृदय में भी वह कहीं स्थान पा सकी है या नहीं। अब तक वह अपने को गले-पड़ी मानती रही है। आज उसे लग रहा है—यह लीला भी एकतरफा नहीं है, अनुभयनिष्ठा नहीं

है। मृणाल कहती है, आर्यक ने उसके लिए कहीं कुछ अवश्य छिपा रखा था।

चन्द्रा कृतार्थ है। उसने प्यार से मृणाल का सिर चूमा—"बलिहारी है तेरी सच्चाई की, मैना! प्राण वारती हूँ तेरी मुग्ध आस्था पर। अब चन्द्रा को सब मिल गया। आज तक के सब पाप धुल गए। जानती है बहिन, सती की आत्मा में ज्योति जलती रहती है। उसके निकट किसी पाप-भावना के ठहरने की सम्भावना ही नहीं रहती। सूरज तपता हो तो अँधेरा टिक कैसे सकता है भला! तेरे भीतर वही अखंड ज्योति जल रही है। तेरे निकट जो भी आएगा, वह अगर छेड़ने की कोशिश करेगा तो भस्म हो जाएगा। थोड़ा दूर-दूर रहेगा तो आलोकित हो जाएगा। चन्द्रा आज आलोकित है। आर्यक की रक्षा तेरी यह आलोकित शिखा ही करती है। बहिन, जहाँ भी वह रहेगा, उसकी छाया भी कोई नहीं छू सकेगा।"

मृणालमंजरी ने वातावरण के भारीपन को हलका करने के लिए चुहल की, "दीदी, तुम तो ज्ञानी की भाँति बातें करने लगीं। कहाँ सीखा इतना ज्ञान? आठ ही महीने तो मुझसे बड़ी हो, पर बात करती हो बुढ़िया दादी की तरह!" कहकर मृणाल हँसने लगी, पर वातावरण का भारीपन बना ही रहा। चन्द्रा अब भी अभिभूत ही बनी रही।

"मैना, तूने पोथियाँ पढ़ी हैं, मैंने मनुष्य पढ़े हैं। यही मेरा ज्ञान-स्रोत है। और कहाँ ज्ञान मिलेगा मुझे?" कहकर उसने फिर शून्य की ओर दृष्टि गड़ा दी। मृणाल को विचित्र लगा। क्या कहे, कुछ सोच नहीं पा रही थी। आँगन से शोभन की निंदियारी आवाज सुनाई पड़ी—"बड़ी अम्मा।" चन्द्रा धड़फड़ाकर उठ पड़ी, "जग गया क्या?" मृणाल को अच्छा अवसर मिला—"जब देखो तब बड़ी अम्मा, मैं जैसे कुछ हूँ ही नहीं। बैठो दीदी, मैं जाती हूँ।" चन्द्रा ने उसे बैठाते हुए कहा, "नहीं, तू यहीं रह, सब बाप की आदत पड़ी है, वह भी सोए-सोए चिल्ला उठता है। अभी जाती हूँ।" कहकर वह चली गई। थोड़ी देर में लौट आई, बोली, "शायद कुछ सपना देखकर चौंक उठा था, फिर सो गया। बाप भी सपना देखकर चिल्ला उठता है, 'मैना, मैना!' मगर बाप से अच्छा है, कम-से-कम मुझे तो बुलाता है।"

"तुम तो दीदी, कोई बात हो उनको अवश्य घसीट ले आती हो और मुझे लज्जित कर देती हो। तुम्हें मालूम है, यहाँ कितनी बार 'चन्द्रा, चन्द्रा' चिल्लाकर नींद में चौंके हैं?"

"सच मैना? अब तू बात बनाना सीखने लगी है!"

"सच कहती हूँ दीदी, तुम तो मेरी बात मानती ही नहीं। बुरा न मानो तो बता दूँ, दीदी! तुम्हारा यह उत्फुल्ल मल्लिका-सा रूप और उसकी मोहक सुगन्ध, तुम्हारा निश्छल अनुराग जादू के समान प्रभाव डालनेवाला है। कोई मोहित न हो तो क्या करे? मगर तुम मानतीं क्यों नहीं कि मैं बात बनाकर नहीं कह रही हूँ!"

"मानती हूँ, मानती हूँ। तू जो कह रही है वह अगर सच है तो जानती है तू क्या कर रही है, इस समय?"

"तुमसे बात कर रही हूँ और क्या कर रही हूँ? तुम जब से आई हो, तब से मुझे और कुछ करने भी देती हो!"

"नहीं री भोली, तू मेरे करेजे पर आरी चला रही है, मेरी चेतना पर कशाघात कर रही है, मेरे अस्तित्व को चूर-चूर कर रही है। मैं फट जाऊँगी मैना, मैं एकदम टूट जाऊँगी। आज जाने कहाँ से विधाता ने बेधक दृष्टि डाली है—छेद दिया है रे, अन्तरतर को बेध डाला है!"

"क्षमा करो दीदी, मैंने अनजान में तुम्हें कष्ट पहुँचाया है।" मृणाल रुँआसी हो गई।

"कष्ट पहुँचाया है? इस वेदना का सुख तू नहीं समझेगी। हृदय चीरकर दिखा सकती तो तुझे विश्वास हो सकता। कितने जले घावों को अमृत लेप-लेपकर तूने हरा कर दिया है! और भी कह, और भी बेध! और भी छेद दे मेरी प्यारी मैना! इस पीड़ा ने मुझे नया जन्म दिया है। कह मेरी प्यारी रानी, सपने में उस कापालिक ने क्या-क्या कहा था?"

"बस दीदी, अब तुम शान्त हो जाओ। जितना कहा, उतने ही से तृप्त हो जाओ। अब अधिक ऐसा कुछ बोलोगी तो तुम्हारी मैना रोने लगेगी।"

"बहुत पा गई हूँ रे, कई जन्मों के लिए पर्याप्त है। तू रोने की धमकी न दे। तुझे बहुत रुलाया है, अब नहीं रुलाऊँगी, एकदम नहीं।"

"दीदी, अब तुम थोड़ी देर चुप रहो। मैं ही बोलूँगी। अच्छी बात कहूँगी, भाला-बरछी चलानेवाली बात नहीं कहूँगी। सुनोगी दीदी!"

"तू जान-बूझकर थोड़े ही चलाती है! पर तेरी बातों से इस तेरी भाग्यहीना दीदी पर कब बरछी चल जाती है, तू जान ही नहीं पाती। पर चल जरूर जाती है। मगर मैना, आज मैं कृतकृत्य हूँ।"

"छोड़ दीदी, तुम भी कई बार आरी चला देती हो, एक बार मैंने भी चला दी। हिसाब चुकता हुआ। उनके बारे में कुछ उपाय करो न! मैं तो ऐसी मूर्ख हूँ कि कुछ सोच ही नहीं पाती कि क्या करूँ। एक बार सुमेर काका से कहा कि विंध्याचल के पास कोई सिद्ध हैं, उनके पास चलो। लेकिन जानती हो, फक्कड़ आदमी हैं, जो बात उनकी बुद्धि के घेरे में नहीं आती, उसे ढोंग कहते हैं, अन्धविश्वास कहते हैं और कभी-कभी भेड़ियाधसान भी कहते हैं। उन्हें उत्साहित न देखकर फिर उनसे कुछ नहीं कहा। मगर अब तो तुम हो दीदी, चलो न एक दिन उस सिद्ध के पास, चलकर उनके बारे में पूछें। शायद कोई उपाय बता दें। ले चलो मुझे मेरी अच्छी दीदी! बहुत-सी बातें जो साधारण आँखों से नहीं दिखतीं,

वे इन सिद्धों की तपोमय आँखों से स्पष्ट दिखाई दे जाती हैं।"

चन्द्रा के चेहरे पर आह्लाद कि किरणें खेलने लगीं। बोली, "सुमेर काका तो देवता पुरुष हैं। पहले तो मुझे मारने दौड़े; फिर बात समझ में आ गई, तो मेरे विरुद्ध कोई कुछ कहता है तो उसे ही मारने दौड़ते हैं। कहते हैं, 'चन्द्रा, अब समझ गया हूँ। दोष तेरा नहीं, सामाजिक व्यवस्था का है।' अब तो सुना है, मेरी ओर से आचार्य पुरगोभिल से भी उलझ आए हैं। सुना मैना, उन्होंने मुझसे कहा था कि मैना सिद्ध से मिलना चाहती है, मुझे यह बात जँच नहीं रही है। चल न चन्द्रा, तू ही उसकी ओर से पूछ ले। वह बहुत भोली है, उसे कोई भी धोखा दे सकता है।

"सुना मैना, मुझे काका की बात ठीक लगी है। मैं ही जा रही हूँ। तू कहाँ भटकती फिरेगी?" मृणाल ने आग्रह के साथ कहा, "मैं भी चलूँगी, दीदी!" चन्द्रा ने लीला-कटाक्ष निक्षेप करते हुए कहा, "ना बाबा, कोई आके पूछेगा कि मेरी फूल-सी प्राण-वल्लभा को जंगल-पहाड़ में क्यों भटकाती फिरी, तो क्या उत्तर दूँगी?" मैना ने मन्द-स्मित के साथ हेला-जड़िम वाणी में कहा, "जाओ!"

अट्ठारह

सिद्धाश्रम से लौटकर चन्द्रा ने कहा, "साधुओं में सब अच्छे ही नहीं होते। मैंने अनेक भंड साधु देखे हैं। उन्हें घायल करने के लिए कटाक्ष-बाण से बेधने की भी जरूरत नहीं होती। स्त्री-शरीर की गन्ध ही उन्हें बेहोश कर देती है। मैंने मन-ही-मन ऐसे साधु से मिल जाने पर जो कुछ किया जाना चाहिए, वह सोच लिया था। सच तो यह है मैना, कि मैंने स्वच्छ मन लेकर आश्रम में प्रवेश नहीं किया था। आज मैं तुझे कुछ बदली-बदली लग रही हूँ न? उस दिन ऐसी नहीं थी।"

अवसर पाकर मृणाल ने गम्भीरता का अभिनय करते हुए कहा, "साधुओं का क्या दोष है, दीदी! गन्ध के साथ ऐसा वर्ण, ऐसी कान्ति, ऐसी प्रभा, ऐसी सम्मोहक चारुता एक साथ मिल जाएँ, तो ब्रह्मा का मन भी एक बार डोल जाए!"

चन्द्रा ने चिकोटी काटते हुए कहा, "बस कर, अब ऐसी चाटूक्तियाँ मुझे न प्रसन्न कर सकती हैं, न अप्रसन्न! मैं अब समझ गई हूँ। बात तो सुन!

"लोगों से सिद्ध बाबा का आश्रम पूछ-पूछकर हम लोग विंध्याटवी के एक गहन वन के निर्जन प्रदेश में पहुँचे। एक कड़ाह की तरह के पर्वत-शिखर में सिद्ध

बाबा का आश्रम था। पहले ऊपर चढ़ना पड़ता था, फिर नीचे की ओर उतरने पर सिद्ध बाबा की कुटिया मिलती थी। थोड़ा और नीचे की ओर स्वच्छ जल का एक कुंड था। बड़ी मनोहर शोभा थी। रास्ता तो इतना विकट था कि तुझे न ले जाने का सन्तोष ही मन में था, पर आश्रम की शोभा देखकर मन में आया कि तुझे साथ ले आती तो अच्छा ही होता। चोटी से कुंड तक चारों ओर हरी वनराजि ऐसी सुन्दर लगती थी जैसे किसी ने लोहे के कड़ाह में नीलम की वृक्षावली उरेह दी हो। कुंड का पानी बहुत स्वच्छ था। ऐसा लगता था कि वनलक्ष्मी का साध का सँवारा दर्पण है। नीचे से ऊपर तक वन-पनसों, बदरियों और कुटज-गुल्मों की पंक्तियाँ इस प्रकार कमनीय दिख रही थीं मानो वन-लक्ष्मी ने कंघी से केशों को झाड़कर सीमन्त-रचना की तैयारी कर रखी हो। सर्वत्र निःशब्द शान्ति भरी हुई थी, पर उसमें चुप्पी का खालीपन नहीं था। विचित्र मुखर भाव का भरापन था। सर्वत्र लगता था, कुछ कहा जा रहा है, कोई बातचीत चल रही है, कोई रहस्यपूर्ण संकेत का व्यापार चल रहा है। कोई चेला वहाँ नहीं था। एक विचित्र प्रकार का भरा-भरा सूनापन सर्वत्र व्याप्त था। मैं तो मैं, सुमेर काका की अकारण चपला वाणी भी वहाँ निश्चेष्ट हो गई। उन्होंने इशारे से कहा कि तू अकेली जा, मैं बाहर ही रहूँगा।

"डरती हुई मैं धीरे-धीरे कुटिया में गई। कुटिया भी एक गुफा-सी थी जिसके एक ओर पहाड़ था, दो ओर घने सीताफलों की कतारें थीं और आगे के हिस्से को किसी प्रकार झाड़-झंखाड़ की अनगढ़ टाटी बनाकर फाटक-जैसा बना लिया गया था। इसी कुटिया में सिद्ध बाबा के दर्शन होंगे। मैंने कल्पना कर ली थी कि वे समाधि लगाए होंगे। पर ऐसा कुछ नहीं था। मुझे सिद्ध बाबा वहाँ नहीं दिखाई दिए। सोचा, थोड़ा और अन्दर जाने पर शायद अन्धकार के घने आवरण में किसी कोने-आँतरे में दिखाई दे जाएँ। पर कहाँ, कुटिया में तो कोई नहीं था!

"कुंड की दूसरी ओर से आवाज आई—'भुवन-मोहिनी, त्रिपुर-सुन्दरी, इधर आ, पुत्र यहाँ है।'

"मैंने चकित होकर अपना नया नामकरण सुना। उधर घूमकर देखती हूँ तो आपादमस्तक सफेद केशों से आवृत एक अशीतिक वृद्ध हँसते हुए मुझे देख रहे हैं। कह रहे हैं—'कहाँ भटक गई अकुलवल्लभे! बेटा इधर, माँ उधर!' क्या बताऊँ मैना, मेरे पैर से सिर तक बिजली कौंध गई, इस सम्बोधन ने मुझे नीचे से ऊपर तक झकझोर दिया। और सिद्ध की हँसी तो जैसे वशीकरण का मन्त्र थी। आहा, इतनी निर्मल हँसी भी होती है। ऊपर खड़े सुमेर काका ने सुना तो उन्हें कुछ आशंका हुई, दौड़ते हुए लाठी ताने खट्-खट् नीचे उतर आए। बाबा ने उन्हें देखते ही जोर से ठहाका लगाया, 'भोलानाथ, महिषमर्दिनी की रक्षा करने आए हो? चले जाओ, कोई डर नहीं है। कुम्भोदर तो है ही। इसके रहते उनकी ओर कौन आँख

उठा सकता है!' काका हतप्रभ हो रहे। फिर शिरसा प्रणाम करके बोले, 'जो आज्ञा!' मैंने काका को आश्वस्त करते हुए कहा, 'कोई चिन्ता की बात नहीं है, काका! पिता के पास हूँ।' काका चले गए। मैंने हाथ जोड़कर घुटनों के बल टिककर धरती से सिर लगाकर उनकी वन्दना की। वे हँसते रहे, फिर बोले, 'पुत्र को कैसे स्मरण किया, अंब! सब कुशल-मंगल है न?' मुझे लगा, बाबा मेरे बारे में सब जानते हैं। इनसे कुछ छिपाया नहीं जा सकता। मैंने वंचना का जो जाल मन-ही-मन बुना था, वह एकदम छिन्न-भिन्न हो गया। वे चुन-चुनकर ऐसे सम्बोधन करते थे कि मेरी शिराएँ झनझना उठती थीं। उपास्य का नाम किसी भी बहाने से उच्चरित करना तो भक्तों की चिराचरित प्रथा है। बाबा भी चुन-चुनकर जगदम्बा के नाम से मुझे पुकारते थे, पर हर सम्बोधन झकझोर जाता था। उस 'अकुलवल्लभा' सम्बोधन को सुनकर तो मेरा अन्तरतर काँप उठा। क्या बाबा से कुछ भी छिपा नहीं है? क्या तपस्या अदृष्ट-दर्शन की शक्ति दे देती है? जानती हूँ 'अकुल' महादेव का नाम है और 'अकुलवल्लभा' आद्या-शक्ति का ही नाम है। पर यह कैसा बेधक सम्बोधन है?

"बाबा हँसते रहे—'माँ, क्या चिन्ता है तुझे? इस अभाजन पुत्र से तू चाहती क्या है? तेरे भीतर भुवनमोहिनी का निवास है। उनकी त्रैलोक्य-सौभगा लीला तेरे भीतर खेल रही है। तू भुवनमोहिनी के विभ्रम-विलास का अवतार है, माँ! माँ, तुझे क्या कष्ट हो गया है कि पुत्र के पास दौड़ती चली आई? ज़रा ललाट तो दिखा।' बाबा ने मेरे मस्तक को दाहिने हाथ के अँगूठे और तर्जनी से पकड़कर उठाया और बच्चे की तरह खिलखिलाकर हँस पड़े—'माँ, तेरे तो बस एक ही बुड्ढा बच्चा है जिसे सामने देख रही है। और कोई बच्चा तो विधाता ने सिरजा ही नहीं। मैं ही अकेला तेरा पुत्र हूँ, जगदम्बिके!' सिर छोड़कर बाबा ताली बजाकर किलक उठे—"मेरे दुलार में कोई हिस्सा बँटानेवाला नहीं है। तू एकपुत्रा है, माँ!' मेरा चेहरा फक् पड़ गया। बाबा ने फिर सिर उठा लिया। आश्चर्य से फिर विह्वल हो गए—'क्या लीला है तुम्हारी महामाया! एक है तो कहीं छिपा हुआ! नहीं माँ, तेरा औरस भी नहीं है और तेरा पूरा अपना भी है। बाँटनेवाला है माँ, बुड्ढे बच्चे का एक प्रतिद्वन्द्वी भी कहीं छिपा है। बड़ा प्रतापी दिखता है माँ, बुड्ढे का स्नेह बाँट लेगा।' फिर रुआँसे-से होकर बोले, 'बड़ा प्यारा लगता है रे, बुड्ढे भाई को भी मोह लेगा। पर यह सब महामाया का षड्यन्त्र ही है। मौज में आती है तो विधाता को भी मूर्ख बना देती है। बोल माँ, अब तो प्रसन्न हुई न?'

"मैं अवाक् होकर बाबा का मुँह ताकती रही। वे बच्चे की तरह प्रसन्न थे। हँसते हुए बोले, "सौभाग्य तो तेरा अद्भुत है त्रिलोक-सुभगे, तुझे कष्ट क्या है, बताती क्यों नहीं? अकारण इस वृद्ध पुत्र को व्याकुल बना रही है। तेरी-जैसी

अनोखी माता तो कभी इस आश्रम में नहीं आई। आहा, तेरे तो शरीर और मन अलग-अलग दिशा में दौड़ लगा रहे हैं। शरीर तेरा सौभाग्य की खोज में भाग रहा है, मन वात्सल्य की ओर। तेरा मन अपने प्रियजनों को वात्सल्य में डुबा देना चाहता है। तेरा प्रियजन भी तुझे बच्चों-सा मोहित करता है। माँ, तू भीतर से माँ है, बाहर से शृंगारमयी प्रिया। आहा, ऐसा मिलना तो विरल है! विधाता तेरी कुक्षि में वात्सल्य का आश्रय आने नहीं देगा और महामाया तुझमें वात्सल्य-रस भरती जा रही हैं। यह तो विषम संकट है जगत्तारिणी!'

''मेरी वाणी रुकी सो मानो सूख ही गई। किसी तरह साहस बटोरकर बोली, 'बाबा, जो कहना चाहिए वह कह नहीं पा रही हूँ। हृदय पर जैसे किसी ने भारी पत्थर रख दिया है। लोक-दृष्टि में मैं उन्मार्ग-गामिनी कुलटा हूँ, अपनी दृष्टि में पतिव्रता। पर इस पतिव्रता ने मेरी प्राण-प्यारी सखी को विपत्ति में डाल दिया है और जिसे पति मानती हूँ उसे भी घोर कष्ट में डाल दिया है।'

''बाबा किलकारी मारकर हँसे—'हाथ तो दिखा दे त्रिनयने! दुनिया के दो ही आँखें होती हैं, तेरी तीसरी आँख भी खुली लगती है। ठीक कहता हूँ न, माँ?' मैंने अपना हाथ बाबा के सामने फैला दिया। बाबा चौंक पड़े। बड़ा भरमना पड़ा है तुझे, माँ! मेरी मूर्ख माँ, तुझे अपनी बुद्धि पर भरोसा है। ना रे ना, सब उसकी रचना है। तू अपने को निमित्त क्यों नहीं मानती मेरी अबोध माता! पर कैसे मानती? उस मायाविनी ने तुझे भटकाए रखने का जाल रच दिया है। कोई चिन्ता नहीं, अपने इस बेटे पर भरोसा रख, सब ठीक हो जाएगा। ज़रा पैर तो दिखा, माँ! हाँ, ठीक है। तो तू जिसे पति मानती है वह संकट में पड़ गया है। और तेरी सखी उसकी पत्नी होगी—तेरी स्वयंवृता सौत। है न यही बात?'

''मैंने थके हुए स्वर में कहा, 'हाँ बाबा, मगर वह सौत नहीं, मेरी प्यारी बहिन है।' बाबा ठठाकर हँसे, 'सौत बहिन नहीं तो और क्या होती है मेरी भोली माँ?' मैं क्या उत्तर देती! चुपचाप बाबा की ओर ताकती रही। बाबा ने मेरे मुख से आँखें हटाईं नहीं। बच्चों की-सी प्रसन्नता उनके चेहरे पर खेलती रही। थोड़ी देर तक उसी तरह देखते हुए बोले, 'तेरे केश घन-कुंचित हैं। ये तो अखंड सौभाग्य की सूचना देते हैं, पर तू इतना भटकी कैसे? भगवती ने जिसे इतने शुभ लक्षण दिए हैं, वह इतना चक्कर में कैसे पड़ गई? ऐसा लगता है सर्वेश्वरी, कि तेरी स्वयंवृता सौत तुझसे भी अधिक शक्तिसम्पन्न लक्षणों की रानी है। दो माताओं के भाग्य आपस में लड़ें तो बूढ़ा बच्चा क्या कर सकता है, माँ! तू अपने को उससे पराजित मानती है?' मुझे बाबा की बात अच्छी नहीं लगी। शायद वे सौतों की लड़ाई का अनुमान करने लगे हैं। मैंने थोड़ा कठोर होकर कहा, 'कहा न बाबा, कि वह हमारी प्यारी बहिन है। प्यार में जय-पराजय की बात कहाँ उठती है?' बाबा ठठाकर

हँसे—'तू हार मान गई है माँ, हार मान गई है। नहीं तो बूढ़े बच्चे की बात से कोई माँ गुस्सा करती है? माँ कहीं-न-कहीं हार मानने पर ही बच्चे को मारती है। लेकिन जाने भी दे। मैं देख रहा था कि तू सौत के प्रति कैसा भाव रखती है। लगता है तू सचमुच उसे प्यार करती है। जरूर वह ललिता-रूपा है। जगज्जननी का तेरे-जैसा भुवन-मोहन रूप तो उसी रूप से हार मानता है।'

"मैंने सम्मति-सूचक सिर हिलाया। बाबा को कुतूहल हुआ—'ललिता-रूपा जगत्-सूत्रधारिणी! जानती है मातेश्वरी, ललिता की क्रीड़ा से यह लोक रचित होता है। यह जो कुछ दिखाई रहा है न, सब उसी ने खेल-खेल में रच दिया है। इतना तो माया भी कर सकती थी। पर ललिता-शक्ति समस्त बीभत्सताओं और कुरूपताओं को ललित आवरण डालकर मोहन बना देती है। उसके सखा चिन्मय शिव हैं—चिन्मय शिव, चैतन्य के घनीभूत विग्रह! आहा, क्रीड़ाते लोक रचना सखाते चिन्मयः शिवः। तू बड़ी सौभाग्यशालिनी है। तेरी सखी भी निखिल मातृ-ग्राम की मुकुट-मणि जान पड़ती है। वह समस्त कुरूपताओं को हिरण्मय आवरण से ढककर कमनीय बना देती होगी। मैं ठीक कहता हूँ न, मातः! तूने कभी ऐसा अनुभव किया है?'

" 'किया है बाबा, मेरे सारे कलुष को उसी ने तो विशुद्ध प्रेम के रूप में चमका दिया है।' अब बाबा सँभलकर बैठ गए—'हाँ रे, जगदम्बिका, तुझे अपने कलुष दिख गए हैं। कैसे दिख गए हैं भववल्लभे! तेरी तीसरी आँख तो बाहर की ओर दौड़ती रही। मैं समझ गया था। मैं तो तेरे सामने ही बैठा था, और तू है कि कुटिया में ढूँढ़ती रही। जरूर तेरी आँखों पर पर्दा था। साथ में उस भोलानाथ को ले आई है, वह भी तो नहीं देख सका था। हाय मुंडमालिनी, कितने मरे मुंडों की माला पहने तू घूम रही है? क्यों नहीं फेंक देती उतारकर। बँदरिया माता मरे बच्चे को भी छाती से चिपकाए घूमती रहती है। बूढ़े की माँ, तुझे उससे कुछ तो अधिक समझदार होना चाहिए। छिः-छिः, मरे बच्चों का बोझ हटा दे। मोह छोड़ दे मोहमयी, जो मरा सो मरा, काहे को इतना आयास कर रही है! पाने की लालसा मनुष्य को मुर्दे ढोते रहने का प्रलोभन देती है। फेंक दे माँ, मरों को मत ढो!'

"मैं तो एकदम घबरा गई, मैना! बाबा कहना क्या चाहते हैं? मगर मुझे लगा कि जनम-भर की स्मृतियाँ मेरे भीतर सड़ी पड़ी हैं। मेरा अपना ही सिर दुर्गन्ध से फटने लगा। चारों ओर कुत्सित शवों की गन्ध से नसें फटने लगीं। मारे डर के मैं चिल्ला पड़ी—'त्राहि बाबा, त्राहि!' बाबा शरारती बच्चे की तरह मुस्कराते रहे।

"बाबा ने विनोद के साथ कहा, 'डर गई मातेश्वरी! डरने की बात नहीं है रे! क्यों सड़ गए हैं ये सब, पता है तुझे? क्योंकि तूने इन्हें अपने सुख के लिए पाना चाहा था। अपने लिए बटोरने से ही मनुष्य का जीवन श्मशान बन जाता

है। लुटाने की बुद्धि से जो किया जाता है वह फूल बन जाता है। आ तो जगद्धात्री, ज़रा तेरी नाड़ी देखूँ!' मैंने हाथ दे दिया। बाबा ने नाड़ी टटोली—'जल रही है रे, तुझे तो ज्वर हो गया है, गन्दगी जलेगी तो तापमान तो बढ़ेगा ही; जल जाने दे, सब जल जाने दे! मेरी ओर देख पद्मासने, पीड़ा हो रही है न? तेरा बुड्ढा बच्चा बड़ा पाजी है, माँ को कष्ट दे रहा है! अरे, तू तो बेहोश होती जा रही है। ना माँ, घबरा मत। दुष्ट बच्चे के पास आ गई है। यह जलाने का खेल खेलता है।'

"मैं सचमुच संज्ञा-शून्य होकर बाबा के चरणों पर लुढ़क गई। थोड़ी देर तक मेरी चेतना मुझसे एकदम अलग हो गई, पर मैं मरी नहीं मैना, साफ देखती रही। सारे पाप साकार होकर सामने आने लगे। ऐसा जान पड़ा कि सब जल रहे हैं, उछल रहे हैं, तड़प रहे हैं, भहरा रहे हैं। मैं उन्हें देख रही हूँ। उद्दाम यौवन के निकृष्ट पाप—काले, भयावने, जहरीले साँपों के भयंकर झुंड विवश-भाव से जल उठते हैं, महाभयानक नागमेध-यज्ञ चल रहा है। जिन बातों को मैंने कभी पाप नहीं समझा वे भी सुनहरे साँपों के रूप में आ-आकर गिर रहे हैं। ताप और बढ़ता गया, दुर्गन्ध और भभकती गई, बेचैनी और बढ़ती गई। उस भयंकर ज्वाला से मेरा शरीर तप्त तवे की भाँति लहक उठा था। बाबा की आवाज सुनाई पड़ी—'उठ रे ज्वालामुखी, सब जला देगी? कैसी माँ है तू रे ज्वालमालिनी! ऐसी उसाँसें भर रही है कि बूढ़े बच्चे को भी जला देगी! उठ जा!'

"क्षण-भर में मुझे लगा कि शरीर का ताप कम हो गया है और मेरी चेतना लौट आई है, पर मैं अवश-भाव से बाबा के चरणों में पड़ी रही। कुछ आशंकित होकर सुमेर काका लौट आए थे। बाबा उनसे ही कुछ कह रहे थे—'आओ भोलानाथ, माँ की सेवा करने आए हो न? देखो, कैसी हो गई है? उठा दूँ?' सुमेर काका अभिभूत से कह रहे थे—'बाबा, बचा लो इसको, मुझसे कोई अपराध हुआ हो तो मुझे दंड दो, यह बेचारी दुखियारी, बालिका है। इस पर दया करो।' बाबा ने कहा, 'तुम्हारी बिटिया है मेरी माँ?' सुमेरा काका ने कहा, 'ऐसा ही समझो बाबा, औरस पुत्री तो नहीं है पर उससे भी बढ़कर है।' बाबा ने हँसते हुए कहा, 'नानाजी, अभी जाओ, माँ-बेटे को रहने दो यहीं। तुम्हारी बिटिया स्वस्थ हो रही है। जाओ, मैं माँ के दुलार में तुम्हें हिस्सा नहीं लेने दूँगा। जाओ!' सुमेर काका शिथिल गति से लौटते जान पड़े। मैं उसी तरह अवसन्न।

"अवसन्न चेतना को मैंने प्रत्यक्ष देखा। मुझसे बाहर खड़ी हुई थी! उसकी देह धुएँ से काली पड़ गई थी। फिर देखा विचित्र दृश्य! मैना, कहूँ तो विश्वास करेगी? शायद कर लेगी। तेरी दीदी अब विश्वास-योग्य हो गई जान पड़ती है। सुन मैना, बड़ा ही अद्भुत दृश्य, बड़ा ही विचित्र!" फिर मृणालमंजरी की ओर देखकर बोली, "हाय रे, तू तो अभी से घबरा गई है। घबराएगी तो नहीं कहूँगी।"

मृणालमंजरी का चेहरा फक् पड़ गया था। वाष्प-रुद्ध कंठ से बोली, ''सुनाओ दीदी, मैं उत्सुक हूँ!''

चन्द्रा ने प्यार के आवेश में मृणाल का सिर सूँघ लिया। फिर साश्चर्य उल्लसित वाणी में बोली, ''हाय रे, यही सुरभि तो थी।'' मृणाल ने चकित होकर देखा, चन्द्रा की आँखें डबडबा आई हैं। उसने दुलरावने स्वर में कहा, ''कोई दुखद प्रसंग हो तो आज रहने दो दीदी!''

''नहीं मेरी प्यारी मैना, तुझे सुनना चाहिए।''

''देखा, एक सरोवर है। देख रही हूँ, लेकिन बाहर नहीं है, मेरे भीतर ही है। उसमें तीन कमल खिले हैं—दो बड़े और एक अविकसित, छोटा-सा। उनकी सुगन्ध से मन और प्राण तृप्त हो उठे। चारों ओर प्रसन्न आकाश, शीतल वायु और भीनी-भीनी गन्ध।

''बाबा ने फिर कहा, 'उठ महामाया, अभी तृप्ति नहीं हुई क्या?'

''अन्तरतर से आवाज आई—'नहीं, तृप्ति नहीं हुई। पर मुँह से कुछ बोल न सकी। बाबा ने प्यार से सिर पर एक हलकी चपत लगा दी। हाय मैना, कैसे कहूँ, क्या देखा। कह नहीं पा रही हूँ, पर कहूँगी अवश्य। देखा, आर्यक गहन अरण्य में शिलापट्ट पर लेटा है। केश लटिया गए हैं, वस्त्र अस्त-व्यस्त हैं। आँखें लाल हैं। जान पड़ता था, उसे कई दिनों से नींद नहीं आई थी। हाय, क्या देख रही हूँ! वह मृणालमंजरी को देखना चाहता है और चन्द्रा ने दोनों के बीच अवरोध खड़ा कर रखा है। मृणाल को चन्द्रा ने एक गुफा में धकेल दिया है। वह पाशबद्ध मृगी की भाँति करुणा-कातर नयनों से आर्यक को खोज रही है। आर्यक चन्द्रा के पैरों पर गिरकर विनय कर रहा है—'उसे जाने दो चन्द्रा, बहुत-बहुत कष्ट में है!' और निर्लज्ज क्रूर चन्द्रा हँस रही है। कैसी कातर मुद्रा थी आर्यक की! ओह!

''फिर क्या देखती हूँ—तीन आदमी बैठे हैं। एक आर्यक है, दो उसके साथी। उसका एक साथी बड़ा ही कोमल, बड़ा ही सुघड़ दिखाई दे रहा है और दूसरा उतना ही कुरूप, उतना ही अनघड़। आर्य अपने तरुण मित्र से घुल-घुलकर बातें कर रहा है, दोनों ही उदास हैं।

''अचानक देखती हूँ भयंकर मार-काट, हो-हल्ला। नगर आग की लपटों में जल रहा है और आर्यक अकेला शत्रु-व्यूह में कूद पड़ा है। उसकी भुजाएँ विद्युत्गति से सक्रिय हैं। वह जिधर जाता है उधर ही भगदड़ मच जाती है। शत्रु-सेना में घिरा आर्यक ऐसा लग रहा है जैसे मदमत्त गजराजों के यूथ में सिंह-किशोर पहुँच गया हो। देर तक मार-काट चलती रहती है। मेरी छाती लोहार की भाथी के समान धौंक रही है। एक बार ऐसा लगा कि दुर्दान्त शत्रुओं ने उसे दबोच लिया है। मैं एकदम नींद से उठकर शत्रु-व्यूह में कूद पड़ी। चिल्लाकर बोली, 'कोई चिन्ता

नहीं प्यारे, चन्द्रा आ गई है।' मेरे मुँह से सचमुच उत्तेजित स्वर में आवाज निकली— 'चन्द्रा आ गई आर्यक, घबराओ नहीं।' बाबा ने फिर सिर दबा दिया। क्या देखती हूँ कि फिर वही सरोवर बिलकुल हृदय में लहरा उठा है। आर्यक उसमें प्रवेश कर रहा है, वहाँ आते ही वह कमल का फूल बनकर लहराने लगा है। दूसरी ओर तू आती है, साथ में नन्हा शोभन है। दोनों कमल के फूल बन जाते हैं। चन्द्रा के हृदय-सरोवर में तीन कमल लहरा रहे हैं। मैं तृप्ति के साथ देखती रही। एक-एक लहर पर कमल लहरा उठते हैं।

"बाबा ने फिर कहा, 'उठ पद्मासने, उठ जा!'

"मैं उठकर बैठ गई, बिलकुल सहज भाव से; कहीं भी अवसाद या थकान का नाम नहीं। बाबा ने छेड़ा—'यह आर्यक-आर्यक क्या कह रही थी, माँ! तू गोपाल आर्यक को स्मरण कर रही थी क्या? तू उसकी कौन है? क्यों छिपाया था, माँ!'

"मैं लजा गई। बोली, 'कह नहीं सकी थी, आर्य! कैसे कहूँ?'

"बाबा ने प्रसन्नता से कहा, 'तू अपने बच्चे की परीक्षा ले रही थी, छलनामयी! तेरा प्यारा विजयी होकर आ रहा है। जा माँ, तू पतिव्रताओं की मुकुट-मणि है। अपने लिए कुछ बटोरना नहीं, सबकुछ निःशेष भाव से निचोड़कर देती रहना। और वह जो तेरी ललिता सखी है न, उससे कह देना कि वह सतियों का आदर्श बनेगी। जब सुख के दिन आवें तो मुझे भूले नहीं। इस बेटे को भी याद रखना, माँ। देख माँ, तेरी सखी पार्वती के समान पूजनीय है, उसमें शील, धर्म और शोभा की त्रिवेणी लहरा रही है। उसके समान पार्वती-कल्पा सती का पति कहीं संकट में पड़ सकता है? देख सुदर्शने, तेरी भी दो माताएँ, तेरी सखी की भी दो माताएँ हैं, तो फिर यह पुत्र क्यों वंचित रहे! तू भी मेरी माँ, वह भी मेरी माँ! ललिता माँ से कह देना कि जब वह या तू याद करेगी तो तुम दोनों का यह बूढ़ा बच्चा स्वयं आ जाएगा।' "

मृणालमंजरी की आँखों से दर-विगलित अश्रुधार बह चली। वह चन्द्रा से लिपट गई।

उन्नीस

आर्यक, माढ़व्य और चन्द्रमौलि को छोड़कर चुपचाप खिसक आया। उसे अपने पहचान लिये जाने से कष्ट हुआ। उज्जयिनी में उसकी कीर्त्ति और अपकीर्त्ति दोनों

पहले ही पहुँच चुकी थीं। दो-तीन दिनों तक वह निरुद्देश्य भटकता रहा। उसके आजानुबाहु मोहन रूप को देखकर लोग ठगे-से खड़े रह जाते थे। उत्सुकतावश वे उसके पास आकर पूछते भी थे कि वह कौन है। उसका उत्तर स्पष्ट नहीं होता था। लोगों में कानाफूसी चलने लगती थी। उस समय वहाँ किंवदन्तियों की बाढ़ आई हुई थी। लोग उसके भव्य रूप को देखकर कहने लगे कि हो-न-हो, यह गोपाल आर्यक ही है। समझने लगा कि लोग क्या समझ रहे हैं। वह पछता रहा था कि यहाँ आया ही क्यों। उसे अब उज्जयिनी से हट जाना चाहिए। वह नगर के सबसे अन्त में स्थित उजाड़ बगीचों में छिपने का प्रयत्न करता। एक दिन तो वह निराहार ही रह गया। दूसरे दिन एक अन्न-सत्र में प्रसाद पाया। पर उससे उसके बारे में चर्चा बढ़ती ही गई। उसे लगा कि देर तक वह छिपकर रह नहीं सकेगा। वह इधर आया था कि मित्रों की रक्षा करने पर स्वयं अरक्षित हो गया। मन-ही-मन उसने निश्चय कर लिया कि महाकाल के दर्शन तो कर ही लेने चाहिए।

वह क्षिप्रा में स्नान करके महाकाल के मन्दिर में गया। प्रणिपात करके प्रदक्षिणा की और बाहर आकर वहाँ थोड़ी देर रुक गया। उसका मन फिर ज्योति-लिंग की ओर गया। पुनः दर्शन और प्रणिपात तथा प्रदक्षिणा करके बाहर आया। मगर आगे नहीं बढ़ सका। ऐसा लगा कि रस्सी से बाँधकर उसके मन को मन्दिर के भीतर कोई खींच रहा है। विवश-सा वह फिर भीतर गया, फिर बाहर आया; फिर गया, फिर बाहर आया। इस प्रकार वह लगातार सात बार भीतर गया और बाहर आया। कुछ खींच रहा है, कोई अदृश्य आकर्षण-रज्जु। हर बार वह यह सोचकर निकलता था कि अबकी बार वह बाहर चला जाएगा, उज्जयिनी छोड़ देगा; पर हर बार बाहर आने पर वह खिंचाव का अनुभव करता था। वह कुछ समझ नहीं पा रहा था कि उसे हो क्या गया है। यह क्या कोई अभिचार है जो उसे बार-बार अपने मन का नहीं करने दे रहा है? वह थोड़ी देर के लिए स्थिर खड़ा हो गया। उसने दृढ़ संकल्प किया कि वह अब नहीं रुकेगा। सारे अभिचार को अस्वीकार करने का दृढ़ संकल्प लेकर वह मन्दिर के द्वार से घाट की ओर रवाना हुआ। उसे लगा कि कोई पीछे-पीछे आ रहा है। पीछे मुड़कर देखा, कहीं कोई नहीं है। यह क्या रहस्य है? वह क्षण-भर के लिए चकराया। फिर तलवार की मूठ कसकर पकड़ी और सावधान होकर आगे बढ़ा। संकल्प की दृढ़ता का अच्छा फल मिला। जान पड़ा कि उसके मन पर से एक भारी बोझ हट गया है। उसने बिना पीछे मुड़े महाकाल को प्रणाम किया—खींच रहे हो देवाधिदेव, पर मैं रुक नहीं सकता। मैं उज्जयिनी छोड़ देने का संकल्प कर चुका हूँ। मेरा चित्त उत्क्षिप्त है। तुम्हारी सेवा में मन और प्राण नहीं ढाल सकूँगा। तुम्हीं ने यह

दुर्बलता दी है, जैसी भी है, जो भी है, तुम्हारी दी हुई है, आर्यक विवश है! मेरा मन एक ओर भाग रहा है, प्राण दूसरी ओर खींच रहा है, मैं अपने आप द्विधा-विभक्त हो गया हूँ। मुझे कहीं शान्ति नहीं मिल रही है। तुम्हारे चरणों में अपने-आपको निचोड़कर निःशेष रूप से ढरका सकूँ, ऐसा साहस नहीं बटोर पा रहा हूँ। क्षमा करो अन्तर्यामिन्, इस तामस काया से कुछ भी सधनेवाला नहीं है! जी रहा हूँ, क्योंकि तुम मृत्यु को भेज नहीं रहे हो, चल रहा हूँ, क्योंकि तुमने वासनाओं के भँवर को गतिशील बना दिया है। क्षमा करना देवाधिदेव, आर्यक वशी नहीं बन पाया है, वह विवश है, परवश है, अवश है!

परन्तु उसे फिर लौटना पड़ा। तलवार की मूठ पर कसी हुई मुट्ठी और भी कस गई, पर शरीर विवश-भाव से फिर से मन्दिर की ओर खिंच गया, जैसे किसी ने मुँहजोर घोड़े को लगाम खींचकर लौटा लिया हो। वह मन्दिर-द्वार पर फिर आकर खड़ा हो गया। संकल्प-शक्ति की दृढ़ता का अभिमान टूक-टूक हो गया। देवाधिदेव के प्रति किया गया मानसिक विनिवेदन भोंडा उपहास बनकर रह गया। कैसी माया है प्रभो! क्या कराना चाहते हो इस अभाजन से? यह कैसा मोहमय आकर्षण है? भागना भी अपने हाथ में नहीं है? नहीं, वह अब मन्दिर में नहीं जाएगा। वह देर तक द्वार पर खड़ा रहा। उसकी दृष्टि दूर चबूतरे पर बैठी एक दिव्य द्युतिवाली संन्यासिनी की ओर गई। वह एकटक उसी ओर देख रही थी, मानो देर से इस प्रतीक्षा में हो कि वह उसकी ओर देखे। प्रथम दृष्टि में आर्यक ने केवल उसकी एक ऊपरी छाया ही देखी। फिर उसका रूप निखरने लगा। आर्यक ने देखा, वह ज्योतिष्मती है, जैसे किसी निपुण कलाकार ने सुवर्ण-प्रभा से ही उसे बनाया हो। आर्यक उसी ओर बढ़ा, अनिच्छापूर्वक। निकट पहुँचकर उसके आश्चर्य का ठिकाना नहीं रहा। उसकी ज्योति निरन्तर बढ़ती ही जा रही थी। सारे मुखमंडल को घेरकर एक अपूर्व प्रभा-मंडल स्पष्ट झलक रहा था। ललाट इतना उज्ज्वल था कि सोने के दर्पण का भ्रम होता था। उसके परिधान में एक हलके लाल रंग का कौशेय वस्त्र था—शरत्कालीन प्रभात की प्रथम किरणों के समान चमकीला। उसके मुँह से अचानक अपने मित्र चन्द्रमौलि की कविता की एक पंक्ति बरबस निकल गई—'वासं वसाना तरुणार्करागम्'! तरुण सूर्य की लालिमावाला वस्त्र! पर वह हिल-डुल नहीं रही थी, एकटक उसी की ओर निर्निमेष नयनों से देखे जा रही थी। मूर्त्ति है क्या? ध्यान से देखने पर आर्यक को लगा कि देह तो पतली कनक-छरी-सी थी, पर कान्ति से भरी-भरी लग रही थी। कान्ति का भराव ऐसा था अष्टमी के चन्द्रमा के समान प्रशस्त ललाट पर पड़े हुए चेचक के दाग दूर से एकदम नहीं दिखाई दे रहे थे।

आर्यक ने निकट आकर उस दिव्य नारी-मूर्त्ति को देखा। प्रौढ़व्य में भी उस

रूप में एक विचित्र प्रकार की कसावट थी। आँखों में करुण मातृत्व लहरा रहा था। केश भ्रमरावली के समान घुँघराले थे, मगर बीच-बीच में एकाध रजत-शलाका की भाँति श्वेत भी हो गए थे। अधर-पुट मुरझाए पाटल के समान सूखकर भी चमक रहे थे। युवावस्था में निश्चय ही वह सुन्दरियों की मुकुट-मणि रही होगी। आर्यक ने निकट आकर श्रद्धा-सहित प्रणाम किया। देवी का दाहिना करतल ऊपर की ओर उठा, प्रफुल्ल कमल की एक वलयित लहरदार रेखा-सी खिंच गई। आर्यक ने इस आशीर्वाद में कृतकृत्य-भाव का अनुभव किया। संन्यासिनी के अधरों पर मन्द मुस्कान खेल गई, ''रोक रहे हैं तो क्यों नहीं रुक जाते बेटा! इनकी माया काटकर कहाँ भागोगे? देर से देख रही हूँ, भागना चाहते हो, भाग नहीं पा रहे हो। देखो ना, पाँच बरस से भागकर जाना चाहती हूँ। जाने दें तब तो। जो ये चाहते हैं वही होना चाहिए। दूसरा क्या चाहता है, इससे इन्हें कोई मतलब नहीं। अपनी होनी चाहिए। कहती हूँ, जाने दो, लौट आऊँगी, सुनता कौन है!''

आर्यक अवाक्!

''रुक जाओ बेटा, इन पर किसी का बस नहीं है। माँ वश में कर सकती थीं, पर वह नाराज हैं, गुस्से में गईं, सो गईं। अब उनका गुस्सा औरों पर उतारते हैं—नहीं जाने देंगे! जिसे रोकना था, उसे तो रोक नहीं सके। मुझे रोकते हैं, तुम्हें रोकते हैं। धन्य हैं!''

आर्यक कुछ समझ नहीं सका। क्या कह रही हैं यह माताजी! वह कौन है? कौन रोकता है? उसे इतना तो समझ में आ पाया कि रोकनेवाले महाकालनाथ हैं। माताजी क्या देवी को कह रही हैं! वे नाराज क्यों हो गईं? कहाँ चली गईं? कुछ समझ में नहीं आ रहा है। आर्यक की वाणी रुद्ध हो गई। वह आश्चर्य से केवल ताकता रहा।

संन्यासिनी की दृष्टि बराबर उसी पर टिकी रही। मृदुल वाणी में फिर बोलीं, ''बेटा, तुम चुप क्यों हो? कहाँ से आए हो? महाकाल के दरबार में कैसे पहुँचे?''

आर्यक अब भी कैसा-कैसा अनुभव करता रहा। बोलने की इच्छा नहीं हो रही है। देवबाला के समान अनुपम शोभामयी मातृकल्पा देवी के प्रश्नों का उत्तर न देना अशिष्टता है, आर्यक से अधिक इस बात को कौन जानता है! पर उसके मुँह से बोल ही नहीं निकल रहे हैं। कैसी विचित्र बात है!

उसने बोलने का प्रयत्न किया, पर उत्तर नहीं सूझा। आयासपूर्वक गला साफ करके बोला, ''अविनय क्षमा हो माताजी! क्या कहूँ, समझ में नहीं आ रहा है। मैं भटका हुआ परदेशी हूँ। यदि ढिठाई क्षमा करें तो मैं यह जानने का प्रसाद पाना चाहता हूँ कि आप कौन हैं और जो बातें आप कह रही हैं, उनका अर्थ क्या है?''

''सचमुच भटक गए हो, वत्स! तुम्हें तो लहुरा वीर के धाम में पहुँचना

चाहिए था। तुम्हारी मध्यमा वृत्ति ही क्रियाशील जान पड़ती है। मध्यमा वृत्ति में ही दंडहस्ता भगवती वक्रता सहन नहीं कर पातीं। तुम भटककर इधर आ गए हो। महाकाल पश्यन्ती वृत्ति में विहार करनेवाली अंकुशधारिणी वामा के अभिलाषी हैं। बड़ी मनावन चाहती हैं मानिनी वामादेवी। पद-पद पर मान, पद-पद पर ठसक! बाप रे बाप, इतनी मानवती हैं कि बस, नाक का फोड़ा समझो।''

आर्यक उलझन में पड़ गया। लहुरा वीर का वह सचमुच ही किसी समय उपासक था। पर जीवन की विषम परिस्थितियों ने सब साफ कर दिया। लहुरा वीर छूट गए। लहुरा वीर के सेवक पर प्राण वारनेवाली प्रिया मृणालमंजरी छूट गई। जीवन में चन्द्रा धूमकेतु-सी आई और सब छिन्न कर गई। चन्द्रा सुन्दर है, मोहिनी है, सम्भावित-हृदया है, भुलाए नहीं भूलती; पर आर्यक लहुरा वीर को भूलकर महाकाल के दरबार में आ गया। भटार्क ने मथुरा को जीत लिया है, नाम आर्यक का ही चल रहा है। यदि सचमुच वहाँ आर्यक पहुँचा होता तो लहुरा वीर मिल गए होते, पर वह भटक गया। यह अद्भुत संन्यासिनी कहती है कि उसे लहुरा वीर के धाम में जाना चाहिए था। यहाँ आकर उसने क्या कोई दोष किया है? संन्यासिनी ने आर्यक के मन की बात मानो ताड़ ली। बोली, ''दोष नहीं है बेटा, दोष क्या है? वासुदेव और महादेव कोई भिन्न देवता थोड़े ही हैं? एक ही हैं। नाम-रूप तो उपासक के भाव हैं। उपासक के भाव ही तो उपास्य को नाम और रूप देते हैं। मैं कह रही थी कि तुम अपना 'स्व-भाव' नहीं जानते। स्व-भाव को न जानने का नाम ही भटकना है। तुम्हें मैं पहचान गई हूँ। और कई लोग भी पहचान गए हैं। यह दिव्य तेज, यह आजानुलम्बित बाहु, यह कपाट-सा वक्ष, ये वृषभतुल्य स्कन्ध और यह मत्त गजराज की गति तुम्हें लाखों में एक बना देती है। विधाता ने महाभूत समाधि धारण करके यह मोहक रूप बनाया था। कैसे छिप सकोगे मेरे लाल! कहो तो नाम बता दूँ! पर बताऊँगी नहीं। सुनो बेटा, मैं भी बहुत भटकी हूँ। अब भी क्या कम भटक रही हूँ! मथुरा गई, श्रीकृष्ण के दरबार में। बाप-रे-बाप, केवल लेना जानता है। राग-विराग, मान-अभिमान, शरीर-मन, सबको खींच लेता है। पूर्ण समर्पण माँगता है, ज़रा भी रियायत नहीं। कृष्ण है न!—खींचनेवाला! प्रिया बनो, सखी बनो, मनावन करती रहो। बीस बरस रही बेटा। सब दे दिया, पर उसका अभी सन्देह नहीं गया। कहता है, अभी बहुत छिपाके रखा है, उलीच दो। झगड़ा कर बाप के घर चली आई हूँ। अवढरदानी बाप—महादेव। केवल देता है, देता है, दिए ही जाता है! माँ नाराज होती हैं तो यह बेटी ही तो मनाती है। मगर कैसा दातृत्व है! उधर वह लुटेरा चैन से नहीं रहने देता। चली आओ, जल्दी आओ। मेरा मन भी व्याकुल हो जाता है। इधर पिता है कि कहते हैं, थोड़ा रुक जा बिटिया, अभी और कुछ दूँगा। बताओ बेटा,

कहाँ अपना स्व-भाव जान पाई हूँ। दाता हूँ कि ग्रहीता? प्रिया हूँ कि पुत्री? नहीं बेटा, यहाँ आने में कोई दोष थोड़े ही है। क्यों आए हो, पता है? मेरे लिए। अवढरदानी भोलानाथ मन की वासना जानते भी हैं, निर्बाध भाव से दे भी देते हैं। मेरी आँखें जुड़ा गईं।''

आर्यक हैरान! क्या सुन रहा है? उसे कुछ ठीक समझ में नहीं आ रहा है, पर लग अच्छा रहा है। वह एकटक माता संन्यासिनी को देख रहा है—निर्निमेष, अवाक्!

अपने को सँभालने का प्रयत्न करते हुए उसने कहा, ''धृष्टता क्षमा हो मातः! दो नहीं, तीन भाव आपमें स्पष्ट देख रहा हूँ। दो को तो आपने स्वयं बता दिया है। तीसरा मातृ-भाव है। मुझे आपकी वाणी में इस अभाजन के प्रति वात्सल्य-गद्गद भाव दिखाई देता है। पर माता, ये तीनों भाव तो हर नारी में स्वभावतः विद्यमान होते हैं। इनमें परस्पर कोई विरोध तो होता नहीं। क्यों माता, पुत्री-भाव, प्रिया-भाव और मातृभाव क्या हर नारी में सदा विद्यमान नहीं रहते—एक ही साथ? सब मिलकर क्या 'स्व-भाव' नहीं कहला सकते?''

''नहीं मेरे लाल, ये तीनों भाव नारी की विवशता हैं। जो विग्रह (शरीर) विधाता की ओर से उसे मिला है, उसकी विवशता है कि वह तीनों में रमे। उसका यह चुनाव, स्वेच्छा से चुना हुआ भाव नहीं है!' 'स्व-भाव' अपने-आपको प्रयत्नपूर्वक पहचानने से समझ में आता है। अपने वास्तविक भाव को जानना कठिन साधना का विषय है। युवावस्था में मैंने अपने में स्वामिनी भाव पाया था—सब-कुछ पा लेने का, सबकुछ पर अधिकार कर लेने का भाव। एक ही धक्के में वह बालू की भीत भहरा गई।''

वे कुछ म्लान हो गईं। आर्यक उनके चेहरे को ध्यान से देखता रहा। उसे आश्चर्य हुआ कि उनकी पलकें स्थिर हैं। जो टकटकी पहले थी, वह अब भी ज्यों की त्यों बनी हुई थी। थोड़ा सँभलकर बोलीं, ''तुमने समझा नहीं बेटा! जो भाव उन्हें दिया नहीं जा सकता वह व्यर्थ है, निष्फल है, बन्ध्य है। वह अपना भाव भी नहीं हो सकता। उसे आगन्तुक विकार ही समझो। तुम्हें देखकर जो स्नेह उमड़ रहा है वैसा उन्हें देखकर नहीं होता। मैंने यह भाव चोरी से अपने विशेष आश्रय के लिए छिपा रहा है। इसी से तो वे चिढ़ जाते हैं—तुमने छिपा रखा है, सब दे दो! कैसे दे दूँ बेटा? वह तो लुटेरा है, सारा अस्तित्व लूट लेना चाहता है। भारी चित्त-चोर है, पूरे मन को हथिया लेना चाहता है। इसी से भागती हूँ, पर भागकर कहाँ जाऊँगी। खींचता है, बुरी तरह खींचता है, कृष्ण है, भयंकर कर्षक! यह भाव मैंने छिपा रखा है। उसे दे नहीं पाई। कहता है, भटक जाओगी, यह भी प्रिया-भाव के घेरे में घसीट लो। घसीटा जा सकता है, नहीं घसीट पाती। कोशिश करूँगी।

शायद सारे-के-सारे एक ही में आ जाते तो सब मिलकर 'महाभाव' बन जाते। हाय बेटा, गुरु ने बताया ही नहीं कि महाभाव क्या होता है। चस्का लगा दिया और किनारे हो गए। खुद भटक गए हैं। हाय गुरो!"

संन्यासिनी माता के चेहरे पर एक म्लान छाया दिखाई दी। अपने से ही बात करती हुई बोलीं, "आए तो हैं, पर कैसे बात करूँ? यह भी चोरी ही होगी। भटके-से लगते हैं।" आर्यक ने जानना चाहा कि किसके आने की बात कह रही हैं। पर माता संन्यासिनी ने प्रसंग ही बदल दिया। बोलीं, "स्व-भाव की बात पूछ रहे थे न, बेटा! सुनो, उदाहरण देकर बताती हूँ कि कैसे स्व-भाव के ज्ञान से विकट समस्याएँ सुलझ जाती हैं। यहाँ की नगरश्री वसन्तसेना है। सब लोग उसका सम्मान करते हैं, पर गणिका का सम्मान केवल छलना होता है। हृदय से उसे कोई मान नहीं देता, सब उससे पाने की आशा रखते हैं—'दैवात् किमपि न लब्धं, दृष्टिसुखं को निवारयति' वाला भाव होता है—भाग्य के फेर से और कुछ नहीं मिला तो दृष्टि-सुख को कौन रोक सकता है! गणराज्य जब थे तब थे, उन दिनों गणिका सारे गण की चुनी हुई रानी होती थी; परन्तु तब भी वह गण की साझे की सम्पत्ति मानी जाती थी, अब तो वह क्रय-योग्य दासी बन गई है। नाम वही चला आ रहा है, भावना बदल गई है। और यह वसन्तसेना है जो रूप, शील और गुण की सचमुच स्वामिनी है। चलती है तो अनुभाव-राशि चंचल हो उठती है, सही अर्थों में 'महानुभावा' है। उसने अपने को स्वामिनी-भाव की अधिष्ठात्री मान लिया। किसी नृत्य-समारोह में यहाँ नागरिक-शिरोमणि चारुदत्त उस पर रीझ गया। बेचारा इन दिनों विपन्न है, पर पुराना रईस है। कला के धनी में एक कमजोरी युग-युग से चली आई है। जो उसकी कला का सहृदय मर्मज्ञ होता है उस पर वह अपने को निछावर कर देता है। और यदि संयोग से गुण और गुणज्ञ में एक पक्ष पुरुष और दूसरा नारी हो तो यह बात सीमा तोड़ देती है। यदि दोनों युवा हों तो यह रीझ उत्कट प्रेम का रूप ग्रहण करती है। यही हुआ। चारुदत्त और वसन्तसेना एक-दूसरे की ओर बुरी तरह आकृष्ट हुए। वसन्तसेना का काल्पनिक स्वामिनी-भाव अब यथार्थ हो उठा। उसे मन के अनुकूल ऐसा साथी मिला, जिस पर वह पूरा अधिकार पा सकती थी। वह अधिकार पाने के लिए उन्मादिनी हो उठी। कठिनाई यह थी कि चारुदत्त के समान शीलवान् सत्पुरुष के लिए यह उन्मादक प्रेम धर्मसंकट बन गया। उसकी सती-साध्वी पत्नी है धूता। आहा! कैसा दिव्य रूप है, कैसा शील और व्रत! जो देखेगा वही उसके चरणों पर सिर रख देने को ललक उठेगा। ऐसी साध्वी पत्नी को वह कैसी दुखी कर सकता था? पर मनोभाव देवता हैं कि समय-असमय का विचार किए बिना दमादम फूलों के बाणों से बेधते रहते हैं। चारुदत्त और वसन्तसेना दोनों बिंध-बिंधकर जर्जर हो गए।...

''चारुदत्त से नहीं मिले बेटा? मिलने योग्य है। यही तुम्हारी ही तरह का है, अवस्था में शायद महीना-दो महीना बड़ा हो। अद्‌भुत सहृदय है। क्या शील है, कैसी शालीनता है, और रूप की तो पूछो मत! तुम्हें देखती हूँ तो उसकी याद आती है। अन्तर केवल इतना ही है कि तुम स्वभावतः उदात्त हो, वह ललित है—पुराने लोग ऐसों को, जो 'धी' या अन्तःकरण से ही उदात्त होते हैं, 'धीरोदात्त' कहते थे और जो अन्तःकरण से ही ललित हों उन्हें 'धीरललित' कहते थे। इतना अन्तर छोड़ दो तो तुमको देखा या चारुदत्त को देखा, एक ही बात है! चारुदत्त भी तुम्हारी ही तरह मुझे 'माताजी' कहता है। तुम उससे मिले बिना उज्जयिनी न छोड़ना, यह माता का आदेश समझना। मिले तो कह देना कि माताजी ने भेजा है।

''वसन्तसेना एक बार मुझे मिल गई थी, विचित्र संयोग से। यहाँ ऐसा विश्वास है कि महादेव की एक पुत्री थी—मंजुलोमा। कुछ लोग बताते हैं कि उसका रोम-रोम सुन्दर होने के कारण उसे यह नाम दिया गया था। दूसरे लोग कहते हैं कि महादेव पार्वती को चिढ़ाने के लिए उसे उनसे भी सुन्दर कहा करते थे, इसलिए उसे 'मंजुला उमा' कहते थे। जो भी हो, पार्वती और महादेव ने उसे बड़े प्यार से पाला था। पर मानव-कन्या थी। विवाह के उपरान्त उसकी विदाई के समय महादेव को बड़ी दारुण मनोव्यथा हुई। कन्या एक तरफ अपने स्वयंवृत पति के घर जाने को व्याकुल थी, तो दूसरी ओर पिता की ममता भी नहीं छोड़ पाती थी। कहते हैं, उस मानवी कन्या की मृत्यु हो गई। होनी ही थी। महादेव मर्माहत हुए। रह-रहकर उसके वियोग से वे सन्तप्त हो उठते हैं। उन्होंने एक दिन मन्दिर के अर्चक को स्वप्न दिया कि पुत्री की विदाई का नृत्य देखना चाहते हैं। वसन्तसेना बुलाई गई। उस बेचारी ने सदा अपने को स्वामिनी समझकर नृत्य किया था; न पुत्री-भाव का ज्ञान था, न पिता-भाव की पहचान। महादेव ने मुझे इंगित किया कि सिखा दो। मैं पहुँची। तुमको शायद पता न हो बेटा, वे जो मथुरावाले हैं, मुझे सदा घर में रखना चाहते हैं 'असूर्यम्पश्या' बनाकर। नहीं चाहते कि मुझे कोई देख ले। सदा भीतर रहो, कोई देखने न पावे। बाप-रे-बाप, क्या विषम ईर्ष्यालु मन है उनका! फिर भी पिता के यहाँ आती हूँ तो चुप हो जाते हैं। मगर पिताजी जिस पर प्रसन्न होते हैं वही मुझे देख सकता है। तुम देख सकते हो, वसन्तसेना ने देख लिया था। उस दिन बम-भोलानाथ कुछ मौज में थे। बोले, आज सब देखेंगे! मुझे क्या अभिनय करना था? रोज जो करती हूँ वही तो करना था। एक ओर अवढरदानी पिता का मोह, दूसरी ओर सारे अस्तित्व को खींच लेनेवाले निर्मोही प्रेमी का खिंचाव। नाच अच्छा बन गया। हाय-हाय, उसने तो उस नाच को चौगुना चमका दिया। क्या पद-संचार, क्या चारिका, क्या अंगहार, क्या अनुभाव-प्रदर्शन—सबमें उसने पंख लगा दिए, विपुल व्योम में उड़ने में समर्थ

बनानेवाले पंख। लोग धरती के जड़ आकर्षण से स्वतन्त्र होकर भाव-लोक के विस्तीर्ण आकाश में उठ गए। सात्विक भावों के अभिनय में तो उसने कमाल कर दिया। उसी दिन पहली बार उसे लगा कि उसके समस्त बाह्य आवरणों के नीचे पुत्री-भाव का अविराम स्रोत बह रहा है। वहीं उसकी सार्थकता है। मुझे उसने देखा। अपनी रामकहानी सुनाई। मैं समझ नहीं पाई कि उसकी क्या सहायता करूँ, कैसे करूँ! फिर चारुदत्त से मिली, धूता से भी मिली। सोचती रही कि क्या इस समस्या का कोई समाधान है? क्या समाधान हो सकता था इसका? स्त्री को भगवान् ने जो काया दी है, वह मोह और आसक्तियों का अड्डा है, ईर्ष्या और अभिमान का घर है। साधारणतः लोग यही समझते हैं कि एक म्यान में दो तलवारें भले ही रह लें, एक प्रेमिक की दो प्रेमिकाएँ नहीं रह सकतीं। ऐसी विषम अवस्था में क्या किया जाता! मैंने धूता को निकट से देखा। नख से शिख तक वह माँ है। पति को भी उसी जतन और स्नेह से प्रसन्न रखती है। एक दिन डरते-डरते मैंने बताया कि चारुदत्त वसन्तसेना को चाहता है। विश्वास करोगे बेटा, उस ममतामयी महीयसी बाला ने पति को प्रसन्न रखने के लिए क्या किया? स्वयं वसन्तसेना को बुलवाया और लाड़-प्यार से उसे वश में कर लिया। उधर वसन्तसेना को पुत्री-भाव रस मिल चुका था। और चाहिए क्या? पुत्री-भाव से व्याकुला को मातृ-भावमयी मिल गई—दोउ बानक बने!

"तुम आर्य चारुदत्त के घर जाओगे तो देखोगे, दोनों कैसी घुल-मिल गई हैं। तुम्हारी भी सुलझ जाएगी। सुलझ गई है मेरे लाल! जाओ, इस माँ को भूलना मत। मैं देर तक नहीं रह सकती यहाँ। मेरे प्यारे लाल, जाओ!" कहकर माताजी एक झटके में उठ गईं। आर्यक ने चिल्लाकर कहा, "माँ, रुको, रुको! एक बात बताती जाओ!"

पर माताजी गईं सो गईं। आर्यक चारों ओर खोजता फिरा। पर वे तो चली ही गईं।

बीस

माता संन्यासिनी! गोपाल आर्यक विस्मित है, हतबुद्धि है। वह किसी तपोनिष्ठा मानवी की बातें सुन रहा था या अपार्थिव दिव्यात्मा की! कैसी बेधक दृष्टि थी, कैसी अद्भुत दीप्ति! शिव की पुत्री, श्रीकृष्ण की प्रिया, स्वयं स्व-भाव ज्ञान में

संशयशील, पर स्व-भाव-ज्ञान को सब समस्याओं के समाधान की कुंजी माननेवाली। शिव की पुत्री मानवी मंजुलोमा के अभिनयपरक नृत्य की एकमात्र जानकार! कहीं तो ऐसी कथा नहीं सुनी! अचानक मृणालमंजरी की माता, हलद्वीप की नगरश्री अपनी सास मंजुलादेवी का उसे ध्यान आया। बहुत छुटपन में उन्हें देखा था, भरोसे-योग्य कुछ याद नहीं आया, पर दीप्ति, कान्तिपूर्ण अनुभाव लहरी याद है। वही तो नहीं हैं? आर्य के सोचने-विचारने की शक्ति शिथिल होती जा रही है। सारा शरीर रोमांच-कंटकित है। किसने उसे इतने प्यार से माता का आदेश दिया? आदेश तो आदेश है। वह चारुदत्त के निवास-स्थान की ओर चल पड़ा। तुम साक्षी हो महाकाल, तुम्हारी पुत्री के आदेश का पालन कर रहा हूँ।

चारुदत्त द्वार पर ही मिल गए। उनके पीछे उनकी पत्नी धूता खड़ी थीं। यद्यपि उनका मुखमंडल अवगुंठन से अधिकांश ढका हुआ था, तो भी उन महीन वस्त्रों के अवगुंठन को भेदकर शामक प्रकाश की किरणें-सी निकल रही थीं—मानो शरत्पूर्णिमा के चन्द्रमा से मेघों के झीने पटल को विदीर्ण करके कोमल मरीचि-माला निकल रही हो। बिना किसी के परिचय कराए ही आर्यक ने दोनों को पहचान लिया। उसने अपना नाम बताकर दोनों का आदरपूर्वक प्रणाम निवेदन किया। चारुदत्त सचमुच सुपुरुष थे। उनमें विशेष प्रकार की स्निग्ध आभा दिखाई देती थी। वाणी में अनायास-सिद्ध सहज वचन-रचना की सुगन्ध थी। सारा शरीर सुनिपुण कलाकार द्वारा गठित मनोहर प्रतिमा-सा कमनीय लग रहा था। जिस तत्परता से उन्होंने गोपाल आर्यक का स्वागत किया, वह विस्मयकारक थी। ऐसा जान पड़ा जैसे वे उसे दीर्घकाल से अपने परम-प्रिय सम्बन्धी के रूप में जानते हैं। अत्यन्त मृदु-विनीत वाणी में बोले, "प्रिय बन्धु, हम लोग देर से आपकी प्रतीक्षा कर रहे हैं। ये मेरी सहधर्मिणी धूतादेवी हैं। आपको देखने के लिए कब से व्याकुल हैं।" आर्यक का मस्तक श्रद्धा से झुक गया। जी में आया, उनके चरणों की धूल सिर पर धारण कर ले। चित्त के अत्यन्त गम्भीर तल से कोई कह रहा था—'गिर जा आर्यक, इन पवित्र चरणों में। मृणाल के प्रति किए गए तेरे अन्यथाचार का प्रायश्चित यही है। यहीं तेरे मन और प्राण पवित्र होंगे।' पर वह चरण-स्पर्श नहीं कर सका। अपने ही भीतर विद्यमान कलुष उसके इस प्रायश्चित में भी बाधक हो गया। वह जड़वत् स्थिर रह गया। दोनों हाथ जोड़कर केवल मौन प्रणाम-निवेदन कर सका। धूतादेवी ने भी मौन आशीर्वाद दिया। उनकी स्निग्ध आँखों की शामक मरीचियाँ अवगुंठन भेद करके उसके माथे पर बरस पड़ीं। आर्यक मानो कृतकृत्य हो गया। पर उसके अन्तर्यामी ने यह बात उससे छिपा नहीं रखी कि दोनों ओर अवगुंठन है—उसकी ओर से आन्तरिक, देवी की ओर से बाह्य। थोड़ी देर तीनों चुपचाप खड़े रहे, जैसे अन्तरतर की अज्ञात ऊर्मियों से जूझती हुई बाह्य चेष्टाएँ

निष्क्रिय हो गई हों।

आर्य चारुदत्त ने ही स्निग्ध-मधुर वाणी में कहा, "बन्धु, बड़े संकट-काल में उपस्थित हुए हो। माताजी ने कहा था कि तुम ठीक समय पर आ जाओगे। उन्हीं की आज्ञा से हम तुम्हारी प्रतीक्षा कर रहे हैं। उन्हीं की आज्ञा से यह बहली भी बिलकुल तैयार है। हम लोगों को एक अज्ञात स्थान में जाना है। मैं, धूतादेवी और तुम, साथ में तुम्हारा बालक रोहसेन। कुल चार आदमियों को वहाँ जाना है। देर हो रही है। आओ बैठें।"

चारुदत्त और धूता चल पड़े। यन्त्र-चालित की भाँति आर्यक भी पीछे-पीछे चला। कुछ पूछना आवश्यक नहीं था। गाड़ी में पहले से ही रोहसेन बैठा था। तीनों बैठ गए। पर्दा गिरा दिया गया। गाड़ी चल पड़ी। बालक रोहसेन अँधेरे में पहले पिता की गोद में गया, फिर माता की। वह भी जोर से नहीं बोल रहा था। माता से धीरे-धीरे पूछा, "ये कौन है माँ?" इशारा आर्यक की ओर था। माँ ने फुसफुसाकर कहा, "तेरे काकाजी!" बच्चा उठकर आर्यक की गोद में बैठ गया। आर्यक ने प्यार किया और उसके मन में एकाएक शोभन आ गया। हाय, वह भी इतना ही बड़ा हुआ होगा। आर्य चारुदत्त शान्त स्थिर बैठे रहे, जैसे किसी समस्या को मन-ही-मन सुलझा रहे हों। गाड़ी चुपचाप चलती जा रही थी। आर्यक के मन में विचारों के तूफान चल रहे थे। धूता ने बहुत धीरे-से फुसफुसाकर आर्यक से कहा, "देवर, तुम्हारे लिए कुछ कर नहीं सकी। बड़ा संकट आ गया है। इनसे कहो कि गाड़ी घुमाकर बहिन वसन्तसेना को भी ले लें। न जाने क्या विपत्ति आए। बेचारी असहाय है। मेरी दाहिनी आँख फड़क रही है।"

चारुदत्त ने सुन लिया। धीरे-से कहा, "नहीं, कुछ और व्यवस्था की गई है।" पर धूता का मुख एकदम मलिन हो गया। आर्यक को उस म्लान मुख में एक असहाय करुण-भाव दिखाई दिया। उसने आग्रह किया कि भाभीजी की बात मान ली जाए। चारुदत्त कुछ असमंजस में पड़ गए। आर्यक ने अपनी तलवार की ओर इशारा करते हुए कहा, "चिन्ता क्या है आर्य, साथ में तुम्हारा मित्र है। एक बार काल से भी जूझ सकता है।" चारुदत्त ने फुसफुसाकर कहा, "उधर संकट की आशंका है मित्र, मैं तुम्हें संकट में नहीं डालूँगा। अभी तो तुमसे कोई बात भी नहीं हुई। हम लोग इस समय राजभवन के सामने से जा रहे हैं। मुझे और तुम्हें तुरन्त मार डालने का आदेश दिया गया है। माताजी ने कहा था कि तुम लोग जीर्णोद्यान के पास पहले मन्दिर में पहुँच जाना। फिर वसन्तसेना के लिए गाड़ी भेज देना। माताजी बहुत सोच-समझकर कहती हैं।" आर्यक भूल गया था कि वह छिपकर कहीं जा रहा है। ज़रा उत्तेजित स्वर में बोला, "पालक का राजभवन यही है? उसे मैं यमलोक भेजूँगा। वह क्या मुझे मरवा डालेगा?" बाहर किसी

दंडधर को सन्देह हो गया। उसने गाड़ी रोकने का आदेश दिया। चारुदत्त और धूता के मुख पर विषाद और भय की काली छाया घनी हो गई। बाहर दो सैनिक गाड़ी के सामने खड़े हो गए। वे पर्दा उठाने का प्रयत्न करने लगे। गाड़ीवान ने भय-विजड़ित वाणी में कहा, "आर्य चारुदत्त की पत्नी धूतादेवी जा रही हैं मालिक, पर्दा न हटाइए!" एक सैनिक ने उसे अपशब्द कहकर डाँटा, दूसरे ने आगे बढ़कर चारुदत्त को ही गालियाँ दे डालीं। आर्यक के लिए यह सब असह्य हो रहा था, किन्तु चारुदत्त के इंगित पर वह चुप हो बैठा रहा। फिर भी, हाथ तलवार की मूठ पर अपने-आप जम गए थे। गाड़ीवान ने फिर पर्दा छूने का निषेध किया। पर एक सैनिक पर्दा उठाने पर अड़ गया। सैनिकों में भी मतभेद देखा गया। कुछ और सैनिक आ गए। एक ने कहा, "देख रे, आर्य चारुदत्त के परिवार की प्रतिष्ठा और मर्यादा पर आँच नहीं आनी चाहिए। पर्दा उठाएगा तो तेरा सिर धड़ पर नहीं रहेगा।" पर्दा उठाने पर तुला हुआ सैनिक ताव खा गया। उसने पर्दा उठाने का प्रयत्न करते हुए कहा, "सिर गिरेगा तेरे बाप का!" दूसरा सैनिक और भी उत्तेजित हो गया। उसने उसकी शिखा पकड़कर झटके से खींचा, वह राजमार्ग पर लुढ़क गया। आर्यक फिर कसमसाया। चारुदत्त ने फिर रोक दिया। अब सड़क पर सैनिकों की भीड़ इकट्ठा हो गई। तरह-तरह की बातें सुनाई देने लगीं।

भीतर चारुदत्त हाथ जोड़कर किसी अदृश्य देवता से सहायता की प्रार्थना करते रहे और आर्यक क्रोध और अमर्ष की अपनी आग से आप ही जलता रहा।

इसी समय कुछ और हलचल हुई। जान पड़ा जैसे एक साथ कई शंख और पटह बजने लगे हों। चारुदत्त और भी शंकित हो गए। धीरे-से बोले, "जान पड़ता है, राजा की सवारी आ रही है। हे भगवान्, अब क्या होगा।" आर्यक ने फिर उन्हें अपनी तलवार की ओर देखने का इंगित किया, पर चारुदत्त व्याकुल ही बने रहे। गोपाल आर्यक ने धूता की ओर देखा ही नहीं था। रोहसेन भय के मारे माँ की गोदी में चिपका हुआ था और धूता का मुँह रक्तहीन सफेद हो गया था। उससे अब सहन करना असम्भव हो गया, पर चारुदत्त का हाथ उसी प्रकार उसे मना करने की मुद्रा में जहाँ-का-तहाँ स्थिर हो रहा था। मन्त्र-बल से रुद्धवीर्य कालसर्प की तरह वह केवल निष्फल फुफकार मारता रहा—उद्धत फुफ्कार!

बाहर राजाधिराज पालक की जय-जयकार हुई। सैनिक संयत होकर खड़े हो गए। आठ घोड़ों से सजे हुए रथ की घंटियाँ टन-टन करती हुई बहली के पास आकर एकाएक रुक गईं। रथ के भीतर से खरखराहट-भरे गम्भीर स्वर में पूछा गया, "क्या बात है?" एक सैनिक ने आगे बढ़कर जुहार किया और बोला, "धर्मावतार, सैनिकों को सन्देह है कि इस बहली में पुरुष बैठे हैं। गाड़ीवान कह रहा है कि इसमें चारुदत्त की सहधर्मिणी धूतादेवी हैं। वे पर्दा उठाकर तलाशी लेना

चाहते हैं।" गुरु-गम्भीर स्वर में आदेश हुआ, "तलाशी ले लो। शत्रु की गाड़ी है। अगर धूता भी बैठी हो तो कारागार में डाल दो।" एक क्षण का समय मिला। धूता का चेहरा और भी सफेद हो गया। सैनिकों ने पर्दा उठा दिया। बिना किसी झिझक के आर्यक नंगी तलवार लेकर बाहर कूद पड़ा। एक क्षण में जैसे बिजली चमककर समूचे अन्धकार को चीर डालती है उसी प्रकार उस नंगी तलवार की लपलपाती दीप्ति से सैनिकों की भीड़ चिर गई। "सावधान! धूतादेवी की छाया छूनेवाले यमलोक जाएँगे।" बाहर आते ही उसने पहला वार पर्दा उठानेवाले सैनिक पर किया। वह धरती पर लोट गया। पास खड़े सैनिक भरभराकर पीछे हट गए। आर्यक ने देखा, सामने आठ घोड़ोंवाला सोने का रथ है। उसमें राजा बैठा है। उसके इर्द-गिर्द सैनिकों के झुंड हैं। जब तक आवाज आई, 'पकड़ लो इसे,' तब तक वह रथ में कूद गया। एक ही वार में राजा पालक का सिर धड़ से अलग हो गया। कुछ सैनिक उस पर टूट पड़े, परन्तु उसने मूली की तरह उन्हें काट दिया और नंगी तलवार हाथ में लिये रथ के ऊपर चढ़ गया। चिल्लाकर बोला "मैं गोपाल आर्यक हूँ। मेरी सेना मथुरा विजय करके उज्जयिनी की ओर सत्वर आ रही है। पहुँची ही समझो। किसी ने इधर आने की धृष्टता की तो अपने राजा के रास्ते जाएगा। जो मेरे साथ रहेगा उसकी पद-वृद्धि होगी, उसे पुरस्कार मिलेगा।" इस घोषणा का विचित्र प्रभाव पड़ा। पालक की अधिकांश सेना भृतक थी—भाड़े पर संग्रह की हुई। सैनिकों के सामने पुराना राजा मरा पड़ा था, नया पद-वृद्धि और पुरस्कार की घोषणा कर रहा था। उधर विशाल वाहिनी, जिसके सामने कोई टिक नहीं पाया था, बढ़ी आ रही थी। भृतक सेना पुरस्कार चाहती है, राजा कोई हो; अधिकांश सैनिक जय-जयकार करते हुए आर्यक के पीछे खड़े हो गए।

चारुदत्त अब तक गुमसुम बैठे थे। अब वह भी गाड़ी से निकल आए। आवेश-जड़ित कंठ से उन्होंने कहा, "बोलो महावीर गोपाल आर्यक की जय!" सैनिकों में बहुत ऐसे थे जो चारुदत्त को पहचानते थे। कई सैनिकों ने आर्य चारुदत्त का साथ दिया—"महावीर गोपाल आर्यक की जय!" फिर सैनिकों के दो दल हो गए। वे आपस में गुँथ गए। गोपाल आर्यक रथ से उतरकर अपने पक्ष के सैनिकों के आगे आ गया। देखते-देखते सैनिकों में यह समाचार फैल गया। बिना बुलाए ही आर्यक की जय-जयकार करते हुए सहस्रों नागरिक भी एकत्र हो गए। सूर्य अस्त हो रहा था। गोपाल आर्यक ने अपने पक्ष के सैनिकों को आदेश दिया कि राजभवन पर अधिकार कर लो और स्वयं नंगी तलवार लेकर धूतादेवी के पास खड़ा हो गया—"भाभी, भाभी, अपने देवर पर विश्वास करो। अत्याचारी राजा यमलोक भेज दिया गया।" धूता और रोहसेन अर्ध-मूर्च्छित से गाड़ी में पड़े थे। नागरिकों की विशाल भीड़ बार-बार धूतादेवी की जय-जयकार करने लगी।

थोड़ी ही देर में कुछ राज-विरोधी सैनिकों ने भवन पर अधिकार कर लिया। नागरिकों का एक दल भी उनके साथ राजभवन में घुस गया। चारों ओर से निश्चिन्त होकर पहर रात-गए वे आर्यक, चारुदत्त और भय-व्याकुल रोहसेन के साथ धूतादेवी को राजभवन में ले गए। बिना विलम्ब उन्होंने राजसिंहासन पर आर्यक को बैठा दिया। आर्य चारुदत्त ने उसे राज-टीका दी। अभी तक सब-कुछ अव्यवस्थित रूप में हुआ था। अब गोपाल आर्यक ने आदेश दिया कि नगर में घोषणा करा दो कि 'पालक मारा गया है और गोपाल आर्यक ने तब तक व्यवस्था सँभालने के लिए राजपद ग्रहण किया है जब तक पाटलिपुत्र के महान् सम्राट् का कोई आदेश नहीं आ जाता। गोपाल आर्यक उस सम्राट् का सैनिक अधिकारी मात्र है।' उसने और भी आदेश दिया कि 'राजभवन की किसी महिला का कोई असम्मान न होने पाए और नगर में जो भी दुखी और सताया हुआ हो वह अब से अपने को आर्यक के शस्त्र द्वारा रक्षित समझे। कहीं कोई कष्ट न पाए, भूखा न रहे, अत्याचारित न हो।'

आदेश तो निकल गया, पर उसे नगर में घोषित करना सम्भव नहीं हुआ। कानों-कान यह बात तो फैल गई कि पालक मारा गया है और आर्यक ने राजगद्दी पर अधिकार कर लिया है, पर सौ मुँह सौ बातें फैलने लगीं। किसी ने कहा, 'चारुदत्त और वसन्तसेना को मार डाला गया है।' किसी ने कहा, 'धूतादेवी को केश खींचकर अपमानित किया गया है।' पक्की प्रामाणिक बात अस्पष्ट ही बनी रही।

गोपाल आर्यक ने अब एक-एक सैनिक से पूछताछ की। सब विश्वस्त सैनिकों की पदमर्यादा-वृद्धि का आदेश दिया। सबको यथायोग्य पुरस्कार देने का वचन दिया। आर्य चारुदत्त उसके परम सहायक सिद्ध हुए। नायक कोटि के प्रायः सभी सैनिक उनके परिचित थे। उन्हें राजभवन की सुरक्षा के लिए यथास्थान नियुक्त किया गया। आर्यक की सुरक्षा की भी व्यवस्था की गई, पर आर्यक ने अपनी तलवार खुली रखी। आर्य चारुदत्त इतने से निश्चिन्त नहीं थे। उन्होंने आर्यक से कहा, "बन्धु, उज्जयिनी अन्य स्थानों से कुछ भिन्न है। यहाँ के शक राजाओं ने मौल सेना बनाई ही नहीं। भूमि देकर सामन्तों की जो मौल सेना यहाँ सदा से चली आई है, उसे नष्ट कर दिया। सेठों की श्रेणी-सेना पर उन्हें विश्वास नहीं। उसे भी नष्ट कर दिया। केवल भाड़े की भृतक सेना ही रखते हैं। उन पर मेरी आस्था नहीं है।" कहकर वे उठ गए। वे घूम-घूमकर सुरक्षा की व्यवस्था देखने लगे। आर्यक अपनी भाभी और रोहसेन के साथ नंगी तलवार लिये जागता रहा। भाभी बगलवाले कमरे में थीं। आर्यक को लग रहा था कि वे सो गई हैं।

आधी रात बीत गई। बाहर से सैनिकों ने चारुदत्त को सूचना दी कि नगर

में आग लगा दी गई है और श्रेष्ठिचत्वर के पास विकराल लपटें उठती दिखाई दे रही हैं। उन्होंने शान्त रहकर राजभवन की रक्षा करने की सलाह दी। यह भी कहा कि महाराज गोपाल आर्यक को इसकी सूचना न दी जाए, उन्हें विश्राम करने दिया जाए और राजभवन की रक्षा तत्परता से की जाए। वे स्वयं बाहर-भीतर घूमते रहे। नगर में फैली हुई आग राजभवन तक लाल प्रकाश बिखेर रही थी। चारुदत्त को एक ही चिन्ता थी—राजभवन बच जाए। धूता बच्चे को गोद में लिए चुपचाप बैठी थीं। वे देवताओं और पितरों का नाम लेकर सबसे मन-ही-मन कल्याण-प्रार्थना कर रही थीं—क्या हो रहा है प्रभो, रक्षा करो, रक्षा करो! उन्हें इस बात का बड़ा कष्ट था कि घर-आए अतिथि का सत्कार करना तो अलग, उसे एकदम संकट में डाल दिया। उन्हें आर्यक के साहस और दुर्धर्ष वीर-भाव से आश्चर्य हो रहा था। ऐसा देवोपम रूप और ऐसा अपार साहस उन्होंने देखा नहीं था। आहा, कैसा मीठा बोलता है! उनका हृदय वात्सल्य-भाव से आप्लावित हो गया। बेचारा दिन-भर का थका-माँदा आया और ऐसा उलझा कि किसी को यह भी सुध न रही कि कुछ खाया-पिया है या नहीं। वे भी इन्हीं प्रपंचों में पड़ गए। आर्यक को राजा बना दिया तो क्या उसे अन्न-पानी की भी आवश्यकता नहीं है? कहाँ चले गए? कुछ देर इस प्रकार सोचते-सोचते वे व्याकुल हो उठीं। घर से चली थीं तो साथ में कुछ पकवान ले लिया था। वे इधर आए ही नहीं। स्वयं नहीं आए सो तो नहीं आए, इस बेचारे को भी भूखा-प्यास छोड़ गए। वे व्याकुल होकर उठीं। इस बेचारे का तो ध्यान रखना ही चाहिए। आज तक हमारा कोई अतिथि इतनी देर तक भूखा-प्यासा नहीं रहा। स्वर्ग में पितृगण क्या सोचते होंगे! दोष तो कुल-वधू को ही देंगे। धूता स्थिर न रह सकीं। वे उठीं, बगल के घर में झाँककर देखा कि आर्यक सो गया है या जगा है। आर्यक को आहट मिल गई। तलवार सावधानी से पकड़ते हुए पूछा, "कौन है?" "मैं हूँ देवर, तुम्हारी भाभी!" आर्यक ससम्भ्रम उठ पड़ा, "कहो भाभी, कोई कष्ट है? क्या सेवा करूँ?" भाभी ने कहा, "कष्ट है देवर, तुम्हें भूखा-प्यासा छोड़कर वे न जाने कहाँ चले गए। तुम थोड़ा कुछ खा लो।"

गोपाल आर्यक को भाभी की वाणी में माता का वात्सल्य-भाव दिखाई पड़ा। ऐसा लगा कि बहुत दिनों बाद किसी को उसकी भूख-प्यास की चिन्ता हुई है। वह अभी तक केवल भटकता ही फिरा है। जहाँ कहीं पानी मिल गया है पी लिया है, फल-फूल-पत्ता जो कुछ अनायास मिल गया है उसी से पेट भर लिया है, केवल चलता ही रहा है। दीर्घकाल के बाद आज पहली बार किसी को चिन्ता हुई है कि उसने कुछ खाया-पिया नहीं है। चन्द्रा की याद आई। कितनी उपेक्षा की उसकी! पर चन्द्रा थी कि न जाने कहाँ से कुछ-न-कुछ अवश्य उसके लिए जुटा

लाती थी। याद आया, पहले दिन जब उसने उसकी ओर ताका भी नहीं और खाने का अनुरोध अस्वीकार कर दिया, तो चन्द्रा ने इसकी उपेक्षा करके बलपूर्वक उसके मुँह में कौर डाल दिया था। चन्द्रा की उसने बराबर उपेक्षा की, वह थी कि सारे अपमान और तिरस्कार को पी लेती और तन-मन से सेवा में जुट जाती। आर्यक को लगा कि चन्द्रा की उपेक्षा करके उसने सहज मातृत्व का ही अपमान किया था। विधाता ने स्त्री को जो अमर निधान दिया है उसकी अवहेलना घोर पाप नहीं था? थोड़ी देर के लिए वह पुरानी स्मृतियों में खो गया। भाभी खड़ी ताकती रहीं। बोल क्यों नहीं रहे हैं? कहीं भारी चोट लगी जान पड़ती है। बड़े प्यार से बोलीं, "तुम्हें कहीं चोट लगी है देवर? हाय राम, कैसा चेहरा हो गया है!" आर्यक ने संयत होकर कहा, "नहीं भाभी, चोट कहाँ लगी! लग सकती थी, पर सबकुछ बड़ी आसानी से हो गया। लगता था किसी ने पहले से ही सबकुछ कर रखा था, मुझे केवल निमित्त-मात्र बनना पड़ा। तुम मेरे बारे में इतनी चिन्ता न करो।" भाभी सहज हो गईं। बोलीं, "कुछ खा लो। मैं सब ठीक करती हूँ।" वे जाने लगीं। आर्यक ने कहा, "सुनो भाभी, तुम्हारे हाथ का प्रसाद पाकर मैं अपने को धन्य समझूँगा। पर भाई चारुदत्त भी तो भूखे हैं, तुमने भी तो कुछ खाया-पिया नहीं। मैं अकेले कैसे खा लूँ?" भाभी ने कोई तर्क नहीं किया। सहज भाव से बोलीं, "तुम्हारे भैया का तो नित्य का यही हाल है। घर से निकलने की बात तो मैं जानती हूँ, पर कब लौटेंगे, यह आज तक नहीं जान सकी। देखते नहीं, कैसे मुरझा गए हैं! कहीं किसी की कन्या का विवाह सँभाल रहे हैं, कभी किसी की दवा-दारू के लिए दौड़ रहे हैं, कभी किसी परिवार का झगड़ा सुलझा रहे हैं, कभी किसी कवि या कलाकार का सम्मान कर रहे हैं, कभी बच्चों की पढ़ाई-लिखाई का प्रबन्ध करते रहते हैं। उनकी छोड़ो, आ जाओ।" आर्यक ने फिर टोका, "तुम तो खाओगी न भाभी?" भाभी ऐसे हँसीं जैसे किसी अबोध बच्चे की बात सुन रही हों। "तुम तो लल्ला, सचमुच भोलानाथ हो। माताजी ठीक ही कहती थीं। क्या तुम इतनी-सी बात भी नहीं जानते कि उनके और तुम्हारे खा लेने के बाद ही मैं खा सकती हूँ! हाय राम, बहू ने कभी कान पकड़कर सिखाया भी नहीं!" भाभी की हँसी में कितना प्यार था, कितना सहज-सरस भाव! आर्यक कृतकृत्य हो गया। भाभी ने और किसी बात के कहने का अवसर ही नहीं दिया! उसे बड़ा आश्चर्य हुआ कि माताजी उसके भोलेपन के बारे में कहना नहीं भूली हैं। कैसे वे उसे इतना जानती हैं? माताजी आर्यक को भोला कह गई हैं, भाभी को इस बात में पूरी आस्था है। पर क्या सचमुच इन लोगों ने आर्यक को समझा है? आर्यक ने अपने को कभी ऐसा नहीं समझा। उसे लगा कि सभी माताएँ अपनी सन्तान को भोला ही समझती हैं। कहीं कुछ और समझ पातीं!

पर उसे अधिक सोचने का अवसर नहीं मिला। भाभी ने प्यार से बुलाया जैसे किसी अबोध बालक को बुला रही हों, "आ जाओ लल्ला, सब तैयार है!"

सब तैयार है? इतनी जल्दी! आर्यक उठा। भाभी ने न जाने कहाँ से आसन जुटा लिया था। चाँदी के एक कटोरे में पानी रख दिया था। हाथ-मुँह पोंछने के लिए एक छोटा-सा स्वच्छ गमछा भी रख दिया था। हाथ-मुँह धोकर आर्यक आसन पर बैठ गया। भाभी ने छोटी-सी चाँदी की थाली उसके सामने रखी, फिर हाथ में एक छोटी-सी दर्वी (कलछुल) लेकर कुछ परसने लगीं। दर्वी सोने की-सी लग रही थी, पर थी वह चाँदी की। भाभी का सारा शरीर स्वच्छ कौशेय-वस्त्रों से ढका था। केवल हाथ खुला हुआ था और मुँह भी अवगुंठन में से निकल आया था। सारा घर एक अपूर्व दीप्ति से जगर-मगर कर रहा था। आर्यक की समझ में आ गया कि भाभी के मुख और हाथ की सुनहरी आभा से ही चाँदी की दर्वी सोने का रंग पा सकी थी। आर्यक मुग्ध भाव से देख रहा था। अरे वातुल कवियो, तुमने प्रिया के वक्षःस्थल पर सुशोभित मुक्तामाल को सुवर्णमाल समझने के काल्पनिक आनन्द को ही देखा, यहाँ देखो, मातृत्व की आभा से दीप्त सच्ची सुवर्ण-दर्वी। बहुत दिन पहले आर्य देवरात ने भोजन से पहले अन्नपूर्णा के ध्यान का मन्त्र सिखाया था। बाद में आर्यक भूल गया था। आज एकाएक उसे याद आ गया। हाय-हाय, वह साक्षात् अन्नपूर्णा को देख रहा है। यही तो वास्तविक अन्नपूर्णा है। उसने मन-ही-मन गद्गद होकर उस ध्यान-मन्त्र का स्मरण किया। अन्नपूर्णा ही तो हैं—दाहिने हाथ में सुवर्ण-दर्वी, बाएँ में दुग्धान्नपूर्ण रत्न-पात्र, नवहेमवर्णा, कुन्दन की चमकवाली, सकल भूषण-भूषितांगी माँ अन्नपूर्णा!—

आदाय दक्षिणकरेण सुवर्णदर्वी
दुग्धान्नपूर्णमितरेण च रत्नपात्रम्।
भिक्षान्नदाननिरतां नवहेमवर्णाम्
अम्बां भजे सकलभूषणभूषितांगीम्॥

आर्यक अभिभूत-सा बैठा भाभी का परसना देखता रहा। उनके प्रत्येक चेष्टित में अद्भुत गरिमा थी। परसना समाप्त करके भाभी ने ऊपर सिर उठाया। ज़रा मंदस्मित के साथ कहा, "शुरू करो देवर, तुम तो भाभी को देखकर ही पेट भर लेना चाहते हो।" "भर गया है भाभी, इस अभाजन को परिपूर्ण कृतार्थता मिली है।" आर्यक ने भी हँसने का प्रयत्न किया, "हाँ भाभी, भाभी हो तो ऐसी हो जिसे देखकर ही भूख-प्यास मिट जाए। अब समझ रहा हूँ, आर्य चारुदत्त दिन-रात बिना खाए-पिए कैसे टनमन घूमा करते हैं!"

भाभी के अधरों पर रससिक्त मन्दस्मित थिरक उठा। रस-भार से बोझिल होने

के कारण ही शायद वह ऊपर नहीं उठ सका। बोलीं, "अभी तो और देखने का अवसर पाओगे, कुछ खाओ भी तो।" आर्यक ने आज्ञा-पालन किया। भाभी की हँसी अधरों पर अधिक चंचल हो उठी। ज़रा रुक-रुककर बोलीं, "बाप-रे-बाप, बहू बेचारी तो खिला भी नहीं पाती होगी। भाभी को देखकर ही यह दशा है तो उस बेचारी को तो आँखों-ही-आँखों पी जाते होगे!" आर्यक हँसा, पर उसके हृदय में ऐसा अनुभव हुआ, जैसे किसी ने जलती शलाका छुआ दी हो। चेहरे पर भाभी को यह भाव पढ़ने में देर नहीं लगी। थाली में अनावश्यक रूप से कुछ डालने का भान करते हुए उन्होंने कहा, "बुरा न मानो देवर, तो कहूँ कि तुम बड़े कठकरेजी हो। फूल-सी बहू को छोड़कर इधर-उधर घूम रहे हो। मैं तो उसे बुलाऊँगी। देखूँगी, तुम कैसे भागते हो।"

हाय-हाय, भाभी को क्या पता कि आर्यक पर क्या बीत रही है! कैसे जानती हैं भाभी, कि उनकी बहू फूल-सी है और मैं बेकार इधर-उधर भागनेवाला कठकरेजी हूँ! भाभी को कुछ भी पता नहीं कि आर्यक क्यों भागा-भागा फिर रहा है। बोला, "कठकरेजी हूँ नहीं भाभी, बनना पड़ा है!" उसकी आँखें डबडबा आईं। भाभी घबरा गईं—"बुरा मान गए देवर, तुम्हारी भाभी मूर्खा है। चाहा था तुम्हारा मनोविनोद करना, कर गई मर्म पर आघात। नहीं लल्ला, मैं परिहास कर रही थी। मैं क्या जानती नहीं कि तुम्हारा मन मक्खन-सा मुलायम है!"

"जानती हो भाभी, कैसे जानती हो? मुझे तुमने जैसा अभी तक देखा है उससे तो मेरे-जैसे क्रूरकर्मा, कठोर मनुष्य की कल्पना भी नहीं की जा सकती। नहीं भाभी, तुमने पहले जो कहा था, वही ठीक लगता है। मैं बहुत दिग्भ्रान्त हूँ भाभी, अपने को आप ही निरस्त करनेवाला पामर—मैं हूँ स्वयं निज प्रतिवाद!"

भाभी कुछ हतप्रभ हुईं। क्यों लगनेवाली बात कह दी! उन्हें कुछ सूझ ही नहीं रहा था कि कैसे देवर के मन के परिताप को शान्त करें। वे डर गईं। क्या कर दिया तूने मूर्ख नारी!

आर्यक समझ रहा था कि उसने सरल-हृदया भाभी को धोखा दिया है। कितना सहज है इस महीयसी देवी का मन और कैसा कुटिल है आर्यक का चरित्र। वह भावावेग में खड़ा हो गया। भाभी के चरणों में सिर रखकर रो पड़ा, "तुम नहीं जानतीं, भाभी, इस भंड देवर को! नहीं जानतीं, नहीं जानतीं! जान भी नहीं सकतीं! तुम्हारे पवित्र हृदय में ऐसे भंडों की कल्पना भी नहीं प्रवेश कर सकती! नहीं भाभी, तुम नहीं जानतीं!"

भाभी हतबुद्धि! आर्यक चरणों पर गिरा पड़ा रहा। भाभी के मुँह में शब्द नहीं। क्या हो गया!

थोड़ी देर में सँभलकर उन्होंने आर्यक के सिर पर हाथ फेरा। प्यार से

पुचकारकर कहा, "उठो लल्ला, ऐसी क्या बात हुई यह? मैं सब जानती हूँ। तुम उठो तो, खाना खा लो। मैं सब...सब जानती हूँ, मगर खाना नहीं खाओगे तो तुमसे बोलूँगी भी नहीं। अबोध भाभी की बात पर इतना व्याकुल हुआ जाता है?"

आर्यक फिर उठकर आसन पर बैठ गया। थका हुआ-सा, हारा हुआ-सा! भाभी ने दुलार करते हुए कहा, "सब जानती हूँ लल्ला! मैं जन्म-जन्मान्तर की तुम्हारी भाभी हूँ, तुम जन्म-जन्मान्तर के मेरे देवर हो। एक दिन का रिश्ता है? नहीं जानती तो उनके साथ द्वार पर किसी का स्वागत करने के लिए खड़ी हो सकती थी? आज तक किसी ने धूता का लिलार भी देखा है? सब जानती हूँ।"

आर्यक अवाक्! आश्चर्य से फैली हुई आँखों से भाभी की ओर ताकता हुआ बोला, "सब जानती हो भाभी, मेरे सारे दुष्कर्म, मेरे सारे अनुचित आचरण—सब जानती हो? कैसे जान गई भाभी?" भाभी ने हँसते हुए कहा, "सब जानती हूँ लल्ला, सब जानती हूँ। यह भी जानती हूँ कि तुमने कोई दोष नहीं किया। धूता का जन्म-जन्मान्तर का देवर कोई अनुचित काम कर सकता है? खाना खा लो। सब बता दूँगी। खाते हो कि भाभी के हाथ से खाने की लालसा है?" "खाता हूँ भाभी! लेकिन मुझे क्या बताओगी?" "यही कि भाभी सब जानती है। देवरजी की नस-नस पहचानती है।"

भाभी हँसने लगीं। आर्यक हतबुद्धि! "अच्छा देवर, भाभी के लिए कहे हुए एक अपशब्द के लिए तुमने अपना प्राण संकट में क्यों डाल दिया, कितनी देर का परिचय था? कोई बात भी तो नहीं कर सकी थी! कैसे तुमने घड़ी-भर की जान-पहचान से इतना बड़ा दुःसाहसिक कार्य कर डाला?" आर्यक कुछ उत्तर नहीं सोच सका। भाभी ने ही अपने ढंग से समाधान कर दिया, "यह क्षण-भर के काल्पनिक सम्बन्ध से नहीं हुआ भोलेराम! जन्म-जन्मान्तर का सम्बन्ध है। एक क्षण में फफकता है तो असाध्य-साधन करा देता है। कोई भी सम्बन्ध क्षण-भर का नहीं होता। अब खा लो। हे भगवान्, कैसा भोला देवर दिया है!"

आर्यक खाने लगा और रह-रहकर चन्द्रा और मृणाल उसके मानस-पटल पर बारी-बारी आईं। सब जन्म-जन्मान्तर के सम्बन्ध हैं! भाभी कितने सहज भाव से विश्वास करती हैं!

भोजन समाप्त करके भाभी की ओर देखा—"जन्म-जन्मान्तर के सम्बन्ध होते हैं भाभी? क्या सारे के सारे?"

"सब लल्ला, सब! आज आराम से सो जाओ। कल फिर अपनी इसी जन्म-जन्मान्तर की भाभी से बात करना। आज अच्छे-भले बच्चे की तरह चुपचाप सो जाओ।"

इक्कीस

श्यामरूप अब उज्जयिनी की ओर लौट पड़ा। उसे ऐसा लगता था कि कहीं से हजारों हाथियों का बल उसके भीतर आ गया है। उसे पहली बार अनुभव हुआ कि उसके जीवित रहने का कुछ उद्देश्य भी है। अब तक जीता चला आ रहा था, परन्तु जीने का कुछ लक्ष्य नहीं था। अब उसके सामने उद्देश्य है। वह माँदी का उद्धार करेगा और उसे पत्नी-रूप में वरण करेगा। वह लौटकर फिर स्नेहमयी माता के चरणों में सपत्नीक आकर प्रणाम करेगा। जिस वृद्ध पिता ने भुलावे में आकर उसे पुत्र-रूप में स्वीकार किया है उसकी सेवा करेगा। उसके मस्तिष्क का सन्तुलन लौटा लाएगा और यदि सम्भव हुआ तो इन्हें लेकर फिर हलद्वीप लौट जाएगा। वह रात-भर चलता रहा। क्लान्ति का रंचमात्र भी उसे अनुभव नहीं हुआ। जीवन में जब कोई उद्देश्य निश्चित हो जाता है तो शायद क्लान्ति भी पास नहीं फटकती। श्यामरूप को अपनी तलवार पर गर्व है, परन्तु रह-रहकर उसके मन में पाँच सौ सुवर्ण-मुद्राएँ कार्य की भयंकर बाधा के रूप में आ जाती हैं। लेकिन वह चिन्तित नहीं होता। कहीं से उसके चित्त में विश्वास का ऐसा कल्पतरु निकल आया है जो आश्वस्त करता है कि चिन्ता मत करो। तुम्हें सबकुछ सुलभ है।

वह छोटी-छोटी पहाड़ियों और खेतों के बीच बनी हुई पगडंडियों से चलता जा रहा था। सूर्योदय के कुछ पहले ही वह दस कोस मार्ग तय करके उज्जयिनी के निकटवर्ती ग्राम तक पहुँच गया। वहाँ आकर उसने जो दृश्य देखा, वह बिलकुल अप्रत्याशित था। लोग चारों ओर भाग रहे थे। बैलगाड़ी, घोड़ा, ऊँट और खच्चर जिसे जो मिला था, उसी पर सामान लादकर स्त्रियों और बच्चों के साथ भाग रहा था। कोई किसी से बोलता नहीं था। यह दृश्य देखकर श्यामरूप थोड़ा चिन्तित हुआ। क्या बात है, यह जानने के लिए लोगों के निकट पहुँचा, परन्तु कोई कुछ बोलने की अवस्था में नहीं था। लोग केवल इतना ही कहते थे कि नगर में हंगामा हो गया है, लूटपाट चल रही है, इसीलिए लोग भाग रहे हैं। कुछ और अधिक संवाद जानने के लिए वह तेजी से उज्जयिनी के राजमार्ग की ओर निकल पड़ा। एक ग्राम-वृद्ध चल नहीं पा रहे थे, मगर भागने का प्रयत्न वे भी कर रहे थे। श्यामरूप ने उनको रोककर पूछा, "बाबा, कहाँ जा रहे हो, क्या बात है? लोग इतने व्याकुल क्यों हैं?" वृद्ध थक गए थे। सुस्ताने के लिए बैठ गए। फिर बोले, "कुछ ठीक पता नहीं है बेटा, तरह-तरह की खबरें आ रही हैं। सुना है कि मथुरा पर किसी गोपाल आर्यक की सेना का अधिकार हो गया है। उज्जयिनी और मथुरा दोनों के शासकों के चाचा चंडसेन उज्जयिनी की ओर आ रहे थे, परन्तु राजा के

साले भानुदत्त ने उन्हें बीच में कैद कर लिया है। कुछ लोग तो कहते हैं कि उनकी हत्या कर दी गई है। कुछ दूसरे लोग कहते हैं कि उन्हें बन्दी बनाकर कहीं भेज दिया गया है। सुना है, उनका विश्वास-भाजन मल्ल कोई शार्विलक है, उसने भानुदत्त के दंडधरों का कहीं अपमान किया था। भानुदत्त ने उस पर चारुदत्त के घर चोरी करने का आरोप लगाया है। इससे प्रजा में बड़ी खलबली मच गई है। सुना गया है कि आर्य चारुदत्त का घर लूट लिया गया है और यह भी कहा गया है कि लूटनेवाला और कोई नहीं, चंडसेन का प्रिय मल्ल शार्विलक ही है। कल दिन से ही नगर में बड़ी उत्तेजना है। उधर से आनेवाले लोगों ने बताया है कि चारुदत्त के पूरे परिवार को बन्दी बना लिया गया है। ठीक-ठीक तो मैं भी नहीं जानता, सुनी-सुनाई बातें बता रहा हूँ। कल सायंकाल भानुदत्त के सिपाहियों ने एक नर्तकी वसन्तसेना के घर पर भी धावा बोल दिया। तरह-तरह की बातें उड़ रही हैं। लोग तो यह भी कहते हैं कि वसन्तसेना की हत्या कर दी गई है। भानुदत्त ने इस हत्या का अभियोग आर्य चारुदत्त पर लगाया है। मगर ठीक-ठीक क्या बात है, यह मैं कैसे बता सकता हूँ। सब लोग भाग रहे हैं, मैं भी प्राण लेकर भाग रहा हूँ। बेटा, इससे अधिक मैं कुछ भी नहीं कह सकता।"

वृद्ध की बातें सुनकर श्यामरूप सनाका खा गया। यह नीच भानुदत्त एक ही साथ कितने लोगों पर मिथ्या आरोप लगा रहा है। उस पर भी चोरी का और लूटपाट का अभियोग है और सबसे मर्मंतुद बात यह है कि उसने चंडसेन को भी बन्दी बना लिया है। श्यामरूप की भौंहें तन गईं, भुजाएँ फड़क उठीं। वह अनायास बोल गया, "भानुदत्त को इसका फल भोगना पड़ेगा!" और किसी उत्तर की प्रतीक्षा किए बिना नगर की ओर बढ़ चला। सबसे पहले उसे मदनिका को बचा लेने की चिन्ता रही। अगर वसन्तसेना की हत्या करके चारुदत्त पर झूठा आरोप लगाया गया है, तो कौन जाने मदनिका भी बची है कि नहीं। चंडसेन बन्दी है, वसन्तसेना की हत्या हो गई; मथुरा से जो थाती लेकर वह आया था, वह चंडसेन का परिवार सुरक्षित है या नहीं, कुछ पता नहीं। उसका मन कभी जीर्णोद्यान की ओर खिंचता था, कभी वसन्तसेना के आवास की ओर। जाना दोनों ही जगह आवश्यक था, परन्तु दोनों ही जगह पहुँचना कठिन था। भानुदत्त के दुर्वृत्त अनुचरों ने जहाँ-तहाँ आग लगा दी थी और लूटपाट करने लगे थे। श्यामरूप ने क्रोध से दाँत पीस लिए। यह भाग्यहीन पालक कैसा नपुंसक राजा है! चारों ओर मार-काट मची हुई थी। कौन किस ओर से लड़ रहा था, कुछ पता नहीं। एक अजीब प्रकार की अस्तव्यस्तता दिखाई दे रही थी। श्यामरूप यथासम्भव अपने को बचाता हुआ वसन्तसेना के आवास तक पहुँच गया। वहाँ भयंकर मारकाट मची हुई थी। दंडधरों और नागरिकों के बीच मची हुई इस घमासान में श्यामरूप को

दोनों पक्षों को अलग-अलग पहचान लेने में कठिनाई नहीं हुई। ऐसा जान पड़ता था कि वसन्तसेना के आवास को चारों ओर से घेर लिया गया था और नागरिक लोग घेरा तोड़कर घर के भीतर जाना चाहते थे। जिसके हाथ में जो कुछ आ गया था, वह उसी से लड़ रहा था। गलियाँ लाशों से पटी हुई थीं। श्यामरूप ने दंडधरों को सम्बोधित करते हुए चिल्लाकर कहा, ''सावधान, शार्विलक आ गया है। एक-एक दुर्वृत्त को वह यमलोक पहुँचाएगा!'' और तलवार खींचकर वह बीच में कूद पड़ा। नागरिकों ने जो शार्विलक नाम सुना, तो उनमें उत्साह का ज्वार आ गया। महामल्ल शार्विलक के जय-निनाद के साथ नागरिक-दल दंडधरों पर टूट पड़ा। शार्विलक ने बिजली की तरह तलवार भाँजना शुरू किया। उसका नाम सुनते ही दंडधर पीछे हटने लगे। ऐसा जान पड़ा कि पीछे से नागरिकों का एक और दल जय-जयकार करता आ रहा है। दंडधरों ने ऐसे सामूहिक विरोध की कल्पना नहीं की थी। इधर शार्विलक के नाम-मात्र से वे काँप उठे। नागरिकों को अनायास एक नेता मिल गया। उनके जय-जयकार की ध्वनि उज्जयिनी के गवाक्षों को भेदकर घर-घर पहुँच गई। ऐसा जान पड़ा कि सारा नगर उमड़कर शार्विलक के पीछे आ खड़ा हुआ है। दंडधरों में से अनेक मारे गए, अनेकों ने मैदान छोड़ दिया। शार्विलक के साथ नागरिक वसन्तसेना के घर के बाहरी आँगन में उपस्थित हो गए। शार्विलक ने सबको शान्त रहने का आदेश दिया और कहा, ''आप लोग वहीं स्थिर रहें। मैं घर के भीतर जाकर आर्या वसन्तसेना को देखकर लौटता हूँ।'' नागरिकों ने चिल्लाकर कहा, ''अगर आर्या वसन्तसेना जीवित हों तो हम उन्हें देखना चाहते हैं। आप उनको साथ लेकर आइए।'' शार्विलक ने कहा, ''ऐसा ही होगा। आप लोग शान्त रहें!'' शार्विलक घर के भीतर घुस गया। उसने एक-एक खंड ढूँढ़ डाला। उसमें न तो वसन्तसेना मिली, न मदनिका। वह निराश होकर बाहर आ ही रहा था कि एक बन्द कमरे में उसे कराहने की हलकी आवाज सुनाई पड़ी। बाहरी छज्जे पर आकर उसने नागरिकों को पुकारा, ''आर्यो, अभी तक मैं वसन्तसेना को ढूँढ़ नहीं पाया हूँ, मगर मुझे आशंका है कि उन्हें पास के ही एक छोटे कक्ष में बन्द कर दिया गया है। आप लोगों में से तीन-चार आदमी आ जाएँ। सबको आने की जरूरत नहीं। हमें दरवाजा तोड़ना पड़ेगा।'' सुनते ही कई जवान घर के भीतर घुसने के लिए दौड़ पड़े। शार्विलक वहीं खड़े-खड़े चिल्लाकर बोला, ''अधिक लोग आएँगे तो अनर्थ हो जाएगा। आप लोग वहीं खड़े रहें।'' सबसे पीछे आनेवाले आदमी से शार्विलक बोला, ''भद्र, दरवाजा बन्द कर दो!'' कोई दस जवान वहाँ आ गए, जहाँ शार्विलक ने आने की याचना की थी। शार्विलक के इशारे से कक्ष का द्वार तोड़ा जाने लगा। कपाट बहुत मजबूत थे, उनको तोड़ने में नागरिकों को कठिन परिश्रम करना पड़ा, परन्तु वे टूट ही गए। भीतर खोलकर

देखा गया। दो स्त्रियाँ कसकर खम्भे में बाँध दी गई हैं। दोनों ही प्रायः बेहोश हैं। केवल रह-रहकर उनके सुबकने की हलकी आवाज कभी-कभी आ रही थी। देखकर सभी लोग क्रोध से विक्षिप्त-से हो उठे। शार्विलक ने आदेश के स्वर में कहा, "बन्धन मैं काटता हूँ, आप लोग बाहर चले जाएँ।"

सब लोग बाहर चले गए। शार्विलक की तलवार को बन्धन काटने में देर नहीं हुई। कमरे में खूब अँधेरा था। सावधानी से दोनों स्त्रियों के बन्धन काटकर जब शार्विलक ने उन्हें बाहर रखा, तो देखा गया कि उनमें एक वसन्तसेना है और दूसरी मदनिका। लगता था, मदनिका ने सारी शक्ति लगातार प्रतिरोध किया था। दुष्टों ने उसे मारा भी बहुत था। परन्तु इन निर्घृण दुष्टों में भी इतनी कोमलता अवश्य थी कि किसी शस्त्र से नहीं मारा था। वसन्तसेना के शरीर पर कोई चोट नहीं थी। शार्विलक की आँखों से अश्रुधारा बह चली, "हाय देवी, तुम्हारे दर्शन भी हुए तो इस अवस्था में!" शार्विलक ने आदेश दिया कि दोनों महिलाओं के मुँह पर पानी के छींटे दिए जाएँ और हवा की जाए। सभी नागरिक क्रोध और करुणा के भाव से उग्र थे। शार्विलक ने छज्जे पर जाकर पुनः घोषणा की—"मित्रो, वसन्तसेना जीवित हैं, लेकिन दुष्टों ने उन्हें खम्भे में बाँध दिया था, वे बेहोश पड़ी हैं। उनकी सखी मदनिका भी जीवित है, लेकिन वह भी बेहोश पड़ी है। आप लोगों में से यदि कोई चिकित्सक हो तो भीतर आ जाए। मैं दरवाजा खुलवा रहा हूँ। यदि कोई चिकित्सक न हो तो किसी जानकार को बुला लें।" भीड़ में से एक ठिगने ब्राह्मण देवता आगे बढ़ते हुए दिखाई दिए। शार्विलक ने देखा, यह तो आचार्य श्रुतिधर हैं! आचार्य श्रुतिधर थोड़ी-बहुत चिकित्सा जानते थे। शार्विलक ने भीड़ को आदेश दिया, "इन्हें भीतर आ जाने दीजिए।" द्वार खोल दिया गया। शार्विलक और श्रुतिधर अन्य नागरिकों की सहायता से वसन्तसेना और मदनिका का उपचार करने लगे। थोड़ी देर में वसन्तसेना और मदनिका की संज्ञा लौट आई। उनकी आँखें खुल गईं। कुछ देर न तो वसन्तसेना के मुख से कोई आवाज निकली और न मदनिका के। दोनों फटी-फटी विवश आँखों से ताकती रहीं। उनका सारा शरीर अवसन्न हो आया था। ऐसा लग रहा था कि कहीं भी प्राण-शक्ति का स्पन्दन नहीं है।

शार्विलक ने और नागरिकों से अनुरोध किया कि वे विशाल भवन के प्रत्येक कमरे को देख आएँ। हो सकता है कहीं और भी किसी को बाँध दिया गया हो या मार डाला गया हो। यह भी आदेश दिया कि आर्या वसन्तसेना इस समय अचेतावस्था में हैं, इसलिए इन्हें किसी एकान्त कक्ष में रखा जाए, जहाँ वायु और प्रकाश मिल सकते हों, और उनकी सखी मदनिका को होश में ले आने का प्रयत्न किया जाए, जिससे वह उनकी सेवा कर सके। नागरिकों ने एक सुन्दर शैयावाला

कक्ष ढूँढ़ निकाला, जो क्षिप्रा के चटुल वात को गवाक्ष-जाल के रन्ध्रों द्वारा भीतर खींच रहा था। श्रुतिधर और शार्विलक दोनों ने वसन्तसेना को धीरे से उठाकर उस हवादार कक्ष में लिटा दिया। श्रुतिधर उनकी नाड़ी देखते रहे और बीच-बीच में अन्य उपचार करते रहे। एक-दो नागरिकों को उनकी सेवा में छोड़कर और बाकी सबको भवन के हर कक्ष की तलाशी लेने के लिए भेजकर शार्विलक ने एकान्त कर लिया। मदनिका के सिर को अपनी गोद में लेकर उसने धीरे से कहा, ''माँदी, देखो, मैं शार्विलक आ गया।''

माँदी ने अवश-भाव से उसकी ओर ताका। शार्विलक ने फिर कहा, ''माँदी, तुम्हारा छबीला पंडित आ गया।'' माँदी के कानों में इस शब्द ने जादू का असर किया। वह एकदम उठ बैठी, ''पंडित, तुम आ गए! आर्या वसन्तसेना कहाँ है?'' शार्विलक ने कहा, ''बिलकुल ठीक हैं, चिन्ता न करो!'' माँदी फिर से लुढ़क गई और अवश-विह्वल भाव में शार्विलक की गोद में लेट गई। शार्विलक ने उसके सिर पर हाथ फेरा, केशों में उँगलियाँ उलझाईं और कपोल पर लुढ़कते हुए आँसुओं को सुकुमार स्पर्श से पोंछ दिया। ऐसा लगा कि माँदी के शरीर में चेतना लौट आई है। वह धीरे-धीरे उठकर बैठ गई। बोली, ''तुम कब आए पंडित, दुष्टों ने बड़ा कष्ट दिया। आर्या वसन्तसेना जीवित हैं या नहीं, सच बताओ।'' शार्विलक ने कहा, ''तुम चल सकती हो माँदी? कहो तो तुम्हें आर्या के पास पहुँचा दूँ!'' माँदी प्रफुल्ल हो गई, ''तो आर्या जीवित हैं?'' ''अवश्य जीवित हैं। हाँ, आर्या जीवित हैं।'' मदनिका उठकर खड़ी हो गई और शार्विलक का सहारा लेकर धीरे-धीरे आर्या वसन्तसेना के कक्ष में पहुँची।

इसी समय शार्विलक ने सुना कि बाहर खड़ी भीड़ में फिर कुछ कोलाहल हो रहा है। कारण जानने के लिए वह फिर छज्जे पर आ गया। उसे देखकर बड़ा आश्चर्य हुआ कि भीड़ दूसरी ओर भाग रही है। पहले तो उसे सन्देह हुआ कि कदाचित् भानुदत्त के सिपाही फिर लौट आए। उसने श्रुतिधर से आकर कहा, ''आर्य, आपसे कुछ बात करने का अवसर भी नहीं मिला। जान पड़ता है कि दुर्वृत्तों ने फिर नागरिकों पर हमला कर दिया है। मैं फिर युद्ध-भूमि में जा रहा हूँ। लेकिन एक बात पूछ लेना चाहता हूँ। चंडसेन के परिवार का क्या हाल है, वे लोग सुरक्षित तो हैं?'' श्रुतिधर ने कहा, ''बातें तो तुमसे बहुत कहनी हैं, परन्तु अभी इतना जान लो कि चंडसेन का परिवार तो सुरक्षित है, परन्तु स्वयं चंडसेन का कुछ पता नहीं चल रहा है। मैं तो वसन्तसेना के पास एक संदेशा लेकर आया था, बीच में इस हंगामे में फँस गया। तुम्हें देखकर मेरा साहस बढ़ा और भीड़ के साथ इस मकान में आ गया। मुझे लगता है कि अभी जो कोलाहल सुन रहे हो, उसका कारण है राज्य-क्रान्ति। वहाँ तुम्हारी आवश्यकता अवश्य होगी। तुम

जाओ। मैं आर्या वसन्तसेना को सँभाल लूँगा। मुझे लगता है तुम्हारे भाई गोपाल आर्यक, पालक को मारने में सफल हो गया है। यह भीड़ इसी समाचार से उल्लसित होकर उधर भाग रही है, परन्तु खतरा अब बढ़ गया है। पहले केवल भानुदत्त के गुंडे ही उत्पात कर रहे थे, अब राजकीय सेना भी कुछ अवश्य करेगी।'' शार्विलक एकदम चौंक उठा, ''क्या कहा? गोपाल आर्यक, मेरा प्यारा भाई गोपाल आर्यक आ गया? तब तो, मित्र, मुझे अवश्य जाना है और तुम्हारे ऊपर आर्या वसन्तसेना को और मदनिका को छोड़े जा रहा हूँ, दोनों की रक्षा करना तुम्हारा काम है।''

श्रुतिधर ने मदनिका की ओर देखा, बोले, ''यह तो स्वस्थ लग रही है। यह आर्या वसन्तसेना की सखी है?'' शार्विलक ने थोड़ा संकुचित होते हुए कहा, ''मित्र, यह आर्या वसन्तसेना की सखी भी है और तुम्हारी भावी अनुज-वधू भी!'' अब श्रुतिधर के चौंकने की बारी आई, ''क्या कहते हो, समझाकर कहो?'' शार्विलक ने संक्षेप में कहा, ''यही माँदी है।'' श्रुतिधर चकित हो गए, ''यही माँदी है! मित्र, आज मुझे अपना भाग्य प्रसन्न जान पड़ता है। विचित्र संयोग है! अब तुम रुको मत। आर्यक के पास जाओ। अपने बहादुर साथियों को लेते जाओ। यहाँ की देखभाल मैं कर लूँगा।''

माँदी अर्थात् मदनिका वैसे ही शिथिल थी। अब लज्जा के मारे और भी निढाल हो गई। शार्विलक ने उसे सम्बोधित करते हुए कहा, ''प्रणाम करो माँदी, मेरे बड़े भैया हैं।'' अत्यन्त आयास के साथ आँखें नीची करते हुए माँदी ने श्रुतिधर का चरण-स्पर्श किया और शार्विलक की तरफ देखकर स्फुट शब्दों में कहा, ''फिर जा रहे हो, यहाँ आर्या वसन्तसेना को कौन बचाएगा?'' शार्विलक शिथिल हो गया, बोला, ''जल्दी ही लौट आता हूँ। मेरे अग्रज आचार्य श्रुतिधर दोनों की रक्षा करने में समर्थ हैं। ये शस्त्र चलाना नहीं जानते, लेकिन बहुत प्रत्युत्पन्न-मति हैं। इन पर पूर्ण रूप से विश्वास करो।'' आचार्य श्रुतिधर ने और जोड़ा, ''आयुष्मती मदनिका, मुझे दुर्बल समझकर अविश्वास मत करो। यहाँ आर्या वसन्तसेना को कष्ट देने के लिए कोई नहीं आएगा। यदि आएगा तो श्रुतिधर उसका उपाय जानता है। चिन्ता न करो। बेटी, शार्विलक को अभी जाने दो। वहाँ इसकी जरूरत है।'' मदनिका ने कोई उत्तर नहीं दिया। उसकी खुली आँखों से अश्रुधारा बह चली। श्रुतिधर ने फिर आश्वासन दिया, ''देखो बेटी, महावीर गोपाल आर्यक आ गए हैं, उन्हेंने निस्सन्देह अब तक पालक को परलोक पहुँचा दिया होगा। आर्य चारुदत्त उनके साथ हैं और सुरक्षित हैं। मैं यही सन्देशा आर्या वसन्तसेना के पास लेकर आया हूँ। ज्यों ही चेतना लौट जाएगी, मैं उनको यह सन्देशा सुना दूँगा।'' इस वाक्य के बाद ही वसन्तसेना की आँखें खुल गईं। वे

अस्फुट स्वर में बोलीं, "आर्य चारुदत्त जीवित हैं?" श्रुतिधर ने उल्लास के साथ कहा, "जीवित हैं, देवी! देखो, गोपाल आर्यक के बड़े भाई महामल्ल शार्विलक भी आ गए हैं। उन्होंने ही तुम दोनों को बचाया है। अब वे गोपाल आर्यक की सहायता करने के लिए जाना चाहते हैं।" वसन्तसेना की आँखें पूरी खुल गईं। उन्होंने अपरिचित पुरुषों को देखकर थोड़ी लज्जा अनुभव की, फिर बोलीं, "आर्य, महामल्ल शार्विलक को देखकर आज मेरी आँखें जुड़ा गईं।" शार्विलक ने अधिक देर करना उचित नहीं समझा। बोला, "कल्याण हो आर्ये, मैं अभी लौट रहा हूँ।" और वह फुर्ती से निकल पड़ा। भवन के भीतर जवानों को सम्बोधित करके उसने कहा, "मित्रो, मैं गोपाल आर्यक की रक्षा के लिए थोड़ी देर को जा रहा हूँ। आप लोग आचार्य श्रुतिधर और इन दोनों महिलाओं की रक्षा का भार ग्रहण करें। मैं अभी लौटकर आता हूँ।" और किसी उत्तर की प्रतीक्षा किए बिना ही शार्विलक तेजी से बाहर निकल गया।

बाहर अब भी भीड़ खड़ी थी। शार्विलक को देखकर भीड़ ने उल्लसित होकर जय-निनाद किया। शार्विलक ने उनसे पूछा, "कोई नया समाचार है क्या?" एक प्रौढ़ सज्जन ने सामने आकर कहा, "आर्य शार्विलक, अभी समाचार आया है कि गोपाल आर्यक ने नपुंसक राजा को यमलोक भेज दिया है और भानुदत्त को बन्दी बना लिया है। सुना गया है कि पालक की सेना कुछ उत्पात करने के लिए व्यूहबद्ध हो रही है। यहाँ जो लोग खड़े थे, उनमें से अधिकांश सेना का प्रतिरोध करने के लिए चले गए हैं। जो लोग वृद्ध या निःशस्त्र थे वे ही यहाँ खड़े हैं।" शार्विलक की आँखों से आनन्द के अश्रु झरने लगे। उसने कहा, "आर्य, मुझे रास्ता दिखा दो, तो मैं भी नागरिकों की सहायता करने के लिए वहाँ पहुँचना चाहता हूँ।" उपस्थित जनता सहस्र-कंठ से शार्विलक की जय-जयकार करने लगी और प्रौढ़ सज्जन उसे लेकर राजभवन की ओर चल पड़े। बाकी लोगों को शार्विलक ने अनुरोधपूर्वक इस भवन को घेरकर रखने का आदेश दिया और यह भी कहा कि यदि यहाँ कोई संकट आए तो यथाशीघ्र उसे सूचना दे दें।

राजभवन के बाहर ही शार्विलक ने देखा कि पालक के सैनिक व्यूहबद्ध होकर आक्रमण की तैयारी कर रहे हैं, और नागरिक उसका प्रतिरोध करने का प्रयत्न कर रहे हैं। ज्यों ही शार्विलक नागरिकों के मध्य पहुँचा, त्यों ही उसकी जय-जयकार के नाद से आकाश फटने लगा। नागरिकों में अभूतपूर्व उत्साह आ गया। इस नए युद्ध-क्षेत्र में फिर से उन्हें शार्विलक का नेतृत्व प्राप्त हो गया। परन्तु परिणाम यहाँ भी वही हुआ। नागरिकों का उत्साह जितना ही बढ़ गया था, उतना ही सैनिकों का साहस छिन्न हो गया था। इसी समय कोई डुग्गी पीटता हुआ घोषणा करने लगा, "पालक मार दिया गया, गोपाल आर्यक राजसिंहासन पर

अभिषिक्त हो रहे हैं।'' घोषणा सुनते ही शार्विलक अपनी तलवार उछालते हुए बोला, ''बोलो गोपाल आर्यक की जय!'' सहस्र-सहस्र कंठों ने दोहराया, ''गोपाल आर्यक की जय! गोपाल आर्यक की जय!'' आश्चर्य के साथ देखा गया कि अनेक सैनिक भी गोपाल आर्यक की जय-निनाद करने लगे। अधिकांश नागरिकों की ओर आ गए और जो बचे थे वे भाग खड़े हुए। लेकिन नागरिकों का क्रोध उभर पड़ा था। भागनेवाले सैनिकों को पकड़-पकड़कर वे क्रूरतापूर्वक मारने लगे। चारों ओर कुहराम मच गया, केवल बीच-बीच में शार्विलक और गोपाल आर्यक के जय-निनाद की आवाज आती रही। कौन किससे लड़ रहा है, यह समझना कठिन हो गया। शार्विलक ने कूदकर एक ऊँचे स्थान पर आकर गरजकर आदेश दिया, ''शान्त हो जाइए!'' आसपास के लोगों ने उसी आदेश को दुहराया, ''शान्त हो जाइए।'' क्षण-भर में नागरिक अपने-अपने स्थान पर स्थिर खड़े हो गए। शार्विलक ने उत्तेजनापूर्ण स्वर में चिल्लाकर कहा, ''गोपाल आर्यक की जय!'' सहस्र-सहस्र कंठों ने उसी प्रकार दुहराया, ''गोपाल आर्यक की जय!'' थोड़ी देर में कोलाहल कुछ शान्त हुआ। जो सैनिक नागरिकों की ओर आ गए थे उन्हें सम्बोधित करते हुए शार्विलक ने कहा, ''सैनिको, आप क्या गोपाल आर्यक का नेतृत्व स्वीकार करते हैं?'' सैनिकों ने प्रत्युत्तर में एक स्वर में गोपाल आर्यक की जय का निनाद किया। शार्विलक ने आदेश दिया, ''देखिए, नगर में बड़ी अरक्षित अवस्था है। मुझे अभी अपने नए राजा गोपाल आर्यक से मिलने का अवसर नहीं मिला है, परन्तु मुझे पूर्ण विश्वास है कि मैं उनकी ओर से आपको जो आदेश दे रहा हूँ वह उन्हें मान्य होगा। आप लोग नगर की रक्षा के लिए हर चौराहे पर खड़े हो जाएँ। जो कोई भी लूटपाट, मारकाट या धरपकड़ करता है, उसे तुरन्त दंड दीजिए। सूर्यास्त होने में केवल दो दंड का समय है। आप लोगों को दो दंड का समय दिया जाता है, आप नगर में शान्ति-स्थापन करें। यही इस बात का प्रमाण होगा कि आप लोगों ने सचमुच गोपाल आर्यक का नेतृत्व स्वीकार किया है। इस बीच यदि कोई उपद्रव हुआ तो उसका उत्तरदायित्व आप लोगों पर होगा।'' फिर नागरिकों को सम्बोधित करते हुए कहा, ''आर्यो, मैं इस नगर से परिचित नहीं हूँ। आप लोगों में से यदि कोई जानकार हो तो यहाँ आ जाए और सैनिकों को भिन्न-भिन्न स्थानों पर नियुक्त करने में सहायता करे।'' तत्काल दो-तीन प्रौढ़ व्यक्ति शार्विलक के पास आ गए। उन्होंने कहा, ''इसकी व्यवस्था हम कर लेते हैं। आप भवन के भीतर कुछ सैनिकों के साथ जाएँ और वहाँ जाकर देखें कि कोई गड़बड़ तो नहीं हो रही है।'' शार्विलक को यह परामर्श अच्छा जँचा। उसने सैनिकों को सम्बोधित करते हुए कहा, ''राजभवन की रक्षा के लिए कौन-कौन मेरे साथ चलेगा?'' ''सभी सैनिक चलने को तैयार हैं!'' एक साथ उत्तर मिला ''आप जिसे भी आज्ञा देंगे

वही साथ चलने को तैयार होगा।'' शार्विलक ने आठ सैनिकों को चुन लिया और जो प्रौढ़ नागरिक उनकी सहायता करने के लिए आए हुए थे, उनसे कहा, ''आप लोग इन्हें यथास्थान नियुक्त कर दें। कुछ सैनिकों को आर्या वसन्तसेना के निवास-स्थान पर भी नियुक्त करें।'' फिर वह अपने चुने हुए सैनिकों को लेकर राजभवन में प्रविष्ट हुआ।

बाईस

देवरात चन्द्रमौलि और माढ़व्य शर्मा से उसी स्थान पर फिर मिले। चलते समय श्रुतिधर ने उन्हें सावधान कर दिया कि नगर की स्थिति विस्फोटक है। जब से चंडसेन को बन्दी बना लेने का समाचार आया है, तब से जनता बहुत विक्षुब्ध है। पालक अपने साले भानुदत्त की मुट्ठी में है। भानुदत्त के आततायी सैनिक गुंडे हैं। मारपीट, लूटपाट, घर्षण और आगजनी नित्य की घटनाएँ हैं। जनमत कभी भी भयंकर रूप धारण कर सकता है। आततायी किसी की मान-प्रतिष्ठा कहीं भी भंग कर सकते हैं। सावधान रहना चाहिए।

देवरात हलद्वीप में भी राजकीय सैनिकों का अत्याचार देख चुके थे, पर यहाँ के अत्याचार के सामने तो वह कुछ भी नहीं था। श्रुतिधर ने बताया था कि भानुदत्त आर्य चारुदत्त को अपमानित करने पर तुला हुआ है। उड़ती खबरें तो ये हैं कि उनको और वसन्तसेना को बन्दी बना लिया गया है। कुछ लोग तो यहाँ तक कहते सुने गए हैं कि उन्हें मरवा दिया गया है और चारुदत्त के घर को जला देने की धमकी दी गई है। हलद्वीप में इतना कुछ नहीं हुआ था। गोपाल आर्यक के लहुरा वीर दल के आतंक से राजा भी डर गया था। जान पड़ता है, यहाँ कोई वैसा लोक-रक्षक नेता नहीं है। देवरात को गोपाल आर्यक की याद कल से कई बार आई। सच्चा शूर है। पर यह लोकापवाद कैसे चल पड़ा? सम्राट् तक ने उसे परस्त्री-लम्पट कह दिया है! कुछ-न-कुछ बात तो होगी ही! जनश्रुति अमूलक नहीं होती। आर्यक से ऐसे आचरण की सम्भावना तो नहीं थी; पर कौन जाने, यौवन-मद क्या नहीं करा सकता! यह मदमत्त गजराज की भाँति कमलिनी-वन को रौंद देता है। तामस प्रकृति के लोग जब इस मद से मत्त होते हैं तो मृतमांस-लोलुप भुक्खड़ गिद्धों की तरह स्त्रियों की मान-प्रतिष्ठा लूटने लगते हैं। आर्यक तमोगुणी तो नहीं था। क्या हो गया उसे!

बेचारी मृणालमंजरी पर क्या बीतती होगी? देवरात को क्रोध आया। बहुत दिनों से सोया हुआ यौधेय रक्त एक बार उफन पड़ा। क्या यह अपदार्थ आर्यक, यौधेय कुल की पालिता कन्या का अपमान करने की स्पर्द्धा कर सकता है? एक बार उनका मन आर्यक के प्रति घृणा से भर आया। फिर विचारों का दूसरा दौर आया। बिना सत्य बात जाने कुछ पाप-भावना मन में नहीं लानी चाहिए। लोग परमार्थ कम देखते हैं, ऊपरी धरातल को अधिक खरोंचते हैं। पूरा जानना चाहिए। आज देवरात का यौधेय रक्त रह-रहकर धक्का मार रहा है। वे उन्मथित की भाँति चल रहे थे। मिलते ही उन्होंने चन्द्रमौलि से प्रस्ताव किया कि नगर की अशान्त स्थिति में हमें बाहर चला जाना उचित होगा। यहाँ परदेशियों के लिए कठिनाई है। पर चन्द्रमौलि ने दृढ़ता के साथ अस्वीकार कर दिया। उसने कहा कि जब तक उसके मित्र यहाँ हैं तब तक वह यहीं रहेगा। चन्द्रमौलि के सरल-स्वच्छ मुख पर आत्मविश्वास के दृढ़ भाव देखकर उन्हें आश्चर्य हुआ। बोले, ''वत्स चन्द्रमौलि, तुम्हारा अनुमान ठीक हो तो मुझे भी यहीं रहना चाहिए। तुम गोपाल के मित्र हो, निश्चय ही तुम मित्र-मिलन के लिए व्याकुल होने के अधिकारी हो, पर मैं भी उससे मिलने के लिए कुछ कम व्याकुल नहीं हूँ। तुम्हें अभी तक मैंने बताया नहीं आयुष्मान्, मैं गोपाल आर्यक का गुरु हूँ और कदाचित् गुरु से भी कुछ अधिक हूँ। इसलिए तुम मेरी उत्सुकता भी समझ सकते हो।'' चन्द्रमौलि एकदम आश्चर्यचकित हो चौंक उठा, ''क्या कहा आर्य, आप मेरे मित्र गोपाल आर्यक के गुरु हैं? आहा, यह भव्य रूप देखकर मैंने प्रथम बार ही अनुभव किया था कि किसी महान् तेजस्वी पुरुष का सान्निध्य पा रहा हूँ। आर्य, मैं धन्य हूँ जो ऐसे महान् गुरु का स्नेहं पा सका हूँ। किन्तु एक बात मैं नहीं समझ सका। आप कहते हैं कि गुरु से भी कुछ अधिक हैं। भला गुरु से अधिक और क्या हो सकता है, आर्य?''

देवरात ने कहा, ''बता दूँगा आयुष्मान्! अभी तो मैं अपने मन की शंका तुम्हें बताना चाहता हूँ। ऐसा लगता है वत्स, कि गोपाल आर्यक उज्जयिनी आया भी हो तो अब कहीं अन्यत्र चला गया है। तुम्हारी बातों से और अन्य लोगों की बातों से मैंने ऐसा समझा है कि गोपाल आर्यक किसी विषम लोकापवाद से दुखी है। लोकापवाद क्या है, यह मैं ठीक से जान नहीं पाया हूँ, पर लोगों की बातों से स्पष्ट है कि वह कुछ अनैतिक आचरण का अपवाद अवश्य है। कदाचित् परस्त्री-सम्पर्क-जैसा कुछ है। मेरा मन बहुत व्यथित है। तुम मेरी प्राण विदारिणी कथा समझ सकते हो कि नहीं, कैसे बताऊँ। हाय, वत्स, कहीं तुम जानते कि गोपाल की पत्नी मृणालमंजरी मेरी पुत्री है! मेरा चित्त बहुत व्यथित है वत्स, मैं स्वप्न में भी नहीं सोच सकता कि गोपाल आर्यक ऐसा काम कर सकता है जिससे मृणाल को

रंचमात्र भी मानसिक कष्ट हो। पर साथ ही यह भी नहीं अस्वीकार कर पाता कि जनश्रुति के मूल में कुछ-न-कुछ तथ्य भी होता ही है!"

चन्द्रमौलि का हृदय सनाका खा गया। उसे याद आया कि गोपाल आर्यक ने उससे कहा था कि वे सदा यही सोचते रहते हैं कि लोग क्या कहेंगे, एक बार भी यह नहीं सोचा कि मृणालमंजरी क्या सोचगी। आर्य देवरात को कुछ और भी मालूम हुआ होगा। सब मिलाकर यह लोकापवाद ही लगता है। पर गोपाल आर्यक-जैसे शील-सम्पन्न पुरुष पर परस्त्री-लम्पट होने का अपवाद कुछ समझ में आने लायक बात नहीं लगती। उसका चेहरा म्लान हो गया। नम्रतापूर्वक कहा, "आर्य, आप हमारे सब प्रकार से पूज्य हैं। आपका नया परिचय पाकर तो अपने-आपको कृतकृत्य ही मान गया हूँ। पर आपके मन में विषाद का जो यह शल्य घुसा है उसने मुझे भी बुरी तरह आहत और व्यथित कर दिया है। फिर भी मेरा मन कहता है कि आपको जो बताया गया है उसमें कहीं कुछ भ्रम या स्खलन है। गोपाल शील के साक्षात् विग्रह हैं। उन पर परस्त्री-लम्पट होने का अपवाद निश्चित रूप से अमूलक होना चाहिए। गोपाल और परस्त्री-लम्पटता एक साथ नहीं रह सकते। यह कुछ ऐसा ही है जैसे कहा जाए कि सूर्य की तमिस्रा पर आसक्ति है। पूरी बात जाने बिना ऐसी बातों को ग्रहण नहीं करना चाहिए।"

चन्द्रमौलि को लगा कि देवरात-जैसे वृद्ध सुपुरुष के सामने एक साँस में इतनी बातें कहकर उसने स्वयं मर्यादा का उल्लंघन किया है। कुछ सहारा पाने की आशा से वह माढ़व्य की ओर मुड़ा, पर उधर देखकर वह एकदम सन्न हो गया। माढ़व्य अपने में खो गए थे। उनके सदा प्रफुल्ल चेहरे पर कालिमा-सी पुती हुई थी। इन्द्रियों के सारे व्यापार बाहर की ओर से रुद्ध होकर भीतर प्रविष्ट हो गए थे। न तो देवरात ने ही उनकी ओर ध्यान दिया था, न चन्द्रमौलि ने। वह एक विचित्र समाधि थी। ऊपर से शान्त और निःस्तब्ध, पर भीतर कोई भयंकर झंझा उन्हें झकझोर रही थी। कभी-कभी उनका स्थिर शरीर-दंड इस प्रकार हिल उठता था जैसे निर्वात-निष्कम्प दीपशिखा को हलकी वायु-लहरियाँ हिला गई हों। वे बेहोश नहीं थे, पर होश में भी नहीं जान पड़ते थे। चन्द्रमौलि ने उन्हें झकझोरा, "दादा, दादा, क्या हो गया तुम्हें!" माढ़व्य शर्मा ने आँखें खोलीं—शून्य दृष्टिवाली आँखें, किन्तु बोले कुछ नहीं। आनन्द की सतत-निष्पंदिनी निर्झरिणी एकाएक सूख गई-सी जान पड़ी। वे फिर उसी अवस्था में पहुँच गए। लगता था, वे बहुत डरे हुए हैं। देवरात ने प्यार से उनके सिर पर हाथ फेरा, "भय लगता है देवता, डरने की क्या बात है!" माढ़व्य की भयभीत अवस्था से वे कुछ चिन्तित हुए। फिर उनके पुराने संस्कार एकाएक जाग्रत हो उठे। भीत-विपन्न को अभय देना उनकी कुल-रीति है। दीर्घकाल से सुप्त यौधेय रक्त आज उबल उठा। बोले, "वृद्ध

हो गया हूँ पर अभी भी इन नाड़ियों में यौधेय-रक्त बह रहा है। भय की क्या बात है देवता! उठो दादा, अवसर आने पर देवरात काल से भी जूझ सकता है।" देवरात आवेश में कह तो गए, पर उन्हें स्वयं इस प्रकार अपना परिचय देने से थोड़ी ग्लानि भी हुई। यहाँ स्थान-काल-पात्र का विचार किए बिना अपने पूर्व-जीवन का परिचय देना क्या अच्छा हुआ? पर अब तो तीर छूट चुका था। यथासम्भव अपनी बात को दूसरा मोड़ देने के लिए उन्होंने फिर कहा, "दादा, तुमने बताया था न, कि गोपाल ने तुम्हारी रक्षा करने का वचन दिया था? वह नहीं है तो मैं तो हूँ। आश्वस्त हो जाओ दादा, कोई भी तुम्हारा बालबाँका नहीं कर सकेगा।"

माढ़व्य में कुछ चेतना आई। लगा, वे सचमुच आश्वस्त हुए हैं। बोले, "आर्य, अपने लिए चिन्तित नहीं हूँ! ब्राह्मणी की बात सोचकर परेशान हूँ। मैं मर जाऊँगा तो उस बेचारी का क्या होगा! आर्य, मेरे भीतर जो प्रसन्न होने और दूसरों को प्रसन्न करने की क्षमता है वह उसी के प्रेम और सेवा का फल है। नहीं तो इस अटट मूर्ख की जाने क्या गति हुई होती। उस बेचारी को सँभालनेवाला कोई तो नहीं है। यदि माढ़व्य मर जाता है तो बेचारी को कौन देखेगा? अच्छा आर्य, मेरी मृत्यु के बाद तुम लोग उसे कुछ आश्वासन दे सकोगे? लेकिन कौन किसे देखता है! हाय रे, मेरी सब-कुछ तो वही है!"

देवरात माढ़व्य शर्मा के विकल भाव से मर्माहत हुए। बोले, "कौन कहता है दादा, कि तुम मर जाओगे! तुम भी रहोगे और तुम्हारी ब्राह्मणी भी अखंड सौभाग्य लेकर रहेगी। अकारण चिन्ता छोड़ो।"

माढ़व्य शर्मा कुछ आश्वस्त हुए। देवरात ने चन्द्रमौलि की ओर देखा। उसका सारा शरीर उद्भिन्न-केसर कदम्ब-पुष्प की भाँति रोमांचित हो गया था। आँखों से अश्रुधारा बह रही थी। देवरात उसमें ऐसा परिवर्त्तन देखकर आश्चर्य से चौंक उठे। चन्द्रमौलि ने हाथ जोड़कर प्रश्न किया, "आर्य, मैं क्या यौधेय वंश के मुकुटमणि कुलूत राजकुमार महावीर देवरात को इस रूप में देख रहा हूँ?"

"हाँ वत्स, मैं ही अभागा कुलूत राजकुमार देवरात हूँ। पर तुम्हें इस भाग्यहीन को जानने का अवसर कैसे मिला?"

एक क्षण का विलम्ब किए बिना चन्द्रमौलि उठा और देवरात के चरणों में इस प्रकार गिर पड़ा, जैसे किसी ने खड़े डंडे को एकाएक लुढ़का दिया हो। देवरात 'हाँ-हाँ' करते रहे। चन्द्रमौलि चरणों से लिपट गया। देवरात आश्चर्य से स्तब्ध रह गए "क्या कर रहे हो आयुष्मान्, इस अभाजन को इतना मान दे रहे हो! उठो वत्स, मुझे नरक में जाने से बचाओ। यह शरीर क्षत्रिय का है। तुम ब्राह्मण-कुमार होकर अन्यथाचरण कर रहे हो। तुम्हारे सम्मान के भार से मैं यों ही भाराक्रान्त हूँ। चरणों पर गिरोगे तो मुझे किसी नरक में भी स्थान नहीं मिलेगा। उठो मेरे

प्यारे चन्द्रमौलि, अकारण अभिभूत दिख रहे हो। उठो भी प्यारे!"

बड़े कठोर बन्धन में बँध गए थे उनके चरण! छुड़ाए नहीं छूटते। देवरात के माथे पर पसीने की बूँदें झलक आईं। चन्द्रमौलि को उन्होंने नन्हे शिशु की भाँति उठाकर गोद में बैठा लिया। दोनों की आँखें सजल थीं। दोनों की वाणी रुद्ध थी। अधखोए-से माढ़व्य फटी-फटी आँखों से देखते रहे। उनकी सनझ में कुछ नहीं आ रहा था। देवरात हैरान थे, चन्द्रमौलि जैसे किसी अननुभूत-आनन्दधारा में बह चला था। देर तक सारा वातावरण स्तब्ध बना रहा।

अपने को सँभालते हुए चन्द्रमौलि उठा। देवरात की ओर देखकर कुछ कहना चाहा, पर वाणी फिर वाष्प-विजड़ित हो गई। अश्रुधारा से उसके कपोल भीगते रहे। देवरात ने ही मौन भंग किया—"वत्स चन्द्रमौलि, समझ नहीं पा रहा हूँ कि तुम एकाएक इतने अभिभूत क्यों हो गए? क्या कुलूत के यौधेयों से तुम्हारा कोई सम्बन्ध है? बोलो वत्स, मैं व्याकुल हूँ!"

चन्द्रमौलि ने वाष्प-गद्‌गद कंठ से कहा "तात, मैं रघुवंश में पैदा हुआ हूँ। विष्वक्सेन और सुनीता का पुत्र हूँ! मातृ-पितृहीन इस अभाजन सन्तान को किस रूप में दर्शन दिया, प्रभो!"

देवरात आवेग से उछल पड़े, "क्या कहा बेटा, तू सुनीता का पुत्र है?" और एक बार फिर चन्द्रमौलि को खींचकर गोद में ले लिया। बार-बार माथा सूँघते और प्यार के साथ चूमते हुए वे अभिभूत हो उठे—"हे भगवान्, कैसी विचित्र है तुम्हारी माया!"

माढ़व्य अवाक्! वे एक बार देवरात की ओर देखते, एक बार चन्द्रमौलि की ओर। दोनों की दशा विचित्र थी। माढ़व्य ने निस्तब्धता भंग की—"बन्धु चन्द्रमौलि, क्या रहस्य है भाई, ज़रा इस अबोध दादा की ओर देखो! आर्य देवरात, आप ही कुछ बताएँ ना! इस अद्‌भुत मिलन का आनन्द अपने तक ही सीमित न रखो आर्य, इस अभाजन को भी कुछ अंश दो!"

देर तक चन्द्रमौलि शिशु की भाँति वृद्ध देवरात का स्नेह-रस पा-पाकर परितृप्त होता रहा। आँसू रुकने का नाम नहीं लेते, वाणी क्रियाशील होने को एकदम तैयार नहीं। क्या रहस्य है!

देवरात एकदम खो गए। सुनीता! शर्मिष्ठा की गुड़िया-सी बहिन। उसका विवाह वे नहीं देख सके। उसे वे भूल ही गए थे। शर्मिष्ठा के दारुण वियोग में वे ऐसे मर्माहत हुए थे कि किसी अन्य सम्बन्धी की बात उनके मन में आ ही नहीं पाई। वे सब-कुछ को भूलने का व्रत लेकर निकल पड़े। भूल नहीं सके तो प्राण-वल्लभा शर्मिष्ठा को। सुनीता कुछ दिनों के लिए अपनी दीदी के पास रही थी। फिर चली गई। उसका विवाह यक्षभूमि के रघुवंशियों में होने की बात चलने

लगी थी, पर देवरात को यह सब जानने की सुधि ही नहीं रही। वे निकले सो निकले। आज सुनीता का पुत्र मिल गया, कहता है मातृ-पितृहीन है। हे भगवान्! वे कुछ पराभूत-से लगे। जिसने सबकुछ छोड़ने का संकल्प किया था, उसे इस प्रकार बार-बार बाँधने का क्या अर्थ है दयानिधान? तुम्हारी माया क्या सचमुच ऐसी दुरत्यया है कि उससे पिंड छुड़ाया ही नहीं जा सकता? यह सुनीता का पुत्र है। सुनीता, कोमल नवनीत की पुतली! देवरात नहीं जानते कि किशोरी सुनीता कैसी थी। निश्चय ही बहुत सुन्दर रही होगी, शर्मिष्ठा के समान ही। वैसे भी वह शर्मिष्ठा-जैसी ही दिखती थी। उन्होंने फिर से किशोर कवि को देखा। अहा, शर्मिष्ठा के मुख की थोड़ी छाया इसमें है अवश्य। शर्मिष्ठा का पुत्र होता तो ऐसा ही हुआ होता। बहुत-कुछ ऐसा ही। धन्य हो लीलाधर!''

चन्द्रमौलि ने देवरात के मन को थाहने का प्रयास किया। उसे लगा कि इस विलक्षण सत्पुरुष को एक साथ कई मोह अपने पाश में बाँधने की तैयारी कर रहे हैं। स्वयं भी उसने उनके चित्त में विक्षोभ पैदा कर दिया है। सँभलकर कहा, ''क्षमा करें तात, आपके चित्त में विक्षोभ पैदा करने का अपराधी हूँ, पर जाने क्यों मेरा मन आज कुछ अघटित घटना की आशंका कर रहा है। तात के समुद्र के समान गम्भीर हृदय में एक साथ ही कई विक्षोभ पैदा हुए हैं, लेकिन मैं जानता हूँ कि यह समुद्र विक्षुब्ध नहीं होगा। तात, मैं धन्य हूँ कि इतने दिनों बाद अपने किसी स्वजन को देख रहा हूँ। स्वजन भी कैसा! समुद्र के समान गम्भीर, आकाश के समान विमल-विराट्! मैं आज छिन्नमूल तूलखंड के समान निराधार भटकनेवाला नहीं हूँ, परन्तु आपके चित्त में मोह का अंकुर उत्पन्न नहीं करूँगा। मैं चरितार्थ हूँ। मुझे स्नेह मिल गया, इतना बहुत है तात!''

चन्द्रमौलि ने माढ़व्य की ओर देखकर कहा, ''दादा, तुम्हारा भय-कातर होना मेरे लिए वरदान सिद्ध हुआ। आज मैंने अपने परम स्नेही महावीर मौसाजी को पा लिया है। मेरी माता सुनीता और आर्य देवरात की पत्नी शर्मिष्ठा देवी सगी बहिनें थीं। दोनों अब इस संसार में नहीं हैं। मेरे पिता भी नहीं हैं। ऐसे भाग्यहीन बालक को परम स्नेही पूज्य तात मिल गए। यह असाधारण भाग्य ही है दादा! तुम्हारे सत्संग ने मुझे वृंत-छिन्न तूलखंड से उठाकर धरती में बद्धमूल किशोर तरु के समान सौभाग्यशाली बना दिया है। तुम्हारे समान दादा मिला, आर्यक के समान सखा मिला और आर्य देवरात के समान पूज्य तात मिल गए। मेरा मन कहता है कि मुझे मेरी बहिन मृणालमंजरी भी मिल जाएगी। आर्य, आज मैं कृतकृत्य हूँ। तुम्हारा सत्संग मेरे लिए कल्पतरु सिद्ध हुआ है। मेरा कृतज्ञ प्रणाम स्वीकार करो, दादा!'' कहकर चन्द्रमौलि ने माढ़व्य के चरणों पर सिर रख दिया। माढ़व्य उत्फुल्ल हुए, उनमें कुछ सहज भाव आया। हँसते हुए बोले, ''स्वार्थी बन्धु, एक बार यह

भी तो कह देता कि मेरी ब्राह्मणी भी कहीं मिल जाएगी!'' आर्य देवरात भी सहज हो आए। बोले, ''तुम्हारी चिन्ता अभी गई नहीं, दादा? तुम अपनी ब्राह्मणी को मिल जाओगे, ऐसा आश्वासन तो पहले ही दे चुका हूँ। उतने से सन्तोष न हो तो यह भी आश्वासन देता हूँ कि तुम्हारी सती-साध्वी ब्राह्मणी भी तुम्हें मिल जाएगी।'' सबके चेहरों पर सहज स्मित आ गया। जान पड़ा, वातावरण भी सहज हो गया है। मनुष्य के सहज चित्त का ही परिणाम सहज वातावरण होता है। परन्तु विधाता इतनी आसानी से वातावरण को सहज नहीं बनाना चाहते थे। उनकी कुछ और भी योजना थी। सहज स्मित के साथ देवरात पूछनेवाले थे कि वत्स चन्द्रमौलि, अपनी कथा ज़रा विस्तार से समझाओ कि एकाएक न जाने कहाँ से दस-बारह दैत्याकार सशस्त्र सैनिकों ने तीनों को धर दबोचा—''पकड़ लो आर्यक के इन सहायकों को! ये किसी भयंकर षड्यन्त्र में लगे जान पड़ते हैं।''

किसी प्रकार के प्रतिरोध या प्रतिवाद का अवसर ही नहीं मिला। दुर्दान्त यौधेय रक्त खौलता ही रह गया, आश्वासन की वाणियाँ विकट परिहास के रूप में वायुमंडल में गूँज उठीं, रघुवंशी मर्यादा अनायास जमकर बर्फ हो गई और ब्राह्मणी के मिलन के काल्पनिक आनन्द का विस्फार खप्-से सिकुड़ गया। दुष्टों ने किसी को कुछ बोलने का भी अवसर नहीं दिया। मुँह कपड़े से कसकर बाँध दिए गए। भुजाएँ पीठ की ओर कस दी गईं। तीनों को बोरे की तरह उठाकर बैलगाड़ी में पटक दिया गया और कठोर पहरे में ले जाया जाने लगा। कहाँ? कुछ पता नहीं।

सन्ध्याकालीन आकाश लाल हो आया था। कोई अज्ञात आशंका दिङ्मंडल में व्याप्त हो गई। क्या होनेवाला है!

बँधे हुए, अर्धमूर्च्छित तीन मानव एक घर में ठूँस दिए गए। बाहर से द्वार बन्द कर दिया गया। फिर सब शान्त। माढ़व्य तो मूर्च्छित ही हो गए। किशोर कवि में भी कहीं कोई स्पन्दन का चिह्न नहीं, पर देवरात की संज्ञा बनी हुई थी। उन्हें अपनी दर्पोक्तियाँ बचकानी मालूम हुईं। जो अपनी भी रक्षा नहीं कर सकता, उसे ऐसे दर्पोद्धत आश्वासन देना क्या शोभता है? मन्त्र और औषधि से रुद्ध-वीर्य सर्प की भाँति वे अपनी आग से आप ही जलते रहे। विधाता ने उनका कैसा मान-भंग किया है! वे कसमसाते रहे। हाथ इतने कसकर बँधे थे कि बहुत जोर मारने पर भी उन्हें हिला नहीं सके। धरती पर सिर रगड़कर आँखों के ऊपर बँधे कपड़े को हटाने में सफल तो हो गए, पर उस सूची-भेद्य अन्धकार में आँखों के खुलने पर भी कुछ देख नहीं सके। वे इधर-उधर लुढ़कते रहे। एकाध बार किसी अन्य बँधे व्यक्ति से भी टकराए, पर सब बेकार। फिर भी प्रयत्न उन्होंने नहीं छोड़ा। लुढ़कते हुए वे दरवाजे तक पहुँचे। सिर से ही टो-टोकर अंदाजा लगाया,

कपाट काफी मजबूत जान पड़े। सिर से ही यथासम्भव नीचे से ऊपर तक टटोलते रहे। उन्हें ऐसा लगा कि किवाड़ों में कुछ पीतल के नागदन्त बने थे। बँधे हाथों को साधकर उनसे टिकाया। खूँटियाँ नुकीली थीं। बन्धन में आसानी से घुस गईं। फिर बार-बार फँसाकर नीचे-ऊपर करने लगे। कठिन परिश्रम के बाद हाथ खुल गए। फिर तो मुँह के बन्धन बहुत आसानी से खोले जा सके। धीरे-धीरे उनकी पूरी देह खुल गई। वे हाँफने लगे थे। सारा शरीर पसीने से तर हो गया था। धीरे-धीरे वे टो-टोकर अपने दोनों साथियों तक पहुँचे। हाथ और दाँत की सहायता से उनके बन्धन खोले। नाक पर हाथ रखकर अनुमान किया कि दोनों की साँस चल रही है, पर दोनों बेहोश हैं। वे बारी-बारी से दोनों को सहलाते रहे, संज्ञा किसी की नहीं लौटी। रुद्ध-कक्ष में हवा आने का कोई मार्ग नहीं था। लगता था वे भी मूर्च्छित हो जाएँगे, पर मन में अदम्य संकल्प-शक्ति थी। किसी प्रकार कपाट खुलना चाहिए। वे फिर टटोलने लगे। कहीं कुछ नहीं मिला। वे निराश हो गए और देर तक चुपचाप बैठे सोचते रहे। मनुष्य कितना असहाय है! उसके सारे अभिमान फेन-बुद्बुद के समान क्षण-भंगुर हैं। कितना आस्फालन और कितनी असहाय अवस्था! दीनबन्धु, तुमने अभिमान भंग करने का ऐसा आयोजन किया! थोड़ा रुककर करते तो क्या हानि थी! पर टूट गया, अच्छा ही हुआ। कोई नहीं जानता कि तुम्हारी कठोर कृपा का अर्थ क्या है!

देवरात कातर हो उठे। आज रह-रहकर उन्हें यौधेय अभिमान अभिभूत कर रहा था। दीर्घकाल से विस्मृत बाहुबल का अभिमान बाँध तोड़कर बाहर आना चाहता था। क्या इस प्रकार टूट जाने के लिए? लेकिन आज ही अपना निकट-सम्बन्धी यह किशोर बालक भी मिला। रक्त में हिलोर आया। क्या इसी प्रकार बिखर जाने के लिए? सब टूट जाए, सब बिखर जाए, पर देवरात को, कम-से-कम आज, न टूटना है, न बिखरना है। इन दो प्राणों की रक्षा तो करनी ही पड़ेगी। कैसे करेंगे? विधाता वाम हैं!

उनके मन में आया कि जिन कपड़ों से उन तीनों को बाँधा गया था वे अब भी पड़े हुए हैं, उन्हीं से थोड़ी हवा करके अपने साथियों को कुछ आराम दिया जा सकता है। वे खड़े हो गए। एक बड़ा-सा वस्त्र-खंड उठाकर हवा करने लगे। उनके मन में विचार भी तेजी से चल रहे थे और हाथ भी उतनी ही तेजी से हिल रहे थे। अचानक कपड़ा किवाड़ों की खूँटियों में उलझ गया। वे अंदाजे से उधर बढ़े और उसे निकालने का प्रयत्न करने लगे। पर वह उलझता ही गया। उन्होंने झटके से खींचा। उन्हें जान पड़ा कि किवाड़ भी खिंचे आ रहे हैं। उन्होंने और भी बल लगाया। कपड़ा उलझा ही रहा, मगर किवाड़ खुल गए। स्वच्छ वायु का एक झोंका आया और उनके मन और प्राणों को जगा गया। दोनों किवाड़ें खोलने पर हलका-

सा प्रकाश भी दिखाई दिया। सामने आँगन था। वे बाहर आ गए। हे प्रकाशपुंज, तमसो मा ज्योतिर्गमय! यह कैसी लीला है!

देवरात को अपार बल मिल गया। वे अनायास अपने दोनों साथियों को आँगन में ले आए। बाहर का द्वार बन्द था। चारों ओर टटोल-टटोलकर वे परखने लगे कि कोई और सहायता-योग्य वस्तु मिलती है या नहीं। अँधेरे में अपरिचित घर में कुछ खोजना कठिन ही था। अब उन्हें ऐसा लगने तगा कि वे कुछ कर नहीं रहे हैं, कोई उनसे करवा रहा है। यह विचार आते ही उनका भाराक्रान्त चित्त हलका हो गया, बहुत हलका।

ऐसा लगता था, इस घर में कोई रहता नहीं। यह दीर्घकाल से बन्द ही पड़ा था और आज ही इसका उपयोग किया गया है। किसका घर है, कहाँ स्थित है? कुछ कर सकने का अभिमान मन में नहीं था। दोनों साथी खुली हवा में कुछ स्वस्थ होने लगे थे, ऐसा उन्होंने उनकी नाड़ी की परीक्षा करके समझ लिया। वे शान्त भाव से भगवान् का ध्यान करने लगे। कर्त्तव्य का अभिमान हट जाने से उन्हें शान्ति ही मिली। यही क्या शान्ति पाने का मार्ग है? मगर नहीं। यह उनका अस्थायी भाव था। प्रयत्न करना चाहिए। कर्त्तव्य का अभिमान छोड़कर भी प्रयत्न करना चाहिए। हाथ-पर-हाथ धरकर बैठ जाना ठीक नहीं है। कुछ करने की प्रेरणा भी कहीं अन्यत्र गहराई से निकल रही है। 'कर्म-गुरो, क्या करूँ, तुम्हीं बता दो!' उन्होंने दोनों साथियों को टटोला। चन्द्रमौलि की चेतना लौट आई थी। बोला, "कौन है?" देवरात को हर्ष की उठी विशाल तरंग अभिभूत कर गई। फुसफुसाकर बोले, "कैसा लग रहा है बेटा, मैं हूँ देवरात!" चन्द्रमौलि को साहस आया। उठकर बैठ गया। फिर देवरात ने माढ़व्य शर्मा को सहलाया। वे उसी तरह अचेत पड़े रहे। देवरात ने चन्द्रमौलि के कान के पास मुँह लगाकर कहा, "हम लोग घर में बन्द कर दिए गए हैं बेटा, धीरे-धीरे बोलना। पता नहीं, कौन कहाँ बैठा सुन रहा हो।" चन्द्रमौलि सावधान हुआ। अचानक आँगन में लाल-लाल प्रकाश छा गया। पास ही कहीं आग लगी जान पड़ी। फिर भयंकर चटचटाहट और चीत्कार-ध्वनि। जान पड़ा, किसी बड़े प्रासाद में आग लग गई थी और उसके भीतर स्त्रियों, पुरुषों और बालकों की करुणा-भरी चीखें सुनाई दे रही थीं। चन्द्रमौलि ने आश्चर्य से देखा, यह सब क्या हो रहा है! देवरात ने फुसफुसाकर कहा, "जान पड़ता है कि आततायियों ने आग लगा दी है। आग अगर इस घर तक आई तो हम लोग, जीते ही जल जाएँगे। हे दीनबन्धु, क्या होनेवाला है!" चन्द्रमौलि ने कुछ कहना चाहा, लेकिन चारों ओर भयंकर कोलाहल सुनाई दिया। चारों ओर जलते हुए अग्नि-पिंड छिटकते हुए दिखाई दिए। वे उड़-उड़कर इधर-उधर गिर रहे थे और चटचट की ध्वनि विकराल रूप धारण करती जा रही थी। जो घर बचे थे उनमें भी ये ज्वलन्त

उल्का-खंड गिर-गिरकर आग लगा देते थे। लोहा, पत्थर और लकड़ी का मिला हुआ एक भयंकर उल्का-खंड इस घर के आँगन में भी आ गिरा। देवरात चिल्ला उठे, "त्राहि देव!" माढ़व्य उस भयंकर चीत्कार और उल्का-पात से एकदम सचेत होकर चिल्ला पड़े, "त्राहि भगवान्!" वे उठकर बैठ गए। अब निश्चित हो गया कि यह घर भी जल उठेगा। उठते ही माढ़व्य विचित्र प्रकार से चीख उठे, मानो कुछ भयजनक देख लिया हो। उनकी आँखें फैली सो फैली ही रह गईं—"क्या है यह, क्या है?" देवरात ने उन्हें आश्वस्त करते हुए कहा, "कुछ नहीं दादा, नगर में आग लग गई है। उसी के परिणामस्वरूप जलते हुए उल्का-खंड इधर-उधर छिटक रहे हैं। डरो मत, डरने से काम नहीं चलेगा। मैं बाहर का द्वार तोड़ने जा रहा हूँ। पीछे-पीछे आ जाओ, थोड़ा साहस करो। अभी सब ठीक हुआ जाता है।" माढ़व्य ने विस्मय-विमूढ़ नेत्रों से चारों ओर देखा। फिर बोले, "आग है? आग की ज्वाला है?" फिर चुपचाप उठ खड़े हुए। पैर आगे नहीं बढ़ रहे थे। फिर 'जय महाकालिके' कहकर आगे बढ़ने का प्रयत्न किया, किन्तु उनके पैर उठ नहीं रहे थे। देवरात को क्या सूझी, उन्हें स्वयं नहीं पता। मगर उन्होंने जलते हुए उल्का-खंड को बाहरी द्वार के कपाट के पास रख दिया और चिल्लाकर बोले, "जलते हुए द्वार से भागना पड़ेगा। सावधान हो जाओ।" माढ़व्य भय से चिल्ला उठे। कपाट जलने लगा। अभी थोड़ा ही जला था कि देवरात ने धक्का मारा। वह चरमराकर गिर पड़ा। देवरात घसीटकर माढ़व्य को खींच ले आए। पहले चन्द्रमौलि ने कहा, "कूद जा बेटा! रघुवंशी डरता नहीं। कूद जा!" चन्द्रमौलि कूद गया। फिर माढ़व्य को लिए-लिए देवरात भी कूदकर बाहर आ गए। घर धाँय-धाँय जलने लगा। माढ़व्य को घसीटते हुए देवरात और चन्द्रमौलि उस ओर भागे जिधर अभी आग नहीं पहुँची थी। वे लोग राजमार्ग पर आ गए। आधा नगर ही जल रहा था। देवरात माढ़व्य को घसीटते हुए और चन्द्रमौलि को उत्साहित करते हुए दूर निकल आए।

भागते-भागते वे महाकाल के मन्दिर के पास आए। फिर उन्होंने चन्द्रमौलि से कहा, "वत्स, अब तुम दादा को सँभालो। मैं आग बुझाने में लोगों की सहायता करने जा रहा हूँ। तुम लोग किसी प्रकार क्षिप्रा के उस पार चले जाओ। नगर में शान्ति होने पर मैं यहीं महाकाल के मन्दिर में तुमसे मिलूँगा। कब मिलूँगा, कहना कठिन है। पर मिलूँगा अवश्य। तुम प्रातःकाल एक बार देख लिया करना। मैं तुम्हें भी साथ ले चलता; विपत्ति के समय विपद्-ग्रस्त लोगों की सेवा करना मनुष्य का परम धर्म है। परन्तु अभी मैं माढ़व्य शर्मा की रक्षा का उत्तरदायित्व तुम्हें सौंपता हूँ। मैं चल रहा हूँ।" माढ़व्य ने उच्च स्वर से प्रतिवाद किया, "थोड़ा ठहरो आर्य, माढ़व्य को मिट्टी का लोंदा न बनने दो। तुमने ही प्राण दिए हैं। ये प्राण तुम्हारे हैं। आजीवन भँड़ैती से पेट पालनेवाला माढ़व्य अब जीवन का रहस्य समझने लगा

है। मैं भी तुम्हारे साथ चलूँगा। यह कवि भी चलेगा। तुम अधिक थके हो, आर्य! माढ़व्य को थोड़ा पानी पी लेने दो। बस, वह प्राणों को हथेली पर लेकर तुम्हारे पीछे चलेगा।'' देवरात प्रसन्न हुए। वे स्वयं भूल ही गए थे कि प्यास उन्हें भी लगी है। तीनों ने क्षिप्रा का स्वच्छ जल पिया और नगर में जिधर आग लगी थी, उधर चल पड़े।

पौ फटने जा रही थी। पूर्वी आकाश और नगर दोनों जल रहे थे। नागरिक जहाँ-तहाँ खड़े चिन्ता-कातर हो त्राहि-त्राहि कर रहे थे। देवरात ने ललकारा—''खड़े-खड़े देखते क्या हो! पानी ले आओ और आग बुझाओ।'' नागरिकों में थोड़ा साहस आया। जिसके पास जो पात्र था, वही लेकर पानी लाने दौड़ा। देवरात ने रोककर कहा, ''ऐसे नहीं। थोड़ी-थोड़ी दूर पंक्ति बाँधकर खड़े हो जाओ। खाली बर्तन देते जाओ और भरे बर्तन लेते जाओ। सबको दौड़ने की आवश्यकता नहीं।'' नागरिकों को उत्साह आया। क्षिप्रा-तट से अग्नि-स्थान तक नागरिकों की कई पंक्तियाँ खड़ी हो गईं। पानी व्यवस्थित रूप से जलते घरों तक पहुँचने लगा। देखते-देखते पंक्तिबद्ध नागरिकों की सैकड़ों टोलियाँ खड़ी हो गईं। माढ़व्य भावावेग से उन्मत्त होकर चिल्ला पड़े, ''आर्य देवरात की जय!'' सहस्रों कंठों से प्रतिध्वनि निकली, ''आर्य देवरात की जय!'' नागरिकों में उत्साह का ज्वार आ गया। सूर्योदय होते-होते आग पर काबू पा लिया गया। यद्यपि अब भी कहीं-कहीं आग जलती दिखाई दे जाती थी, पर उसका दारुण प्रकोप शान्त हो गया था। ऐसे ही समय देखा गया कि कुछ ऐसे भी लोग थे जिन्हें आग बुझाने का यह ढंग पसन्द नहीं आया था। उनमें कुछ सैनिक वेश के लोग भी थे। वे तरह-तरह की बाधा पहुँचा रहे थे। धीरे-धीरे नागरिकों के एक दल में इनके विरुद्ध क्रोधाग्नि धधक उठी। लोगों को इस बात में कोई सन्देह नहीं रह गया कि वही लोग आग लगानेवाले थे। नागरिकों में कानाफूसी हुई और फिर युवकों का एक दल सैनिकों से उलझ गया। देखते-ही-देखते विद्रोह उग्र हो उठा। देवरात ने चन्द्रमौलि और माढ़व्य से कहा कि जब हमें कहीं छिप जाना चाहिए। दूर निकलकर चुपचाप एक स्थान पर छिप गए और नगर की गतिविधि पर दृष्टि रखने लगे।

यह स्थान एक ऊँचा-सा टीला था, जिस पर कदम्ब, कुटज और कोविदार के झाड़ों ने अपना स्थान बना लिया था। यहाँ से नगर का अधिकांश भाग दिखाई दे जाता था। तीनों ही थके हुए थे, पर माढ़व्य सबसे अधिक हाँफ रहे थे। उनकी तोंद लुहार की भाथी की तरह धौंक रही थी। देवरात ने सहानुभूतिपूर्वक उनकी ओर देखा। ''कल की रात बड़ी भयानक थी, देवता! पर ऐसा जान पड़ता है कि भगवान् इस दुख-ताप के भीतर से कुछ अच्छा करने की योजना ही बना रहे हैं। आपको तो बड़ा कष्ट हुआ।'' माढ़व्य शर्मा उत्फुल्ल थे। क्लान्ति भी आनन्ददायिनी

होती है, यह बात उन्हें आज ही समझ में आई थी। विनीत भाव से बोले, "मुझे तो उनकी मंगलमयी योजना का आभास मिल गया, आर्य! आज मैंने देखा है कि सेवा में अपने-आपको खपा देने में क्या आनन्द मिलता है। शरीर थककर चूर हो गया है, पर मन उल्लास से लहक उठा है। ऐसा तो मैंने कभी अनुभव नहीं किया। आपकी आज्ञा से लौट आया हूँ, पर मन अब भी उधर ही लगा हुआ है। आज मैंने जीने का अर्थ समझा है। किसी प्रकार पेट पालना तो मनुष्य-जीवन है ही नहीं, आर्य! आज मेरा नया जन्म हुआ है। मैंने अपने को पाया है। यह सेवा करते-करते प्राण भी चले जाते तो मुझे कोई दुख नहीं होता। और भी सिखाओ आर्य, और भी सिखाओ कि कैसे अपने-आपको उलीचकर निःशेष भाव से दिया जा सकता है!"

चन्द्रमौलि चुप था। वह दादा के परिवर्त्तन को बड़े कुतूहल के साथ देख रहा था। आर्य देवरात की ओर देखकर संयत भाव से बोला, "अभी समाप्त नहीं हुआ है, तात! लगता है नगर में केवल यही उत्पात नहीं हुआ है, और भी हुए हैं और हो रहे हैं। पुराण-ऋषियों ने असुरों के उत्पात का जो दारुण दृश्य खींचा है वह यहाँ प्रत्यक्ष दिखाई देता है। इस दारुण विभीषिका को निरस्त करने के लिए ही महादेव का तांडव हुआ करता है। अभी असुर-उत्पात का पर्व चल रहा है। इसके बाद ही महाकाल का विकराल तांडव होगा। और फिर? उस उद्धत-उत्ताल तांडव का अवसान होगा देवी के मंगल लास्य से। असुरों के उत्पात के अपवित्र कर्दम में ही मंगलमयी का प्रफुल्ल शतदल खिलेगा। तांडव शुरू हो गया है, लास्य बाद में विलसित होगा!" लास्य! रसभाव-समन्वित ललित नृत्य! माढ़व्य को स्मरण आया कि उन्होंने उज्जयिनी में किसी अवसर पर वसन्तसेना का ललित नृत्य देखा था। उल्लसित होकर बोले, "मेरे तरुण मित्र, वह जो सामने की विशाल अट्टालिका देख रहे हो न, वही नगरश्री वसन्तसेना का आवास है। मैंने उसका ललित नृत्य देखा है, सखे! अद्भुत है! समझ नहीं पाया था, पर आनन्द से विह्वल हो गया था। सुना है मित्र, भानुदत्त के गुंडों ने उसे भी मार डाला है। अब क्या लास्य नृत्य होगा!" माढ़व्य ने लम्बी साँस खींची।

देवरात को धक्का लगा, "क्या कहा दादा, आर्या वसन्तसेना को मार डाला! हाय रे, मैं तो उसका मोहन नृत्य देखने की साध मन में ही सँजोए रह गया! हे भगवान्!"

माढ़व्य ने उचककर देखने का प्रयत्न किया, "लगता है इस भवन के चारों ओर प्रहरी बैठाए गए हैं। पता नहीं, क्या ठीक है आर्य, पर कल कोई बता रहा था कि वसन्तसेना को मार डाला है।" देवरात ने बेचैनी के साथ कहा, "पता लगाना चाहिए, परन्तु अभी नहीं। दिन में निकलने पर कुछ करने का अवसर भी खो देंगे!"

चन्द्रमौलि का मुख-मंडल मुरझाया-सा लगा। बोला कोई नहीं।

देवरात बहुत क्लान्त थे। रात किस प्रकार उन्होंने अपना बन्धन काटा, यही सुनाते-सुनाते वे सो गए। माढ़व्य सुनते-सुनते सो गए। चन्द्रमौलि ही जागता रहा। कल की सारी घटना पर वह विचार करता रहा। क्यों ऐसा हो रहा है? मनुष्य एक-दूसरे को मारने के लिए इतना व्याकुल क्यों है? यह लूटपाट, मारामारी, अग्निकांड क्या उसकी स्वाभाविक वृत्ति है या किसी प्रकार के आगंतुक विकारमात्र हैं? ऐसा किए बिना क्या मनुष्य रह नहीं सकता? क्यों? दिन चढ़ने लगा था। चन्द्रमौलि चुपचाप शून्य की ओर दृष्टि टिकाए खोया-खोया-सा बैठा रहा। एकाएक भयंकर कोलाहल से फिर दिङ्मंडल विद्ध हो उठा। वसन्तसेना के आवास के निकट भारी जन-सम्मर्द दिखाई पड़ा। देवरात और माढ़व्य, दोनों झटके से उठकर बैठ गए। माढ़व्य ने कान लगाकर सुना। बोले, ''लड़ाई हो रही है, आर्य!'' तुमुल हर्ष-निनाद का झोंका आया और टीले को कँपा गया—''महामल्ल शार्विलक की जय!'' देवरात खड़े हो गए, ''शार्विलक! यह तो श्यामरूप का नया नाम है। श्रुतिधर ने बताया था। उठो दादा, शार्विलक आ गया है!''

तेईस

सम्राट् को मथुरा-विजय का समाचार तो मिल गया था, पर उज्जयिनी की ओर भटार्क के नेतृत्व में जो सेना बढ़ी थी, उसका कोई समाचार नहीं मिल रहा था। मथुरा से नदी के रास्ते आसानी से समाचार मिल जाता था, क्योंकि नावें बहाव की ओर तेजी से जाती थीं। प्रयाग तक यमुना की धारा का और बाद में गंगा की धारा का बहाव पाटलिपुत्र की ओर जाता था, पर पाटलिपुत्र से उजान (जलधारा के बहाव की दिशा के विरुद्ध) यात्रा में देर लगती थी। इसके लिए घोड़ों से काम लिया जाता था। उत्तरी भारत के राजपुरुषों को अपने घोड़ों पर गर्व था। वे 'अश्वक्षुरमुद्रांकितभूमि' अर्थात् घोड़ों की टाप से मुहरबन्द की हुई भूमि के अधीश्वर होते थे। इन घोड़ों की दो प्रसिद्ध जातियाँ थीं—शालि और होत्र। 'शालि' शब्द ही प्राकृत में साल, साड़ आदि बन गया था और प्राकृत से पुनः संस्कृत में आकर 'सात' बन गया था। शुरू-शुरू में 'शालिवाहन' और 'सातवाहन' का अर्थ घुड़सवार ही था, पर दक्षिणापथ के पठारों में इस श्रेणी के घोड़े इतने उपयोगी और दुर्द्धर्ष सिद्ध हुए कि दक्षिणापथ के प्रसिद्ध राजवंश को 'सातवाहन' ही कहा जाने लगा।

दक्षिणापथ में ये घोड़े जितने उपयोगी सिद्ध हुए, उतने उत्तरापथ के मैदानों में नहीं। वहाँ 'होत्र' अधिक उपयोगी सिद्ध हुए। होत्र ही प्राकृत में 'घोट' बन गया और आगे चलकर 'घोड़ा' कहलाया। इन दोनों श्रेणी के घोड़ों की देख-रेख और संवर्द्धन के लिए उन दिनों 'शालि-होत्र' नामक शास्त्र विशेष सम्मानित था। युद्ध के समय उत्तरापथ में होत्र-जातीय घोड़े युद्ध-भूमि में लगाए जाते थे और शालि-जातीय घोड़े दूर-दूर तक समाचार पहुँचाने के काम आते थे। सम्राट् समुद्रगुप्त संवाद की संचार-व्यवस्था के लिए इन घोड़ों की उपयोगिता पर भरोसा रखते थे। पर मथुरा के आगे जो मरुभूमि थी, उसमें इन घोड़ों की उपयोगिता उन्हें सन्देहास्पद जान पड़ी। वे समाचार पाने के लिए व्याकुल थे। आर्यक के छोड़कर चले जाने से चिन्तित भी थे। कहीं भटार्क आर्यक-जैसा साहसी और विवेकी न निकला तो क्या होगा! वे अपनी उस चिट्ठी को लिखकर आर्यक को रुष्ट करने का प्रमाद कर चुके थे। अब मन-ही-मन पछता रहे थे। उन्हें कभी-कभी झल्लाहट भी होती थी कि आर्यक को बन्धुभाव से जो पत्र लिखा या, उससे वह इतना रुष्ट क्यों हो गया। क्या सम्राट् का यह कर्त्तव्य नहीं था कि अपने पथभ्रान्त मित्र को उसके प्रमादों से सावधान कर दें? वे स्वयं सोच नहीं पा रहे थे कि किस प्रकार अपनी बात को लौटा लें। लौटा भी लें तो आर्यक कहाँ मिलेगा? पता नहीं, कहाँ गया है यह भावुक युवक!

सम्राट् ने स्वयं मथुरा जाने का निश्चय किया। उनका प्रथम पड़ाव चरणाद्रि दुर्ग में पड़ा। उन्होंने वहीं प्रतिज्ञा की कि भारतवर्ष को एक अखंड शासन-सूत्र में बाँधेंगे और विदेशियों को ध्वस्त कर देंगे या निकाल बाहर करेंगे। अपनी विजय के बाद प्रयाग में ही अपनी विजय-प्रशस्ति का उद्घोष करेंगे। यह विजय-स्तम्भ प्रयाग में स्थापित होगा। यद्यपि इस समय उनकी राजधानी पाटलिपुत्र में है, पर उनके पितृ-पितामह प्रयाग के निकटवर्ती एक छोटे राज्य के अधिपति थे। इसलिए प्रयाग से उनका विशेष मोह था।

उन्हें पता लगा कि कुषाण और शक नरपतियों ने रेगिस्तानी भूमि में संवाद-संचार व्यवस्था के लिए ऊँटों का प्रयोग शुरू किया था। ये शालि घोटकों से अधिक तेजी से संवाद ढोते हैं और मरुभूमि में बिलकुल थकते नहीं। 'शालि' घोड़ों की अनीकिनी के स्थान पर उन्होंने कम्मेलकों (ऊँटों) की अनीकिनी तैयार करने की आज्ञा दी। यद्यपि यह कम्मेलकों की अनीकिनी थी, पर पुराने अभ्यास के अनुसार लोग इसे भी 'शाल्यनीक' कहते रहे। लोक में घिसकर यह शब्द 'साँडनी' ही बन गया। सो उज्जयिनी से सीधे मथुरा तक संवाद का आदान-प्रदान करने के लिए ये नए 'साँडनी-सवार' दौड़ लगाने लगे। चरणाद्रि दुर्ग से यह व्यवस्था पूरी करके सम्राट् अब मथुरा की ओर बढ़ने की तैयारी करने लगे। अपने

राजकवि हरिषेण को आदेश दिया कि सारी विजय-गाथाओं का यथायथ संग्रह करके प्रशस्ति तैयार रखें, ताकि आवश्यकता पड़ने पर यथाशीघ्र प्रयाग में विजय-स्तम्भ खड़ा किया जा सके।

समुद्रगुप्त स्वयं वीर पुरुष थे और वीर पुरुषों का सम्मान भी करना जानते थे। वे दृढ़-चरित्र व्यक्ति थे और सम्पूर्ण देश में दृढ़-चरित्र व्यक्तियों का प्राधान्य स्थापित करना चाहते थे। वे परम्परागत भारतीय जीवन के नैतिक मूल्यों के पोषक भी थे और उन्नायक भी। उन्हें युग-विशेष में नैतिक मान्यताओं के पुनर्वीक्षण पर विश्वास तो था, पर बिना सामूहिक स्वीकृति के किसी भी आचरण को घातक मानने का आग्रह भी था। उन्होंने शास्त्रीय मान्यताओं के पुनर्वीक्षण को प्रोत्साहन भी दिया, परन्तु सम्मर्शी और अलूक्ष विद्वानों की स्वीकृति पाए बिना कोई भी आचार उनकी दृष्टि से उच्छृंखल स्वैराचार-मात्र था। वे क्रमबद्ध सुविचारित आचार-संहिता से शासित समाज को ही उत्तम मानते थे। विदेशी-विधर्मी स्वैराचार को वे घातक समझते थे। उनका विश्वास था कि देश में जो भयंकर कठिनाइयों और पराभवों का ताँता बँध गया है, उसका कारण अविचारित स्वैराचार है। वे स्वयं स्वस्थ गृहस्थ जीवन बिताते थे और दूसरों से भी उसी प्रकार के जीवनयापन की आशा रखते थे। आर्यक के चरित्र में इन आदर्शों का शैथिल्य देखकर वे क्षुब्ध हुए थे। अब भी वे उस क्षोभ से मुक्त नहीं हो सके। यदि देश के मूर्द्धन्य लोग भी स्वैराचार में लिप्त हो जाएँगे तो साधारण प्रजा को कैसे उस प्रकार के अविचारपूर्ण आचरण से विरत किया जा सकता है? आर्यक को उन्होंने डाँट के पत्र लिखा था। पर उसकी जो प्रतिक्रिया उस पर हुई वह उन्हें विचलित कर गई। उनके मन में प्रश्न उठा था, क्या ऐसा मानी पुरुष स्वैराचारी हो सकता है? कहीं आर्यक को समझने में उनसे प्रमाद तो नहीं हुआ है? क्या धर्म के विषय में उन्होंने जिस कठोर आस्था का पोषण कर रखा है उसमें कहीं कोई दोष है? क्या नितान्त अल्प-ज्ञात तथ्यों के आधार पर उन्होंने जो निर्णय किया था वह सदोष था? इस प्रकार की उधेड़बुन में जब वे पड़े हुए थे, उसी समय हलद्वीप से पुरन्दर का राजमुद्रांकित पत्र लेकर दूत उपस्थित हुआ। उन्होंने पत्र ले लिया और दूत को यह कहकर विदा किया कि उसे बाद में बुला लिया जाएगा।

यथोचित विनयपूर्वक अभिवादन के बाद पुरन्दर ने हलद्वीप में चन्द्रा के विरुद्ध अभियोग और आचार्य पुरगोभिल की स्पष्टोतियाँ लिख दी थीं। यह भी स्पष्ट लिख दिया था कि आचार्य ने कहा है कि सम्राट् ने एकान्त में जो निर्णय लिया है वह शास्त्र-सम्मत न होने से मान्य नहीं है। उन्होंने यह भी कहा है कि शक और कुषाण राजाओं ने जो विद्वत्सभाएँ कराई हैं उन्हें मँगाकर देख लेना चाहिए और आचार्य की इच्छानुसार इस कार्य के लिए सुमेर काका नामक

प्रतिष्ठित नागरिक को उज्जयिनी भेजने की राजाज्ञा भी जारी कर दी गई है। परन्तु कठिनाई यह हुई है कि गोपाल आर्यक की धर्मपत्नी मृणालमंजरी और चन्द्रा भी काका के साथ उज्जयिनी जाने को व्याकुल हैं। काका भी उन्हें साथ ले जाने को प्रस्तुत हैं। इस सम्बन्ध में महाराजाधिराज सम्राट् की आज्ञा और अनुमति अपेक्षित है। पुरन्दर स्वयं इस प्रकार का जोखिम नहीं उठा सकते क्योंकि उनकी दृष्टि में और हलद्वीप की सारी प्रजा की दृष्टि में सती-शिरोमणि मृणालमंजरी, यद्यपि राजकाज में रुचि नहीं रखतीं फिर भी वे सारे हलद्वीप की मूर्धाभिषिक्त रानी हैं। अगर कहीं कुछ हो जाए तो प्रजा में विद्रोह हो जाएगा।

सम्राट् की भृकुटियाँ कई बार कुंचित हुईं। प्राड्विवाक पुरगोभिल के निर्णय से वे मर्माहत हुए। उन्होंने पत्र दो-तीन बार पढ़ा, फिर उसे एक ओर फेंक दिया। वे सोच में पड़ गए। उन्होंने फिर पत्र उठाया। अब उनकी कुंचित भृकुटियों का तनाव कुछ कम हुआ। उन्हें लगा कि अब तक वे पत्र को अपनी मर्यादा से रँगकर पढ़ रहे थे। आचार्य ठीक कहते हैं। यदि सब-कुछ सुविचारित रूप में ही ग्रहण योग्य है और एक व्यक्ति द्वारा सोचा और किया गया आचार स्वैराचार है, तो सम्राट् भी एकान्त में कोई निर्णय नहीं ले सकता। वह भी स्वैराचार ही होगा—सम्मर्शी, अलूक्ष विद्वानों के परामर्श से वंचित निर्णय मात्र स्वैराचार है। ऐसा लगा, उनकी आँखें खुल गई हैं। उन्होंने आर्यक पर एकान्त का निर्णय लादकर अपराध किया है। उन्हें अपना प्रमाद समझ में आ गया। ठीक है। उन्होंने तुरन्त कर्त्तव्य का निर्णय कर लिया। हलद्वीप की रानी, देवरात की दुलारी दुहिता, बन्धु गोपाल आर्यक की सहधर्मचारिणी सती-शिरोमणि मृणालमंजरी आर्यक का पता लगाने उज्जयिनी जाएँगी और समुद्रगुप्त और उसकी पूरी सेना दूर-दूर रहकर उनकी रक्षा करेगी। वे जिसे चाहें साथ ले लें, परन्तु उन्हें पता नहीं चलना चाहिए कि समुद्रगुप्त उनकी रक्षा के लिए साथ-साथ जा रहे हैं। सब व्यवस्था करा दी गई।

अमात्य पुरन्दर ने बहुत चाहा कि मृणालमंजरी राजकीय सेना के कुछ अंगरक्षक साथ में ले ले, पर वह राजी नहीं हुई। परन्तु अमात्य का यह तर्कपूर्ण अनुरोध वह अस्वीकार न कर सकी कि क्योंकि सुमेर काका बहुत आवश्यक राजकीय पत्र साथ ले जा रहे हैं इसलिए उनकी रक्षा के लिए विश्वस्त मल्लाहों के साथ अच्छी नौका चुनने की अनुमति उन्हें मिलनी चाहिए। फिर यात्रा उजान की, अर्थात् बहाव की उलटी दिशा की है इसलिए गुणकर्ष (नाव को रस्सी से बाँधकर खींचने) की आवश्यकता पड़ेगी, अतः कुछ अधिक मल्लाहों की व्यवस्था करने को भी अनुमति मिलनी चाहिए। इस बहाने अमात्य ने मल्लाहों के रूप में तीन-चार विश्वस्त सैनिक भी बैठा दिए। बड़ी-सी नाव में आठ मल्लाहों के साथ चार यात्री—सुमेर काका, चन्द्रा, शोभन और मृणालमंजरी—मथुरा के लिए रवाना

हुए। चरणाद्रि दुर्ग से सम्राट् और उनकी विशाल वाहिनी यथासम्भव किनारे-किनारे सावधानी से निकट रहकर चलने लगी। मृणाल को या किसी अन्य नौका-यात्री को यह बात अज्ञात ही रही। अमात्य पुरन्दर ने इतनी सावधानी और बरती कि आर्यक के अनुचरों की एक छोटी-सी टुकड़ी अलग से एक नाव में चुपचाप पीछे लगा दी।

नाव विंध्याटवी को दरेरा देती हुई आगे बढ़ी। विंध्याचल के पास पहुँचने पर चन्द्रा ने बताया कि यहीं कहीं बाबा का आश्रम है। मृणालमंजरी ने उत्सुक भाव से कहा कि "दीदी, नाव रोककर एक बार बाबा के आश्रम हो आया जाए।" सुमेर काका अंदाजा लगाने लगे कि आश्रम का ठीक स्थान कहाँ है! एकाएक नाव रुक गई। मल्लाह हैरान थे कि नाव आगे क्यों नहीं बढ़ रही है। उन्हें लगा कि नाव के नीचे कुछ रुकावट पैदा हो गई है। कई मल्लाह पानी में कूद गए और नीचे के अवरोध का अंदाजा लगाने लगे। नदी एक ऊँची पहाड़ी से सटकर जा रही थी। नीचे कोई चट्टान-जैसी चीज थी। मल्लाहों की सलाह से सब लोग एक अपेक्षाकृत समतल स्थान पर उतर गए। सोचा गया कि रस्सी से खींचकर नाव को किसी निरापद स्थान पर ले जाया जाए। आगे खींचने पर यात्रियों को चढ़ाना कठिन था, इसलिए पीछे खींचने का निश्चय किया गया। दो मल्लाहों ने पानी में डुबकी मारकर इस बात का पता लगाने का प्रयत्न किया कि अवरोधक चट्टान कहाँ तक है और किस रास्ते जाने से नाव बिना कठिनाई के आगे बढ़ सकेगी।

इसमें थोड़ा समय लग गया। मृणाल ने जीवन में कभी पार्वत्य शोभा नहीं देखी थी। वह थोड़ा और ऊपर उठकर देखने का प्रयत्न करने लगी। शोभन चन्द्रा की गोद में सो रहा था और सुमेर काका मल्लाहों का कौशल देख रहे थे। थोड़ी ऊँचाई पर उठते ही मृणाल मुग्ध हो गई। प्रकृति ने कितनी कारीगरी दिखाई है! दूर तक जंगली पेड़ों की मनोहर पंक्तियाँ दिखाई दे रही थीं। वन्य-कुसुमों की मदिर गन्ध से प्राण अभिभूत हो रहे थे। पर जिस चीज को देखकर मृणाल आश्चर्यचकित रह गई वह था एक वृद्ध तपस्वी का प्रसन्न मुखमंडल। मृणाल को याद आया कि चन्द्रा ने जैसा सिद्ध बाबा का रूप बताया था, यह वैसा ही था। निस्सन्देह ये सिद्ध बाबा ही थे। हँस रहे थे। फिर मृणाल को देखकर बोले, "ललिता माता, बूढ़े बच्चे को क्यों याद किया? सब ठीक है न, अम्ब?" मृणाल एकदम अवाक् हो रही। क्या उत्तर दे, समझ में नहीं आया। उधर बाबा हैं कि हँसते जा रहे हैं। वे ही फिर बोले, "बोलती क्यों नहीं वागीश्वरी, याद भी करती है, भूल भी जाती है? ललिता माता को ऐसा ही होना चाहिए! बता, क्या सेवा करूँ!" मृणाल की चेतना लौटी। पैरों पर सिर रख दिया, "दर्शन ही चाहती थी बाबा, आपको बेकार कष्ट दिया!" बाबा ने मृणाल के सिर पर हाथ रखा, "उठ त्रैलोक्य-सुभगे, तू तो बेटे

को कुछ सेवा का अवसर ही नहीं देती। अपने को समझ, जगद्धात्री, गोपाल आर्यक को खोजने जा रही है न? वही क्यों नहीं कहती? मिलेगा रे! पर उज्जयिनी तक क्यों जाएगी मेरी भोली माता? मथुरा में ही गोवर्धनधारी मिलते हैं—समझी! मथुरा से आगे न बढ़ना। वहीं कहीं मिलेगा।'' मृणाल ने फिर बाबा के चरणों पर सिर रख दिया। बाबा ने प्यार से उसके सिर पर हाथ फेरा, ''जा, धर्मशीले, वह नाना आ रहे हैं, तुझे बेटे के पास नहीं रहने देंगे। जा, सुखी होगी!'' बाबा ज़रा रुके, ''अच्छा, मेरी भुवनेश्वरी माँ, गोपाल आर्यक मिलेगा, तो तू तो उसे अपना सर्वस्व उलीचकर दे देगी, देगी न मेरी अच्छी माँ? हाँ, तुझमें यह शक्ति है। पर इस बूढ़े बच्चे की ओर से क्या देगी भववल्लभे?'' मृणाल क्या कहे? बाबा हँसते रहे, ''नहीं बता सकती मेरी अबोध माता, तू नहीं बता सकेगी। देख, बूढ़े बच्चे को न भूलना। मेरी चन्द्रा माता है न? उसका हाथ दे देना। कहना, बाबा का प्रसाद है।''

पीछे से सुमेर काका मृणाल का नाम ले-लेकर पुकार रहे थे। बाबा उठकर चल दिए। मृणाल ने देखा ही नहीं कि वे किधर चले गए।

सुमेर काका परेशान दिखते थे, ''बिना कहे-सुने तू इधर कैसे आ गई मैना, चल, नाव ठीक हो गई।''

मृणाल ने वाष्प-जड़ित कंठ से कहा, ''काका, सिद्ध बाबा के दर्शन हो गए। बड़ा शुभ दिन है आज। चले भी गए।''

काका चकित हो रहे—''कुछ कहा उन्होंने बिटिया?''

मृणाल ने कहा, ''कह रहे थे, मथुरा से आगे न जाना।'' काका सोच में पड़ गए। नाव फिर चली। मृणाल चन्द्रा से सटकर बैठ गई और सिद्ध से जो बातें हुई थीं, धीरे-धीरे कह गई। दोनों को रोमांच हो गया। चन्द्रा के मन में प्रश्न उठा—'सो क्यों'; और मृणाल के मन में उठा—'कैसे!'

चन्द्रा के मन में दूसरी ही बात थी। वह बाबा से भी कह आई थी और मृणाल से भी कह चुकी थी कि आर्यक को मृणाल के हाथों सौंपकर वह छुट्टी लेगी। बाबा कहते हैं, मैना ही उसका हाथ आर्यक को देगी, सो भी बाबा का प्रसाद कहकर!

मृणाल ने कभी देने-लेने की बात ही नहीं सोची थी। बाबा को ऐसा कहने की क्या आवश्यकता थी? ऐसा नाटक वह कैसे रच सकती है? उसके लिए आर्यक को पा लेना ही सबकुछ था, पर बाबा एक विचित्र नाटक रचने को कहते हैं! मृणाल भला चन्द्रा का हाथ आर्यक को कैसे दे सकती है? चन्द्रा ही चाहे तो ऐसा कर सकती है। उसी में मातृत्व के सारे गुण हैं। बाबा ने ऐसी विचित्र सलाह क्यों दे दी!

दोनों गंगा की निर्मल धारा से बही जा रही थीं—उलटी दिशा में। दोनों के

मन में विचारों की धारा भी बहती जा रही थी, शायद उलटी दिशा में ही। दोनों अपने-आपसे पूछ रही थीं—क्यों, कैसे?

बाबा की इस उक्ति ने दोनों के हृदय में अभिमान का अंकुर उत्पन्न कर दिया। चन्द्रा ने सोचा, इस प्रकार के अभिनय के पहले ही भगवान् उसे उठा लें तो अच्छा हो। मृणाल ने सोचा, उससे ऐसा अभिनय नहीं हो सकेगा!

चन्द्रा ने ही मौन भंग किया—"ऐसा तू क्यों करेगी मैना?"

"ऐसा मैं कैसे कर सकती हूँ, दीदी!"

"पर बाबा ऐसा ही तो कह रहे हैं।"

"जान पड़ता है दीदी, मैंने अपने मन के विचारों को ही इस रूप में देखा है। बाबा केवल विकृत मन की माया हैं।"

"नहीं रे भोली, बाबा सत्य हैं। उन्होंने कुछ सोच के ही कहा होगा।"

"बाबा सत्य भी हों तो वे वीतराग पुरुष हैं, उनका सोचना हमारे बारे में प्रमाण नहीं हो सकता!"

"तुझमें साहस देखती हूँ मैना! मैं इतना साहस नहीं बटोर पाती। मुझे तो कुछ आशंका हो रही है। बाबा कोई बात बिना भविष्य देखे नहीं कह सकते।"

मृणाल को अब आशंका हुई—"क्या कह रही हो दीदी, तुम्हें कैसी आशंका दिखाई दे रही है?"

मृणाल का मुँह काला पड़ गया। चन्द्रा ने उसे पास खींच लिया। बोली, "आशंका का रूप मालूम हो जाए तो तेरी दीदी उसके प्रतिकार की बात भी सोच सकती है। नहीं मालूम है, यही तो चिन्ता है। पर घबराने की क्या बात है! जैसी आएगी, वैसा उपाय किया जाएगा। तू अपनी दीदी पर विश्वास तो करती है न?" मृणाल ने कहा, "यह भी कोई पूछने की बात है, दीदी!" चन्द्रा ने कहा, "देख प्यारी मैना, तू इतना विश्वास कर कि अब कोई भी अभिमान चन्द्रा अपने मन में जमने न देगी। बाबा ने एक ही साथ हम दोनों की परीक्षा ली है। मेरे मन में सचमुच अभिमान का अंकुर उत्पन्न हो गया था। तेरे हृदय में भी उत्पन्न हो रहा होगा। उखाड़ दे, नष्ट कर दे, उगते ही कुचल दे उसे। मुझे इस अभिमान ने बहुत भरमाया है। मैं उसे उखाड़कर गंगा की धारा में फेंकती हूँ। हाय मैना, स्त्री के चित्त में विधाता ने अभिमान का अक्षय बीज क्यों बो दिया है! लुटा देने की सारी उमंग इस अभिमान के पौधे से उलझकर बरबाद हो जाती है।"

मैना विस्मय-विस्फारित नयनों से चन्द्रा को देखती रही।

अभिमान का पौधा! दीदी बता रही हैं कि उनके चित्त में अभिमान का पौधा अंकुरित हो गया था। कैसा होगा यह अभिमान का पौधा! मृणाल के चित्त में क्या यह अंकुरित नहीं हुआ है? चन्द्रा का हाथ यदि वह आर्यक के हाथों में दे दे तो

क्या यह कार्य सचमुच नाटक होगा? इस प्रकार सोचने में कहीं उसके अपने हृदय का कोई प्रच्छन्न अभिमान नहीं काम कर रहा है? बाबा की सलाह से वह इतनी विचलित क्यों हो गई है? यहीं कहीं अभिमान का पौधा होना चाहिए। जो बात सदा सोचती आई है, वही बाबा के मुँह से सुनकर वह विचलित हो गई! कहीं-न-कहीं अभिमान का कंटकी वृक्ष उसके मन में अंकुरित अवश्य हुआ है। बाबा के एक वाक्य ने ही उसे उजागर कर दिया है। दीदी कहती हैं, विधाता ने स्त्री के हृदय में इसका अक्षय बीज बो दिया है। यह रहेगा। इस नारी-काया में से वह जा नहीं सकता। तो फिर विचलित क्यों हुआ जाए?

मृणाल खो गई है—अपने में आप ही।

नाव चलती जा रही है।

सुमेर काका गुमसुम बैठे हैं।

चौबीस

देवरात ने शार्विलक को असम साहस में उलझा देखा। वह फुर्ती से शत्रुओं का व्यूह-भेद कर रहा था, पीछे सहस्रों नागरिक उसका नाम ले-लेकर तुमुल जय-निनाद कर रहे थे। वे आश्चर्य से देख रहे थे कि शार्विलक की तलवार अवसर पाकर भी नर-हत्या नहीं कर रही है। यह एक प्रकार का आतंक-युद्ध है। महामल्ल का जय-निनाद ही शत्रु-सेना को इस प्रकार फाड़ रहा है जैसे अदृश्य प्रभंजन के झोंकों में मेघ-पटल छिन्न-भिन्न हो रहे हों। रक्त नहीं बह रहा है, विजय की आँधी अवश्य बह रही है। इस अद्भुत युद्ध में शार्विलक की तलवार बिजली-सी चमक रही है—शून्य में। कोई दैवी शक्ति आ गई-सी जान पड़ती है। देवरात ने और भी आश्चर्य से देखा कि शत्रु-सेना या तो भाग रही है या हाथ उठाकर प्रार्थना कर रही है कि वह शार्विलक के पक्ष में आना चाहती है। नागरिकों का उत्साह बाँध तोड़ देना चाहता है। देवरात का शरीर रोमांचित है। आँखों से आनन्दाश्रु झर रहे हैं। वे अपने-आपको ही सँभालने का प्रयत्न कर रहे हैं। एकाएक उनमें भी उत्साह का ज्वार आया। नागरिकों की भीड़ के आगे जाकर चिल्ला पड़े, ''जय हो श्यामरूप, देवरात का आशीर्वाद ग्रहण करो!'' श्यामरूप (शार्विलक) युद्ध में उलझा हुआ था। देवरात की वाणी सुनकर उसका उत्साह चौगुना हो गया। एक क्षण के लिए पीछे मुड़कर देखा—गुरु देवरात ही तो हैं। आनन्दोल्लसित वाणी में बार-बार

आशीर्वाद दे रहे हैं और नागरिकों को ललकार रहे हैं। युद्ध में उसके हाथ उलझे हुए थे, पर मन में आनन्द की आँधी बह रही है। वाणी द्वारा अभिवादन ही सम्भव था। "कृतकृत्य हूँ आर्य, असमय का मूक प्रणाम स्वीकार हो!" नागरिकों को सम्बोधन करके बोला, "बोलो, गुरु देवरात की जय!" नागरिकों के उल्लास में तीव्रता आ गई, "बोलो, गुरु देवरात की जय!" जो लोग नितान्त निकट थे, उनके अतिरिक्त किसी ने देखा भी नहीं कि गुरु देवरात कौन हैं। किसी को इधर-उधर देखने की फुरसत नहीं थी। अन्धभाव से चिल्लाते रहे, "गुरु देवरात की जय!" विकट संघर्ष चलता रहा। दूसरी ओर से एक और रेला आया। अप्रत्याशित धावमान जन-सम्मर्द! "गोपाल आर्यक की जय!" इस धावमान भीड़ के धक्के से देवरात बहुत पीछे फिंक गए। डुग्गी पर करारी चोट के साथ घोषणा हुई, "गोपाल आर्यक की जय हो! राजा पालक मार डाला गया! गोपाल को चारुदत्त ने राजटीका दी है। जो लोग गोपाल आर्यक की प्रभुता स्वीकार कर लेंगे, उन्हें पुरस्कृत किया जाएगा। जो विरोध करेंगे, उनका समूल नाश कर दिया जाएगा। महाराज गोपाल आर्यक की जय!" फिर एक बार डुग्गी पर चोट पड़ी—"नागरिक शान्त-भाव से अपने घरों को लौट जाएँ। जो लोग धर्माचरण के साथ शान्तिपूर्वक रहेंगे उनकी रक्षा का वचन दिया जाता है। जो लोग विद्रोह करेंगे वे कुचल दिए जाएँगे।" डुग्गी पर तीसरी बार जोर की चोट पड़ी। उद्घोषक ने पूरी शक्ति के साथ चिल्लाकर कहा, "बोलो, महाराज गोपाल आर्यक की जय!" शार्विलक ने और भी जोर लगाकर कहा, "बोलो, गोपाल आर्यक की जय!" देखते-देखते सारा वातावरण बदल गया। सैनिकों का बड़ा हिस्सा इधर आ गया था। एक साथ सबने चिल्लाकर कहा, "गोपाल आर्यक की जय!" नागरिकों के जय-निनाद से दिङ्मंडल फटने लगा। सभी उल्लास से पागल हो उठे। देवरात एकदम पीछे फिंक गए थे। इस उन्मत्त कोलाहल को वे कुतूहल के साथ देख रहे थे। जय-ध्वनि आकाश को कम्पित कर रही थी। देवरात आनन्दोल्लास के झोंकों से निश्चेष्ट रह गए। प्रभो, क्या सुन रहा हूँ! क्या देख रहा हूँ! यह तो अपूर्व है, अकल्पित है, अनवधार्य है! एक साथ दोनों शिष्यों के अद्भुत शौर्य और पराक्रम का साक्षी बनाकर तुम क्या कराना चाहते हो! उनके रोम-रोम से आशीर्वाद बरस रहे थे। पर वे आगे न बढ़ सके। जन-सम्मर्द की उल्लासमयी रेलपेल में उनकी ओर देखनेवाला भी कोई नहीं था। वे जड़वत् स्थिर होकर सब-कुछ देखते रहे।

भीड़ को यह देखने की फुरसत नहीं थी कि कौन कहाँ खड़ा है। सामूहिक चित्त व्यक्ति की परवा नहीं करता। देवरात के पीछे से भी भागते हुए लोग आए और भीड़ में शामिल हो गए। कुछ तो बदहवास जान पड़ते थे। देवरात को कई बार धक्का लगा। सब उत्सुक थे, क्या हुआ? कैसे हुआ? न जाने विधाता ने

मनुष्य के चित्त में 'क्या हुआ, कैसे हुआ' जानने की कितनी अपार उत्सुकता भर दी है! देवरात निष्क्रिय साक्षी के रूप में यह सब देखते रहे। डुग्गी चारों ओर पिटने लगी थी। एक ही घोषणा कई ओर से कई स्वरों से सुनाई देने लगी। महामल्ल शार्विलक ने आदेश के स्वर में सबको सावधान करते हुए कुछ कहा। भीड़ तेजी से राजभवन की ओर भागी। कुछ लोगों ने आवेश में आकर शार्विलक को कन्धे पर उठा लिया। भीड़ और तेजी से भागी। देखते-देखते घटनास्थल जनशून्य हो गया। दूर से दूरतर बढ़ती हुई जय-ध्वनि तब भी सुनाई देती रही। देर तक वे वहीं खड़े रहे—निःसंज्ञ की भाँति!

घटनास्थल जब एकदम शून्य हो गया तो देवरात की चेतना में थोड़ी हलचल हुई। दोनों शिष्यों का पराक्रम देख लिया। अब?

उधर जाने से मोह बढ़ेगा। कल से ही चित्त में आर्यक के सम्बन्ध में जो धिक्कार-भाव घुमड़ रहा है, वह उसे प्रत्यक्ष देखकर क्षोभ, घृणा और क्रोध पैदा कर सकता है। नहीं, वे उधर नहीं जाएँगे।

मृणाल का अदनार मुख हृदय में उदित हुआ। हाय, इस बालिका के साथ कैसा अन्याय हुआ है! पिता को स्मरण करती होगी—इस अपदार्थ पिता को, जो उसके कष्ट में कुछ भी काम नहीं आया। मंजुला की याद आई—'हाय देवि, तुम्हारी थाती को यह भंड देवरात सुरक्षित नहीं रख सका!'

मन में क्षोभ की तरंगें चंचल हुईं। फिर एक बार यौधेय रक्त खौल उठा। धिक्कार है आर्यक के इस शौर्य को! धिक्कार है यौधेय वीर की इस नपुंसक शान्ति को! धिक्कार है इस दिखावटी वैराग्य को! उन्हें मंजुला की छाया स्पष्ट दिखाई दी—'क्षमा करना देवि, देवरात व्याकुल है, कर्त्तव्य-मूढ़ है, तुम्हारी थाती को सावधानी से सुरक्षित न रख सकने का अपराधी है!'

वे स्थिर खड़े न रह सके। ऐसा जान पड़ा, अनेक प्रकार की विक्षोभ-लहरियों के झोंके उन्हें उखाड़कर फेंक देंगे। वे एक स्थान पर बैठ गए। कुछ सूझ नहीं रहा था। प्रतिशोध? आर्यक से प्रतिशोध? कैसे हो सकता है? क्षमा? इतने भयंकर अपराध के लिए क्षमा? क्षमा करने का अधिकार भी उन्हें है या नहीं? वे देर तक संशय और अनिश्चय के हिंडोले में झूलते रहे। 'हाय देवि, तुम्हारा इतना-सा भी काम ठीक से नहीं कर सका! और फिर भी देवरात जीवित है!' वे अर्द्धमूर्च्छित-से बैठे रहे, समस्त इन्द्रिय-व्यापार शिथिल हो गए! दूर दिगंत में उन्हें एक ज्योति-रेखा दिखाई पड़ी। बिजली की कौंध नहीं थी, इन्द्रधनुष भी नहीं था। बिलकुल शरच्चन्द्र की कोमल मरीचियों की बटी कमनीय रश्मि। ज्योति-रेखा उतर रही है, एकदम सामने उतर रही है—विचित्र शोभा है। देवरात देख रहे हैं, देख रहे हैं। ऐसा भी प्रकाश होता है! ज्योति-रेखा स्पष्ट दिखाई दे रही है। वह सिमट रही है—स्पष्ट

ही सिमट रही है!

देवरात ने देखा—दिव्य नारी!

वे देखकर हैरान हैं। क्या कल्पनालोक की कोई अभिराम कल्पना है? क्या युग-युग से लालित मनुष्य की मनोभवा शोभा है? क्या अनुभाव तरंगों से खिंची भावरागिनी है? देवरात मुग्ध-चकित भाव से देख रहे हैं।

फिर वे एकाएक ससम्भ्रम उठकर खड़े हो गए—'तुम हो देवि, तुम हो—छन्दों की रानी, तालों की नर्मसखी, बासी को ताज़ा करनेवाली पुनर्नवा! तुम हो देवि, क्या देख रहा हूँ शुभे, यह दिव्य शोभा, यह भाव-मूर्त्ति, यह अपूर्व शालीन चारुता! क्या सपना देख रहा हूँ? भाव-लोक में उन्नमित हुआ हूँ? हँस रही हो? शुचिस्मिते, अपराधी को देखकर हँस रही हो मंजुलावयवे! हाय दिव्य रूपे, देवरात पथभ्रान्त हो गया है। अपने में आप ही उलझ गया है! हँसो रानी, खूब हँसो, देवरात हँसते-हँसते सह लेगा!

'सहना ही पड़ेगा! देवरात अशक्त है, पंगु है, कर्त्तव्य-मूढ़ है। पुनर्नवे देवि, तुम नित्य-नवीन होकर मानस-पटल पर उदित होती हो। जानती नहीं, किस मर्म-वेदना को जगा जाती हो, किस बासी घाव को नया कर जाती हो। देवरात स्वयं मुरझा गया है, उसमें पुनर्नवा के स्वागत करने की क्षमता नहीं है। हँसो मंजुला रानी, खूब हँसो, देवरात हँसने के योग्य ही है!'

भाव-विह्वल अवस्था में वे एकटक दिव्य तेजोमयी मूर्त्ति को देखते रहे—'धन्य हो पुनर्नवे! धन्य हो महिमामयी! आहा, कुछ कह रही हो? कहो देवि, देवरात का रोम-रोम कान बन गया है। कहो देवि, कुछ कहो, बोलो वागीश्वरी, कुछ तो बोलो!'

'हँस रही हूँ, आर्य देवरात? ध्यान से देखो, हँस रही हूँ? अपने चित्त के कलुष को तुम मेरी हँसी समझ रहे हो। ध्यान से देखो आर्य! तुम्हारे-जैसा विवेकी द्रष्टा मैंने नहीं देखा। आज तुम्हें हो क्या गया है? तुम्हारे मन में कहीं कोई अनुचित चिन्ता शल्य बनकर चुभ गई है। निकाल दो उसे, फेंक दो उसे, प्यार करो उसे जो प्यार का अधिकारी है। लोगों से सुनी बातों से विचलित न होओ। तुमसे बहुत पाया है आर्य, यहाँ आकर देने की क्रिया बन्द न करो। तुम पाना चाहते हो? कैसे पाओगे प्रभो! भगवान् ने तुम्हें ग्रहीता-भाव दिया ही नहीं है। तुम्हारा स्वभाव देना है, लुटाना है, अपने-आपको दलित द्राक्षा की भाँति निचोड़कर महा-अज्ञात के चरणों में उँडेल देना है। छोटे मुँह बड़ी बात कह रही हूँ प्रभो, क्षमा कर देना! तुम्हारी ही सिखावन तुम्हें लौटा रही हूँ।...

'भूल गए आर्य, महाभाव का चस्का इस अभाजन को लगाकर स्वयं भूल गए। उठो आर्य, इस अनुचरी ने यदि कुछ अनुचित कहा हो तो क्षमा करना। जीते-जी तुम्हारी भाव-साधना की संगिनी नहीं बन सकी। महाभाव-साधना की संगिनी तो

बना लो, आर्य! इस लालसा ने मुझे बहुत भरमाया है, प्रभो! तुम्हारे अभिलाष के बन्धन में बँधी हुई हूँ। बार-बार लौटकर आती हूँ। मुक्ति नहीं पा रही हूँ। जिन पर तुम्हारा ध्यान केन्द्रित होता है उनकी कल्याण-कामना के लिए भरमती फिरती हूँ। महाभाव अपने सामने आ-आकर खिसक जाता है। संसार जोर से खींचता है। बुरी तरह खींचता है। पुनर्नवा बनना पड़ता है। पर आर्य, यह तो मेरा सहज धर्म नहीं है!'

'सहज धर्म नहीं है देवि? अभाजन को क्षमा करना, वह धर्म जो सहज न हो, कष्टदायक होता है। तुम्हें कष्ट हो रहा है। इस अभाजन के लिए यह कष्ट स्वीकार करो, देवि! पुनर्नवा बनकर नित्य आती रहो! तुम्हारा थोड़ा कष्ट किसी को हरा कर जाए तो क्या हर्ज है, देवि! नहीं, तुम नित्य-नवीन होकर हृदय में उतरा करो। नित्य-नवीन होकर, पुनः-पुनः नवीन होकर, मेरी पुनर्नवा रानी! तुम आती हो दिव्य वेश में, तुम्हारे प्रत्येक पद-संचार से प्राणों का उद्बोधन होता है, मुरझाए अंकुर खिल उठते हैं, कलियाँ चटकने लगती हैं, सारे विश्व-ब्रह्मांड में जीवन-रस उमड़ पड़ता है। मेरी शर्मिष्ठा जीवन्त हो उठती है, उसके सूखे अधरों पर अनुराग की लाली दौड़ जाती है, मुरझाए कपोल कदम्ब-केसर के समान उद्भिन्न हो जाते हैं। तुम शर्मिष्ठा में मिलकर एकमेक हो जाती हो—पुनः नवीन, पुनः जाग्रत, पुनः प्राणवन्त! रानी, तुम दूसरों को भी पनुर्नवता प्रदान करती हो। यह कष्ट तो तुम्हें उठाना ही पड़ेगा, प्राणवल्लभे!'

'क्या कह रहे हो आर्य, तुम्हारी बातें समझ में नहीं आ रही हैं। कहीं कुछ कसर रह गई है तुम्हारे भीतर। आओ, मेरे साथ मथुरा चलो। महाभाव में रमो! यहाँ तुमसे अधिक कुछ नहीं कह सकती। पीहर है यह। मथुरा चलो! महाभाव के आश्रय के चरणों में सबकुछ वार दो—मंजुला को भी और शर्मिष्ठा को भी। उठो आर्य!'

'चलूँगा देवि, जहाँ कहो, वहीं चलूँगा। पर इस पुनर्नवा-रूप से वंचित न करना।

'जा रही हो देवि, आँखें अतृप्त ही रह गईं, प्राण प्यासे ही रह गए। जा रही हो, सचमुच जा रही हो? मथुरा जा रही हो, वृन्दावन की ओर? धन्य हो भावरूपे!'

ज्योति ऊपर उठती गई, पूर्व की ओर। और दूर, और दूर। देवरात पर-कटे पक्षी की भाँति वहीं गिर पड़े। पीछे से किसी ने उन्हें पकड़ लिया और उनका सिर गोद में ले लिया।

माढ़व्य देर से खड़े थे। उन्हें देवरात की ये बातें प्रलाप-जैसी सुनाई दे रही थीं। वे भौंचक्के खड़े थे। उन्हें गिरते देख उन्होंने सँभाल लिया। फिर अपने-आपसे ही बोले, 'सब पागल हो गए हैं। उधर वह किशोर कवि बड़बड़ा रहा है, इधर यह

प्रवीण पंडित बकबका रहा है। आर्यक राजा हुआ है तो कहाँ प्रसन्न होंगे, दोनों पर दुष्ट ग्रह का आवेश आ गया है। यह पुनर्नवा-पुनर्नवा चिल्ला रहा है, वह महाकाल की गुहार लगा रहा है। माढ़व्य को यही तो अवसर था राज-दरबार में जाकर कुछ बना लेने का, पर इन विक्षिप्त मित्रों ने सब गुड़-गोबर कर दिया। क्या हो गया इन्हें?

देवरात कुछ सजग हुए। उन्होंने माढ़व्य शर्मा की गोद में अपना सिर पाया। अचकचाकर उठ बैठे। थोड़े लज्जित-से लगे, "कब आए आर्य माढ़व्य?" माढ़व्य शर्मा ने रुआँसा होकर कहा, "देर से आया हूँ आर्य! आप जाने क्या-क्या प्रलाप कर रहे थे। उधर चन्द्रमौलि ने जो प्रलाप शुरू किया है उससे घबराकर आपको खोजने आया, तो देखा, यहाँ भी वही कांड चल रहा है। मन ठीक है न आर्य!" देवरात इससे और लज्जित हुए, "प्रलाप कर रहा था, दादा? प्रलाप था वह? तुमने कुछ देखा नहीं? क्या देखा, दादा?" अब माढ़व्य शर्मा को लगा कि यह सचमुच पागल हो गया है—अटट पागल! झुँझलाकर बोले, "उठो आर्य, तुम्हारे मस्तिष्क में कुछ विकार आ गया है। मैं क्या देखता भला! देखा कि आप बके जा रहे हैं। शुद्ध प्रलाप! कैसी पुनर्नवा और कैसी प्राणवल्लभा, किसी ने कोई अभिचार कर दिया है, आर्य! यह घोर कापालिकों की भूमि है। जल्दी उठो। हटो भी यहाँ से।"

देवरात ने भीगे स्वर में कहा, "अभिचार नहीं है, आर्य माढ़व्य!"

"अभिचार नहीं तो क्या है, आर्य! तुम उज्जयिनी को नहीं जानते। महाकाल के इर्द-गिर्द न जाने कितने कापालिक, कितने औघड़, कितने भैरव और कितनी भैरवियाँ घूमती रहती हैं। प्रियजन के उत्कर्ष से प्रसन्न होनेवालों पर अभिचार करना उनका क्रूर परिहास होता है। माढ़व्य तो मूर्ख है। न कभी बहुत प्रसन्न होता है, न बहुत उदास। उस पर उनकी माया नहीं चलती। मूर्खों पर उनका लोभ भी नहीं होता। मेरे दो मित्र हैं। दोनों परम मेधावी। उनकी प्रसन्नता पर वे अपने अभिचार का प्रयोग तो करेंगे ही। उज्जयिनी में मूर्ख ही सुखी रहते हैं, आर्य!"

"ऐसा न कहो आर्य माढ़व्य, उज्जयिनी विद्या की राजधानी है। सिद्धों की तपोभूमि है। तुम जिसे नहीं देख सके वह है ही नहीं, ऐसा क्यों समझ लेते हो?"

"कैसे न कहूँ तात, सौ बार अनुभव किया है उसे न कहूँ? जिस समय मैं कारागृह में बेहोश पड़ा था और आग के जलते उल्का-खंड आँगन में गिर रहे थे, उस समय अचानक होश में आकर मैं चिल्ला पड़ा था न? उस समय तुम्हें बताया नहीं, मगर मैंने प्रत्यक्ष देखा, तुम्हारे चारों ओर एक अपूर्व सुन्दरी चक्कर लगा रही है और ऐसा लगता था तुम्हें बचाने की कोशिश कर रही है। मैं इन डाकिनियों की माया जानता हूँ, आर्य! यह सब नाटक बचाने का नहीं था, तुम्हारे मस्तिष्क के कोमल मांस के खाने का था। वह तो कहो, मैं भय से जोर से चिल्ला उठा।

वह एक ओर सटक गई। लगता है, तभी से वह तुम्हारे पीछे पड़ी है।"

"सच आर्य, तुमने किसी अपूर्व सुन्दरी को देखा था! कैसी थी वह, बताओ दादा!"

"एक क्षण में तो सब खेल खत्म हो गया आर्य, यही कह सकता हूँ कि वैसा सुन्दर रूप मैंने कहीं नहीं देखा, कभी नहीं देखा। सुना है आर्य, कि डाकिनियाँ श्वेत वस्त्र पहनती हैं पर वह लाल कौशेय पहने थी। बिलकुल आग की लपट के समान लाल कौशेय!"

देवरात ने उत्सुकता के साथ ही पूछा, "तुम्हें आग की लाल-लाल लपटों को देखकर ऐसा भ्रम तो नहीं हुआ, दादा?" माढ़व्य ने दृढ़ता से कहा, "नहीं आर्य, मैंने प्रत्यक्ष देखा।" देवरात सोच में पड़ गए। हल्का लाल कौशेय ही उन्होंने भी देखा था। वे कुछ बोले नहीं। केवल 'हूँ' कहकर रह गए।

माढ़व्य ने कहा, "देखो आर्य, यहाँ कालिकाजी का मन्दिर है। वहीं चलो। उनके दर्शन से ही इस विपत्ति से उद्धार हो सकता है।"

देवरात थोड़ी देर खोए-खोए खड़े रहे। फिर एकाएक बोले, "अच्छा दादा, प्रणाम ग्रहण करो। मैं उज्जयिनी छोड़ रहा हूँ। मथुरा जा रहा हूँ। गोपाल आर्यक मिले तो उसे मेरा आशीर्वाद कह देना।"

उत्तर की प्रतीक्षा किए बिना वे एकदम चल पड़े। माढ़व्य आश्चर्य से देखते रह गए। सचमुच मस्तिष्क विकृत हो गया है क्या!

पच्चीस

साँडनी-सवारों की व्यवस्था उपयोगी सिद्ध हुई। सम्राट् को मथुरा पहुँचने के पहले ही समाचार मिल गया कि गाँववालों के प्रतिरोध के कारण उज्जयिनी के कोई दस योजन पहले ही भटार्क को रुक जाना पड़ा है। सम्राट् का कड़ा आदेश था कि चाहे कुछ भी हो जाए, प्रजा का उत्पीड़न न हो। प्रजा के मन में यह भाव कभी नहीं आना चाहिए कि सम्राट् समुद्रगुप्त भी शक-शासकों के समान ही प्रजा का उत्पीड़न करनेवाला है। उधर भानुदत्त के दुर्वृत्त सेवकों ने गाँव-गाँव जाकर यह प्रचार किया कि भटार्क ने चंडसेन को बन्दी बनाकर पाटलिपुत्र भेज दिया है। इस सेना ने गाँव-के-गाँव जला दिए हैं और स्त्रियों और बच्चों पर अमानुषिक अत्याचार किए हैं। भटार्क कर्त्तव्य-परायण स्वामिभक्त सैनिक था। उसे न तो इस प्रकार की

किसी कूटनीति का ज्ञान ही था, न उसकी इस प्रकार की नीतियों में कोई रुचि ही थी। मथुरा से आगे बढ़ता हुआ वह चर्मण्वती के दूहों में पहुँचा। रास्ता विकट था। उसकी सेना का एक हाथी किसी किसान के खेत में पहुँच गया। खेत नष्ट हो गया। गाँववालों ने ढेला मार-मारकर हाथी और उसके महावत की दुर्गति कर दी। हाथी टीलों की ऊँचाई पर चढ़े लोगों का कुछ बिगाड़ नहीं पाता था जबकि निरन्तर ढेला-वर्षण से वह अधमरा हो गया। किसी प्रकार महावत उसे भगाकर सेना के पड़ाव पर ले आया। सैनिकों में इस घटना से उत्तेजना फैली। उनकी गाँववालों से रार हो गई। वहाँ तो उन्होंने उन्हें दबा दिया, पर बाद में सेना को भयंकर प्रतिरोध का सामना करना पड़ा। सैनिक भी उन्मत्त हो उठे।

भटार्क को जब यह मालूम हुआ तो अभियान रोक दिया। ग्राम-वृद्धों को बुलाकर उनके अभियोग सुने और आश्वासन दिया कि सेना उनकी जीवन-चर्या में कोई व्याक्षेप नहीं होने देगी। उन्होंने सम्राट् की इस इच्छा की भी घोषणा की कि उनकी सेना प्रजा का विश्वास अर्जन करना चाहती है; समाज में शास्त्र-सम्मत आचरण की प्रतिष्ठा और स्वाधीनता देती है; धर्म-विरुद्ध काम करनेवालों को दंड देना चाहती है। सम्राट् प्रजा के सुख को ही अपना सुख मानते हैं। इस बात से ग्राम-वृद्ध सन्तुष्ट हुए, पर जब उन्होंने बताया कि विदेशी शासन के एकमात्र धर्मप्राण प्रजावत्सल महानुभाव चंड़सेन को सम्राट् की सेना ने बन्दी बनाया है, प्रजा उनकी मुक्ति चाहती है, तो भटार्क भौंचक्के रह गए। वे किसी प्रकार यह विश्वास नहीं दिला सके कि यह समाचार झूठा है। ग्राम-वृद्धों को आश्वासन दिया कि वे शीघ्र ही इसके वास्तविक रहस्य का पता लगाएँगे। भटार्क इस प्रकार के अप-प्रचार का रहस्य नहीं समझ सके। उन्होंने अभियान कुछ समय के लिए स्थगित करके इस समाचार का रहस्य जान लेने का प्रयास किया। उज्जयिनी-विजय का निश्चित कार्यक्रम पालित नहीं हो सका। जैसे ही उन्हें समाचार मिला कि सम्राट् मथुरा आ रहे हैं, उनकी इच्छा है कि वे स्वयं उज्जयिनी-अभियान का नेतृत्व सँभालेंगे—तो भटार्क को कुछ चिन्ता हुई। यह एक प्रकार से उनके नेतृत्व में सम्राट् का अविश्वास प्रकट करता था।

जिस समय वे इस प्रकार चिन्तित थे, उन्हीं दिनों समाचार मिला कि उज्जयिनी में विद्रोह हो गया है और गोपाल आर्यक ने राजा को मारकर शासन-सूत्र सँभाल लिया है। इस समाचार ने जनपद में भारी उत्साह फैला दिया। ग्राम-वृद्धों ने स्वयं आकर निवेदन किया कि वे गोपाल आर्यक की सहायता करने में कुछ उठा न रखेंगे। उस समय तक जनपद में गोपाल आर्यक को अवतारी पुरुष मान लिया गया था। गाँवों में इस प्रकार के लोक-गीत गढ़ लिए गए थे कि जिस प्रकार जलमग्न-धरित्री का उद्धार महावराह ने किया था, उसी प्रकार कुशासन में डूबे हुए

देश का उद्धार गोपाल आर्यक करेगा। समाचारों में इस प्रकार की जनश्रुतियाँ भी थीं कि शार्विलक मल्ल ने राजश्यालक भानुदत्त को पकड़ लिया है। यह समाचार भी तेजी से फैला था कि भानुदत्त ने चंडसेन को बन्दी बनाया था। शार्विलक उन्हें छुड़ाने का प्रयत्न कर रहा है। भटार्क को नया उत्साह आया और सेना को आदेश दिया कि सम्राट् के मथुरा पहुँचने के पहले ही उज्जयिनी पहुँचकर गोपाल आर्यक की सहायता की जाए। सेना दुगुने उत्साह से आगे बढ़ी। प्रतिरोध समाप्त हो गया था। उज्जयिनी पहुँचने में कोई विलम्ब नहीं हुआ।

भटार्क की सेना वज्र-वेग से बढ़ी जा रही थी। हाथियों की प्रचंड वाहिनी घनघुम्मर घटा के समान फैलती दिखाई दे रही थी। घोड़ों की टापों के आघातों से धरती काँप रही थी और पदातिक सैन्यों के द्रुत संचार से उड़ी हुई धूल से दिङ्मंडल धूसरित हो उठा था। सेना उज्जयिनी के उपकंठ तक प्रायः पहुँच चुकी थी। उसी समय शार्विलक चंडसेन को कारागार से मुक्त कर उज्जयिनी की ओर ले जाने की तैयारी कर रहा था। शार्विलक के साथियों ने भानुदत्त को पकड़ लिया था। प्राण-भय से उसने शरणागति का अनुरोध किया था। उसी के बताए अनुसार नगरोपकंठ के एक जीर्ण गृह से चंडसेन को मुक्त किया गया था। शार्विलक को ज्यों ही पता लगा कि चंडसेन को अमुक स्थान पर हाथ-पैर बाँधकर डाल दिया गया है, वह एक क्षण का विलम्ब किए बिना वहाँ पहुँचा था। चंडसेन को उसने बुरी हालत में देखा। उनके दोनों हाथ पीठ की ओर ले जाकर बाँध दिए गए थे और पैरों में भी कठोर बेड़ियाँ डाल दी गई थीं। वे औंधे मुँह अर्द्धमृत-अवस्था में पड़े थे। एक मुहूर्त का विलम्ब हुआ होता तो वे जीवित न मिलते। शार्विलक ने उनके बन्धन खोले थे और देर तक उपचार करके उनकी चेतना लौटाने का प्रयत्न किया था। जब वे कुछ स्वस्थ हुए तो उन्हें लेकर उज्जयिनी की ओर धीरे-धीरे ले चलने का निश्चय किया गया। अभी वह चंडसेन को लेकर प्रस्थान के लिए तैयार ही हुआ था कि विशाल सेना के कोलाहल और जय-निनाद को देखकर घबरा गया। वह समझ नहीं पा रहा था कि यह विशाल सेना किसकी है और एकाएक उज्जयिनी की ओर जाने का उसका उद्देश्य क्या है। एक बार उसके मन में आशंका हुई कि कहीं यह सेना पालक के किसी मित्र की तो नहीं है। वह विचित्र संकट में फँसा-जा जान पड़ा। किसी ओर भाग निकलने का मार्ग भी नहीं था और चंडसेन की हालत इतनी खराब थी कि उनको दौड़ाना असम्भव था। शार्विलक गहरी चिन्ता में पड़ गया। उसके साथ जो दो-चार सैनिक आए हुए थे, वे और भी घबरा गए। क्या किया जाए, कैसे इस अप्रत्याशित विपत्ति से बचा जाए! कुछ सूझ नहीं रहा था।

सोच-विचार के लिए अधिक समय नहीं था। शार्विलक ने अपने साथी से

कहा कि तुम पता लगाओ कि सेना किसकी है। इस समय मेरा प्रधान कर्त्तव्य है, मुमूर्ष अन्नदाता को सुरक्षित स्थान पर ले जाना। सीधे नदी की ओर भागने से ही रक्षा की कुछ क्षीण सम्भावना है। उसने चंडसेन को अपनी पीठ पर बाँधा। उसके साथियों ने इस कार्य में उसकी सहायता की। फिर उसने तलवार की मूठ कसकर हाथ में पकड़ ली और वायु-वेग से नदी-तट की ओर दौड़ा। उसके साथी भी उसके पीछे-पीछे दौड़े। दो तो थककर बीच में ही रुक गए, पर एक अधिक बलवान सिद्ध हुआ। वह शार्विलक के पीछे-पीछे चलता गया। नदी-तट उतना निकट नहीं था जितना शार्विलक ने सोचा था। पर लगातार दौड़ लगाने से उस लम्बी दूरी को भी वह शीघ्र ही पार कर गया। नदी-तट पर पहुँचकर उसने पीछे की ओर देखा। विशाल सेना बहुत निकट आ गई थी। लोग भय से व्याकुल थे। सबके मन में आशंका थी कि न जाने क्या होनेवाला है। इधर-उधर भाग-दौड़ और चीख-चिल्लाहट मची हुई थी। स्त्रियों और बालकों की चिल्लाहट से वातावरण फट रहा था। नदी में कूदने से पहले शार्विलक ने इस असहाय क्रन्दन को सुना, उसके पैर रुक गए। इतने असहाय लोगों को छोड़कर भाग जाना क्या उचित है? एक ओर अन्नदाता की प्राण-रक्षा और दूसरी ओर असंख्य भय-व्याकुल लोगों को ढाढ़स बँधाना। दोनों में कौन-सा कर्त्तव्य उसे चुनना चाहिए? तर्क की ओर झुकनेवाली बुद्धि ने कहा—क्या कर लोगे अकेले इतनी विशाल सेना के सामने? भावना की ओर झुकनेवाली मानस-प्रतीति ने कहा—असहाय स्त्री-पुरुषों और बच्चों को ढाढ़स देते समय मर जाना ही श्रेयस्कर है! क्षण-भर उसे निर्णय करने में दुविधा हुई, पर दूसरी भावनोन्मुखी वृत्ति ही विजयी हुई। चंडसेन को पीठ पर से खोलकर एक वृक्ष-तले लिटाया। साथी से पानी माँगा। उनके मुख पर ठंडे पानी के छींटे दिए और फिर अपने साथी को उनकी देखरेख के लिए छोड़कर वह लौट पड़ा। बच्चों, बूढ़ों, स्त्रियों को आश्वासन दिया, "घबराने की कोई बात नहीं है। इधर देखो, शार्विलक अपनी तलवार के साथ तुम्हारे पास खड़ा है। शान्त भाव से सब लोग नदी के किनारे आ जाओ। तुम्हारी रक्षा यह शिव की दी हुई तलवार करेगी।" सर्वत्र बात फैल गई।

एक बार फिर महामल्ल शार्विलक के जय-निनाद से वायुमंडल विद्ध हो उठा। स्त्रियों, बच्चों और वृद्धों को एक ओर कर दिया गया। बहुत-से युवक और प्रौढ़, जो अब तक भगदड़ मचाए हुए थे, शार्विलक के पीछे आकर खड़े हो गए। उसके पीछे छूटे दोनों साथी भी आ गए। जिसके हाथ में जो भी लगा वही लेकर वह सिंहनाद करके गरज उठा, "महामल्ल शार्विलक की जय!" देखते-देखते एक छोटी-मोटी प्रतिरोधक सेना तैयार हो गई। किसी को यह विश्वास नहीं था कि उनकी टुकड़ी इतनी बड़ी सेना के सामने अधिक देर तक टिक सकेगी, परन्तु

सबके मन में शार्विलक की यह वाणी ब्रह्मलीक की तरह खिंच गई थी—"भय से भागते हुए मत मरो, मरना ही है तो लड़ के मरो!"

सेना की अगली हरावल में स्वयं भटार्क अश्ववाहिनी का नेतृत्व कर रहे थे। अब तक उन्हें किसी प्रकार के प्रतिरोध का सामना नहीं करना पड़ा था। एकाएक उज्जयिनी के उपकंठ में एक प्रतिरोध को देखकर वे सजग हुए। उन्होंने समझा कि पालक की सेना प्रतिरोध के लिए उपस्थित है। उन्होंने एक क्षण रुककर इस प्रतिरोधक वाहिनी का ठीक-ठीक अंदाजा लगा लेने का प्रयास किया। सेना में जो जहाँ था उसे वहाँ ही रुक जाने का आदेश दिया। सेना के सहस्रों जवान इस प्रकार रुक गए, जिस प्रकार उमड़ती हुई जलधारा किसी दुर्लंघ्य चट्टान से टकरा गई हो। आगे के आदेश की प्रतीक्षा में हठात् रुकी हुई सेना भटार्क के इंगित पर एक साथ गरज उठी—"गोपाल आर्यक की जय।" शार्विलक ने इस गगनविदारी ध्वनि को सुना, पर स्पष्ट रूप से समझ नहीं सका कि किसकी जय बोली जा रही है। उनके एक साथी ने उत्तर में 'महामल्ल शार्विलक की जय!' का नारा लगाया। दोनों ओर थोड़ी देर तक जय-निनाद होते रहे। इसी समय शार्विलक का पहला साथी दौड़ता हुआ दोनों हाथ ऊपर उठाकर चिल्लाया, "रुक जाओ, अपनी ही सेना है!" शार्विलक ने आश्चर्य के साथ पूछा, "किसकी सेना है?" साथी ने जोर-जोर से चिल्लाकर कहा, "ये लोग गोपाल आर्यक की जय बोल रहे हैं।" शार्विलक ने पूछा, "सेनापति का नाम मालूम हुआ या नहीं?" साथी ने कहा, "कहते हैं उसका नाम गोपाल आर्यक ही है।" शार्विलक हैरान! फिर उसे मथुरा के ब्राह्मण पुजारी की याद आई। वृद्ध ने कहा था—'धन्य है भटार्क, देश पर देश जीतता जा रहा है। पर अपना नाम कहीं नहीं आने देता। सबकुछ गोपाल आर्यक के नाम पर कर रहा है।' उसे अब रहस्य का कुछ अनुमान हुआ। परीक्षा के लिए उसने अपने साथियों को ललकारा, "बोलो, सेनापति भटार्क की जय!" शताधिक कंठों से आवाज निकली, "सेनापति भटार्क की जय।" भटार्क को आश्चर्य हुआ। उन्होंने सेना को रुके रहने का आदेश देकर घोड़ा दौड़ाया। आगे बढ़कर बोले, "मैं भटार्क हूँ। अगर आप लोग गोपाल आर्यक के साथी हैं तो निर्भय होकर हमारे पास आ जाएँ।" इस समाचार से शार्विलक को रोमांच हो आया। आगे बढ़कर उसने कहा, "सेनापति भटार्क, गोपाल आर्यक के बड़े भाई श्यामरूप शार्विलक का प्रेमाभिवादन स्वीकार करें!" भटार्क घोड़े से कूद पड़ा, "आर्य शार्विलक, महामल्ल शार्विलक, हमारे सेनापति के अग्रज शार्विलक, मैं धन्य हूँ! मैंने आपकी कीर्त्ति-गाथा सुनी है।" कहकर वे शार्विलक से लिपट गए। उनका शरीर रोमांच-कंटकित था, आँखें अश्रुपूर्ण। शार्विलक की भी यही दशा थी। दोनों दीर्घकाल से बिछुड़े सहोदर भाइयों के समान मिले।

शार्विलक से उज्जयिनी के समाचार पाकर भटार्क आश्वस्त हुए, पर जब उन्होंने सुना कि राजश्यालक भानुदत्त ने चंडसेन को यहीं कहीं बाँध के बिना अन्न-पानी के छोड़ दिया था और उन्हीं का उद्धार करने के उद्देश्य से शार्विलक यहाँ आए थे, तो म्लान हो गए। शार्विलक ने उन्हें बताया कि किस प्रकार राजभवन के पास आर्यक ने पालक को मारा और स्वयं आर्य चारुदत्त के साथ राजभवन में प्रवेश किया। उधर भानुदत्त के गुंडों ने आर्य चारुदत्त के घर में आग लगा दी और सारा नगर जल उठा था। फिर किस प्रकार प्रातःकाल वह नगर में पहुँचा, नागरिकों की सहायता से नगर-श्री वसन्तसेना को मूर्च्छित अवस्था में छुड़ाया और किस प्रकार नागरिकों के मुख से गोपाल आर्यक की विजय-कथा सुनकर और शत्रुओं के नए सिरे से व्यूहबद्ध होकर राजभवन जाते समय नागरिकों ने उसके साथ मिलकर प्रतिरोध किया और शत्रु-सेना को परास्त किया। भटार्क उत्सुकतापूर्वक यह कहानी सुनते रहे। उपसंहार में शार्विलक ने बड़े दुख के साथ बताया कि अभी तक इतने दिनों के बिछुड़े भाई से वह मिल नहीं सका है। बीच में कुछ ऐसी घटना हो गई कि राजभवन में प्रवेश करते ही उसे लौट आना पड़ा। जिस समय वह राजभवन में प्रविष्ट हुआ उसी समय उसने दो व्यक्तियों को संदिग्धावस्था में बातचीत करते पाया। उन्हें तुरन्त बन्दी बनाया गया और कुछ नागरिकों ने उन्हें पहचान भी लिया। उज्जयिनी में ये दोनों व्यक्ति जय और विजय—भानुदत्त के दाहिने और बाएँ हाथ समझे जाते थे। इन्हें अनेक प्रकार के भय दिखाए जाने पर इस रहस्य का पता लगा कि भानुदत्त वहीं अन्तःपुर के एक गुप्त कक्ष में छिपा हुआ है। संयोग से वहीं आर्य चारुदत्त से भेंट हो गई। वे रात-भर राजभवन की रक्षा में लगे रहे। उन्हीं से पता लगा कि आर्यक और आर्य चारुदत्त की पत्नी धूतादेवी राजभवन के एक साधारण-से कक्ष में पड़े हुए हैं और चारुदत्त के विश्वस्त नागरिकों के पहरे में सुरक्षित हैं। नगर के उपद्रव की बात उन तक पहुँची भी नहीं है। उन्हीं के परामर्श से विश्वस्त नागरिकों की पत्नियों की सहायता से भानुदत्त पकड़ लिया गया। उसे बाँधकर आर्य चारुदत्त की देखरेख में छोड़ दिया गया है। उसी से चंडसेन का पता पाकर वह सीधे यहाँ आ गया है। घटनाचक्र के इस तीव्र गति से घूमने में सारी रात बीत गई और दूसरा दिन भी समाप्त हो गया। कल सन्ध्या-समय वह चंडसेन का पता लगा सका। वे मर ही गए होते, यदि वह चार विश्वासी नागरिकों के साथ वहाँ पहुँच नहीं गया होता। पूरे दस दंडों के उपचार के बाद उनको थोड़ी चेतना आई है। रात-भर उनका संवाहन हुआ है। बड़ी कठिनाई से उनके मुँह में थोड़ा पानी पहुँचाया जा सका। एक स्थानीय वैद्य से थोड़ा-सा रसायन प्राप्त हुआ है, उसी से उनकी चेतना लौटी है। पर वे एकदम दुर्बल हो गए हैं। उन्हें उज्जयिनी ले जाने की कोई अच्छी

व्यवस्था नहीं हो पाई थी। इसी बीच इस सेना को देखकर वह और उसके साथी डर गए और शार्विलक ने उन्हें पीठ पर बाँधकर नदी पार करना चाहा, पर स्त्रियों, बच्चों और वृद्धों की भयार्त्त वाणी सुनकर उन्हें नदी-तट पर छोड़कर उनकी रक्षा करने का आश्वासन देना पड़ा। शार्विलक ने प्रसन्नता के साथ उपसंहार करते हुए कहा, "अब यह जानकर बड़ा आनन्दित हुआ हूँ कि यह सेना अपनी ही सेना है! तात भटार्क, मुझे आर्यक के विषय में चिन्ता बनी हुई है। आर्या वसन्तसेना को भी प्रायः मरणासन्न अवस्था में छोड़ आया हूँ। तुम शीघ्र नगर में प्रवेश करके दोनों की सुरक्षा की व्यवस्था करो। मुझे आर्य चंडसेन को सँभालने जाने दो। पता नहीं, इस बीच उनकी क्या स्थिति है।"

भटार्क भी थोड़ा चिन्तित हुए परन्तु उन्होंने शार्विलक को रोकना चाहा, "आर्य, आप जैसा कहते हैं वैसा ही होगा। परन्तु आर्य चंडसेन को सुरक्षित उज्जयिनी पहुँचाने के लिए गोपाल आर्यक का यह अनुचर सब व्यवस्था कर देगा। मुझे आपके सान्निध्य की आवश्यकता होगी। मैं अभी राजभवन की और नगर-श्री वसन्तसेना की सुरक्षा की उचित व्यवस्था करता हूँ। आपकी कहानी से स्पष्ट है कि आप कई दिनों से केवल लड़ते ही आ रहे हैं। अब अपने सेवक पर विश्वास कीजिए। मेरे साथ चलिए और थोड़ा विश्राम कीजिए।" शार्विलक भटार्क की इस विनम्रता और मृदुभाषिता से बहुत प्रीत हुआ, पर उसने दृढ़ता के साथ कहा कि चंडसेन की मानसिक स्थिति बहुत चिन्ताजनक है। सम्राट् के सेनापति को देखकर, पता नहीं, उनके मन में क्या भाव आए। इसलिए उनके निकट शार्विलक का रहना परम आवश्यक है। बातचीत में अधिक समय नष्ट करना उचित न समझकर भटार्क ने एक हाथी की व्यवस्था चंडसेन के लिए की और सेना की एक टुकड़ी उज्जयिनी रवाना कर दी और आज्ञा दी कि तुरन्त नगर में घोषणा कर दी जाए कि "सम्राट् की विशाल वाहिनी, जिसके नेता गोपाल आर्यक हैं, नगर में प्रवेश कर गई है। किसी को भय पाने की आवश्यकता नहीं है। बालक, युवक, महिलाएँ, वृद्ध जन, अनाथ और असहाय आश्वस्त हो जाएँ। जो लोग अशान्ति पैदा करेंगे, उन्हें कठोर दंड दिया जाएगा। जो लोग गोपाल आर्यक के पक्ष में होंगे उनकी रक्षा की जाएगी और पुरस्कृत किया जाएगा। मृत राजा के जो भृत्य गोपाल आर्यक की ओर लड़ रहे हैं या लड़ेंगे, उन्हें सम्राट् उचित पुरस्कार देंगे। जो विरोध करेंगे उन्हें समूल ध्वंस कर दिया जाएगा।" फिर वह शार्विलक के साथ वहाँ पहुँचे जहाँ चंडसेन मुमूर्षु अवस्था में पड़े थे। उन्हें यह देखकर प्रसन्नता हुई कि वे अब स्वस्थ हो आए थे। यद्यपि अब भी वे संज्ञा-शून्य से ही थे।

शार्विलक ने चंडसेन का हालचाल पूछा। उनकी शारीरिक अवस्था में पर्याप्त सुधार देखकर भटार्क का परिचय दिया और बताया कि सेनापति ने उन्हें उज्जयिनी

पहुँचाने के लिए हाथी की व्यवस्था कर दी है। क्षण-भर वे फटी-फटी आँखों से देखते रहे, फिर एकाएक उनका मुखमंडल क्रोध और क्षोभ से लाल हो उठा। बोले, "सम्राट् समुद्रगुप्त के सेनापति भटार्क, तुम मथुरा-विजय के मद से अन्धे होकर क्या मथुरा के शासक-वंश का उपहास करना चाहते हो? भलीभाँति समझ लो कि मैं तुम्हारा शत्रु हूँ। मथुरा और उज्जयिनी के शासकों ने मेरी बात नहीं मानी, मुझे अपमानित किया और मुझे मार डालने में कुछ भी नहीं उठा रखा, यह सब सत्य है, फिर भी चंडसेन का यह झगड़ा घरेलू झगड़ा है। बाहर के शत्रुओं के लिए चंडसेन सदा प्रचंड शत्रु ही बना रहेगा। मुझे असहाय और विपन्न देखकर मेरे ऊपर दया मत करो। चंडसेन शत्रु से दया की भीख नहीं माँगेगा। तुम यहाँ से चले जाओ। अच्छा हो कि जाने से पहले विपदावस्था में पड़े हुए अपने प्रबल शत्रु को समाप्त करते जाओ।"

इस उत्तर से शार्विलक स्तब्ध रह गया। उसे अपने धर्मपरायण उदार स्वामी से ऐसी आशा नहीं थी। वह समझता रहा कि चंडसेन के साथ दुर्व्यवहार करनेवालों के विरुद्ध संघर्ष करके उसने स्वामी की वास्तविक सेवा की है। अब वह सोचने लगा कि उज्जयिनी में किए गए उसके कार्यों के बारे में स्वामी क्या सोचेंगे! कदाचित् कृपा के स्थान पर उसे कोप मिलेगा।

भटार्क उतना विचलित नहीं हुआ। पिछले अभियान के बीच उसने कितने ही प्रभावशाली राजवंशियों से ऐसे और इससे भी अधिक कटोर वाक्य सुने थे और दृढ़तापूर्वक उनको भय दिखाकर वश में किया था। आज भी उसकी शक्ति वैसी ही है। मृदु-विनीत भाषा में छन्दानुरोध उसका पहला अस्त्र होता था, प्रलोभन दूसरा और कठोर दंड की धमकी तीसरा। पहले उसने प्रथम अस्त्र का प्रयोग करना उचित समझा। चंडसेन के बारे में उसने जो कुछ सुन रखा था, उससे वह इस निष्कर्ष पर पहुँचा था कि चंडसेन पर अन्तिम दो अस्त्रों का प्रयोग कार्य सिद्ध नहीं कर सकता। पहला अस्त्र अर्थात् मृदु-विनीत भाषा से उनका मन जीतना ही एकमात्र उचित अस्त्र था। आरम्भ में जैसी उनकी प्रतिक्रिया होगी, उसे देखकर ही आगे की बात सोची जा सकती है। वस्तुतः उसके मन में चंडसेन के प्रति श्रद्धा का भाव भी था।

भटार्क ने मृदु-विनीत स्वर में कहा, "आर्य चंडसेन के उपयुक्त वचन हैं। मथुरा में प्रवेश करने के पूर्व से ही प्रजावत्सल, धर्मपरायण, गुणियों के कल्पतरु आर्यपाद का नाम सुनता आया हूँ। यह जाँच करके मैंने अच्छी तरह देख लिया था कि अधर्म-परायण शासन आर्यपाद का अपमान करता रहा है, पूज्य-पूज्या का व्यतिक्रम करता रहा है और आर्यपाद को मार डालने का षड्यन्त्र करता रहा है। सम्राट् समुद्रगुप्त ऐसे महानुभावों से मित्रता स्थापित करना चाहते हैं। वे पूरी

कुमारिका-भूमि में धर्म का राज्य स्थापित करना चाहते हैं। वे किसी राज्य पर अपना प्रभुत्व नहीं स्थापित करना चाहते। वे अधर्माचरण करनेवाले का उच्छेद और धर्म के अनुकूल आचरण करनेवालों की मैत्री चाहते हैं। आर्यपाद यह कभी न समझें कि वे किसी राजकुल-विशेष के विरुद्ध प्रतिशोध चाहते हैं, उनकी इच्छा केवल इतनी है कि इस पुण्यभूमि में धर्म-सम्मत विधि-व्यवस्था का प्रभुत्व हो। सोचें आर्य, यह कुमारिका द्वीप (भारतवर्ष) है। तपोनिरता कुमारी पार्वती ने धर्म की रक्षा के लिए ही कैलास से कुमारिका अन्तरीप तक जाने का कष्ट उठाया था। उनके पवित्र चरणों से लांछित होने के कारण ही न यह आसमुद्र-विस्तीर्ण देश इतना पवित्र हो सका है। उस देश में यदि कोई राजवंशीय पुरुष अनाचार में रत हो जाए, आप-जैसे महान्, धर्म-परायण साधु पुरुष के विरुद्ध षड्यन्त्र करे, तो क्या धर्म की रक्षा हो सकेगी? कौन दंड देगा ऐसे मदगर्वित मदांध लोगों को? सम्राट् का विजय-अभियान ऐसे ही दुर्मद लोगों का नशा उतारने के लिए है। आप जैसे महानुभाव तो सम्राट् के परम मित्र हैं। शत्रु कैसे हो सकते हैं आर्य? आपसे शत्रुता का भाव रखना तो धर्म के प्रति ही शत्रुता रखना है। नहीं आर्य, आप हमारे शत्रु नहीं हैं, परम मित्र हैं।''

भटार्क की मृदु-विनीत वाणी का कुछ शामक प्रभाव पड़ा। चंडसेन की कुंचित भृकुटियों का तनाव कम हुआ। उन्होंने पूछा, ''तुम्हारी बातें तो विनय-मधुर हैं। पर इसका क्या यह अर्थ नहीं होता कि सम्राट् सैन्य-बल से विभिन्न राजवंशों का उन्मूलन करके उनको एक शासन के अन्तर्गत लाना चाहते हैं? मित्रता तो समानों में हो सकती है न? मेरे-जैसा निःसम्बल मनुष्य परम शक्तिशाली सम्राट् का कैसे मित्र हो सकता है?'' चतुर भटार्क ने बीच में बात रोक ली, ''हो सकता है, आर्य चंडसेन, हो सकता है। आप असहाय और निःसम्बल कैसे हैं? सम्राट् के सोचने का ढंग वही नहीं है जो इस समय आपके मन में है। सम्राट् उन लोगों को अपना समानधर्मा मानते हैं जिनकी धर्म के प्रति, धर्म-सम्मत आचरण के प्रति, इस महान् देश की जनता और भूमि की पवित्रता के प्रति उसी प्रकार की भावना है जिस प्रकार की उनके मन में है। मैंने आपका यश सुना है और सम्राट् को निकट से जानने का अवसर पाया है। मेरा विश्वास है आर्य, कि आप-जैसे धर्मप्राण महानुभाव से उनकी मैत्री बहुत उपादेय सिद्ध होगी।''

चंडसेन ने भटार्क की ओर तीक्ष्ण दृष्टि से देखा, ''तुम्हारा कहना ठीक हो सकता है सेनापति, पर मथुरा और उज्जयिनी पर अधिकार कर लेने के बाद इस कथन में क्या सार रह जाता है? एक विजित राजवंश को उच्छिन्न करके उसके किसी सदस्य से मैत्री का अर्थ क्या उसकी स्वाधीनता ले लेना नहीं है! और परतन्त्र मित्र और दास में अन्तर ही क्या रह जाता है?'' भटार्क ने कहा, ''आर्य,

सम्राट् समुद्रगुप्त से मिलने पर ही आपको यह बात स्पष्ट हो जाएगी। सम्राट् अपने को भी धर्म-परतन्त्र मानते हैं और अपने मित्रों को भी। धर्म की प्रभुता के सन्दर्भ में ही वे मैत्री को कल्याणप्रद मानते हैं। वे प्रत्येक धर्म-परायण राजकुल को उतना ही स्वाधीन मानते हैं, जितना अपने को। सभी धर्म के बन्धन में हैं। पूर्ण अतन्त्र कोई नहीं है। इस नवीन धर्मनीति का प्रवर्त्तन करने के कारण ही हम उन्हें अपना नेता मानते हैं। इसी अर्थ में वे सम्राट् हैं। उनका व्यक्तिगत कुछ भी नहीं है। अब तक जहाँ-जहाँ उनकी सेना गई है, वहाँ-वहाँ यथासम्भव किसी राजवंश का उच्छेद नहीं किया गया। केवल एक शर्त पर सबकी स्वाधीनता लौटा दी गई है। वह शर्त है धर्म-सम्मत आचरण। आज उत्तरापथ के सभी राजवंश इस पवित्र भूमि में धर्म-सम्मत आचरण के आधार पर उनके मित्र बन गए हैं। इसी को हम धर्म-परतन्त्रता कहते हैं। धर्म की प्रभुता से सब प्रभु हैं।''

चंडसेन ने कुछ सोचकर शार्विलक से कहा, ''शार्विलक पंडित, तुम्हारी क्या राय है? तुमसे बड़ा मेरा हितैषी यहाँ कोई नहीं है, तुम्हीं कुछ कहो।'' शार्विलक ने विनीत भाव से कहा, ''देवपुत्र, आपसे अभी पूरा समाचार नहीं कह पाया हूँ। उज्जयिनी में भंड भानुदत्त ने आग लगा दी थी; मुझे, आपके परिवार को और वसन्तसेना, चारुदत्त और गोपाल आर्यक को बन्दी बनाकर मार डालने का षड्यन्त्र किया था। उज्जयिनी के निरीह नागरिकों की हत्या की गई। कुल-वधुओं का घर में घुसकर शील भंग किया गया, सारी प्रजा भय से त्राहि-त्राहि कर उठी। आपके प्रसाद से अत्याचार और अन्याय को इस दास ने बढ़ने नहीं दिया और यद्यपि सबको कष्ट सहन करना पड़ा, पर वह किसी का कुछ बिगाड़ नहीं सका। मथुरा में आपके भय से वह खुलकर खेल नहीं पाता था, यहाँ आकर पूर्ण निरंकुश हो गया था। आर्य, पतित राजा पालक उसी के इशारे पर नाचता रहा। आपके सेवक को, प्रजा की सहायता के लिए जो कुछ बन पड़ा, बिना अनुमति के ही करना पड़ा। इस आज्ञा-वंचित कार्य के लिए क्षमा माँगने का भी अवसर नहीं मिला!''

चंडसेन ने दाँत पीस लिए, ''इस पातकी का ऐसा साहस! तुमने क्या किया पंडित?'' शार्विलक ने रुक-रुककर प्रत्येक वाक्य के बाद उनकी प्रतिक्रिया भाँपते हुए कहा, ''क्षमा हो देवपुत्र, आर्या वसन्तसेना को मुमूर्षु अवस्था में छुड़ा लिया गया, आपका परिवार श्रुतिधरजी की देखरेख में सुरक्षित है, भानुदत्त और उसके गुंडे पकड़ लिए गए हैं। जलती हुई उज्जयिनी को अधिकांश बचा लिया गया है और...''

''कहते जाओ। रुक क्यों गए?''

''और धर्मावतार, धूतादेवी का अपमान करने पर गोपाल आर्यक ने पालक का वध कर दिया। इस समय गोपाल आर्यक, चारुदत्त और धूतादेवी राजभवन में हैं।''

"साधु शार्विलक, तुमने चंडसेन के सेवक के उपयुक्त ही कार्य किया है। पर यह गोपाल आर्यक तो समुद्रगुप्त का बलाधिकृत है न? यह वहाँ कैसे गया?"

"क्षमा हो देवपुत्र, आपका कहना सही है पर वे इस समय तीर्थ-यात्रा के लिए इधर आए थे—ऐसा जान पड़ता है।" चंडसेन ने दीर्घ निःश्वास लिया, "तो यह भी गया। अब क्या कहते हो?" बीच में भटार्क बोल उठे, "देखिए आर्य चंडसेन, यह गोपाल आर्यक भी समुद्रगुप्त के मित्र और हलद्वीप के राजा हैं। हलद्वीप का अत्याचारी शासन समाप्त हो गया है और अब वे निश्चिन्त होकर सारे देश में धर्म-राज्य की स्थापना के लिए सम्राट् की विशाल वाहिनी का नेतृत्व कर रहे हैं। बन्धन कुछ भी नहीं है—स्वेच्छा से धर्म-राज्य की स्थापना में संलग्न हैं। मन उद्विग्न हुआ तो तीर्थयात्रा को निकल पड़े। तब भी वे सम्राट् के सखा थे, अब भी वे सम्राट् के सखा हैं। व्यक्तिगत कुछ भी नहीं है। यह बड़ा ही उत्तम सुयोग है आर्य, आप भी धर्म-राज्य की स्थापना में सम्राट् के दक्षिण हस्त सिद्ध होंगे।"

चंडसेन ने इंगित समझा। हँसकर बोले, "चलो, तुम्हारे सम्राट् से तो बाद में मिलूँगा, पर पहले उनके इस मित्र से मिल लूँ। फिर कर्त्तव्य निश्चित करूँगा।"

भटार्क और शार्विलक ने आदरपूर्वक सहारा देकर चंडसेन को हाथी पर बैठाया।

छब्बीस

देवरात जब तेजी से निकल गए तो माढ़व्य ने उनका अनुसरण किया। चन्द्रमौलि पीछे छूट गया। उसका सुकुमार शरीर अत्यन्त क्लान्त था। चलने का प्रयत्न उसने भी किया, पर चल नहीं पाया। थककर बैठ गया। माढ़व्य की स्थूल काया भी क्लान्त थी। देवरात आगे निकलकर जब अदृश्य हो गए तो वे चन्द्रमौलि के पास लौट आए। उसका बुरा हाल था। माढ़व्य शर्मा उसे सहारा देकर टीले की दूसरी ओर ले गए। चन्द्रमौलि का चेहरा उतर गया था और लगता था कि किसी दारुण पीड़ा से वह व्याकुल था। माढ़व्य ने उसका मन बहलाने के लिए थोड़ा हास-परिहास का वातावरण उत्पन्न करने का प्रयत्न किया, पर जमा नहीं सके। वे स्वयं शिथिल और श्रान्त थे। चन्द्रमौलि उदास ही बना रहा।

दिन ढलने को आया। दोनों उसी प्रकार शिथिल भाव से पड़े रहे। माढ़व्य का चन्द्रमौलि के प्रति सहज वात्सल्य उत्पन्न हो गया था। हाय, इस सुकुमार

किशोर की क्या अवस्था हो गई है। रात से अब तक इसके मुँह में एक दाना नहीं गया और ऊपर से इतना परिश्रम करना पड़ा। हड़बड़ाकर उठे, अपनी पोटली खोजने लगे, पर वह तो उसी स्थान पर रह गई थी जहाँ सायंकाल बन्दी बनाए गए थे। क्या करें, कुछ सूझता नहीं था। टेंट में कुछ कार्षापण वे बराबर रखते थे। वे यथास्थान पाए गए। पात्र कोई नहीं था पर पानी तो लाना ही पड़ेगा। फिर चन्द्रमौलि को उठाने की ही सोची, क्योंकि उन्हें स्पष्ट हो गया कि नदी-तट का ही आश्रय लेना पड़ेगा। नगर में भयंकर अशान्ति थी; दूसरी ओर, नदी और कितनी दूर है, इसका कुछ अता-पता नहीं। चन्द्रमौलि को कितनी दूर ले जाना पड़ेगा, यह भी मालूम नहीं। उन्होंने पहले स्वयं देख लेने का निश्चय किया। टीले की दूसरी ओर उन्हें एक पुराना खँडहर दिखाई दिया। वहाँ जल-पक्षियों को उड़ते देख उन्होंने अनुमान किया कि कोई ताल या सरोवर वहाँ अवश्य होना चाहिए। खँडहर के पास सचमुच ही एक बड़ा-सा पुराना सरोवर था। सीढ़ियाँ टूट गई थीं पर ऐसी अवश्य थीं कि पानी तक पहुँचा जा सके। जान पड़ता था, इधर कोई आता नहीं। मकान किसी समय निस्सन्देह बड़ा विशाल और भव्य रहा होगा। किसी समृद्धिशाली सेठ ने बनवाया होगा पर अब तो उसकी रग-रग में तृण-गुल्म निकल आए थे। आँगन में कई अयत्नवर्धित वृक्ष अपनी दुर्दम्य जीवनी-शक्ति की घोषणा कर रहे थे। तालाब में जल बहुत स्वच्छ था। उस पर जल-पक्षियों के दल-के-दल उड़ और तैर रहे थे। माढ़व्य ने इधर-उधर दृष्टि दौड़ाई। थोड़ी दूर पर गायों के झुंड दिखे। उन्हें चरानेवाले कुछ लड़के भी दिख गए। माढ़व्य उनके निकट गए। लड़के दौड़कर उनके पास आए। उनके तन पर कोई वस्त्र नहीं था, केवल कमर में कुछ पत्ते बँधे थे। उन्होंने पूछा कि वे लोग कौन हैं। अपने मित्र की थकान और अचेतावस्था की बात भी बताई और पूछा कि क्या वे कुछ सहायता कर सकते हैं। लड़कों ने बताया कि वे भिल्ल जाति के हैं। उनका छोटा-सा गाँव बहुत दूर नहीं है और यदि उनकी सेवा वे ले सकें तो सहर्ष तैयार हैं। छोटे-छोटे अशिक्षित बालकों की इस सेवा-वृत्ति को देखकर माढ़व्य को आश्चर्य हुआ। उन्होंने पहली बार अनुभव किया कि अशिक्षा के कारण कोई सुसंस्कृत होने से वंचित नहीं रह जाता। शिक्षा से जानकारियाँ बढ़ती हैं अवश्य, पर चित्त का संस्कार तो घर और परिवेश के संस्कारों से ही होता है।

माढ़व्य के अनुरोध पर बच्चे अपनी गायों के साथ टीले के पास पहुँचे। उन्होंने पत्तों के सुन्दर दोने बनाए और उनमें गायों से दुहकर दूध भरा और कहा कि पंडित, अपने साथी को पिला दो और तुम भी पी लो। माढ़व्य ने चन्द्रमौलि को जगाया, दूध पीने को कहा और स्वयं भी पी लिया। चन्द्रमौलि में अब चेतना आई। माढ़व्य ने बालकों को कुछ कार्षापण देना चाहा, पर उन्होंने अस्वीकार कर

दिया। चन्द्रमौलि को स्वस्थ देखकर बालक बहुत प्रसन्न हुए। उन्होंने और भी सेवा करने की इच्छा प्रकट की, परन्तु माढ़व्य ने उनके प्रति कृतज्ञता का भाव दिखाकर क्षमा माँगी। लड़के वहाँ से हटे नहीं। माढ़व्य ने आश्चर्य के साथ देखा कि कुछ लड़के दोनों में पानी भरकर सरोवर से ले आ रहे हैं। कैसा अद्भुत सेवाभाव है! माढ़व्य और चन्द्रमौलि की आँखों में आँसू आ गए। लड़कों से चलने को कहकर चन्द्रमौलि और माढ़व्य सरोवर-तट पर गए। बालक उनके साथ ही बने रहे। शीतल जल में अवगाहन करके वे पूर्ण स्वस्थ हो गए।

अब दिन काफी ढल आया था। चन्द्रमौलि ने पुराने खँडहर के एक स्थान पर विचित्र दृश्य देखा। गौएँ एक-एक करके वहाँ एक शिलाखंड के पास आतीं, उनके थनों से दो-चार बूँद दूध वहाँ अवश्य गिर जाता। चन्द्रमौलि को लड़कों से यह जानकर बड़ा ही आश्चर्य हुआ कि नित्य यही होता है। लड़कों ने यह भी बताया कि यहीं महाकालनाथ का पुराना स्थान है। यहीं से वे उज्जयिनी मन्दिर में ले जाए गए। उन्होंने यह भी कहा कि देवाधिदेव मूल रूप से उन्हीं के देवता हैं लेकिन जो लोग शक्तिशाली हैं, वे अब उन्हें उन्हीं देवता के मन्दिर में जाने नहीं देते। देवाधिदेव उनकी व्यथा समझते हैं, सो वे स्वयं एक दंड के लिए यहाँ आकर भक्तों की सेवा ग्रहण करते हैं। तीसरे पहर वे यहाँ आ जाते हैं और भिल्ल लोगों की सेवा इसी रूप में ग्रहण करते हैं। और किसी समय कोई गाय वहाँ पहुँचती है तो दूध नहीं झरता। आश्चर्य से चन्द्रमौलि को रोमांच हो आया। चिल्लाकर माढ़व्य को बुलाया, "दादा, यह देखो महाकाल की लीला!"

जब तक माढ़व्य वहाँ पहुँचे, तब तक चन्द्रमौलि भाव-विह्वल हो गया था। उसकी आँखों से अश्रुधारा झरने लगी। मुँह से निर्बाध-भाव से नए श्लोकों की धारा फूट पड़ी। ललित छन्दों की निर्बाध वर्षा से फक्कड़ माढ़व्य भी निश्चेष्ट होने लगे।

उस अद्भुत मोहन-स्तव का जब तार टूटा, तो माढ़व्य का शरीर भी बहुत रोमांच-कंटकित हो उठा। उन्होंने स्नेहपूर्वक चन्द्रमौलि के सिर पर हाथ फेरा। थोड़ी स्तुति करते हुए बोले, "धन्य हो किशोर कवि, ऐसी वाणी का वरदान तो मैंने कभी नहीं देखा। तुम महाकाल के सच्चे भक्त हो।"

चन्द्रमौलि उसी प्रकार भाव-विजड़ित वाणी में बोला, "भक्त हूँ दादा, भक्त हूँ? मैं महाकाल के अनुचर के रूप में ही अब तक अपने को धन्य मानता हूँ दादा, उन्मत्त भाव से वर्तमान नटराज के प्रत्येक पद-संचार में मैंने छन्द देखा है, उस छन्द के ताल से ताल मिलाने का प्रयास करता रहा हूँ। उनके ललाट देश में द्युतिमान चन्द्रमा के आलोक में, देवलोक के नन्दन-वन में सपनों-भरी आँखों का अलस विलसन देखकर मुग्ध होता आया हूँ। मैंने उनके अंग-अंग से विस्फुरित होनेवाली विराट् छन्दोधारा को प्रत्यक्ष देखा है। देखा है दादा, इस विरामविहीन

छन्दोधारा के स्पन्दन से महाशून्य सिहर उठा है और उसके वस्तुहीन प्रवाह के प्रचंड आघात से वस्तु-रूपी फेन के शत-शत पुंज रूप ग्रहण करते हैं। देखा है दादा, घनमसृण तिमिर-व्यूह से उज्ज्वल आलोक की तीव्र छटा को विच्छुरित होते देखा है! इस तीव्र प्रकाश में से नए-नए रंगों, वर्णों की विचित्र शोभा को प्रस्फुटित होते देखा है! इसी प्रचंड गति से उठे हुए घूर्ण-चक्र में फेन-बुद्बुद की भाँति नक्षत्र-मंडलों, ग्रह-उपग्रहों को उठते-मरते, विलीन होते देखा है! दिन-रात यह प्रचंड छन्दोधारा मृत्यु के स्नान से विश्व को निरन्तर नवीन जीवन देती रहती है। वहीं से सीखा है दादा, छन्द की महिमा, अबाध गति की सुन्दरता, मृत्यु के भीतर से जीवनी-धारा की निरन्तर धावमान विजय-कथा! सुना है दादा, महाकाल की प्रचंड गति में जीवन का संगीत, सुन्दर का उल्लास, मधुर का कलगान! मैं शिव का अनुचर हूँ दादा, सतत अनुसर्त्ता अनुचर! मैं कवि हूँ! परन्तु यह कैसा विधान है दादा, कि जिनके देवता उठाकर ले जाए गए, वे ही उनके दर्शनों से वंचित रहें! कुलीनता के अभिमानी समझते हैं कि वे महादेव की पवित्रता की रक्षा कर रहे हैं और जिनकी पवित्रता की रक्षा का दम्भ किया जा रहा है, वे चुपचाप यहाँ आकर निर्विकार-भाव से उनकी सेवा स्वीकार कर रहे हैं। विधाता के विधान में इस प्रकार के आचरण द्वारा क्या हस्तक्षेप नहीं हो रहा है? विधाता ने मनुष्य-मात्र को समान-भाव से श्रद्धालु बनाया है, समान-भाव से सहानुभूति और सौजन्य का आश्रय बनाया है, पर मनुष्य ने उसे जटिल बनाकर विकृत कर दिया है। कल जो अकांड तांडव आपने देखा, वह क्या विधाता की इच्छा से घटित हुआ था? निरीह मनुष्य की हत्या, आग लगाकर! विधाता के दिए हुए सौन्दर्य का इस प्रकार विखंडन क्या मनुष्य की बनाई गलत व्यवस्था का परिणाम नहीं है? नहीं आर्य, आज मेरी अनेक मान्यताएँ ध्वस्त हो गई हैं। आज मैं सचमुच उन्मत्त हूँ। महाकाल के विकट सिंहासन के अधीश्वर से मैं आज पूछना चाहता हूँ—देवता, यह सब क्या तुम्हारे इशारे पर हो रहा है? तुमने क्या उन लोगों को क्षमा कर दिया है जो विनाश-लीला के लिए उत्तरदायी हैं?...

"इधर इन बालकों को देखो दादा, कितने पवित्र, कितने भोले, कितने निरीह हैं! इनके हृदय में यदि देवाधिदेव नहीं हैं तो विश्वास करो दादा, वे कहीं भी नहीं हैं। मुझे बताओ दादा, इस क्रूर वीभत्सता पर कैसे आघात करूँ? कैसे छिन्न कर दूँ उस विकट नाग-पाश को जो मनुष्यता को अपनी दुरतिक्रम्य जकड़ में जकड़ता ही चला जा रहा है?...

"देवता कहाँ हैं दादा? देवता क्या ईंट-पत्थरों से जड़ आवरण में बन्दी हैं? क्या मनुष्य का भाव ही देवता को महान् नहीं बनाता? क्या इन भोले लोगों की भक्ति इस प्रकार उपेक्षणीय है?...

"बोलो दादा, कुछ बोलो! आज तुम्हारे चन्द्रमौलि के हृदय में जो क्षत हुआ हे, वह क्या कभी ठीक भी होगा?"

माढ़व्य मुग्ध-भाव से किशोर कवि की बातें सुन रहे थे। क्या कह रहा है यह भोला कवि! कौन कहता है बाबा कि तू कवि नहीं है। कवि तो है पर यह कहाँ लिखा है कि कवि को उन्मत्त होकर सामने खड़े निरीह व्यक्तियों को छन्द के आघात से जर्जर कर देना चाहिए? तू कवि है, पर कवि को दया-माया-हीन होने का विधान तो कहीं नहीं है। सामने तेरा निरीह दादा खड़ा है और तू निर्दय की भाँति उसे छन्दों की मार से अधमरा करता रहा है।

चन्द्रमौलि उसी प्रकार आविष्ट था। उसके अधरोष्ठों में थोड़ा कुंचन हुआ। ललाट-देश में रेखाएँ उभरीं। उसके कंठ में अकारण उत्तेजना के भाव आए। ऐसा जान पड़ा, जैसे सामने महाकाल ही दिख गए हों। "हे महाकाल, अब तक मैंने तुम्हारे चरण-स्पर्श से पुलकित होते पुष्पों का मोहन-रूप ही देखा था। रात को जब मेरा चैतन्य किसी अन्ध तिमिर-समुद्र में डूब गया था, मैंने देखा कि तुम्हारा विकट अमंगल तांडव विवेकहीन होकर सब-कुछ को रौंद रहा है। मैंने नरक की आग बरसानेवाले क्रूर ज्वालामुखी को देखा है। मैंने एक ही साथ दो बातें देखीं। मेरा मन क्षोभ और कलुष-भाव से भर गया—एक तरफ देखा, स्पर्द्धित क्रूरता और उन्मत्तता का निर्लज्ज हुंकार जो सब-कुछ को उजाड़कर, रौंदकर ध्वस्त करने पर तुला है; दूसरी ओर देखा, भीरुता और निष्क्रियता का दुविधा-भरा भीरु पदसंचार, जो चुपचाप आत्म-समर्पण कर रहा है। इस ओर लज्जा नहीं है तो उस ओर दृप्त जिजीविषा का कोई चिह्न नहीं है। महाकाल के चक्र-नृत्य के चालक देवता, मैं आज क्षुब्ध हूँ। मैं तुमसे न्याय की भीख नहीं माँगता। माँगता हूँ वह वज्र वाणी, वह दृप्त विचार, वह अकुतोभय वीर्य, जो दोनों पर कसके आघात कर सके। मैं एक ओर इस नारीघाती, शिशुघाती बीभत्सता का ध्वंस चाहता हूँ, दूसरी ओर उस भीरुता और कायरता का नाश चाहता हूँ जिसने तनकर खड़ा होने की भावना ही समाप्त कर दी है। महाकाल के सिंहासन पर बैठे हुए विचाराधीश, तुम मुझमें शक्ति दो कि इन दोनों प्रकार की कुत्सित वृत्तियों को धिक्कार दे सकूँ। महाकाल के अधिदेवता, आज देवता के साथ छाया की तरह लगे अप-देवता को मैं देख रहा हूँ। प्रौढ़ प्रतापशाली नरपतियों की अधिकार-लालसा ने और सर्वग्रासी लोभ ने संसार को क्रूर परिहास का केन्द्र बना दिया है। मैं शक्ति चाहता हूँ, इस विकट बीभत्सता को समाप्त कर देनेवाली दृप्त वाणी की। सर्वत्र, हे महाकाल, नाश की आँधी बह रही है। विकट घूर्ण-चक्र में पड़ा हुआ जगत् 'त्राहि-त्राहि' कर उठा है। शक्ति दो, मैं तुम्हारे पद-संचार की अमृत-लेपिनी शक्ति चाहता हूँ।"

माढ़व्य सोचने लगे कि इस लड़के का दिमाग तो खराब नहीं हो गया। भिल्ल

बालक खड़े-खड़े तमाशा देख रहे थे। उन्होंने माढ़व्य को बताया कि कुछ चिन्ता न करें। एक दंड बीत आया है। अब उनके साथी शान्त हो जाएँगे। भावुक लोग अकसर यहाँ आने पर प्रायः इसी प्रकार का आचरण करते हैं। चन्द्रमौलि सचमुच शान्त हुआ। माढ़व्य ने उसके सिर पर हाथ फेरा। प्यार से बोले, ''मित्र चन्द्रमौलि, उठो! आर्य देवरात का भी तो पता लगाना है।'' चन्द्रमौलि ने हाथ जोड़कर कहा, ''दादा, थोड़ी देर और यहाँ रह लेने दो!''

माढ़व्य ने उसे थोड़ी देर और रहने का अवसर दिया। वे अकेले देवरात का पता लगाने चल पड़े। चन्द्रमौलि उसी प्रकार आविष्ट-अवस्था में बैठा रहा, भिल्ल बालक कुतूहलपूर्वक उसे ताकते रहे।

माढ़व्य लौटकर आए तो चन्द्रमौलि को स्वस्थ और प्रसन्न पाया। वे स्वयं म्लान लौटे थे। उन्होंने बताया कि आर्य देवरात का चित्त भी कुछ विकृत-जैसा लगा था। वे न जाने किस अदृश्य मायाविनी से बात कर रहे थे और एकाएक मथुरा को चल पड़े। माढ़व्य की ओर उन्होंने फिरकर ताका भी नहीं, मानो उनके साथ उनका कभी का परिचय ही न हो। चन्द्रमौलि ने सुना तो एकदम खड़ा हो गया। बोला, ''दादा, मुझे भी क्षमा करो। मेरा मन अब यहाँ से भर गया है। इतने दिन तुम्हारे साथ रहकर न जाने किस जन्मान्तर के पुण्य का सुख अनुभव किया। तुम्हारे-जैसे उदार सहृदय का स्नेह यों ही नहीं मिल जाता। अवश्य ही हम दोनों पूर्व जन्म में प्रिय सुहृद्र रहे हैं। एक साथ चलते-चलते सुख और दुख दोनों अनुभव किए। पर दादा, अब लगता है, रास्ता बदल गया। तुम्हारा रास्ता जिधर जाता है, उधर मेरा रास्ता नहीं जाता। विदा होता हूँ दादा, इस अनुज पर तुमने अनेक उपकार किए हैं। पहले से ही पर्याप्त बोझ हो गया है, अब अधिक बढ़ाने से लाभ नहीं। प्रणाम करता हूँ। आशीर्वाद दो कि वाग्देवता की आराधना द्वारा कुछ ऐसी सिद्धि पा सकूँ जो इन नरमांस-भक्षी भुक्खड़ गिद्धों की लोलुपता से संसार की सौन्दर्य-लक्ष्मी की रक्षा कर सकूँ। उज्जयिनी में मैंने बहुत नए अनुभव प्राप्त किए हैं। तुम्हारे सरस साहचर्य का ही फल है कि आज भी जीवित हूँ।'' चन्द्रमौलि ने दादा को भूमिष्ठ होकर प्रणाम किया। माढ़व्य को इस उपसंहार की प्रत्याशा बिलकुल नहीं थी। वे ऐसे निःशब्द हो गए जैसे किसी ने औषध-बल से उनकी वाक्शक्ति लुप्त कर दी हो। वे चुपचाप चन्द्रमौलि का जाना देखते रहे।

सत्ताईस

प्रभात होने को आया। कमल-पुष्प के मधु से रँगे पंखोंवाले वृद्ध कलहंस की भाँति उदास मन्थर गति से चन्द्रमा आकाश-गंगा के पुलिन से पश्चिम की ओर चला गया। सारा दिङ्मंडल वृद्ध रंकु मृग की रोम-राजि के समान पांडुर हो उठा। हाथी के रक्त से रँगे सिंह के सटा-भार के समान सूर्य की लाल किरणें आसमान में फैलने लगीं, वन-देवियों की अट्टालिकाओं के समान महावनस्पतियों के शिखरों पर गर्दभ-लोम के समान धूसर धुआँ सटकर सब-कुछ को धूमिल आभा से आच्छादित कर गया—सर्वत्र थकान, क्लान्ति, अलस मन्थर भाव। आज का प्रभात हुआ पर पक्षियों का कलगान नहीं सुना गया, भौंरों की गुंजार जाने कहाँ विलीन हो गई, मन्द-मन्द संचारी प्रभात-वायु का मादक संचार नहीं दिखाई दिया। आज का प्रभात कुछ विचित्र था। राजभवन उदास था, नगर म्रियमाण था, राजपथ शून्य थे, नदी के घाट शब्द-हीन थे; और तो और, महाकाल मन्दिर का घंटा भी चुप था। धूतादेवी रात-भर किसी अज्ञात आशंका से साँस रोके पड़ी रहीं। प्रातःकाल उनका चित्त उद्विग्न था। सारी रात वे चारुदत्त की प्रतीक्षा करती रहीं, पर वे अभी तक लौटे नहीं। उन्होंने यह सोचकर आर्यक की ओर जाना भी उचित नहीं समझा कि विश्राम कर रहे होंगे। जब से उन्होंने अपने इस नए देवर को देखा है तब से उन्हें एक अद्भुत वात्सल्य का अनुभव हो रहा है। कैसा कमनीय मुख है! भुजाएँ जानु-देश तक लम्बमान हैं, वक्षःस्थल वज्र-कपाट के समान फैला हुआ है, चलने में सिंह की ठवन है। पर बेचारे कितने दुखी हैं, चेहरा मुरझाया हुआ है, होंठ सूखे हुए हैं, शरीर पर कहीं भराव नहीं दिखाई देता जैसे उदंत वनस्पति पर अचानक हेमन्त का पाला पड़ गया हो। भीतर कहीं कोई दारुण वेदना है जो शरीर को झुलसा रही है। सो रहे हैं, सोने दो। जाने कब से निश्चिन्त-भाव से सोने का अवसर नहीं मिला है। ऐसा अकुतोभय पौरुष और ऐसी दारुण पीड़ा!

धूता को आज का दिन बड़ा उदास लग रहा था। न जाने क्या हो गया है। वे घर छोड़कर बाहर आ गई हैं। आज पहली बार लक्ष्मी-विनायक का पूजन नहीं हो सकेगा, पंजर-शुकों को दाना नहीं दिया जा सकेगा, होम की अग्नि प्रज्वलित नहीं की जा सकेगी, आँगन में आलिंपन-उपलेपन नहीं हो सकेगा, नैवेद्य-पुष्पों की डालियाँ सूनी रह जाएँगी, पितरों का तर्पण नहीं हो सकेगा, कुल-देवताओं का अर्चन नहीं हो सकेगा। आज धूता के सारे नित्य-कर्म उपेक्षित होंगे। हे कुलदेवता, यह कैसी विडम्बना है!

इसी समय चारुदत्त आए—सदा की भाँति शान्त, स्निग्ध, शोभन। आते ही

उन्होंने क्षमा माँगी—"रात बहुत बुरी बीती है देवि! दुष्टों ने नगर में आग लगा दी थी। हमारा घर तो जलकर राख हो गया है। सुना है कुछ परदेसियों ने लोगों का साहस बढ़ाया है और बड़े सुचारु रूप में आग से जूझने का प्रोत्साहन दिया है। अब आग तो बुझ गई है पर नगर के कई भाग ध्वस्त हो गए हैं। राजभवन को बचाने में रात-भर भाग-दौड़ करनी पड़ी। तुम्हें कष्ट हुआ। पर चिन्ता न करना देवि, गोपाल आर्यक को सुरक्षित रखना हमारा प्रथम कर्त्तव्य है। आज तक हमारे घर के किसी अतिथि को इतना कष्ट नहीं सहना पड़ा। तुम भी क्या कर सकती हो, लेकिन तुम्हें उनकी देख-रेख के लिए छोड़कर मैं थोड़ा निश्चिन्त अवश्य हुआ हूँ।"

धूता ने दृढ़ कंठ से कहा, "आर्यपुत्र निश्चिन्त रहें। मैं अपने देवर की सेवा में कुछ उठा नहीं रखूँगी। परन्तु इतना अवश्य कहूँगी कि अपने शरीर का भी थोड़ा ध्यान रखें। कल से ही निराहार हैं। मैं रात-भर प्रतीक्षा करती रह गई।"

"मैं अभी स्नान-पूजा से निवृत्त होकर आ रहा हूँ। इस बीच तुम्हारे देवर यदि उठ जाएँ तो उन्हें भी तैयार रखो और स्वयं तो स्नान कर ही लो। अभी कुछ कठिनाइयाँ हैं।"

धूता ने कुछ याद करके पूछा, "आग किधर लगाई गई थी, वसन्तसेना बहिन का घर तो सुरक्षित है न?" चारुदत्त वसन्तसेना के बारे में बहुत चिन्तित थे। यह भी पता लगा लिया था कि आग उधर नहीं फैली है। पर अभी तक उन्हें यह पता नहीं था कि वसन्तसेना है कहाँ। यथासाध्य वे पता लगाने का प्रयत्न भी कर रहे थे। पर धूता से यह कहने में वे लजा रहे थे।

"आग तो श्रेष्ठि-चत्वर से ही फैली है। उधर ठीक ही होगा।"

धूता कुछ व्याकुल हुईं, "ठीक ही होगा? पता नहीं लगाया?"

"लग जाएगा। कुछ अच्छे परदेशियों की सहायता से नागरिकों ने आग को बहुत फैलने नहीं दिया। श्रेष्ठि-चत्वर के आसपास के मकान ही जले हैं।"

"ये परदेशी लोग कौन थे?"

"कुछ ठीक पता नहीं चला है। पर उनके नेता का नाम सभी नागरिकों की जिह्वा पर है। वे लोग रात-भर 'आर्य देवरात की जय' बोलते रहे। देखा तो बहुत कम लोगों ने उन्हें, पर जय-जयकार सबने किया। कहते हैं, वह कोई देवता ही रहा होगा।"

पास के घर में गोपाल आर्यक विश्राम कर रहे थे। उन्हें चारुदत्त के अन्तिम वाक्य सुनाई पड़े। वे धड़फड़ाकर उठ बैठे, "क्या नाम बताया, भैया? आर्य देवरात?"

"हाँ मित्र, यही नाम बता रहे हैं।" आर्यक उठकर खड़े हो गए, "आर्य देवरात!"

"हाँ, आर्य देवरात!"

"कहाँ हैं आर्य देवरात? किसने देखा उन्हें, मित्र!"

चारुदत्त को आश्चर्य हुआ कि गोपाल आर्यक कैसे आर्य देवरात को जानते हैं। बोले, "जानते हो, आर्य देवरात को जानते हो? रुको, अभी उनका पता लगाता हूँ। पर वे हैं कौन?"

"आर्य देवरात मेरे कौन हैं? मेरे गुरु हैं भैया, जहाँ कहीं मिलें, उन्हें यहाँ ले आओ। कहाँ दिखे? किसने देखा? पूरा बताओ भैया, पूरा बताओ!"

"अभी खोजवाता हूँ। पूरा बताता हूँ। जितना जानता हूँ, उतना बता दिया है। अपनी भाभी से पूछ लो। मैं अभी आया।"

चारुदत्त आर्यक की उत्सुकता बढ़ाकर चले गए। आर्यक ने अनुनय-जड़ित वाणी में पूछा, "भाभी, भैया ने आर्य देवरात के बारे में क्या कहा है? जल्दी बताओ भाभी।"

भाभी ने स्नेह-सिक्त वाणी में कहा, "विशेष कुछ तो नहीं बताया। इतना ही बताया कि वे कोई परदेशी महात्मा हैं। लोग समझ रहे हैं कि कोई देवता ही रहे होंगे। सब लोग उनकी जय-जयकार कर रहे हैं। रात उन्होंने नागरिकों की बड़ी सहायता की है। मुझे भी लगता है लल्ला, कि कोई देवता ही होंगे। ऐसी विपत्ति के समय देवता ही मनुष्य की सहायता करने आ जाते हैं। देवता ही होंगे।"

"देवता तो वे हैं ही भाभी, मनुष्य-रूप में देवता।"

"तुम्हारे गुरु का भी यही नाम है लल्ला?"

"बिलकुल यही नाम है। पर वह विपत्ति क्या थी, भाभी?"

धूता भाभी एकदम सकपका गईं। यह बात आर्यक को अभी नहीं बतानी है, ऐसा उनके पति कह गए थे। कुछ सँभलकर बोलीं, "सब बातों का ठीक-ठीक पता नहीं चला है। वे अब आते होंगे। तब तक तुम भी स्नान कर लो। वे आते ही होंगे। कह गए हैं कि आर्य देवरात का पता लगाकर तुरन्त ही लौटेंगे। वे अवश्य पता लगाएँगे, देवर! उनकी बात अन्यथा नहीं होती। वे जितना कहते हैं, उससे अधिक करते हैं। पता लगाने गए हैं तो पता तो लगा ही लेंगे, हो सकता है कि साथ लेते भी आएँ। तब तक तुम तैयार हो जाओ।"

गोपाल आर्यक अब तक गुरु देवरात की ही बात सोच रहा था। भाभी की बातों से जब लगा कि देवरात अभी आ सकते हैं, तो याद आया कि देवरात केवल गुरु ही नहीं, उसके श्वसुर भी हैं। आते ही मृणाल के बारे में पूछेंगे। और आर्यक की अपकीर्त्ति से वे पहले से ही परिचित होंगे, तो उस अभाजन का मुँह भी नहीं देखना चाहेंगे। चाहे भी तो अभागा आर्यक अपना मुँह कैसे दिखा सकेगा? विषम संकट सिर पर मँडरा रहा है। सबके सामने उसका मुँह काला होगा। फटो धरित्री,

लील जाओ इस अभाजन को! क्षण-भर बाद ही आर्यक के जीवन का सबसे काला पक्ष सारी दुनिया में उजागर हो जाएगा।

भाभी ने आर्यक के चेहरे पर अचानक छा गई मलिनता को देख लिया। स्नेह के साथ बोलीं, "तुम उदास क्यों हो गए, लल्ला?"

उदास! भाभी को क्या बताए? कैसे समझाए कि गुरु के आगमन से शिष्य का हृदय फटकर क्यों टुकड़े-टुकड़े हो जाएगा? आर्यक के मुख की विषाद-रेखा और भी गहरी होती गई।

भाभी उसकी यह अवस्था देखकर बहुत बुरी तरह डर गईं—"भाभी से कुछ चूक हो गई क्या लल्ला? नहीं मेरे लहुरा देवर, भाभी की बात का बुरा माना जाता है? हाय राम, यह क्या हो गया तुम्हें? अभी उनसे अभिमानपूर्वक कहा है कि देवर को प्रसन्न रखने में कुछ उठा नहीं रखूँगी और अभी तुम्हें चोट पहुँचा दी? पैरों पड़ूँ लल्ला, खुश हो जाओ। कुछ भूल-चूक हुई हो तो क्षमा करो। हाय-हाय, तुम्हारा चेहरा कैसा देख रही हूँ!"

गोपाल आर्यक अपने में ही खो गया था। भाभी की बात से उसकी चेतना लौटी। यत्न और आयास के साथ हँसने का प्रयास करते हुए कहा, "क्या कह रही हो भाभी, तुम्हारी बातों का कौन पापी बुरा मानेगा? नहीं भाभी, मैं दूसरी बात सोचने लगा था।"

"क्या सोचने लगे थे। कल भी सोचने लगे थे, आज भी सोचने लगे। अपना कष्ट तुम भाभी को नहीं बता सकते, देवर? बोलो, तुम्हें जो कष्ट है वह मुझे बताओ। मेरे सिर की शपथ, मुझसे कुछ छिपाओ मत। जो बात माँ से भी नहीं कही जा सकती, वह भाभी से कही जाती है। तुम अपना कष्ट बताओ। भाभी की छाती टूक-टूक हो जा रही है, लल्ला! कह दो ना!"

भाभी ने ऐसे दुलार से आर्यक के सिर पर हाथ फेरा, जैसे कोई माँ अपराध से भीत बालक के सिर पर हाथ फेर रही हो। उस करतल में अमृत की संजीवनी का लेप था। उसका रोम-रोम कृतार्थ हो गया। मातृत्व का ऐसा सुधा-लेप उसने बरसों बाद अनुभव किया। उसे ऐसा लगा कि भाभी से कुछ भी छिपाना महापाप होगा। पर कहे तो कैसे कहे, क्या कहे! लज्जा का दुर्भेद्य आवरण तो भाभी के एक स्पर्श से गलकर बह गया, पर वाणी की जड़िमा नहीं गई। आर्यक आज पार्वती का स्नेह पा रहा है, गंगा का पावन स्पर्श पा रहा है, अरुंधती का वरदान पा रहा है; पर वाग्देवी रुष्ट हो गई हैं, वचन-रचना की चातुरी जवाब दे गई है। वह निर्वाक्-निःस्पन्द होकर इस अपूर्व मातृत्व से आप्लावित होता रहा। चन्द्रा ने भी एक बार उसे उदास देखकर इसी प्रकार दुलारा था, पर उस समय वाग्देवी चंचल हो उठी थीं। आज वे निश्चेष्ट हैं। आर्यक की आँखों से अश्रुधारा झरने लगी।

भाभी के चरणों में उसने अपना सिर रखा। फिर सायास वाणी में बोला, "सब कहता हूँ भाभी, पर एक काम करो। कुछ ऐसा उपाय करो कि आर्य देवरात एकदम यहाँ न आ जाएँ। वे मेरे परम पूज्य गुरु ही नहीं हैं, श्वसुर भी हैं। मेरी कहानी सुन लो। यदि उन्हें समझा सको तो समझा दो। मैं कुछ कह नहीं सकूँगा भाभी! पर उन्हें सामने देखकर मेरी हृदय-गति अवश्य बन्द हो जाएगी, मेरे मस्तिष्क की नसें अवश्य फट जाएँगी, मेरा सारा अस्तित्व मिट्टी के कच्चे घड़े की तरह टुकड़े-टुकड़े हो जाएगा। भाभी, मैं उनको मुँह दिखाने योग्य नहीं हूँ।" आर्यक ने एक बार फिर अपना ललाट भाभी के कोमल कमनीय चरणों पर पटक दिया।

भाभी ने फिर प्यार से उसके सिर पर हाथ फेरा—"उठो लल्ला, यह मैं कर लूँगी। थोड़ा शान्त हो जाओ। भाभी तुम्हारा उपचार जानती है!"

"मेरा उपचार कुछ नहीं है, भाभी!"

"है, है! उठो भी तो!"

भाभी ने और भी सहानुभूति-भरे स्वर में रहस्य-भरी मुस्कान के साथ कहा, "उठो लल्ला, पहले मुँह-हाथ धोकर तैयार हो जाओ। भोले देवरों के सारे मानसिक कष्टों का उपचार भाभियाँ ही जानती हैं। भाभियाँ जादू भी तो जानती हैं, लल्ला!"

आर्यक अवाक्। जादू ही तो देख रहा हूँ। ऐसी शामक हँसी जादू नहीं तो क्या है! भाभियाँ मोहन-मन्त्र जानती होंगी।

आर्यक ने भाभी से कुछ भी नहीं छिपाया। सब ज्यों-का-त्यों कह गया। भाभी इस प्रकार सुनती रहीं जैसे पुरानी सुनी हुई कहानी नए सिरे से सुन रही हों। बीच-बीच में वे परिहास करने में भी नहीं चूकीं। जब आर्यक ने कहा कि विवाह के बाद भी चन्द्रा उन्हें अटपटे पत्र लिखती रही और आर्यक ने उन पत्रों को मृणाल को दे दिया, तो भाभी ने गम्भीर भाव से पूछा कि वे पत्र मृणाल तक पहुँचने के पहले हथेली के पसीनों से भीग तो नहीं गए थे? आर्यक को इस प्रश्न से आश्चर्य हुआ। भोलेपन से कह गया, "ऐसा तो नहीं हुआ।" भाभी ठठाकर हँस पड़ीं। बोलीं, "हुआ होगा भोलानाथ! ज़रा ठीक से याद करके कहो।" भाभी की हँसी से आर्यक की समझ में आया कि भाभी परिहास कर रही हैं। पोथियों में लिखे हुए सात्विक स्वेद की बात कह रही हैं। लज्जित होकर कहा, "भाभी, क्रूर परिहास कर रही हो।" भाभी ने गम्भीर होकर कहा, "देवर से किया हुआ परिहास क्रूर नहीं होता, लल्ला! भाभी को उपचार की बात भी तो सोचनी पड़ती है।" और भी प्रसंगों पर भाभी ने परिहास किया जिससे आर्यक की पपनियाँ ऐसी गिरीं, जैसे गोंद से चिपका दी गई हों। जब उन्होंने सरस स्मित के साथ पूछा कि "चन्द्रा को तुमने कभी प्यार किया ही नहीं लल्ला?" तो ऐसी ही अवस्था हो गई थी।

उपसंहार करते हुए आर्यक ने कहा, "तुम्हीं बताओ भाभी, मैं मृणाल को कैसे मुँह दिखाऊँ, आर्य देवरात को मुँह कैसे दिखाऊँ, भैया जानेंगे तो क्या मुझे क्षमा करेंगे?"

भाभी ने हँसते हुए कहा, "देवर, अब तुमसे कैसे झगड़ा करूँ! अगर तुम मेरे देवर न होकर ननद होते, तो झगड़ भी लेती। विधाता ने गुण तो सब ननद के दिए हैं, बना दिया है देवर!"

ननद के गुण? आर्यक का सिर चकरा गया। क्या अभी तक उसने जो कुछ कहा है उससे भाभी ने यही समझा कि उसमें पुरुषोचित गुण हैं ही नहीं? जो कुछ है वह केवल स्त्री-जनोचित है? भाभी कहना क्या चाहती हैं?

भाभी के अधरों पर मन्द स्मित ज्यों-का-त्यों सटा रह गया था। आर्यक की समझ में नहीं आता था कि भाभी के मन में क्या है। क्या वे उसे दयनीय जीव समझ रही हैं?

भाभी ने कहा, "सुनो देवर, मेरी बात पर तुम विश्वास करोगे या नहीं, नहीं जानती, पर ये बातें अस्पष्ट रूप में मुझे मालूम थीं। कैसे मालूम थीं? बताती हूँ।...

"तुम स्वप्न में विश्वास करते हो? नहीं करते? सब स्वप्न विश्वास करने योग्य होते भी नहीं। अधिकतर स्वप्नों में मनुष्य अपनी ही दबाई वासनाओं की काल्पनिक तृप्ति पाता रहता है। वे मायालोक में हमारी अतृप्त आकांक्षाओं को साकार रूप देते हैं। पर सच पूछो तो वे ही क्षणिक माया-लोक नहीं हैं। यह सारा संसार ही क्षणिक माया-लोक है। है यह भी स्वप्न ही। इस पर विश्वास करना और स्वप्न पर विश्वास न करना, दोनों निरर्थक हैं। विश्वास करो तो दोनों पर करो, नहीं तो किसी पर न करो। जैसे इस दुनिया में बहुत-कुछ झूठा भ्रम है और बहुत-कुछ सत्य-प्रतीति है, वैसे ही स्वप्न में भी होता है। पिछली शिवरात्रि को तुम्हारे भैया बहुत उदास होकर लौटे। मैंने दुख का कारण जानना चाहा, नहीं जान सकी। फिर मैंने भवानी की आराधना की। इनको उदास देखती तो छाती फटने को आती। मन्दिर पास ही है। नित्य भवानी से प्रार्थना करती कि इन्हें प्रसन्न बनाओ। इनका सब दुख मेरे ऊपर डाल दो। तीन दिन बाद एक विचित्र बात हुई। इन्हें और बच्चे को खिला-पिलाकर मैं शयनकक्ष में आई। ये बच्चे को गोद मे लेकर सो गए थे। देखा, शयन में भी वैसी ही उदासी थी। क्या करूँ, कुछ समझ में नहीं आता था। मैं मन-ही-मन भवानी का ध्यान करते-करते सो गई। दीया बुझाया या नहीं, मुझे याद नहीं है। मैं सोई भी कहाँ थी? पर एकाएक दिव्य प्रकाश से घर जगमग-जगमग हो गया। ऐसा लगा, कोई दिव्य ज्योति उतर रही है। धीरे-धीरे उस ज्योति ने मनुष्य का आकार ग्रहण किया। दिव्य नारी-मूर्त्ति। गोरी-छरहरी

काया, मानो ज्योति-रेखाओं से ही बनी थी। ज्योतिर्मय ललाट से चन्द्रमा के समान स्निग्ध ज्योति झर रही थी और मुखमंडल का तो क्या कहना! वैसा ललित-मोहन रूप तो मैंने कभी देखा नहीं। मैंने समझा, साक्षात् भवानी आ गई हैं। मैं धड़फड़ाकर उठी और उनके चरणों पर गिर पड़ी। यह स्वप्न नहीं था। अब भी उस ज्योतिर्मय स्पर्श की स्मृति से मेरे रोंगटे खड़े हो जाते हैं। स्वप्न तो इसलिए समझना पड़ा कि वहीं सोए हुए इनको और बच्चे को कुछ भी आभास नहीं मिला। पर मेरा रोम-रोम कहता है कि मैंने प्रत्यक्ष देखा है। देखा है, अतुलित ज्योति-राशि, उमड़ते सौन्दर्य का पारावार, थिरकते छन्दों का चिद्घन वपु, अमृतोपम वाणी का सतत प्रवहमान निर्झर! अंग-अंग पर शोभा निछावर हो रही थी। क्या रूप था देवर, आहा! उस पर तरुण-अरुण किरणों से होड़ करनेवाला कौशेय वस्त्र—वासं वासना तरुणार्करागम्। तपोनिरता पार्वती ही तो ऐसी थीं।...

"मैं ससम्भ्रम उठ पड़ी। मेरे मुख से केवल इतना ही निकला—'माता भवानी के चरणों में धूता का अशेष प्रणाम। आज मेरा जन्म-जन्म कृतार्थ है, माता!' उन्होंने मुझे रोका, 'नहीं बेटी, तू भूल कर रही है। भवानी तो मेरी माता हैं। मैं उनकी पुत्री मंजुलोमा हूँ।' क्या बताऊँ लल्ला, वह वाणी थी या अमृत की धारा थी। मेरा सारा अस्तित्व ही उस सुधा-धारा में बह गया। मैं प्रत्यक्ष अनुभव कर रही थी कि मेरी सारी सत्ता बही ज़ा रही है!"

आर्यक कुछ अभिभूत की भाँति सुन रहा था। एकाएक चौंका, "क्या नाम कहा भाभी, मंजुलोमा? आश्चर्य है!"

"हाँ, देवर, मंजुलोमा। क्या संगीत है इस नाम में! चकित मृगी जैसे वंशीनाद से विवश हो जाती है, उसी प्रकार विवश हो गई थी मैं इस नाम के श्रवण-मात्र से।"

आर्यक को लगा कि भाभी रूप-महिमा के बाद अब इस नाम-महिमा का बखान आरम्भ करेंगी। अधीर-भाव से कहा, "आगे क्या हुआ भाभी, जल्दी बताओ। ऐसा न हो कि बात समाप्त भी न हो और आर्य देवरात आ जाएँ।"

"हाँ, बताती हूँ। मैं उन्हें 'माताजी' कहने लगी। वे मुझे प्यार से 'बेटी' कहने लगीं। देर तक बात हुई। सब तुम्हारे मतलब की नहीं हैं। जितने से तुम्हारा सम्बन्ध है उतना ही बताती हूँ।"

आर्यक ने चुहल की, "भैयावाली बात नहीं बताओगी? मैं जानता हूँ। तुम जितने का अधिकारी मुझे समझती हो, उससे अधिक का अधिकारी माताजी मानती हैं!"

भाभी के मुख पर हलकी लालिमा आ गई, "ऊपर से ही भोले दिखते हो, पेट में लम्बी दाढ़ी छिपा रखी है! भैयावाली बात क्या जानते हो?"

आर्यक ने हँसकर कहा, "भाभी, कुछ तुम जानती हो, कुछ तुम्हारा देवर भी जानता है।"

"तो पहले तुम्हीं बताओ।"

"अर्थात् देवरात के क्रोध में जल मरो।"

"नहीं-नहीं, कोई क्रोध नहीं करेगा। तुम कुछ नहीं जानते, सुनो तो!"

"सुनाओ भी!"

"माताजी ने विचित्र-विचित्र बातें बताईं। उस समय मैं उनकी बात ठीक-ठीक समझ नहीं सकी। तुम्हारी कहानी सुनने के बाद अब कुछ समझ पाई हूँ। पूरी-पूरी तरह तो अब भी नहीं समझ पाई। जानते हो देवर, तुम्हें देखते ही क्यों पहचान गई? माताजी ने तुम्हारे बारे में जैसा-कुछ बताया था, वैसा ही तुम्हें पाया। कह रही थीं, उन्होंने तुमसे कई बार बात करने का प्रयत्न किया, पर तुम उन्हें देख ही नहीं सके। वे बहुत व्याकुल थीं। कहती थीं, उन्हें सब नहीं देख सकते। वे केवल भाव-रूप हैं—भाव-सत्ता मात्र। मन में कुछ वासनाएँ रह गई थीं, उन्हीं के कारण सम्पूर्ण रूप से मुक्त नहीं हो पातीं। ये वासनाएँ सूक्ष्म लिंग-शरीर में चिपकी हैं। जो उन्हें कभी याद नहीं करता, उसके सामने लिंग-शरीर प्रत्यक्ष नहीं हो पाता। वे मृणाल के सामने भी गई थीं, पर वह उन्हें बिलकुल नहीं देख पाई। बड़े आयास के बाद वे तुम्हें दिख पाई थीं। उन्हें उज्जयिनी में कुछ आभास मिल गया था कि तुम्हारे और इनके बारे में कुछ षड्यन्त्र चल रहा है। वे तुम्हें तो किसी प्रकार दिख गईं, हालाँकि अपनी पूरी दृष्टि-शक्ति का तुम्हारे भीतर प्रत्यारोप करना पड़ा। जब वह प्रत्यारोप खिंच गया, तो तुम उन्हें देख नहीं पाए। मुझसे वह कई बार मिलीं। कहती थीं कि एक तू ही मुझे देख पाती है। इनसे भी एक बार मिलीं, पर अधिक देर तक ये उनकी ओर देख नहीं पाए। जाने क्या बात है लल्ला, कि मैं उन्हें प्रायः देख लेती हूँ, पर तुम लोग नहीं देख पाते। हाँ, तो उस दिन माताजी ने कहा कि देख बेटी, आर्यक आया है। उस पर कुछ संकट आने की आशंका है। कल जैसे भी होगा, उसे तेरे पास भेजूँगी। इन दोनों को लेकर तुम तुरन्त घर छोड़ देना और किसी अन्य सुरक्षित स्थान पर जाना। मैंने कहा कि मेरी बात पर ये कैसे विश्वास करें, तो बोलीं, मैं कह दूँगी। कल प्रातःकाल इन्हें भी दिख गईं। कह भी दिया, पर बहुत थोड़ी देर ही इनसे बात हुई। कहती थीं, इनमें भी दृष्टि-प्रत्यारोप करना पड़ा। ये जब बता रहे थे कि माताजी की पलकें स्थिर थीं तो मैं उसका रहस्य समझ गई। उस दिन माताजी ने बहुत सारी बातें कहीं, पर सब समझ नहीं सकी। आज थोड़ा-थोड़ा समझ पा रही हूँ।"

आर्यक के भी बहुत-कुछ समझ में आ रहा था। पर वह भाभी के मुँह से अधिक सुनना चाहता था। भाभी माताजी के बारे में अधिक बता रही थीं, उनके

सन्देशों के बारे में एकदम मौन थीं। आर्यक को वही आवश्यक जान पड़ता था। अनुनय के साथ भाभी से सन्देशा कहने की प्रार्थना करने पर भाभी ने चुहल की, "सुना रही हूँ लल्ला, भाभी का मुँह मीठा करना पड़ता है तब मीठी बात सुनने की आशा लगाई जाती है!" आर्यक ने कहा, "भाभी, तुम पहले सन्देशा कहो। वह मीठा है कि खट्टा, यह तो देवर समझेगा।" भाभी ने कहा, "बड़े समझदार बननेवाले लालाजी, भाभी जिसे मीठा कहती है, वह मीठा ही होता है! इतना भी नहीं समझते!"

भाभी ने उपसंहार करते हुए कहा, "चन्द्रा और मृणाल प्रेमपूर्वक साथ रहती हैं। दोनों तुम्हारा पता लगाने को व्याकुल हैं। माताजी ने कहा है कि आर्यक को समझा देना कि चन्द्रा और मृणाल में न कोई झगड़ा है, न कभी होने की आशंका है। आर्यक घर जाए। सुनो लल्ला, तुम्हारी भाभी ने माताजी से पूछा भी था कि ऐसा वे कैसे सोचती हैं? दो सौतें भविष्य में भी नहीं लड़ेंगी, यह कैसे हो सकता है। माताजी ने कहा, 'बेटी, स्त्री एक ही जाति या श्रेणी की नहीं होती। चन्द्रा की जिस उद्दाम यौवन-लालसा से आर्यक घबरा गया है, वह उसका आरम्भिक रूप है। वह उतने ही प्रबल वात्सल्य-भाव का केवल पूर्वरूप था। चन्द्रा को उस वात्सल्य का आश्रय मृणाल के रूप में मिल गया है। वह सिर से पैर तक मातृत्व के उज्जवल आलोक से दीप्त शिखा की तरह ऊर्ध्वमुखी हो गई है। चन्द्रा का प्रेम अप्रतिम है। अग्नि-शिखा की तीव्र आँच को देखकर उसकी पवित्रता पर शंका नहीं करनी चाहिए। आर्यक से कह दे कि चन्द्रा ने उसके प्रेम के लिए जो त्याग किया है, वह संसार की शायद ही कोई कुलांगना कर सकी हो। वह अश्रद्धेय नहीं, नमस्य है।' " भाभी ने थोड़ा रुककर दूसरी ओर देखा। फिर आँखें नीची किए हुए ही बोलीं, "माताजी की एक बात समझ में नहीं आई। वे उच्छ्वसित-भाव से कह रही थीं, 'गणिका होकर भी जो साहस मंजुला नहीं कर सकी, वह साहस कुलांगना होकर चन्द्रा कर बैठी। इस उद्दाम प्रेम का निदर्शन खोजना कठिन है। उसके प्रेम में पाने का नहीं, लुटाने का वेग है।' "

भाभी ने माताजी का सन्देश सुनाने के बाद इतना और जोड़ दिया, "उस दिन मैं समझ नहीं पाई थी कि चन्द्रा कौन है और उसने कौन-सा त्याग किया है। अब मैं समझ सकती हूँ। मेरे प्रिय लल्ला, तुम्हारी कोई समस्या ही नहीं है। तुम बेकार परेशान हो। उठो, मैं आर्य देवरात को समझा लूँगी। तुम चिन्ता छोड़ो।"

इसी समय आर्य चारुदत्त ने आकर खबर दी कि आर्य देवरात आए तो हैं, पर उन्हें खोजा नहीं जा सका। पर इससे अधिक उल्लास के साथ उन्होंने बताया कि बड़े भैया श्यामरूप, जो यहाँ महामल्ल शार्विलक नाम से विख्यात हैं, आज के विकट युद्ध में हमारे पक्ष का नेतृत्व कर रहे हैं। वे विजयी सेनापति के रूप

में राजभवन तक आ गए थे, पर बीच में एक आवश्यक कार्य से अन्यत्र गए हैं। वे शीघ्र ही लौट आएँगे। आर्यक ने सुना तो एकाएक उल्लास के आवेग में चिल्ला उठा, "मेरे भैया श्यामरूप! सच कहते हो आर्य, श्यामरूप! मुझे उनके पास ले चलो, मित्र!" चारुदत्त ने कहा, "अभी नहीं, आज तो राजा को इस विशाल भवन के इसी सँकरे कक्ष में बन्दी बनकर रहना है! श्यामरूप अभी आ जाएँगे।"

अट्ठाईस

मथुरा नगरी निकट आ गई थी। मल्लाहों ने बताया था कि एक दिन की यात्रा ही शेष है। बटेश्वर तीर्थ आ गया था। मृणाल के अनुरोध पर काका ने नाव रोकवा दी। उद्देश्य था बटेश्वर महादेव का दर्शन और पूजन। वैशाख की प्रचंड धूप और लू के कारण रात में ही यात्रा सुगम होती थी। मध्याह्न का समय यथासम्भव छायादार वृक्षों के नीचे बिताया जाता था, परन्तु मृणाल प्रायः नाव में ही रहती थी। सुमेर काका और चन्द्रा बाहर निकलकर आवश्यक कार्य कर लिया करते थे। परन्तु बटेश्वर तीर्थ की महिमा दूर-दूर तक फैली हुई थी। दूर-दूर से यात्री आते थे और इस सिद्धिदाता महादेव के दर्शन से अपनी-अपनी मनोकामनाओं की पूर्ति की आशा रखते थे। मृणाल ने भी बटेश्वर महादेव की महिमा सुन रखी थी। इस महिमामय देवता के चरणों में अपनी मनोव्यथा वह निवेदन करना चाहती थी। काका ने सोत्साह उसके निश्चय का समर्थन किया। नाव रोक दी गई। सूर्योदय होने ही वाला था।

दूसरी नाव भी रुक गई। इसमें साधारण नागरिक वेश में पुरन्दर के ऐसे विश्वस्त सैनिक थे जो किसी समय आर्यक के अनुचर रह चुके थे और लहुरा वीर की सेना में काम कर चुके थे। अब तक काका ने समझ लिया था कि अपनी नाव के साथ इस दूसरी नाव में कौन लोग हैं परन्तु ऊपर-ऊपर से वे अनजान ही बने रहे। मृणाल और चन्द्रा को भी उन्होंने कुछ बताया नहीं। मृणालमंजरी स्नानादि से निवृत्त होकर चन्द्रा के साथ महादेव के मन्दिर को चली तो सैनिक भी चुपचाप उतरकर मन्दिर के चारों ओर बिखर गए। काका मृणाल और चन्द्रा के पीछे मन्दिर की ओर चले।

एक विशाल बट-वृक्ष की छाया में यह मन्दिर था। मन्दिर आकार में बहुत बड़ा नहीं था, पर उसकी सुन्दरता मन मोह लेती थी। वृक्ष काफी पुराना होगा।

उसके प्ररोह दूर-दूर तक फैले हुए थे और स्वतन्त्र वृक्षों के रूप धारण कर चुके थे। मन्दिर जब बना होगा, उस समय यह वृक्ष इतना फैला हुआ नहीं रहा होगा, क्योंकि शिखर के समानान्तर प्ररोह ऊपर लटक आए थे जिन्हें भक्तों ने बीच से ही काट दिया था। उन पर नए हरे पत्ते भी लटक आए थे। ऐसा जान पड़ता था, वृक्ष बार-बार अपने पत्र-स्तवक को महादेव के चरणों में उत्सर्ग करने का प्रयत्न करता था और हर बार उसे नीचे तक हाथ बढ़ाने से रोक दिया जाता था; पर न वृक्ष ने हार मानी थी, न रोकनेवाले उपासकों ने। पत्र-गुच्छ एक निश्चित ऊँचाई तक ही पहुँच पाते थे। वृक्ष को महादेव के चरणों तक पहुँचने में बाधा पहुँचाई अवश्य गई थी। परन्तु फिर भी वह अपने-आपको विशाल आतपत्र (छाता) के रूप में फैलाकर महादेव की सेवा किए ही जा रहा था। उसकी इस दुर्दम्य लालसा की स्वीकृति के रूप में ही उनका नाम 'बटेश्वर' पड़ा जान पड़ता था। मृणाल को इस वृक्ष की स्निग्ध-शीतल छाया में बड़ी शान्ति का अनुभव हुआ। उसे ऐसा लगा कि कोई अदृश्य शक्ति उस पर स्निग्ध छाया उँड़ेल रही है। उसके मन में कुछ ऐसा विश्वास समा गया कि उसके तप्त-दग्ध हृदय को शीतल लेप से स्वस्थ बनाने की यह निसर्ग द्वारा निर्दिष्ट पूर्व-योजना है। भक्ति के साक्षात् विग्रह के समान ही वह मन्दिर में प्रविष्ट हुई। उसकी बाईं आँख अचानक फड़क उठी। इस शुभ निमित्त से उसका अन्तरतर खिल उठा। मुरझाए हुए चेहरे पर प्रच्छन्न आह्लाद की आभा दमक उठी। उसने बड़े उल्लास के साथ पूजा की और हाथ जोड़कर स्थिर बैठ गई।

चन्द्रा पीछे खड़ी रही। दोनों की एक ही मनोकामना थी, पर दोनों में स्पष्ट अन्तर भी था। मृणाल अपने को भूल गई, अपनी प्रार्थित वस्तु को भी भूल गई, पर चन्द्रा न तो अपने को भूली, न अपने प्रार्थित को। मृणाल एक विचित्र समाधि में खो गई। पर चन्द्रा स्थिर खड़ी रही। थोड़ी देर में उसे याद आया कि शोभन उठ गया होगा और उसे खोज रहा होगा। वह मन्दिर से निकल गई, काका से कहकर नाव में चली गई। मृणाल तपोनिरता पार्वती की भाँति समाधिस्थ बनी रही। काका मन्दिर-द्वार से थोड़ी दूरी पर चुपचाप बैठे उसकी प्रतीक्षा करने लगे। दर्शनार्थी आते-जाते रहे। महादेव के सामने हाथ बाँधे मृणाल उसी प्रकार खोई-सी बेसुध बैठी रही। ऐसा लगता था कि उसकी सारी चेतना एकदम अन्तर्लीन हो गई है। दर्शनार्थी शिव के सामने समाधि-लीना साक्षात् शिव-भक्तिन के समान अपूर्व सुन्दरी मृणालमंजरी को देखकर क्षण-भर के लिए ठिठक जाते थे और ऐसा अनुभव करते थे मानो शिव की करुणा को ही देख रहे हों।

एक सुगठित शरीरवाला चारुदर्शन दर्शनार्थी तो ऐसा अभिभूत हुआ कि शिव के साथ ही शिव की साक्षात् अनुग्रहेच्छा मानकर मृणाल को पृथ्वी पर सिर रगड़कर

प्रणाम निवेदन कर बैठा। उसकी बड़ी-बड़ी आँखों में श्रद्धा के अश्रु भर आए। उसके रोम-रोम से कृतार्थता झड़ रही थी। ऐसा लगता था कि वह किसी चिराकांक्षित देवी का दर्शन पाकर कृतार्थ हो गया है। मृणाल वैसे ही बैठी रही। काका दूर से देख रहे थे। उन्हें युवक की हरकत पर क्रोध आया। डपटकर बोले, "युवक, मन्दिर के बाहर आओ। वहाँ क्या कर रहे हो?"

युवक अकचकाया। बाहर निकलकर काका से बोला, "मुझसे पूछ रहे हैं तात? महादेव के सामने उनकी अनुग्रहेच्छा को देखकर आज मैंने जीवन को कृतार्थ समझा है। प्रणम्य को प्रणाम न करने से पूज्य-पूजा का व्यतिक्रम होता है तात, मैंने कुछ अनुचित किया है?" काका युवक के भोलेपन से प्रभावित हुए। बोले, "तुम्हें देखकर लगता है कि तुम्हारा जन्म किसी कुलीन वंश में हुआ है, तुम्हारे मुख पर प्रताप के चिह्न हैं पर किसी कुलवधू को पूजा के समय विव्रत करना क्या कुलीन-जनोचित कार्य है?" युवक ने जैसे अपना दोष समझा—"क्षमा करो तात, ये तो साधारण कुलवधू नहीं जान पड़तीं, जिस कुल की ये वधू होंगी वह निश्चय ही देवताओं का कुल होगा। मैंने इनका दर्शन पाकर अपना जन्म कृतार्थ माना है। विश्वास करो तात, मुझे ये पार्वती की प्रतिमूर्त्ति लगती हैं। ऐसा लगता है कि विधाता ने भक्ति को गलाकर, सतीत्व का मिश्रण करके, गंगा की धारा से तरल करके, ललिता देवी के साँचे में ही इन्हें सिरजा है। मेरा प्रणाम इसी दिव्य रूप को निवेदित हुआ है। मुझसे कोई दोष हुआ हो तो क्षमा करो तात, साक्षात् पार्वती को प्रणाम किए बिना कैसे रहा जा सकता था! परन्तु आप क्या इन्हें जानते हैं, ये कौन हैं? किस पवित्र कुल में इनका जन्म हुआ है? हिमालय और मैना के समान किन बड़भागी पिता-माता का वात्सल्य इन्हें प्राप्त हुआ है? आप क्या कुछ जानते हैं, तात?"

सुमेर काका इस सरल, सुन्दर युवक के प्रश्नों का उत्तर दें या न दें, कुछ निश्चय नहीं कर सके। उन्होंने केवल इतना ही कहा, "सुनो आयुष्मान्, मैं इन्हें जानता हूँ, पर तुम्हारी मनोभावना का आदर करते हुए भी तुम्हें सावधान करना चाहता हूँ कि तुम्हारे-जैसे शिष्ट-कुलीन युवक को पर-स्त्रियों के बारे में ऐसे प्रश्न नहीं करने चाहिए। यह सब प्रकार से अनुचित है।" युवक का चेहरा बुझ गया—"क्षमा करें तात, दोष हो गया। पर मैं कोई लम्पट युवक नहीं हूँ। आपका अनुमान ठीक है। मैं कुलीन वंश में ही उत्पन्न हुआ हूँ। आज तक मैंने किसी कुल-ललना की ओर कुदृष्टि से नहीं देखा। मैंने इस महीयसी बाला को कुलवधू से बहुत ऊपर की देवी समझकर प्रणाम किया है। सुनो तात, मैं नितान्त अकर्मण्य नहीं हूँ। सहस्रों कुलवधुओं की मान-रक्षा के लिए मैं व्याकुल हूँ। इन भुजाओं की ओर देखो तात, ये अगर कुलवधुओं की मान-रक्षा नहीं कर सकीं तो मैं इन्हें वृथा उच्छून

मांसखंड ही समझूँगा। मैंने श्रद्धा-जनित कुतूहल के कारण पूछा है, किसी प्रकार की पाप-भावना से चालित होकर ऐसा नहीं किया। अच्छा तात, मैं चलता हूँ, मेरे अविनय को क्षमा करें!'' कहकर युवक उदास भाव से चल पड़ा। उसने पीछे फिरकर देखा भी नहीं।

सुमेर काका इस युवक के श्रद्धापूर्ण वचनों से ऐसे प्रभावित हुए कि प्यार से उसे सम्बोधन करते हुए बोले, ''रुको आयुष्मान्, तुम्हें बुरा लग गया! कौन नहीं जानता कि सुमेर काका गँवार है, उसे बोलने का ढंग नहीं मालूम। तुम सचमुच बहुत कुलीन लगते हो। हलद्वीप में सुमेर काका की बात का कोई बुरा नहीं मानता। बच्चा-बच्चा उसके गँवारपन का जानकार है। बुरा न मानो चिरंजीव, हम लोग हलद्वीप से आए हैं, यह मेरी बेटी है, मुझे लोग सुमेर काका कहते हैं; बेटे का भी काका, बाप का भी काका, बहू का भी काका, सास का भी काका, तुम भी मुझे 'काका' कह सकते हो। मुझे तुम्हारी सच्चाई और विनयशीलता अच्छी लगी है।''

सरल प्रकृति के सुमेर काका सब-कुछ कह गए। युवक प्रसन्न हुआ—''तो काका, आप हलद्वीप के निवासी हैं। वही हलद्वीप जहाँ के राजा गोपाल आर्यक हैं? आप लोग गोपाल आर्यक को तो जानते होंगे?'' सुमेर काका प्रसन्न-भाव से बोले, ''गोपाल आर्यक को तो मैंने गोद में खेलाया है, आयुष्मान्। तुम उसे कैसे जानते हो?''

''वाह काका, आपने भी खूब पूछा! इस भरतभूमि में ऐसा कौन है जो गोपाल आर्यक को नहीं जानता! उसी महावीर के प्रचंड भुज-दंडों का प्रताप है कि सम्राट् समुद्रगुप्त आज आसमुद्र पृथ्वी की विजय का स्वप्न देखता है। आपने ऐसे महावीर को गोद में खिलाया है, आप नमस्य हैं।''

काका प्रसन्न हुए। पर उदास स्वर में बोले, ''सम्राट् कुछ अविमृश्यकारी जान पड़ता है बेटा, बिना सोचे-विचारे कर बैठनेवाला! उसने गोपाल आर्यक को जाने क्या लिख दिया कि वह न जाने कहाँ मुँह छिपाता फिरता है। हमारी फूल-सी बिटिया को उसने आग में पटक दिया है। देख ही तो रहे हो। हर देवी-देवता के सामने ऐसे ही खो जाती है। मैं क्या कर सकता हूँ बेटा, हृदय फटा जाता है, पर विवश हूँ।'' कहकर वृद्ध काका ने दीर्घ निःश्वास लिया।

युवक सम्भ्रम के साथ उठ खड़ा हुआ—''तो तात, ये क्या महावीर गोपाल आर्यक की पत्नी मृणालमंजरी हैं?''

''हाँ आयुष्मान्, तुमने ठीक ही पहचाना है।''

''क्षमा करें तात, मैंने सती-शिरोमणि मृणालमंजरी का यश बहुत सुना है। उधर गाँवों में स्त्रियाँ इन्हें ही 'मैना माँजर देई' कहकर पूजती हैं। मुझसे श्रद्धेय

को श्रद्धा-निवेदन करने में कोई चूक नहीं हुई तात, मैं धन्य हूँ! मैंने सतीत्व की साक्षात् विग्रह-रूपा अरुन्धती-कल्पा देवी को पहचानने में भूल नहीं की। अच्छा काका, आप तो सम्राट् को दोषी बता रहे हैं, पर यह क्या सत्य नहीं है कि गोपाल आर्यक ही इस सती पत्नी के दुख का कारण बना? क्या वह किसी परस्त्री को लेकर भाग नहीं गया था? क्या इस प्रकार की देवी को छोड़ देने का अपराधी वह नहीं है? लोग क्या इस आचरण की कुत्सा नहीं कर रहे?''

''नहीं आयुष्मान्, तुम भी समुद्रगुप्त-जैसी बातें करते हो! जब तक मैं नहीं जानता था, तब तक मैं चन्द्रा को महापापिनी मानता था। अब जान गया हूँ तो उसे दृढ़व्रता सती मानने लगा हूँ। आर्यक बहुत शीलवान् युवक है। वह अपने से आप ही डरता है। चन्द्रा सामाजिक रूढ़ियों का शिकार है। उसकी इच्छा के विरुद्ध उसका विवाह एक नपुंसक व्यक्ति से कर दिया गया। वह मन-ही-मन आर्यक को अपना पति मान चुकी थी, और जहाँ तक मैं समझ सका हूँ, आर्यक की मौन स्वीकृति भी उसे प्राप्त हो चुकी थी। पर घटनाचक्र कुछ ऐसा घूमा कि आर्यक का विवाह मृणालमंजरी से हो गया। चन्द्रा अद्भुत साहसी लड़की है, आयुष्मान्! उसने सारे समाज को, लोक-निन्दा को तलवों से रौंदकर अपने अन्तर्यामी का इंगित स्वीकार किया। वह अपने मनोवृत पति की सेवा चाहती थी, इस मृणाल की तो उसने ऐसी सेवा की है कि मैं विस्मित हो गया। आज भी जो यह जी रही है उसका कारण चन्द्रा की निश्छल सेवा और प्रेम ही है। दोनों को बस 'एक प्राण, दो शरीर' समझो। इतना प्रेम, इतनी सेवा, मैंने तो कभी देखी नहीं। और वह शील-दुर्बल आर्यक है कि भागा-भागा फिर रहा है! चन्द्रा-जैसी खरी तेजस्विनी सती नारी संसार में दुर्लभ है। सम्राट् ने निर्णय लेने में जल्दी की थी, इसलिए मैंने उसे अविमृश्यकारी—बिना सोचे-विचारे काम करनेवाला—कहा है। अपराधी कैसे कहूँ! मेरे-जैसा गँवार ऊपर-ऊपर से देखकर जैसा सोचा करता था, वैसा ही इतना बड़ा प्रतापी सम्राट् भी सोचे, यह ज़रा बेतुका-सा लगता है। सम्राट् तो सम्राट्, मामूली राजा भी धर्म का अवतार माना जाता है। इस बिटिया के पिता आर्य देवरात बड़े पंडित और ज्ञानी थे। उन्होंने एक बार मुझे बताया था कि धर्म का तत्त्व बहुत गहराई में रहता है, ऊपर-ऊपर से देखनेवाले उसे समझ नहीं पाते। राजा धर्मावतार होता है। उसे गहराई में देखना चाहिए। सम्राट् का दोष यह है कि वह ऊपर-ऊपर से देखता है और अपने नर्म-सखा गोपाल आर्यक से भी ऐसी ही आशा रखता है, मैं इससे अधिक कुछ नहीं कह सकता।''

युवक के मुख पर कुछ खिंचाव का भाव आया, पर वह उसे पी गया। वह कुछ देर चुपचाप बैठा रहा, फिर उसके विशाल ललाट पर पसीने की बूँदें झलक आईं।

ज़रा रुककर बोला, ''क्षमा करें तात, मैं थोड़ी और धृष्टता कर रहा हूँ। आपने

चन्द्रा को ठीक-ठीक पहचानने का अवसर पाया है कभी? कहीं ऐसा तो नहीं कि सारे वृद्ध जन अपनी बहू-बेटियों को जिस प्रकार पवित्रता की मूर्त्ति मान लेते हैं, वैसे ही आप भी मान बैठे हैं?''

सुमेर काका को क्रोध आया, पर युवक के चेहरे पर ऐसी गम्भीरता थी कि उनके जैसा फक्कड़ भी गुस्सा पी जाने को बाध्य हुआ। गला साफ करके बोले, ''धृष्टता तो तुम सचमुच ही कर रहे हो, आयुष्मान्! पर तुम्हारे मुख पर शुचिता के भाव हैं। उससे मैं तुम्हारी सच्चाई के बारे में आश्वस्त हूँ। हाँ, मैं बल देकर कहना चाहता हूँ कि मैं जो कह रहा हूँ वह पूर्णरूप से परीक्षित सत्य है। सुमेर काका जान-बूझकर झूठ नहीं बोलता। तुम अब जा सकते हो। अपरिचित परदेशी साथी हो, हमारा-तुम्हारा सम्बन्ध उतने ही तक सीमित रहना चाहिए। जाओ!''

युवक ने धरती पर सिर रखकर प्रणाम किया और उठकर चलने को प्रस्तुत हुआ। ज़रा रुककर कहा,''केवल एक बात और पूछना चाहता हूँ, काका! केवल एक बात।''

''पूछ लो।''

''मान लीजिए यदि मेरे स्थान पर सम्राट् समुद्रगुप्त आपसे यह बात पूछते तो भी क्या आप ऐसा ही उत्तर देते?''

''सम्राट् समुद्रगुप्त ही क्यों, यदि सम्राटों के सम्राट् भगवान् भी पूछें तो यही उत्तर दूँगा। जाओ!''

युवक जाने लगा। इसी समय बच्चे का हाथ पकड़े चन्द्रा भी नाव से निकलकर ऊपर आती दिखाई दी। युवक ने उसका आना देख लिया। वह तेजी से दूसरी ओर चला गया। चन्द्रा ने भी उसे देख लिया, पर केवल एक क्षण के लिए।

चन्द्रा ने आकर काका से पूछा, ''किससे बातें कर रहे थे, काका? यह आदमी तुमसे क्या पूछ रहा था?''

काका के मन में अब भी क्रोध बना हुआ था। बोले, ''पता नहीं, कौन है! देखने में तो कुलीन लगता है पर लड़कियों के बारे में बेकार सवाल पूछता है। मुझे क्रोध भी आया, पर क्या जाने क्या बात हुई कि मैं कसकर डाँट भी नहीं सका।''

चन्द्रा ने कहा, ''काका, मुझे एक क्षण के लिए जो झलक मिली उससे मुझे लगा कि ये सम्राट् समुद्रगुप्त ही थे। वेश बदलकर प्रजा से बात करना उनका स्वभाव है। वे इसी प्रकार सच्ची बातों का पता लगाते हैं। तुमसे उनकी क्या बातें हुईं!'' काका आश्चर्य से ठक् रह गए, ''तू पहचानती है उन्हें?'' चन्द्रा ने कहा, ''पहचानती हूँ, पर देखा तो सिर्फ एक क्षण के लिए ही। वही होंगे।''

काका ने लापरवाही से कहा, ''होंगे तो होंगे!'' और सारी बातें ज्यों-की-त्यों चन्द्रा से कह दीं। चन्द्रा ने प्रसन्न-भाव से कहा, ''ठीक कहा। ऐसी खरी बात

कहनेवाला सम्राट् को अब तक नहीं मिला होगा।'' वह प्रसन्नता से खिल गई— ''काका, तुम्हारी सारी बातें सुनकर मैं निश्चित रूप से कह सकती हूँ कि वे सम्राट् ही थे।'' कहकर चन्द्रा किसी पुरानी स्मृति में थोड़ी देर के लिए खो गई। कुछ स्मरण करके हँसती हुई बोली, ''जानते हो काका, सम्राट् मुझसे क्यों अप्रसन्न हैं? भेद जानने की अपनी इसी आदत के कारण।'' फिर अपने में आप ही डूबती-उतराती-सी कहने लगी, ''जब गोपाल आर्यक सम्राट् के आदेश पर सेनापति बनकर दिग्विजय के लिए चला गया तो सम्राट् ने एक दिन मुझे बुलाया और अत्यन्त सहानुभूति दिखाते हुए कहा, 'देखो चन्द्रा रानी, मैं तुमसे एक बात जानना चाहता हूँ। जब आर्यक जाने लगे तो मैंने उनसे कहा कि बन्धु, तुम्हारी सुन्दरी पत्नी को वियोग का दुख दे रहा हूँ, परन्तु मुझे आशा है कि तुम शीघ्र ही दिग्विजयी होकर लौट आओगे और उस समय उन्हें जो सुख मिलेगा, उससे सारी वियोग-वेदना बहुत सुखद लगने लगेगी। मित्रों में इस प्रकार का परिहास होता ही रहता है, पर आर्यक का चेहरा उतर गया, आँखों में आँसू छलक आए। भरे गले से केवल इतना ही कहा कि मेरा जन्म पत्नी को वियोग की ज्वाला में जलाने के लिए ही हुआ है। मैं ठीक समझ नहीं सका कि वे क्या कहना चाहते थे? वे क्या तुम्हारे साथ रहकर भी तुम्हें वियोग का दुख देते हैं?' मैंने सम्राट् से साफ कह दिया कि आर्यक की शास्त्र-विधि से विवाहिता पत्नी हलद्वीप में सचमुच वियोग-ज्वाला से जल रही है। मैं आर्यक को उसके पास ले जाना चाहती हूँ। मैं भी उसकी पत्नी हूँ, पर जिसे आप शास्त्र-विधि समझते हैं उस विधि से मैं विवाहिता नहीं हूँ। आर्यक मेरा मनोवृत्त पति है। सम्राट् ने आँखें चढ़ा लीं। उन्होंने क्रुद्ध भाव से कहा, 'तुम्हारी-जैसी निर्लज्ज महिला मैंने आज तक नहीं देखी। तुम मेरे सामने से हट जाओ।' मैंने भी नहीं छोड़ा। कहा, 'मैं पतिव्रता हूँ, तुम्हारे-जैसे सम्राट् भी मुझे उस व्रत से हटा नहीं सकते। मैं कुंचित भृकुटियों की उपेक्षा करना जानती हूँ।' और सम्राट् को उपेक्षा की दृष्टि से देखकर चली आई। सम्राट् क्रुद्ध दृष्टि से ताकते रह गए। पर काका, उस समय मैंने अनावश्यक औद्धत्य दिखाया था।

''उस दिन मैंने ऐसा औद्धत्य न दिखाया होता तो आज बेचारे आर्यक को भटकना नहीं पड़ता और मेरी इस बहिन को इतना कष्ट न होता। दुर्मुख होना भी पाप ही है!''

जब मृणालमंजरी का ध्यान टूटा तो दिन बहुत चढ़ आया था। वह अलस मंथर गति से प्रदक्षिणा करके मन्दिर से बाहर आई। उसकी आँखों में विचित्र कुतूहल का भाव था। जैसे किसी अपरिचित जगत् में लौट आई हो। शोभन दौड़कर उससे लिपट गया। चन्द्रा ने उसे सहारा दिया। नाव में बैठते ही प्रसन्न-भाव से उसने कहा, ''मैना, आज तेरी तपस्या सफल हुई। सम्राट् स्वयं आकर सिरदा

दे गया है!" मृणाल कुछ समझ न सकी। अभी भी वह किसी दिव्य लोक की चकाचौंध से अभिभूत लग रही थी। बोली, "दीदी, आज सचमुच मुझे बहुत मिला है। जानती हो दीदी, मुझे भगवान् शंकर के दर्शन हुए। एक साथ सहस्रों बिजलियों के कौंधने से जैसा प्रकाश होता है, वैसा प्रकाश मैंने देखा है। उसी दिव्य ज्योति में मैंने कर्पूर गौर शिव को समाधिस्थ देखा। अपूर्व शोभा थी दीदी, अपूर्व! कैसे बताऊँ कि क्या देखा—बरसने से पहले घनघुम्मर घटा में जो आशा-संचारिणी शामक शोभा दिखाई देती है, निस्तरंग विशाल अम्बुराशि में जो भीषण-मनोहर अचंचल निस्पन्दता दिखाई देती है और ऊर्ध्वगामिनी शान्त-अकम्पित दीप-शिखा में अन्धकार-विमर्दिनी साहस-दायिनी जो स्थिरता होती है, इन सबको एक साथ मिला देने पर जो अक्षोभ्य शान्ति बनेगी, कुछ-कुछ वैसा ही। ऐसा जान पड़ा कि शान्ति सहस्रधार होकर मेरे ऊपर बरस रही है। तुम विश्वास करो दीदी, मैंने आज अक्षोभ्य मूर्त्ति देखी है। मन्दिर के सम्पूर्ण गर्भगृह में शामक प्रकाश जगर-मगर कर रहा था। इतना प्रकाश था मगर आँखें ज़रा भी चौंधियाई नहीं। क्या वह चन्द्रमौलि महादेव के शिर-स्थित चन्द्रमा की ज्योत्स्ना थी या कहीं अन्तराल-विहारिणी पार्वती की मन्दस्मित का आलोक था? और इसी अद्‌भुत शोभा में धीरे-धीरे प्रकाश को सिमटते देखा। किस प्रकार वह प्रकाश सिमटते-सिमटते एक आलोक-विग्रह के रूप में प्रकट हुआ, वह मैं तुम्हें नहीं बता सकती। सच मानो दीदी, वे ही थे। बिलकुल वे ही। क्लान्त नहीं थे, पर बुरी तरह चिन्तित थे। उनका तेज वैसा ही था, पर शरीर सूखकर ऐसा दिखाई दे रहा था जैसे पत्तों के झड़ जाने पर कोई महावनस्पति हो। दुखी तो नहीं लगे, पर चिन्ता-कातर अवश्य लगते थे। जानती हो दीदी, मैंने क्या सुना? कह रहे थे, 'चिन्ता न करो मैना, मैं आ रहा हूँ। तुम्हारी चन्द्रा दीदी के पैरों पड़कर क्षमा माँगूँगा। तुम उनसे कहना कि वे क्षमा कर दें।'"

चन्द्रा की आँखें आकर्ण विस्फारित हो गईं, "सच मैना, तूने ऐसा सुना? भोली बहना, तू जैसा सोचा करती है वैसा ही सपने में भी देखती है और ध्यान में भी अनुभव करती है। मेरी प्यारी मैना, तू साक्षात् अरुन्धती है। दे, तेरा मुँह चूम लूँ।" आवेश में चन्द्रा ने मैना का मुँह चूम लिया। मैना मानो सोते-से जागी, "तुम तो दीदी पागल हो जाती हो।"

"फिर से कह बहिन, फिर से कह! इस प्रेम-परवशा पगली को कोई प्यार से पागल कहनेवाला भी नहीं है। तू ही इस पगली की व्यथा समझती है। अब मैं कृतार्थ हूँ मैना, परम कृतार्थ हूँ। तेरे पवित्र हृदय में बैठा हुआ आर्यक ही सही आर्यक है। उस निष्कलंक आर्यक ने जो कुछ कहा है उसे सत्य मानकर अपने को कृतार्थ मानती हूँ। बहिन, इससे अधिक का लोभ तेरी पगली दीदी में नहीं है। बहुत पा गई रे, बहुत पा गई! और क्या सुना बहिन?"

"दीदी, यह स्वप्न बिलकुल नहीं था। यह महादेव की कृपा का प्रसाद था। मैंने प्रत्यक्ष देखा है दीदी, वे आ रहे हैं, चले आ रहे हैं, भागे आ रहे हैं। बार-बार कह रहे थे, 'मैंने चन्द्रा के साथ अन्याय किया है, तुमने उसे प्यार देकर मेरी लाज बचा ली। मैंने तुम्हें भी कष्ट दिया है, चन्द्रा को भी कष्ट दिया है। मैंने अपने पहले के प्रेम को तुमसे छिपाकर तुम्हें भी धोखा दिया है, दुनिया को भी धोखा दिया है, चन्द्रा को भी धोखा दिया है। मैना, मेरी प्यारी मैना, तुम दोनों मुझे क्षमा कर दो। मैं पैरों पड़ता हूँ, क्षमा कर दो।' "

चन्द्रा स्तब्ध!

मृणाल ने ही फिर कहा, "बताओ दीदी, ऐसा कभी मैंने सोचा है? क्या धोखा दिया है मुझे? तुम कहती हो, जो सोचती है वह देखती है। मैंने कभी ऐसा सोचा ही नहीं। सच दीदी, कभी नहीं।"

"अपनी सारी सोची बातों को आदमी कहाँ जानता है, मैना?"

"जानता है, जानता है। मेरे मन में कभी कहीं ऐसी विचित्र बात नहीं आई, नहीं आ सकती।"

"अरी भोली, चन्द्रा का सत्संग भी तो तुझे मिला है!"

"मिला है, प्राण ढालकर उसे ग्रहण किया है, पर ऐसा विचार मेरे मन में कभी नहीं आया।"

"तो तू इसे सत्य मानती है?"

"सोलह आना सत्य। यह महादेव का प्रसाद है—सत्य प्रसाद। वे आ रहे हैं। तैयारी करो दीदी, अभ्यागत के स्वागत की तैयारी करो! चूकना नहीं, दीदी! यह देखो, मेरे सारे शरीर में रोमांच हो रहा है।"

"मेरे में भी वैसा ही हो रहा है। मगर मैं तेरी-जैसी भोली नहीं हूँ। जब मेरी अँगिया दरक जाएगी, तब मेरी आँख फड़केगी। तुझमें अपार ग्राहिका शक्ति है। मेरा संवेदन थोथा हो गया है।"

"तुमने अपना संवेदन मुझे जो दे दिया है। नहीं दीदी, रुको मत, चूको मत। आ रहे हैं।"

चन्द्रा ध्यानस्थ!

ऐसे ही समय काका आ गए। शोभन भी उनके साथ ही आ गया। मृणाल और चन्द्रा दोनों खड़ी हो गईं। काका आसन पर बैठकर बोले, "ले, इस बार नाती से उलझना पड़ रहा है। कहता है, मैं भी पूजा करूँगा। अरे बाबा, तू क्या पूजा करेगा! तू तो स्वयं देवता है। कहता है, मन्त्र सिखा दो। इसका नाना तो भाग गया। मैं इसे क्या मन्त्र सिखाऊँ? कहता है, नाना को बुलाओ। कहाँ से बुलाऊँ?"

चन्द्रा ने झपटकर बच्चे को गोद में ले लिया। "मैं सिखा दूँगी रे, ऐसा मन्तर

सिखाऊँगी कि तेरा नाना भी दौड़ा आएगा, तेरा बाप भी आ जाएगा।" चन्द्रा आवेश में थी। उसने बच्चे को प्यार से चूम लिया। काका हँसने लगे।

मृणाल ने काका के पैर छू लिए। काका ने आश्चर्य से देखा—मैना का चेहरा उत्फुल्ल कमल की भाँति प्रफुल्ल दिखाई दिया। काका ने सन्तोष का अनुभव किया। मृणाल ने कहा, "काका, अभी मैं दीदी को बता रही थी, पूरी बात कह नहीं पाई कि तुम आ गए। वे आ रहे हैं काका। दो दिन और यहीं रुक जाओ तो कैसा हो! और हाँ दीदी, मैंने पिताजी को भी देखा है। वे भी आ रहे हैं। शायद वे एक दिन बाद आएँगे। लेकिन वे भी आ रहे हैं।"

चन्द्रा ने हँसते हुए कहा, "आज शिवजी प्रसन्न हैं काका, मेरी भोली बहिन ने जो-जो सोचा है, सब होनेवाला है।"

मृणाल ने प्रतिवाद किया, "बार-बार ऐसा न कहो दीदी, देवता को साक्षी करके जो देखा है, सब घटित होगा—सब!"

चन्द्रा सकुचा गई। काका ठहाका मारकर हँस पड़े।

काका ने पुरानी बात याद करते हुए कहा, "आर्य देवरात एक बार मुझे बता रहे थे कि जो कुछ घट रहा है, वह भाव-जगत् में पहले से ही घटा रहता है। निर्मल-निष्पाप चित्त के दर्पण में सब दिखाई दे जाता है। जिसके चित्त में आवरण पड़ा रहता है—त्रिविध मलों का आवरण—वह नहीं देख पता। बताया था कि कृष्ण भगवान् ने अर्जुन को होनेवाली सारी घटनाओं को अपने भीतर दिखा दिया था। मेरे चित्त पर बहुत आवरण पड़े हुए हैं। दर्पण ही मलिन हो तो दिखेगा क्या! लेकिन तू दो दिन यहाँ क्यों रुकना चाहती है, बिटिया?"

"आदेश हुआ है काका, दो दिन और पूजा करने का आदेश।"

"तो रुक जाते हैं। तब तक शोभन पंडित भी मन्त्र सीख लेंगे। गुरु-रूप में चन्द्रा तो है ही।"

काका फिर फक्कड़ाना हँसी हँस पड़े।

उनत्तीस

सुमेर काका की दो बातें समुद्रगुप्त को चीर गईं। सम्राट् अविमृश्यकारी है—बिना सोचे-समझे काम कर बैठता है। उसके जल्दबाजी में किए गए निर्णय ने फूल-सी कोमल बिटिया को आग में पटक दिया है! यदि ये दोनों बातें सत्य हैं तो सम्राट्

के लिए कलंक हैं। अविमृश्यकारिता सबके लिए चरित्रगत दोष है, पर सम्राट् के लिए तो वह अक्षम्य अपराध भी है। उसके बिना सोचे-विचारे निर्णय से सहस्रों को कष्ट हो सकता है, सैकड़ों की मान-मर्यादा ध्वस्त हो सकती है, साम्राज्य ही लड़खड़ा सकता है। उसका प्रत्येक निर्णय 'बहुजन-सुखाय, बहुजन-हिताय' होना चाहिए। गोपाल आर्यक और चन्द्रा के सम्बन्ध में क्या सोच-विचार कर काम किया गया? क्या इतने बड़े विश्वसनीय सखा और सेनापति को खो देना साम्राज्य के हित में हुआ? समुद्रगुप्त का वह निर्णय तत्क्षण उत्पन्न किसी व्यक्तिगत प्रतिक्रिया का परिणाम नहीं था? आचार्य पुरगोभिल कहते हैं कि राजा का एकान्त में किया गया निर्णय धर्म-सम्मत नहीं होता, उसमें राजा के राग-द्वेष से प्रभावित होने की आशंका रहती है। समुद्रगुप्त ने एकान्त में जो निर्णय लिया, उसमें राग-द्वेष का स्पर्श था? समुद्रगुप्त के अन्तर्यामी कहते हैं—था।

फिर मृणाल-जैसी सती साध्वी देवी यदि कष्ट पाती है तो समुद्रगुप्त की उस थोथी प्रतिज्ञा का क्या मूल्य है कि वह देश की बहू-बेटियों के मान और मर्यादा की रक्षा करेगा और उन्हें किसी प्रकार की परिशोचना में नहीं पड़ने देगा। समुद्रगुप्त के रोम-रोम में यह विश्वास भरा था कि किसी देश की सभ्यता और धर्माचार की कसौटी उस देश की स्त्रियों का सम्मान और निश्चिन्तता है। मनु की यह व्यवस्था कि जहाँ स्त्रियों का सम्मान होता है वहाँ देवता निवास करते हैं, उन्हें बहुत सम्मान-योग्य मालूम होती थी। सतीत्व, शील, विनय, पवित्रता और सरलता का अनाविल रूप उन्हें स्त्रियों से ही मिलता था। वे मानते थे कि स्त्रियों का सम्मान इन्हीं गुणों के कारण विहित है। परन्तु उनके इस निर्णय से क्या इस सम्मान में कोई त्रुटि आई है? उनके अन्तर्यामी कहते हैं—नहीं।

किन्तु समुद्रगुप्त का चित्त उत्क्षिप्त ही बना रहा। मृणालमंजरी को कष्ट हो तो रहा है। सतियों में शिरोमणि, रूप, शील और पवित्रता की साक्षात् मूर्त्ति, परम प्रिय नर्म-सखा की सहधर्मिणी मृणालमंजरी यदि उनके किसी निर्णय से दुखी हो गई है तो कहीं-न-कहीं अपराध तो हुआ ही है। मृणालमंजरी सारे देश की शुचिता और पवित्र संस्कारों का ही रूप है। कहीं-न-कहीं गलती हुई अवश्य है; कहाँ हुई है, यह स्पष्ट नहीं हो रहा है।

और चन्द्रा? उसे समझने में भी कहीं चूक हुई है। सच्चाई, सरलता और तेजस्विता को निर्लज्जता मान लेना ही कदाचित् यह चूक है। सम्राट् समुद्रगुप्त, मृणालमंजरी की एक झलक पाने के लिए कई दिनों से नाव का पीछा करते आ रहे थे। उसके रूप, शील, सतीत्व की कहानियाँ सुन चुके थे। लेकिन अवसर मिला आज बटेश्वर मन्दिर में। अहा! कैसा दिव्य रूप है, कैसी कमनीय कान्ति है, कैसी अनुभाव-तरंगों से घिरी शरीर-यष्टि है! श्रद्धा और भक्ति की वह मिलित

विग्रह है; शील, शोभा और पवित्रता की मोहन त्रिवेणी है। परन्तु चन्द्रा उसे नित्य दिख जाती थी। सेवा ही मानो प्रत्यक्ष रूप धारण करके उपस्थित हुई थी, तितिक्षा ही मानो गंगा-यमुना की शामक शोभा देखने आ गई है। निरन्तर सेवा में निरत दिखती थी, क्या रूप दिया है विधाता ने! अंग-अंग से सुषमा, सब ओर से सन्तुलित सौन्दर्य। तेज से प्रदीप्त, जैसे ज्वलन्त दीपशिखा हो, जिसे छूने से जल जाने की आशंका होती है। स्वच्छ वस्त्र से आगुल्फ-आच्छादित उसकी तेजोमयी देह-यष्टि को देखकर आश्चर्य हुआ था उन्हें—'जलचादर के दीप ज्यों झलमलाति तन-जोति!' सहज भाव से कर्म-निरता तपस्विनी चन्द्रा तरंगों पर थिरकती पद्मिनी की तरह लगती थी। वह रात को शायद सोती भी नहीं थी। हाय-हाय, इसी सेवा-परायण महिला को अपशब्द कह दिए थे! भाग्यवान् हो आर्यक, जो तुम्हें स्वेच्छा से अपने को तिल-तिल उत्सर्ग करनेवाली प्रेयसी मिली है। और मन्द-भाग्य हो समुद्रगुप्त, जो तुमने इस चक्रवाक-मिथुन को अंधतिमिर की भाँति अलग-अलग कर देने का असाधु निर्णय लिया!

परन्तु यह आर्यक भाग्यवान् है कि हतभाग्य है? समुद्रगुप्त को मुँह नहीं दिखाएगा! क्या हुआ है तेरे मुँह में कि मुँह नहीं दिखाएगा? समुद्रगुप्त दूसरों के लिए राजाधिराज हो, चक्रवर्ती सम्राट् हो, तेरे लिए तो वह केलि-सखा ही है। बहुत बार झगड़ चुका है, एक बार और झगड़ लेगा तो क्या अन्तर आ जाता है। मित्र के निर्णय में त्रुटि रह गई हो तो मित्र नहीं समझाएगा तो कौन समझाएगा? गँवार कहीं का! अपने से आप ही छिपता फिरता है। इस बार नहीं रुकेगा समुद्रगुप्त। जब नहीं समझता था तब नहीं समझता था। वह जानता है और मानता भी है कि निश्छल सेवा के पसीने से अधिक पावनकारी वस्तु विधाता की सृष्टि में है ही नहीं। सेवा का पसीना शरीर और मन के सारे कलुष को धो देता है। हो सकता है कि पहले चन्द्रा में कोई दोष रहा भी हो, पर अब? निश्छल सेवा के पसीने ने सब धो दिया है। केवल धो ही नहीं दिया है, पवित्रता का पानी चढ़ा दिया है। क्या कुन्दन-सी दमकती देह-द्युति है! यह क्या अन्तरतर की पवित्रता के बिना आ सकती है! नहीं आर्यक, समुद्रगुप्त तुम्हें भागने नहीं देगा। जहाँ कहीं होगे, अवश्य पकड़े जाओगे। समुद्रगुप्त मित्रघात नहीं होने देगा। नहीं होने देगा!

समुद्रगुप्त अत्यन्त साधारण नागरिक वेश में थे। वे एक शालि-जातीय घोड़े पर सवार थे। जानबूझकर उन्होंने 'होत्र'-जातीय घोड़ा नहीं लिया था। उससे सैनिक होने का सन्देह हो सकता था। उन्होंने किसी अंगरक्षक को भी साथ नहीं लिया था। उनकी सेना नदी के दूसरे किनारे से जा रही थी—एक दूरी बनाए रखकर। वे विचारों में उलझे हुए थे। सामने से ऊँट पर सवार दो साधारण नागरिक आ रहे थे। समुद्रगुप्त ने उन्हें देखा ही नहीं। ऊँट पर भटार्क का दूत था। नियमानुसार

उसे 'जय' बोलकर अभिवादन करना चाहिए था, पर रास्ते में ऐसा करने की कड़ी मनाही थी। दूत ने अनेक कौशल से उनका ध्यान आकृष्ट करना चाहा, पर वे खोए ही बने रहे। ऊँट पर से कूदकर दूत ने घोड़े की रास पकड़ ली। अब समुद्रगुप्त का ध्यान उधर गया। चुपचाप प्रणाम निवेदन करके भटार्क का मुद्रांकित पत्र उसने सम्राट् के हाथों में रख दिया। भटार्क ने लिखा था, "महाराजाधिराज के प्रताप से विजय हुई है। महावीर गोपाल आर्यक ने राजकीय सेना के पहुँचने के पहले ही अत्याचारी प्रजा-पीड़क पालक को मारकर उज्जयिनी पर अधिकार कर लिया है। उनके अग्रज महामल्ल श्यामरूप शार्विलक ने नागरिकों की सहायता से शत्रु-सेना को उसी प्रकार बिखरा दिया था, जिस प्रकार प्रबल प्रभंजन मेघ-घटा को छिन्न-भिन्न कर देता है। नगरश्रेष्ठी ब्राह्मण चारुदत्त के प्रभाव से नगर में शान्ति लौट आई है। विशिष्ट समाचार भेजे जा रहे हैं। शेषमेषोऽभिधस्यिति!"

पत्र पढ़कर समुद्रगुप्त घोड़े से कूद पड़े और दूत को कठिन आलिंगन-पाश में बाँध लिया—"कहाँ से आ रहे हो, भद्र?"

"उज्जयिनी से धर्मावतार!"

"गोपाल आर्यक को तुमने अपनी आँखों से देखा, भद्र?"

"नहीं धर्मावतार, परन्तु उनके अग्रज महामल्ल शार्विलक के दर्शन करने का सौभाग्य मिला है। यह शार्विलक का ही बाहुबल था जिसने हमें उज्जयिनी पर अधिकार दिलाया है। वे आर्य चंडसेन को छुड़ाने नगर के बाहरी उपकंठ में आए हुए थे। अभी तक वे भी अपने अनुज महावीर गोपाल आर्यक से नहीं मिल पाए थे। सेनापति ने मुझे वहीं से भेजा है।"

"साधु भद्र, ये चंडसेन कौन हैं?"

"धर्मावतार, मथुरा और उज्जयिनी दोनों राज्यों के राजाओं के पितृव्य हैं ये आर्य चंडसेन। बहुत धर्मपरायण और प्रजा-वत्सल हैं। पर राजा के साले भानुदत्त ने इन्हें बन्दी बना लिया था।"

"साधु भद्र, ऐसे शुभ समाचार देनेवाले को कुछ भी अदेय नहीं होता। रास्ते में क्या दूँ, पर कुछ दूँगा अवश्य—यह लो मणिखचित केयूर!"

दूत ने सम्राट् के बाहुमूल में यत्नपूर्वक छिपाए केयूर को आदर के साथ ग्रहण किया। फिर आदेश की प्रतीक्षा में सावधान मुद्रा में खड़ा हो गया। समुद्रगुप्त ने कुछ सोचकर कहा, "भद्र, मैं यहीं प्रतीक्षा कर रहा हूँ। तुम नाव से नदी पार कर जाओ। उधर हमारी सेना जा रही है। तुम सेनापति को तुरन्त साथ लेकर आओ।"

"जो आज्ञा, धर्मावतार!" कहकर दूत अपने ऊँट को वहीं बाँधकर चला गया। सम्राट् प्रतीक्षा करने लगे। दूत को सेनापति के साथ लौटने में बहुत देर नहीं हुई। यद्यपि सम्राट् ने किसी को साथ नहीं लिया था, किन्तु सेनापति

सावधान थे। नदी के दूसरे किनारे से वे सम्राट् पर दृष्टि रखते चल रहे थे। ज्यों ही सम्राट् रुके, वे नदी पार करने लगे और दूत से इसी किनारे पर भेंट हो गई। आकर हाथ जोड़, मौन भाव से अभिवादन करके, वे आज्ञा की प्रतीक्षा में खड़े हो गए। सम्राट् ने मंदस्मित के साथ कहा, ''धनंजय, उज्जयिनी से ये बहुत शुभ समाचार ले आए हैं। हमारी सेना के पहुँचने के पहले ही हमारे महाबलाधिकृत गोपाल आर्यक ने उज्जयिनी पर विजय-ध्वजा फहरा दी है।'' सेनापति धनंजय ने उल्लसित होकर वर्धापनिका दी। फिर सम्राट् धनंजय को एक ओर खींचकर ले गए, ''मन की शंका बताता हूँ, धनंजय! जब आर्यक सुनेगा कि मैं निकट आ गया हूँ तो भागने की कोशिश करेगा। उसे भागने न देने का उत्तरदायित्व तुम्हारा है। अभी विश्वस्त अनुचरों को दौड़ा दो। उज्जयिनी के बाहर जानेवाले सभी रास्ते घेर लो। मिले तो कहना कि समुद्रगुप्त उससे मिलने के लिए व्याकुल है। निस्संकोच मिले—मित्र के नाते मिले। जाओ!''

यह व्यवस्था करके समुद्रगुप्त घोड़े पर सवार हुए और तीव्र गति से आगे बढ़ गए। उनका मन अब बहुत उत्फुल्ल था। नर्म-सखा आर्यक से शीघ्र ही मिलने की आशा से वे उल्लसित थे।

उस पार उज्जयिनी-विजय का समाचार पहुँच चुका था। सेना एक कोस तक लम्बी पंक्ति में फैली हुई थी। इस उल्लासजनक समाचार से उसमें भी उत्साह की लहर दौड़ गई। देखते-देखते यह समाचार सेना के एक सिरे से दूसरे तक फैल गया। सैनिकों में उन्माद-सा छा गया। महाराजाधिराज समुद्रगुप्त के जय-निनाद से आकाश गूँज उठा। रह-रहकर समुद्रगुप्त के साथ-ही-साथ गोपाल आर्यक का जय-निनाद भी सुनाई देने लगा। सेना का पिछला हिस्सा बटेश्वर तीर्थ के उस पार तक फैला हुआ था। एकाएक जय-निनाद की तुमुल ध्वनि सुनकर काका चौंक पड़े। हुआ क्या! उस पार से आनेवाले शब्द सुनाई नहीं पड़ रहे थे, पर काका के मन में सन्देह नहीं रहा कि कुछ बहुत महत्त्वपूर्ण घटना हुई है। कहीं किसी शत्रु-सेना से मुठभेड़ तो नहीं हो गई? काका जानते नहीं थे कि उस पार समुद्रगुप्त की विशाल वाहिनी प्रायः उनके साथ-ही-साथ चल रही है। वे चिन्तित हुए। साथ की नाव भी उस दिन बटेश्वर तीर्थ में ही रह गई थी। काका जान गए थे कि उसमें हलद्वीप के ही सैनिक हैं, पर अभी तक वे उनसे दूर-दूर ही रह रहे थे। अब किसी संकट की आशंका से उनके मन में आया कि इनसे मेल-जोल बढ़ाया जाए। सैनिक भी ऐसा सोचने लगे थे। काका नदी-तट पर मन्दिर के सामने के एक वट-प्ररोह के नीचे बैठे थे। मृणाल और चन्द्रा ने आज बड़ी देर तक बटेश्वर मन्दिर में पूजा की थी। शोभन भी आज यथाविधि स्नान करके मन्दिर में उनके साथ गया था। अब तीनों नाव में आराम कर रहे थे। दिन ढलने लगा था। यद्यपि अब भी

सूर्य की प्रचंड किरणों से आग बरस रही थी, फिर भी वट-वृक्ष के नीचे बहुत ठंडक थी। दूर-दूर तक फैले हुए घने प्ररोह-तरुओं ने इस तिजहरी में भी अन्धकार कर रखा था। प्ररोहों की बाढ़ में मन्दिर के पास के क्षेत्र को छोड़कर कहीं भी मनुष्य का हस्तक्षेप नहीं हुआ था। वे यथेच्छ फैले हुए थे। कई जगह उनके घने जमाव ने वट-निकुंज ही बना दिए थे। काका चिन्तित भी थे और इस अद्भुत शोभा से मुग्ध भी थे। वट-वृक्ष की सघन छाया ने सचमुच ऐसा दृश्य उत्पन्न कर दिया था कि अलंकार-रचना में प्रवीण कवि कह सके कि यहाँ सूर्य की तीक्ष्ण किरणों से भागकर अशेष जगत् का अन्धकार छिप गया है।

एक गठीले शरीर का युवक आया और काका को प्रणाम करके खड़ा हो गया। काका ने उसे नीचे से ऊपर तक देखा। बोले, "क्या कुछ कहना चाहते हो आयुष्मान्!"

"हाँ काका, आपने मुझे पहचाना नहीं। मैं योगेश्वर का पुत्र सोमेश्वर हूँ। आप लोगों के साथ ही दूसरी नाव में मैं और मेरे सात साथी चल रहे हैं। हमें आदेश था कि किसी संकट की जब तक सम्भावना न रहे, तब तक हम गोपनीय रहकर आप लोगों की देख-रेख करें। अभी तक हमारी यात्रा शान्ति के साथ होती आई है। पर उस पार जो विकट कोलाहल सुनाई दे रहा है, उससे हमें आशंका हुई है कि कुछ संकट आ सकता है।"

"उस पार कोलाहल करनेवाले लोग कौन हो सकते हैं?"

"पता लगा रहा हूँ काका, अभी तक कुछ ठीक ज्ञात नहीं हो सका है।"

"बेटा, तुम योगेश्वर के पुत्र हो और हलद्वीप के ही निवासी हो, यह जानकर बड़ी प्रसन्नता हुई। आशंका मेरे मन में भी थी, पर तुम लोगों के रहते चिन्तित होने की कोई बात नहीं है। वैसे भी तुम्हारा काका अकेले एक सहस्र के बराबर है, पर तुम लोगों के रहते तो कोई शंका की बात ही नहीं है।"

युवक ने हाथ जोड़कर फिर कहा, "काका, हमारा पूरा परिचय जान लें। हम आर्यक भैया के साथी रहे हैं। हलद्वीप में जब अशान्ति थी और भैया उसका प्रतिरोध कर रहे थे, तो हम उनके साथ थे। उन्हीं की आज्ञा से हम हलद्वीप की सेना में आए हैं। अमात्य पुरन्दर ने बहुत सोच-समझकर हमें भाभी के साथ लगाया है। हमारी नाव के छह मल्लाह भी शस्त्र-विद्या में निपुण हैं। हम अपनी दोनों भाभियों के सम्मान पर रंचमात्र आँच नहीं आने देंगे। आपकी अतुलनीय वीरता से हलद्वीप का कौन निवासी अपरिचित है? पर जब बच्चे साथ में हैं तो आप क्यों चिन्तित होंगे। आपके सामने कुछ बोलना छोटे मुँह बड़ी बात होगी, पर आर्य, विशुद्ध सूचना के रूप में कहना चाहता हूँ कि हमारी चौदह तलवारें कालसर्प की चौदह जिह्वाओं के समान हैं जो सहस्रों को चाट जाने का सामर्थ्य

रखती हैं। हम महावीर गोपाल आर्यक के सिखाए नौजवान हैं, काका! बालकपन में भी हमने राजा के सैकड़ों गुंडों का मान-मर्दन किया है। चन्द्रा भाभी मुझे पहचान लेंगी, आर्य! मैं उनके आर्यक के प्रति प्रबल अनुराग का भी साक्षी हूँ और घोर संकट में उन्होंने भैया का प्राण जिस साहस के साथ बचाया था, उसका भी।''

''चन्द्रा को तुम कैसे जानते हो, बेटा?''

''चन्द्रा भाभी को मैं उस समय से जानता हूँ, जब आर्यक भैया के लहुरा वीर दल में रहा करता था। चन्द्रा भाभी का साहस सुनकर आप आश्चर्य करेंगे, काका! दुष्टों ने आग लगा दी थी और आर्यक भैया एक बच्चे और उसकी माँ को बचाने के लिए जलते घर में कूद पड़े थे। हम लोग 'रुको-रुको' कहें तब तक तो वे माँ और बच्चे को बाहर लेकर आ ही गए। दोनों बेहोश थे। इस समय दुर्वृत्तों ने उन पर प्रहार किया। हम लोग कई लोगों से लड़ रहे थे। हमें पता ही नहीं चला कि क्या हुआ। भैया के सिर में चोट पहुँचाकर दुर्वृत्त भाग गए। वे जलते घर के द्वार पर गिर पड़े। इसी समय चन्द्रा भाभी न जाने कहाँ से आँधी की तरह आईं और उन्हें उठाकर आग से दूर ले गईं। इत्ते बड़े गबरू जवान को उसने ऐसे उठा लिया जैसे माता किसी अबोध शिशु को उठा लेती है। हम लोग भी दौड़े, पर ऐसे कर्त्तव्यमूढ़ हुए कि कुछ किसी को सूझा ही नहीं। भैया के सिर से रक्त की धारा बह रही थी। किसी की ओर देखे बिना ही चन्द्रा भाभी ने अपनी पूरी साड़ी फाड़ दी और क्षत-स्थान को फुर्ती से बाँधकर रक्त बन्द किया। वह लगभग निर्वस्त्र हो गईं, पर रक्त तो रोक ही दिया। इसके बाद उन्होंने जो सेवा की, वह कोई देवी ही कर सकती है। लेकिन आर्यक भैया लजा गए। लजाने की क्या बात थी काका, मगर स्त्रियों के सामने वे सदा इसी प्रकार लजा जाते थे। अब भी उनकी आदत वैसी ही है।'' काका ने दीर्घ निःश्वास लिया।

सोमेश्वर आविष्ट-सा कहता ही गया, ''कोई एक समय ऐसा हुआ है, काका! कई बार भैया की रक्षा के लिए चन्द्रा भाभी ने अपने प्राण संकट में डाले हैं। मगर उनका प्रेम बड़ा उत्कट था। आर्यक भैया उन्हें प्यार करने में भी लजाते थे। आज भी उनकी यही आदत है। हम लोग तो उसी समय से चन्द्रा भाभी कहने लगे थे। पर उनका भाग्य कुछ गड़बड़ था। देवी हैं आर्य, पूरी देवी!'' मृणाल और चन्द्रा कोलाहल से आशंकित होकर नाव से बाहर आ गई थीं। काका को खोजती आईं तो उन्हें किसी से बात करते देख ठिठक गईं। मृणाल ने चन्द्रा के इस साहस और सेवा की बात सुनी तो उसकी आँखों में आँसू आ गए। चन्द्रा आगे बढ़ गई, मृणाल दर-विगलित अश्रुधारा के साथ नाव में लौट गई। चन्द्रा ने आगे बढ़कर कहा, ''सोमेश्वर, तू कहाँ से आ गया? काका से क्या अनाप-शनाप कहे जा रहा है?''

सोमेश्वर अकचका के खड़ा हो गया। बड़ी श्रद्धा के साथ भूमि पर सिर रखकर उसने चन्द्रा को अपना प्रणाम निवेदन किया। उसकी आँखों में आँसू आ गए—"साथ ही तो चल रहा हूँ, भाभी!"

"साथ ही चल रहा है और अब तक बताया नहीं! धन्य है तू।"

"आज्ञा नहीं थी, भाभी!"

"आज कैसे आज्ञा हो गई?"

"उस पार के कोलाहल के कारण, भाभी!"

"यह कैसा कोलाहल हो रहा है, सोमेश्वर?"

"पता लगा रहा हूँ, भाभी! तुम अभी नाव में जाओ। अभी बताता हूँ।"

काका ने भी चन्द्रा को नाव में जाने को कहा। वह लौट गई।

सोमेश्वर ने काका से कहा, "काका, अनुमति दें तो इन पेड़ों के अन्तराल में पटवास लगा दें। अमात्य ने कहा था कि पटवास साथ लेते जाओ। हमारे पास तीन हैं। कोई संकट आया तो नाव में भाभियों का रहना ठीक नहीं होगा। इन पेड़ों में सुरक्षा भी रहेगी। पटवास के द्वार पर खड़ा एक जवान भी सहस्रों को रोक सकेगा। अन्धकार में वे दिखाई भी नहीं देंगे। वैसे तो हम नाव की रक्षा के लिए भी तैयार हैं, पर यह स्थान अधिक सुरक्षित होगा। तो आज्ञा है न, काका?"

काका को यह बात जँच गई। दोनों ने स्थान का चुनाव किया। सोमेश्वर के इशारे पर पटवास को लिए दस-बारह जवान बाहर आ गए। इनमें कई मल्लाह भी थे। पटवास फुर्ती से खड़े कर दिए गए। सघन प्ररोहों के अन्तराल में ये पटवास छोटे-छोटे दुर्ग-से बन गए। तीनों थोड़ी-थोड़ी दूरी पर खड़े कर दिए गए। काका के आदेश से मृणाल, चन्द्रा और शोभन ने एक में प्रवेश किया। दूसरे में काका के रहने की व्यवस्था की गई। तीसरा सैनिकों ने अपने लिए रखा। पर ये दोनों खाली ही पड़े रहे। काका के साथ सैनिक मन्दिर के सामने ही डट गए।

उस पार का कोलाहल और भी तेज हुआ। सोमेश्वर ने एक मल्लाह को पता लगाने को नदी पार कर उधर जाने का आदेश दिया था। वह लौट आया। उसने आकर समाचार दिया कि यह सम्राट् समुद्रगुप्त की सेना है, मथुरा जा रही है। बीच में ही किसी प्रकार इन्हें समाचार मिला है कि अकेले ही महावीर गोपाल आर्यक ने उज्जयिनी पर अधिकार कर लिया है। ये लोग महाराजाधिराज समुद्रगुप्त और महावीर गोपाल आर्यक की जय-जयकार कर रहे हैं। कई तरह की कहानियाँ सुना रहे हैं। किस प्रकार अकेले महावीर आर्यक ने प्रचंड शत्रुवाहिनी को ध्वस्त करके प्रजा-पीड़क राजा पालक को मारा है, किस प्रकार उसकी तलवार ने चक्र की भाँति घूम-घूमकर शत्रुओं के शवों से रण-स्थल को पाट दिया है। और भी समाचार मिला है कि गोपाल आर्यक के बड़े भाई श्यामरूप शार्विलक ने अकेले

ही पालक की दूसरी और बड़ी सेना को मार भगाया है। समाचार भेजे जाने के समय तक दोनों भाई मिल भी नहीं पाए हैं। लोग कह रहे हैं कि श्यामरूप में एक सहस्र साथियों का बल है।

काका ने सुना तो उन्मत्त-भाव से चिल्ला उठे, ''सुन रे बिटिया, सुन ले! बोलो, महावीर गोपाल आर्यक की जय!''

पन्द्रह कंठों ने एक साथ जय-घोष किया। उस समय चन्द्रा की गोद में सिर रखकर मृणाल रो रही थी, ''दीदी, तुमने उनकी कितनी सेवा की है! मैं अभागिन तो उनके किसी काम नहीं आई। दीदी, तुम साक्षात् जगदम्बा हो।'' चन्द्रा दुलार से डाँट रही थी, ''बेकार बात न कर। मैं तो उस गँवार की दासी ही रही हूँ और रहूँगी। ऐसी बात न किया कर। मुझे अच्छा नहीं लगता। उठ मैना, तू उदास होगी तो वह भी उदास हो जाएगा।'' इसी समय काका का उन्मत्त कंठ सुनाई दिया, ''सुन रे बिटिया, सुन ले, बोलो, महावीर गोपाल आर्यक की जय!'' चन्द्रा धड़फड़ाकर उठी। क्या हुआ? क्या कोई संघर्ष छिड़ गया? काका इतने उत्तेजित क्यों हैं? वह बाहर निकल आई। ज्यों ही चन्द्रा बाहर आई, सोमेश्वर दीप्त कंठ से गरज उठा, ''बोलो, चन्द्रा भाभी की जय!'' सभी मल्लाह आ जुटे थे—सबने उत्तेजित कंठ से चन्द्रा भाभी का जय-निनाद किया। चन्द्रा चकित थी, ''अरे मेरे सोमेश्वर भैया, पागल हो गए हो क्या! क्या बात है?'' सोमेश्वर सचमुच उन्मत्त था, कोई उत्तर दिए गए बिना फिर चिल्ला उठा, ''बोलो, चन्द्रा भाभी की जय!'' चन्द्रा विस्मय-विमूढ़!

अब मृणाल भी बाहर निकल आई। वह भी विस्मित थी। उसे बाहर देखते ही सोमेश्वर ने उन्मत्त-भाव से चिल्लाकर कहा, ''बोलो, मैना देई की जय!'' जय-जयकार से दिङ्मंडल काँप उठा। सब उन्मत्त थे, काका उत्तेजना के चरम शिखर पर थे। वे नाच रहे थे। बीच-बीच में चिल्ला उठते थे, ''मेरे बेटे सिंह हैं, स्यार क्या खाकर उनसे जूझेंगे!'' फिर झपटकर शोभन को कन्धे पर लेकर चिल्ला उठे, ''बोलो शोभन, युवराज की जय!'' शोभन किलकारी मारकर हँस रहा था और काका उसे कन्धे पर लेकर नाच रहे थे। अद्भुत दृश्य था।

चन्द्रा ने गरजकर कहा, ''भाई सोमा, तू ही बता क्या बात है? काका का तो दिमाग खराब हो गया है।''

सोमा ने कहा, ''जय हो भाभी, आर्यक भैया ने अकेले उज्जयिनी पर अधिकार कर लिया है और भगवान् की माया देखो कि श्यामरूप भैया भी वहीं पहुँच गए हैं। दोनों ने बड़ी वीरता दिखाई है।''

काका फिर उन्मत्त-भाव से नाच उठे, ''मेरे बेटे सिंह हैं, स्यार क्या खाकर उनसे जूझेंगे!''

चन्द्रा को बात समझ में आ गई। अब उसके उन्मत्त होने की बारी थी। उसने

मृणाल का हाथ पकड़कर घसीटा और उसे उन्मत्त-भाव से गोदी में उठा लिया—"तेरा पातिव्रत धर्म विजयी हुआ, मैना! मेरा आर्यक लाखों में एक है। मैंने अपनी आँखों उसका पराक्रम देखा है। लिच्छवियों की सेना पर ऐसा टूटा था जैसे बाज बटेरों पर टूटता है। उसकी तलवार फिरकी की तरह नाचती थी। पर तेरा पातिव्रत ही उसकी शक्ति है। तेरा पातिव्रत विजयी हुआ मैना, तेरा सतीत्व उसे विजयी बनाता है।"

मैना ने कहा, "छोड़ो दीदी, तुम भी पागल हो गईं? मेरा नहीं, तुम्हारा पातिव्रत विजयी हुआ है।"

"नहीं रे नहीं, मैं निश्चित जानती थी कि मेरा आर्यक कुछ करके लौटेगा। मैं क्या यों ही उसे प्यार करती हूँ! वह सच्चा पुरुष है। पौरुष उसकी बोटी-बोटी से उछलता रहता है। वह नीचे से ऊपर तक दीप्त पौरुष है। थोड़ा गँवार अवश्य है। तेरी तपस्या सार्थक हुई मैना, चन्द्रा का कलंक दूर हुआ। वह अब आएगा, अवश्य आएगा। आ, एक बार उसकी ओर से तुझे प्यार कर दूँ।"

मृणाल गम्भीर हो गई, "श्यामरूप भैया भी मिल गए हैं, दीदी! भगवान् का कैसा अनुग्रह है। जब देते हैं तो छप्पर फाड़कर देते हैं। उठो दीदी, पहले मन्दिर में चलो। और बातें बाद में होंगी।" चन्द्रा को घसीटती हुई मृणाल बटेश्वर महादेव के मन्दिर में गई और एकदम लकुट की भाँति पृथ्वी पर गिरकर महादेव को अपना कृतज्ञ प्रणाम निवेदन किया। चन्द्रा ने भी वैसा ही किया।

प्रणाम निवेदन करके मृणाल आसन मारकर बैठी और ध्यान में डूब गई। चन्द्रा धीरे-धीरे मन्दिर से बाहर आई। बाहर अब भी सोमेश्वर के साथी खड़े थे। उन पर भी भक्ति की मादकता छा गई थी। वे ऐसे शान्त-निस्तब्ध खड़े थे जैसे प्रस्तर की मूर्त्तियाँ हों। बाहर निकलकर चन्द्रा ने सोमेश्वर को बुलाया। सोमेश्वर विनीत-भाव से सामने आकर खड़ा हो गया। चन्द्रा की वाणी रुद्ध थी। वह केवल आँखें फाड़कर सोमेश्वर को ताकती रही। उसकी आँखों से अश्रुधारा झरने लगी। चन्द्रा की आँखों में क्वचित्-कदाचित् ही आँसू दिखाई देते थे। सोमेश्वर उसके अन्तरतर को समझने का प्रयास करता हुआ चुपचाप खड़ा रहा। चन्द्रा की आँखों से अश्रुधारा उसी प्रकार बहती रही। सोमेश्वर ने उसका मन फेरने के लिए देवर-जनोचित परिहास करना चाहा, पर क्या कहे, उसकी समझ में नहीं आया। यों ही बोला, "मिठाई नहीं खिलाओगी भाभी? कितना बढ़िया समाचार सुनाया है!" चन्द्रा का मन सचमुच दूसरी ओर फिरा—"किस बात की मिठाई खाएगा भाई सोमा? समाचार देने की? उसकी नहीं खिलाऊँगी। वह तो मेरा जाना हुआ-सा था। पर एक दूसरी बात की मिठाई अवश्य खिलाऊँगी।"

"और किस बात की मिठाई खिलाओगी भला?"

"यही कि तुम पहले आदमी हो जिसने मुझे भाभी कहा है। तुमने मेरे कानों में अमृत डाल दिया है देवर, इस अभागी को आज तक किसी ने भाभी नहीं कहा।" चन्द्रा के करुण आनन्द से सोमेश्वर भीग गया—"इन सबको पहचानती हो, भाभी! सब बालक थे, परन्तु तुम्हारा स्नेह सबने पाया था। ये बड़े पाजी भाई हैं, भाभी! मुझसे भी पहले तुम्हें भाभी कहते रहे हैं। ये मेरी मिठाई में हिस्सा माँगेंगे।"

चन्द्रा खिल गई, "सबको बुलाओ तो देखूँ।" सब बुलाए गए। चन्द्रा ने देखा, कई अस्पष्ट परिचित चेहरे लगे। सोमेश्वर ने कहा, "क्यों मेरे भाइयो, पहचानते हो ये कौन हैं?"

सबने उल्लसित स्वर में एक साथ उत्तर दिया, "चन्द्रा भाभी, चन्द्रा भाभी!"

सोमेश्वर ने कहा, "देखा भाभी, एक-से-एक दुष्ट हैं तुम्हारे देवर। ये क्या सोमेश्वर को अकेले प्रसाद लेने देंगे?"

चन्द्रा प्रफुल्ल हुई, "सबको मिठाई खिलाऊँगी। सब मेरे प्यारे देवर हैं।"

सबने एक साथ जय-निनाद किया, "चन्द्रा भाभी की जय!"

मन्दिर में मृणाल के कानों तक ध्वनि गई। उसका ध्यान भंग हुआ। बाहर आई तो चन्द्रा ने कहा, "देखा मैना, कित्ते देवर जुट गए! सब मिठाई खाना चाहते हैं। खिला सकेगी?"

मृणाल का चेहरा खिल गया। मंदस्मित के साथ बोली, "अहोभाग्य!"

सुनते ही फिर भाभियों के जय-निनाद से आकाश प्रकम्पित हो उठा। सैनिक देवर कुछ और निकट आ गए। एक ढीठ देवर बोल उठा, "बाद वाली मिठाई तो मिलेगी न, भाभी! कहीं यहीं सब समाप्त न कर देना।"

मृणाल और चन्द्रा एकसाथ बोल उठीं, "मिलेगी, और मिलेगी!"

तीस

भटार्क और शार्विलक (श्यामरूप) साथ-ही-साथ आर्यक के पास गए। आर्य चारुदत्त ने उन्हें मार्ग दिखाया। आर्यक बहुत दिनों के बिछुड़े भाई के पैरों में लोट गया। देर काल तक दोनों भाई एक-दूसरे से लिपटे रहे। दोनों की वाणी रुद्ध थी। शार्विलक प्यार से आर्यक का सिर सूँघता रहा। दोनों की आँखों से अविरल अश्रु-धारा बहती रही। भटार्क और चारुदत्त इस अपूर्व भ्रातृ-मिलन का दृश्य देखते

रहे। फिन दोनों शान्त हुए। आर्यक ने आग्रह के साथ कहा, "भैया, हलद्वीप लौट चलो!" शार्विलक ने स्वीकृति दी। दोनों भाई एक-दूसरे से हलद्वीप लौट चलने का अनुरोध करते रहे। शार्विलक ने बताया कि उसे एक नए पिता और नई माता के स्नेह पाने का सौभाग्य मिला है। उनका दर्शन करने के बाद ही वह हलद्वीप जा सकेगा। परन्तु आर्यक को स्पष्ट आदेश के स्वर में उसने कहा कि वह बिना देरी किए हलद्वीप चला जाए। इसी समय वसन्तसेना का सन्देशवाहक शार्विलक को उनसे आवास पर जाने का निमन्त्रण लेकर आया। शार्विलक को जाना पड़ा, पर फिर से आर्यक को प्यार करके यह आदेश देता गया कि वह जल्दी-से-जल्दी हलद्वीप पहुँच जाए। जब शार्विलक वहाँ पहुँचेगा, तो उसके स्वागत के लिए आर्यक वहाँ अवश्य रहे। चारुदत्त ने मुस्कराते हुए आर्यक से कहा, "भैया के साथ भाभी का भी स्वागत करना होगा।" आर्यक ने उल्लसित होकर कहा, "भाभी कहाँ हैं भैया, तुमने कुछ बताया नहीं।" पर शार्विलक ने आर्य चारुदत्त से ही कहा, "क्यों लड़के को बेकार बातों में उलझाते हो, आर्य!" चारुदत्त ने संकेत समझकर कहा,"अभी भाभी कहाँ हैं मित्र, जब होंगी तो तुम्हें और मुझे अवश्य कृतार्थ करेंगी। अभी थोड़ा धीरज रखो।"

चारुदत्त और श्यामरूप शार्विलक से विदा हुए। शार्विलक के चले जाने के बाद भटार्क को अवसर मिला। दोनों मित्रों में देर तक वार्तालाप होता रहा। मथुरा के अभियान का विस्तृत विवरण पाकर आर्यक को प्रसन्नता हुई। चंडसेन का विस्तृत परिचय पाने के लिए और भटार्क से उनकी बातचीत के विश्लेषण के बाद आर्यक ने कहा, "मित्र भटार्क, चंडसेन को मथुरा-उज्जयिनी के राज्य-संचालन का भार देना सम्राट् की नीति के अनुरूप होगा। तुम शीघ्र ही इस प्रकार की सलाह सम्राट् को भेज दो।"

भटार्क ने हँसते हुए कहा, "तुम्हारे रहते मैं अब सन्देश भेजनेवाला कौन होता हूँ। कहो तो सन्देशा तुम्हारे नाम से ही भिजवा दूँ। मैं अब इस राजनीतिक प्रपंच में नहीं पड़ूँगा। सैनिक हूँ, जहाँ मार-काट करानी हो, वहाँ भेज दो, बाकी सब तुम्हारा। मैं सदा तुम्हारा विनीत सेवक रहा हूँ। आज भी हूँ, कल भी रहूँगा।"

आर्यक इस प्रस्ताव से सहम गया—"मित्र, मैं सम्राट् के सामने किसी प्रकार नहीं जा सकता—पत्रलेख के रूप में भी नहीं। तुम्हीं उनके पास जो चाहो लिखकर भेज दो।"

भटार्क ने दृढ़ता के साथ कहा, "क्यों नहीं जा सकोगे? तुमने कोई अपराध किया है? क्या दोष तुमसे हुआ है? कौन नहीं जानता कि आज समूचे उत्तरापथ में जो महाराजाधिराज समुद्रगुप्त का डंका बज रहा है, वह गोपाल आर्यक के प्रचंड बाहुबल और तीक्ष्ण बुद्धि के बल पर ही। मित्र, मैंने उज्जयिनी के सारे समाचार

सम्राट् को भेज दिए हैं। वे आज मथुरा आ गए होंगे। तुम्हें तो अब राजनीतिक सुझाव ही भेजना शेष रह गया है।''

आर्यक एकाएक सनाका खा गया—''क्या कहा? सम्राट् मथुरा पहुँच गए हैं?''

''हाँ मित्र, वे मथुरा पहुँच गए होंगे और यदि उज्जयिनी भी आ जाएँ तो आश्चर्य न करना। उन्होंने उज्जयिनी के अभियान का स्वयं नेतृत्व करने का निश्चय किया था, पर मैंने उन्हें लिखकर सूचित कर दिया है कि इस अभियान की आवश्यकता नहीं। गोपाल आर्यक ने अकेले ही इस लक्ष्य की पूर्ति कर दी है।''

''यह तो तुमने अच्छा नहीं किया, भटार्क! मैं तो इस समय उज्जयिनी का दायित्व तुम्हें सौंपने जा रहा हूँ।''

''तो सौंप दो ना! तुम्हारा दिया हुआ सब आदेश सदा मेरे सिर-माथे! पर जैसे सेना का संचालन सदा गोपाल आर्यक करते रहे हैं, वैसे ही उज्जयिनी का संचालन भी वही करते रहेंगे। उनका सेवक भटार्क इस राज्यभार को उसी प्रकार वहन करेगा, जिस प्रकार भरत ने राम के राज्य का संचालन किया—न कम, न अधिक।'' कहकर भटार्क हँस पड़ा, ''फिर भैया, तुम्हें हलद्वीप भी तो जाना है। अभी तो तुमने शार्विलक को वचन दिया है। पर मेरी एक बात मानो, समुद्रगुप्त केवल राजाधिराज नहीं हैं, तुम्हारे सखा भी तो हैं। उनसे मिल अवश्य लेना। अरे भाई, सौ बात बड़े भाई की मानी जाती हैं तो एक बात छोटे भाई की भी मान ली जाती है। बोलो, मानोगे न?''

आर्यक ने कोई स्पष्ट उत्तर नहीं दिया। इतना ही कहा कि अवसर आने पर वह भटार्क की बातों पर अवश्य विचार करेगा। उसने बात को आगे बढ़ने से रोकने के लिए कहा, ''अभी तुम थोड़ा विश्राम करो। फिर बातें होंगी।''

भटार्क के जाने के बाद आर्यक अकेला रह गया। सम्राट् मथुरा पहुँच गए हैं। उनसे मैं कैसे मिलूँगा। चन्द्रा के बारे में पूछेंगे तो क्या उत्तर दूँगा। बेचारी चन्द्रा इस समय न जाने कहाँ होगी। केवल लोक-लाज के भय से उसने चन्द्रा के उद्दाम प्रेम की उपेक्षा की है। क्या चन्द्रा के प्रति उसने आकर्षण नहीं दिखाया था? क्या सचमुच उसके प्रति उसके मन में परस्त्री-भावना थी? क्या मृणालमंजरी से अपनी भावना छिपाने का अपराध उसने नहीं किया? कभी उसने इस सम्बन्ध में मृणालमंजरी से सलाह क्यों नहीं ली? उसके अन्तर्यामी कहते हैं कि इस सम्बन्ध में वह झूठ की ओर अधिक झुका है, सत्य की ओर कम। भाभी कहती हैं, तुम्हारी सब समस्याएँ हल हो जाएँगी। कैसे होंगी! भाभी न चन्द्रा को जानती हैं, न मृणाल को। भाव-लोक विहारिणी कोई माताजी उनसे न जाने क्या-क्या कह

गई हैं। भोली भाभी ने सबको ब्रह्मवाक्य मान लिया है। कहती हैं, तुम अपने को ही अपने से छिपाते रहे हो। वे ठीक कहती हैं। आर्यक ने यह पाप अवश्य किया है। उसमें सत्य का सामना करने का साहस नहीं है। वह असत्य को प्रश्रय देता रहा है और मानता आया है कि दुनिया इस असत्य को सत्य मान लेगी। दुनिया के सामने बहुत समस्याएँ हैं। उसे इतनी फुरसत नहीं है कि हर व्यक्ति के अन्तर में झाँककर सच-झूठ का निर्णय करती फिरे। व्यक्ति को अपने प्रति आप ही ईमानदार बनना होगा। हर बड़ी वस्तु के लिए कर चुकाना पड़ता है। सत्य से बड़ा धन क्या हो सकता है! उसे पाने में खर्च करना पड़ता है। जो सोचता है कि बिना कुछ दिए इतनी बड़ी सम्पत्ति पा जाएगा और रख सकेगा, वह मूढ़ है। सत्य को पाना कठिन है, पाकर सुरक्षित रखना और भी कठिन है। सम्राट् से बातचीत करते समय उसने सत्य को छिपाया था। यह दोष था।

फिर चन्द्रा के बारे में वह सत्य क्या था, जिसे स्वीकार करने में वह संकुचित होता रहा है। भाभी ने पूछा था कि देवर, सच बताओ, तुम्हारे मन में चन्द्रा के प्रति आकर्षण था या नहीं? क्या तुम दुनिया को यह नहीं दिखाना चाहते थे कि वह गले पड़ गई है पर मन-ही-मन प्रसन्न नहीं थे कि वह अनायास मिल गई है? भाभी कैसा छेद देनेवाला प्रश्न करती हैं। आर्यक क्या उत्तर दे। चन्द्रा जहाँ उद्दाम प्रेम की मूर्त्ति है, वहीं और उससे भी अधिक अकुंठ सेवा का सजीव विग्रह है। संसार में आज तक किस स्त्री ने इतना साहसिक प्रेम और इतनी अकुंठ निश्छल सेवा की है। कितनी बार उसने आर्यक के लिए प्राणों को संकट में डाल दिया है, कितनी बार उसने प्राण ढालकर आर्यक में संजीवनी शक्ति भरी है, कितनी बार उसने सामाजिक विधि-विधानों को तलवे से रौंदकर सत्य को स्वीकार किया है। आर्यक ने उसके शारीरिक उद्दाम वेग को ही देखा है, मानसिक और आध्यात्मिक त्याग-भावना की ओर ध्यान ही नहीं दिया। क्या उसकी उपेक्षा ने ही चन्द्रा को अधिकाधिक उग्र नहीं बना दिया? सम्राट् से उसने क्यों नहीं कसकर सच्चाई कह दी? आर्यक को चन्द्रा ने कितनी ही बार 'कायर' कहा था। क्या उसकी बात नितान्त असत्य थी? चन्द्रा जब उसे गँवार कहती है, कायर कहती है, निर्बुद्धि कहती है तो वह घबरा जाता है, पर इसमें कितनी आत्मीयता होती है। प्रेम-रस में सराबोर इन कुवाच्यों की मिठास अपूर्व ही होती है। परन्तु आर्यक ने इस आत्मीयता की सदा अवहेलना की है। उसके अन्तर्यामी जानते हैं कि उसकी अवहेलना दिखावा है, संसार की दृष्टि में अपने-आपको निर्दोष दिखाते रहने का नाटक है। हाय, आर्यक ने अपने को कैसी क्रूर नियति के हाथों बेच दिया है। चन्द्रा कहाँ होगी, किस अवस्था में होगी, जिसने अपने-आपको सारी विधि-व्यवस्थाओं और लोक-मर्यादाओं के विरुद्ध झोंककर अन्तरतर के सत्य का

अनुपालन किया, उस देवी को कैसा धोखा दिया आर्यक ने! चन्द्रा समर्पण की मूर्त्ति है, आर्यक वंचना का अवतार। आर्यक की वंचना को भाभी ने कैसा पकड़ लिया। पूछती हैं, 'देवर, जब तुम चन्द्रा की चिट्ठियाँ मृणाल को देते थे तो वे हथेली के पसीने से भीग गई होती थीं न, ठीक स्मरण करके बताओ।' करारी चोट करती हो, भाभी। पहले तो उसका गँवारपन उभर आया। फिर उसकी वंचना उजागर हो गई। हृदय पर किसी ने कसके हथौड़े से चोट की थी। भाभी ने कैसा चीर दिया हृदय को! भाभी, तुम भोली दिखती हो पर समझती सब हो। आर्यक की लज्जा से भी रस खींच लेती हो! हाय, यह कैसी विडम्बना है कि आर्यक जिस बात को सारी दुनिया से छिपाता आया है, वह इस भोली भाभी के लिए करतल पर रखे हुए आँवले के फल के समान स्पष्ट है।

आर्यक डूब रहा है, उतरा रहा है, बह रहा है। भाभी मिल जातीं तो उनसे पूछता कि मेरा कर्त्तव्य क्या है? क्या सम्राट् से मिल लेना चाहिए या उनकी भी उपेक्षा करनी चाहिए? उपेक्षा के बाद? और सम्राट् का सामना करने से भी अधिक भयंकर है मृणाल का सामना करना। क्या सोचेगी वह सुकुमार-हृदया प्राणवल्लभा! आर्यक उसे कैसे अपना मुँह दिखा सकेगा? फटो धरित्रि, निगल जाओ इस भंड को। आर्यक डूब रहा है।

चन्द्रा को ही क्या मुँह दिखाएगा? मगर वह क्षमा कर देगी। चन्द्रा क्षमा की मूर्त्ति है। थोड़ा मान तो करेगी, पर तुरन्त प्रसन्न हो जाएगी। प्रेम-परवशा चन्द्रा जानती ही नहीं कि अभिमान क्या होता है। कायर कहेगी, गँवार कहेगी और सेवा में जुट जाएगी। सेवा में ही वह अपने को पाती है, अपने प्यार को पाती है, अपनी चरितार्थता अनुभव करती है। चन्द्रा सेवामयी है। आर्यक उतरा रहा है।

और मृणाल? उस भोली ने तो जाना ही नहीं कि मान क्या होता है, ईर्ष्या किसे कहते हैं, असूया किस खेत में पैदा होती है। उसे, अपना सुख क्या है इसका पता ही नहीं; वह तो एक बात जानती है, सुख वह है जिसमें आर्यक सुखी रहे। चन्द्रा ने कई बार कहा कि मृणाल के पास चलो। वह दोनों को प्यार कर सकती है। पर पवित्र-चेता चन्द्रा ने जिस बात को अनायास समझ लिया, उसे कुटिल आर्यक नहीं समझ सका। दोनों साथ रह सकती हैं, आर्यक की दोनों आँखों के समान। आर्यक कल्पना की धारा में बह रहा है। इसी समय अमृतवर्षी मधुर स्वर में भाभी ने पूछा, "किस उधेड़बुन में पड़े हो, देवर? कहो तो बता दूँ?" जैसे रंगीन रेशमी धागे से किसी ने आर्यक के मन को खींच लिया हो। वह अकचकाकर उठ के खड़ा हो गया। भाभी कब से खड़ी हैं? अत्यन्त विनीत-भाव से प्रणाम निवेदन करके मंदस्मित के साथ आर्यक ने कहा, "क्षमा करो भाभी, एक समस्या का समाधान आपको करना होगा।"

"मैं जानती हूँ, लल्ला, तुम दूसरों को भुलावा दे सकते हो, भाभी तुम्हारे अन्तरतर में झाँककर देख चुकी है, उसे भुलावा नहीं दे सकते। और कौन-सी समस्या हो सकती है तुम्हारी? तुम्हारी भाभी सब जानती है। समस्या यही है न कि चन्द्रा और मृणाल दोनों तुम्हारी दो आँखें हैं, इनमें कौन दाहिनी है, कौन बाईं है? यही है न समस्या?"

"भाभी, तुम बड़ा वेधक परिहास करती हो!"

"वेधक है? मैं तुम लोगों की रग-रग पहचानती हूँ। तुम्हारे भैया की भी यही समस्या थी। अच्छा देवर, आँख दाहिनी हो या बाईं, क्या फर्क पड़ता है!"

"तुम्हारा ही प्रश्न है, भाभी, तुम्हीं उत्तर दो। पर भैया की दो आँखों की क्या बात है भाभी?"

"फिर तुमने मान लिया कि समस्या दो आँखों की ही है। भैयावाली जानना चाहते हो, अपनी वाली छिपाना चाहते हो।"

आर्यक हँसकर चुप हो गया। भाभी ने ही आगे कहा, "देखो लल्ला, तुम भैया से अधिक भाग्यवान हो। उनकी दोनों आँखों का फैसला दोनों आँखों को ही करना पड़ता है, पर मेरे भोलेनाथ, तुम्हारे तो एक तीसरी आँख भी है, उसे क्यों भूल जाते हो!"

"देखो भाभी, पहेली न बुझाया करो। तुम्हारा देवर पहले ही हार मान चुका है। वह तुम्हें भोली समझता है तो तुम उसे बमभोला समझती हो। तुम्हीं ठीक समझती हो, अब गँवार पर नागरी का कृपा-कटाक्ष निक्षेप करो और पहेली को ऐसी भाषा में समझाओ जिससे वह ठीक से समझ सके।"

"तो भोलानाथजी, अपनी तीसरी आँख को ठीक से जान लीजिए। रोज-रोज नागरी का कृपा-कटाक्ष नहीं मिलेगा।"

"बताओ भाभी, मेरे गँवारपन की शपथ है, ठीक-ठीक समझा दो।"

"बलि-बलि जाऊँ इस गँवारपन पर! तो गिनो उँगली पर।"

"गिन रहा हूँ।"

"एक आँख चन्द्रा रानी। ठीक?'

"ठीक, एक!"

"दूसरी आँख मैना रानी। ठीक?"

"ठीक, दो!"

"और तीसरी आँख तुम्हीं बताओ भोलानाथ!"

"बता दूँ?"

"बनते हो, जानबूझकर बनते हो!"

"नहीं भाभी, पहले बता देता हूँ, फिर तुम बताना कि ठीक हुआ या नहीं।"

“बताओ।”

“तीसरी आँख है मेरी नागरी भाभी। ठीक?”

“पेट में दाढ़ी है तुम्हारे! है न?”

“तीसरी आँख से देखने का प्रयत्न कर रहा हूँ। हाँ, है!’

“कित्ती बड़ी है?”

“बहुत बड़ी। यही भाभी के बराबर!”

“ठीक देखा है, शाबाश! अब जब दो आँखों को देखना हो तो तीसरी आँख से पूछ लिया करो!”

आर्यक आनन्द-लहरी में बह रहा है—“पूछ रहा हूँ भाभी!...ऐ मेरी तीसरी आँख, बता तो मेरी दो आँखें कहाँ हैं, कैसे हैं?”

भाभी आर्यक के अभिनय से हँसते-हँसते दोहरी हो गईं—“वाह लल्ला, नाटक करो तो नाम कमाओगे।”

आर्यक ने गम्भीर होकर कहा, “हँसी नहीं कर रहा हूँ, भाभी, सचमुच मैं उलझन में हूँ। तुम्हें बार-बार याद कर रहा था कि तुम ठीक जान लो कि मेरे सिर पर विचिकित्सा के बादल मँडरा रहे हैं। राजाधिराज समुद्रगुप्त मथुरा आ गए हैं, दो-तीन दिनों में उज्जयिनी भी आ सकते हैं। मैं उनके सामने जाऊँ या न जाऊँ?”

भाभी भी गम्भीर हो गईं—“क्यों नहीं जाओगे? तुमने उनका क्या बिगाड़ा है? नासमझी उन्हीं ने की है, तुम क्यों लज्जित होगे?”

“ठीक है भाभी, पर अभी तो उससे भी कठिन समस्या है। मृणाल के सामने कौन-सा मुँह लेकर जाऊँगा।”

“यही सोने-सा चमकता मुँह। इसमें मुझे तो कोई खाद दिखाई नहीं देता। मृणाल को दिखाई दे तो भाभी को बुला लेना। मैं उसे समझा दूँगी। वैसे, आवश्यकता नहीं पड़ेगी। तुम पतिव्रताओं को जानते नहीं। समझे मेरे देवरजी!”

“जिसे जानता ही नहीं, उसे समझूँगा क्या?”

“नहीं समझते हो तो भाभी की बात मानो। पहले समुद्रगुप्त से मिलो। राजा हो या राजाधिराज, मनुष्य तो होगा ही। एकदम मित्र की भाँति मिलो। हर बात का खुलकर जवाब दो। दोष हो या गुण, छिपाओ कुछ भी नहीं। वे प्रिय कहें या अप्रिय, वाणी का और शिष्टाचार का संयम न छोड़ना। मीठा तो तुम बोलते ही हो, साफ भी बोलो। अपने अन्तर्यामी पर अधिक विश्वास करो, लोक-कल्पना पर कम। सत्य सबसे बड़ा है, यह मत भूलो।...

“मृणाल के पास अवश्य जाओ—सच्चाई के साथ, विश्वास के साथ, विनय के साथ, शील के साथ। उसकी महिमा का सम्मान करो। सती की आँख में

वरदान रहता है। कभी कोई ऐसा काम न करो जिससे उस आँख में क्षोभ का संचार हो। उसकी तपस्या से तुम विजयी हुए हो, यह बात कभी न भूलना। देखो लल्ला, पुरुष का अहम् और उसकी भीरुता, दोनों ही स्त्री को कष्ट देते हैं। भूलना मत।...

"चन्द्रा को मैं जितना समझ पाई हूँ वह निर्भीकता, स्पष्टता और साहस में अद्वितीय नारी है। उसका मूल भाव माता का भाव है। वह तुम्हारी और मृणाल की सेवा के लिए लालायित है। उसके इस सेवाभाव की उपेक्षा करोगे तो अच्छा नहीं होगा। उपेक्षा करके तुमने उसे चंड बना दिया है। सेवा की उपेक्षा से ही संसार की आधी समस्याएँ हैं। इस विषय में तुम अपने भैया को गुरु मानो।"

आर्यक तृप्ति अनुभव करता रहा। भाभी देवबाला की तरह लग रही थीं। ऐसा लग रहा था, स्वयं सरस्वती आकर आर्यक को मार्ग बता रही हैं। वह कृतकृत्य हो गया। इतना स्पष्ट तो उसे कभी सूझा नहीं। वातावरण बहुत गम्भीर हो गया था। भाभी माता की भूमिका में पहुँच गई थीं। आर्यक का मन भार-मुक्त हो गया था। देवर-भाभी के धरातल पर लौट आने के उद्देश्य से उसने चुहल की।

"सच मानूँगा, एक बात को छोड़कर। भैया को नहीं, भाभी को गुरु मानूँगा।"

"उससे अच्छा होगा कि मृणाल को गुरु मान लेना।"

"अच्छा भाभी, तुम इतना स्पष्ट कैसे देख लेती हो?"

"देवर की आँख से! समझे?"

इसी समय आर्य चारुदत्त आए और धूतादेवी के हाथ में एक पत्र देकर दूसरी ओर आँख फिराकर बैठ गए।

पत्र से सुगन्ध निकल रही थी। आर्यक को इस सुगन्ध ने आकृष्ट किया। सुन्दर सँवारे हुए भोजपत्र पर कुसुम-राग से लिखे हुए पत्र में कस्तूरी और अगरु के उपलेपन की सुगन्ध थी। धूतादेवी ने आदर के साथ पत्र खोला। पढ़ते-पढ़ते उनकी आँखें चमकने लगीं और अधरों पर मन्द मुस्कान बिखर गई। बोलीं, "लो देवरजी, उज्जयिनी में तुम्हारी भाभियों की सेना तैयार हो गई है। एक तो मेरी नटखट बहिन वसन्तसेना है। अकेली ही एक सेना है। दूसरी अभी वधू-वेश में ही है—तुम्हारे भैया श्यामरूप की नई बहू—मदनिका। चलो, वसन्तसेना का निमन्त्रण बहुत मुखर है—कहती है, 'दीदी, सुना है, तुम्हारे पास एक गँवार देवर आया है। जल्दी उसे भेज दो। मेरे यहाँ बन्दरों का नाच होनेवाला है, एक कम पड़ रहा है।' दूसरी बेचारी क्या कहे! चुपचाप प्यार निवेदन किया है। अब तुम्हारी यह भोली भाभी कहाँ तक तुम्हारी रक्षा करे?"

गोपाल आर्यक और चारुदत्त हँसने लगे।

आर्यक बहुत प्रसन्न है। मन में कोई भार नहीं है। छिप के नहीं जा रहा है।

उज्जयिनी में उसे निर्मलीकरण का रसायन मिला है। तीनों भाभियों के निर्मल सरस परिहास ने उसमें नया जीवन भर दिया है। वह अब तक भाभी के प्यार से वंचित रहा है। भगवान् ने एक ही साथ तीन भाभियों का वरदान दिया। जीवन उसे जीने योग्य जान पड़ता है। उज्जयिनी का मोह अब उसे छोड़ नहीं रहा है। वह भागेगा नहीं, भाभी का उपदेश उसके हृदय में सीधे पैठ गया है—'अब लौं नसानी, अब ना नसैहों!'

भटार्क को उज्जयिनी का भार सौंपकर वह मथुरा की ओर चला। भटार्क ने पहले ही दूत भेज दिया। इस बार आर्यक यथा-नियम शालि-वाहन (घुड़सवार) होकर निकला। भटार्क ने उसकी इच्छा के विरुद्ध गुप्त रूप में कुछ अंगरक्षक आगे-पीछे कर दिए। आर्यक तीव्र गति से आगे बढ़ा। वह आज सारी मानसिक कुंठा को घोड़े की टाप से कुचल देना चाहता है। वह सरपट भागा जा रहा है, उसे अपना इच्छित अर्थ मिल गया है। चन्द्रमौलि ने कहा था, 'जिसका मन ईप्सितार्थ पर स्थिर भाव से जमा हो उसे, और नीचे की ओर ढरकती वारिधारा को, कौन रोक सकता है। कोई नहीं रोक सकता।' आर्यक अब मृणाल के सामने जाएगा, चन्द्रा की खोज करेगा, सम्राट् को स्पष्ट और सच्चा उत्तर देगा। भाभी की बातों से अधिक स्पष्ट और खरा उपदेश उसे नहीं मिल सकता। कैसी अद्‌भुत है भाभी की अन्तर्दृष्टि! गहराई तक वेध देती है। कहती हैं, 'तुम पतिव्रताओं को नहीं जानते।' आर्यक सचमुच नहीं जानता। भाभी को ही देखो, कहीं कोई गाँठ नहीं है; जहाँ ईर्ष्या होनी चाहिए वहाँ स्नेह है; जहाँ असूया होनी चाहिए वहाँ आदर है; सब-कुछ को दबाकर, सब-कुछ से रस खींचकर प्रफुल्ल शतदल की तरह विराजमान हैं। कैसा अद्‌भुत सहज भाव है। मन्दस्मित के सामने शरत्कालीन चन्द्रमा की कोमल मरीचियाँ भी फीकी पड़ जाती हैं, चलती हैं तो चरणों से अनुभाव की तरंगें बिखरती रहती हैं। आर्यक धन्य है जो उसे ऐसी भाभी मिल गईं। आर्य चारुदत्त सचमुच भाग्यवान् हैं। आर्यक भाग्यहीन है, अब नहीं रहेगा। बहुत नाच चुका गोपाल, अब अभिनय बन्द कर, जहाँ तेरा सच्चा विश्राम है वहाँ चल। लोकापवाद के भय से अन्तरतर का निरादर न कर। पतिव्रता की महिमा की अवहेलना न कर।

किसी ने जय-ध्वनि की—"महावीर गोपाल आर्यक की जय हो!" आर्यक का ध्यान भंग हुआ।

"धनंजय हूँ आर्य, प्रणाम स्वीकार हो!"

"धनंजय? हलद्वीप के अमात्य पुरन्दर के भाई धनंजय?" आर्यक ने कुछ विस्मित होकर पूछा।

"हाँ आर्य, मैं पुरन्दर का भाई धनंजय ही हूँ।"

"यहाँ कैसे आए हो भाई धनंजय? तुम क्या सम्राट् की रक्षावाहिनी के बलाधिकृत नहीं रहे? यहाँ इस तरह क्यों घूम रहे हो?"

"अब भी हूँ, आर्य! महाराजाधिराज के साथ मथुरा आया हूँ। महाराजाधिराज का सन्देशा लेकर ही सेवा में उपस्थित हुआ हूँ।"

"महाराज ने क्या आज्ञा दी है, भद्र?"

"महाराजाधिराज ने सन्देशा भिजवाया है कि वे अपने नर्मसखा गोपाल आर्यक से मिलने को व्याकुल हैं। वे अपने महाबलाधिकृत से नहीं, अपने नर्मसखा से मिलने को आतुर हैं।"

"सम्राट् महाबलाधिकृत से तो रुष्ट होंगे, भाई धनंजय?"

"किसने आपके मन में ऐसी पाप-आशंका पैदा कर दी, आर्य? सम्राट् को तो हमने इतना प्रसन्न कभी देखा ही नहीं। आप तो जानते ही हैं कि वे समुद्र के समान गम्भीर रहते हैं, उनका समुद्रगुप्त नाम कितना सार्थक है, पर मथुरा आते ही उन्होंने मुझे बुलाकर कहा, 'आयुष्मान् धनंजय, गोपाल आर्यक नरशार्दूल है। उसने जो पराक्रम दिखाया है उसकी कोई तुलना नहीं हो सकती। मैंने उसके हृदय पर वृथा चोट पहुँचाई थी। अब मैं वास्तविक स्थिति से परिचित हो गया हूँ। तुम उज्जयिनी जाओ और जैसे भी हो मेरे मित्र को यहाँ ले आओ। उसका राजकीय सम्मान तो उचित अवसर पर किया जाएगा, पर व्यक्तिगत रूप से मैं उसका स्वयं सम्मान करूँगा।' सम्राट् की आँखें डबडबा आई थीं। आज तक मैंने कभी उनके मुखमंडल पर विकार के चिह्न नहीं देखे थे। पहली बार चन्द्रमा के आने की आशा-मात्र से समुद्र में ऐसा चांचल्य देखा है, आर्य!"

"साधु, भाई धनंजय, चलो, मैं आ रहा हूँ।"

धनंजय चला गया—मथुरा की ओर। आर्यक का मन और भी हल्का हुआ। उसने धीरे-धीरे मथुरा की ओर घोड़ा बढ़ाया।

सम्राट् मिलनेवाले हैं। बीच का इतिहास न चाहते हुए भी आर्यक के मन में दीवार खड़ी कर रहा है। कैसा मिलना होगा! आर्यक अब वही आर्यक नहीं, बीच में कालदेवता ने उसे बदल दिया है, सम्राट् वही सम्राट् नहीं हैं, बीच में इतिहास-विधाता ने उनके आगे भी काँटा खड़ा कर दिया है—'सखि वै तुम वै, हम वै ही रहे, पै कछू के कछू मन ह्वै गए हैं!'

आर्यक की गति धीमी हो गई।

कहाँ सारे देश को अत्याचार और शोषण से मुक्त करने का संकल्प और कहाँ व्यक्तिगत पचड़ों का व्यवधान। अगर सम्राट् हर आदमी के व्यक्तिगत जीवन को अपने मन के अनुकूल बनाने का प्रयत्न न करते तो क्या हानि होती। बृहत्तर मानवीय समस्याओं के सुलझाने के प्रयास में छोटी-मोटी घरेलू बातों को ले आने

का क्या औचित्य है? आर्यक विक्षुब्ध भाव से सोचता चला जा रहा है।

परन्तु सम्राट् को धर्म का रक्षक होना चाहिए। क्या अधिकतर सामाजिक उलझनों का कारण यही नहीं है कि शासन का जो सर्वोपरि संरक्षक है वह धर्म के बारे में उदासीन है। पालक का व्यक्तिगत जीवन क्या धर्माचार के विपरीत होने से ही अनर्थ का कारण नहीं बना? सुरा और सुन्दरी उसके व्यक्तिगत जीवन के ही तो लक्ष्य थे। प्रजा उसके विरुद्ध क्यों हो गई? क्या अच्छा है—राजा का प्रजा के व्यक्तिगत जीवन में हस्तक्षेप या प्रजा की राजा के व्यक्तिगत जीवन के प्रति सतर्क दृष्टि? पहले आर्यक को उखाड़ फेंका और दूसरे को उखाड़ फेंकने में आर्यक ही निमित्त बन गया। धर्म क्या व्यक्ति को आश्रय करके चलता है या वह अन्तर्वैयक्तिक सम्बन्धों का आश्रय बनाता है? दूसरा पक्ष ही ठीक जान पड़ता है। एक से अधिक व्यक्तियों का संसर्ग ही तो कर्त्तव्य और अकर्त्तव्य का प्रश्न उठाता है। एक का दूसरे के साथ सम्बन्ध न हो तो धर्म की आवश्यकता ही क्या है। सम्राट् धर्म का संरक्षक होता है, इस कथन का अर्थ है कि सम्राट् अन्तर्वैयक्तिक सम्बन्धों का नियामक होता है। पर क्या सम्राट् स्वयं एक व्यक्ति नहीं है? वह भी क्या अन्तर्वैयक्तिक सम्बन्धों की विशुद्धता का विषय नहीं है? अनुराग-विराग, ईर्ष्या-असूया क्या उसके अन्तर्वैयक्तिक सम्बन्धों की विशुद्धता के निर्णय को धर्म-सम्मत रहने देंगी? आर्यक अनुभव कर रहा है कि सम्राट् के निर्णय में कहीं कोई त्रुटि अवश्य है, पर कहाँ? आर्यक समझ नहीं पा रहा है कि यह त्रुटि कहाँ है। भाभी ने कहा था, बहुत सहज भाव से कहा था, 'सत्य अविभाज्य है।' क्या सारे अनर्थों में सत्य को विभक्त करके देखने की दृष्टि तो नहीं है? आर्यक व्याकुल-भाव से सोच रहा है। वह सम्राट् की कठोर धर्म-परायणता को जानता है, पर यह भी जानता है कि उसके सारे धर्म-सम्बन्धी विचार एक ही आधार पर टिके हुए हैं—संयम। ठीक भी है। यदि धर्म अन्तर्वैयक्तिक सम्बन्धों का आश्रय करके रहता है तो संयम—शरीर, मन, वाणी पर अंकुश—रहना ही चाहिए। दो या अधिक व्यक्तियों के सम्बन्ध के साधन तो ये तीन ही हैं—शरीर, मन और वाणी। शरीर का कर्म, मन का चिन्तन और वाणी का सम्प्रेषण, ये ही तो अन्तर्वैयक्तिक सम्बन्धों के आधार हैं—मन, वचन, कर्म! सम्राट् शरीर के कर्म पर अधिक बल देते हैं। आर्यक जानता है और मानता भी है। पर शरीर-सम्बन्धों को इतना महत्त्व देना क्या ठीक है? पुराण-ऋषियों ने क्या कहा है? वे तीनों का सन्तुलन चाहते हैं। तीनों के सन्तुलन से सत्य अविभाज्य रह सकता है। सम्राट् सन्तुलन की बात नहीं सोचते। तो क्या सम्राट् पुराण-ऋषियों की अवहेलना के दोषी हैं? अभी यह प्रश्न सामने आएगा। सम्राट् मिलेंगे।

आर्यक की गति और भी शिथिल होती जा रही है। घोड़ा भी समझ रहा है।

वह धीरे-धीरे आगे बढ़ रहा है।

कुछ लोग इकट्ठे होकर किसी से कुछ सुन रहे थे। सुनानेवाला बहुत मीठे स्वर में कुछ सुना रहा था। सुननेवाले तन्मय होकर सुन रहे थे। आर्यक ने सोचा, इनकी तन्मयता भंग नहीं होनी चाहिए। धीरे-से घोड़े से उतर गया। घोड़े को एक जगह बाँधकर वह भी सुनने की इच्छा से चुपचाप उधर ही बढ़ गया—अवश की भाँति। सुरीले कंठ से गानेवाले ने पहले समझाया, शायद इसके पहले भी बहुत-कुछ समझा चुका था। आर्यक बीच में आ गया था। प्रसंग पार्वती की तपस्या का था। शिव ब्रह्मचारी वेश में परीक्षा लेने आए थे। तपोनिरता पार्वती से कुशल-प्रश्न पूछ रहे थे, 'हे सुकुमारि, बड़ी कठोर तपस्या कर रही हो। शरीर का ध्यान तो रखती हो न? शारीरिक शक्ति की उपेक्षा नहीं होनी चाहिए—वही तो पहला धर्म-साधन है! ऐसा न करना कि कठोर तप के कारण यह सुकुमार शरीर ही टूट जाए :

'अपि स्वशक्त्या तमसि प्रवर्तसे
शरीरमाद्यं खलु धर्मसाधनम्!'

कैसा कंठ है? कैसी मर्मभेदी अभिव्यक्ति है—शरीरमाद्यं खलु धर्मसाधनम्! आर्यक को लगा कि स्वर परिचित जान पड़ता है। किन्तु श्रोताओं की भीड़ चीरकर सामने जाना उचित भी नहीं था, सम्भव भी नहीं था। आर्यक सावधानी से सुनने लगा। यह तो चन्द्रमौलि का कंठ है! अब धीरज नहीं रहा। निश्चय ही यह चन्द्रमौलि का कंठ था। आर्यक के प्रश्न का कैसा विलक्षण उत्तर है—शरीरमाद्यं खलु धर्मसाधनम्! शरीर अर्थात् आचरण-पक्ष! वह चन्द्रमौलि के सामने जाने का प्रयत्न करने लगा। श्रोताओं में से किसी ने पहचान लिया। वह चिल्ला उठा, "महावीर गोपाल आर्यक की जय!" सभा की तन्मयता भंग हो गई। जय-जयकार की ध्वनि से आकाश कम्पित हो उठा। चन्द्रमौलि जैसे सोते से जागा। आर्यक को सामने देखकर चकित-विस्मित ताकता रहा। आर्यक ने उसे गाढ़ आलिंगन में बाँध लिया। फिर भीड़ की ओर ताककर बोले, "बोलो, महाकवि चन्द्रमौलि की जय!" जनता ने द्विगुणित उल्लास से जय-ध्वनि की। श्रोताओं में कई धनंजय के सैनिक थे। आर्यक को पहचानते थे। परन्तु यह नहीं जानते थे कि आर्यक चन्द्रमौलि को जानते हैं। कथा फिर जमी नहीं। दोनों मित्र एक ओर हो गए। दोनों साथ ही मथुरा की ओर चल पड़े। एक और घोड़े की व्यवस्था भी हो गई।

मार्ग में आर्यक ने चन्द्रमौलि से कहा, "बन्धु चन्द्रमौलि, आज तक मैंने अपने-आपको सारी दुनिया से छिपाया है, तुमसे भी छिपाया है। अब मुझे सहज गुरु-मन्त्र मिल गया है—अपने-आपको छिपाते फिरना सारे अनर्थों की जड़ है। अब मैं अपने-आपको छिपाऊँगा नहीं। विधाता ने मुझे जो बनाया है, वह हूँ। इसमें

छिपाना क्या है! तुम्हें मैंने अपनी मनोव्यथा नहीं बताई, पाप किया। उसका प्रायश्चित करूँगा। मैं अपनी सारी राम-कहानी सुनाऊँगा। सुनोगे?"

"अवश्य सुनूँगा, बन्धु!"

आर्यक ने सारी कहानी सुना दी।

चन्द्रमौलि ने दीर्घ निःश्वास लिया—"बन्धु आर्यक, मैं भी अपने को छिपाता आया हूँ, पर तुम्हारे समान भाग्यवान् नहीं हूँ। गुरु नहीं पा सका, साहस नहीं बटोर सका। तुम्हें गुरु कहाँ मिला मित्र?"

"उज्जयिनी में। पतिव्रताओं की मुकुट-मणि, आर्य चारुदत्त की सहधर्मिणी, अरुन्धती-कल्पा धूता भाभी मेरी गुरु हैं। सहज सत्य पर उनकी दृष्टि सहज ही चली जाती है।"

"भाग्यवान् हो मित्र, पर तुम्हारे भाग्योदय से मुझे भी आशा बँधी है। कोई-न-कोई पतिव्रताओं की मुकुट-मणि, किसी-न-किसी मित्र की सहधर्मचारिणी, कोई-न-कोई, अरुन्धती-कल्पा भाभी मुझे भी गुरु-रूप में मिल ही जाएगी।"

आर्यक इंगित समझकर ठठाकर हँस पड़ा, "लगता है मित्र, कि माढ़व्य शर्मा का सत्संग व्यर्थ नहीं गया है!"

चन्द्रमौलि का चेहरा खिल गया।

उधर सम्राट् ने बीच रास्ते में ही आर्यक की अगवानी की। दोनों सखा देर तक एक-दूसरे से लिपटे रहे। अविरल प्रेमाश्रुओं ने बिना कुछ कहे ही सबकुछ कह दिया। चन्द्रमौलि मुग्ध-गद्गद भाव से यह मिलन देखता रहा। दोनों ही मौन, दोनों ही प्रेम-निर्भर! सम्राट् ने ही मौन भंग किया—"कल तुमसे बात करूँगा मित्र, आज अधिक आवश्यक कार्य है, तुमसे विदाई ले रहा हूँ। वह नाव है, जाकर बैठ जाओ। सामने बटेश्वर तीर्थ है। वहाँ तुम्हारी प्रतीक्षा हो रही है। देर न करो। कल मिलेंगे।"

"कौन प्रतीक्षा कर रहा है, सखे?" आर्यक ने पूछा।

सम्राट् ने कहा, "समय नष्ट न करो। प्रतीक्षा करा-कराके जान ले ली, अब पूछते हैं कौन प्रतीक्षा कर रहा है!"

आर्यक सनाका खा गया। सम्राट् की रहस्यपूर्ण हँसी से कुछ-कुछ अनुमान लगाने लगा।

चन्द्रमौलि की ओर देखकर सम्राट् से बोला, "महाकवि चन्द्रमौलि हैं। मेरे परम मित्र हैं।"

सम्राट् ने कहा, "मेरे साथ जाएँगे। आओ बन्धु!" आर्यक की ओर देखे बिना ही चन्द्रमौलि को खींचकर सम्राट् अपने साथ ले चले। आर्यक नाव में जा बैठा। कौन प्रतीक्षा कर रहा है? क्या मृणाल है? यह समुद्रगुप्त पूरा बताता ही नहीं।

बता देता तो क्या बिगड़ जाता? हँसना ही जानता है—हँसो बाबा, आर्यक भी हँसता-हँसता सब सहेगा।

सम्राट् के इस प्रकार के बन्धुजनोचित व्यवहार से चन्द्रमौलि प्रभावित हुए। वे सम्राट् से एक बात कहने की अनुमति लेकर आर्यक से बोले, "सखे, एक बात कहना भूल गया था। आर्य देवरात मथुरा आए हुए हैं। उनके मन में कुछ भ्रामक समाचारों से थोड़ा कष्ट है। मैं उनसे मिलूँगा और उनके चित्त में भ्रमवश जो अन्यथा-भाव आ गया है उसे दूर करने का प्रयास करूँगा। यदि सम्भव हुआ तो उन्हें लेकर तुम्हारे पास आ जाऊँगा। जानते हो मित्र, वे सम्बन्ध में मेरे मौसा हैं।"

"मौसा!" आर्यक ने आश्चर्य से पूछा। सम्राट् ने अधिक अवसर नहीं दिया। बोले, "बस मित्र, आज इतना ही। तुम दोनों मौसेरे भाई बन गए, आज इतना ही पर्याप्त है। दुनिया जानती है कि मौसेरे भाई कौन होते हैं! बस, जाओ!" सम्राट् के संकेतपूर्ण नर्म वाक्य से चन्द्रमौलि और आर्यक दोनों ही खिलखिलाकर हँस पड़े। नाव चल पड़ी।

सम्राट् ने चन्द्रमौलि को प्यार से निकट खींच लिया। बोले, "बन्धु, तुम मेरे प्रिय सखा आर्यक के मित्र हो। मुझे भी अपना वैसा ही मित्र मानना। तुम आर्य देवरात से मिलना चाहते हो। मैं तुम्हें मिला दूँगा। तुम्हीं शायद उनको शान्ति दे सकोगे। मैंने कल ही उन्हें देखा था, कुछ अशान्त दिखते थे। मगर बन्धु, तुम्हारा पूरा परिचय पा सकता हूँ? आर्य देवरात तुम्हारे मौसा कैसे हैं?"

चन्द्रमौलि इस प्रश्न के लिए एकदम प्रस्तुत नहीं था। हाथ जोड़कर बोला, "सब बता दूँगा मित्र, सब बता दूँगा, पर थोड़ा रुकने की अनुमति दें!"

सम्राट् ने कहा, "तो सखे, मैंने ठीक ही समझा था कि चोर-चोर मौसेरे भाई होते हैं। तुम भी आर्यक की तरह अपने से ही अपने को चुराते रहने का कारबार करते हो!"

चन्द्रमौलि थोड़े लज्जित हुए। "हाँ महाराज, आर्यक से भी बड़ा चोर हूँ। मेरी कहानी उलझी हुई नहीं है, पर बहुत सुलझी भी नहीं है। लेकिन थोड़ा रुकेंगे नहीं?"

सम्राट् ने हँसते हुए कहा, "थोड़ा बाद में सही।"

चन्द्रमौलि सम्राट् की इस सहानुभूति से गद्गद हो उठा। फिर सम्राट् ने आदरपूर्वक कहा, "आर्यक से कैसे मैत्री हुई, यह तो बताओगे ना?" चन्द्रमौलि ने सोल्लास सारी कथा सुना दी। आर्य देवरात, माढ़व्य शर्मा के बारे में भी बताया और उज्जयिनी में सुनी हुई शार्विलक की कहानी भी सुनाई। सम्राट् ने हर बात की ब्यौरेवार जानकारी पाने का प्रयत्न किया, चन्द्रमौलि ने यथा-ज्ञान उन्हें समझाया। सम्राट् चन्द्रमौलि से बहुत प्रभावित जान पड़े। सम्राट् ने फिर अनुनय-भरा आग्रह किया, "कह ही दो न मित्र, अपनी भी!"

चन्द्रमौलि इस आग्रह-भरे अनुनय की उपेक्षा नहीं कर सका। उसके चेहरे पर लज्जा के भाव दिखाई पड़े। बोला, "कैसे कहूँ, धर्ममूर्ते, कुछ कहने-योग्य तो है नहीं। मैं बहुत छुटपन में ही मातृ-पितृहीन अनाथ हो गया था। ऐसे अनाथ-अभाजन को भी कोई प्यार कर सकता है, यह एक विचित्र विधि-विधान है। परन्तु ऐसा सचमुच ही हुआ। एक परम रूपवती राजदुहिता ने इस अभाजन को पाने के लिए क्या-क्या कष्ट नहीं सहे? दारुण तपस्या की ज्वाला में उसका स्वर्ण कमल-सा कमनीय मुख झुलसकर काला हो गया। उसके अभिभावक मुझ-जैसे अनाथ को कन्या नहीं दे सकते थे और उसने ऐसी ठान ली कि दूसरे को किसी प्रकार वरण नहीं कर सकी। केवल एक बार मुझे छिपकर उसे देखने का सौभाग्य मिला। मैंने उसे हठ छोड़ देने को कहा, पर उस समर्पित-प्राणा को अपने निश्चय से डिगा नहीं सका। उसके मन में यह आशंका थी कि उसके घरवाले मेरा अनिष्ट करेंगे। वह बार-बार मुझे देश छोड़कर अन्यत्र चले जाने को कहती रही। कैसे छोड़ देता महाराज! पर छोड़ना पड़ा। सच-झूठ तो नहीं जानता, पर उसके घरवालों ने ही बताया कि वह मर गई! यही तो कहानी है, धर्ममूर्ते!"

राजाधिराज समुद्रगुप्त ने टोका, "झूठा समाचार भी तो हो सकता है, कवि?"

"कैसे कहूँ अकारण-बन्धु! यक्ष-भूमि में धर्म-संकट से उद्धार पाने के लिए अपनी प्राणप्यारी कन्या या वधू को मार डालने की घटना तो होती ही रहती है। मेरा संसार सूना हो गया है। कौन बताएगा कि समाचार ठीक था या नहीं। मेरा तो वहाँ प्रवेश ही निषिद्ध है।"

"अपने मित्र पर विश्वास रखो। मैं पता लगाऊँगा।"

"अपने मानसिक सन्ताप की ज्वाला से जलता रहा हूँ। संसार में कहीं भी तो उस रूप को नहीं देख पाता! मैंने अपने को भुलाने के लिए समष्टि-चेतना में अपनी क्षुद्र सीमा को निमज्जित कर देने का प्रयास किया है। चन्द्रमौलि महादेव ने तपोनिरता पार्वती को सम्बोधित करके कहा था, 'हे अवनतांगि, आज से मैं तुम्हारी तपस्या से खरीदा हुआ दास बना—अवनतांगिदासः।' मैं क्या कहता?...

"मुझे वह दृश्य कभी नहीं भूलता, जब मैंने दीर्घ उपवास से काली पड़ी हुई प्रिया को देखा था। क्या करूँ, धर्ममूर्ते! मैंने अपने व्यक्ति चन्द्रमौलि को समष्टि-चेतना के पुंजीभूत विग्रह महादेव चन्द्रमौलि को सौंप दिया है। जहाँ कहीं भी दुख, परिताप और क्षणभंगुरता रही है, उसे आनन्द, कल्याण और शाश्वत रूप के साथ एकमेक करके आनन्द अनुभव किया है। भगवान् चन्द्रमौलि को तपोनिरता पार्वती के सम्मुख उपस्थित कराकर एक काव्य में मैंने अपने सीमित अस्तित्व को असीम सत्ता में विलीन करने का प्रयत्न किया है। छन्द उसमें अपने-आप ढलते गए हैं, कलुष और सीमा को क्षुद्रता अपने-आप झड़ती गई है। मैं नहीं जानता कि भगवान्

शिव उससे कितने प्रीत हुए हैं, किन्तु मैं अपनी ओर से बहुत-कुछ आश्वस्त हो गया हूँ। मैंने तो अपनी प्रिया की कान्ति को काली पड़ते देखा था, परन्तु समष्टि-चेतना के नारी-पक्ष की विग्रहवती पार्वती को मैं काली कैसे कह सकता था! मेरे सारे कलुष और मेरी अशेष क्षुद्रता उस महिमामयी के सामने बह गए।...

"मैंने 'अवनतांगि' सम्बोधन करवाया। तपस्या से वे भी निश्चय ही झुलस गई होंगी। परन्तु समष्टि-चेतना कभी विवर्ण नहीं होती। तेज कभी कृश नहीं होता। सो, मैं पल्लविनी लता के हेमन्त के झकोरों से निष्पत्र होकर झुक जाने के सिवाय अधिक कुछ नहीं कह सका। धर्मावतार, समष्टि-चेतना का नारी-रूप अधिक-से-अधिक दुःसह आतप के झकोरों से झुका हुआ-सा ही लग सकता है, काला नहीं पड़ सकता। सो, समष्टि-चेतना का पुरुष-पक्ष अपने को तपस्या से अभिभूत मानकर उसे 'अवनतांगि' ही कह सकता है। समष्टि-चेतना के पुरुष-विग्रह शिव से मैंने उनको 'अवनतांगिदास' ही कहलवाया है। मैंने दारुण वियोग-व्यथा को झेला है, लेकिन उसे महाअज्ञात देवता के चरणों में निछावर कर देने के बाद अपने को अमृत-रूप में ही पाया है। मेरी प्रिया भी अब समष्टि-चेतना में घुल-मिलकर अमृत-स्वरूपा बन गई है। और मैं क्या कहूँ, धर्ममूर्ते!"

सम्राट् समुद्रगुप्त चकित होकर सब सुन रहे थे। इस करुण कथा का उपसंहार सुनकर उनकी आँखें विस्मय से कानों तक फैल गईं। चन्द्रमौलि के कन्धे पर हाथ रखकर उन्होंने सहानुभूति-गद्गद स्वर में कहा, "मैं धन्य हूँ वयस्य, जो व्यक्ति-चेतना को समष्टि-चेतना में विलीन करनेवाले महाप्रेमी को देख रहा हूँ। तुम्हें समष्टि-चेतना के 'अवनतांगिदास' चन्द्रमौलि प्रिय हैं। मैं इतना विस्फार नहीं सह सकता। मैं तो कालिदास चन्द्रमौलि में ही अपने सीमित चित्त का विश्राम देख रहा हूँ। विश्वास करो मित्र, मैं तुम्हारी पीड़ा कम करने का प्रयत्न अवश्य करूँगा।"

इसी समय धनंजय ने आकर अभिवादन किया। सम्राट् ने पूछा कि उनके आदेशों का कैसा अनुपालन हुआ। धनंजय ने बताया कि सेनापति भटार्क को आदेश दे दिया गया है कि वे आर्य चंडसेन को उज्जयिनी का नरेश बनाने की व्यवस्था करें। सम्राट् स्वयं तिलक देने उज्जयिनी पहुँचेंगे। आर्य चारुदत्त और महामल्ल शार्विलक के राजकीय सम्मान के आयोजन का भी आदेश भेज दिया गया है। यह भी व्यवस्था की गई है कि राजकीय सम्मान के बाद आर्य शार्विलक के हलद्वीप जाने की पूरी व्यवस्था कर दी जाए। सम्राट् ने सन्तोष के साथ कहा, "बहुत ठीक।"

इकत्तीस

सुमेर काका ने उल्लसित होकर कहा, ''समाचार मिला है बिटिया, आर्यक उज्जयिनी से मथुरा के लिए चल पड़ा है।'' चन्द्रा ने सुना, मृणाल ने भी सुना। काका ने प्रस्ताव किया कि मथुरा चलना चाहिए। प्रस्ताव न चन्द्रा को पसन्द आया, न मृणाल को। चन्द्रा के हृदय में अननुभूत कोई वेदना सन्न-सें टीस गई। मृणाल को लगा, जिस देवता के आशीर्वाद से यह समाचार मिला है, उसी की शरण में रहकर फलोदय की प्रतीक्षा करनी चाहिए। उसने काका से कुछ न कहकर चन्द्रा से ही कहा कि वे काका से दो-तीन दिन और यहीं रुककर पूजा-आराधना करने की अनुमति लें। पटवास लग गए हैं, इसलिए कुछ दिन और रुक जाने में असुविधा नहीं होगी। चन्द्रा के मन में भी रुकने की बात थी, पर कारण कुछ और था। काका ने बात मान ली।

मृणाल और चन्द्रा दोनों ने स्नान किया और साथ-साथ मन्दिर में गईं। चन्द्रा उदास थी, मृणाल उत्फुल्ल।

प्रतिदिन की भाँति मृणाल ध्यानमग्न हो गई। चन्द्रा ध्यान नहीं कर सकी। किसी अस्पष्ट पीड़ा से वह व्याकुल थी। चुपचाप खिसक आई और दूर जाकर एकान्त में बैठ गई। उसका चित्त पहली बार इस प्रकार उत्क्षिप्त हुआ था। वह स्वयं को नहीं समझ पा रही थी। चली थी तो उत्साह था—आर्यक को ढूँढ़ निकालेगी। आर्यक बिना प्रयास के ही मिल गया। अगर वह स्वयं खोज निकालती, तो मन इतना भारी नहीं होता। वह आर्यक को पकड़कर मृणाल के पास ले आती। उस समय बात कुछ और होती। अब आर्यक स्वयं आ रहा है। उसे देखकर कहीं आर्यक फिर तो नहीं भाग खड़ा होगा। अपने किए का अनुताप उसे कभी नहीं हुआ था। आज हो रहा है। अगर आर्यक उसे देखकर बिदक गया, तो बड़ा अनर्थ हो जाएगा। कैसे बचा जाए!

चन्द्रा के हृदय पर कोई आरी चल रही है। आज वह सोचने लगी है कि मेरे कारण सब अनर्थ हुआ है—'मैं सठ सब अनरथ कर हेतु!''

चन्द्रा अपने में डूब रही है। किससे पूछे? कौन उसकी वेदना समझ सकता है? मृणाल समझ सकती है, पर उससे इस समय ऐसी बात कैसे पूछी जा सकती है! हाँ, एक आदमी और है—बाबा। बाबा मिल जाते तो रास्ता पूछती। बाबा सब जान जाते हैं। बिना कहे ही सब समझ लेते हैं। पर बाबा बहुत दूर हैं। उनके पास कैसे पहुँचा जा सकता है। उसे विन्ध्याचल की वह गुफा याद आई। बाबा इसी गुफा में रहते हैं। वह मन-ही-मन उस गुफा में उतरने लगी। पता नहीं, बाबा

मिलें या न मिलें। बाबा अपने को बूढ़ा बेटा कहते हैं, चन्द्रा को माँ कहते हैं। क्यों न उन्हें माँ के रूप में पुकारा जाए। "कहाँ हो चन्द्रा के बूढ़े बेटे, माँ व्याकुल है। दिखते क्यों नहीं।" चन्द्रा बाबा को देख रही है। ठीक वैसे ही एक किनारे चुपचाप बैठे हैं जैसे उस दिन बैठे थे—ठीक उसी तरह मुस्करा रहे हैं—ठीक उसी तरह।

"अरी मेरी त्रिनयनी माँ, तू देख क्यों नहीं रही है! बूढ़ा बेटा तो तेरे सामने है। तेरी आँखों को क्या हो गया माँ, तू तो सामने पड़े बूढ़े बेटे को भी नहीं देख रही है! क्यों बुलाया माँ, क्या कष्ट हो गया तुझे!"

"तुम्हीं बताओ बाबा, तुम्हारी त्रिलोचना माँ क्यों नहीं देख पा रही है।"

बाबा ठठाकर हँसे, "तेरी आँखों में विकार आ गया है माँ!"

"हाँ बाबा, कुछ सूझ नहीं रहा है, रास्ता दिखाओ!"

"मेरी मनोजमानभंजिनी माँ, तू तो बच्चों की-सी बात कर रही है। तू तो अपने बूढ़े बेटे को रास्ता दिखाएगी। तू क्यों रास्ता पूछ रही है? तू बहुत भोली है, माँ! तेरे तो सारे मनोविकार जल गए थे, फिर पलुहा गए क्या, माँ? तेरी ललिता बहिन भी तो मेरी माँ है। मैंने उस दिन उससे कहा था कि जब आर्यक आ जाए तो अपनी चन्द्रा दीदी का हाथ उसके हाथ में दे देना। तू सुनके बुरा मान गई थी न माँ? मैंने तो तेरी परीक्षा लेनी चाही थी। तू एक ही परीक्षा में भहरा गई। तेरे मन में अभिमान पैदा हो गया था। तूने सोचा, यह अधिकार तेरा है! भहरा गई न, माँ! अरे यह अभिमान भी मनोज ही है—मन में पैदा होता है। साथ में पैदा कर देता है ईर्ष्या को, असूया को, क्षोभ को, मोह को, अहंकार को। ये सब मनोज हैं माँ, मन ही में पैदा होनेवाले। कवियों ने केवल काम को मनोज कहा है, जानती है क्यों? क्योंकि वह बिना किसी कारण के अकेले में भी पैदा हो जाता है। ये दूसरे जो हैं वे किसी दूसरे से सम्पर्क होने से पैदा होते हैं। जिसमें ये दूसरे मनोविकार पैदा नहीं होते, वह व्यक्ति-निष्ठ होता है, ऐकान्तिक होता है और मेरी भोली माँ, वह असामाजिक हो जाता है। तू पहले ऐसी ही थी। अब तुझे ऐकान्तिकता से अलग होने का अवसर मिला है। अब ये दूसरे प्रकार के मनोज विकार तेरे मन पर धावा बोलेंगे, बोल चुके हैं। ठीक कह रहा हूँ न, जगत्तारिणी माँ?

"जानती है माँ, पुरुष ऐकान्तिक प्रेम का स्तव-गान करे तो कर भी सकता है। पर जिसे जगत्-माता ने नारी-विग्रह दिया है, उसके लिए यह प्रेम कठिन है। नारी, त्रैलोक्य जननी का पार्थिव विग्रह है, उसे ऐकान्तिक प्रेम महँगा पड़ता है।"

"समझ नहीं पा रही हूँ, भरमानेवाली बातें न बताओ। मेरे मन में विकार पैदा हुए हैं, उन पर मेरा वश नहीं है, क्या करूँ! क्या जगत्-माता ने नारी-विग्रह देकर

मुझे इस भवसागर में भटकने के लिए ही भेजा है?"

"ना रे ना! तुझे नारी-विग्रह न देती तो मेरे जैसे कोटि-कोटि बालक अनाथ न हो जाते! विकार बुरी बात थोड़े ही है! इन्हें उलीचकर महाप्रेमिक को दे देना माँ! जानती है माँ, सेवा को क्यों इतना महत्त्व दिया जाता है? सचराचर विश्व-रूप भगवन्त को पाने का यही एक साधन है। और साधनाएँ व्यक्तिपरक हैं या निर्वैयक्तिक। सेवा ही ऐसी साधना है जो व्यक्ति के माध्यम से अग-जग-व्यापी विश्वात्मा की प्राप्ति कराती है। नारी माता होकर इस साधना का अनायास अवसर पा जाती है। ऐकान्तिक प्रेम उसका सोपान-मात्र है। तू उसे पार कर चुकी है। अब तुझे प्रेमी को माध्यम बनाकर विश्वात्मा को प्राप्त करने का अवसर मिला है।...

"भोली माँ, ईर्ष्या तो तब होगी जब तू स्वयं सब-कुछ पाना चाहेगी। औरों को वंचित करना चाहेगी, माँ! नहीं मेरी भोली माँ, तू भाव रूप में 'माँ' बन, अकुंठ-अकातर चित्त से सेवा में लग जा। अपने प्रेमी को माध्यम बनाकर सारे मनोभव विकारों को अज्ञात महाप्रेमिक के चरणों में उँड़ेल दे। ईर्ष्या, मान, अभिमान सब उसी के चरणों में डाल दे। तेरा क्या है रे? कैसा मान और कैसा अभिमान! मन में उठते हैं तो उसे ही दे दे जिसके लिए उठते हैं।"

"बड़ी दुर्बल हूँ बाबा, न दे पाई तो क्या टूटकर बिखर जाऊँगी?"

"टूटे तेरा अहंकार! तू क्यों टूटेगी, माँ! वही टूटता है जिसमें देने की इच्छा नहीं रहती। मन दृढ़ कर माँ, तू दे सकेगी। सब उलीचकर दे सकेगी। तेरी इच्छा-शक्ति प्रबल है, उतनी ही प्रबल है तेरी क्रिया-शक्ति। दोनों को तूने दो कोठों में डालकर बन्द कर दिया है। ऐसा कर कि दोनों साथ-साथ ताल मिलाकर चल सकें। और बूढ़ा बेटा किस दिन काम आएगा रे, जगदम्बिके! तेरी इच्छा-शक्ति और क्रिया-शक्ति ताल मिलाकर चलने लगेंगी, उस दिन नई गरिमा पाएगी। और तेरा बूढ़ा नाच-नाचकर तेरे पीछे भागेगा। जब कठिनाई हो तो बुला लेना, माँ!"

चन्द्रा उद्विग्न हो गई। क्या सुना उसने? अब तक वह ऐकान्तिक प्रेम में थी। अब सामाजिक परिवेश में आने का अवसर मिला है। सबकी सेवा करने से ही उसे सचराचर विश्वरूप भगवन्त का साक्षात्कार होगा। सारे मनोज-विकार महाप्रेमिक के चरणों में उँड़ेल देने होंगे—मान भी, अभिमान भी, ईर्ष्या भी, असूया भी! ये सब सामाजिक परिवेश की देन हैं। अपना क्या है? कुछ नहीं।

चन्द्रा उसी प्रकार तन्द्रिल अवस्था में देर तक पड़ी रही। आर्यक यदि उसे देखकर बिदक गया तो सारा खेल बिगड़ जाएगा। अभिमान अगर मन में पैदा हुआ तो वह उसे उखाड़कर फेंक देगी। आर्यक सुखी रहे, मृणाल सुखी रहे—उसे कोई लोभ नहीं है।

अभिमान को कैसे किसी को दिया जा सकता है? बाबा कहते हैं, सारे मनोभव विकारों को महाप्रेमिक के चरणों में उँड़ेल दे। कैसे उँड़ेल दे भला? बाबा पहेली बुझाते हैं! कैसे दिया जा सकता है? इच्छा-शक्ति के साथ क्रिया-शक्ति भी होनी चाहिए। देने की इच्छा और देने की क्रिया—क्या मतलब हुआ? हाय मूर्खे, अपने-आपको बचा लेने की इच्छा और तदनुकूल क्रिया, इसी का नाम तो अभिमान है। उसे देना तो अपने-आपको ही दे देना है—रंचमात्र भी बचा रखने की लालसा और प्रयास के बिना परिपूर्ण आत्मदान! चन्द्रा कुछ-कुछ समझ रही है।

बोली, "नहीं हो सकेगा, बाबा, नहीं हो सकेगा! जानते हो बाबा, मैंने कभी भी आर्यक को आदरार्थक सर्वनाम 'आप' से सम्बोधित नहीं किया। मृणाल जब आदरार्थक सर्वनामों से उसकी चर्चा करती तो बड़ा मीठा लगता है। वह आर्यक का नाम कभी नहीं लेती। सभी स्त्रियों की यही परम्परा है। जब वह कहती है 'वे' और 'उनका' तो उसके मुँह से निकले ये शब्द छोटे बच्चों की तोतली बोली के समान प्यारे लगते हैं। छोटे बच्चे व्याकरण और वाक्य-रचना की बारीकियाँ नहीं जानते हैं, केवल अनुकरण करने का प्रयत्न करते हैं, परन्तु कितने मीठे लगते हैं वे अनबूझे शब्द! मृणाल बच्ची है, उसके ये शब्द तोतली बोली के समान प्रिय लगते हैं। बेचारी जानती ही नहीं कि इनका अर्थ क्या है। मैं उससे बड़ी हूँ, इन शब्दों का अर्थ जानती हूँ, मैं इन निरर्थक शब्दों का उच्चारण भी नहीं कर सकती। सामान्य रूप से कहा जाता है और माना जाता है कि पति देवता होता है, उसकी पूजा करनी होती है। यह बात आज तक मेरी समझ में न आई कि प्रेम में पूजा का स्थान कहाँ है और क्या है? बाबा, मुझे ये विचार भोंडे लगते हैं। कहोगे बाबा, तो मैं उसके लिए आग में कूद जाऊँगी, पर चरणों में अपने को नहीं उँड़ेल सकती। कुछ और बताओ बाबा, जो मेरे 'स्वभाव' के अनुकूल हो।"

"धन्य है मेरी ऋतंभरा माँ! तू अगर सच बोल रही है तो तेरी यह बात अद्भुत है। इतनी बड़ी बात तो त्रिपुर-सुन्दरी भी नहीं कह सकी थीं। कहते हैं कि केवल त्रिपुर-भैरवी ही नाम लेकर शिव को सम्बोधित कर सकती थीं। तुझमें त्रिपुर-भैरवी का निवास देख रहा हूँ, माता! त्रिपुर-सुन्दरी ने शिव के कर्पूर-गौर वक्षःस्थल में अपनी ही छाया देखकर उसे भैरवी नाम दिया था। ऐ सौभाग्य-जननी माँ, तूने कैसे समझ लिया कि मैंने तुझे तेरे सखा के चरणों में लोट जाने को कहा है? आर्यक तो केवल तेरा माध्यम होगा माँ, तुझे अपने सारे विकारों को उसे सौंपने को तो मैंने कहा नहीं माँ! मेरा संकेत था कि तू अपने सारे विकारों को निखिल चराचर विश्वात्मा को सौंप दे। तू अगर अपने सखा प्रेमिक के चरणों में अपने-आपको नहीं डाल सकती, तो न डाल। इसमें कोई दोष नहीं है। त्रुटि-विच्युति तब होगी माँ, जब विश्वात्मा के चरणों में अपने को उलीचकर नहीं दे सकेगी। कैसे देगी

मेरी निर्बोध माँ, तू तो अहंकार से जकड़ गई है। अहंकार क्या है, जानती है? अपने-आपको सबसे अलग विशिष्ट समझने की बुद्धि। हैं रे जगद्धात्री माँ, तू इसी बुद्धि के चक्कर में है! इसी बुद्धि से बचने के लिए माध्यमों का विधान है। ये माध्यम अनेक हो सकते हैं—श्रद्धा का पात्र गुरु, प्रेम का पात्र प्रेमी या प्रेमिका, स्नेह का पात्र सन्तान, विश्वास का पात्र देवता—कोई-न-कोई माध्यम खोजना ही पड़ता है। तुझे अनायास मिल गया है आर्यक, साथ में मिली है मृणाल। पर माँ, श्रद्धा हो, प्रेम हो, स्नेह हो, आत्मदान करना ही होता है। चरणों में लोटना ही आत्मदान नहीं होता। अपने अहंकार को, अलगाव की बुद्धि को, मान को, अभिमान को, सम्पूर्ण आपा को तो उलीचकर दे ही देना पड़ता है। चरणों में देने का मतलब है अपने को, अपने अहंकार को, नीचे की ओर झुकाना। सिर पर पटक देने से तो अहंकार ऊर्ध्वगामी होगा, माँ! भावार्थ को समझने का प्रयत्न कर, अक्षरार्थ में मत उलझ।''

चन्द्रा भावार्थ में जाने का प्रयास करती है। बाबा हँस रहे हैं—''त्रिपुर-भैरवी माया है माँ, वह त्रिपुर-सुन्दरी के अहंकार की छाया है। धोखा है। अनेक जन्मों की विकट साधना से जब जगज्जननी सन्तुष्ट होती हैं तो नारी-विग्रह देती हैं। वे स्वयं निषेध-व्यापार-रूपा हैं, अपने-आपको मिटा देने की भावना का मूर्त्त विग्रह। वे नारी-काया को ही अपना प्रतिरूप बनाती हैं, पर यह त्रिपुर-भैरवी हैं कि सर्वत्र उपस्थित हो जाती हैं—अहंकार के रूप में वे नारी को ऐकान्तिक प्रेम के मार्ग पर चलने को प्रोत्साहित करती हैं, सेवा के वास्तविक धर्म से वंचित रहने को उत्साहित करती हैं, उद्दाम वासना को उकसाती हैं, पर निखिल जगत् की माता त्रिपुर-सुन्दरी सदा रक्षा करती रहती हैं—तू बिना सेवा के किसी प्रकार के प्रेम की कल्पना कर सकती है मेरी भोली माँ? नहीं कर सकती। यही त्रिपुर-सुन्दरी के अस्तित्व का प्रमाण है। है न?''

''हाँ बाबा!''

''तो विभिन्न भाव-धाराओं में बहने-उतराने की क्या आवश्यकता आ पड़ी? सहज बन जा! एकदम सहज! अहंकार को उखाड़कर फेंक दे! मेरी माँ, अहंकार को तो तू इस बूढ़े बेटे को भी दे सकती है। दे दे माँ! दे तो अपनी ग्रीवा, तनिक दे दे।''

चन्द्रा ने अपनी गर्दन झुका दी, बाबा ने अपने अँगूठे से उसकी ग्रीवा को दबाया। चन्द्रा वेदना से चिल्ला उठी। बाबा ने आश्चर्य से कहा, ''मन्या और अलंवुषा दोनों बहुत सूज गई हैं। है न, माँ जगद्धात्री!'' उन्होंने थोड़ा सहलाकर और दबाया। चन्द्रा को बड़ी पीड़ा हुई, लेकिन पीड़ा में एक प्रकार का सुख भी था। लगता था, हृदय-द्वार से अनेक जटिल ग्रन्थियाँ खुलती जा रही हैं। वह

चीखती जाती थी और शान्ति भी अनुभव करती जा रही थी। बाबा का अँगूठा देर तक उसकी ग्रीवा पर बना रहा। वे हर चीख पर हँसते जा रहे थे—"ठीक हो रही हैं रे, सब नाड़ियाँ ठीक होती जा रही हैं। घबरा मत माँ, सब सहज अवस्था में आती जा रही हैं—एकदम सहज! हाय माँ, ये बनी रहतीं तो तेरा सिर झुक नहीं सकता था। बहुत दिनों से सूजी हुई लगती हैं।" बाबा ने एक बार हथेली से पूरी ग्रीवा दबाई, "सो जा माँ, सो जा। कैसा मालूम हो रहा है रे मेरी अभिमानिनी माँ, कैसा लग रहा है?" चन्द्रा लुढ़ककर बाबा के चरणों पर गिर पड़ी। अपूर्व शान्ति उसके मुख पर दमक उठी। बाबा ने उसे बैठा दिया। "सो जा माँ, भगवती त्रिपुर-सुन्दरी की गोद में सो जा। जब उचित समझेंगी, तब तुझे उठा देंगी।"

बाबा उठे, पता नहीं किससे बात करते रहे। अन्त में बोले, "भगवती, बहुत भोली है मेरी यह माँ, तुम्हीं सँभालो। अब मेरा यहाँ क्या काम है!"

बाबा चले गए। चन्द्रा ऐसे सो गई जैसे कोई नन्हीं बालिका माँ की गोद में सो गई हो।

मृणाल ध्यान-मग्न है—"महादेव, तुम्हारी कृपा अपरम्पार है। तुम्हीं ने दिया है नाथ, तुम्हीं उन्हें अपना बनाओ। वे आएँगे, यहीं आएँगे। तुम्हारे चरणों में ही उन्हें पा सकूँगी। देवाधिदेव, तुम्हारा आशीर्वाद अमोघ है।"

आएँगे, अवश्य आएँगे। मृणाल का हृदय उछल रहा है।

मृणाल मन-ही-मन आर्यक के शुभागमन की कल्पना कर रही है। आते ही उसके पास पहुँचेंगे। छाती से लगा लेंगे। मैं उनकी आदत जानती हूँ। छाती से लगाकर चिबुक ऊपर उठा लेंगे। पर नहीं, यह उचित नहीं होगा। पहले उन्हें दीदी से मिलना चाहिए। दीदी का अधिकार पहला है। हाय-हाय, दीदी ने आग में कूदकर उनका जीवन बचाया है। दुर्द्धर्ष शत्रुओं के व्यूह में घुसकर उनकी सहायता की है—दीदी को अपने प्राणों की, मान की, चिन्ता नहीं है। दीदी का अधिकार उनके प्राणों पर है, शरीर पर है, मन पर है! कहीं ऐसा न हो कि वे दीदी को भूल जाएँ। बुरा होगा। जो सचमुच आदरणीय है उसका आदर उपेक्षित न हो जाए। वे आ रहे हैं; देवाधिदेव, कोई उपाय करो कि वे पहले दीदी से मिल लें। अनौचित्य-दोष से रक्षा करना, देवता! मैं दीदी के चरणों में सदा नत रही हूँ। इस सौभाग्योदय के दिन कोई दोष न हो जाए, जगद्गुरो!

मृणाल चिन्तित है। इतने दिनों तक न जाने कहाँ-कहाँ भटकते फिरे हैं। कैसी हो गई होगी उनकी बलिष्ठ काया! बहुत दुख भोगा है—सिर्फ एक मानसिक भ्रम के कारण। देवाधिदेव, सारे मानसिक विकारों को ध्वस्त करते रहते हो। उनके मानसिक भ्रम को भी दूर कर देना।

दीदी के मन में आज चांचल्य देखा है; महादेव, उनके चित्त की निर्मलता और

प्रेम की पवित्रता के तुम साक्षी हो! सब-कुछ ठीक कर दो नाथ, मृणाल अबोध है।

सुमेर काका एक बार घाट की ओर जाते हैं, एक बार ऊपरवाले रास्ते को देखते हैं। मथुरा जाना चाहिए था। वह क्या जानता है कि हम लोग कहाँ हैं। मथुरा पहुँच गया होगा। सुना है सम्राट् उससे मिलने को व्याकुल हैं। कुछ तो बताएगा ही। कहीं नाव से ही न चल पड़े। बिचारा कैसे पहचानेगा अपनी नाव! वे दूर-दूर तक की नावों को देख रहे हैं।

भोले सुमेर काका को पता नहीं कि सम्राट् को उन लोगों की घड़ी-घड़ी की स्थिति मालूम है।

शोभन भी समझ रहा है, चुप है।

सोमेश्वर के साथियों में मन्त्रणा चल रही है। भैया हम लोगों को पहचान लेंगे कि नहीं? मथुरा तक तो आ गए होंगे? भाभी ने नाव रोक क्यों दी? भैया यहीं आ जाएँ, यह सम्भव है या नहीं? कैसे उनका स्वागत किया जाए! शोभन ऊब गया है। वह बड़ी अम्मा को खोज रहा है। कहाँ गई बड़ी अम्मा! वह काका से पूछता है। काका ने मन्दिर में देखा, पटवासों में देखा, नाव में देखा, कहीं नहीं है। कहाँ चली गई?

काका का हृदय धड़कने लगा। कहाँ चली गई? अभी तो यहीं थी—"चन्द्रा, चन्द्रा!"

काका ने फिर देखा, फिर देखा। कहीं नहीं है। कहाँ चली गई? हे भगवान्!

जितने भी साथी थे, सब विभिन्न स्थानों की ओर दौड़े। दोनों नावें दोनों दिशाओं में भागीं—"चन्द्रा भाभी, चन्द्रा भाभी!"

जिस समय आर्यक की नाव घाट पर लगी, मन्दिर के चारों ओर भाग-दौड़ मची थी। सोमेश्वर के साथी विशाल बरगद के कोने-कोने छान रहे थे और चिल्लाते जा रहे थे—"चन्द्रा भाभी, चन्द्रा भाभी!" काका के होश-हवास गुम थे। वे नदी की ओर दौड़ पड़े थे—"चन्द्रा, चन्द्रा!" सोमेश्वर के दो साथी सामनेवाले रास्ते पर दौड़ रहे थे—"चन्द्रा भाभी!" मन्दिर में मृणाल का ध्यान टूट चुका था। वह भी भागी—"दीदी, दीदी!"

विचित्र दृश्य था। आर्यक मन्दिर के सामने आया। भारी गोलमाल देखकर वह स्तब्ध रह गया। इसी समय सोमेश्वर ने दूर के एक सघन प्ररोह-कुंज में चन्द्रा को संज्ञाशून्य अवस्था में पड़ा देखा। वहीं से चिल्लाकर बोला—"भाभी, दौड़ो! काका दौड़ो! देखो, चन्द्रा भाभी को क्या हो गया है! अरे जल्दी दौड़ो! हे भगवान्, क्या हो गया है इन्हें! चन्द्रा भाभी, चन्द्रा भाभी, उठो! दौड़ो काका, दौड़ो भाभी!"

मृणाल उन्मादिनी की तरह दौड़ी—"दीदी, दीदी, हे भगवान्!" काका दूर थे। शोभन को लिए-लिए हाँफते-हाँफते दौड़े।

आर्यक भी दौड़ा। अप्रत्याशित आशंका से उसका हृदय धड़कने लगा।

मृणाल ने चन्द्रा को गोद में उठा लिया था—"भाई सोम, दौड़ के पानी लाओ।" सोमेश्वर पानी लाने भागा।

आर्यक पहुँच गया—"क्या हुआ मैना?"

'हाय देवाधिदेव, वे आ गए! कैसा विचित्र संयोग खड़ा कर दिया, नाथ! उनके चरणों में सिर रख देने से भी वंचित रह गई। दीदी को बचा लो प्रभो, सब दिया, इतना और दे दो नाथ!'

मैना की आँखों से अश्रुधारा बाँध तोड़कर बहने लगी। उसने इशारे से आर्यक को पास बुलाया। अश्रुभरित आँखों से देखा, सिर आयासपूर्वक झुकाया। फिर चन्द्रा को उसकी गोद में डाल दिया। आर्यक की आँखों से आँसू बहने लगे। उसने चन्द्रा की नाड़ी देखी। पानी माँगा। सोमेश्वर पानी ले आया था, आर्यक को देखकर सहम गया—"भैया!"

मृणाल ने होंठों पर उँगली रखकर कहा, "चुप!" इशारे से कहा, "तनिक उधर जाओ।"

आर्यक ने चन्द्रा के मुँह में पानी दिया। मृणाल हवा करने लगी। काका आए—हतवाक्!

वे एक ओर हो गए।

शोभन की आँखें पथरा गईं—"बड़ी अम्मा!"

मृणाल ने प्यार से कहा, "चुप बेटा।" वह चुप हो गया।

आर्यक की आँखों के सामने अँधेरा छा गया। शोभन रो पड़ा—"बड़ी अम्मा!" वह कानों के पास झुक गया—"बड़ी अम्मा!"

इसका प्रभाव मन्त्र-जैसा पड़ा। चन्द्रा धड़फड़ाकर उठ गई। शोभन को गोद में लेकर चूम लिया। धीरे-धीरे उसकी तन्द्रा टूटी। वह कुछ समझ नहीं पा रही थी। संज्ञा पूरी तरह लौट आने पर उसे परिस्थिति का ज्ञान हुआ। यह क्या, वह आर्यक की गोदी में पड़ी हुई है! मृणाल उसके पैर दबा रही है। वह एकदम झटके से उठी और कटे रूख की तरह आर्यक के चरणों में गिर पड़ी। आर्यक ने पैर छुड़ाने का प्रयत्न किया। मृणाल ने इशारे से रोक दिया। दर-विगलित अश्रुधार से आर्यक के पैर धुल गए। उन आँसुओं में सारे मान-अभिमान बह गए। सारे कलुष प्रक्षालित हो गए। सब विचिकित्साएँ डूब गईं। आर्यक अभिभूत, मृणाल गद्गद!

थोड़ी देर बाद मृणाल ने ही मौन भंग किया—"दीदी, चलो पटवास में।"

चन्द्रा उठी, जैसे देह-धारिणी भक्ति उठी हो। मृणाल के कन्धे पर सिर रखकर आर्यक का हाथ पकड़कर वह धीरे-धीरे पटवास में आई।

शायद ऊपर देवताओं ने दुंदुभि-निनाद किया, धरती पर महावीर आर्यक, चन्द्रा भाभी और मैना भाभी के जय-निनाद से वायुमंडल गूँज उठा—'जय, जय, जय!'

□□□